Honoré de Bal

Glanz und Elend

der Kurtisanen

Übersetzt von Felix Paul Greve

Honoré de Balzac: Glanz und Elend der Kurtisanen

Übersetzt von Felix Paul Greve.

Erstdruck des 1. Teils, »La Torpille«, zusammen mit »La femme supérieure« und »La maison Nucingen«, Paris 1838. 2. Teil, »Esther ou Les Amours d'un vieux banquier« in : Le Parisien, Mai/Juli 1843 (unvollständig). 3. Teil, »Une instruction criminelle«, in : L'Époque, 7.–29.7. 1846. 4. Teil in: L'Époque, 1847. Hier nach der Übers. v. Felix Paul Greve, Leipzig: Insel-Verlag, 1909.

Vollständige Neuausgabe
Herausgegeben von Karl-Maria Guth
Berlin 2015

Der Text dieser Ausgabe folgt:
Balzac, Honoré de: Glanz und Elend der Kurtisanen. 2 Bände, übers. v. Felix Paul Greve, Leipzig: Insel-Verlag, 1909.

Dieses Buch folgt in Rechtschreibung und Zeichensetzung obiger Textgrundlage.

Die Paginierung obiger Ausgaben wird hier als Marginalie zeilengenau mitgeführt.

Umschlaggestaltung von Thomas Schultz-Overhage unter Verwendung des Bildes: Henri de Toulouse-Lautrec, Mädchen im Pelz, 1891

Gesetzt aus Minion Pro, 11 pt

Die Sammlung Hofenberg erscheint im
Verlag der Contumax GmbH & Co. KG, Berlin
Herstellung: BoD – Books on Demand, Norderstedt

Die Ausgaben der Sammlung Hofenberg basieren auf zuverlässigen Textgrundlagen. Die Seitenkonkordanz zu anerkannten Studienausgaben machen Hofenbergtexte auch in wissenschaftlichem Zusammenhang zitierfähig.

ISBN 978-3-8430-9795-6

Bibliografische Information der Deutschen Nationalbibliothek

Die Deutsche Nationalbibliothek verzeichnet diese Publikation in der Deutschen Nationalbibliografie; detaillierte bibliografische Daten sind im Internet über www.dnb.de abrufbar.

I. Teil

Von der Liebe der Dirnen

Beim letzten Opernball des Jahres 1824 fiel mehreren Masken die Schönheit eines jungen Mannes auf, der in den Gängen und im Foyer auf und ab ging; und zwar in der Haltung eines Menschen, der eine durch unvorhergesehene Umstände in ihrem Hause zurückgehaltene Frau sucht. Das Geheimnis dieses bald eiligen, bald lässigen Schritts ist nur alten Frauen und einigen ausgedienten Pflastertretern bekannt. Bei jenem ungeheuren Stelldichein beobachtet die Masse die Masse nur wenig; die Interessen sind leidenschaftlich, der Müßiggang selbst ist mit sich beschäftigt. Der junge Dandy wurde von seiner unruhigen Suche so sehr in Anspruch genommen, daß er seinen Erfolg gar nicht bemerkte: die spöttisch bewundernden Rufe gewisser Masken, das ernsthafte Erstaunen, die beißenden ›lazzi‹, die süßesten Worte hörte und sah er nicht. Obgleich seine Schönheit ihn unter die Ausnahmepersonen einreihte, die den Opernball besuchen, um dort ein Abenteuer zu verfolgen, und die es erwarteten, wie man zu Lebzeiten Frascatis einen Glücksfall beim Roulette erwartete, so schien er doch seines Abends sicher wie ein Bürger; er mußte der Held eines jener Mysterien sein, die sich unter drei Personen abspielen, jener Mysterien, aus denen der ganze Opernball besteht und die nur denen bekannt sind, die eine Rolle darin haben; denn für junge Frauen, die hingehen, um sagen zu können: ›Ich habe es gesehen‹, für Provinzialen, für unerfahrene junge Leute und Fremde muß die Oper an diesen Abenden der Palast der Ermüdung und der Langweile sein. Für sie ist diese schwarze, langsame und gedrängte Masse, die kommt und geht, sich schlängelt und wendet und wieder wendet, hinauf und hinab steigt und sich mit nichts vergleichen läßt als mit Ameisen auf ihrem Haufen, ebensowenig verständlich, wie die Börse einem bretonischen Bauern, der nichts vom Dasein der Staatspapiere weiß, verständlich ist. Mit seltenen Ausnahmen tragen die Männer in Paris keine Maske; ein Mann im Domino macht einen lächerlichen Eindruck. Darin zeigt sich das Genie der Nation. Leute, die ihr Glück verbergen wollen, können auf den Opernball gehen, ohne erkannt zu werden, und die Masken, die unbedingt gezwungen sind, einzutreten, verlassen ihn alsbald wieder. Eins der amüsantesten Schauspiele bietet das Gedränge, das, sowie der Ball eröffnet wird, die Flut der Gehenden im Kampf mit denen, die kommen, hervorruft. Maskierte Männer sind also entweder eifersüchtige Gatten, die ihre Frauen beobachten wollen, oder Gatten, die ein galantes Abenteuer haben und sich von ihren Frauen nicht beobachten lassen wollen: beide Situationen fordern gleichermaßen den Spott heraus. Nun folgte dem jungen Mann, ohne daß er es merkte, einem Mörder gleich, eine kurze, dicke Maske, die wie eine Tonne in sich selbst zurückzulaufen schien. Für jeden Stammgast der Oper glich dieser Domino einem Verwaltungsbeamten, einem Geldwechsler, einem Bankier, einem Notar, kurz irgendeinem Bürger, der seine Ungetreue in Verdacht hat; denn in der höchsten Gesellschaft läuft niemand demütigenden Beweisen nach. Schon hatten sich mehrere Masken lachend diese mißgestaltete Persönlichkeit gezeigt; andere hatten ihn angesprochen, ein paar junge Leute hatten sich über ihn lustig gemacht. Seine Schulterbreite und seine Haltung aber deuteten auf eine ausgesprochene Verachtung für diese bedeutungslosen Pfeile; er folgte dem jungen Manne, wohin der ihn führte, wie ein verfolgter Eber dahinläuft und sich weder um die Kugeln kümmert, die seine Ohren umpfeifen, noch um die Hunde, die hinter ihm bellen. Obwohl es auf den ersten Blick hätte scheinen können, daß die Suche nach dem Genuß und die Besorgnis dasselbe Kostüm, jenes berühmte venezianische schwarze Gewand, angelegt hätten, und obwohl auf dem Opernball alles durcheinander wogt, so finden, kennen und beobachten sich doch die verschiedenen Kreise, aus denen die Pariser Gesellschaft besteht. Einzelne Eingeweihte haben so scharfumrissene Begriffe, daß ihnen dieses wirre Buch der Interessen lesbar wird wie ein amüsanter Roman. Für die Stammgäste konnte dieser Mann also nicht auf der Verfolgung eines galanten Abenteuers sein; er hätte unfehlbar irgendein verabredetes Kennzeichen getragen, ein rotes, weißes oder grünes, wie es ein von langer Hand vorbereitetes Glück verrät. Handelte es sich um eine Rache? Ein paar Müßiggänger kamen, als sie diese Maske einem von Frauengunst beglückten Mann so dicht folgen sahen, auf das schöne Gesicht zurück, dem der Genuß seine göttliche Aureole aufgesetzt hatte. Der junge Mann interessierte: je weiter er ging, um so mehr Neugier weckte er. Alles deutete übrigens an ihm auf die Gewohnheiten eines eleganten Lebens. Nach einem Gesetz, das unserem Zeitalter verhängnisvoll eigen ist, ist wenig Unterschied vorhanden, sei es im Moralischen, sei es im Physischen, zwischen dem vornehmsten, dem besterzogenen Sohn eines Herzogs und Pairs und diesem reizenden Burschen, den mitten in Paris noch eben das Elend mit seinen ehernen Händen drosselte. Jugend und Schönheit können tiefe Abgründe verbergen; bei ihm wie bei vielen jungen Leuten, die in Paris eine Rolle spielen wollen, ohne das für ihr Auftreten nötige Kapital zu besitzen, und die mit jedem Tage alles für alles aufs Spiel setzen, indem sie dem Gotte opfern, dem in dieser königlichen Stadt am meisten geschmeichelt wird: dem Zufall. Nichtsdestoweniger waren seine Kleidung und seine Manieren einwandfrei; er trat auf das klassische Parkett des Foyers wie ein Stammgast der Oper. Wer hat noch nicht bemerkt, daß es dort wie in allen Zonen von Paris ein Auftreten gibt, das offenbart, wer man ist, was man tut, woher man kommt und was man will?

»Was für ein hübscher junger Mann! Hier kann man sich umdrehen und ihn ansehen«, sagte eine Maske, in der die Stammgäste des Balls eine anständige Frau erkannten. »Sie entsinnen sich seiner nicht?« antwortete der Herr, der ihr den Arm reichte. »Und doch hat Frau du Châtelet ihn Ihnen vorgestellt ...« – »Wie! Das ist der Apothekerssohn, in den sie sich vernarrt hatte und der Journalist wurde, der Liebhaber des Fräulein Coralie?« – »Ich glaubte, er wäre zu tief gefallen, um je wieder in die Höhe zu kommen, und ich verstehe nicht, wie er in der Pariser Gesellschaft wieder auftreten kann?« sagte der Graf Sixtus du Châtelet. »Er sieht aus wie ein Prinz«, sagte die Maske, »und nicht die Schauspielerin, mit der er lebte, wird ihn so verwandelt haben; meine Cousine, die ihn entdeckt hatte, hat ihn nicht herauszuputzen verstanden; ich möchte wohl die Geliebte dieses Sargino kennen. Sagen Sie mir etwas aus seinem Leben, was mich instand setzt, ihn zu beunruhigen.«

Dieses Paar, das dem jungen Manne flüsternd folgte, wurde eben jetzt von der breitschultrigen Maske scharf beobachtet.

»Lieber Herr Chardon«, sagte der Präfekt der Charente, indem er den Dandy am Arm nahm, »erlauben Sie mir, Ihnen jemanden vorzustellen, der seine Bekanntschaft mit Ihnen wieder anknüpfen möchte ...« – »Lieber Graf Châtelet«, erwiderte der junge Mann, »ebendiese Dame hat mich gelehrt, wie lächerlich der Name war, den Sie mir geben. Eine Ordonnanz des Königs hat mir den meiner Vorfahren mütterlicherseits, der Rubemprés, verliehen. Wenn auch die Zeitungen diese Tatsache gemeldet haben, so geht sie doch nur eine so dürftige Persönlichkeit an, daß ich nicht erröte, sie meinen Freunden, meinen Feinden und den

Gleichgültigen ins Gedächtnis zurückzurufen: Sie werden sich rechnen, worunter Sie wollen, aber ich bin überzeugt, Sie werden nicht eine Maßregel mißbilligen, die Ihre Frau mir anriet, als sie nur erst eine Frau von Bargeton war.«

Dieses hübsche Epigramm, über das die Marquise lächeln mußte, jagte dem Präfekten ein nervöses Zittern durch den Körper.

»Sie werden ihr sagen«, fügte Lucien hinzu, »daß ich jetzt den roten Schild mit dem wütenden Silberstier im grünen Felde führe.« – »Dem Silberstier …« wiederholte Châtelet. »Die Frau Marquise wird Ihnen erklären, weshalb dieses alte Wappenschild etwas Besseres ist als der Kammerherrnschlüssel und die goldenen Bienen des Kaiserreichs, die sich in dem Ihren befinden, und zwar zur großen Verzweiflung der Frau Châtelet, gebornen Nègrepelisse d'Espard …« sagte Lucien lebhaft. »Da Sie mich erkannt haben, kann ich Sie nicht mehr beunruhigen; und ich könnte Ihnen nicht erklären, wie sehr Sie mich beunruhigen«, sagte die Marquise d'Espard mit leiser Stimme zu ihm; sie war erstaunt über die Unverschämtheit und Sicherheit, die dieser einst von ihr verachtete Mann sich erworben hatte. »Erlauben Sie also, gnädige Frau, daß ich mich nicht der einzigen Möglichkeit beraube, Ihre Gedanken zu beschäftigen; lassen Sie mich in diesem geheimnisvollen Halbschatten«, sagte er mit dem Lächeln des Mannes, der nicht ein sicheres Glück gefährden will. Die Marquise konnte eine kurze, harte Bewegung nicht unterdrücken, als sie sich, nach einem englischen Ausdruck, von Luciens Schärfe so ›geschnitten‹ sah. »Ich mache Ihnen mein Kompliment zu Ihrem Standeswechsel«, sagte der Graf du Châtelet zu Lucien. »Ich nehme es an, wie Sie es geben«, erwiderte Lucien, indem er die Marquise mit unendlicher Anmut grüßte. »Der Geck!« sagte der Graf leise zu Frau d'Espard, »endlich hat er seine Vorfahren erobert!« – »Bei jungen Leuten deutet die Geckerei, wenn sie sich gegen uns wendet, fast immer auf ein sehr hoch stehendes Glück; denn unter Ihnen deutet sie auf Unglück. Deshalb möchte ich diejenige unserer Freundinnen kennen, die diesen schönen Vogel in ihren Schutz aufgenommen hat; vielleicht sähe ich dann eine Möglichkeit, mich heute abend zu amüsieren. Mein anonymer Brief ist zweifellos eine von einer Rivalin vorbereitete Bosheit, denn es ist von diesem jungen Mann darin die Rede; seine Unverschämtheit wird ihm diktiert worden sein: spionieren Sie ihm nach. Ich will den Arm des Herzogs von Navarreins nehmen; Sie werden mich schon wiederfinden können.«

In dem Augenblick, als Frau d'Espard ihren Verwandten anreden wollte, trat die geheimnisvolle Maske zwischen sie und den Herzog, um ihr ins Ohr zu sagen:»Lucien liebt Sie; er hat den Brief geschrieben; Ihr Präfekt ist sein größter Feind; konnte er sich vor ihm erklären?«

Der Unbekannte ging und ließ Frau d'Espard in doppelter Überraschung zurück. Die Marquise kannte keinen Menschen auf der Welt, der imstande gewesen wäre, die Rolle dieser Maske zu spielen; sie fürchtete eine Falle, setzte und versteckte sich.

Der Graf Sixtus du Châtelet, dessen ehrgeiziges ›du‹ Lucien mit einer Absichtlichkeit unterdrückt hatte, die nach lange erträumter Rache roch, folgte dem wunderbaren Dandy aus einiger Ferne; bald traf er auf einen jungen Mann, dem er sein Herz ausschütten zu können vermeinte.»Nun, Rastignac, haben Sie Lucien gesehen? Er hat sich gehäutet.« – »Wenn ich ein ebenso hübscher Junge wäre wie er, wäre ich noch reicher als er«, erwiderte der junge Lebemann in leichtem, aber feinem Ton, der eine attische Spötterei verriet.»Nein«, sagte ihm die dicke Maske ins Ohr; und durch den Ton, mit dem sie das eine Wort aussprach, gab sie ihm tausend Spöttereien für seine eine zurück. Rastignac, der nicht der Mann dazu war, eine Beleidigung hinunterzuschlucken, stand da wie vom Blitz getroffen und ließ sich von einer Eisenhand, die abzuschütteln ihm unmöglich war, in die Nische eines Fensters führen.»Sie junger Hahn aus Mama Vauquers Hühnerstall, Sie, dem es an Herz fehlte, die Millionen des Papa Taillefer zu packen, als der größte Teil der Arbeit schon getan war, erfahren Sie zu Ihrer persönlichen Sicherheit dies: wenn Sie sich gegen Lucien nicht wie gegen einen Bruder verhalten, den Sie lieben, so sind Sie in unserer Hand, ohne daß wir in Ihrer wären. Schweigen und Ergebenheit! Sonst mische ich mich in Ihr Spiel ein und stoße Ihnen die Kegel um. Lucien von Rubempré steht im Schutz der größten Macht von heute, der Kirche. Wählen Sie zwischen Leben und Tod. Ihre Antwort?«

Rastignac schwindelte es wie einen Menschen, der im Walde eingeschlafen ist und an der Seite einer ausgehungerten Löwin erwacht. Er fürchtete sich, und er hatte keine Zeugen: in solchen Fällen überlassen sich die mutigsten Männer der Furcht.»Nur *er* kann wissen ... und wagen ...« sagte er halblaut vor sich hin. Die Maske drückte ihm die Hand, um ihn zu verhindern, daß er seinen Satz aussprach.»Handeln Sie, als wäre *er* es«, sagte sie. Rastignac tat, was ein Millionär auf der

Landstraße täte, wenn er einen Räuber auf sich anschlagen sähe: er kapitulierte.

»Mein lieber Graf«, sagte er zu du Châtelet, als er zu ihm zurückkehrte, »wenn Ihnen an Ihrer Stellung liegt, so behandeln Sie Lucien von Rubempré wie einen Menschen, den Sie eines Tages viel höher gestellt sehen werden, als Sie es sind.«

Die Maske ließ sich eine unmerkliche Geste der Befriedigung entschlüpfen und nahm die Spur Luciens wieder auf.

»Mein Lieber, Sie haben Ihre Meinung über ihn gar schnell geändert«, erwiderte der mit Recht erstaunte Präfekt. »Gibt es heute noch Meinungen? Es gibt nur noch Interessen«, fiel Des Lupeaulx, der sie hörte, ein; »um was handelt es sich?« – »Um den Herrn von Rubempré, den Rastignac als eine Persönlichkeit ausgeben will«, sagte der Deputierte zu dem Generalsekretär. »Mein lieber Graf«, erwiderte Des Lupeaulx mit ernsthafter Miene, »Herr von Rubempré ist ein junger Mann von höchstem Verdienst; und er hat so gute Stützen, daß ich mich glücklich schätzen würde, wenn ich meine Bekanntschaft mit ihm wieder anknüpfen könnte.« – »Da wird er gleich in das Wespennest der Wüstlinge unserer Zeit hineingeraten«, sagte Rastignac.

Die drei Teilnehmer des Gesprächs wandten sich einem Winkel zu, in dem ein paar Schöngeister, mehr oder minder berühmte Leute, und einige elegante Männer standen. Diese Herren teilten sich ihre Beobachtungen, ihre Witze und ihre Bosheiten mit, indem sie versuchten, sich zu amüsieren, oder indem sie ein Vergnügen erwarteten. In dieser so wunderlich zusammengesetzten Gruppe befanden sich auch Leute, zu denen Lucien Beziehungen gehabt hatte, und unter deren scheinbar gutem Verhältnis zu ihm sich schlimme Dienste verbargen.

»Nun, Lucien, mein Kind, mein Liebchen, da sind Sie ja wieder ausgestopft und ausstaffiert. Woher kommen wir? Sind wir endlich mit Hilfe der Geschenke aus Florines Boudoir wieder in den Sattel gekommen? Bravo, mein Bürschchen!« sagte Blondet, indem er Finots Arm losließ, um Lucien vertraulich um die Hüften zu fassen und ans Herz zu drücken.

Andoche Finot war der Besitzer einer Zeitschrift, an der Lucien fast unentgeltlich mitgearbeitet hatte und die Blondet durch seine Artikel, seine klugen Ratschläge und die Tiefe seiner Einsicht reich machte. Finot und Blondet personifizierten Bertrand und Raton, doch mit dem Unterschied, daß Lafontaines Kater schließlich merkt, wie er betrogen wird, während Blondet, obwohl er wußte, daß er betrogen wurde, Finot weiter diente. Dieser glänzende Kondottiere der Feder sollte noch lange Sklave bleiben. Finot verbarg unter schwerfälligen Formen, unter der Schläfrigkeit einer unverschämten Dummheit, die etwa so am Geist gerieben worden war, wie ein Handlanger sein Brot an Knoblauch reibt, einen brutalen Willen. Er verstand das, was er auf den Feldern des wüsten Lebens, wie es Literaten und Politiker führen, mähte, die Ideen und die Taler, auch in die Scheuer zu bringen. Blondet hatte zu seinem Unglück seine ganze Kraft in den Sold seiner Laster und seiner Trägheit gestellt. Da ihn immer von neuem die Not überfiel, so gehörte er zu dem armen Geschlecht der hervorragenden Leute, die für das Glück anderer alles vermögen, nichts aber für ihr eigenes Glück: zum Geschlecht der Aladdins, die sich ihre Lampe abborgen lassen. Das Urteil dieser wundervollen Ratgeber ist scharfsinnig und treffend, wenn es nicht vom persönlichen Interesse hin und her gezerrt wird. Bei ihnen handelt der Kopf und nicht der Arm. Daher das Lockere ihrer Sitten, daher der Tadel, mit dem minderwertige Geister sie überhäufen. Blondet teilte seine Börse mit dem Kameraden, den er am Abend zuvor verwundet hatte; er speiste, trank und schlief mit dem zusammen, den er am folgenden Tage umbringen wollte. Seine amüsanten Paradoxe rechtfertigten alles. Wie er die ganze Welt als einen Scherz nahm, wollte er nicht ernst genommen werden. Er war jung, beliebt, fast berühmt und glücklich, und also dachte er nicht wie Finot daran, sich das für den Bejahrten nötige Vermögen zu erwerben.

Es gehörte für Lucien vielleicht der schwierigste Mut dazu, um in diesem Augenblick Blondet zu ›schneiden‹, wie er soeben Frau d'Espard und Châtelet geschnitten hatte. Zu seinem Unglück hemmte bei ihm die Genußsucht der Eitelkeit die Entfaltung des Ehrgeizes, der sicherlich der Ausgangspunkt vieler großen Dinge ist. Seine Eitelkeit hatte in jenem ersten Waffengang triumphiert; er hatte sich vor zwei Leuten, die ihn einst in seiner Armut und seinem Elend verachtet hatten, reich, glücklich und geringschätzig gezeigt; aber konnte ein Dichter gleich einem ergrauten Diplomaten zwei sogenannten Freunden die Spitze bieten, die ihn in seinem Elend aufgenommen, die während der Tage seiner Not ihr Bett mit ihm geteilt hatten? Finot, Blondet und er hatten sich gemeinsam weggeworfen; sie hatten sich in Orgien gewälzt, die nicht nur das Geld ihrer Gläubiger auffraßen. Gleich jenen Soldaten, die ihren Mut nicht am rechten Ort anzubringen wissen, tat Lucien jetzt das, was sehr viele

Leute in Paris tun: er kompromittierte sich von neuem, indem er Finots Händedruck annahm und sich gegen Blondets Liebkosung nicht wehrte. Wer sich je mit dem Journalismus befaßt hat oder noch befaßt, sieht sich in der grausamen Notwendigkeit, Leute, die er verachtet, begrüßen, seinen besten Feinden zulächeln, mit den übelriechendsten Gemeinheiten paktieren und, wenn er seine Angreifer mit ihrer eigenen Münze bezahlen will, sich die Finger beschmutzen zu müssen. Man gewöhnt sich daran, zuzusehen; wenn Schlimmes geschieht, es geschehen zu lassen; man billigt es erst, man tut es schließlich selbst. Auf die Dauer wird die Seele, die durch schmähliche und dauernde Kompromisse unablässig befleckt wird, kleiner, die Schnellfeder edler Gedanken verrostet, die Angeln der Banalität nutzen sich ab und drehen sich von selber. Alzesten werden zu Philinten; Charaktere erschlaffen, Talente werden zu Bastardbegabungen, der Glaube an schöne Werke entfliegt. Wer einst auf die beschriebenen Blätter stolz sein wollte, verschwendet seine Kraft auf traurige Artikel, die sein Gewissen ihm früher oder später als ebenso viel schlimme Handlungen vorwirft. Man war gekommen, wie es bei Lousteau, bei Vernou ging, um ein großer Schriftsteller zu werden; man erkennt in sich selbst den ohnmächtigen Libellisten. Deshalb kann man jene, bei denen der Charakter auf der Höhe ihres Talents steht, niemals genug loben: die d'Arthez, die sichern Fußes durch die Klippen des literarischen Lebens zuschreiten wissen. Lucien wußte auf Blondets Schmeicheleien nichts zu erwidern, denn dessen Geist übte auf ihn eine unwiderstehliche Verführung aus, er bewahrte noch immer die Gewalt des Wüstlings über seinen Schüler, und außerdem nahm er durch seine Liaison mit der Gräfin von Montcornet in der Gesellschaft eine gute Stellung ein.

»Haben Sie einen Onkel beerbt?« fragte Finot mit spöttischer Miene. »Ich habe wie Sie begonnen, die Dummen systematisch zu schröpfen«, erwiderte Lucien im gleichen Ton. »Hätte der Herr eine Zeitschrift, irgendein Journal?« fragte Andoche Finot mit der unverschämten Selbstzufriedenheit, die der Ausbeutende dem Ausgebeuteten gegenüber entfaltet. »Ich habe Besseres«, versetzte Lucien, dessen durch die gespielte Überlegenheit des Chefredakteurs verwundete Eitelkeit ihm den Geist seiner neuen Stellung zurückgab. »Und was haben Sie, mein Lieber? …« – »Ich habe eine Partei.« – »Es gibt eine Partei Lucien?« fragte Vernou lächelnd. »Finot, da hat dich dieser Bursche in Schatten gestellt, ich habe es dir vorhergesagt, Lucien hat Talent, du hast ihn nicht richtig behandelt, du hast ihn gerädert. Bereue, grober Tölpel!« rief Blondet.

Blondet war schlau wie das Bisam und sah also in Luciens Geste, Ton und Miene mehr als ein Geheimnis; indem er ihn aufheiterte, verstand er es, ihm mit ebendiesen Worten die Kinnkette des Zügels straffer zu fassen. Er wollte wissen, weshalb Lucien nach Paris zurückgekehrt war, wollte seine Pläne und seine Existenzmittel erforschen. »Auf die Knie vor einer Überlegenheit, die du niemals haben wirst, wenn du auch Finot bist!« fuhr er fort. »Nimm den Herrn, und zwar auf der Stelle, in die Zahl der ganz Starken auf, denen die Zukunft gehört; er ist einer von uns! Er ist geistreich und schön: muß er nicht durch dein quibuscunque viis Erfolg haben? Da steht er in seiner guten Mailänder Rüstung, den gewaltigen Dolch halb gezückt und sein Panier gehißt! Tausend Wetter, Lucien, wo hast du denn diese hübsche Weste gestohlen? Nur die Liebe kann solche Stoffe ausfindig machen. Haben wir einen Wohnsitz? Ich muß im Augenblick gerade die Adressen meiner Freunde kennen, ich weiß nicht, wo ich schlafen soll. Finot hat mich für heute abend unter dem vulgären Vorwand eines galanten Abenteuers vor die Tür gesetzt.« – »Mein Lieber«, erwiderte Lucien, »ich habe einen Grundsatz in die Praxis umgesetzt, mit dem man eines ruhigen Lebens sicher ist: Fuge, late, tace. Ich verlasse Sie.« – »Aber ich verlasse dich nicht, wenn du nicht mir gegenüber eine heilige Schuld tilgst: jenes kleine Souper, he?« sagte Blondet, der das Wohlleben ein wenig zu sehr liebte und sich bewirten ließ, wenn er gerade ohne Geld war. »Welches Souper?« fragte Lucien, während ihm eine ungeduldige Geste entschlüpfte. »Du entsinnst dich nicht? Daran erkenne ich, wenn es einem Freund gut geht: er hat kein Gedächtnis mehr.« – »Er weiß, was er uns schuldig ist, ich verbürge mich für sein Herz«, sagte Finot, indem er Blondets Scherz aufgriff. »Rastignac«, sagte Blondet, indem er den jungen Lebemann in dem Augenblick am Arm faßte, als er das obere Ende des Foyers erreichte und in die Nähe der Säule kam, bei der die sogenannten Freunde standen, »es handelt sich um ein Souper: Sie werden dabei sein ... wenn nicht der Herr«, fuhr er ernsthaft fort, indem er auf Lucien zeigte, »darauf besteht, eine Ehrenschuld zu leugnen; er kann es.« – »Herr von Rubempré, dafür bürge ich, ist dessen nicht fähig«, sagte Rastignac, der an etwas ganz anderes dachte als eine Mystifikation. »Da ist Bixiou«, rief Blondet, »er kommt auch: ohne ihn ist nichts vollständig. Ohne ihn macht mir der Champagner die Zunge schwer, und ich finde alles fad, selbst den

Pfeffer der Epigramme.« – »Meine Freunde«, sagte Bixiou, »ich sehe, ihr seid um das Wunder des Tages versammelt. Unser teurer Lucien erneuert die Metamorphosen Ovids. Wie die Götter sich, um Frauen zu verführen, in seltsame Gemüse und so weiter verwandelten, so hat er den Chardon verwandelt in einen Edelmann, um – wen? – zu verführen … Karl X.! … Mein kleiner Lucien«, sagte er, indem er ihn an einem Knopf seines Rockes faßte, »ein Journalist, der zum großen Herrn wird, verdient eine hübsche Katzenmusik. An deren Stelle«, sagte der unerbittliche Spötter, indem er auf Finot und Vernou zeigte, »würde ich dich in ihrem kleinen Blatt vornehmen: du würdest ihnen einige hundert Franken einbringen: zehn Spalten guter Witze.« – »Bixiou«, sagte Blondet, »ein Amphitryo ist uns vierundzwanzig Stunden vor und zwölf Stunden nach dem Gastmahl heilig: unser erlauchter Freund gibt uns ein Souper.« – »Wie, wie!« fuhr Bixiou fort; »aber was ist notwendiger, als einen großen Mann vor der Vergessenheit zu bewahren und die dürftige Aristokratie eines talentvollen Mannes mit einer Aussteuer zu versehen? Lucien, du besitzt die Achtung der Presse, deren schönste Zierde du gewesen bist, und wir werden dich stützen. Finot, ein paar Zeilen im Leitartikel! Blondet, ein verfängliches Artikelchen auf der vierten Seite deines Blattes! Wir wollen das Erscheinen des schönsten Buches der Zeit, des ›Bogenschützen Karls IX.‹ melden. Wir wollen Dauriat anflehen, uns bald die ›Margueriten‹ zu bescheren, jene göttlichen Sonette des französischen Petrarca! Erheben wir unsern Freund auf den Schild des Stempelpapiers, das einen Ruf schafft oder vernichtet!« – »Wenn du ein Souper willst«, sagte Lucien zu Blondet, um diese Truppe, die immer größer zu werden drohte, ab-zuschütteln, »so scheint mir, hattest du es einem alten Freund gegenüber nicht nötig, Hyperbeln und Parabeln anzuwenden, als wäre er ein Tropf. Auf morgen Abend, bei Lointier!« sagte er lebhaft, als er eine Frau kommen sah, auf die er zueilte. »Oh! oh! oh!« sagte Bixiou in dreimal wechselndem Ton und mit spöttischer Miene, während es schien, als erkennte er die Maske, der Lucien entgegenging; »das verdient eine Be-stätigung.« Und er folgte dem hübschen Paar, ging an ihm vorbei, prüfte es mit scharfblickendem Auge und kehrte zur großen Befriedigung all dieser Neider zurück, die nur zu gern wissen wollten, woher der Wechsel in Luciens Vermögensumständen kam. »Meine Freunde, ihr kennt seit langem das Glück des Herrn von Rubempré«, sagte Bixiou zu ihnen: »es ist die alte Ratte Des Lupeaulx'.«

Eine der jetzt vergessenen Verderbtheiten, die jedoch im Anfang dieses Jahrhunderts sehr verbreitet war, bestand in dem Luxus der ›Ratten‹. Eine Ratte – das Wort ist schon veraltet – nannte man ein Kind von zehn bis elf Jahren, eine Statistin an irgendeinem Theater, vor allem an der Oper, die irgendein Wüstling für das Laster und die Gemeinheit erzog. Eine Ratte war eine Art Höllenpage, ein weiblicher Gassenbube, dem man gute Streiche verzieh. Die Ratte konnte alles nehmen, man mußte ihr mißtrauen wie einem gefährlichen Tier; sie führte ein Element der Lustigkeit in das Leben ein, wie es in der alten Komödie die Scapins, die Sganarelles und die Frontins taten. Die Ratte war zu teuer: sie trug weder Ehre noch Nutzen noch Vergnügen ein; die Mode der Ratten verschwand so vollständig, daß heute nur wenige Menschen dieses intime Detail des eleganten Lebens vor der Restauration noch kannten, bis ein paar Schriftsteller sich der Ratte als eines neuen Themas bemächtigten.

»Wie, sollte uns Lucien, nachdem ihm Coralie unter dem Leibe getötet wurde, die Torpille entführen?« fragte Blondet. Als die Maske mit den athletischen Formen diesen Namen hörte, entschlüpfte ihr eine Bewegung, die Rastignac sah, obwohl sie verhalten war. »Das ist nicht möglich!« erwiderte Finot; »die Torpille hat keinen Heller zu geben: sie hat sich, wie mir Nathan sagte, von Florine tausend Franken geborgt.« – »O meine Herren, meine Herren! …« sagte Rastignac, indem er Lucien gegen so gehässige Beschuldigungen zu verteidigen suchte. »Nun«, rief Vernou, »ist denn der ausgehaltene Geliebte Coralies so tugendhaft geworden? …« – »O, gerade diese tausend Franken«, sagte Bixiou, »beweisen mir, daß unser Freund Lucien mit der Torpille zusammenlebt …« – »Welchen unersetzlichen Verlust erlebt die Elite der Wissenschaft, der Kunst und der Politik!« rief Blondet. »Die Torpille ist das einzige Freudenmädchen, in dem man das Zeug zu einer schönen Kurtisane fand; kein Unterricht hatte sie verdorben, sie konnte weder lesen noch schreiben: sie hätte uns verstanden. Wir hätten unserer Zeit eine jener prachtvollen Aspasiafiguren geschenkt, ohne die es kein großes Jahrhundert gibt. Sehen Sie doch, wie gut die Dubarry dem achtzehnten Jahrhundert steht, Ninon de Lenclos dem siebzehnten, Marion de Lorme dem sechzehnten, Imperia dem fünfzehnten, Flora der römischen Republik, die sie zu ihrer Erbin machte und die mit ihrem Nachlaß ihre Staatsschuld tilgen konnte! Was wäre Horaz ohne Lydia, Tibull ohne Delia, Katull ohne Lesbia, Properz ohne Cynthia, Demetrius ohne Lamia, die noch heute seinen Ruhm ausmacht?« – »Wenn Blondet im Foyer der

Oper von Demetrius redet, so scheint das doch ein wenig zu sehr Leit-artikel«, sagte Bixiou seinem Nachbar ins Ohr. »Und was wäre ohne all jene Königinnen das Kaiserreich der Cäsaren?« fuhr Blondet immer noch fort; »Lais und Rhodope sind Griechenland und Ägypten. Alle übrigens sind die Poesie der Jahrhunderte, in denen sie lebten. Diese Poesie, die Napoleon fehlt – denn seine Witwe, die große Armee, ist ein Kasernenscherz –, hat auch der Revolution nicht gefehlt, denn sie hat Frau Tallien besessen. Jetzt, wo es sich in Frankreich darum handelt, wer auf dem Thron sitzen soll, steht sicherlich ein Thron leer. Wir alle, wir können eine Königin schaffen. Ich selbst hätte der Torpille eine Tante gegeben, denn ihre Mutter ist zu offenkundig auf dem Felde der Unehre gefallen; du Tillet hätte ihr ein Hotel bezahlt, Lousteau einen Wagen, Rastignac ihre Lakaien, Des Lupeaulx einen Koch, Finot die Hüte (Finot konnte eine Bewegung nicht unterdrücken, als er aus nächster Nähe dieses Epigramm erhielt); Vernou hätte für sie Reklame gemacht, Bixiou ihr ihre Witze geliefert! Die Aristokratie wäre zu unserer Ninon gekommen, um sich bei ihr zu amüsieren, und die Künstler hätten wir durch Androhung todbringender Artikel zu ihr gelockt. Ninon II. wäre wunderbar unverschämt, zermalmend luxuriös geworden. Sie hätte Ansichten gehabt. Man hätte bei ihr irgendein verbotenes dramatisches Meisterwerk vorgelesen, das man im Notfall eigens hätte machen lassen. Liberal wäre sie nie geworden, denn eine Kurtisane ist wesentlich mon-archisch gesinnt. Ach, welch ein Verlust! Sie hätte ihr ganzes Jahrhundert umarmen müssen und liebt einen kleinen jungen Mann! Lucien wird einen Jagdhund aus ihr machen.« – »Keine der weiblichen Großmächte, die du genannt hast, ist durch die Straße gewatet«, sagte Finot, »und diese hübsche Ratte hat sich im Kot gewälzt.« – »Wie das Samenkorn einer Lilie in ihrer Düngererde«, erwiderte Vernou, »ist sie dadurch nur schöner geworden; sie hat geblüht. Daher kommt ihre Überlegenheit. Muß man nicht alles kennen gelernt haben, um das Lachen und die Freude zu schaffen, die sich an alles heften?« – »Er hat recht«, sagte Lousteau, der bisher beobachtet hatte, ohne zu reden, »die Torpille ver-steht zu lachen und lachen zu machen. Diese Wissenschaft der großen Schriftsteller und der großen Schauspieler gehört nur denen, die in alle sozialen Tiefen eingedrungen sind. Mit achtzehn Jahren hat dieses Mädchen schon den höchsten Wohlstand, das tiefste Elend und Men-schen aller Stufen gekannt. Sie hält etwas wie einen Zauberstab in Hän-den, mit dem sie die brutalen Begierden entkettet, die bei den Männern so gewaltsam zurückgedrängt sind, wenn sie noch ein Herz haben, obgleich sie sich mit der Politik, der Wissenschaft, der Literatur oder der Kunst beschäftigen. Es gibt in Paris keine zweite Frau, die so wie sie zum Tier sagen kann: Komm hervor! Und das Tier verläßt seinen Stall und wälzt sich in Ausschweifungen: bis an das Kinn setzt sie einen zu Tisch, sie hilft einem trinken und rauchen. Kurz, diese Frau ist das Salz, das Rabelais besingt und das, auf die Materie gestreut, die Dinge belebt und bis in die Wunderregionen der Kunst erhebt: ihr Kleid entfaltet unerhörte Pracht, ihre Finger lassen zur rechten Zeit ihre Geschmeide fallen, wie ihr Mund sein Lächeln; sie gibt jedem Ding den Geist des Augenblicks; ihre Rede glitzert von stechenden Pfeilen; sie kennt das Geheimnis der Onomatopöien in den schönsten Farben, die auch am kräftigsten malen ...« – »Du vergeudest für fünf Franken Feuilleton«, sagte Bixiou, indem er Lousteau unterbrach, »die Torpille ist unendlich viel mehr als all das; ihr alle seid mehr oder minder ihre Liebhaber gewesen, aber keiner von euch kann behaupten, sie sei seine Geliebte gewesen; sie kann euch immer besitzen, ihr werdet sie nie besitzen. Ihr erbrecht ihre Tür, ihr habt sie um einen Dienst zu bitten ...« – »Oh! Sie ist großmütiger als ein Räuberhauptmann, der seine Sache recht macht, und ergebener als der beste Schulkamerad«, sagte Blondet; »man kann ihr seine Börse und sein Geheimnis anvertrauen. Aber das, weswegen ich sie zur Königin wählen würde, ist ihre bourbonische Gleichgültigkeit gegen den gefallenen Günstling.« – »Sie ist wie ihre Mutter viel zu teuer«, sagte Des Lupeaulx. »Die schöne Holländerin hätte die Einkünfte des Erzbischofs von Toledo verschlungen, sie hat zwei Notare aufgezehrt ...« – »Und Maxime von Trailles ernährt, als er Page war«, sagte Bixiou. »Die Torpille ist zu teuer, wie Raffael, wie Carême, wie Taglioni, wie Lawrence, wie Boulle, wie alle genialen Künstler zu teuer waren ...« sagte Blondet. »Nie hat Esther so sehr nach einer anständigen Frau ausgesehen«, sagte jetzt Rastignac, indem er auf die Maske zeigte, der Lucien den Arm gereicht hatte. »Ich wette auf Frau von Sérizy.« – »Da ist kein Zweifel möglich«, rief du Châtelet; »der Wohlstand des Herrn von Rubempré ist erklärt.« – »Ach, die Kirche weiß sich ihre Leviten auszuwählen; was für einen hübschen Gesandtschaftssekretär wird er abgeben!« sagte Des Lupeaulx. »Um so mehr«, fuhr Rastignac fort, »als Lucien ein Mann von Talent ist. Diese Herren haben mehr als einen Beweis dafür erlebt«, fügte er hinzu, indem er Blondet, Finot und Lousteau ansah. »Ja, der Bursche ist dazu geschaffen, um es weit zu bringen«, sagte Lousteau, der vor Eifersucht barst, »um so mehr, als er das hat, was wir ›Unabhängigkeit in den Ideen‹ nennen ...« – »Du hast ihn zu dem gemacht, was er ist«, sagte Vernou. »Nun«, versetzte Bixiou, indem er Des Lupeaulx ansah, »ich appelliere an die Erinnerungen des Herrn Generalsekretärs und Berichterstatters über die Bittschriften; diese Maske ist die Torpille, ich wette ein Souper ...« – »Ich halte die Wette«, sagte du Châtelet, der gern die Wahrheit wissen wollte. »Auf! Des Lupeaulx«, sagte Finot, »sehen Sie zu, daß Sie die Ohren Ihrer alten Ratte wiedererkennen.« – »Es ist nicht nötig, einen Verstoß gegen die Maskenfreiheit zu begehen«, erwiderte Bixiou; »die Torpille und Lucien werden bis zu uns herkommen, wenn sie das Foyer wieder heraufgehn; ich mache mich anheischig, euch dann zu beweisen, daß sie es ist.« – »Er ist also wieder übers Wasser gekommen, unser Freund Lucien?« sagte Nathan, der sich der Gruppe anschloß; »ich glaubte, er wäre für den Rest seiner Tage nach Angoulême zurückgekehrt. Hat er irgendein Geheimnis wider die Manichäer entdeckt?« – »Er hat getan, was du so bald nicht tun wirst«, erwiderte Rastignac, »er hat alles bezahlt.« Die dicke Maske nickte beistimmend mit dem Kopf. »Wenn ein Mann in seinem Alter ein ordentlicher Mensch wird, gerät er auf Abwege; er hat keine Kühnheit mehr, er wird Rentier«, versetzte Nathan. »Oh, der wird stets ein großer Herr bleiben, und er wird innerlich stets eine Höhe der Gedanken besitzen, die ihn über viele sogenannte überlegene Menschen erhebt«, gab Rastignac zurück.

In diesem Augenblick sahen die Journalisten, Dandys und Müßiggänger, wie sich etwa Pferdehändler ein Pferd ansehen, das verkauft werden soll, prüfend den reizenden Gegenstand ihrer Wette an. Diese in der Kenntnis der Pariser Verkommenheiten gealterten Richter, lauter Leute von überlegenem Geist, und zwar alle auf verschiedenem Gebiet, alle gleich verderbt und gleichermaßen Verführer, alle wahnsinnigem Ehrgeiz verfallen, daran gewöhnt, alles anzunehmen und alles zu erraten, hefteten die Augen auf eine maskierte Frau, eine Frau, die nur von ihnen entziffert werden konnte. Nur sie und noch ein paar Stammgäste des Opernballs vermochten unter dem langen Leichentuch des schwarzen Dominos, unter der Kapuze und dem herabhängenden Kragen, wie sie alle Frauen unerkennbar machen, die Rundung der Formen, die Besonderheiten der Haltung und des Schritts, die Bewegung der Hüften, die Stellung des Kopfes und all jene Dinge zu erkennen, die gewöhnlichen Augen am wenigsten wahrnehmbar, ihren Augen aber am leichtesten sichtbar waren.

Trotz dieser formlosen Hülle konnten sie also das rührendste Schauspiel sehen, das einer von echter Liebe belebten Frau. Mochte es nun die Torpille, die Herzogin von Maufrigneuse oder Frau von Sérizy sein, die letzte oder die erste Sprosse der sozialen Leiter, auf jeden Fall war dieses Geschöpf eine wunderbare Schöpfung, eine Vision glücklicher Träume. Diese alten jungen Leute und diese jungen Greise hatten eine so lebhafte Empfindung, daß sie Lucien um das erhabene Vorrecht der Verwandlung dieser Frau in eine Göttin beneideten. Die Maske ging dort, als wäre sie mit Lucien allein; für diese Frau waren die zehntausend Personen, war die schwere Atmosphäre voller Staub nicht mehr vorhanden; nein, sie stand unter dem Himmelsgewölbe der Liebe da, wie Raffaels Madonnen unter ihrem ovalen Goldreif stehen. Sie fühlte nicht, wie man sie mit Ellbogen streifte; die Flamme ihres Blicks brach durch die beiden Löcher ihrer Maske hervor und entzündete sich an Luciens Augen, und schließlich schien das Zittern ihres Körpers von der Bewegung ihres Freundes auszugehen. Woher kommt diese Flamme, die eine liebende Frau umstrahlt und sie unter allen anderen auszeichnet? Woher kommt jene Leichtigkeit eines Luftgeistes, die die Gesetze der Schwere zu verwandeln scheint? Ist es die nach außen tretende Seele? Hat das Glück physische Kräfte? Die Harmlosigkeit einer Jungfrau, die Anmut der Kindheit verrieten sich unter dem Domino. Obgleich sie getrennt einhergingen, glichen diese beiden Wesen jenen Gruppen Floras und Zephyrs, die von den geschicktesten Bildhauern kunstvoll verschlungen sind; aber es war mehr als Skulptur, als die größte der Künste; Lucien und sein hübscher Domino erinnerten an jene mit Blumen oder Vögeln beschäftigten Engel, die der Pinsel Giovanni Bellinis unter die Bilder der Jungfrau-Mutter setzte; Lucien und diese Frau gehörten der Phantasie an, die über der Kunst steht, wie die Ursache über der Wirkung steht.

Als diese Frau, die alles vergaß, nur noch einen Schritt von der Gruppe entfernt war, rief Bixiou: »Esther!« Die Unglückliche wandte sich lebhaft um, wie jemand, der sich rufen hört, erkannte den boshaften Menschen und senkte den Kopf gleich einem Sterbenden, der den letzten Seufzer ausgestoßen hat. Ein gellendes Gelächter brach aus, und die Gruppe zerstob in der Menge wie ein Trupp erschreckter Feldmäuse, die am Rande des Weges in ihre Löcher schießen. Nur Rastignac entfernte sich nicht weiter, als er mußte, damit es nicht aussah, als flöhe er vor den funkelnden Blicken Luciens; er konnte einen zwiefachen, gleich tiefen, wenn auch verschleierten Schmerz bewundern: zunächst die

Torpille, die wie vom Blitz getroffen war; dann die unverständliche Maske, den einzigen Menschen der Gruppe, der geblieben war. Esther flüsterte Lucien in dem Moment, in dem ihr die Knie brachen, etwas ins Ohr, und Lucien verschwand mit ihr, indem er sie stützte. Rastignac folgte dem hübschen Paar mit dem Blick, versunken in seine Gedanken.

23

»Woher hat sie diesen Namen der Torpille?« fragte ihn eine düstere Stimme, die ihn bis ins Innerste traf, denn sie war nicht mehr verstellt. »*Er* ist es, und er ist wieder entkommen ...« sagte Rastignac vor sich hin. »Schweig, oder ich bringe dich um«, erwiderte die Maske, indem sie eine andere Stimme annahm. »Ich bin mit dir zufrieden; du hast dein Wort gehalten, und also hast du mehr als einen Arm zu deinem Dienst. Bleibe hinfort stumm wie das Grab; aber ehe du verstummst, antworte auf meine Frage.« – »Nun, dieses Mädchen ist so reizvoll, daß sie dem Kaiser Napoleon den Kopf benommen hätte und daß sie selbst einem, der noch schwerer zu verführen ist, den Kopf benehmen würde: dir!« erwiderte Rastignac, indem er fortging. »Einen Augenblick!« sagte die Maske. »Ich will dir zeigen, daß du mich niemals irgendwo gesehen zu haben brauchst.«

Der Fremde nahm die Maske ab; Rastignac zögerte einen Augenblick, da er nichts von der scheußlichen Persönlichkeit erblickte, die er ehemals im Hause Vauquer gekannt hatte. »Der Teufel hat es Ihnen ermöglicht, sich ganz zu verwandeln, nur die Augen nicht, die man niemals vergessen könnte«, sagte er. Die Hand aus Eisen drückte ihm den Arm, um ihm ewiges Schweigen zu empfehlen.

Um drei Uhr morgens fanden Des Lupeaulx und Finot den eleganten Rastignac noch immer an derselben Stelle; er lehnte an der Säule, wo ihn die furchtbare Maske verlassen hatte. Rastignac hatte vor sich selbst gebeichtet: er war in einer Person Priester und Sünder, Richter und Angeklagter gewesen. Er ließ sich zum Frühstück davonführen, und als er nach Hause kam, war er vollständig berauscht, aber schweigsam.

Die Rue de Langlade verunziert mit den anstoßenden Straßen das Palais Royal und die Rue de Rivoli. Dieser Teil eines der glänzendsten Pariser Viertel wird noch lange den Makel tragen, den ihm die Kehricht- hügel des alten Paris aufgedrückt haben, auf denen ehemals Mühlen standen. Diese engen, düstern und kotigen Straßen, in denen Industrien getrieben werden, die wenig für ihre äußere Erscheinung sorgen, nehmen nachts eine geheimnisvolle und kontrastreiche Physiognomie an. Wenn man von dem lichtreichen Pflaster der Rue Saint-Honoré, der Rue

24

Neuve des Petits Champs und der Rue de Richelieu kommt, in denen sich eine nie ebbende Menge drängt und in denen die Meisterwerke der Industrie, der Mode und der Künste glänzen, so muß jeder, dem das abendliche Paris unbekannt ist, von einer traurigen Angst ergriffen werden, sobald er in das Gewirr der kleinen Straßen kommt, das diesen bis zum Himmel hinaufgespiegelten Glanz umschließt. Dichter Schatten folgt auf die Ströme von Gaslicht. Von Zeit zu Zeit wirft eine bleiche Laterne ihr ungewisses, rauchiges Licht, das bestimmte schwarze Sackgassen nicht mehr beleuchtet. Selten sieht man einen Menschen gehen, und der geht schnell. Die Läden sind geschlossen, und wenn einer geöffnet ist, so macht er einen verdächtigen Eindruck; es ist eine dunkle, unsaubere Kneipe oder ein Wäscheladen, in dem man Eau de Cologne verkauft. Eine ungesunde Kälte legt einem den feuchten Mantel auf die Schultern. Es kommen wenig Wagen durch. Es gibt unheimliche Winkel, unter denen sich die Rue de Langlade, die Mündung der Saint-Guillaume-Passage und ein paar Straßenecken auszeichnen. Die Gemeindeverwaltung hat bislang wenig tun können, um dieses große Aussatzspital auszuspülen; denn seit langem hat hier die Prostitution ihr Hauptquartier aufgeschlagen. Vielleicht ist es ein Glück für die Welt von Paris, wenn man diesen Gassen ihren Kotanblick läßt. Wenn man bei Tage durchkommt, so kann man sich nicht vorstellen, was bei Nacht aus all diesen Straßen wird; sie werden durchfurcht von wunderlichen Wesen, die keiner Welt entstammen; halbnackte weiße Gestalten stehen an den Mauern hin; der Schatten ist belebt. Zwischen dem Hausgemäuer und den Vorübergehenden gleiten Kleider, die gehen und reden. Gewisse angelehnte Türen brechen jäh in schallendes Gelächter aus. Worte fallen einem ins Ohr, die, wie Rabelais sagt, gefroren waren und jetzt schmelzen. Aus dem Pflaster tönen Refrains herauf. Es ist kein vages Geräusch, es bedeutet irgend etwas; wenn es heiser wird, so ist es eine menschliche Stimme; aber wenn es einem Singen gleicht, so hat es nichts Menschliches mehr und nähert sich einem Zischen. Oft wird plötzlich gepfiffen. Endlich haben die Stiefelabsätze irgend etwas Herausforderndes und Spöttisches. Einen schwindelt bei diesem Gesamteindruck der Dinge. Dort sind die atmosphärischen Verhältnisse verwandelt: man schwitzt im Winter und friert im Sommer. Aber welches Wetter auch herrsche, diese seltsame Natur bietet stets dasselbe Schauspiel dar: hier lebt die phantastische Welt des Berliners Hoffmann. Der am rechnerischsten veranlagte Kassier findet hier nichts Wirkliches mehr, wenn er die Straßenengen hinter sich hat, die zu den anständigen Straßen führen, wo es Passanten, Läden und Lampen gibt. Wählerischer oder schamhafter als Könige und Königinnen vergangener Zeiten, die sich nie fürchteten, sich mit den Kurtisanen zu beschäftigen, wagt die moderne Verwaltung oder Politik es nicht mehr, dieser Wunde der großen Städte ins Gesicht zu sehen. Sicherlich müssen sich die Maßregeln mit den Zeiten wandeln, und solche, die das Individuum und seine Freiheit angreifen, sind heikel; aber vielleicht sollte man sich in den rein materiellen Dingen, in bezug auf Licht, Luft und Lokale, weitherzig und kühn zeigen. Der Moralist, der Künstler und der weise Verwalter werden die alten Holzgalerien des Palais Royal zurücksehnen, wo sich diese Schäflein drängten, die immer dahin kommen werden, wohin die Spaziergänger gehen: und ist es nicht besser, wenn die Spaziergänger dahin gehen, wo sie sich befinden? Was ist geschehen? Heute sind die glänzendsten Teile der Boulevards, ist diese Zauberpromenade am Abend der Familie entzogen. Die Polizei hat die Auskunftsmittel nicht zu benutzen verstanden, die ihr in dieser Hinsicht einige Durchgänge boten, so daß sie die öffentliche Straße hätte retten können. 26

Das auf dem Opernball von einem Wort gebrochene Mädchen wohnte seit einem oder zwei Monaten in der Rue de Langlade, in einem Hause von gemeinem Äußeren. Dieser Bau, der sich an die Mauer eines ungeheuren Hauses anlehnt, ist schlecht stuckiert, ohne Tiefe und von fabelhafter Höhe; er bezieht sein Licht von der Straße und hat nicht geringe Ähnlichkeit mit einer Hühnerstiege. In jedem Stockwerk liegt eine Wohnung von zwei Zimmern. Eine schmale Treppe führt hinauf, die an die Mauer angeklebt ist und wunderlich beleuchtet wird durch Fensterklappen; die geben außen den Gang des Gewindes an, und jeder Treppenabsatz wird markiert durch eine Abflußrinne, eine der scheußlichsten Eigentümlichkeiten von Paris. Laden und Zwischenstock gehörten ehemals einem Blechschmied; der Besitzer des Hauses wohnte im ersten Stock; die vier andern Stockwerke hatten sehr anständige Grisetten inne, die vom Wirt und der Schließerin allerlei Rücksichten und Gefälligkeiten beanspruchen konnten, weil es schwer war, ein so sonderbar gebautes und gelegenes Haus zu vermieten. Der Charakter dieses Viertels findet seine Erklärung eben im Vorhandensein einer großen Menge solcher Häuser, die der Handel nicht will und die nur von verleugneten, anrüchigen oder würdelosen Industrien ausgebeutet werden können.

Um drei Uhr nachmittags hatte die Pförtnerin, die um zwei Uhr morgens gesehen hatte, wie Fräulein Esther sterbenskrank von einem jungen Mann nach Hause gebracht wurde, eben mit der Grisette vom obern Stockwerk beratschlagt; das Mädchen hatte ihr, ehe sie in den Wagen stieg, um sich zu einer Lustpartie zu begeben, gesagt, wie unruhig sie in betreff Esthers war: sie hatte sie sich nicht rühren hören. Esther schlief ohne Zweifel noch; aber dieser Schlummer schien verdächtig. Da die Pförtnerin in ihrer Loge allein war, bedauerte sie, nicht hinaufsteigen zu können, um sich zu erkundigen, was im vierten Stock, wo Fräulein Esther wohnte, vorging. In dem Augenblick, als sie sich entschloß, die Wache in ihrer Loge, einer Art Nische im Zwischenstock, wo die Mauer ein wenig einsprang, dem Sohn des Blechschmieds anzuvertrauen, hielt ein Fiaker vor der Tür. Ein Mann, der vom Kopf bis zu den Füßen in einen Mantel eingehüllt war, und zwar in der offenbaren Absicht, sein Kostüm oder seinen Stand zu verbergen, stieg aus und fragte nach Fräulein Esther. Die Pförtnerin war sofort vollkommen beruhigt; das Schweigen und die Ruhe bei der Eingeschlossenen schienen ihr jetzt ganz erklärlich. Als der Besucher die Stufen oberhalb der Loge hinaufstieg, bemerkte die Pförtnerin die silbernen Schnallen, die seine Schuhe verzierten; sie glaubte die Fransen des Gürtels einer Soutane zu sehen; sie ging hinunter und fragte den Kutscher, der wortlos Antwort gab; und die Pförtnerin begriff abermals. Der Priester pochte, erhielt keine Antwort, hörte leises Stöhnen und erbrach die Tür mit einem Schulterhub, und zwar mit einer Kraft, wie sie ihm zweifellos die Wohltätigkeit verlieh, die aber bei jedem andern die Gewohnheit verraten hätte. Er eilte in das zweite Zimmer und sah die arme Esther vor einer heiligen Jungfrau aus farbigem Stuck knien; oder besser, sie war dort mit gefalteten Händen zusammengebrochen. Die Grisette lag in den letzten Zügen.

Ein Becken mit verbrannter Kohle erzählte die Geschichte dieses furchtbaren Morgens. Die Kapuze und der Überwurf des Dominos lagen am Boden. Das Bett war nicht benutzt. Das arme Geschöpf, das im Herzen von tödlicher Wunde getroffen war, hatte ohne Zweifel bei der Rückkehr aus der Oper alles so gelassen. Ein Kerzendocht, der in dem Wasser, das der Leuchtereinsatz enthielt, erstarrt war, bewies, wie tief Esther in ihre letzten Gedanken versunken gewesen war. Ein von Tränen benetztes Taschentuch zeigte die Aufrichtigkeit dieser Reue einer Magdalena, deren klassische Haltung die der gottlosen Kurtisane war. Diese unbedingte Reue entlockte dem Priester ein Lächeln. In ihrer Ungeschicklichkeit hatte sie, als sie sterben wollte, ihre Tür offen gelassen, ohne zu berechnen, daß die Luft der beiden Zimmer eine größere Menge von Kohlen verlangte, um jedes Atmen unmöglich zu machen; das Kohlengas hatte sie nur betäubt; die frische Luft, die jetzt von der Treppe her eindrang, gab sie allmählich dem Gefühl für ihre Leiden zurück. Der Priester blieb stehen; er war in düstere Gedanken versunken und, ohne sich von der göttlichen Schönheit dieses Mädchens rühren zu lassen, beobachtete er ihre ersten Bewegungen, als wäre sie irgendein Tier. Seine Augen schweiften von diesem zusammengebrochenen Körper zu gleichgültigen Gegenständen hinüber, und zwar scheinbar in voller Gleichgültigkeit. Er sah sich das Mobiliar des Zimmers an, dessen roter, gescheuerter, kalter Boden von einem schlechten, fadenscheinigen Teppich kaum verdeckt war. Eine altmodische Bettstelle von gestrichenem Holz, verhängt mit Gardinen aus gelbem Kattun mit roten Rosetten; ein einziger Sessel und zwei Stühle, gleichfalls aus gestrichenem Holz und bezogen mit demselben Kattun, der auch die Vorhänge der Fenster geliefert hatte; eine mit Blumen getüpfelte Tapete, deren grauer Grund von Alter und Fett schwarz geworden war; ein Nähtisch aus Mahagoni; ein mit Küchengerät der gewöhnlichsten Art überladener Kamin, zwei angebrochene Holzbündel, ein Steingesims, auf dem hier und da, untermischt mit Schmuck und Scheren, ein paar Glassachen standen; ein schmutziges Nähkissen, weiße parfümierte Handschuhe, ein entzückender Hut, der auf die Wasserkanne geworfen war, ein Ternauxschal, der das Fenster verstopfte, ein elegantes Kleid, das an einem Nagel hing, ein kleines hartes Kanapee ohne Kissen; gemeine Überschuhe und reizende Schuhe, Stickereien, die den Neid einer Königin hätten erwecken können, Teller aus gewöhnlichem Porzellan, auf denen man die Reste der letzten Mahlzeit sah, die Stoßstellen zeigten und Messer und Gabeln aus Weißblech trugen, dem Silber des Pariser Armen; ein Korb voll Kartoffeln und schmutziger Wäsche, darüber eine frische Gazehaube, und ein schlechter, offen und verlassen dastehender Spiegelschrank, auf dessen Konsolen sich Pfandscheine zeigten: das war das Gesamtbild düsterer und heiterer, elender und reicher Dinge, das sich dem Blick darbot.

Diese Spuren des Luxus unter den Scherben, diese Einrichtung, die so gut zu dem Bohèmeleben des Mädchens paßte, das hier in seiner wirren Unterkleidung zusammengebrochen war, einem in seinem Geschirr verendeten und unter der zerbrochenen Deichsel in seine Leinen verwickelten Pferd vergleichbar: gab dieses seltsame Schauspiel dem

Priester seine Gedanken ein? Sagte er sich, daß dieses verirrte Geschöpf wenigstens selbstlos sein mußte, um solche Armut mit der Liebe zu einem reichen jungen Mann zu paaren? Schrieb er die Unordnung des Mobiliars der Unordnung des Lebens zu? Empfand er Mitleid, Schrecken? Rührte sich sein Erbarmen? Wer ihn gesehen hätte, wie er mit untergeschlagenen Armen dastand, mit sorgenvoller Stirn, mit zusammengekniffenen Lippen und hartem Auge, hätte glauben müssen, er wäre mit finsteren, gehässigen Empfindungen beschäftigt, mit widerspruchsvollen Gedanken, mit unheimlichen Plänen. Auf jeden Fall war er unempfindlich für die hübschen Rundungen einer Brust, die unter der Last des vorgebeugten Oberkörpers fast zermalmt wurde, und für die entzückenden Formen der kauernden Venus, die unter dem schwarzen Unterrock sichtbar waren, so straff war die Sterbende in sich zusammengebrochen; die Hingeschmiegtheit dieses Kopfes, der, von hinten gesehen, dem Blick seinen weißen, weichen und biegsamen Nacken darbot, die schönen Schultern in ihrer kühn enthüllten Nacktheit rührten sich nicht; er hob Esther nicht auf, er schien ihr herzzerreißendes Atmen, das die Rückkehr zum Leben verriet, nicht zu hören: es bedurfte eines grauenhaften Schluchzens und des beängstigenden Blicks, den ihm dies Mädchen zuwarf, damit er sie aufzuheben und zum Bett zu tragen geruhte, was er mit einer Leichtigkeit tat, die eine fabelhafte Kraft offenbarte.

»Lucien!« sagte sie murmelnd. »Die Liebe kehrt zurück, da ist die Frau nicht mehr fern«, sagte der Priester mit einer gewissen Bitterkeit.

Jetzt erkannte das Opfer Pariser Ausschweifungen das Kostüm seines Retters, und mit dem Lächeln des Kindes, das endlich die Hand auf etwas lang Ersehntes legt, sagte sie: »Ich soll also nicht sterben, ohne mich mit dem Himmel versöhnt zu haben!« – »Sie werden Ihre Fehler sühnen können«, sagte der Priester, indem er ihr die Stirn mit Wasser benetzte und sie an einem Essigkännchen riechen ließ, das er in einem Winkel fand. »Ich fühle, wie das Leben, statt mich zu verlassen, auf mich einströmt«, sagte sie, als sie diese Pflegerdienste von dem Priester erhielt, indem sie ihrem Dank durch Gesten voller Natürlichkeit Ausdruck gab. Diese reizvolle Pantomime, die die Grazien hätten spielen können, um zu verführen, rechtfertigte den Beinamen dieses seltsamen Mädchens vollkommen. »Fühlen Sie sich wohler?« fragte der Geistliche, indem er ihr ein Glas Zuckerwasser zu trinken gab.

Dieser Mensch schien solche merkwürdigen Hauswesen zu kennen; er wußte genau in ihnen Bescheid, er war wie zu Hause. Dieses Vorrecht, überall zu Hause zu sein, besitzen nur Könige, Dirnen und Diebe.

»Wenn Ihnen wieder ganz wohl ist«, fuhr der eigentümliche Priester nach einer Pause fort, »werden Sie mir sagen, welche Gründe Sie zu Ihrem letzten Verbrechen, diesem versuchten Selbstmord, trieben.« – »Meine Geschichte ist ganz einfach, mein Vater«, erwiderte sie. »Vor drei Monaten lebte ich noch in der Unordnung, in der ich geboren wurde. Ich war das letzte und verworfenste Geschöpf; jetzt bin ich nur noch das unglücklichste auf der Welt. Erlauben Sie mir, Ihnen von meiner Mutter nichts zu erzählen, sie wurde ermordet ...« – »Und zwar von einem Hauptmann, in einem verdächtigen Hause«, sagte der Priester, indem er sein Beichtkind unterbrach. »Ich kenne Ihren Ursprung und weiß, daß, wenn je ein Wesen Ihres Geschlechts für einen schmählichen Lebenswandel eine Entschuldigung hatte, Sie es sind, denn Ihnen haben die guten Beispiele gefehlt.« – »Ach, ich bin nicht einmal getauft; ich habe in keiner Religion Unterweisung erhalten.« – »So ist also alles noch wieder gutzumachen«, fuhr der Priester fort, »vorausgesetzt, daß Ihr Glaube und Ihre Reue aufrichtig und ohne Hintergedanken sind.« – »Lucien und Gott füllen mein Herz aus«, sagte sie mit rührender Naivität. »Sie hätten sagen können: Gott und Lucien«, gab der Priester lächelnd zurück. »Sie erinnern mich an den Zweck meines Besuchs. Lassen Sie nichts aus, was diesen jungen Mann betrifft.« – »Sie kommen um seinetwillen?« fragte sie mit einem Ausdruck der Liebe, der jeden andern Priester gerührt hätte. »Oh, er hat alles geahnt!« – »Nein«, erwiderte er, »nicht um Ihren Tod, sondern um Ihr Leben macht man sich Sorge. Reden Sie, erklären Sie mir Ihre Beziehungen.« – »Mit einem Wort«, sagte sie.

Das arme Mädchen zitterte bei dem schroffen Ton des Geistlichen, aber doch als eine Frau, die die Brutalität seit langem nicht mehr überraschte.

»Lucien ist Lucien«, fuhr sie fort, »der schönste junge Mann und das beste aller lebenden Wesen; aber wenn Sie ihn kennen, so muß Ihnen meine Liebe sehr natürlich erscheinen. Ich habe ihn vor drei Monaten zufällig in der Porte Saint-Martin getroffen, wohin ich an einem Ausgehtag gegangen war; denn im Hause der Frau Meynardie, in dem ich lebte, hatten wir einen Tag in der Woche frei. Sie begreifen wohl, daß ich mich am folgenden Tage ohne Urlaub frei machte. Die Liebe war in mein Herz gedrungen und hatte mich so sehr verändert, daß ich mich selbst nicht mehr erkannte, als ich aus dem Theater kam: mir graute vor mir selber. Nie hat Lucien irgend etwas erfahren dürfen. Statt ihm zu sagen, wo ich lebte, gab ich ihm die Adresse dieser Wohnung, die damals eine meiner Freundinnen inne hatte, und die sie mir aus Gefälligkeit abtrat. Ich schwöre Ihnen auf mein heiliges Wort ...« – »Sie dürfen nicht schwören.« – »Ist es denn ein Schwur, wenn ich Ihnen mein heiliges Wort gebe? Nun, seit jenem Tage habe ich in diesem Zimmer wie eine Verlorene gearbeitet und für achtundzwanzig Sous das Stück Hemden genäht, um von ehrlicher Arbeit leben zu können. Einen Monat lang habe ich nur Kartoffeln gegessen, um anständig und Luciens würdig zu bleiben; denn er liebt mich wie die Tugendhafteste der Tugendhaften. Ich habe der Polizei meine förmliche Erklärung abgegeben, um meine Rechte wieder aufnehmen zu können, und man hat mir zwei Jahre der Überwachung auferlegt. Dieselben, die einen so leicht in die Register der Schmach eintragen, machen außerordentliche Schwierigkeiten, wenn sie einen streichen sollen. Ich bat den Himmel nur um eins, darum, meinen Entschluß zu festigen. Ich werde im April neunzehn Jahre alt: in diesem Alter hat man noch Möglichkeiten. Mir wenigstens scheint es, als wäre ich erst vor drei Monaten geboren worden ... Ich habe jeden Morgen zum lieben Gott gebetet und ihn angefleht, daß Lucien nie etwas von meinem früheren Leben erfahren möchte. Ich habe mir die Jungfrau gekauft, die Sie hier sehen; ich habe auf meine Art zu ihr gebetet, denn Gebete kenne ich nicht; ich kann weder lesen noch schreiben, ich bin nie in einer Kirche gewesen und habe mir den lieben Gott nur aus Neugier bei den Prozessionen angesehen.«

»Was sagen Sie denn zu der Jungfrau?« – »Ich spreche zu ihr, wie ich zu Lucien spreche, in jenen Seelenergüssen, die ihm Tränen entlocken.« – »Ach, er weint?« – »Vor Freude«, sagte sie lebhaft. »Der arme Junge! Wir verstehen uns so gut, daß wir nur eine Seele haben! Er ist so zart, so einschmeichelnd, so sanft im Herzen, in seiner Gesinnung und seinen Manieren! ... Er sagt, er sei ein Dichter; ich sage, er ist ein Gott ... Verzeihen Sie, aber Sie als Priester wissen nicht, was die Liebe ist. Übrigens kennen nur wir die Männer genau genug, um einen Lucien zu würdigen. Ein Lucien, sehen Sie, ist ebenso selten wie eine Frau ohne Sünde; wenn man ihm begegnet, kann man nur ihn noch lieben: das ist es. Aber ein solches Wesen braucht seinesgleichen. Ich wollte also der Liebe meines Lucien würdig werden. Daher kam mein Unglück. Gestern wurde ich in der Oper von ein paar jungen Leuten wiedererkannt, die so wenig ein Herz haben wie Tiger Mitleid kennen; aber mit einem Tiger wollte ich mich noch verständigen! Der Schleier der Unschuld, den ich trug, ist gefallen; ihr Lachen hat mir Kopf und Herz zerrissen. Glauben Sie nicht, Sie hätten mich gerettet; ich werde vor Kummer sterben.« – »Ihr Schleier der Unschuld? …« fragte der Priester. »So haben Sie Lucien mit äußerster Strenge behandelt?« – »O ehrwürdiger Vater, wie können Sie, der Sie ihn kennen, eine solche Frage stellen?« erwiderte sie, indem sie ihm ein wunderbares Lächeln zuwarf. »Einem Gott leistet man keinen Widerstand!« – »Lästern Sie nicht«, sagte der Geistliche mit sanfter Stimme. »Niemand kann Gott gleichen: die Übertreibung steht der wahren Liebe schlecht, Sie haben für Ihr Idol noch keine reine und echte Liebe gefühlt. Wenn Sie den Wandel empfunden hätten, den durchgemacht zu haben Sie sich rühmen, so hätten Sie Tugenden erworben, wie sie das Erbteil der Jugend sind; Sie hätten die Wonnen der Keuschheit und die Feinheiten der Scham kennen gelernt, jene beiden Ruhmestitel des jungen Mädchens. Sie lieben nicht.«

Esther machte eine Bewegung des Schreckens, die der Priester sah, die jedoch die Gleichgültigkeit dieses Beichtvaters nicht erschütterte. »Ja, Sie lieben ihn um Ihretwillen und nicht um seinetwillen, wegen der weltlichen Genüsse, die Sie bezaubern, und nicht um der Liebe selber willen. Wenn Sie sich seiner so bemächtigt haben, so empfanden Sie nicht jenes heilige Zittern, wie es ein Wesen einflößt, auf das Gott den Stempel der anbetungswürdigsten Vollkommenheit gedrückt hat: haben Sie daran gedacht, daß Sie ihn durch Ihre vergangene Unreinheit erniedrigen, daß Sie ein Kind verderben wollen durch jene grauenhaften Verzückungen, die Ihnen Ihren glorreichen gemeinen Beinamen eingetragen haben? Sie sind in sich selbst und in Ihrer Leidenschaft eines Tages inkonsequent gewesen …« – »Eines Tages!« wiederholte sie, indem sie die Augen hob. »Mit welchem Namen soll man eine Liebe nennen, die nicht ewig ist, die uns mit dem, was wir lieben, nicht bis in die Zukunft des Christen hinein vereinigt?« – »Ach, ich will katholisch werden!« rief sie mit einem dumpfen und gewaltsamen Ton, der ihr die Gnade unseres Heilands erworben hätte. »Kann ein Mädchen, das weder die Taufe der Kirche noch die des Wissens empfangen hat, das weder zu lesen noch zu schreiben noch zu beten versteht, das keinen Schritt zu tun vermag, ohne daß das Pflaster aufsteht, um sie anzuklagen, das einzig bemerkenswert ist durch das vergängliche Vorrecht einer Schönheit, die vielleicht morgen schon eine Krankheit vernichtet: kann dieses verderbte, erniedrigte Geschöpf, das seine Erniedrigung kannte – ohne dieses Wissen und mit weniger Liebe wären Sie eher entschuldbar gewesen –, kann die künftige Beute des Selbstmords und der Hölle Lucien von Rubemprés Frau werden?«

Jeder Satz war ein Dolchstoß, der im innersten Herzen traf. Bei jedem Satz zeugten das immer sich steigernde Schluchzen und die reichlichen Tränen des verzweifelten Mädchens für die Gewalt, mit der das Licht hereinbrach in ihren Verstand, der unbelehrt war wie der eines Wilden, in ihre endlich erweckte Seele, in ihr eigentliches Wesen, über das die Verderbtheit eine Schicht kotigen Eises gebreitet hatte, die jetzt an der Sonne des Glaubens schmolz.

»Weshalb bin ich nicht gestorben!« das war der einzige Gedanke, dem sie mitten unter den Gedankenströmen, die ihr durch das Gehirn jagten und es verheerten, Ausdruck gab. »Liebes Kind«, sagte der furchtbare Richter, »es gibt eine Liebe, die sich vor Menschen nicht bekennen läßt und deren Geständnis mit glücklichem Lächeln Engel entgegennehmen.« – »Welche?« – »Die Liebe, die ohne Hoffnung ist, wenn sie Leben einhaucht, wenn sie den Keim der Hingebung hineinsenkt, wenn sie alle Handlungen veredelt durch den Gedanken, eine ideale Vollkommenheit zu erreichen. Ja, dieser Liebe spenden die Engel Beifall, sie führt zur Kenntnis Gottes. Sich unablässig vervollkommnen, um dessen, den man liebt, würdig zu werden, ihm tausend heimliche Opfer bringen, ihn aus der Ferne anbeten, Tropfen um Tropfen sein Blut hingeben, ihm seine Eigenliebe darbringen, keinen Stolz noch Zorn ihm gegenüber mehr kennen, ihm selbst die grauenhafte Eifersucht verhehlen, die er im Herzen entzündet, ihm alles geben, was er wünscht, und wäre es zum eigenen Schaden, lieben, was er liebt, stets das Gesicht zu ihm gewendet halten, um ihm zu folgen, ohne daß er es weiß: eine solche Liebe hätte die Religion Ihnen vergeben; sie hätte weder die menschlichen noch die göttlichen Gesetze verletzt und Sie in einen andern Weg geleitet als den Ihrer schmutzigen Wollust.«

Als Esther diesen furchtbaren Spruch vernahm, der in einem einzigen Wort – und was für einem Wort, begleitet von was für einem Tonfall! – Ausdruck fand, fühlte sie sich von einem nicht unberechtigten Mißtrauen ergriffen. Dieses Wort wirkte wie ein Donnerschlag, der ein ausbrechendes Gewitter verrät. Sie sah den Priester an, und es ergriff sie jener innere Krampf, der den Mutigsten packt, wenn er sich einer plötzlichen und drohenden Gefahr gegenübersieht. Kein Blick hätte zu lesen vermocht, was jetzt in diesem Manne vorging: aber selbst der Verwegenste hätte eher gebebt als gehofft beim Anblick seiner Augen, die einmal wie des Tigers klar und gelb gewesen waren und über die Kasteiung und Entbehrungen einen Schleier gelegt hatten, wie er mitten in den Hundstagen über den Horizonten liegt: die Erde ist heiß und leuchtet, aber der Nebel macht sie undeutlich, dunstig; sie wird fast unsichtbar. Ein geradezu spanischer Ernst und tiefe Falten, denen die tausend Narben einer scheußlichen Pockenkrankheit ihre Häßlichkeit und ihre Ähnlichkeit 37 mit aufgewühlten Gleisen gaben, durchfurchten sein olivenfarbenes und von der Sonne gedunkeltes Gesicht. Die Härte dieser Züge trat um so mehr hervor, als es eingerahmt war von der dürftigen Perücke des Priesters, der sich um sein Äußeres nicht mehr kümmert, einer kahlen Perücke, deren Schwarz im Licht rot aussah. Sein athletischer Oberkörper, seine Hände, die denen eines alten Soldaten glichen, sein breiter Rücken und seine starken Schultern gehörten jenen Karyatiden an, die die Baumeister des Mittelalters bei einigen italienischen Palästen verwandten und an die noch jene der Fassade des Theaters der Porte Saint-Martin unvollkommen erinnern. Die wenigst klarblickenden Leute wären auf den Gedanken gekommen, daß nur die heißesten Leidenschaften oder recht ungewöhnliche Erlebnisse diesen Menschen in den Schoß der Kirche getrieben hätten; sicherlich hatten nur die erstaunlichsten Blitzschläge ihn wandeln können, wenn anders eine solche Natur einer Wandlung fähig war. Frauen, die ein Leben geführt haben, wie Esther es damals so heftig verabscheute, kommen zu einer absoluten Gleichgültigkeit gegen die äußeren Formen des Mannes. Sie gleichen dem literarischen Kritiker von heute, der sich in mancher Hinsicht mit ihnen vergleichen läßt und der zu einer großen Unbekümmertheit um die Kunstformen gelangt: er hat so viel Werke gelesen, er sieht ihrer so viel an sich vorüberziehen, er hat sich so sehr an geschriebene Seiten gewöhnt, er hat so viel Entwicklungen erfahren, so viele Dramen gesehen, er hat so viele Artikel geschrieben, ohne auszusprechen, was er dachte, er hat so oft die Sache der Kunst zugunsten seiner Freundschaften und Feindschaften verraten, daß er zum Ekel vor allem kommt; und doch übt er sein Richteramt weiter aus. Es bedarf eines Wunders, damit ein solcher Schriftsteller ein Werk hervorbringt, genau wie die reine und edle Liebe eines andern Wunders bedarf, um im Herzen einer Kurtisane 38 aufzublühen. Der Ton und die Manieren dieses Priesters, der wie aus einer Leinwand Zurbarans hervorgetreten war, schienen diesem armen Mädchen, dem die Form wenig ausmachte, so feindselig, daß sie sich weniger wie der Gegenstand der Besorgnis vorkam, als vielmehr wie das für einen Plan notwendige Werkzeug. Ohne zwischen dem Schmeicheln des persönlichen Interesses und der Salbung der Wohltätigkeit unterscheiden zu können – denn man muß wohl auf der Hut sein, um das falsche Geld zu erkennen, das ein Freund gibt –, fühlte sie sich doch gleichsam zwischen den Fängen eines ungeheuren wilden Vogels, der sie lange umschwebt hatte und schließlich auf sie gestürzt war; und in ihrem Schrecken sagte sie mit beängstigter Stimme die Worte: »Ich glaubte, die Priester hätten die Aufgabe, uns zu trösten; und Sie ermorden mich!«

Bei diesem Schrei entschlüpfte dem Geistlichen eine Bewegung, und er machte eine Pause; er sammelte sich, ehe er fortfuhr. Während dieser Sekunde sahen die beiden so sonderbar zusammengeführten Personen sich verstohlen prüfend an. Der Priester begriff das Mädchen, ohne daß das Mädchen den Priester begreifen konnte. Er verzichtete ohne Zweifel auf einen Plan, der die arme Esther bedrohte, und wandte sich zu seinen ersten Gedanken zurück.

»Wir sind die Ärzte der Seelen«, sagte er mit sanfter Stimme, »und wir wissen, welche Arzneien für ihre Krankheiten passen.« – »Sie müssen dem Elend vieles vergeben«, sagte Esther. Sie glaubte sich getäuscht zu haben, glitt von ihrem Bett hinunter, warf sich diesem Menschen zu Füßen, küßte in tiefer Demut seine Soutane und hob von Tränen schwimmende Augen zu ihm auf. »Ich glaubte schon viel getan zu haben«, sagte sie. »Hören Sie, liebes Kind: Ihr arger Ruf hat Luciens Familie in Trauer gestürzt: man fürchtet, und nicht ohne Berechtigung, daß Sie ihn in die Zerstreuung hineinreißen werden, in eine Welt der Torheiten ...« – »Das ist nicht wahr; ich hatte ihn auf den Ball geführt, um ihn zu necken.« – »Sie sind schön genug, damit er durch Sie in den Augen der Welt triumphieren, Sie voll Stolz zeigen und gleichsam ein Paradepferd aus Ihnen machen will. Wenn er nur sein Geld ausgäbe! ... Aber er wird seine Zeit und seine Kraft ausgeben; er wird den Geschmack an dem schönen Lose verlieren, das man ihm bereiten will. Statt eines Tages als Gesandter reich, bewundert und glorreich dazustehen, wird er wie so viele jener Wüstlinge, die ihr Talent im Pariser Schmutz ertränkten, der Liebhaber einer unreinen Frau gewesen sein. Sie selber werden später Ihr erstes Leben wiederaufnehmen, nachdem Sie einen Augenblick in eine Sphäre der Eleganz emporgestiegen waren; denn Sie haben nicht die Kraft in sich, die eine gute Erziehung verleiht, dem Laster zu widerstehen und an die Zukunft zu denken. Sie werden so wenig mit Ihren Gefährtinnen brechen, wie Sie mit den Leuten gebrochen haben, die Sie heute morgen in der Oper beschämten. Die wahren Freunde Luciens haben, erschreckt durch die Liebe, die Sie ihm einflößen, seine Schritte verfolgt und alles erfahren. Voller Angst haben sie mich zu Ihnen geschickt, um Sie zu sondieren und über Ihr Schicksal zu entscheiden; aber wenn sie auch mächtig genug sind, um diesem jungen Manne einen Stein des Anstoßes aus dem Wege zu räumen, so sind sie doch auch barmherzig. Erfahren Sie es, meine Tochter: ein Wesen, das Lucien liebt, hat Anspruch auf ihre Achtung, wie ein echter Christ noch den Kot anbetet, in dem vielleicht ein göttliches Licht erstrahlt. Ich bin gekommen, um mich zum Werkzeug des wohltätigen Gedankens zu machen; aber hätte ich Sie ganz verderbt gefunden, bewaffnet mit Frechheit und Scharfsinn, faul bis ins Mark und der Stimme der Reue taub, so hätte ich Sie ihrem Zorn preisgegeben. Jene bürgerliche und politische Freiheit, die so schwer zu erlangen ist, die die Polizei im Interesse der Gesellschaft mit Recht so lange verzögert und die ich Sie mit der Glut der echten Reue habe erflehen hören – hier ist sie«, sagte der Priester, indem er ein Papier in amtlichem Format aus dem Gürtel zog. »Gestern hat man Sie gesehen, diese Ankündigung ist von heute datiert: Sie sehen, wie mächtig die Leute sind, die sich für Lucien interessieren.«

Beim Anblick dieses Papiers schüttelte das krampfhafte Zittern, das einen bei einem unverhofften Glück überfällt, Esther so unverkennbar, daß ihr ein starres Lächeln, wie es die Irren zeigen, auf die Lippen trat. Der Priester hielt inne und blickte dieses Kind an, um zu sehen, ob es, der furchtbaren Kraft, die verdorbene Leute ihrer Verderbtheit selber entnehmen, beraubt und beschränkt auf seine gebrechliche und zarte ursprüngliche Natur, so vielen Eindrücken Widerstand leisten würde. Als betrügerische Kurtisane hätte Esther Komödie gespielt; war sie aber wieder unschuldig und wahr geworden, so konnte sie sterben, wie ein operierter Blinder das Gesicht wieder verlieren kann, weil ein zu scharfer Strahl in sein Auge fällt. Dieser Mensch tat also in diesem Augenblick einen tiefen Blick in das menschliche Wesen; aber er verharrte in einer durch ihre Starrheit furchtbaren Ruhe: wie eine kalte, weiße, dem Himmel benachbarte Alp, die unveränderlich und steil aufragt mit ihren granitenen Flanken und doch wohltätig ist. Dirnen sind wesentlich beweglicher Wesen, die aus stumpfestem Mißtrauen zum unbedingten Vertrauen übergehen. Sie stehen in dieser Hinsicht noch unter dem Tier. Sie sind in allem übertrieben: in ihren Freuden, in ihrer Verzweiflung, in ihrer Religiosität und ihrer Irreligiosität; und sie würden fast alle wahnsinnig werden, wenn nicht die ihnen eigene Sterblichkeit sie dezimierte und wenn nicht glückliche Zufälle einzelne von ihnen aus dem Schlamm, in dem sie leben, emporhöben. Um dem Elend dieses grauenhaften Lebens bis auf den Grund zu kommen, müßte man gesehen haben, wie weit das Geschöpf im Wahnsinn gehen kann, ohne darin zu verharren, indem man die gewaltsame Verzückung der Torpille zu Füßen dieses Priesters bewunderte. Das arme Mädchen betrachtete das Papier, das ihr die Freiheit brachte, mit einem Ausdruck, den Dante vergessen hat und der die Erfindung seiner Hölle übertraf. Aber mit den Tränen kam die Reaktion. Esther stand auf, schlang diesem Menschen die Arme um den Hals, senkte den Kopf auf seine Brust und küßte unter Tränen den groben Stoff, der dieses Herz aus Stahl bedeckte, so daß es aussah, als wollte sie hineindringen. Sie ergriff ihn und bedeckte ihm die Hände mit Küssen; sie wandte, freilich in heiligem Überströmen des Dankes, alle Schmeicheleien ihrer Liebkosungen an, überschüttete ihn mit den lieblichsten Namen und sagte tausend- und tausendmal mitten unter ihren süßlichen Phrasen: »Geben Sie her!« und zwar in ebensoviel verschiedenen Tonarten; sie hüllte ihn ein mit ihren Zärtlichkeiten und deckte ihn zu mit ihren Blicken, und all das in einer Geschwindigkeit, die ihn wehrlos übermannte; und endlich gelang es ihr, seinen Zorn einzuschläfern. Der Priester erkannte, wie dieses Mädchen seinen Beinamen erhalten hatte; er begriff, wie schwer es war, diesem reizenden Geschöpf zu widerstehen, er erriet plötzlich Luciens Liebe, und was den Dichter verlockt haben mußte. Eine derartige Leidenschaft verbirgt unter andern Reizen eine spitze Angel, die sich vor allem in die hochfliegende Seele der Künstler hakt. Solche Leidenschaften sind der großen Menge unverständlich, aber sie sind vollkommen durch jenen Durst nach der idealen Schönheit zu erklären, der alle Schaffenden auszeichnet. Heißt es nicht ein wenig den Engeln gleichen, die beauftragt sind, die Sünder zu besseren Gesinnungen zurückzuführen; heißt es nicht schaffen, wenn man ein derartiges Wesen reinigt? Wie verlockend, die moralische Schönheit mit der physischen Schönheit in Einklang zu bringen! Welcher Genuß des Stolzes, wenn es gelingt! Welche schöne Aufgabe, wenn man kein anderes Werkzeug besitzt als die Liebe! Solche Bündnisse, berühmt geworden durch die Beispiele des Aristoteles, des Sokrates, Platos, des Alkibiades, Cethegus und Pompejus, gründen sich auf die Empfindung, die Ludwig XIV. dazu trieb, Versailles zu erbauen, die die Menschen in alle verderblichen Unternehmungen stürzt: die Miasmen eines Sumpfes in eine duftende Insel zu verwandeln, umringt von frischem Wasser; auf einem Hügel einen See anzulegen, wie es der Fürst von Conti zu Nointel tat, oder Schweizer Ansichten zu Cassan, wie es der Generalpächter Bergerat unternahm. Kurz, da bricht die Kunst in die Moral ein.

Der Priester schämte sich, weil er dieser Zärtlichkeit erlegen war, und stieß Esther heftig zurück; sie setzte sich, gleichfalls beschämt, denn er sagte zu ihr: »Sie sind immer noch Kurtisane!« Und er schob den Brief kühl in seinen Gürtel zurück. Wie ein Kind, das nur einen einzigen Wunsch im Kopf hat, ließ Esther nicht ab, die Stelle des Gürtels anzustarren, hinter der der Brief stak. »Liebes Kind«, fuhr der Priester nach einer Pause fort, »Ihre Mutter war Jüdin, und Sie sind nicht getauft; aber Sie sind auch nie in die Synagoge geführt worden: Sie sind in der Vorhölle, in die die kleinen Kinder kommen ...« – »Die kleinen Kinder! ...« wiederholte sie mit gerührter Stimme. »... Wie Sie in den Listen der Polizei stehen, als eine Ziffer außerhalb der menschlichen Wesen«, sagte der unerschütterliche Priester, indem er fortfuhr. »Wenn die Liebe, die Sie verstohlen sahen, Ihnen vor drei Monaten den Eindruck gab, als würden Sie geboren, so müssen Sie von heute an das Gefühl haben, als ständen Sie wirklich in Ihrer Kindheit; Sie müssen sich völlig verwandeln, und ich übernehme es, Sie unkenntlich zu machen. Zunächst werden Sie Lucien vergessen.«

Dieses Wort brach dem armen Mädchen das Herz; sie hob die Augen auf den Priester und schüttelte den Kopf; sie war nicht imstande zu reden, als sie von neuem im Heiland den Henker fand.

»Sie werden wenigstens darauf verzichten, ihn zu sehen«, sagte er. »Ich werde Sie in ein Kloster führen, in dem die Töchter der besten Familien ihre Erziehung erhalten; Sie werden dort katholisch werden, man wird Sie in der Übung der christlichen Gebräuche unterweisen, in der Religion unterrichten; Sie können es als gebildetes, keusches, reines, wohlerzogenes junges Mädchen verlassen, wenn ...« (dieser Mensch hob den Finger und machte eine Pause), »wenn Sie die Kraft in sich fühlen, die Torpille hier zurückzulassen.« – »Ach!« rief das arme Kind, für das jedes Wort gleichsam der Ton einer Musik gewesen war, bei deren Klang sich langsam die Pforten des Paradieses öffneten; »ach, wenn es möglich wäre, hier mein ganzes Blut zu vergießen, um ein neues dafür zu erhalten! ...« – »Hören Sie mich an.« Sie verstummte. »Ihre Zukunft hängt von Ihrer Kraft, zu vergessen, ab. Denken Sie an die Ausdehnung Ihrer Verpflichtungen! Ein Wort, eine Geste, die die Torpille verriete, tötet Luciens Frau. Ein im Traum gesprochenes Wort, ein unwillkürlicher Gedanke, ein zuchtloser Blick, eine Bewegung der Ungeduld, eine Erinnerung an die Ausschweifungen, eine Unterlassung, ein Kopfnicken, das enthüllte, was Sie wissen oder was Ihnen zu Ihrem Unglück bekannt geworden ist ...« – »Lassen Sie, lassen Sie, mein Vater«, sagte das Mädchen mit der Glut einer Heiligen; »müßte ich in Schuhen aus glühendem Eisen gehen und lächeln, müßte ich in einem mit Stacheln besetzten Mieder leben und die Anmut einer Tänzerin bewahren, müßte ich mit Asche bestreutes Brot essen und Absinth trinken – alles wäre süß und leicht!«

Sie sank wieder auf ihre Knie; sie küßte dem Priester die Schuhe, brach über ihnen in Tränen aus und benetzte sie, umschlang seine Beine und schmiegte sich an sie, indem sie unter Freudentränen sinnlose Worte murmelte. Ihre schönen, wundervollen blonden Haare rieselten herab und breiteten sich wie ein Teppich zu den Füßen dieses Himmelsboten aus, den sie düster und hart fand, als sie sich erhob und ihn ansah. »Wodurch habe ich Sie beleidigt?« sagte sie ganz entsetzt. »Ich habe von einer Frau gleich mir gehört, die Jesu Christi Füße mit Wohlgerüchen wusch. Ach, die Tugend hat mich so arm gemacht, daß ich Ihnen nur noch meine Tränen bieten kann.« – »Haben Sie mich nicht verstanden?« erwiderte er mit grausamer Stimme. »Ich sage Ihnen, Sie müssen das Haus, wohin ich Sie führen werde, physisch und moralisch so verwandelt verlassen, daß keiner und keine von denen, die Sie gekannt haben, Ihnen je wieder ›Esther!‹ zurufen kann und Sie den Kopf zu wenden zwingt. Gestern hatte Ihnen die Liebe noch nicht die Kraft gegeben, das Freudenmädchen so tief zu vergraben, daß es nicht wieder aufgetaucht wäre; es taucht noch in der Anbetung auf, die nur Gott gebührt.« – »Hat er Sie nicht zu mir geschickt?« fragte sie. »Wenn Sie während Ihrer Erziehung von Lucien bemerkt würden, so wäre alles verloren«, fuhr er fort, »bedenken Sie das.« – »Wer wird ihn trösten?« fragte sie. »Worüber haben Sie ihn hinweggetröstet?« fragte der Priester mit einer Stimme, in der zum erstenmal während dieser Szene ein nervöses Zittern durchklang. »Ich weiß es nicht; er war oft traurig, wenn er kam.« – »Traurig?« sagte der Priester; »hat er Ihnen gesagt, worüber?« – »Nie«, erwiderte

sie. »Er war traurig, weil er ein Mädchen wie Sie liebte!« rief er. »Ach,
er mußte es wohl sein«, erwiderte sie in tiefer Demut; »ich bin das ver-
ächtlichste Geschöpf meines Geschlechts, und ich konnte vor seinen
Augen nur durch die Kraft meiner Liebe Gnade finden.« – »Diese Liebe
muß Ihnen den Mut geben, mir blind zu gehorchen. Wenn ich Sie auf
der Stelle in das Haus führte, in dem Ihre Erziehung stattfinden soll, so
würde hier jeder zu Lucien sagen, Sie seien heute, am Sonntag, mit einem
Priester davongegangen; er könnte auf Ihre Spur geraten. In acht Tagen
wird die Pförtnerin mich, da sie mich nicht wiederkommen sieht, für
etwas halten, was ich nicht bin. Also werden Sie eines Abends – sagen
wir, heute in acht Tagen – um sieben Uhr verstohlen hinausgehen und
in einen Fiaker steigen, der unten in der Rue des Frondeurs auf Sie
warten wird. Während dieser acht Tage werden Sie Lucien meiden; finden
Sie Vorwände, lassen Sie ihm die Tür verbieten, und wenn er kommt,
so steigen Sie zu einer Freundin hinauf; ich werde es erfahren, wenn Sie
ihn wiedergesehen haben, und in diesem Fall wäre alles aus, ich würde
nicht einmal wiederkommen. Diese acht Tage sind notwendig, damit
Sie sich eine anständige Aussteuer verschaffen und Ihre Prostituierten-
miene ablegen«, sagte er, indem er eine Börse auf den Kamin legte. »In
Ihrer Miene und Ihren Kleidern liegt jenes Etwas, das die Pariser so genau kennen und das ihnen sagt, was Sie sind. Sind Sie nie auf der Straße,
auf den Boulevards einem bescheidenen und tugendhaften jungen
Mädchen begegnet, das in Gesellschaft seiner Mutter war?« – »O ja, zu
meinem Unglück. Der Anblick einer Mutter mit ihrer Tochter gehört
zu unsern schlimmsten Foltern; er weckt die Gewissensbisse, die in den
innersten Falten unseres Herzens verborgen sind und die an uns zeh- 46
ren! ... Ich weiß nur zu gut, was mir fehlt.« – »Nun also wissen Sie, wie
Sie nächsten Sonntag aussehen müssen«, sagte der Priester, indem er
aufstand. »O lehren Sie mich«, sagte sie, »ein echtes Gebet, ehe Sie gehen,
damit ich Gott anflehen kann.«

Es war rührend anzusehen, als dieser Priester dieses Mädchen das
Ave-Maria und das Paternoster auf Französisch hersagen ließ.

»Das ist herrlich!« sagte Esther, als sie diese beiden wunderbaren und
beliebten Ausdrücke des katholischen Glaubens fehlerlos gesprochen
hatte. »Wie heißen Sie?« fragte sie den Priester, als sie ihm Leb wohl
sagte. »Carlos Herrera; ich bin Spanier und aus meinem Lande verbannt.«
Esther ergriff seine Hand und küßte sie. Es war keine Kurtisane mehr,
sondern ein Engel, der von einem Sturz aufstand.

In einem Hause, das wegen der aristokratischen und religiösen Erziehung, die dort erteilt wird, berühmt ist, bemerkten die Pensionärinnen im März des Jahres eines Montags morgens, daß ihre hübsche Schar um eine Ankömmlingin vermehrt war, deren Schönheit nicht nur unbestreitbar über ihre Gefährtinnen triumphierte, sondern auch über die einzelnen Schönheiten, die eine jede von ihnen in vollkommenem Grade besaß. In Frankreich ist es äußerst selten, um nicht zu sagen unmöglich, daß man die berühmten dreißig Schönheiten beisammen findet, die, wie man sagt, eine in persischen Versen im Serail eingemeißelte Inschrift aufzählt und die notwendig sind, damit eine Frau vollkommen schön sei. In Frankreich gibt es wenig Gesamtschönheiten; es gibt nur entzückende Einzelheiten. Was die imponierende Gesamtschönheit angeht, wie die Skulptur sie wiederzugeben sucht und wie sie sie auch in einigen seltenen Schöpfungen, zum Beispiel der Diana und der Kallipyga, wiedergegeben hat, so ist sie das Vorrecht Griechenlands und Kleinasiens. Esther entstammte dieser Wiege des Menschengeschlechts, dieser Heimat der Schönheit: ihre Mutter war Jüdin. Die Juden zeigen, wiewohl sie so oft durch ihre Berührung mit andern Völkern entartet sind, unter ihren zahlreichen Stämmen Adern, in denen sich der erhabene Typ der asiatischen Schönheit erhalten hat. Wenn sie nicht von abstoßender Häßlichkeit sind, stellen sie den prachtvollen Charakter der armenischen Figuren dar. Esther hätte im Serail den Preis davongetragen; sie besaß die dreißig Schönheiten in harmonischer Verschmelzung. Weit davon entfernt, die Vollendung der Formen und die Frische der Hülle zu beeinträchtigen, hatte ihr seltsames Leben ihr, ich weiß nicht, was von der Frau verliehen. Sie hatte nicht mehr das glatte und straffe Gewebe der unreifen Früchte, und sie hatte auch noch nicht den warmen Ton der Reife; es war noch etwas von der Blüte darin. Ein paar Tage mehr in der Ausschweifung, so wäre sie beim Embonpoint angelangt. Jener Reichtum der Gesundheit, jene Vollkommenheit des Tieres bei einem Geschöpf, für das die Wollust an die Stelle des Denkens trat, muß in den Augen der Physiologen eine hervorragende Tatsache sein. Durch einen Umstand, der bei sehr jungen Mädchen selten, um nicht zu sagen unmöglich ist, waren ihre Hände, die von unvergleichlichem Adel waren, weich, durchsichtig und weiß, wie die Hände einer Frau, die mit ihrem zweiten Kind niederkommt. Sie hatte genau den Fuß und das Haar, die mit Recht bei der Herzogin von Berri so berühmt waren: ein Haar, das die Hand keines Friseurs halten konnte, so voll war es, und dabei so lang, daß es bis auf den Boden fiel und dort noch Ringe bildete; denn Esther war von jener mittlern Größe, die noch erlaubt, aus einer Frau ein Spielzeug zu machen, sie zu nehmen und zu verlassen und unermüdlich wieder zu greifen und umherzutragen. Ihre Haut war fein wie chinesisches Papier und von einem warmen Amberton, der nur durch rote Adern nuanciert war; sie leuchtete, ohne trocken zu sein, sie war weich, ohne feucht zu sein. Esther war äußerst kräftig, aber scheinbar zart; sie zog sofort die Aufmerksamkeit auf sich durch einen Zug, wie man ihn in den Gesichtern bemerkt, die Raffaels Zeichnung am künstlerischsten wiedergegeben hat; denn Raffael ist derjenige Maler, der die jüdische Schönheit am meisten studiert, am besten dargestellt hat. Dieser wundervolle Zug prägte sich aus in der Tiefe der Wölbung, unter der sich das Auge, wie von seinem Rahmen gelöst, bewegte und deren Kurve durch ihre Schärfe der Rippe eines wirklichen Gewölbebaues glich. Wenn die Jugend diesen schönen Bogen, den Brauen mit sich verlierenden Wurzeln überrahmen, in reine und durchsichtige Töne kleidet; wenn das Licht in die untere kreisrunde Furche gleitet und dort in hellem Rosa ruhen bleibt, so zeigen sich dort Schätze der Zärtlichkeit, die einen Liebhaber zufriedenstellen, Schönheiten, die die Maler zur Verzweiflung treiben können. Diese lichtvollen Fältchen, in denen der Schatten goldige Töne annimmt, dieses Gewebe, das die Festigkeit einer Sehne und die Biegsamkeit des zartesten Häutchens besitzt, sind die letzte Anstrengung der Natur. Das ruhende Auge liegt darin wie ein Wunderei in einem Nest aus Seidenfädchen. Aber später, wenn die Leidenschaften diese feinen Konturen geschwärzt, wenn die Schmerzen dieses Netzwerk von Fäserchen durchfurcht haben, nimmt dieses Wunder eine furchtbare Melancholie an. Esthers Ursprung verriet sich in jenem orientalischen Schnitt der Augen mit den türkischen Wimpern, deren schiefergraue Farbe im Licht die bläulichen Töne der schwarzen Flügel des Raben annahm. Nur die überschwengliche Zärtlichkeit ihres Blicks vermochte seinen Glanz zu mildern. Nur die aus Wüsten gekommenen Rassen besitzen im Auge die Macht, alle zu bezaubern; denn irgendeinen bezaubert jede Frau. Ihre Augen bewahren ohne Zweifel etwas von der Unendlichkeit, in die sie geschaut haben. Hat die Natur in ihrer Voraussicht ihre Retina mit einer spiegelnden Decke versehen, die es ihnen ermöglicht, die Spiegelungen des Sandes, die Sonnenströme und den glühenden Kobalt des Äthers zu ertragen? Oder nehmen die Menschen wie andere Wesen etwas von dem Milieu an, in dem sie sich entwickeln, und bewahren sie die Eigenschaften, die sie so erwerben, durch Jahrhunderte? Diese große Lösung des Rassenproblems liegt vielleicht schon in der Frage selber. Die Instinkte sind lebendige Tatsachen, deren Ursache in einem erfahrenen Zwang besteht. Die tierischen Variationen sind das Ergebnis der Übung dieser Instinkte. Um sich von dieser so viel gesuchten Wahrheit zu überzeugen, genügt es, die Beobachtungen, die man kürzlich an den Herden spanischer und englischer Schafe gemacht hat, auf die Menschenherden auszudehnen. Auf den Weideebenen, wo das Gras in Fülle vorhanden ist, weiden jene Schafe dicht aneinander gedrängt, und auf den Bergen, wo das Gras selten ist, zerstreuen sie sich. Man nehme diese beiden Schafgattungen aus ihren Ländern heraus und bringe sie nach Frankreich oder in die Schweiz: das Bergschaf wird dort einzeln weiden, obwohl man es auf eine niedrig gelegene, dichte Wiese bringt; und die Schafe der Ebene werden selbst auf der Alm dicht aneinander gedrängt bleiben. Kaum vermögen mehrere Generationen die einmal erworbenen und vererbten Instinkte zu wandeln. Durch hundert Jahre hindurch verrät sich der Geist der Berge in einem widerspenstigen Lamm, wie noch nach achtzehnhundert Jahren der Verbannung der Orient in Esthers Gesicht und Augen glänzte. Ihr Blick übte keinen furchtbaren Zauber aus, er strahlte eine sanfte Wärme, er rührte, ohne zu erstaunen, und der härteste Wille schmolz unter seiner Flamme. Esther hatte den Haß besiegt, sie hatte die Entarteten von Paris erstaunt, kurz, dieser Blick und die Weichheit ihrer sanften Haut hatten ihr den furchtbaren Beinamen eingetragen, der ihr eben hatte zu ihrem Grabe Maß nehmen lassen. Alles stand bei ihr im Einklang mit diesen Eigenschaften der Fee des glühenden Sandes. Sie hatte eine feste Stirn von stolzem Umriß. Ihre Nase war wie die der Araber fein und dünn; die ovalen Nasenlöcher standen gut und waren an den Rändern aufgeworfen. Ihr roter und frischer Mund war eine Rose, die keine welke Narbe entstellte; die Orgien hatten keine Spur darauf zurückgelassen. Das Kinn, das modelliert war, als hätte ein verliebter Bildhauer seine Kontur poliert, zeigte die Weiße der Milch. Nur eins, dem sie nicht hatte abhelfen können, verriet die allzu tief gesunkene Kurtisane: ihre zerrissenen Nägel, die der Zeit bedurften, um wieder eine elegante Form anzunehmen, so entstellt waren sie von den niedrigsten Arbeiten des Haushalts. Zunächst waren die jungen Pensionärinnen eifersüchtig auf diese Wunder der Schönheit; aber schließlich bewunderten sie sie. Nicht einmal die erste Woche verstrich, ohne daß sie mit der naiven Esther Freundschaft geschlossen hatten, denn sie interessierten sich für das heimliche Unglück eines achtzehnjährigen Mädchens, das weder lesen noch schreiben konnte, dem jedes Wissen, jeder Unterricht neu war und das dem Erzbischof den Ruhm der Bekehrung einer Jüdin zum Katholizismus, dem Kloster aber das Fest seiner Taufe verschaffen sollte. Sie verziehen Esther ihre Schönheit, weil sie ihr durch ihre Erziehung überlegen waren. Esther hatte bald die Manieren, die sanfte Stimme, den Gang und die Haltungen dieser so vornehmen Mädchen angenommen; schließlich fand sie ihre erste Natur zurück. Die Verwandlung war eine so vollständige, daß Herrera bei seinem ersten Besuch erstaunt war; er, den nichts in der Welt überraschen zu sollen schien; und die Oberin wünschte ihm Glück zu seinem Mündel. Diese Frauen waren in ihrer ganzen Unterrichtslaufbahn nie einem liebenswürdigeren Naturell, einer christlicheren Sanftmut, einer echteren Bescheidenheit und einer so großen Lernbegier begegnet. Wenn ein Mädchen die Leiden durchgemacht hat, die die arme Zöglingin überwältigt hatten, und wenn sie dabei einen Lohn erwartet, wie der Spanier ihn Esther bot, so kann sie kaum anders als jene Wunder der ersten Tage der Kirche verwirklichen, die die Jesuiten in Paraguay erneuerten.

»Sie ist erbaulich«, sagte die Oberin, indem sie ihr die Stirn küßte. Dieses wesentlich katholische Wort sagt alles.

Während der Erholungsstunden fragte Esther ihre Gefährtinnen maßvoll nach den einfachsten Dingen der großen Welt aus, und sie weckten in ihr etwas wie das erste Staunen eines Kindes über das Leben. Als sie erfuhr, daß sie am Tage ihrer Taufe und ihrer ersten Kommunion weißgekleidet gehen würde, daß sie ein Stirnband aus weißem Satin, weiße Bänder, weiße Schuhe und weiße Handschuhe erhalten und weiße Schleifen im Haar tragen sollte, da brach sie mitten unter ihren erstaunten Gefährtinnen in Tränen aus. Es war das Gegenteil der Szene Jephthas auf dem Berge. Die Kurtisane fürchtete, durchschaut zu werden; sie schob ihre furchtbare Melancholie auf die Freude, die dieses Schauspiel ihr schon im voraus bereitete. Da es sicherlich ebensoweit ist von den Sitten, die sie aufgab, bis zu den Sitten, die sie annahm, wie vom Zustand eines Wilden bis zur Zivilisation, so hatte sie die Anmut, die Naivität und Tiefe, die die wunderbare Heldin der Puritaner von Amerika auszeichnen. Sie trug auch, ohne es zu wissen, eine Liebe im Herzen, die an ihr nagte, eine seltsame Liebe, ein Verlangen, heftiger bei ihr, die alles wußte, als es je bei einer Jungfrau ist, die nichts weiß, wenn auch in beiden Fällen das Verlangen die gleiche Ursache und das gleiche Ziel hat. In den ersten Monaten diente alles: das Neue dieses Einsiedlerlebens, die Überraschungen des Unterrichts, die Arbeiten, die man sie lehrte, die Übungen der Religion, die Glut eines heiligen Entschlusses, die Süße der Liebe, die sie einflößte, und schließlich auch die Übung der Fähigkeiten des erwachten Verstandes – diente all das dazu, ihre Erinnerungen zurückzudrängen, selbst die Anstrengungen des neuen Gedächtnisses, das sie erwarb; denn sie hatte ebensoviel zu verlernen wie zu lernen. Es gibt mehrere Gedächtnisse in uns: Körper und Geist haben jeder das ihrige; und das Heimweh ist zum Beispiel eine Krankheit des körperlichen Gedächtnisses. Während des dritten Monats sah sich die Heftigkeit dieser jungfräulichen Seele, die mit vollen Flügeln zum Paradiese strebte, daher denn auch, wenn nicht besiegt, so doch gehemmt von einem dumpfen Widerstand, dessen Ursache Esther selbst nicht kannte. Gleich den schottischen Schafen wollte sie für sich weiden; sie konnte die Instinkte, die die Ausschweifung in ihr entwickelt hatte, nicht mehr besiegen. Riefen die kotigen Straßen des Paris, das sie abgeschworen hatte, sie zurück? Hingen die Ketten ihrer durchbrochenen grauenhaften Gewohnheiten mit vergessenen Schlössern an ihr, und fühlte sie sie, wie nach Aussage der Ärzte Amputierte noch in den Gliedern Schmerzen spüren, die sie nicht mehr haben? Hatten die Laster und ihre Ausschweifungen sie so bis ins Mark durchdrungen, daß das heilige Wasser den dort verborgenen Dämon noch nicht erreichte? War der Anblick dessen, für den sie so engelhafte Anstrengungen unternahm, notwendig für die, der Gott vergeben sollte, weil sie die menschliche Liebe in die himmlische Liebe mischte? Die eine hatte sie zur anderen geführt. Ging in ihr eine Verschiebung der vitalen Kräfte vor, die notwendige Leiden mit sich brachte? Alles ist Zweifel und Finsternis in einer Lage, die die Wissenschaft zu studieren verschmäht hat, weil sie den Gegenstand zu unmoralisch und zu verfänglich fand; als ständen nicht Arzt und Schriftsteller, Priester und Politiker über jedem Argwohn! Ein Arzt freilich, den der Tod unterbrach, hat den Mut gehabt, unvollständig gebliebene Studien zu beginnen. Vielleicht lag die schwarze Melancholie, der Esther zur Beute fiel und die ihr glückliches Leben verdunkelte, in all diesen Ursachen zugleich begründet; und da sie sie nicht erraten konnte, so litt sie vielleicht, wie die Kranken leiden, die weder die Medizin noch die Chirurgie kennen. Die Sachlage ist wunderlich. Eine reichliche und gesunde Nahrung, die an die Stelle einer scheußlichen, aufreizenden Nahrung trat, konnte Esther nicht erhalten. Ein reines, regelmäßiges Leben, das geteilt war zwischen eigens gemilderten Arbeiten und Erholungspausen und das an die Stelle eines ungeordneten Lebens trat, dessen Genüsse ebenso grauenhaft waren wie seine Leiden, dieses Leben brach die junge Zöglingin. Die frischeste Ruhe, die stillen Nächte, die vernichtende Übermüdungen und grausamste Aufregungen verdrängten, erregten ein Fieber, dessen Symptome dem Finger und dem Auge der Krankenwärterin entgingen. Kurz, das Wohlsein, das Glück, die auf Leiden und Unglück folgten, die Sicherheit nach der Unruhe waren Esther ebenso verhängnisvoll, wie ihr vergangenes Elend es für ihre Gefährtinnen gewesen wäre. Da sie in die Verderbtheit hineingepflanzt worden war, hatte sie sich darin entwickelt. Ihre höllische Heimat übte immer noch ihre Herrschaft aus, den souveränen Anordnungen eines absoluten Willens zum Trotz. Was sie haßte, war für sie das Leben, was sie liebte, tötete sie. Sie hatte einen so glühenden Glauben, daß ihre Frömmigkeit die Seele freute. Sie liebte das Gebet. Sie hatte ihre Seele dem Licht der wahren Religion geöffnet, die sie ohne Mühen, ohne Zweifel hinnahm. 54 Der Priester, der ihr Berater war, schwebte in Entzücken; aber bei ihr widersetzte der Leib sich der Seele von Augenblick zu Augenblick. Man fing einst in einem schlammigen Teich Karpfen, um sie in ein Marmorbecken mit schönem, klarem Wasser zu setzen; man wollte damit einem Verlangen der Frau von Maintenon nachkommen, die sie mit den Brocken der königlichen Tafel speiste. Die Karpfen kamen um. Tiere können ergeben sein, aber der Mensch wird ihnen niemals die Lepra der Schmeichelei mitteilen. Ein Höfling machte eine Bemerkung über diesen stummen Widerstand in Versailles. »Sie sind wie ich«, erwiderte die unedierte Königin, »sie sehnen sich nach ihrem dunklen Schlamm zurück.« Dieses Wort enthält die ganze Geschichte Esthers. In einzelnen Augenblicken trieb es das arme Mädchen, durch die prachtvollen Gärten des Klosters zu laufen; sie ging verstört von Baum zu Baum und stürzte sich verzweifelt in die dunklen Winkel und suchte dort – was? Sie wußte es nicht, aber sie erlag dem Dämon, sie kokettierte mit den Bäumen, sie sagte ihnen Worte, die sie niemals aussprach. Bisweilen glitt sie abends wie eine Schlange die Mauern entlang, ohne Schal, mit nackten Schultern. Oft stand sie in der Kapelle während des Amtes da, die Augen aufs Kruzifix geheftet, und jeder bewunderte sie, wenn ihr die Tränen in die Augen traten. Sie aber weinte vor Wut; statt der heiligen Bilder, die sie sehen wollte, erhoben sich die flackernden Nächte, in denen sie die Orgie dirigierte, wie Habeneck im Konservatorium eine

Beethovensche Symphonie dirigiert, jene lachenden und schlüpfrigen Nächte, durchschnitten von nervösen Bewegungen, von unerlöschlichem Lachen, mit gelöstem Haar, wütend und brutal vor ihrem Blick. Sie war äußerlich sanft wie eine Jungfrau, die nur durch ihre weibliche Gestalt mit der Erde zusammenhängt; in ihrem Innern wütete eine kaiserliche Messaline. Sie allein wußte um diesen Kampf des Dämons mit dem Engel. Wenn die Oberin sie schalt, weil sie künstlicher frisiert war, als die Regel es wollte, so veränderte sie ihre Frisur mit anbetungswürdigem und schnellem Gehorsam; sie wäre bereit gewesen, sich das Haar abzuschneiden, wenn die Mutter es ihr befohlen hätte. Dieses Heimweh hatte bei einem Mädchen, das lieber umgekommen wäre als zurückgekehrt in die unreinen Lande, eine rührende Anmut. Sie wurde blaß, verwandelte sich, wurde mager. Die Oberin verkürzte ihren Unterricht und zog das interessante Geschöpf in ihre Nähe, um sie auszufragen. Esther war glücklich; es gefiel ihr unendlich unter ihren Gefährtinnen; sie fühlte sich in keinem vitalen Teil angegriffen, aber ihre Vitalität selber war angegriffen. Sie sehnte sich nach nichts zurück; sie wünschte nichts. Die Oberin war erstaunt über die Antworten ihrer Zöglingin, und sie wußte nicht, was sie von ihr denken sollte, als sie sie einer verzehrenden Sehnsucht zur Beute fallen sah. Man rief den Arzt, als der Zustand des jungen Mädchens ernst zu werden schien, aber dieser Arzt kannte Esthers Vorleben nicht und konnte sie nicht beargwöhnen: er fand überall Leben, das Leiden war nirgends. Die Krankheit warf alle Hypothesen um. Es blieb noch eine Art und Weise, die Zweifel des Gelehrten, der sich an einen furchtbaren Gedanken klammerte, aufzuklären: Esther weigerte sich hartnäckig, sich der Untersuchung des Arztes zu unterwerfen. In dieser Gefahr appellierte die Oberin an den Abbé Herrera. Der Spanier kam, sah Esthers verzweifelten Zustand und plauderte einen Augenblick abseits mit dem Arzt. Nach diesem Gespräch erklärte der Mann der Wissenschaft dem Mann des Glaubens, das einzige Mittel sei eine Reise nach Italien. Der Abbé wollte nicht, daß diese Reise vor Esthers Taufe und erster Kommunion stattfände.

»Wieviel Zeit brauchen Sie noch?« fragte der Arzt. »Einen Monat«, erwiderte die Oberin. »Dann ist sie tot«, versetzte der Doktor. »Ja, aber im Stand der Gnade und als Gerettete«, sagte der Abbé.

Die Frage der Religion beherrscht in Spanien die Fragen der Politik, des bürgerlichen und physischen Lebens; der Arzt gab also dem Spanier keine Antwort, er wandte sich zu der Oberin; aber der furchtbare Abbé ergriff ihn am Arm, um ihn zu hindern. »Kein Wort, Herr Doktor!« sagte er.

Der Arzt warf, obwohl er religiös und monarchisch gesinnt war, einen Blick voll zärtlichen Mitleids auf Esther. Dieses Mädchen war schön wie eine Lilie, die sich auf ihren Stengel neigt. »Wie Gott will, also«, sagte er und ging.

Noch am Tage dieser Konsultation wurde Esther von ihrem Gönner in den Rocher de Cancale geführt, denn der Wunsch, sie zu retten, hatte diesem Priester die seltsamsten Auskunftsmittel eingegeben; er versuchte es mit zwei Ausschweifungen: einem ausgezeichneten Diner, das das arme Mädchen an seine Orgien erinnern konnte, und der Oper, die ihr einige weltliche Bilder bot. Es bedurfte seiner überwältigenden Autorität, um die junge Heilige zu solchen Entweihungen zu überreden. Herrera verkleidete sich so vollkommen als Offizier, daß Esther ihn nur mit Mühe erkannte; er ließ seine Gefährtin einen Schleier nehmen und setzte sie in eine Loge, wo sie allen Blicken verborgen bleiben konnte. Dieses Linderungsmittel, das für eine so ernstlich zurückgewonnene Unschuld ungefährlich war, verlor bald seine Kraft. Die Zöglingin wurde von Ekel vor den Diners ihres Gönners, von religiösem Widerwillen gegen das Theater gepackt und sank in ihre Melancholie zurück.

›Sie stirbt vor Liebe zu Lucien‹, sagte Herrera sich; er wollte die Tiefe dieser Seele sondieren und wissen, was man von ihr verlangen konnte.

Es kam also ein Augenblick, in dem dieses Mädchen nur noch durch seine moralische Kraft aufrechterhalten wurde und in dem der Körper versagen mußte. Der Priester berechnete diesen Augenblick mit dem grauenhaften Scharfsinn, den ehedem die Folterknechte entfalteten, wenn es galt, das Verhör zu beginnen. Er fand sein Mündel im Garten, wo sie am Gitter, das die Aprilsonne liebkoste, auf einer Bank saß; sie schien zu frieren und sich dort zu wärmen; ihre Gefährtinnen sahen voll Interesse auf diese Bleichheit welken Grases, auf diese Augen einer sterbenden Gazelle und auf ihre melancholische Haltung. Esther erhob sich und ging dem Spanier entgegen, und zwar mit einer Bewegung, die bewies, wie wenig Leben sie nur noch in sich hatte, und auch, sagen wir es, wie wenig Freude am Leben. Dieses arme Bohèmegeschöpf, diese verwundete wilde Schwalbe erregte zum zweitenmal Carlos Herreras Mitleid. Der düstere Priester, den Gott nur zur Erfüllung seiner Rache hätte verwenden dürfen, empfing die Kranke mit einem Lächeln, das ebensoviel Bitterkeit wie Süße enthielt, ebensoviel Rachsucht wie Erbarmen. Esther war seit ihrem nahezu klösterlichen Leben an das Nachdenken gewöhnt, an die Einkehr in sich selber, und jetzt empfand sie zum zweitenmal ein Gefühl des Mißtrauens beim Anblick ihres Gönners; aber wie beim erstenmal wurde sie von seinen Worten auf der Stelle beruhigt.

»Nun, mein liebes Kind«, sagte er, »weshalb haben Sie mir nie von Lucien gesprochen?« – »Ich hatte Ihnen versprochen«, erwiderte sie, während sie in krampfhafter Bewegung vom Kopf bis zu den Füßen erbebte, »ich hatte Ihnen geschworen, diesen Namen nicht mehr auszusprechen.« – »Trotzdem aber haben Sie nicht aufgehört, an ihn zu denken.« – »Das ist mein einziger Fehler. In jeder Stunde denke ich an ihn; als Sie sich zeigten, sagte ich diesen Namen vor mich hin.« – »Die Trennung tötet Sie?«

Statt aller Antwort neigte Esther den Kopf, wie es die Kranken tun, die schon die Grabesluft riechen. »Ihn wiedersehen?« fragte er. »Das wäre das Leben«, erwiderte sie. »Denken Sie nur mit der Seele an ihn?« – »Ach, die Liebe läßt sich nicht teilen.« – »Tochter des verfluchten Geschlechts! Ich habe alles getan, um dich zu retten; ich überlasse dich deinem Schicksal: du sollst ihn wiedersehen!« – »Weshalb sollten Sie mein Glück schmähen? Kann ich nicht Lucien lieben und doch die Tugend üben, die ich ebensosehr liebe wie ihn? Bin ich nicht bereit, hier für sie zu sterben, wie ich bereit wäre, für ihn zu sterben? Will ich nicht umkommen in diesem doppelten Fanatismus: für die Tugend, die mich seiner würdig machte, für ihn, der mich der Tugend in die Arme warf? Ja, bereit zu sterben, ohne ihn wiederzusehen; bereit zu leben, wenn ich ihn wiedersehe. Gott wird mich richten.« Ihre Farbe war zurückgekehrt; ihre Blässe hatte einen goldigen Ton angenommen. Esther wurde noch einmal begnadigt.

»Am Tage, nach dem Sie im Wasser der Taufe gebadet werden, sollen Sie Lucien wiedersehen, und wenn Sie glauben, tugendhaft leben zu können, indem Sie für ihn leben, so sollen Sie sich nicht mehr trennen.«

Der Priester mußte Esther aufheben, da ihr die Knie versagten. Das arme Mädchen war gestürzt, als hätte der Boden unter ihren Füßen nachgegeben; der Abbé setzte sie auf die Bank, und als sie die Sprache wiederfand, sagte sie: »Weshalb nicht heute?« – »Wollen Sie Seiner Hochwürden den Triumph Ihrer Taufe und Bekehrung rauben? Sie sind Lucien zu nah, um Gott nicht fern zu sein.« – »Ja, ich dachte an nichts mehr!« – »Sie werden nie irgendeiner Religion angehören«, sagte der

Priester mit einer Regung tiefer Ironie. »Gott ist gut«, erwiderte sie; »er liest in meinem Herzen.«

Besiegt von der entzückenden Naivität, die in Esthers Stimme, Blick, Gesten und Haltung durchbrach, küßte Herrera sie zum erstenmal auf die Stirn. »Die Wüstlinge hatten dir mit Recht deinen Namen gegeben: du würdest Gott, den Vater, verführen. Noch ein paar Tage, es ist nötig, und nachher sollt ihr alle beide frei sein.« – »Alle beide!« wiederholte sie in ekstatischer Freude.

Diese aus der Ferne gesehene Szene setzte die Zöglinginnen und die Oberinnen in Erstaunen; sie glaubten einer Zauberverwandlung beizuwohnen, als sie Esther mit ihrem früheren Selbst verglichen. Das völlig verwandelte Kind lebte jetzt. Sie zeigte sich in ihrer wahren Liebesnatur, zierlich, kokett, lockend und lustig: kurz, sie war auferweckt.

Herrera wohnte in der Rue Cassette, dicht bei Saint-Sulpice, der Kirche, der er sich angeschlossen hatte. Dieser Bau sagte dem Spanier mit seinem harten und trockenen Stil zu, denn seine Religion hatte viel von der der Dominikaner. Als ein verlorener Posten der verschlagenen Politik Ferdinands VII. leistete er der konstitutionellen Sache schlimme Dienste, obwohl er wußte, daß diese Ergebenheit niemals ihren Lohn finden konnte, es sei denn bei einer Wiedereinsetzung des Rey netto. Und Carlos Herrera hatte sich in dem Augenblick, als es schien, daß die Cortes nicht mehr zu stürzen waren, mit Leib und Seele der Camarilla ergeben. Für die Welt verriet dieses Verhalten eine überlegene Seele. Der Feldzug des Herzogs von Angoulême war erfolgt, König Ferdinand herrschte, und Carlos Herrera ging nicht nach Madrid, um sich den Preis für seine Dienste zu holen. Gegen die Neugier verteidigte ihn ein diplomatisches Schweigen, und als Grund seines Aufenthalts in Paris führte er seine lebhafte Neigung zu Lucien von Rubempré an, der der junge Mann bereits die Ordonnanz des Königs über seinen Namenswechsel verdankte. Herrera lebte übrigens, wie der Tradition nach alle Priester leben, die in geheimen Missionen Verwendung finden: nämlich sehr im Dunkeln. Er erfüllte seine religiösen Pflichten zu Saint-Sulpice, ging nur in Geschäften aus, und zwar auch das stets am Abend und im Wagen. Den Tag füllte für ihn die spanische Siesta aus, die den Schlaf zwischen die beiden Mahlzeiten legt und auf diese Weise die ganze Zeit in Anspruch nimmt, während derer Paris in geschäftigem Aufruhr lebt. Auch die spanische Zigarre spielte ihre Rolle und verzehrte ebensoviel Zeit wie Tabak. Die Faulheit ist wie der Ernst eine Maske; und auch der Ernst ist nur Faulheit. Herrera wohnte im zweiten Stock in dem einen Flügel des Hauses, und Lucien hatte den andern inne. Die beiden Wohnungen wurden durch einen großen Empfangssaal, dessen antiker Prunk ebensosehr zu dem ernsten Geistlichen wie zu dem jungen Dichter paßte, sowohl verbunden wie getrennt. Der Hof dieses Hauses war düster. Große, dichte Bäume beschatteten den Garten. Stille und Verschwiegenheit begegnen sich in den Häusern, die Priester wählen. Herreras Zimmer läßt sich mit zwei Worten beschreiben: eine Zelle. Das Luciens glänzte vor Luxus und war mit ausgesuchten Bequemlichkeiten versehen; es vereinigte alles, was das elegante Leben eines Dandys, Dichters und Schriftstellers erfordert, der ehrgeizig, lasterhaft, zugleich stolz und eitel und voller Nachlässigkeit ist, während er sich doch nach der Ordnung sehnt: eines jener unvollständigen Genies, die im Begehren und im Entwurf, was vielleicht dasselbe ist, einige Gewalt besitzen, aber zur Ausführung nicht die Kraft haben. Zusammen bildeten Lucien und Herrera einen Politiker. Darin lag ohne Zweifel das Geheimnis dieses Bundes. Greise, bei denen die Aktion des Lebens sich verschoben und in die Sphäre der Interessen verirrt hat, fühlen oft das Bedürfnis eines hübschen Dekorationsstücks, eines jungen und leidenschaftlichen Schauspielers für die Ausführung ihrer Pläne. Richelieu suchte zu spät nach einem schönen, weißen Gesicht mit Schnurrbart, um es den Frauen hinzuschieben, die er amüsieren mußte. Da ihn junge Leichtfüße nicht verstanden, war er gezwungen, die Mutter seines Herrn zu verbannen und der Königin Angst einzuflößen, nachdem er zuvor versucht hatte, beide in sich verliebt zu machen; freilich hatte er nicht die Statur, um Königinnen zu gefallen. Was man auch tue, in einem Leben des Ehrgeizes wird man stets in dem Augenblick, in dem man eine derartige Begegnung am wenigsten erwartet, auf eine Frau stoßen. So mächtig ein großer Politiker auch sei, er braucht eine Frau, um sie der Frau entgegenzustellen, genau wie die Holländer den Diamanten mit dem Diamanten schleifen. Rom gehorchte im Augenblick seiner Macht dieser Notwendigkeit. Man sehe sich doch an, wieviel reicher an Herrschgewalt das Leben Mazarins, des italienischen Kardinals, war, als das Richelieus, des französischen Kardinals! Richelieu findet Widerstand bei den großen Herren, er legt die Axt an; er stirbt in der Blüte seiner Macht, verbraucht von dem Zweikampf, in dem ihn nur ein Kapuziner unterstützte. Mazarin wird vom verbündeten, bewaffneten und zeitweise siegreichen Bürgertum und Adel, die das Königshaus zur Flucht zwingen, zurückgestoßen; aber der Diener Annas von Österreich nimmt niemandem das Leben, weiß ganz Frankreich zu besiegen und erzieht Ludwig XIV., der Richelieus Werk vollendet, indem er im großen Serail von Versailles den Adel mit vergoldeten Schnüren erdrosselt. Als Frau von Pompadour stirbt, ist Choiseul verloren. Hatte Herrera sich von dieser hohen Lehre durchdringen lassen? Hatte er früher als Richelieu sich selbst Gerechtigkeit widerfahren lassen? Hatte er in Lucien einen Cinq-Mars erwählt, aber einen treuen Cinq-Mars? Niemand konnte auf diese Fragen antworten noch den Ehrgeiz dieses Spaniers ermessen, wie man auch nicht voraussehen konnte, welches sein Ende sein würde. Diese Fragen derer, die einen Blick auf den lange verheimlichten Bund werfen konnten, strebten danach, ein furchtbares Geheimnis zu durchschauen, das auch Lucien erst seit wenigen Tagen kannte. Carlos war für zwei ehrgeizig; das zeigte sein Verhalten denen, die ihn kannten und die alle glaubten, Lucien sei ein natürliches Kind dieses Priesters.

Fünfzehn Monate nach seinem Erfolg in der Oper, der ihn zu früh in eine Gesellschaft hineinwarf, in der der Abbé ihn erst sehen wollte, wenn er ihn durchaus gegen die Welt gewaffnet hätte, standen drei schöne Pferde in Luciens Stall, ein Coupé für den Abend, ein Kabriolett und ein Tilbury für den Vormittag. Er aß in der Stadt. Herreras Ahnungen hatten sich erfüllt: ein Leben der Zerstreuungen hatte sich seines Schülers bemächtigt; aber er hatte es notwendig gefunden, der sinnlosen Liebe, die dieser junge Mann für Esther im Herzen bewahrte, Ablenkung zu verschaffen. Nachdem er etwa vierzigtausend Franken ausgegeben hatte, hatte jede Torheit Lucien nur um so lebhafter zu der Torpille zurückgeführt, die er hartnäckig suchte; und da er sie nicht fand, so wurde sie für ihn das, was das Wild für den Jäger ist. Konnte Herrera wissen, welcher Art die Liebe eines Dichters ist? Hat sich einem dieser großen kleinen Leute diese Empfindung einmal in den Kopf gesetzt, wie sie das Herz versengt und die Sinne durchdrungen hat, so wird der Dichter der Menschheit ebensosehr durch seine Liebe überlegen, wie er es durch die Macht seiner Phantasie ist. Da er einer Laune der intellektuellen Zeugung die seltene Fähigkeit verdankt, die Natur durch Bilder auszudrücken, denen er zugleich Empfindung und Gedanken aufprägt, leiht er seiner Liebe die Flügel seines Geistes; er empfindet und er malt, er handelt und denkt, er vervielfältigt seine Empfindungen durch sein Denken, er verdreifacht die gegenwärtige Seligkeit durch das Sehnen nach der Zukunft und die Erinnerungen der Vergangenheit; er mischt die erlesenen

Genüsse der Seele hinein, die ihn zum Fürsten unter den Künstlern machen. Die Leidenschaft eines Dichters wird dann zu einem großen Gedicht, das oft über menschliche Proportionen hinausgeht. Stellt nicht der Dichter seine Geliebte auf ein viel höheres Piedestal, als es die Frauen bewohnen wollen? Er verwandelt wie der wunderbare Ritter aus der Mancha ein Mädchen der Felder in eine Prinzessin. Er macht für sich selbst Gebrauch von dem Zauberstab, mit dem er alles berührt, um es wunderbar zu machen, und so erhöht er auch die Wollust durch die anbetungswürdige Welt des Idealen. Daher ist seine Liebe ein Musterbild der Leidenschaft: sie ist ausschweifend in allem, in ihren Hoffnungen, in ihrer Verzweiflung, in ihrem Zorn, ihrer Melancholie und ihren Freuden; sie fliegt, sie springt, sie kriecht, sie gleicht keiner der Erregungen, die der Durchschnitt der Menschen empfindet; sie ist im Vergleich zur Liebe des Bürgers, was der ewige Gießbach der Alpen im Vergleich zum Rinnsal der Ebenen ist. Diese schönen Genies werden so selten verstanden, daß sie sich in trügerischen Hoffnungen verschwenden; sie verzehren sich auf der Suche nach ihren idealen Geliebten, sie sterben fast immer wie schöne Insekten, die für Liebesfeste von der poetischsten aller Naturen nach Lust geschmückt werden und die der Fuß eines Vorübergehenden zermalmt; aber eine neue Gefahr: wenn sie die Form finden, die ihrem Geist entspricht, und oft ist es dann eine Bäckerin, so machen sie es wie Raffael, wie das schöne Insekt, sie sterben bei der Fornarina. Lucien war so weit. Seine poetische Natur, die notwendigerweise in allem, im Guten wie im Schlimmen, überschwenglich war, hatte den Engel in der Dirne erraten, die eher an der Verderbtheit abgefärbt hatte als verderbt war: er sah sie stets weiß, beflügelt, rein und geheimnisvoll, wie sie für ihn geworden war, da sie erriet, daß er sie so wollte.

Gegen Ende des Mai 1825 hatte Lucien seine ganze Lebhaftigkeit eingebüßt; er ging nicht mehr aus, er speiste mit Herrera, war nachdenklich, arbeitete, las die Sammlung diplomatischer Traktate, saß nach türkischer Weise auf einem Diwan und rauchte am Tage drei oder vier Hukas. Sein Groom hatte mehr damit zu tun, die Schläuche dieses schönen Werkzeugs zu reinigen und zu parfümieren, als das Fell der Pferde zu striegeln und sie für die Ausfahrten im Bois mit Rosen zu schmücken. An dem Tage, als der Spanier Luciens Stirn bleich sah, als er in den Torheiten der unterdrückten Liebe die Spuren der Krankheit erkannte, wollte er dieses Menschenherz ergründen, auf das er sein Leben gebaut hatte.

Eines schönen Abends, als Lucien, in einem Sessel liegend, mechanisch durch die Bäume des Gartens dem Sonnenuntergang zusah, indem er, wie es gedankenverlorene Raucher tun, in langen und gleichmäßigen Wolken den Schleier seines parfümierten Rauches ausbreitete, zog ihn ein tiefer Seufzer aus seiner Träumerei. Er wandte sich um und sah den Abbé mit untergeschlagenen Armen dastehen.

»Du hast dagestanden?« sagte der Dichter. »Seit langem«, sagte der Priester; »meine Gedanken sind dem Flug der deinen gefolgt …« Lucien verstand dieses Wort. »Ich habe mich nie für eine eherne Natur ausgegeben, wie du es bist. Für mich ist das Leben abwechselnd ein Paradies und eine Hölle; aber wenn es gerade einmal weder das eine noch das andere ist, so langweilt es mich; und ich langweile mich …« – »Wie kann man sich langweilen, wenn man so viele großartige Hoffnungen vor sich hat? …« – »Wenn man an diese Hoffnungen nicht glaubt, oder wenn sie zu verschleiert sind …« – »Keine Dummheiten!« sagte der Priester. »Es ist deiner und meiner würdiger, wenn du mir dein Herz eröffnest. Zwischen uns steht, was nie zwischen uns stehen dürfte: ein Geheimnis! Dieses Geheimnis dauert schon seit sechs Monaten. Du liebst eine Frau.« – »Und?« – »Ein unsauberes Mädchen, das die Torpille genannt wird …« – »Nun?« – »Liebes Kind, ich hatte dir erlaubt, dir eine Geliebte zu nehmen, aber eine Frau vom Hofe, jung, schön, einflußreich; zum mindesten eine Gräfin. Ich hatte dir Frau d'Espard ausersehen, um sie ohne Bedenken zum Werkzeug des Glücks zu machen; denn sie hätte dir nie das Herz verdorben, sie hätte dir deine Freiheit gelassen … Eine Prostituierte der letzten Stufe zu lieben, ohne daß man wie die Könige die Macht besitzt, sie zu adeln, ist ein ungeheurer Fehler.« – »Bin ich der erste, der auf den Ehrgeiz verzichtet hat, um dem Hang einer zügellosen Liebe zu folgen?« – »Gut!« sagte der Priester, indem er das Bocchinetto des Huka aufhob, das Lucien hatte fallen lassen, und es ihm zurückgab, »ich verstehe das Epigramm. Kann man Ehrgeiz und Liebe nicht verbinden? Kind, du hast in dem alten Herrera eine Mutter, deren Ergebenheit unbedingt ist …« – »Ich weiß es, mein Alter«, sagte Lucien, indem er seine Hand ergriff und schüttelte. »Du wolltest die Spielzeuge des Reichtums – du hast sie. Du willst glänzen – ich führe dich auf den Weg der Macht. Ich küsse recht schmutzige Hände, um dich vorwärts zu bringen, und du wirst vorwärts kommen. Noch einige Zeit, und dir wird nichts mehr fehlen von allem, was Männern und Frauen gefällt. Bist du durch deine Launen verweichlicht, so bist du männlich durch deinen Geist: ich habe mir alles von dir gedacht, ich vergebe dir alles. Du brauchst nur zu reden, um deine Eintagsleidenschaften zu befriedigen. Ich habe dein Leben erhöht, indem ich ihm aufprägte, was dir die Anbetung der großen Zahl verschafft: das Siegel der Politik und der Herrschaft. Du sollst so groß werden, wie du klein bist; aber du darfst nicht den Prägstock zerbrechen, mit dem wir Geld münzen. Ich erlaube dir alles, ausgenommen die Fehler, die deine Zukunft zertrümmern würden. Wenn ich dir die Salons des Faubourg Saint-Germain öffne, so verbiete ich dir, dich in der Gosse zu wälzen. Lucien, ich werde in deinem Interesse wie eine Eisenschranke sein; ich will alles von dir, für dich erdulden. Und deshalb habe ich deinen Mangel an Fühlung mit dem Spiel des Lebens in die Finesse eines gewandten Spielers verwandelt ...«

Lucien hob in einer Bewegung wütender Schroffheit den Kopf. »Ich habe die Torpille entführt!« – »Du?« schrie Lucien auf. In einem Anfall tierischer Wut sprang der Dichter empor und warf dem Priester, den er so heftig zurückstieß, daß er den Athleten zu Boden schleuderte, das Bocchinetto aus Gold und Edelsteinen ins Gesicht. »Ich«, sagte der Spanier, indem er sich erhob und ohne seine furchtbare Würde zu verlieren.

Die schwarze Perücke war gefallen. Ein Schädel, blank wie ein Totenkopf, gab diesem Manne seine wahre Physiognomie zurück; sie war grauenhaft. Lucien lag mit hängenden Armen und überwältigt auf seinem Diwan und starrte den Abbé mit stumpfer Miene an.

»Ich habe sie entführt«, wiederholte der Priester. »Was hast du aus ihr gemacht? Du hast sie am Morgen nach dem Maskenball entführt ...« – »Ja, am Morgen nach dem Tage, als ich sah, wie ein Wesen, das dir gehörte, von Schelmen beschimpft wurde, denen ich nicht den Fuß in den ...« – »Schelmen?« sagte Lucien, indem er ihn unterbrach, »sag Ungeheuern, neben denen die, die man guillotiniert, Engel sind. Weißt du, was die Torpille für drei unter ihnen getan hat? Einer von ihnen war zwei Monate lang ihr Liebhaber. Sie war arm und suchte sich ihr Brot in der Gosse; er hatte keinen Heller, er war wie ich, als du mir begegnetest, dem Fluß recht nahe; mein Bürschchen stand nachts auf und ging zu dem Schrank, in dem die Reste der Mittagsmahlzeit dieses Mädchens waren, und aß sie auf; sie entdeckte schließlich diese Kniffe und begriff die Scham; sie sorgte dafür, daß viele Reste übrig blieben, und sie war glücklich; sie hat das niemandem als mir gesagt, in ihrem Fiaker, als wir aus der Oper kamen. Der zweite hatte gestohlen; aber ehe man den Diebstahl bemerken konnte, lieh sie ihm die Summe, die er wieder hinlegen konnte; und er hat stets vergessen, sie dem armen Mädchen zurückzugeben. Für den dritten hat sie sein Glück gemacht, indem sie eine Komödie spielte, in der sich Figaros Genie zeigte: sie hat sich für seine Frau ausgegeben und ist die Geliebte eines allmächtigen Mannes geworden, der sie für die naivste der Bürgerfrauen hielt. Dem einen das Leben, dem andern die Ehre, dem letzten sein Vermögen, und das bedeutet heute all jenes! Und so wird es ihr von ihnen gelohnt ...« – »Willst du, daß sie sterben?« sagte Herrera, dem eine Träne in die Augen trat. »Nun, da bist du! Jetzt erkenne ich dich ...« – »Nein, erfahre alles, rasender Dichter«, sagte der Priester: »die Torpille lebt nicht mehr.«

Lucien warf sich so kräftig auf Herrera, um ihn an der Kehle zu packen, daß jeder andere gestürzt wäre; aber der Arm des Spaniers hielt den Dichter zurück.

»Höre doch zu«, sagte er kühl. »Ich habe eine keusche, reine, wohlerzogene, fromme Frau aus ihr gemacht, eine anständige Frau; sie ist auf dem Wege der Bildung. Sie kann, sie muß, unter der Herrschaft deiner Liebe, eine Ninon, eine Marion Delorme, eine Dubarry werden, wie dieser Journalist in der Oper sagte. Du wirst sie als deine Geliebte anerkennen oder hinter dem Vorhang deiner Schöpfung verborgen bleiben, was verständiger ist! Das eine wie das andere wird dir Vorteil und Ruhm, Genuß und Fortschritt eintragen. Aber wenn du ein ebenso großer Politiker wie Dichter bist, so wird dir Esther nur eine Dirne sein; denn später wird sie uns vielleicht aus der Verlegenheit ziehen, sie ist ihr Gewicht in Gold wert. Trinke, aber berausche dich nicht. Wenn ich deiner Leidenschaft nicht in die Zügel gefallen wäre, wo wärst du da heute? Du hättest dich mit der Torpille im Schlamm des Elends gewälzt, aus dem ich dich herausgezogen habe ... Da, lies!« sagte Herrera so einfach wie Talma im ›Manli us‹, den er nie gesehen hatte.

Dem Dichter fiel ein Papier auf die Knie und entriß ihn der ekstatischen Verwunderung, in die ihn diese beängstigende Antwort gestürzt hatte; er nahm es und las den ersten je von Fräulein Esther geschriebenen Brief:

»An den Abbé Carlos Herrera.

Mein teurer Gönner! Werden Sie nicht glauben, daß bei mir die Dankbarkeit den Vortritt vor der Liebe hat, wenn Sie sehen, daß ich die Fähigkeit, meine Gedanken schriftlich auszudrücken, zuerst dazu benutze, Ihnen zu danken, statt eine Liebe zu schildern, die Lucien vielleicht vergessen hat? Aber ich werde Ihnen sagen, göttlicher Mann, was ich ihm zu sagen nicht wagen würde, obwohl er zu meinem Glück noch auf der Erde steht. Die gestrige Zeremonie hat Schätze der Gnade in mein Inneres gegossen, und also lege ich mein Schicksal in Ihre Hand. Müßte ich sterben, indem ich meinem Geliebten fernbleibe, so werde ich gereinigt sterben wie Magdalena, und meine Seele wird für ihn die Nebenbuhlerin seines Schutzengels werden. Werde ich je das gestrige Fest vergessen? Wie sollte ich dem glorreichen Thron entsagen, auf den ich gestiegen bin? Gestern habe ich all meine Besudelungen im Wasser der Taufe abgewaschen, und ich habe den heiligen Leib unseres Heilandes empfangen; ich bin zu einem seiner Tabernakel geworden. In jenem Augenblick habe ich den Gesang der Engel gehört, ich war mehr als eine Frau, ich wurde einem Leben des Lichts geboren, mitten unter den Zurufen der Erde, von der Welt bewundert, in einem Gewölk des Weihrauchs und der Gebete, das berauschte, geschmückt wie eine Jungfrau für einen himmlischen Gatten. Als ich mich, was ich niemals hoffen konnte, Luciens würdig fand, habe ich jede unreine Liebe abgeschworen, und ich will nicht mehr auf andern Wegen als denen der Tugend wandeln. Wenn mein Leib schwächer ist als meine Seele, so möge er zugrunde gehen! Seien Sie Richter über mein Schicksal, und wenn ich sterbe, so sagen Sie Lucien, daß ich für ihn gestorben bin, indem ich für Gott geboren wurde. Sonntag Abend.«

Lucien hob seine tränenfeuchten Augen.

»Du kennst die Wohnung der dicken Caroline Bellefeuille, in der Rue Taitbout«, fuhr der Spanier fort. »Dieses Mädchen war, als sie von ihrem Richter verlassen wurde, in furchtbarer Not, sie sollte gepfändet werden; ich habe ihre Wohnung in Bausch und Bogen kaufen lassen, sie ist mit ihren Sachen ausgezogen. Esther, dieser Engel, der zum Himmel steigen wollte, ist dort niedergestiegen und wartet auf dich.«

In diesem Augenblick hörte Lucien im Hof seine stampfenden Pferde; er hatte nicht die Kraft, seine Bewunderung für eine Ergebenheit auszusprechen, die nur er zu würdigen wußte: er warf sich dem Menschen, den er beschimpft hatte, in die Arme und machte alles durch einen einzigen Blick und seine überströmende Empfindung wieder gut; dann eilte er die Treppe hinunter, warf seinem Groom Esthers Adresse ins Ohr, und die Pferde flogen davon, als belebte die Leidenschaft ihres Herrn ihre Beine.

Am folgenden Tage ging ein Mann, den die Vorübergehenden nach seiner Kleidung hätten für einen verkleideten Gendarmen halten können, in der Rue Taitbout einem Hause gegenüber auf und ab, als wartete er, daß jemand herauskäme; sein Schritt war der erregter Leute. Man wird 70 in Paris oft solche leidenschaftlichen Spaziergänger treffen, echte Gendarmen, die einen widerspenstigen Nationalgardisten belauern, Gerichtsdiener, die ihre Maßnahmen für eine Verhaftung treffen, Gläubiger, die darauf sinnen, ihren Schuldnern einen Schimpf anzutun, wenn sie sich eingeschlossen halten, eifersüchtige und argwöhnische Liebhaber oder Ehemänner, oder schließlich Freunde, die für Freunde Posten stehen; aber recht selten wird man einem Gesicht begegnen, das von den wilden, rauhen Gedanken entflammt ist, wie sie das Gesicht des düstern Athleten belebten, der unter den Fenstern Fräulein Esthers mit der gedankenverlorenen Eile eines Bären im Käfig hin und her ging. Gegen Mittag tat sich ein Fenster auf, um die Hand einer Kammerfrau hinauszulassen, die die mit einer Polsterfütterung versehenen Läden aufstieß. Ein paar Augenblicke darauf trat Esther im Negligé vor, um frische Luft zu schöpfen; sie stützte sich auf Lucien. Wer sie gesehen hätte, hätte sie für das Original einer anmutigen englischen Vignette gehalten. Esther bemerkte sofort die Basiliskenaugen des spanischen Priesters, und wie von einer Kugel getroffen, stieß das arme Geschöpf einen furchtbaren Schrei aus.

»Da ist der schreckliche Priester«, sagte sie, indem sie ihn Lucien zeigte. »Der!« sagte er lächelnd, »der ist so wenig Priester wie du ...« – »Was ist er denn?« fragte sie beängstigt. »Nun, ein alter Schuft, der nur an den Teufel glaubt«, sagte Lucien.

Wäre dieser Lichtstrahl, der auf die Geheimnisse des falschen Priesters fiel, von einem weniger ergebenen Wesen aufgefangen worden, als Esther es war, so hätte er Lucien auf immer vernichten können. Als die beiden Liebenden vom Fenster ihres Schlafzimmers in das Eßzimmer hinübergingen, wo ihnen eben das Frühstück serviert worden war, begegneten sie Carlos Herrera. 71

»Was willst du hier?« fragte Lucien schroff. »Euch segnen«, sagte der verwegene Mensch, indem er das Paar anhielt und in den kleinen Salon der Wohnung zu treten zwang. »Hört mich an, meine Lieblinge! Amüsiert euch, seid glücklich, alles schön und gut! Das Glück um jeden Preis, das ist meine Lehre ... Aber du«, sagte er zu Esther, »du, die ich aus dem Kot gezogen und an Seele und Leib abgeseift habe, du maßt dir doch nicht an, dich Lucien in den Weg zu stellen? ... Was dich angeht, mein Kleiner«, fuhr er nach einer Pause fort, indem er Lucien ansah, »so bist du nicht mehr Dichter genug, um dich einer neuen Coralie preiszugeben. Wir schreiben Prosa. Was kann der Liebhaber Esthers werden? Nichts. Kann Esther Frau von Rubempré werden? Nein .... Nun, die Welt, meine Kleine«, sagte er, indem er seine Hand auf die Esthers legte, so daß sie erzitterte, als hätte eine Schlange sie umringt, »die Welt darf nicht wissen, daß Sie leben; die Welt muß vor allem darüber im unklaren bleiben, daß ein Fräulein Esther Lucien liebt, und daß Lucien in sie vernarrt ist ... Diese Wohnung wird Ihr Gefängnis sein, meine Kleine. Wenn Sie ausgehen wollen, und Ihre Gesundheit wird es erfordern, so werden Sie nachts spazierenfahren, in den Stunden, um die Sie nicht gesehen werden können; denn Ihre Schönheit, Ihre Jugend und die Vornehmheit, die Sie im Kloster erworben haben, würden in Paris zu schnell auffallen. Der Tag, an dem irgend jemand, wer es auch sei«, sagte er mit furchtbarem Nachdruck, den ein furchtbarer Blick begleitete, »erführe, daß Lucien Ihr Liebhaber oder Sie seine Geliebte sind, dieser Tag wäre der vorletzte Ihrer Tage. Man hat diesem jungen Grünschnabel eine Ordonnanz erwirkt, die ihm erlaubt, den Namen und das Wappen seiner mütterlichen Vorfahren zu führen. Aber das ist nicht alles. Der Titel ›Marquis‹ ist uns nicht zurückgegeben worden; und um ihn wieder aufzunehmen, muß er ein Mädchen aus gutem Hause heiraten, zu deren Gunsten der König uns diese Gnade erweisen wird. Dieser Bund wird Lucien in die Welt des Hofes einführen. Dieses Kind, aus dem ich einen Mann zu machen verstanden habe, wird zunächst Gesandtschaftssekretär werden; später wird er an einem deutschen Hofe Botschafter, und mit Gottes oder meiner Hilfe – und meine ist mehr wert – wird er sich eines Tages auf die Bänke der Pairs setzen ...« – »Oder auf die Bänke ...« sagte Lucien, indem er diesen Menschen unterbrach. »Schweig!« rief Carlos, indem er Lucien mit seiner breiten Hand den Mund zuhielt. »Ein solches Geheimnis einer Frau! ...« flüsterte er ihm ins Ohr. »Esther eine Frau!« rief der Verfasser der ›Margueriten‹. »Immer noch Sonette?« sagte der Spanier, »oder besser Albernheiten! All diese Engel werden früher oder später wieder zu Frauen; nun hat die Frau immer Augenblicke, in denen sie zugleich Affe und Kind ist: zwei Wesen, die uns töten, weil sie lachen wollen ... Esther, mein Juwel«, sagte er zu der entsetzten jungen Zöglingin, »ich habe Ihnen zur Kammerfrau ein Geschöpf gesucht, das mir ergeben ist, als wäre es meine Tochter. Zur Köchin werden Sie eine Mulattin haben; das gibt einem Hause einen stolzen Ton. Mit Europa und Asien werden Sie hier für einen Tausendfrankenschein monatlich, alles eingeschlossen, wie eine Königin ... des Theaters leben können. Europa ist Schneiderin, Modistin und Statistin gewesen; Asien hat einem Lord und Feinschmecker gedient. Diese beiden Geschöpfe werden für Sie zwei Feen sein.«

Als Esther Lucien vor diesem Wesen, das sich mindestens einer Entweihung und einer Fälschung schuldig gemacht hatte, sehr klein werden sah, empfand sie, die durch ihre Liebe geheilt war, einen tiefen Schrecken auf dem Grunde ihres Herzens. Ohne etwas zu erwidern, zog sie Lucien ins Zimmer und sagte zu ihm: »Ist das der Teufel?« – »Etwas Schlimmeres ... für mich«, erwiderte er lebhaft. »Aber wenn du mich liebst, so versuche, die Ergebenheit dieses Mannes nachzuahmen und gehorche ihm bei Todesstrafe ...« – »Bei Todesstrafe? ...« sagte sie noch entsetzter. »Bei Todesstrafe«, wiederholte Lucien. »Ach, mein kleines Schäfchen, kein Tod ließe sich mit dem vergleichen, der mich ereilen würde, wenn ...« Esther erblich, als sie diese Worte hörte, und fühlte, wie ihre Kräfte sie verließen.

»Nun«, rief ihnen der Fälscher und Kirchenschänder zu, »habt ihr denn eure Maßliebchen noch nicht kahl gezupft?«

Esther und Lucien kehrten zurück, und das arme Mädchen sagte, ohne daß sie es wagte, einen Blick auf den geheimnisvollen Menschen zu werfen: »Wir werden Ihnen gehorchen, wie man Gott gehorcht.« – »Gut«, erwiderte er; »Sie können also eine Zeitlang sehr glücklich sein, und ... Sie werden nur Haus- und Nachttoilette zu machen haben; das wird viel Geld ersparen.«

Und die beiden Liebenden gingen auf das Eßzimmer zu; aber Luciens Gönner machte eine Geste, um das hübsche Paar aufzuhalten, so daß es stehen blieb. »Ich habe Ihnen eben von Ihren Leuten gesprochen, liebes Kind«, sagte er zu Esther, »ich muß sie Ihnen vorstellen.«

Der Spanier schellte zweimal. Die beiden Frauen, die er Europa und Asien nannte, erschienen, und jetzt war der Grund dieser Beinamen leicht zu erkennen.

Asien, die auf der Insel Java geboren zu sein schien, zeigte dem Blick, als wolle sie ihn erschrecken, jenes den Malaien eigene kupferfarbene Gesicht, das flach ist wie ein Brett und in das die Nase wie durch einen gewaltsamen Druck hineingepreßt zu sein scheint. Die wunderliche Stellung der Kieferknochen gab dem Untergesicht einige Ähnlichkeit mit dem Gesicht der großen Affen. Der wenn auch niedrigen Stirn fehlte es nicht an der durch gewohnheitsmäßig angewandte List entwickelten Intelligenz. Zwei kleine brennende Augen bewahrten die Ruhe der Augen des Tigers, aber sie blickten einem nie ins Gesicht. Es sah aus, als fürchtete Asien, die Leute zu erschrecken. Die blaßblauen Lippen ließen Zähne von blendender Weiße sehen, die aber kreuzweis standen. Der allgemeine Ausdruck dieser tierischen Physiognomie war der der Feigheit. Die wie die Gesichtshaut glänzenden und fetten Haare umrandeten ein sehr reiches Kopftuch mit zwei schwarzen Streifen. Die äußerst hübschen Ohren zeigten als Schmuck zwei große Perlen. Klein, kurz, untersetzt, so glich Asien jenen närrischen Schöpfungen, die die Chinesen sich auf ihren Lichtschirmen erlauben; oder genauer, jenen indischen Idolen, deren Typus nicht mehr vorhanden sein zu sollen scheint, den aber die Reisenden schließlich doch noch finden. Als Esther dieses Ungeheuer sah, das über einem Kleid aus englischer Wolle mit einer weißen Schürze geziert war, durchlief sie ein Schauder.

»Asien«, sagte der Spanier, zu dem die Frau den Kopf mit einer Bewegung emporhob, wie sie sich nur mit der eines Hundes vergleichen läßt, der seinen Herrn ansieht, »das ist Eure Herrin.« Und er zeigte Esther in ihrem Hauskleid mit dem Finger.

Asien sah diese junge Fee mit einem fast schmerzlichen Ausdruck an; aber zugleich flog zwischen ihren engen Wimpern hervor wie der Funke eines Brandes ein ersticktes Licht auf Lucien, der, bekleidet mit einem prachtvollen offenen Schlafrock, einem Hemd aus friesischer Leinwand und einer roten Hose, eine türkische Mütze auf dem Kopf, von dem seine blonden Haare in starken Locken herabfielen, ein göttliches Bild darbot. Das italienische Genie kann die Erzählung von Othello erfinden, das englische kann es in Szene setzen, aber die Natur allein hat das Recht, in einen einzigen Blick einen vollständigeren und großartigeren Ausdruck der Eifersucht hineinzulegen, als England und Italien zusammen. Vor diesem Blick, den Esther auffing, ergriff sie den Spanier beim Arm und preßte ihm ihre Nägel ins Fleisch, wie es eine Katze getan hätte, die sich festhält, um nicht in einen Abgrund zu fallen, dessen

Boden sie nicht sieht. Der Spanier sagte in einer unbekannten Sprache drei oder vier Worte zu diesem asiatischen Ungeheuer, das herbeikam und kriechend vor Esthers Füßen niederkniete, um sie ihr zu küssen.

»Sie ist«, sagte der Spanier zu Esther, »keine Köchin, sondern ein Koch, der Carême vor Eifersucht wahnsinnig machen würde. Sie wird Ihnen eine einfache Schüssel Bohnen so bereiten, daß Sie zweifeln, ob nicht die Engel herabgestiegen sind, um die Kräuter des Himmels darunter zu mischen. Sie wird jeden Morgen selbst in die Markthallen gehen und sich wie der Teufel schlagen, der sie ist, um die Dinge zum angemessensten Preis zu erhalten; sie wird die Neugierigen durch ihre Verschwiegenheit ermüden. Da man aussprengen wird, Sie seien in Indien gewesen, so wird Asien viel dazu beitragen, diese Fabel wahrscheinlich zu machen, denn sie ist eine jener Pariserinnen, die geboren werden, um dem Lande anzugehören, das sie wollen; aber mein Rat ist nicht etwa der, daß Sie Fremde seien ... Europa, was meinst du dazu? ...«

Europa bildete einen vollkommenen Gegensatz zu Asien, denn sie war die zierlichste Soubrette, die sich Monrose je auf dem Theater als Partnerin hätte wünschen können. Schlank, scheinbar leichtfertig, mit einem Wiesellärvchen und runder Nase, so bot Europa dem Blick ein Gesicht dar, das von den Pariser Verderbtheiten ermüdet ist, das fahle Gesicht eines mit rohen Äpfeln ernährten Mädchens, bleichsüchtig und faserig, weich und zäh. Ihren kleinen Fuß vorgesetzt, die Hände in den Taschen ihrer Schürze, zitterte sie, obwohl sie reglos dastand, so voll Leben war sie. Sie war zugleich Grisette und Statistin und mußte trotz ihrer Jugend schon viele Berufe ausgeübt haben. Verdorben wie alle Insassinnen des Magdalenenstifts, konnte sie ihre Eltern bestohlen und die Bänke der Sittenpolizei gestreift haben. Asien flößte großen Schrecken ein, aber man kannte sie auf den ersten Blick ganz; sie stammte in gerader Linie von Locusta ab. Europa aber flößte eine Unruhe ein, die nur wachsen konnte, je mehr man sich ihrer bediente; ihre Verderbtheit schien keine Grenzen zu haben; sie mußte, wie das Volk sagt, verstehen, Berge zum Wackeln zu bringen.

»Die gnädige Frau könnte aus Valenciennes sein«, sagte Europa mit leiser und trockener Stimme; »daher bin ich. Will der gnädige Herr«, sagte sie in wohlweisem Ton zu Lucien, »uns sagen, welchen Namen er der gnädigen Frau zu geben gedenkt?« – »Frau van Bogseck«, erwiderte der Spanier, indem er auf der Stelle Esthers Namen ausgab. »Die gnädige Frau ist eine Jüdin aus Holland, die Witwe eines Kaufmanns und leidet an einer Leberkrankheit, die sie aus Java mitgebracht hat ... Kein großes Vermögen, um keine Neugier zu wecken.« – »Genug zum Leben, sechstausend Franken Rente; und wir werden uns über ihre Knickerei beklagen?« sagte Europa. »Ganz recht«, sagte der Spanier mit einer Neigung des Kopfes. »Ihr verteufelten Possenspielerinnen!« fuhr er in beängstigendem Tone fort, da er zwischen Asien und Europa Blicke auffing, die ihm mißfielen, »ihr wißt, was ich euch gesagt habe? Ihr dient einer Königin, ihr schuldet ihr die Achtung, die man einer Königin schuldet; aber ihr werdet sie hegen, als hegtet ihr eine Rache; ihr werdet ihr ebenso ergeben sein wie mir. Weder der Pförtner noch die Nachbarn noch die Mieter, kurz niemand in der Welt darf erfahren, was hier vorgeht. Es ist eure Sache, jede Neugier zu vereiteln, wenn sie erwacht. Und die gnädige Frau«, fügte er hinzu, indem er seine große behaarte Hand auf Esthers Arm legte, »darf nicht die geringste Unvorsichtigkeit begehen; ihr werdet sie im Notfall daran hindern, aber ... immer achtungsvoll. Europa, du wirst wegen der Toilette der gnädigen Frau mit der Außenwelt in Berührung bleiben, und du wirst selbst daran arbeiten, um zu sparen. Kurz niemand, nicht einmal die unbedeutendsten Leute setzen den Fuß in die Wohnung. Ihr beide werdet hier alles machen müssen ... Meine kleine Schöne«, sagte er zu Esther, »wenn Sie abends im Wagen ausfahren wollen, so werden Sie es Europa sagen, sie weiß, wo sie Ihre Leute suchen muß, denn Sie werden einen Jäger erhalten, der wie diese beiden Sklavinnen ebenfalls aus meiner Hand hervorgegangen ist.«

Esther und Lucien fanden keine Worte; sie hörten dem Spanier zu und sahen die beiden kostbaren Wesen an, denen er seine Befehle gab. Welchem Geheimnis verdankte er die Unterwürfigkeit und Ergebenheit, die sich auf diesen beiden Gesichtern malten, deren eines so boshaft aufrührerisch und das andere von so tiefer Grausamkeit war? Er erriet Esthers und Luciens Gedanken; denn beide schienen erstarrt, wie Paul und Virginie es beim Anblick zweier furchtbarer Schlangen gewesen wären; und er sagte ihnen mit seiner guten Stimme ins Ohr: »Ihr könnt auf sie zählen wie auf mich; habt keinerlei Geheimnis vor ihnen, das wird ihnen schmeicheln ... Trage auf! Asien, meine Kleine«, sagte er zu der Köchin; »und du, Liebchen, lege noch ein Gedeck hinzu«, sagte er zu Europa; »es ist doch das wenigste, daß diese Kinder Papa zum Frühstück einladen.«

Als die beiden Frauen die Tür geschlossen hatten und der Spanier Europa hin und her gehen hörte, sagte er zu Lucien und dem jungen

Mädchen, indem er seine große Hand öffnete: »Ich habe sie in der Gewalt!« – ein Wort und eine Geste, vor denen man erbeben konnte. »Wo hast du sie nur gefunden?« rief Lucien aus. »Ah, bei Gott!« erwiderte der andere, »ich habe sie nicht am Fuß der Throne gesucht! Europa kommt aus dem Kot und fürchtet, dahinein zurückzusinken ... Droht ihnen mit dem Herrn Abbé, wenn sie euch nicht zufriedenstellen, und ihr werdet sehen, daß sie erzittern wie eine Maus, der man von der Katze redet. Ich bin ein Tierbändiger«, fügte er lächelnd hinzu. »Sie machen mir den Eindruck eines Dämons!« rief Esther anmutig aus, indem sie sich gegen Lucien drängte.

»Liebes Kind, ich habe versucht, Sie dem Himmel zu schenken, aber die reuige Dirne wird stets für die Kirche eine Mystifikation bleiben; wenn sich je eine fände, so würde sie im Paradies wieder zur Kurtisane werden ... Sie haben das dabei gewonnen, daß man Sie vergessen hat und daß Sie einer anständigen Frau ähnlich sehen; denn Sie haben da unten gelernt, was Sie in der ehrlosen Sphäre, in der Sie lebten, nie hätten lernen können ... Sie schulden mir nichts«, sagte er, als er auf Esthers Gesicht einen entzückenden Ausdruck des Dankes sah, »ich habe alles für ihn getan ...« Und er zeigte auf Lucien. »Sie sind eine Dirne, Sie werden Dirne bleiben und als Dirne sterben; denn trotz der verführerischen Theorien der Tierzüchter kann man hier unten nur werden, was man ist. Der Mann mit den Schädelwölbungen hat recht. Sie haben die Schädelwölbung der Liebe.«

Der Spanier war, wie man sieht, Fatalist, ebenso wie Napoleon, Mohammed und viele große Politiker. Seltsam, fast alle Menschen der Tat neigen zum Fatalismus, genau wie die meisten Denker zum Glauben an die Vorsehung neigen.

»Ich weiß nicht, was ich bin«, erwiderte Esther mit der Sanftmut eines Engels, »aber ich liebe Lucien, und ich werde sterben, indem ich ihn anbete.« – »Kommen Sie zum Frühstück«, sagte der Spanier schroff, »und beten Sie zu Gott, daß Lucien sich nicht zu schnell verheiratet, denn dann würden Sie ihn nicht wiedersehen.« – »Seine Heirat wäre mein Tod«, sagte sie.

Sie ließ den Priester vortreten, um sich ungesehen zu Luciens Ohr emporheben zu können. »Ist es dein Wille«, sagte sie, »daß ich unter der Gewalt dieses Menschen bleibe, der mich von diesen beiden Hyänen bewachen läßt?«

Lucien neigte den Kopf. Das arme Mädchen unterdrückte ihre Trauer und schien lustig, aber sie fühlte sich furchtbar bedrückt. Es bedurfte mehr als eines Jahres beständiger und ergebener Pflege, damit sie sich an diese beiden furchtbaren Geschöpfe gewöhnte, die Carlos Herrera ›die beiden Wachhunde‹ nannte.

Luciens Verhalten trug seit seiner Rückkehr nach Paris das Gepräge einer so tiefen Politik, daß er die Eifersucht all seiner alten Freunde wecken mußte und weckte; er übte ihnen gegenüber keine andere Rache als die, daß er sie durch seine Erfolge, seine einwandfreie Haltung und seine Art, die Leute von sich fernzuhalten, wütend machte. Dieser so mitteilsame, so überströmende Dichter wurde kühl und zurückhaltend. De Marsay, jener von der Pariser Jugend nachgeahmte Typus, hielt in seinen Reden und Handlungen nicht mehr Maß als Lucien. Was den Geist angeht, so hatte der Journalist schon ehedem seine Proben geliefert. Von Marsay, dem viele Leute schadenfroh Lucien entgegenhielten, indem sie dem Dichter den Vorzug gaben, war klein genug, sich darüber zu ärgern. Lucien stand in hoher Gunst bei denen, die im geheimen die Macht hatten, und er gab jeden Gedanken an literarischen Ruhm so vollständig auf, daß er unempfänglich blieb für den Erfolg seines Romans, der unter seinem ersten Titel ›Der Bogenschütze Karls IX.‹ neu herausgegeben wurde, und gegen das Aufsehen, das seine Sonettensammlung, die ›Margueriten‹, erregte; Dauriat verkaufte die Auflage in einer einzigen Woche. »Das ist ein posthumer Erfolg«, erwiderte er lachend, als Fräulein Des Touches ihn beglückwünschte.

Der furchtbare Spanier hielt sein Geschöpf mit ehernem Arm auf der Linie fest, an deren Ende die Fanfaren und die Beute des Sieges auf die geduldigen Politiker warten. Lucien hatte, um der Rue Taitbout näher zu sein, die Junggesellenwohnung Beaudenords am Quai Malaquais genommen, und sein Ratgeber hatte sich in drei Zimmern desselben Hauses, im vierten Stock eingemietet. Lucien hatte nur noch ein Reit- und Wagenpferd, einen Diener und einen Stallknecht. Wenn er nicht in der Stadt speiste, speiste er bei Esther. Carlos Herrera überwachte die Leute am Quai Malaquais so genau, daß Lucien im Jahr noch keine zehntausend Franken ausgab. Auch für Esther genügten, dank der beständigen unerklärlichen Ergebenheit Europas und Asiens, zehntausend Franken. Lucien wandte die größte Vorsicht auf, wenn er in die Rue Taitbout ging oder aus ihr kam. Er fuhr stets nur im Wagen hin, hatte die Vorhänge heruntergelassen und ließ den Kutscher stets in die Einfahrt hineinfahren. Daher schadeten auch seine Leidenschaft für Esther und die Existenz des Haushalts der Rue Taitbout, die der Welt völlig unbekannt blieben, keiner seiner Unternehmungen oder Beziehungen; nie entschlüpfte ihm ein unvorsichtiges Wort über diesen heiklen Gegenstand. Die Fehler, die er in dieser Hinsicht zur Zeit seines ersten Aufenthalts in Paris mit Coralie begangen hatte, machten ihn klug. Sein Leben zeigte zunächst jene Regelmäßigkeit des guten Tons, unter der man viele Geheimnisse verbergen kann: er blieb jede Nacht bis ein Uhr in der Gesellschaft; man fand ihn von zehn bis ein Uhr nachmittags zu Hause; dann fuhr er ins Bois de Boulogne und machte bis fünf Uhr Besuche. Man sah ihn selten zu Fuß, und so vermied er seine alten Bekannten. Wenn ihn irgendein Journalist oder einer seiner alten Kameraden grüßte, antwortete er vorläufig mit einer Kopfneigung, die gerade höflich genug war, damit man sich nicht ärgern konnte, durch die aber doch jene tiefe Geringschätzung hindurchblickte, die die französische Vertraulichkeit tötet. Auf diese Weise entledigte er sich schnell der Leute, die er nicht mehr gekannt haben wollte. Ein alter Haß hinderte ihn, zu Frau d'Espard zu gehen, obwohl sie ihn mehrmals hatte bei sich sehen wollen. Wenn er ihr bei der Herzogin von Maufrigneuse begegnete oder bei Fräulein Des Touches, bei der Gräfin von Montcornet oder anderswo, so benahm er sich ihr gegenüber ausgesucht höflich. Dieser Haß, der bei Frau d'Espard ebenso groß war, zwang Lucien zur Vorsicht; denn man wird sehen, wie sehr er ihn belebt hatte, indem er sich eine Rache erlaubte, die ihm übrigens eine starke Predigt Herreras eintrug.

»Du bist noch nicht mächtig genug, um dich an irgend jemandem zu rächen«, hatte der Spanier zu ihm gesagt. »Wenn man bei brennender Sonne unterwegs ist, bleibt man nicht stehen, um die schönste Blume zu pflücken ...«

Lucien hatte zuviel Zukunft und echte Überlegenheit, als daß nicht die jungen Leute, die seine Rückkehr nach Paris und sein unerklärlicher Wohlstand in Schatten stellten, entzückt gewesen wären, ihm einen schlimmen Streich spielen zu können. Lucien, der wußte, daß er viele Feinde hatte, übersah die arge Gesinnung seiner Freunde nicht. Daher warnte denn auch der Abbé seinen Adoptivsohn in ausgezeichneter Weise vor der Verräterei der Welt und der Unvorsichtigkeit, die der Jugend so verhängnisvoll wird. Lucien mußte dem Abbé jeden Abend die kleinsten Ereignisse des Tages erzählen und tat es stets. Dank den Ratschlägen dieses Mentors wich er der geschicktesten Neugier aus, der

der Gesellschaft. Geschützt durch einen englischen Ernst, gedeckt durch die Schanzen, die die Umsicht der Diplomaten aufführt, gab er niemandem das Recht oder die Gelegenheit, einen Blick in seine Angelegenheiten zu werfen. Sein junges und schönes Gesicht war schließlich in der Gesellschaft so reglos geworden wie das einer Prinzessin während einer Zeremonie. Gegen Mitte des Jahres 1829 war von seiner Heirat mit der ältesten Tochter der Herzogin von Grandlieu die Rede, die damals nicht weniger als vier Töchter zu versorgen hatte. Niemand zweifelte daran, daß der König bei Gelegenheit dieses Bündnisses Lucien die Gunst erweisen würde, ihm den Titel ›Marquis‹ zu verleihen. Die Heirat sollte Luciens politisches Glück entscheiden, denn wahrscheinlich sollte er an einem deutschen Hofe zum Botschafter ernannt werden. Seit drei Jahren war Luciens Leben unangreifbar vorsichtig gewesen; daher hatte auch von Marsay dieses merkwürdige Wort über ihn gesagt: ›Dieser Bursche muß einen sehr starken Menschen hinter sich haben.‹

So war Lucien fast zu einer Persönlichkeit geworden. Seine Leidenschaft für Esther hatte ihm übrigens viel dabei geholfen, seine Rolle eines ernsten Mannes zu spielen. Eine derartige Gewöhnung schützt die Ehrgeizigen vor sehr vielen Dummheiten; da sie an keiner Frau festhalten, so lassen sie sich nicht durch die Reaktionen des Körperlichen auf das Geistige fangen. Was das Glück angeht, das Lucien genoß, so war es die Verwirklichung der Träume aller hellerlosen Dichter, die in einer Bodenkammer fasten. Esther, das Ideal der verliebten Kurtisane, erinnerte Lucien an Coralie, die Schauspielerin, mit der er ein Jahr lang gelebt hatte; aber sie löschte sie vollständig aus. Alle liebenden und hingebenden Frauen erfinden von neuem die Abschließung, das Inkognito, das Leben der Perle auf dem Meeresboden; aber bei den meisten unter ihnen ist es nur eine jener reizenden Launen, die einen Gesprächsgegenstand bilden, einen Beweis der Liebe, von dem sie nur träumen und den sie nicht geben; während Esther, die immer gleichsam am Morgen nach der ersten Seligkeit stehen blieb und in jeder Stunde unter Luciens erstem zündenden Blick lebte, in vier Jahren keine Regung der Neugier empfand. Ihren ganzen Geist verwandte sie darauf, in den Grenzen des von der Schicksalshand des Spaniers vorgezeichneten Programms zu bleiben. Ja, noch mehr, mitten unter den berauschendsten Entzückungen mißbrauchte sie nicht die unbegrenzte Macht, die geliebten Frauen die wiedererwachenden Begierden eines Liebhabers geben, um Lucien eine Frage über Herrera zu stellen, der sie übrigens immer noch beängstigte: sie wagte nicht an ihn zu denken. Die klugen Wohltaten dieses Mannes, dem Esther auf jeden Fall ihre Klosterzöglingsanmut, ihr Benehmen als anständige Frau und ihre moralische Wiedergeburt verdankte, erschienen dem armen Mädchen als Vorschüsse der Hölle. »Ich werde für all das eines Tages zahlen«, sagte sie sich voll Grauen.

Während all der schönen Nächte fuhr sie im Mietswagen aus. Sie fuhr mit einer Schnelligkeit, die ohne Zweifel der Abbé anbefohlen hatte, in einen der entzückenden Wälder, die Paris umgeben: nach Boulogne, Vincennes, Romainville oder Ville d'Avray, oft mit Lucien, bisweilen allein mit Europa. Sie ging dort furchtlos spazieren, denn sie wurde, wenn Lucien nicht dabei war, von einem großen Leibjäger begleitet, der gekleidet war wie die elegantesten Leibjäger, bewaffnet mit einem wirklichen Weidfänger, und dessen Physiognomie und dürre Muskulatur auf einen furchtbaren Athleten deuteten. Dieser weitere Wächter war nach englischer Mode mit einem Stock bewaffnet, den man ›bâton de longueur‹ nannte, der den Stockfechtern wohlbekannt ist und mit dem sie mehreren Angreifern standhalten können. Gemäß einem Befehl, den der Abbé erteilt hatte, durfte Esther mit diesem Jäger niemals ein Wort wechseln. Europa stieß, wenn die gnädige Frau nach Hause fahren wollte, einen 84 Schrei aus; der Jäger pfiff dem Kutscher, der sich stets in gebührender Nähe hielt. Wenn Lucien mit Esther spazieren ging, blieben Europa und der Jäger hundert Schritte hinter ihnen zurück, zweien jener Höllensklaven gleich, von denen die Tausendundein Nächte reden und die ein Zauberer seinen Schützlingen mitgibt. Die Pariser und vor allem die Pariserinnen kennen den Reiz eines Spaziergangs in den Wäldern während einer schönen Nacht nicht. Die Stille, die Lichter des Mondes, die Einsamkeit, all das hat die beruhigende Wirkung eines Bades. Gewöhnlich brach Esther um zehn Uhr abends auf; sie ging von Mitternacht bis ein Uhr spazieren und kam um halb drei nach Hause. Den Tag begann sie nie vor elf Uhr. Sie nahm ihr Bad und machte sich an jene sorgfältige Toilette, die die meisten Frauen in Paris nicht kennen, weil sie zuviel Zeit in Anspruch nimmt, und die fast nur von den Kurtisanen, den Loretten und den großen Damen geübt wird, denen der ganze Tag gehört. Sie war erst fertig, wenn Lucien kam, und bot sich seinen Blicken stets wie eine neuaufgeblühte Blume dar. Sie sorgte sich nur um das Glück des Dichters; sie war für ihn etwas, was ihm gehörte; das heißt, sie ließ ihm die vollste Freiheit. Nie warf sie einen Blick über die Sphäre hinaus, in der sie glänzte: der Abbé hatte ihr das streng anempfohlen; denn es entsprach den Plänen dieses tiefen Politikers, daß Lucien galante Abenteuer hatte. Das Glück hat keine Geschichte, und die Erzähler aller Länder haben das so gut begriffen, daß der Satz: ›Sie wurden glücklich‹ alle Liebesabenteuer schließt. Daher kann man auch nur die Mittel erklären, durch die mitten in Paris dieses phantastische Glück zustande kam. Es war das Glück unter seiner schönsten Form: ein Gedicht, eine Symphonie von vier Jahren. Alle Frauen werden sagen: ›Das ist viel!‹ Weder Esther noch Lucien hatten gesagt: ›Es ist zu viel!‹ Schließlich war die Formel: ›Sie waren glücklich!‹ für sie noch vielsagender als in den Feenmärchen, denn sie hatten keine Kinder. So konnte Lucien in der Gesellschaft kokettieren, sich seinen Dichterlaunen und – sagen wir es – dem Zwang seiner Lage überlassen. Er leistete während der Zeit, in der er langsam seinen Weg machte, ein paar Politikern heimliche Dienste, indem er an ihren Arbeiten mitwirkte. Er war darin sehr verschwiegen. Er besuchte viel den Salon der Frau von Sérizy, mit der er sich nach den Reden der Gesellschaft ausgezeichnet stand. Frau von Sérizy hatte Lucien der Herzogin von Maufrigneuse entführt, die, wie sie sagte, keinen Wert mehr auf ihn legte: ein Wort, durch das sich die Frauen wegen eines Glückes rächen, das ihren Neid erweckt. Lucien stand sozusagen im Angelpunkt des Almosenpflegeramts, und er war intim mit einigen Frauen, die mit dem Erzbischof von Paris befreundet waren. Als bescheidener und verschwiegener Mann harrte er geduldig. Daher enthielt denn auch das Wort von Marsays, der sich damals verheiratet hatte und der seine Frau zwang, das Leben Esthers zu führen, mehr als eine Anmerkung. Aber die unterseeischen Gefahren der Lage Luciens werden im Verlauf dieser Geschichte deutlich genug hervortreten.

So standen die Dinge, als in einer schönen Augustnacht der Baron von Nucingen vom Landgut eines in Frankreich ansässigen ausländischen Bankiers, bei dem er gespeist hatte, nach Paris zurückkam. Das Landgut liegt in der Brie, acht Stunden von Paris. Da nun der Kutscher des Barons sich gerühmt hatte, seinen Herrn mit seinen eigenen Pferden hin und zurück zu fahren, so nahm sich dieser Kutscher die Freiheit, als die Nacht gekommen war, langsam zu fahren. Beim Eintritt in den Wald von Vincennes waren Tiere, Leute und Herr in folgender Lage. Der Kutscher, dem man in der Küche des berühmten Geldautokraten freigebig zu trinken gespendet hatte, war vollständig betrunken und schlief, obwohl er, um die Vorübergehenden zu täuschen, die Zügel in der Hand hielt. Der Diener, der hinten saß, schnarchte wie ein deutscher Brummkreisel;

denn Deutschland ist das Land der kleinen geschnitzten Holzfiguren, der großen Reinganum und der Kreisel. Der Baron wollte nachdenken, aber schon bei der Brücke von Gournay hatte ihm die Schläfrigkeit der Verdauung die Augen geschlossen. An der Schlaffheit der Zügel erkannten die Pferde den Zustand des Kutschers; sie hörten die dunkle Begleitmusik des Dieners, der hinten die Wache hatte; sie sahen, daß sie die Herren waren, und benutzten diese Viertelstunde der Freiheit, um nach eigenem Willen zu gehen. Als intelligente Sklaven gaben sie den Dieben Gelegenheit, einem der reichsten Kapitalisten Frankreichs die Taschen zu leeren, dem geschicktesten all derer, die man so derb ›Luchse‹ genannt hat. Und da sie die Herrschaft hatten und von jener Neugier angelockt wurden, die jeder bei Haustieren hat beobachten können, so blieben sie endlich auf einem Rondell stehen, und zwar vor andern Pferden, zu denen sie ohne Zweifel in ihrer Pferdesprache sagten: ›Wem gehört ihr? Was macht ihr? Seid ihr glücklich?‹ Als die Kalesche nicht mehr rollte, erwachte der entschlummerte Baron. Er glaubte im ersten Augenblick, daß er den Park seines Kollegen noch nicht verlassen hätte; dann überraschte ihn eine himmlische Vision, die ihn ohne seine gewohnte Waffe, die Berechnung, fand. Es herrschte so wunderbarer Mondschein, daß man hätte lesen können, selbst eine Abendzeitung. Im Schweigen der Wälder sah der Baron bei diesem reinen Licht eine einzelne Frau, die sich das Schauspiel dieser entschlafenen Kalesche ansah, während sie in einen Mietswagen stieg. Beim Anblick dieses Engels wurde der Baron von Nucingen wie von einem innern Licht getroffen. Als die junge Frau sah, daß sie bewundert wurde, senkte sie mit einer Geste des Schreckens ihren Schleier. Der Jäger stieß einen heisern Schrei aus, dessen Sinn der Kutscher sofort verstand, denn der Wagen schoß wie ein Pfeil davon. Der alte Bankier war in furchtbarer Erregung: das Blut, das ihm aus den Füßen emporwallte, trieb ihm das Feuer in den Kopf, sein Kopf schickte Flammen ins Herz hinein; die Kehle schnürte sich ihm zu. Der Unglückliche fürchtete eine schlechte Verdauung, und trotz dieser großen Befürchtung erhob er sich auf seine Füße.

»Kalopp! Elländes Vieh, wer schläft!« rief er. »Hündert Franken, wänn de einholst d'n Wagen.«

Bei den Worten ›hündert Franken‹ erwachte der Kutscher; der Diener hinten hörte sie zweifellos noch im Schlaf. Der Baron wiederholte den Befehl; der Kutscher trieb seine Tiere zum Galopp, und es gelang ihm auch am Throntor, einen Wagen einzuholen, der jenem, in dem Nucingen die göttliche Unbekannte gesehen hatte, einigermaßen ähnlich war; aber der erste Kommis irgendeines reichen Kaufhauses spreizte sich darin mit einer ›anständigen Frau‹ der Rue Vivienne.

Dieser Irrtum schlug den Baron nieder. »Wänn ich hätt mitkenommen den Schorsch (sprich Georg) und nich dich, dann hätt er kefunden die Frau«, sagte er zu dem Diener, während die Zollbeamten den Wagen visitierten. »Ach, Herr Baron, ich glaube, der Teufel saß als Heiduck hinten auf, und er hat mir diesen Wagen untergeschoben.« – »Teifel, gibt nix Teifel«, sagte der Baron.

Der Baron von Nucingen gab damals sechzig Jahre zu; die Frauen waren ihm völlig gleichgültig geworden, vor allem seine eigene Frau. Er rühmte sich, nie die Liebe kennen gelernt zu haben, um deretwillen man Dummheiten macht. Er sah es als ein Glück an, daß er mit den Frauen fertig war, von denen er, ohne sich zu genieren, sagte, die engelgleichste sei nicht wert, was sie koste, selbst wenn sie sich gratis gebe. Er galt als so vollkommen blasiert, daß er das Vergnügen, sich betrügen zu lassen, nicht mehr für ein paar tausend Franken im Monat erkaufte. Von seiner Loge in der Oper aus tauchten seine kalten Augen ungerührt auf das Ballettkorps hinab. Kein Blinzeln flog für den Kapitalisten empor aus diesem furchterregenden Schwarm alter junger Mädchen und junger alter Frauen aus der Elite der Pariser Genüsse. Die natürliche Liebe, die gefälschte Liebe, die Liebe aus Eigenliebe, die Liebe aus Schicklichkeit und aus Eitelkeit, die Liebe aus Geschmack an der Sache, die anständige und eheliche Liebe, die exzentrische Liebe – alles hatte der Baron gekauft, alles kennen gelernt, nur die echte Liebe nicht. Diese Liebe hatte sich jetzt auf ihn gestürzt wie ein Adler auf seine Beute, wie sie sich auf Gentz stürzte, den Vertrauten Seiner Hoheit des Fürsten Metternich. Man weiß, welche Dummheiten dieser alte Diplomat für Fanny Elsler machte, deren Proben ihn weit mehr in Anspruch nahmen als die europäischen Interessen. Die Frau, die diese eisengepanzerte Kasse namens Nucingen umgestoßen hatte, war ihm als eine jener Frauen erschienen, die in einer Generation nur einmal vorkommen. Er war nicht sicher, ob die Geliebte Tizians, ob die Mona Lisa Leonardo da Vincis und ob Raffaels Fornarina so schön waren wie die wundervolle Esther, in der das geübteste Auge des schärfsten Pariser Beobachters nicht die geringste Spur entdeckt hätte, die an die Kurtisane erinnerte. Daher blendete den Baron auch vor allem jene Sphäre einer vornehmen und großen Frau, die die geliebte, die von Luxus, Eleganz und Liebe umgebene Esther im stärksten Grade

einhüllte. Die glückliche Liebe ist für alle Frauen das heilige Salbgefäß
der Krönung, das sie alle stolz macht wie Kaiserinnen. Der Baron ging
acht Nächte hintereinander in den Wald von Vincennes, dann in den
von Boulogne, dann in die Wälder von Ville d'Avray, dann in den Wald
von Meudon, kurz in alle Umgebungen von Paris, doch ohne daß er
Esther finden konnte. Dieses wundervolle Jüdinnengesicht, das er ›piplisch‹ nannte, stand ihm immer vor Augen. Nach vierzehn Tagen verlor
er den Appetit. Delphine von Nucingen und seine Tochter Augusta, die
die Baronin eben auszuführen begann, bemerkten den Wandel, der sich
in dem Baron vollzog, nicht gleich. Mutter wie Tochter sahen Herrn
von Nucingen nur morgens beim Frühstück und abends beim Diner,
wenn sie alle im Hause speisten, was nur vorkam, wenn Delphine empfing. Aber nach zwei Monaten begann der Baron, den ein Fieber der
Ungeduld gepackt hatte und der einer ähnlichen Krankheit zur Beute
fiel, wie es das Heimweh ist, überrascht von der Ohnmacht der Millionen,
abzumagern, und er schien so ernstlich angegriffen, daß Delphine im
geheimen hoffte, Witwe zu werden. Sie hub an, ihren Gatten heuchlerisch
zu beklagen, und schickte ihre Tochter in ihre Zimmer. Sie schlug ihren
Gatten mit Fragen tot; er antwortete, wie die Engländer antworten, die
vom Spleen befallen sind: er antwortete fast gar nicht. Delphine von
Nucingen gab jeden Sonntag ein großes Diner. Sie hatte diesen Tag für
ihre Empfänge ausersehen, als sie bemerkte, daß aus der großen Gesellschaft niemand ins Theater ging und daß dieser Tag ziemlich allgemein
beschäftigungslos war. Der Ansturm der Kaufmanns- oder Bürgerklassen
macht den Sonntag in Paris fast ebenso dumm, wie er in London langweilig ist. Die Baronin lud also den berühmten Desplein ein, um ihn
dem Kranken zum Trotz konsultieren zu können, denn Nucingen sagte,
er befände sich wundervoll. Keller, Rastignac, von Marsay, du Tillet und
alle Freunde des Hauses hatten der Baronin zu verstehen gegeben, daß
ein Mann wie Nucingen nicht unversehens sterben dürfte; seine ungeheuren Geschäfte erforderten Vorsichtsmaßregeln, man müßte unbedingt
wissen, an was man sich zu halten hätte. Diese Herren wurden zu dem
Diner eingeladen; ebenso der Graf von Gondreville, der Schwiegervater
Franz Kellers, der Chevalier d'Espard, Des Lupeaulx, der Doktor Bianchon, derjenige unter Despleins Schülern, den er am meisten liebte, Be-
audenord mit seiner Frau, der Graf und die Gräfin von Montcornet,
Blondet, Fräulein Des Touches und Conti; schließlich auch Lucien von

Rubempré, für den Rastignac seit fünf Jahren die lebhafteste Freundschaft empfand, wenn auch auf Befehl, wie man im Affichenstil sagt.

»Den da werden wir nicht so leicht loswerden«, sagte Blondet zu Rastignac, als er Lucien schöner als je und entzückend gekleidet in den Salon treten sah. »Es ist besser, man macht ihn sich zum Freunde, denn er ist zu fürchten«, sagte Rastignac. »Der?« sagte von Marsay. »Ich erkenne als furchtbar nur die Leute an, deren Stellung klar ist, und die seine ist eher unangegriffen als unangreifbar! Lassen Sie sehen, wovon lebt er? Woher hat er sein Vermögen? Ich bin überzeugt, er hat an die sechzigtausend Franken Schulden.« – »Er hat in einem spanischen Priester einen sehr reichen Gönner gefunden, der ihm wohl will«, erwiderte Rastignac. »Er heiratet die älteste Fräulein von Grandlieu«, sagte Fräulein Des Touches. »Ja, aber«, sagte der Chevalier d'Espard, »man verlangt, daß er einen Landsitz von dreißigtausend Franken Rente kauft, um das Vermögen sicherzustellen, das er seiner Zukünftigen zuerkennen muß, und dazu braucht er eine Million, die man unter dem Fuß keines Spaniers findet.« – »Das ist teuer, denn Klotilde ist recht häßlich«, sagte die Baronin.

Frau von Nucingen nannte Fräulein von Grandlieu aus Affektiertheit bei ihrem Vornamen, als verkehrte sie, eine geborene Goriot, in dieser Gesellschaft.

»Nein«, erwiderte du Tillet, »die Tochter einer Herzogin ist für uns Männer niemals häßlich; besonders dann nicht, wenn sie uns den Titel ›Marquis‹ und einen diplomatischen Posten mitbringt; aber das größte Hindernis für diese Heirat ist die sinnlose Liebe der Frau von Sérizy zu Lucien: sie muß ihm viel Geld geben.« – »Es wundert mich nicht mehr, daß ich Lucien so ernst sehe; denn Frau von Sérizy wird ihm sicherlich keine Million geben, damit er Fräulein von Grandlieu heiratet. Er weiß gewiß nicht, wie er sich aus der Verlegenheit ziehen soll«, sagte von Marsay. »Ja, aber Fräulein von Grandlieu betet ihn an«, sagte die Gräfin von Montcornet, »und mit Hilfe des jungen Mädchens wird er vielleicht bessere Bedingungen erlangen.« – »Was wird er mit seiner Schwester und mit seinem Schwager in Angoulême machen?« fragte der Chevalier d'Espard. »Aber«, erwiderte Rastignac, »seine Schwester ist reich, und er nennt sie heute Frau Séchard von Marsac.« – »Wenn auch Schwierigkeiten vorhanden sind, so ist er doch ein recht hübscher Bursche«, sagte Bianchon, indem er aufstand, um Lucien zu begrüßen. »Guten Tag, lieber Freund«, sagte Rastignac, indem er einen warmen Händedruck mit Lucien tauschte. Von Marsay grüßte kühl, nachdem er zuerst von Lucien begrüßt worden war.

Vor dem Diner erkannten Desplein und Bianchon, die den Baron von Nucingen untersuchten, während sie mit ihm scherzten, daß seine Krankheit rein seelischer Natur war; aber niemand konnte die Ursache erraten, so unmöglich schien es, daß dieser tiefe Politiker der Börse verliebt sein sollte. Als Bianchon keine andere Erklärung für den leidenden Zustand des Bankiers mehr fand als die Liebe und als er Delphine von Nucingen ein paar Worte darüber sagte, lächelte sie wie eine Frau, die seit langem weiß, woran sie sich bei ihrem Manne zu halten hat. Als man jedoch nach dem Diner in den Garten hinunterging, umringten die Intimen des Hauses den Bankier; denn da sie Bianchon behaupten hörten, Nucingen müßte verliebt sein, so wollten sie diesen außerordentlichen Fall aufklären.

»Wissen Sie, Baron«, sagte von Marsay zu ihm, »daß Sie beträchtlich abgemagert sind? Und man hat Sie in Verdacht, daß Sie die Gesetze der Finanznatur vergewaltigen.« – »Nimmals«, sagte der Baron. »Doch«, erwiderte von Marsay. »Man wagt die Behauptung, Sie seien verliebt.« – »Recht hat mer«, erwiderte Nucingen jämmerlich. »Ich seifze um aine Unpegannte.« – »Sie sind verliebt, Sie? … Sie sind ein Geck!« sagte der Chevalier d'Espard. »Wenn mer ist verliept in mainem Alter, ist mer lächerlich; kanz kewiß; aber was wollen Se! S'is so!« – »In eine Frau aus der Gesellschaft?« fragte Lucien. »Aber«, sagte von Marsay, »der Baron kann nur durch eine hoffnungslose Liebe so abmagern; er hat die Mittel, alle Frauen zu kaufen, die sich verkaufen wollen und können.« – »Kenn'n tu ich se nich«, erwiderte der Baron. »Und jetzt kann ich es Ihnen sagen, denn Frau von Nischinguen ist im Salon: ich hab noch nie kewußt, was die Liebe ist. Die Liebe? … Ich glaube, davon wird mer mager.« – »Wo sind Sie dieser jungen Unschuld begegnet?« fragte Rastignac. »Im Wagen, nachts, im Wald von Vincennes.« – »Ihre Personalbeschreibung?« sagte von Marsay. »Ain Schabot aus weißer Kase, rotes Klaid, weißer Kürtel, weißer Schlaier … Ain Kesicht, piplisch einfach! Feieraugen, orientalischer Täng.« – »Sie haben geträumt!« sagte Lucien lächelnd. »Recht haben Se, ich schlief wie ain Sack … ain voller Sack«, verbesserte er sich, »denn ich kam von ainem Tiner auf dem Landgut maines Freindes …« – »War sie allein?« fragte du Tillet, indem er den Luchs unterbrach. »War se«, sagte der Baron mit leidender Stimme; »nur hintern Wagen ain Heiduck und aine Zofe.« – »Lucien sieht aus, als kenne er sie«, rief Rastignac, da er ein Lächeln des Liebhabers der Fräulein Esther auffing. »Wer kennt nicht die Frauen, die imstande sind, um Mitternacht auszufahren und Nucingen zu begegnen?« sagte Lucien, indem er sich im Kreise umdrehte. »Auf jeden Fall ist es keine Frau, die in die Gesellschaft geht«, sagte der Chevalier d'Espard, »denn dann hätte der Baron den Heiducken wieder-erkannt.« – »Ich hab se kesehen noch nirgendwo«, erwiderte der Baron; »und ich laß se suchen seit anderthalb Monaten von der Bolißei, die se nich findet.« – »Lieber soll sie Sie ein paar hunderttausend Franken ko-sten, als das Leben; und in Ihrem Alter ist eine Leidenschaft, die keine Nahrung findet, gefährlich«, sagte Desplein; »man kann daran sterben.« – »Ja«, gab Nucingen Desplein zur Antwort; »was ich esse, ernährt mich nicht, die Luft schaint mir tötlich; ich fahre in den Wald von Vincennes, um ßu sehn die Stelle, wo ich se kesehen habe! ... Un das is main Leben! Ich hab nich können mich kimmern um die letzte Anlaihe: ich hab mich missen verlassen auf maine Kollägen, die hatten Mitlaid mit mir ... Um aine Million möcht ich die Frau kennen lernen; ich würd noch kewinnen dapei, denn ich keh nich mehr an die Pörse ... Fragen Se ti Dilet.« – »Ja«, bestätigte du Tillet, »er hat einen wahren Abscheu vor den Geschäf-ten; er wird anders, das ist ein Vorzeichen des Todes.« – »Ein Szeichen von Liebe«, erwiderte Nucingen; »für mich ist das ain und dasselbe!«

Die Naivität dieses Greisen, der kein Luchs mehr war und der zum erstenmal in seinem Leben etwas Heiligeres und Geweihteres erkannte als das Gold, rührte diese Gesellschaft blasierter Leute: die einen tauschten ein Lächeln aus, die andern sahen sich mit einem Ausdruck an, als wollten sie sagen: ›Ein so starker Mensch, und dahin zu kommen!‹ Dann kehrten alle in den Salon zurück, indem sie von diesem Ereignis plauderten. Es war in der Tat ein Naturereignis, das die größte Sensation erregen mußte. Frau von Nucingen brach in Lachen aus, als Lucien ihr das Geheimnis des Bankiers entdeckte; aber als der Baron die Spöttereien seiner Frau hörte, nahm er sie am Arm und führte sie in eine Fensternische.

»Knädige Frau«, sagte er, »hab ich je kesagt ein spöttisches Wort ieber Ihre Laidenschaften, daß Sie sich machen lustik ieber maine? Aine kute Frau wirde helfen ihrem Mann, daß er sich ßieht aus der Verlegenheit, ohne ßu spotten, wie Sie es tun ...«

Nach der Schilderung, die der alte Bankier entworfen hatte, erkannte Lucien seine Esther. Da er sich schon ärgerte, weil er sah, daß man sein

Lächeln bemerkt hatte, so benutzte er den Augenblick allgemeinen Geplauders, während man den Kaffee servierte, um zu verschwinden.

»Wo ist denn Herr von Rubempré geblieben?« fragte die Baronin von Nucingen. »Er bleibt seiner Devise ›Quid me continebit?‹ treu«, erwiderte Rastignac. »Was ganz nach Belieben heißt: ›Was kann mich halten?‹ oder ›Ich bin unbezähmbar‹«, fuhr von Marsay fort. »In dem Augenblick, als der Herr Baron von seiner Unbekannten sprach, entschlüpfte Lucien ein Lächeln, aus dem ich schließen möchte, daß sie ihm bekannt ist«, sagte Horace Bianchon, ohne zu ahnen, wie gefährlich eine so natürliche Bemerkung war.

›Kut!‹ sagte der Luchs vor sich hin.

Wie alle verzweifelt Kranken griff der Baron nach allem, was eine Hoffnung zu sein schien; und er nahm sich vor, Lucien von andern Leuten überwachen zu lassen als denen Louchards, des gewandtesten Exekutors der Handelsgerichte, an den er sich vor vierzehn Tagen gewandt hatte.

Ehe Lucien sich zu Esther begab, mußte er ins Hotel der Grandlieus gehen, um dort die zwei Stunden zu verbringen, die Klotilde Friederike von Grandlieu zum glücklichsten Mädchen des Faubourg Saint-Germain machten. Die Klugheit, die das Verhalten dieses jungen Ehrgeizigen charakterisierte, riet ihm, Carlos Herrera alsbald darüber zu unterrichten, welche Wirkung das Lächeln gehabt hatte, das ihm entschlüpft war, als der Baron von Nucingen Esthers Bild entwarf. Die Liebe des Barons zu Esther und der Gedanke, der ihm gekommen war, sie durch die Polizei suchen zu lassen, waren übrigens als Ereignisse wichtig genug, um sie einem Menschen mitzuteilen, der unter der Soutane Zuflucht gesucht hatte, wie ehedem die Verbrecher in den Kirchen Zuflucht suchten. Und von der Rue Saint-Lazare, wo der Bankier damals wohnte, bis zur Rue Saint-Dominique, in der sich das Hotel Grandlieu befindet, führte Luciens Weg ihn bei seiner Wohnung auf dem Quai Malaquais vorbei. Lucien traf seinen furchtbaren Freund, wie er sein Brevier rauchte, das heißt eine Pfeife anbräunte, ehe er zu Bett ging. Dieser eher fremdartige als fremdländische Mensch hatte auf spanische Zigarren verzichtet, weil er sie zu milde fand.

»Das wird ernst«, erwiderte der Spanier, als Lucien ihm alles erzählt hatte. »Der Baron, der sich Louchards bedient, um die Kleine zu suchen, wird auch Geist genug haben, um dir einen Schergen auf die Fersen zu setzen, und alles würde bekannt. Die Nacht und der Morgen sind nicht zuviel, um die Karten für die Partie zu studieren, die ich gegen diesen Baron spielen will, um ihm vor allem die Ohnmacht der Polizei zu beweisen. Wenn unser Luchs jede Hoffnung aufgegeben hat, sein Lamm zu finden, so mache ich mich anheischig, sie ihm um den Preis zu verkaufen, den sie für ihn wert ist ...« – »Esther verkaufen?« rief Lucien, dessen erste Regung stets ausgezeichnet war. »Du vergißt unsere Lage!« rief Carlos Herrera.

96

Lucien senkte den Kopf. »Kein Geld mehr«, fuhr der Spanier fort, »und sechzigtausend Franken Schulden zu bezahlen! Wenn du Klotilde von Grandlieu heiraten willst, mußt du für eine Million ein Landgut kaufen, um die Mitgift dieser Scheuche sicherzustellen. Nun, Esther ist ein Wild, dem dieser Luchs mir so nachlaufen soll, daß er um eine Million entfettet wird. Das ist meine Sache ...« – »Esther wird niemals einwilligen ...« – »Das ist meine Sache.« – »Sie wird daran sterben.« – »Das ist die Sache der Begräbnisinstitute ... Was übrigens dann? ...« rief dieser Wilde, indem er Luciens Elegien durch die Art seiner Haltung zum Schweigen brachte. »Wie viele Generale sind in der Blüte ihres Lebens für den Kaiser Napoleon gestorben?« fragte er Lucien nach einem Augenblick des Schweigens. »Frauen findet man immer! 1821 hatte Coralie für dich nicht ihresgleichen; Esther hat gleichfalls nicht ihresgleichen gefunden. Nach diesem Mädchen kommt ... weißt du, wer? ... Die unbekannte Frau! Das ist von allen Frauen die schönste, und du wirst sie dir in der Residenz suchen, in der der Schwiegersohn des Herzogs von Grandlieu Botschafter sein und Frankreich vertreten wird ... Und dann, sag mir doch, Herr Junge, wird Esther daran sterben? Kann der Gatte des Fräulein von Grandlieu Esther behalten? Im übrigen laß mich nur machen, du brauchst dich nicht damit zu langweilen, daß du an alles denkst; das ist meine Sache. Nur wirst du Esther eine oder zwei Wochen entbehren, und in die Rue Taitbout wirst du trotzdem gehen. Auf! Girre auf deiner Planke des Heils und spiele deine Rolle gut; schiebe Klotilde den Brandbrief in die Hand, den du heute morgen geschrieben hast, und bringe einen zurück, der auch ein wenig warm ist! Sie wird sich für ihre Entbehrungen schriftlich entschädigen. Das Mädchen paßt mir. Du wirst Esther ein wenig traurig finden, aber sag ihr, daß sie gehorchen muß. Es handelt sich um unsere Tugendlivree, um unsere Mäntel der Ehrlichkeit, um den Windschirm, hinter dem die Großen all ihre Infamien verbergen ... Es handelt sich um mein fürtreffliches Ich, um dich, der du nie beargwöhnt werden darfst. Der Zufall hat uns einen bessern

97

Dienst geleistet als mein Denken, das seit zwei Monaten im Leeren arbeitete.«

Während Carlos Herrera diese furchtbaren Sätze einen nach dem andern hinwarf, zog er sich an und machte sich zum Ausgang bereit. »Du freust dich sichtlich«, rief Lucien; »du hast die arme Esther nie geliebt, und du siehst mit Wonne den Augenblick kommen, in dem du dich ihrer entledigen kannst.« – »Du bist der Liebe zu ihr nie müde geworden, nicht wahr? ... Nun gut, ich bin es nie müde geworden, sie zu verfluchen. Aber habe ich nicht immer gehandelt, als hinge ich aufrichtig an diesem Mädchen, ich, der ich durch Asien ihr Leben in der Hand hielt? Ein paar schlechte Champignons in einem Ragout, und alles wäre getan gewesen ... Aber Fräulein Esther lebt! ... Sie ist glücklich! Weißt du, weshalb? Weil du sie liebst! Spiele nicht das Kind. Seit vier Jahren warten wir jetzt auf einen Zufall, der für oder wider uns ist; nun, es gilt, mehr als bloßes Talent zu entfalten, um das Gemüse auszuzupfen, das das Schicksal uns heute hinwirft: in diesem Rouletteschlag liegt Gutes und Schlimmes, wie in allem. Weißt du, woran ich in dem Augenblick dachte, als du eintratest?« – »Nein ...« – »Daran, mich hier wie in Barcelona mit Hilfe Asiens zum Erben einer reichen Frömmlerin zu machen ...« – »Ein Verbrechen?« – »Mir blieb nur noch dieser Ausweg, um dein Glück zu sichern. Die Gläubiger regen sich. Wärst du erst von den Gerichtsvollziehern verfolgt und aus dem Hotel Grandlieu verjagt, was wäre da aus dir geworden? Für den Teufel wäre der Tag des Verfalls gekommen.«

Carlos Herrera malte durch eine Geste den Selbstmord eines Mannes, der sich ins Wasser wirft; dann heftete er einen jener starren und durchdringenden Blicke auf Lucien, die dem Willen der Starken Eingang verschaffen in die Seele der Schwachen. Dieser Zauberblick, der die Wirkung hatte, daß er jeden Widerstand brach, verriet, daß Lucien und seinen Ratgeber nicht nur Geheimnisse um Leben und Tod verbanden, sondern auch Empfindungen, die ebenso hoch über den gewöhnlichen Empfindungen standen, wie dieser Mensch über der Gemeinheit seiner Stellung.

Er war gezwungen, außerhalb der Welt zu leben, in die wieder einzutreten das Gesetz ihm auf ewig verbot, das Laster und wütender, furchtbarer Widerstand hatten ihn erschöpft, aber er war mit einer Kraft der Seele begabt, die an ihm nagte; und so lebte diese unedle und große, obskure und berühmte Persönlichkeit, verzehrt vor allem von fieberhaftem Lebensdrang, im eleganten Körper Luciens wieder auf, dessen Seele die seine geworden war. Er ließ sich im sozialen Leben von diesem Dichter vertreten, dem er seine zähe Kraft und seinen ehernen Willen lieh. Für ihn war Lucien mehr als ein Sohn, mehr als eine geliebte Frau, mehr als eine Familie, mehr als sein Leben: er war seine Rache; und da starke Seelen mehr an einer Empfindung festhalten als am Dasein, so hatte er ihn durch unlösliche Bande an sich gefesselt.

Nachdem er in dem Augenblick, als der verzweifelte Dichter einen Schritt zum Selbstmord tat, Luciens Leben gekauft hatte, hatte er ihm einen jener Höllenpakte vorgeschlagen, die man fast nur aus Romanen kennt, deren furchtbare Möglichkeit aber durch berühmte Justizdramen oft vor Gericht erwiesen wurde. Indem er alle Freuden des Pariser Lebens über Lucien ausschüttete, indem er ihm bewies, daß er sich immer noch eine schöne Zukunft schaffen konnte, hatte er aus ihm sein Werkzeug gemacht. Kein Opfer fiel übrigens diesem seltsamen Menschen schwer, sobald es sich um sein zweites Selbst handelte. Trotz all seiner Kraft war er den Launen seines Geschöpfes gegenüber so schwach, daß er ihm schließlich seine Geheimnisse anvertraut hatte. Vielleicht war diese rein moralische Mitschuld nur ein Band mehr zwischen ihnen! Seit dem Tage, an dem Esther entführt worden war, wußte Lucien, auf welcher furchtbaren Grundlage sein Glück ruhte.

Die Soutane des spanischen Priesters verbarg Jakob Collin, eine der Berühmtheiten des Bagno, die vor zehn Jahren unter dem bürgerlichen Namen Vautrin im Hause Vauquer wohnte, in dem auch Rastignac und Bianchon in Pension waren. Jakob Collin, genannt ›Betrüg-den-Tod‹, der aus Rochefort fast unmittelbar nach seiner Wiedergefangennahme ausgebrochen war, machte sich das Beispiel des berühmten Grafen von Sankt Helena zunutze, doch vermied er alles, was an der verwegenen Aktion Coignards fehlerhaft gewesen war. Sich selbst an die Stelle eines ehrlichen Mannes setzen und dabei das Leben eines Sträflings fortführen, das ist eine Aufgabe, deren beide Ziele zu widerspruchsvoll sind, um nicht eine verhängnisvolle Entwicklung zu nehmen, vor allem in Paris; denn wenn ein Verurteilter sich in eine Familie verpflanzt, so verzehnfacht er die Gefahren dieser Unterschiebung. Muß man sich nicht, um vor jeder Forschung sicher zu sein, eine Stellung hoch über den gewöhnlichen Interessen des Lebens suchen? Ein Mann der Gesellschaft ist Zufällen ausgesetzt, die selten auf den Leuten lasten, wenn sie nicht mit der Gesellschaft in Fühlung sind. Deshalb ist die Soutane die sicherste

Verkleidung, wenn man sie durch ein exemplarisches, einsames und ta-
tenloses Leben ergänzen kann. »Ich werde also Priester werden«, sagte
sich dieser bürgerlich Tote, der durchaus unter einer sozialen Gestalt 100
wiederaufleben wollte, um Leidenschaften zu befriedigen, die ebenso
unheimlich waren wie er.

Der Bürgerkrieg, den die Verfassung von 1812 in Spanien entfachte,
wohin dieser Mann der Tatkraft sich begeben hatte, lieferte ihm die
Gelegenheit, den wirklichen Carlos Herrera in einem Hinterhalt zu töten.
Dieser Priester, der Bastard eines großen Herrn, seit langem von seinem
Vater im Stich gelassen, war von König Ferdinand VII., dem ein Bischof
ihn empfohlen hatte, mit einer politischen Mission in Frankreich betraut
worden. Der Bischof, der einzige Mensch, der sich für Carlos Herrera
interessierte, starb, während dieser verlorene Posten die Reise von Cadiz
nach Madrid und von Madrid nach Frankreich machte. Glücklich über
die so lange ersehnte Begegnung mit dieser Individualität, die obendrein
ein Amt bekleidete, wie er es wollte, brachte Jakob Collin sich auf dem
Rücken Wunden bei, um die verhängnisvollen Brandmale auszulöschen;
und sein Gesicht verwandelte er mit Hilfe chemischer Reagenzien. Indem
er sich so vor dem Leichnam des Priesters entstellte, ehe er ihn vernichtete, konnte er sich einige Ähnlichkeit mit seinem Doppelgänger geben.
Um diese Verwandlung, die fast ebenso wunderbar war wie jene in dem
arabischen Märchen, wo der Derwisch die Macht erlangt hat, mit Hilfe
magischer Worte in einen jungen Leichnam einzudringen, vollkommen
zu machen, lernte der Sträfling, der spanisch sprach, genau so viel Lateinisch, wie ein andalusischer Priester wissen mußte. Als Bankier der drei
Bagnos war Collin reich, da man alle Depositen seiner bekannten Ehrlichkeit anvertraut hatte, die übrigens auch erzwungen war: denn unter
solchen Partnern wird ein Irrtum mit Dolchstichen bezahlt. Mit diesen
Geldern vereinigte er die Summe, die der Bischof Carlos Herrera gegeben
hatte. Ehe er Spanien verließ, konnte er sich in Barcelona des Schatzes 101
einer frommen Frau bemächtigen, der er die Absolution erteilte, indem
er ihr versprach, die Summen zurückzuerstatten, die sie mit Hilfe eines
von ihr begangenen Mordes gestohlen hatte und aus denen das Vermögen
seines Beichtkindes stammte. So war Jakob Collin Priester geworden
und mit einer geheimen Mission betraut, die ihm die einflußreichsten
Empfehlungen in Paris eintragen mußte; er war entschlossen, nichts zu
tun, was den Charakter, den er sich umgehängt hatte, kompromittieren
konnte, und überließ sich also den Zufällen seines neuen Daseins, als

er auf der Straße von Angoulême nach Paris Lucien traf. Dieser Junge schien dem falschen Abbé ein wundervolles Werkzeug der Macht zu sein; er rettete ihn vor dem Selbstmord, indem er zu ihm sagte: ›Überantworten Sie sich einem Manne Gottes, wie man sich dem Teufel überantwortet, und Sie sollen alle Aussichten eines neuen Lebens haben. Sie werden leben wie im Traum, und das schlimmste Erwachen ist höchstens der Tod, den Sie sich geben wollten …‹

Das Bündnis dieser beiden Wesen, die nur eins ausmachen sollten, beruhte auf dieser kraftvollen Gedankenreihe, die Carlos Herrera übrigens noch durch eine schlau herbeigeführte Mitschuld besiegelte. Da er mit dem Genie des Verführers begabt war, so vernichtete er Luciens Ehrlichkeit, indem er ihn in grausame Zwangslagen brachte und ihn daraus erlöste, indem er ihn stillschweigend in schlimme oder ehrlose Handlungen einwilligen ließ, bei denen er jedoch in den Augen der Welt stets rein, offenherzig und edel dastehen blieb. Lucien war der soziale Glanz, in dessen Schatten der Fälscher leben wollte. ›Ich bin der Verfasser, du sollst das Drama sein; wenn du keinen Erfolg hast, so wird man mich auszischen‹, sagte er ihm an dem Tage, als er ihm die Kirchenschändung seiner Verkleidung anvertraute.

Carlos ging schlau von Zugeständnis zu Zugeständnis, indem er die Schmach seiner Mitteilungen genau der Größe seiner Fortschritte und Luciens Bedürfnissen anpaßte. Daher gab Betrüg-den-Tod sein letztes Geheimnis denn auch erst preis, als die Gewöhnung an die Pariser Genüsse, die Erfolge und die befriedigte Eitelkeit ihm den so schwachen Dichter mit Leib und Seele zum Sklaven gemacht hatten. Da, wo einst Rastignac der Versuchung dieses Dämons standgehalten hatte, erlag Lucien, weil er vorsichtiger behandelt, schlauer kompromittiert und vor allem durch das Glück, sich eine hervorragende Stellung erobert zu haben, besiegt wurde. Das Übel, dessen poetische Verkörperung man den Teufel nennt, wandte diesem Manne gegenüber, der zur Hälfte eine Frau war, seine fesselndsten Verführungskünste an und verlangte zunächst nur wenig von ihm, während es ihm vieles gab. Herreras großes Argument war jenes ewige Stillschweigen, das Tartuffe Elmira anbietet. Die wiederholten Beweise unbedingter Ergebenheit, die der Saids für Mohammed glich, vollendeten das grauenhafte Werk der Eroberung Luciens durch einen Jakob Collin. In diesem Augenblick hatten nicht nur Esther und Lucien all die Summen aufgezehrt, die man der Ehrlichkeit des Bankiers der Galeeren anvertraut hatte, der sich um ihretwillen furchtbaren Abrechnungen aussetzte, sondern der Dandy, der Fälscher und die Kurtisane hatten auch noch Schulden. In dem Augenblick, als Luciens Erfolg winkte, konnte also der kleinste Stein unter dem Fuß eines dieser drei Wesen den Zusammenbruch des phantastischen Baues einer so verwegen errichteten Glücksstellung herbeiführen. Auf dem Opernball hatte Rastignac den Vautrin des Hauses Vauquer erkannt, aber er wußte, daß ihm, wenn er plauderte, der Tod bevorstand; daher tauschte der Liebhaber der Frau von Nucingen mit Lucien Blicke, in denen sich auf beiden Seiten unter scheinbarer Freundschaft die Furcht verbarg. Im Augenblick der Gefahr hätte Rastignac offenbar mit größtem Vergnügen den Wagen geliefert, der Betrüg-den-Tod zum Schafott führen sollte. Jeder wird jetzt erraten, von welcher finstern Freude Carlos ergriffen wurde, als er von der Liebe des Barons von Nucingen erfuhr, denn er erkannte mit einem einzigen Blick, welchen Nutzen ein Mann seiner Art aus der armen Esther ziehen konnte.

»Geh«, sagte er zu Lucien, »der Teufel schützt seinen Almosenpfleger.« – »Du rauchst auf einem Pulverfaß!« – »Incedo per ignes!« erwiderte Carlos lächelnd, »das ist mein Beruf.«

Das Haus Grandlieu hat sich um die Mitte des letzten Jahrhunderts in zwei Zweige gespalten: erstens das herzogliche Haus, das dem Erlöschen geweiht ist, weil der gegenwärtige Herzog nur Töchter hat; zweitens die Vicomtes von Grandlieu, die Titel und Wappen ihrer älteren Linie erben werden. Der herzogliche Zweig führt im roten Felde drei in einer Reihe angeordnete goldene Streitäxte mit dem berühmten ›Caveo non timeo‹, das die ganze Geschichte dieses Hauses enthält. Der Schild der Vicomtes ist gevierteilt und zeigt im roten Felde den zinnenbesetzten goldenen Balkenstreifen; er ist bekrönt mit dem Ritterhelm; die Devise lautet: ›Grands faits, Grand lieu!‹ Die gegenwärtige Vicomtesse, die seit 1813 Witwe ist, hat einen Sohn und eine Tochter. Obwohl sie aus der Verbannung fast ruiniert zurückkam, hat sie doch infolge der Ergebenheit eines Anwalts, Dervilles, ein ziemlich beträchtliches Vermögen zurückgewonnen.

Der Herzog und die Herzogin von Grandlieu waren 1804 nach Frankreich heimgekehrt, und sie wurden alsbald zum Gegenstand der Koketterien des Kaisers; Napoleon gab denn auch, als er sie an seinem Hofe sah, alles, was vom Besitz des Hauses Grandlieu konfisziert worden war, zurück: es machte etwa vierzigtausend Franken Rente aus. Von allen Großen des Faubourgs Saint-Germain, die sich vom Kaiser verlocken ließen, waren der Herzog und die Herzogin – eine Ajuda der älteren Linie, die mit den Braganza verschwägert ist – die einzigen, die den Kaiser und seine Wohltaten nicht verleugneten. Ludwig XVIII. achtete diese Treue, als der Faubourg Saint-Germain sie den Grandlieus als Verbrechen auslegte; aber vielleicht wollte Ludwig XVIII. darin nur ›Monsieur‹ ärgern. Man sah die Heirat des jungen Vicomte von Grand-lieu mit Marie Athenais, der jüngsten, damals neunjährigen Tochter des Herzogs als wahrscheinlich an. Sabine, die vorletzte, heiratete nach der Julirevolution den Baron von Guénic. Josephine, die dritte, wurde Frau von Ajuda-Pinto, als der Marquis seine erste Frau, ein Fräulein Rochefide (alias Rochegude), verlor. Die älteste hatte 1822 den Schleier genommen. Die zweite, Fräulein Klotilde Friederike, die gegenwärtig in ihrem sieben-undzwanzigsten Jahre stand, war sterblich in Lucien von Rubempré verliebt. Man braucht nicht erst zu fragen, ob das Hotel des Herzogs von Grandlieu, eins der schönsten in der Rue Saint-Dominique, tausend Zauber auf Luciens Geist ausübte; sooft sich die ungeheure Tür in ihren Angeln drehte, um seinen Wagen einzulassen, empfand er jene Genug-tuung der Eitelkeit, von der Mirabeau spricht. ›Obgleich mein Vater nur ein einfacher Apotheker des Houmeau war, habe ich hier Zutritt!‹ so lautete sein Gedanke. Daher hätte er auch noch tausend andere Verbre-chen begangen als das seines Bundes mit einem Fälscher, um sich das Recht zu bewahren, daß er die wenigen Stufen der Freitreppe hinaufgehen durfte, um dann ›Herr von Rubempré‹ melden zu hören, und zwar in dem großen Salon im Stil Ludwigs XIV., der zur Zeit Ludwigs XIV. nach dem Muster derer von Versailles eingerichtet worden war, und in dem sich jene auserlesene Gesellschaft, die ›Crème‹ von Paris befand, die man damals, ›le petit Château‹ nannte.

Die vornehme Portugiesin, eine der Frauen, die es am wenigsten liebten, ihr Haus zu verlassen, war meist von ihren Nachbarn, den Chaulieus, den Navarreins und den Lenoncourts, umgeben. Oft kamen die hübsche Baronin von Macumer (geborene von Chaulieu), die Herzo-gin von Maufrigneuse, Frau d'Espard, Frau von Camps und Fräulein Des Touches, die mit den Grandlieus – sie stammen aus der Bretagne – verschwägert war, zu Besuch, wenn sie zu einem Ball gingen oder aus der Oper kamen. Der Vicomte von Grandlieu, der Herzog von Rhétoré, der Marquis von Chaulieu, der eines Tages Herzog von Lenoncourt-Chaulieu werden sollte, seine Frau, Madeleine von Mortsauf, die Enkelin des Herzogs von Lenoncourt, der Marquis von Ajuda-Pinto, der Fürst von Blamont-Chauvry, der Marquis von Beauséant, der Stiftsamtmann von Pamiers, die Vandenesses, der alte Fürst von Cadignan und sein Sohn, der Herzog von Maufrigneuse waren die Stammgäste dieses großartigen Salons, in dem man Hofluft atmete und in dem sich die Manieren, der Ton und der Geist dem Adel der Hausherrn anpaßten, deren große, aristokratische Haltung ihre napoleonische Knechtschaft schließlich in Vergessenheit gesenkt hatte.

Die alte Herzogin von Uxelles, die Mutter der Herzogin von Maufrigneuse, war das Orakel dieses Salons, zu dem Frau von Sérizy nie hatte Zutritt erlangen können, obwohl sie eine geborene von Ronquerolles war.

Von Frau von Maufrigneuse eingeführt, die ihre Mutter zu einer Aktion zugunsten Luciens bewogen hatte, da sie zwei Jahre lang wahnsinnig in ihn vernarrt gewesen war, hielt dieser verführerische Dichter sich dort dank dem Einfluß des Almosenpflegeramts von Frankreich und mit Hilfe des Erzbischofs von Paris. Freilich ließ man ihn erst zu, als er die Ordonnanz erhalten hatte, die ihm den Namen und das Wappen der Rubemprés zurückgab. Der Herzog von Rhétoré, der Chevalier d'Espard und ein paar andere, die auf Lucien eifersüchtig waren, nahmen den Herzog von Grandlieu von Zeit zu Zeit gegen ihn ein, indem sie ihm Anekdoten aus Luciens Vorleben erzählten. Aber die fromme Herzogin, die bereits von den Spitzen der Kirche umgeben war, und Klotilde von Grandlieu stützten ihn. Lucien erklärte jene Feindschaften übrigens durch sein Abenteuer mit der Cousine der Frau d'Espard, mit Frau von Bargeton, die seither Gräfin du Châtelet geworden war. Und da er empfand, wie notwendig es war, daß eine so mächtige Familie ihn aufnahm, zumal sein intimer Ratgeber ihn drängte, Klotilde zu verführen, so fand Lucien den Mut der Emporkömmlinge: er erschien an fünf Tagen von den sieben der Woche, schluckte artig die Beleidigungen des Neids hinunter, ertrug unverschämte Blicke und antwortete geistreich auf alle Spöttereien. Seine Beharrlichkeit, der Reiz seiner Manieren und seine Gefälligkeit stumpften schließlich die Bedenken ab und verringerten die Hindernisse. Als ein Mann, der mit der Herzogin von Maufrigneuse immer noch vortrefflich stand – die glühenden Briefe, die sie im Laufe ihrer Leidenschaft geschrieben hatte, bewahrte Carlos Herrera auf –, als Idol der Frau von Sérizy lernte Lucien, der bei Fräulein Des Touches gern gesehen wurde und zufrieden war, wenn man ihn in diesen drei

Häusern empfing, von dem Abbé, in seinen Beziehungen die größte Vorsicht walten zu lassen.

›Man kann sich nicht mehreren Häusern zugleich widmen‹, sagte ihm sein intimer Ratgeber. ›Wer über all hingeht, findet nirgends lebhaftes Interesse. Die Großen begönnern nur die, die mit ihren Möbeln wetteifern, die sie jeden Tag sehen und die für sie so notwendig zu werden wissen wie der Diwan, auf den man sich setzt.‹

Da Lucien sich daran gewöhnt hatte, den Salon der Grandlieus als sein Schlachtfeld anzusehen, so sparte er seinen Geist, seine Scherze, seine Neuigkeiten und seine Höflingsschmeicheleien für die Zeit auf, die er des Abends dort verbrachte. Er war einschmeichelnd und liebevoll, und Klotilde warnte ihn vor den Klippen, die er meiden mußte; so konnte er den kleinen Leidenschaften des Herrn von Grandlieu schöntun. Nachdem Klotilde zunächst die Herzogin von Maufrigneuse um ihr Glück beneidet hatte, verliebte sie sich sterblich in Lucien.

Da Lucien alle Vorteile einer derartigen Verbindung erkannte, so spielte er seine Liebhaberrolle, wie Armand, der letzte jugendliche Liebhaber der Comédie Française, sie gespielt hätte. Er schrieb Klotilde Briefe, die jedenfalls literarische Meisterwerke ersten Ranges waren, und Klotilde antwortete, indem sie danach rang, dieser wütenden Liebe auf dem Papier Ausdruck zu geben, denn sie konnte nur auf diese Weise lieben. Lucien ging jeden Sonntag in die Messe zu Saint-Thomas d'Aquin, er gab sich für einen glühenden Katholiken aus, er ergoß sich in monarchischen, religiösen Predigten, die Wunder wirkten. Er schrieb außerdem für die der Congregation ergebenen Zeitungen äußerst bemerkenswerte Artikel, ohne irgendeine Zahlung annehmen zu wollen und ohne sie anders als mit einem L zu unterzeichnen. Er verfaßte politische Broschüren, wie entweder König Karl X. oder das Almosenpflegeramt sie verlangte, ohne die geringste Belohnung zu verlangen. ›Der König‹, sagte er, ›hat schon so viel für mich getan, daß ich ihm mein Blut schuldig bin.‹

Daher war auch seit einigen Tagen die Rede davon, Lucien in der Eigenschaft als Geheimsekretär an das Kabinett des Premierministers zu fesseln; aber Frau d'Espard schickte so viel Leute gegen Lucien ins Feld, daß Karls X. Faktotum zögerte, diesen Entschluß zu fassen. Nicht nur Luciens Stellung war nicht klar genug, und die Worte: ›Wovon lebt er?‹ die, je höher er stieg, jeder um so öfter auf den Lippen hatte, verlangten eine Antwort, sondern auch die wohlwollende Neugier ging wie die boshafte Neugier in ihrem Forschen von Schritt zu Schritt weiter; und sie fand mehr als eine Lücke im Panzer dieses Ehrgeizigen. Klotilde von Grandlieu diente ihrem Vater und ihrer Mutter als argloser Spion. Vor ein paar Tagen hatte sie Lucien in eine Fensternische gezogen, um dort zu plaudern und ihn über die Einwände der Familie aufzuklären.

»Verschaffen Sie sich einen Landsitz im Wert von einer Million, und Sie erhalten meine Hand: das war die Antwort meiner Mutter«, hatte Klotilde gesagt. »Später werden sie dich fragen, woher dein Geld gekommen ist!« hatte Carlos zu Lucien gesagt, als der ihm dieses angebliche Ultimatum überbrachte. »Mein Schwager muß sein Glück gemacht haben«, bemerkte Lucien; »wir werden in ihm einen verantwortlichen Herausgeber finden.« – »So fehlt also nur noch die Million«, rief Carlos aus; »ich werde darüber nachdenken.«

Luciens Stellung im Hotel Grandlieu erhellt am deutlichsten daraus, daß er nie dort gespeist hatte. Weder Klotilde noch die Herzogin von Uxelles noch auch die Frau von Maufrigneuse, die sich stets ausgezeichnet zu Lucien stellte, hatten diese Gunst von dem alten Herzog erlangen können, so hartnäckig hing der Edelmann an seinem Mißtrauen gegen den Herrn von Rubempré. Lucien fühlte, daß er unter der ganzen Gesellschaft dieses Salons nur geduldet war. Die Gesellschaft hat das Recht, anspruchsvoll zu sein, sie wird so oft betrogen. In Paris eine Rolle zu spielen, ohne daß man ein bekanntes Vermögen besitzt oder eine eingestandene Erwerbsquelle hat, das ist etwas, was sich vermöge keiner List lange durchführen läßt. Daher gab denn Lucien auch, je höher er stieg, dem Einwand: ›Wovon lebt er?‹ eine übermäßige Kraft. Er hatte bei Frau von Sérizy, der er die Stütze des Generalstaatsanwalts Granville und eines Staatsministers, des Grafen Octavius von Bauvan, des Präsidenten eines Obertribunals, verdankte, sagen müssen: ›Ich stürze mich in furchtbare Schulden.‹

Als er den Hof des Hotels betrat, in dem sich die Rechtfertigung seiner Eitelkeit befand, sagte er mit Bitterkeit, indem er an die Überlegung Herreras dachte, bei sich selber: ›Ich höre alles unter meinen Füßen krachen.‹

Er liebte Esther, und er wollte Fräulein von Grandlieu zur Frau! Eine seltsame Lage! Es galt, die eine für die andere zu verkaufen. Ein einziger Mensch konnte diesen Schacher vornehmen, ohne daß Luciens Ehre darunter litt: dieser Mensch war der falsche Spanier; mußten sie nicht der eine wie der andere gleich vorsichtig sein, der eine dem andern gegenüber? Man findet im Leben nicht zwei Pakte dieser Art, in denen jeder abwechselnd Herrscher und Beherrschter ist.

Lucien verjagte die Wolken, die sein Gesicht umdunkelten; heiter und strahlend trat er in die Salons des Hotels Grandlieu. Die Fenster waren eben offen, die Gerüche des Gartens durchdufteten den Salon; der Blumentisch, der die Mitte einnahm, zeigte dem Blick seine Blütenpyramide. Die Herzogin saß in einer Ecke auf einem Sofa und plauderte mit der Herzogin von Chaulieu. Mehrere Frauen bildeten eine Gruppe, die durch allerlei Haltungen auffiel, wie sie der verschiedene Ausdruck mit sich brachte, den eine jede unter ihnen einem gespielten Schmerz lieh. In der Gesellschaft interessiert sich niemand für ein Unglück oder ein Leiden, alles ist dort ein Wort. Die Männer gingen im Garten oder im Salon spazieren, Klotilde und Josephine waren um den Teetisch beschäftigt. Der Stiftsamtmann von Pamiers, der Herzog von Grandlieu, der Marquis von Ajuda-Pinto und der Herzog von Maufrigneuse spielten in einer Ecke ihren Whist. Als Lucien gemeldet wurde, durchschritt er den Salon und begrüßte die Herzogin, die er nach dem Grund der Betrübnis auf ihren Zügen fragte.

»Frau von Chaulieu hat soeben eine furchtbare Nachricht erhalten: ihr Schwiegersohn, der Baron von Macumer, der ehemalige Herzog von Soria, ist gestorben. Der junge Herzog von Soria und seine Frau, die nach Chantepleur gegangen waren, um ihren Bruder dort zu pflegen, haben das traurige Ereignis in einem Briefe gemeldet. Luise ist in einem herzzerreißenden Zustand.« – »Eine Frau wird nicht zweimal in ihrem Leben so geliebt, wie Luise von ihrem Mann geliebt wurde«, sagte Magdalene von Mortsauf. »Sie ist eine reiche Witwe«, fuhr die Herzogin von Uxelles fort, indem sie Lucien ansah, dessen Gesicht seine Unbeweglichkeit bewahrte. »Die arme Luise!« sagte Frau d'Espard, »ich verstehe und beklage sie.«

Die Marquise d'Espard zeigte die versonnene Miene einer Frau von Seele und Herz. Obgleich Sabine von Grandlieu erst zehn Jahre alt war, hob sie das intelligente Auge zu ihrer Mutter empor, die ihren fast spöttischen Blick sofort mit einem strafenden niederschlug. Das nennt man seine Kinder gut erziehen.

»Wenn meine Tochter diesen Schlag überlebt«, sagte Frau von Chaulieu mit der mütterlichsten Miene, »so macht ihre Zukunft mir Sorge. Luise ist sehr romantisch.« – »Ich weiß nicht«, sagte die alte Herzogin von Uxelles, »woher unsere Töchter das haben! ...« – »Es ist heutzutage schwer«, sagte ein alter Kardinal, »das Herz und die Konvention zu versöhnen.«

Lucien, der kein Wort zu sagen hatte, ging zum Teetisch, um dem Fräulein von Grandlieu sein Kompliment zu machen. Als der Dichter sich ein paar Schritte von der Frauengruppe entfernt hatte, neigte die Marquise d'Espard sich herab, um der Herzogin von Grandlieu ins Ohr flüstern zu können. »Sie glauben also, daß dieser Bursche Ihre teure Klotilde sehr liebt?« sagte sie zu ihr.

Wie heimtückisch diese Frage war, kann man erst begreifen, wenn wir Klotilde skizziert haben. Dieses junge Mädchen von siebenundzwanzig Jahren stand am Tisch. Ihre Haltung erlaubte dem spöttischen Blick der Marquise d'Espard, Klotildes dürre und dünne Gestalt zu überfliegen, denn sie glich ziemlich genau einer Spargel. Der Busen des armen Mädchens war so flach, daß er nicht einmal die Ersatzmittel möglich machte, die die Modistinnen falsche Brüste nennen. Daher ließ denn auch Klotilde, die wußte, daß sie in ihrem Namen genügende Vorzüge besaß, diesen Fehler, statt sich die Mühe zu machen und ihn zu verkleiden, heroisch hervortreten. Indem sie sich eng in ihre Kleider einschnürte, erreichte sie die Wirkung der starren und scharfen Zeichnung, die die Holzschnitzer des Mittelalters für ihre Figuren suchten; deren Profil hebt sich scharf vom Hintergrund der Nischen ab, vor die sie sie in den Kathedralen stellten. Klotilde war fünf Fuß und vier Zoll hoch. Wenn es erlaubt ist, sich einer familiären Wendung zu bedienen, die wenigstens das Verdienst hat, klar verständlich zu sein, so kann man sagen, sie war ganz Bein. Dieser Mangel an Proportion gab ihrem Oberkörper etwas Unförmliches. Sie hatte eine braune Gesichtshaut, hartes schwarzes Haar, sehr dichte Brauen, glühende Augen, die in schon gedunkelten Höhlen lagen, und ein Gesicht, krumm wie die Mondsichel im ersten Viertel und gekrönt von einer vorspringenden Stirn; so stellte sie die Karikatur ihrer Mutter dar, einer der schönsten Frauen Portugals. Die Natur gefällt sich in solchen Spielen. Man findet in vielen Familien eine Schwester von überraschender Schönheit, deren Züge bei dem Bruder zu vollendeter Häßlichkeit werden, obwohl alle beide sich ähneln. Klotilde trug auf ihrem stark eingezogenen Mund den stereotypen Ausdruck der Geringschätzung. Daher verrieten ihre Lippen mehr als jeder andere Zug ihres Gesichts die heimlichen Regungen ihres Herzens, denn die Liebe gab ihnen einen reizenden Ausdruck, der um so mehr auffiel, als ihre Wangen, die zu braun waren, um zu erröten, und ihre stets harten schwarzen Augen nie etwas sagten. Aber trotz so vieler Nachteile, trotz ihrer Bretterscheinung hatte sie durch ihre Erziehung und ihre Rasse etwas von Größe mitbekommen, einen stolzen Zug, kurz alles, was man mit so viel Recht ›jenes Etwas‹ genannt hat; vielleicht lag es an der Sicherheit ihres Kostüms, das die Tochter aus gutem Hause verriet. Sie machte sich ihre Haare zunutze, deren Stärke, Fülle und Länge für eine Schönheit gelten konnte ... Ihre Stimme, die sie gepflegt hatte, übte einen Zauber aus: sie sang entzückend. Klotilde war eben das junge Mädchen, von dem man sagt: ›Sie hat schöne Augen!‹ oder ›Sie hat einen reizenden Charakter!‹ Irgend jemandem, der sie nach englischer Manier ›Euer Gnaden‹ anredete, erwiderte sie: ›Nennen Sie mich Euer Dünne.‹

»Weshalb sollte man meine arme Klotilde nicht lieben?« erwiderte die Herzogin der Marquise. »Wissen Sie, was sie gestern zu mir gesagt hat? ›Wenn man mich aus Ehrgeiz liebt, so übernehme ich es, daß man mich um meiner selbst willen lieben soll.‹ Sie ist geistreich und ehrgeizig; es gibt Männer, denen diese beiden Eigenschaften gefallen. Was ihn angeht, meine Liebe, so ist er schön wie ein Traum; und wenn er den Landsitz der Rubemprés zurückkaufen kann, so wird der König ihm uns zu Gefallen den Titel ›Marquis‹ verleihen ... Schließlich war seine Mutter die letzte Rubempré.« – »Der arme Junge, woher soll er die Million nehmen?« sagte die Marquise. »Das ist nicht unsere Sache«, erwiderte die Herzogin; »aber sicherlich ist er nicht imstande, sie zu stehlen ... Und übrigens würden wir Klotilde keinem Intriganten und keinem unehrlichen Menschen geben, und wäre er auch noch so schön, wäre er auch Dichter und ebenso jung wie Herr von Rubempré.«

»Sie kommen spät«, sagte Klotilde, indem sie Lucien mit unendlicher Anmut zulächelte. »Ja, ich habe in der Stadt gespeist.« – »Sie gehen seit einigen Tagen viel in die Gesellschaft«, sagte sie, indem sie Eifersucht und Unruhe unter einem Lächeln barg. »In die Gesellschaft? ...« erwiderte Lucien. »Nein, ich habe nur durch den größten Zufall die ganze Woche hindurch bei Bankiers gespeist, heute bei Nucingen, gestern bei du Tillet, vorgestern bei den Kellers ...«

Man sieht, daß Lucien es gut verstanden hatte, den geistreich unverschämten Ton großer Herren anzunehmen.

»Sie haben sehr viele Feinde«, sagte Klotilde zu ihm, als sie ihm – und mit welcher Liebenswürdigkeit! – eine Tasse Tee anbot. »Man hat meinem Vater gesagt, Sie genössen sechzigtausend Franken Schulden, und binnen kurzem würden Sie Sainte-Pélagie zum Lustschloß haben. Und wenn

Sie wüßten, was all diese Verleumdungen mir eintragen ... All das fällt auf mich zurück. Ich rede Ihnen nicht von dem, was ich leide – mein Vater hat Blicke, die mich kreuzigen –, sondern von dem, was Sie leiden müssen, wenn das im geringsten wahr ist ...« – »Machen Sie sich keine Sorge um diese Albernheiten; lieben Sie mich, wie ich Sie liebe, und geben Sie mir ein paar Monate«, erwiderte Lucien, indem er seine leere Tasse auf das Tablett aus zisliertem Silber zurückstellte. »Lassen Sie sich nicht vor meinem Vater sehen, er würde Ihnen eine Unverschämtheit sagen; und da Sie sie nicht hinnehmen würden, so wären wir verloren ... Diese boshafte Marquise d'Espard hat ihm gesagt, Ihre Mutter habe bei Wöchnerinnen Krankenwache gehalten und Ihre Schwester sei Plätterin gewesen ...« – »Wir waren einmal im tiefsten Elend«, erwiderte Lucien, dem die Tränen in die Augen traten. »Das ist keine Verleumdung, sondern einfache Nachträgerei. Heute ist meine Schwester mehr als Millionärin, und meine Mutter ist seit zwei Jahren tot ... Man hat diese Aufklärungen für den Augenblick aufgespart, in dem ich hier vor dem Erfolge stand ...« – »Aber was haben Sie Frau d'Espard getan?« – »Ich habe die Unvorsichtigkeit begangen, bei Frau von Sérizy in Gegenwart der Herren von Bauvan und von Granville die Geschichte des Prozesses zu erzählen, den sie geführt hat, um die Entmündigung ihres Gatten, des Marquis d'Espard, durchzusetzen, und die Bianchon mir anvertraut hatte. Die Meinung des Herrn von Granville, den Bauvan und Sérizy unterstützten, hat damals die des Justizministers gewandelt. Der eine wie der andere wichen vor der Gerichtszeitung, vor dem Skandal zurück, und die Marquise bekam in der Begründung des Urteils, das dieser scheußlichen Angelegenheit ein Ende machte, ein wenig auf die Finger. Wenn Herr von Sérizy eine Indiskretion begangen hat, die die Marquise zu meiner Todfeindin machte, so habe ich doch seine Protektion, die des Generalstaatsanwalts und des Grafen Octavius von Bauvan dabei gewonnen, denn Frau von Sérizy hat Ihnen gesagt, in welche Gefahr sie mich gestürzt haben, indem sie erraten ließen, aus welcher Quelle ihm Auskünfte stammten. Der Herr Marquis d'Espard war ungeschickt genug, mir einen Besuch zu machen, weil er mich als die Ursache ansah, durch die er diesen niederträchtigen Prozeß gewonnen hat.« – »Ich werde Sie von Frau d'Espard befreien«, sagte Klotilde. »Und wie?« rief Lucien. »Meine Mutter wird die kleinen Espards einladen; sie sind entzückend und schon recht groß. Der Vater und seine beiden Söhne werden hier Ihr Lob singen, und wir sind sicher, ihre Mutter niemals wiederzusehen ...« – »Oh, Klotilde, Sie sind anbetungswürdig, und wenn ich Sie nicht um Ihrer selbst willen liebte, so würde ich Sie um Ihres Geistes willen lieben.« – »Das ist kein Geist«, sagte sie, indem sie ihre ganze Liebe auf die Lippen legte. »Adieu. Kommen Sie ein paar Tage lang nicht. Wenn Sie mich in der Kirche mit einer roten Schärpe sehen, so hat die Laune meines Vaters gewechselt. Sie finden eine Antwort am Rücken des Sessels, auf dem Sie sitzen; die wird Sie vielleicht trösten, wenn Sie uns nicht sehen ... Tun Sie den Brief, den Sie mir bringen, in mein Taschentuch ...«

Dieses junge Mädchen war offenbar älter als siebenundzwanzig Jahre.

Lucien nahm in der Rue de la Planche einen Fiaker, verließ ihn auf den Boulevards, nahm bei der Madeleine einen andern und befahl ihm, in der Rue Taitbout die Einfahrt öffnen zu lassen.

Als er um elf Uhr zu Esther kam, fand er sie ganz in Tränen, aber sie war angezogen, wie sie sich anzog, um ihm ein Fest zu bereiten! Sie erwartete ihren Lucien und lag auf einem Diwan aus weißem, mit gelben Blumen besticktem Satin, bekleidet mit einem entzückenden Hauskleid aus indischem Musselin mit kirschfarbenen Schleifen; sie war ohne Korsett, hatte die Haare einfach auf dem Kopf aufgesteckt, die Füße in hübschen Samtpantoffeln, die mit kirschfarbenem Satin gefüttert waren; alle Kerzen brannten, und der Huka war bereit; aber den ihren hatte sie nicht geraucht, er lag unangezündet vor ihr, als wollte sie ein Symbol ihrer Lage geben. Als sie die Türen öffnen hörte, wischte sie sich die Tränen ab, sprang wie eine Gazelle auf und umschlang Lucien mit den Armen, als wäre sie ein Gewebe, das sich, vom Wind erfaßt, um einen Baum schlingt.

»Getrennt«, rief sie, »ist es wahr? ...« – »Bah! Auf ein paar Tage«, erwiderte Lucien.

Esther ließ Lucien los und fiel wie tot auf den Diwan zurück. In solchen Lagen schwätzen die meisten Frauen wie Papageien! Ah, wie sie einen lieben! ... Nach fünf Jahren stehen sie noch wie am Morgen nach dem ersten Tage des Glücks da, sie können einen nicht verlassen, sie sind wundervoll in ihrer Entrüstung, ihrer Verzweiflung, ihrer Liebe, ihrem Zorn, ihrer Reue, ihrer Angst, ihrem Kummer, ihren Ahnungen! Kurz, sie sind schön wie eine Szene von Shakespeare. Aber, das beachte man wohl, diese Frauen lieben nicht! Wenn sie all das sind, wofür sie sich ausgeben, so machen sie es, wie Esther es machte, wie es die Kinder machen, wie es die wahre Liebe macht: Esther sagte kein Wort; sie lag da, das Gesicht in den Kissen, und weinte heiße Tränen. Lucien seinerseits mühte sich, Esther aufzuheben, und sprach auf sie ein.

»Aber, Kind, wir werden nicht getrennt ... Wie! Nach vier Jahren des Glücks nimmst du eine Trennung so auf?« ... ›Ach, was habe ich denn all diesen Mädchen getan? ...‹ sagte er bei sich selber, denn er entsann sich, daß auch Coralie ihn so geliebt hatte. »Ah, gnädiger Herr, Sie sind so schön!« sagte Europa.

Die Sinne haben ihr Ideal der Schönheit. Wenn sich mit dieser so verführerischen Schönheit die Sanftheit des Charakters und die Poesie verbinden, die Lucien auszeichneten, so kann man sich die wahnsinnige Leidenschaft jener Geschöpfe vorstellen, die für die äußeren Naturgaben so außerordentlich empfänglich und in ihrer Bewunderung so naiv sind. Esther schluchzte leise und verharrte in einer Pose, die höchsten Schmerz verriet.

»Aber, kleiner Dummkopf«, sagte Lucien, »hat man dir nicht gesagt, daß es sich um mein Leben handelt? ...« Bei diesem Wort, das Lucien genau berechnet hatte, richtete Esther sich wie ein wildes Tier auf; ihr gelöstes Haar umgab ihr wundervolles Gesicht wie ein Laubwerk; sie sah Lucien mit starrem Auge an. »Um dein Leben! ...« rief sie, indem sie mit einer Geste, die nur Dirnen in der Gefahr haben, die Arme hob und wieder fallen ließ. »Aber ja, der Brief dieses Wilden spricht von ernsten Dingen.« Sie zog ein elendes Papier aus dem Gürtel; aber sie erblickte Europa und sagte: »Laß uns allein, meine Tochter.«

Als Europa die Tür geschlossen hatte, fuhr sie fort: »Sieh, das hat er mir geschrieben«, und sie reichte Lucien einen Brief, den Carlos eben geschickt hatte und den Lucien mit lauter Stimme las:

»Sie werden morgen früh um fünf abreisen; man wird Sie zu einem Wildhüter im Herzen des Waldes von Saint-Germain bringen. Sie werden dort ein Zimmer im ersten Stock einnehmen. Verlassen Sie dieses Zimmer nicht, bis ich es Ihnen erlaube; es wird Ihnen dort nichts fehlen. Der Wildhüter und seine Frau sind zuverlässig. Schreiben Sie Lucien nicht. Gehen Sie während des Tages nicht ans Fenster; während der Nacht können Sie unter Führung des Wildhüters spazierengehen, wenn Sie Bewegung haben möchten. Halten Sie unterwegs die Vorhänge des Wagenschlags geschlossen: es handelt sich um Luciens Leben.

Lucien wird heute abend zu Ihnen kommen, um Ihnen Lebwohl zu sagen; verbrennen Sie dies vor seinen Augen.«

Lucien verbrannte das Billet sofort an der Flamme einer Kerze.

»Höre, mein Lucien«, sagte Esther, nachdem sie die Lektüre dieses Briefes angehört hatte, wie ein Verbrecher die seines Todesurteils anhört, »ich will dir nicht sagen, daß ich dich liebe, das wäre eine Dummheit ... Jetzt scheint es mir seit bald fünf Jahren so natürlich, daß ich dich liebe, wie daß ich atme und lebe. Schon an dem Tage, an dem unter dem Schutz dieses unerklärlichen Wesens, das mich hier eingesperrt hat, wie man ein kleines merkwürdiges Tier in einen Käfig einsperrt, mein Glück begann, wußte ich, daß du dich verheiraten müßtest. Die Heirat ist ein notwendiges Element deines Schicksals, und Gott verhüte, daß ich der Entwicklung deines Glücks in den Weg treten sollte. Diese Heirat ist mein Tod. Aber ich werde dich nicht langweilen: ich werde es nicht wie die Grisetten machen, die sich mit Hilfe eines Kohlenbeckens töten. Davon habe ich mit einemmal genug bekommen; zweimal, das wird ekelhaft, wie Mariette sagt. Nein, ich werde weit fort gehen, aus Frankreich fort. Asien kennt die Geheimnisse ihres Landes, sie hat mir versprochen, mich zu lehren, wie man ruhig stirbt. Man sticht sich, Schluß! Alles ist getan. Ich verlange nur eins, mein angebeteter Engel: nicht getäuscht zu werden. Ich habe meinen Anteil vom Leben gehabt: ich habe seit dem Tage, an dem ich dich zum erstenmal sah, im Jahre 1824, bis heute mehr Glück genossen, als das Dasein zehn glücklicher Frauen enthält. Nimm mich also als das, was ich bin, als eine Frau, die ebenso stark wie schwach ist. Sag mir: ›Ich verheirate mich.‹ Ich verlange nichts als einen zärtlichen Abschied von dir, und du wirst nicht mehr von mir hören.«

Nach dieser Erklärung, deren Aufrichtigkeit sich nur mit der Naivität der Gesten und des Tones vergleichen läßt, herrschte einen Augenblick Schweigen.

»Handelt es sich um deine Heirat?« fragte sie, indem sie einen jener bezaubernden und glänzenden Blicke, die der Klinge eines Dolches glichen, in Luciens blaue Augen warf. »Wir arbeiten jetzt seit achtzehn Monaten an meiner Heirat, und sie ist noch nicht zum Abschluß gekommen«, erwiderte Lucien; »ich weiß nicht, wann sie zum Abschluß kommen wird; aber es handelt sich nicht darum, meine liebe Kleine! ... Es handelt sich um den Abbé, um mich, um dich ... Wir sind ernstlich bedroht ... Nucingen hat dich gesehen ...« – »Ja«, sagte sie, »in Vincennes; er hat mich also erkannt?« – »Nein«, erwiderte Lucien, »aber er ist in dich so verliebt, daß er seine Kasse für dich geben würde. Als er nach Tisch von eurer Begegnung sprach und dich schilderte, ist mir ein unwillkürliches, unvorsichtiges Lächeln entschlüpft, denn ich lebe in der Gesellschaft wie der Wilde mitten unter den Fallen eines feindlichen Stammes. Carlos, der mir die Mühe des Nachdenkens erspart, findet diese Situation gefährlich; er übernimmt es, Nucingen an der Nase herumzuführen, wenn Nucingen es sich einfallen läßt, uns nachzuspionieren, und der Baron ist sehr wohl dazu imstande; er hat mir schon von der Ohnmacht der Polizei gesprochen. Du hast in einem alten Schornstein voller Ruß einen Brand entfacht ...« – »Und was will dein Spanier beginnen?« fragte Esther ganz leise. »Ich weiß es nicht, er sagt, ich soll mich ruhig aufs Ohr legen«, erwiderte Lucien, ohne daß er es wagte, Esther anzusehen. »Wenn es so ist, gehorche ich mit jener Unterwürfigkeit des Hundes, zu der ich mich bekenne«, sagte Esther, die ihren Arm in den Luciens schob und ihn in ihr Schlafzimmer führte, indem sie zu ihm sprach: »Hast du, mein Lulu, gut gespeist bei diesem schändlichen Nucingen?« – »Asiens Küche macht es einem unmöglich, noch ein Diner gut zu finden, wie berühmt der Koch des Hauses, in dem man speist, auch sei; aber wie jeden Sonntag hatte Carême das Diner bereitet.«

Unwillkürlich verglich Lucien Esther mit Klotilde. Die Geliebte war so schön, so unablässig reizend, daß sie das Ungeheuer noch nicht hatte nahe kommen lassen, das die kräftigste Liebe verschlingt: die Sättigung.

›Wie schade‹, sagte er bei sich, ›daß man seine Frau in zwei Bänden findet! Auf der einen Seite die Poesie, die Wollust, die Liebe, die Hingebung, die Schönheit, die Zartheit ...‹

Esther stöberte umher, wie die Frauen umherstöbern, ehe sie zu Bett gehen; sie lief hin und wider; sie flatterte trällernd wie ein Schmetterling. Man hätte sie mit einem Kolibri vergleichen können.

›... Auf der andern den Adel des Namens, die Rasse, die Ehre, den Rang, die Kenntnis der Gesellschaft! ... Und keine Möglichkeit, sie in einer einzigen Person zu vereinigen!‹ rief Lucien.

Als der Dichter am andern Morgen um sieben Uhr in diesem reizenden rosa und weißen Zimmer erwachte, war er allein. Als er geschellt hatte, eilte die phantastische Europa herbei.

»Was wünscht der gnädige Herr?« – »Esther!« – »Die gnädige Frau ist um dreiviertel fünf fortgefahren. Nach dem Befehl des Herrn Abbé habe ich gratis und franko ein neues Gesicht empfangen.« – »Eine Frau? ...« – »Nein, gnädiger Herr, eine Engländerin ... eine jener Frauen, die nachts auf Tagelohn gehen; und wir haben Befehl, sie zu behandeln, als wäre sie die gnädige Frau: was will der gnädige Herr mit diesem

Frauenzimmer beginnen? ... Die arme gnädige Frau! Wie hat sie geweint, als sie in den Wagen stieg! ... ›Nun, es muß sein! ...‹ rief sie. ›Ich habe den armen Liebling schlafend verlassen‹, sagte sie, indem sie sich die Tränen abwischte; ›wenn er mich angesehen oder meinen Namen ausgesprochen hätte, so wäre ich geblieben, und hätte ich mit ihm sterben müssen!‹ Sehen Sie, gnädiger Herr, ich liebe die gnädige Frau so sehr, daß ich ihr ihren Ersatz nicht gezeigt habe; viele Kammerfrauen hätten ihr das auch noch angetan.« – »Die Unbekannte ist da?« – »Aber, gnädiger Herr, sie war in dem Wagen, der die gnädige Frau entführt hat; ich habe sie nach meinen Instruktionen in meinem Zimmer versteckt.« – »Ist sie hübsch?« – »So hübsch, wie eine Gelegenheitsfrau eben sein kann, aber es wird ihr nicht schwer werden, ihre Rolle zu spielen, wenn der gnädige Herr hilft«, sagte Europa, indem sie davonging, um die falsche Esther zu holen.

Am Abend zuvor hatte der allmächtige Bankier, ehe er zu Bett ging, einem Kammerdiener, der schon um sieben Uhr morgens den berühmten Louchard, den gewandtesten Schergen des Handelsgerichts, in einen kleinen Salon einführte, wohin der Baron im Schlafrock und in Pantoffeln kam, seine Befehle gegeben.

»Sie haben sich lustik kemacht ieber mich!« sagte er, statt den Gruß des Schergen zu erwidern. »Das konnte wohl nicht anders sein, Herr Baron. Ich hänge an meinem Amt, und ich hatte schon einmal die Ehre, Ihnen zu sagen, daß ich mich nicht in Dinge einlassen kann, die nichts mit meinen Obliegenheiten zu tun haben. Was habe ich Ihnen versprochen? Sie mit demjenigen unserer Agenten in Verbindung zu bringen, der mir am ehesten imstande schien, Ihnen zu dienen. Aber der Herr Baron kennt die Grenzen, die zwischen den Leuten verschiedener Berufe existieren ... Wenn man ein Haus baut, läßt man nicht vom Zimmermann machen, was den Schlosser angeht. Nun, es gibt eine doppelte Polizei: die politische Polizei und die Kriminalpolizei. Niemals lassen sich die Agenten der Kriminalpolizei in Dinge ein, die die politische Polizei angehen, und umgekehrt. Wenn Sie sich an den Chef der politischen Polizei wendeten, so brauchte der eine Ermächtigung des Ministers, um sich mit Ihrer Angelegenheit zu befassen; und Sie würden es nicht wagen, sie dem Generalpolizeidirektor des Königreichs auseinanderzusetzen. Ein Agent, der auf eigene Rechnung Polizeidienste leistete, würde sein Amt verlieren. Nun ist die Kriminalpolizei genau so vorsichtig wie die politische Polizei. Daher arbeitet im Ministerium des Innern wie in der Präfektur niemand anders als im Interesse des Staates oder der Justiz. Handelt es sich um eine Verschwörung oder um ein Verbrechen, ja, mein Gott, da stehen Ihnen die Herren zur Verfügung; aber begreifen Sie doch, Herr Baron, daß sie ganz andere Dinge zu tun haben, als sich um die fünfzigtausend Liebeshändel von Paris zu kümmern. Was uns angeht, so dürfen wir uns nur mit der Verhaftung von Schuldnern befassen; und sobald es sich um etwas anderes handelt, setzen wir uns ungeheurer Gefahr aus, wenn wir die Ruhe irgend jemandes stören. Ich habe Ihnen einen meiner Leute geschickt, aber Ihnen auch gesagt, daß ich nicht für ihn bürgte. Sie haben ihm gesagt, er solle Ihnen eine Frau in Paris ausfindig machen, Contenson hat Ihnen einen Tausender ›abgeluchst‹, ohne sich auch nur zu rühren. Ebensogut könnte man eine Nadel im Fluß suchen, wie in Paris eine Frau, die verdächtig ist, in den Wald von Vincennes zu fahren, und deren Personalbeschreibung der aller hübschen Pariser Frauen glich.«

»Gondanzon«, sagte der Baron, »konnte doch sagen die Wahrheit, statt mir abzuluchsen ainen Tausender.« – »Hören Sie, Herr Baron«, sagte Louchard, »wollen Sie mir tausend Taler geben? Ich will Ihnen einen Rat dafür geben ... ihn Ihnen verkaufen.« – »Is er wert tausend Taler, der Rat?« fragte Nucingen. »Ich lasse mich nicht fangen, Herr Baron«, erwiderte Louchard. »Sie sind verliebt, Sie wollen den Gegenstand Ihrer Leidenschaft entdecken, Sie dürsten nach ihr wie Lattich ohne Wasser. Gestern sind, wie mir Ihr Kammerdiener gesagt hat, zwei Ärzte bei Ihnen gewesen, die Ihren Zustand gefährlich finden; ich allein kann Sie in die Hand eines geschickten Menschen geben ... Ja, zum Teufel, wenn Ihr Leben keine tausend Taler wert wäre ...« – »Sagen Se mir den Namen dieses keschickten Menschen, und zählen Se auf maine Großmut!« Louchard nahm seinen Hut, grüßte und ging. »Teifelsmensch!« rief Nucingen, »kommen Se! ... Ta ...« – »Geben Sie wohl acht«, sagte Louchard, ehe er das Geld nahm, »daß ich Ihnen ganz einfach eine Auskunft verkaufe. Ich werde Ihnen den Namen und die Adresse des einzigen Menschen angeben, der Ihnen dienen kann; aber er ist ein Meister ...« – »Keht ßum Teifel!« rief Nucingen; »nur Varschilds Name ist wert tausend Taler, und auch nur, wenn er am Fuß aines Schaines steht ... Ich biete tausend Franken.«

Louchard, ein kleiner Schlaukopf, der noch um keine Notars-, Gerichtsvollziehers- oder Verteidigerskonzession hatte unterhandeln können, schielte den Baron bedeutsam an. »Für Sie tausend Taler oder nichts;

Sie haben sie an der Börse in wenigen Sekunden wieder eingenommen«, sagte er. »Ich biete tausend Franken! ...« wiederholte der Baron. »Sie würden um eine Goldmine feilschen!« sagte Louchard, indem er grüßte und sich zurückzog. »Ich werde haben die Atreß fier einen Finfhündertfrankenschain!« rief der Baron, der seinem Kammerdiener befahl, ihm seinen Sekretär zu schicken.

Turcaret lebt nicht mehr. Heute entfaltet der größte wie der kleinste Bankier seinen Scharfsinn in den geringsten Dingen: er feilscht um die Künste, die Wohltätigkeit und die Liebe; er würde mit dem Papst um eine Absolution feilschen. Daher hatte Nucingen, während er Louchard zuhörte, sich schnell überlegt, daß Contenson als der rechte Arm des Exekutors die Adresse dieses Meisters der Spionage kennen müßte. Contenson würde für fünfhundert Franken hergeben, was Louchard nicht billiger verkaufen wollte als für tausend Taler. Diese rasche Überlegung beweist energisch, daß der Kopf dieses Menschen, wenn auch sein Herz von der Liebe überfallen war, noch der des Luchses blieb.

»Kehn Se selbst«, sagte der Baron zu seinem Sekretär, »ßu Gondanzon, dem Spion Licharts, des Exegutors; aber nähmen Se ainen Wagen und bringen Se'n her auf der Stell. Ich warte! ... Sie werden kehn durch die Gartentier; hier haben Se d'n Schlüssel; denn niemand soll sehn den Menschen bei mir. Sie werden ihn fiehren in den glainen Kartenpavillon. Sehn Se ßu, daß Se mainen Auftrag ausfiehren mit Verstand.«

Es kam Besuch, um mit Nucingen von Geschäften zu reden; aber er wartete auf Contenson, er träumte von Esther, er sagte sich, daß er in kurzer Zeit die Frau wiedersehen würde, der er unerhoffte Erregungen verdankte, und er schickte alle Welt mit unbestimmten Worten und doppelsinnigen Versprechungen davon. Contenson schien ihm das wichtigste Wesen in Paris zu sein; er spähte fortwährend in den Garten hinunter. Und schließlich ließ er sich, nachdem er Befehl gegeben hatte, seine Tür zu schließen, sein Frühstück in dem Pavillon servieren, der in einer der Ecken des Gartens lag. In den Bureaus erschien das Verhalten und Zögern des schlauesten, klarblickendsten, politischsten aller Pariser Bankiers unerklärlich.

»Was hat denn der Chef?« fragte ein Wechselagent einen der ersten Kommis. »Man weiß nicht; es scheint, seine Gesundheit gibt zu Besorgnissen Anlaß; gestern hat die Frau Baronin die Doktoren Desplein und Bianchon berufen ...«

Eines Tages wollten Fremde Newton sehen, und zwar in dem Augenblick, als er einem seiner Hunde namens Beauty Arznei eingab; Beauty – es war eine Hündin – brachte ihn, wie man weiß, um eine ungeheure Arbeit, und er sagte zu ihr nichts als: ›Ach, Beauty, du weißt nicht, was du eben vernichtet hast …‹ Die Fremden gingen voller Achtung vor den Arbeiten des großen Mannes davon. In allen großartigen Existenzen findet man eine kleine Hündin Beauty. Als der Marschall von Richelieu nach der Einnahme von Mahon, einer der größten Waffentaten des achtzehnten Jahrhunderts, Ludwig XV. beglückwünschte, sagte der König zu ihm: ›Wissen Sie schon die große Nachricht? … Der arme Lansmatt ist tot!‹ Lansmatt war ein Pförtner, der in die Intrigen des Königs eingeweiht war. Nie erfuhren die Pariser Bankiers, wie sehr sie Contenson verpflichtet waren. Dieser Spion war der Anlaß, daß Nucingen ein ungeheures Geschäft zum Abschluß kommen ließ, an dem er beteiligt war und das er ihnen ganz überließ. Sonst konnte der Luchs mit der Artillerie der Spekulation ein Vermögen aufs Korn nehmen, während der Mensch der Sklave des Glücks war.

Der berühmte Bankier nahm seinen Tee und nagte als ein Mensch, dessen Zähne seit langem nicht mehr vom Appetit geschärft wurden, an ein paar Butterbroten, als er an der kleinen Pforte seines Gartens einen Wagen halten hörte. Bald führte Nucingens Sekretär ihm Contenson vor, den er erst in einem Café in der Nähe von Sainte-Pélagie hatte finden können, wo der Agent von dem Trinkgeld frühstückte, das ihm ein Schuldner gegeben hatte, weil er ihn unter gewissen Rücksichten, wie man sie bezahlt, ins Gefängnis brachte. Nun muß man wissen, daß $\quad$126 Contenson ein ganzes Gedicht war, ein Pariser Gedicht. Bei seinem Anblick hätte man auf den ersten Blick erraten, daß Beaumarchais' Figaro, Molières Mascarillo, Marivaux' Frontins und Dancourts Lafleurs, jene großen Verkörperungen der verwegenen Schelmerei, mittelmäßig sind im Vergleich mit diesem Koloß des Geistes und des Elends. Wenn man in Paris einem Typus begegnet, so ist er kein Mensch mehr, er ist ein Schauspiel! Es ist nicht mehr ein Augenblick aus dem Leben, sondern ein Dasein, ein mehrfaches Dasein! Man brenne in einem Ofen eine Gipsbüste dreimal, und man erhält eine Art Bastardabbild florentinischer Bronze; nun, die Blitze unzähligen Unglücks, die Zwangslagen grauenhafter Situationen hatten Contensons Kopf bronziert, als hätte der Schweiß eines Backofens dreimal auf sein Gesicht gewirkt. Die sehr engen Runzeln ließen sich nicht mehr glätten, sie bildeten ewige Falten, die im

Innern weiß waren; das gelbe Gesicht bestand nur aus Runzeln. Der Schädel hatte gleich dem Voltaires die Empfindungslosigkeit eines Totenkopfes, und ohne die wenigen Haare ganz hinten hätte man daran gezweifelt, daß es der eines lebenden Menschen wäre. Unter einer regungslosen Stirn bewegten sich, ohne irgend etwas auszudrücken, Augen, wie die der Chinesen, die man unter Glas an den Toren eines Teemagazins ausstellt, künstliche Augen, die das Leben nur spiegeln und deren Ausdruck sich niemals wandelt. Die Nase, stumpf wie die des Todes, verhöhnte das Schicksal; und der Mund, der dünn war wie der eines Geizhalses, stand immer offen und war trotzdem verschwiegen wie der Spalt eines Briefkastens. Contenson war ruhig wie ein Wilder, seine Hände waren braun; und so hatte dieser kleine und magere Mann jene Diogeneshaltung voller Sorglosigkeit, die sich niemals den Formen der Achtung beugen kann. Und welche Kommentare über sein Leben und seine Sitten standen nicht für jeden, der ein Kostüm zu entziffern versteht, in seinen Kleidern geschrieben! ... Was für eine Hose vor allem! ... Eine Büttelhose, schwarz und glänzend wie der sogenannte ›Voile‹-Stoff, aus dem die Advokatenroben sind! Eine auf dem Trödelmarkt gekaufte Weste, aber eine Schalweste, und bestickt! ... Ein Rock von rotem Schwarz! ... Und all das gebürstet, fast sauber, geschmückt mit einer Uhr, die an einer Talmikette hing. Man sah bei Contenson ein gefaltetes Hemd aus gelbem Perkal, auf dem eine Nadel mit einem falschen Diamanten glänzte. Der Samtkragen glich einem Halseisen, und die roten Fleischfalten eines Karaiben hingen darüber hin. Der seidene Hut glänzte wie Satin, aber das Futter hätte zwei Lämpchen gespeist, wenn ein Krämer es gekauft hätte, um es auskochen zu lassen. Es ist nichts, wenn man diese Bestandteile nur aufzählt; man müßte schildern können, welche Bedeutung Contenson ihnen zu verleihen wußte. In dem Kragen des Rockes, in den frisch geputzten Stiefeln mit den klaffenden Sohlen lag jenes kokette Etwas, das kein französischer Ausdruck wiederzugeben vermag. Kurz, um diese Mischung so verschiedener Töne halbwegs klar zu machen, will ich sagen, daß ein Mann von Geist bei Contensons Anblick dieses eine begriffen hätte: wäre er statt eines Spitzels Dieb gewesen, so wäre man vor all diesen Lumpen, statt ein Lächeln auf den Lippen zu haben, vor Grauen erschaudert. Nach dem Kostüm hätte ein Beobachter sich gesagt: ›Das ist ein heimtückischer Mensch, er spielt, er trinkt, er hat Laster, aber er berauscht sich nicht, und er betrügt nicht; er ist weder Dieb noch Meuchelmörder.‹ Und Contenson blieb wirklich undefinierbar, bis einem das Wort Spion in den Sinn kam. Dieser Mann hatte so viele unbekannte Berufe ausgeübt, wie es ihrer bekannte gibt. Das schlaue Lächeln seiner blassen Lippen, das Zwinkern seiner grünlichen Augen, die kleine Grimasse seiner Stumpfnase verrieten, daß es ihm nicht an Geist fehlte. Er hatte ein Gesicht aus Weißblech, und die Seele mußte dem Gesicht gleich sein. Daher waren die Bewegungen seiner Züge eher Grimassen, die der Höflichkeit abgerungen waren, als der Ausdruck seiner inneren Regungen. Er hätte beängstigt, wenn er nicht zum Lachen gereizt hätte. Contenson, eins der seltsamsten Produkte des Schaums, der über dem Sieden der Pariser Kufe schwimmt, in der alles Gärung ist, tat sich vor allem etwas darauf zugute, daß er Philosoph war. Er sagte ohne Bitterkeit: ›Ich habe große Talente; aber ich gebe sie umsonst, es ist, als wäre ich ein Kretin.‹ Und er verurteilte sich selbst, statt die Menschen anzuklagen. Man suche Spione, die nicht mehr Galle haben, als Contenson hatte. ›Die Umstände sind gegen uns‹, sagte er immer von neuem zu seinen Chefs; ›wir könnten Kristall sein, aber wir bleiben Sandkörner, das ist alles.‹

Sein Zynismus in Dingen der Kleidung hatte einen Sinn; er legte auf seinen Straßenanzug ebensowenig Wert, wie es die Schauspieler tun: er glänzte in Verkleidungen, im Schminken. Er hätte Frédéric Lemaître unterrichten können, denn er konnte sich im Notfall zum Dandy machen. Er mußte in seiner Jugend zu der verfallenen Gesellschaft der Leute mit Häusern für geheime Vergnügungen gehört haben. Er legte die tiefste Antipathie gegen die Kriminalpolizei an den Tag, denn er hatte unter dem Kaiserreich der Polizei Fouchés angehört, den er als einen großen Mann ansah. Seit der Aufhebung des Polizeiministeriums hatte er als Ausweg die Verhaftung von Schuldnern erwählt; aber seine bekannten Fähigkeiten, seine Schlauheit machten ihn zu einem kostbaren Werkzeug, und die unbekannten Leiter der politischen Polizei hatten seinen Namen in ihren Listen behalten. Contenson war ebenso wie seine Kameraden nur einer der Statisten des Dramas, dessen erste Rollen ihren Vorgesetzten zufielen, sobald es sich um eine politische Arbeit handelte.

»Kehn Se«, sagte Nucingen, indem er durch eine Geste seinen Sekretär fortschickte.

›Weshalb wohnt dieser Mensch in einem Hotel und ich in einem möblierten Zimmer? …‹ fragte Contenson sich selber. ›Er hat seine Gläubiger dreimal an der Nase herumgeführt, und er hat gestohlen; ich habe nie einen Heller genommen … Ich habe mehr Talent als er …‹

»Gondanzon, main Glainer«, sagte der Baron, »Sie haben mir abge-luchst ainen Tausendfrankenschain ...« – »Meine Geliebte war Gott und dem Teufel schuldig ...« – »Du hast aine Keliepte?« rief Nucingen aus, indem er Contenson mit einer Bewunderung ansah, in die sich Neid mischte. »Ich bin erst siebzig Jahre alt«, erwiderte Contenson als ein Mensch, den wie ein verhängnisvolles Beispiel das Laster jung erhalten hatte. »Und was macht se?« – »Sie hilft mir«, sagte Contenson. »Wenn man Dieb ist, und eine anständige Frau liebt einen, so wird sie entweder Diebin, oder man wird ein ehrlicher Mensch. Ich bin Spitzel geblieben.« – »Du prauchst immer Keld?« fragte Nucingen. »Immer«, sagte Contenson lächelnd; »es ist mein Stand, daß ich mir welches wünsche, wie es der Ihre ist, welches zu verdienen; wir können uns verständigen: raffen Sie es zusammen, ich mache mich anheischig, es auszugeben. Sie sollen der Brunnen sein, ich der Eimer.« – »Willste verdienen finfhündert Fran-ken? ...« – »Schöne Frage! ... Aber bin ich dumm! ... Sie bieten sie mir nicht, um die Ungerechtigkeit des Schicksals mir gegenüber wieder gutzumachen.« – »Was haißt! Ich lege sie ßu dem Tausender, den du mir stipitzt hast; das macht finfzehnhündert Franken, die ich dir keb.« – »Gut, Sie geben mir die tausend Franken, die ich schon habe, und Sie legen fünfhundert Franken hinzu ...« – »Kanß recht«, sagte Nucingen mit einem Kopfnicken. »Das macht immer erst fünfhundert Franken«, sagte Contenson unerschütterlich. »Die ich kebe! ...« erwiderte der Baron. »Die ich bekomme. Nun, gegen welche Werte will der Herr Baron sie eintauschen?« – »Man hat mir kesagt, daß in Baris ain Mensch lebt, der kann finden die Frau, die ich liebe, und daß du seine Atreß hast ... Kurz, ain Maister der Schbionasche!« – »Allerdings ...« – »Kut, kieb mir die Atreß, und du hast die finfhündert Franken.« – »Wo sind sie?« erwiderte Contenson lebhaft. »Hier«, sagte der Baron, indem er einen Schein aus der Tasche zog. »Schön, geben Sie her«, sagte Contenson, indem er die Hand ausstreckte. »Keben, keben! Laß uns kehen ßu suchen den Mann, und du hast das Keld, denn du könntest verkaufen viele Atressen um diesen Preis.«

Contenson brach in Lachen aus. »Wahrhaftig, Sie haben das Recht, so von mir zu denken«, sagte er, während es schien, als hielte er sich zurück. »Je hundsgemeiner unser Stand ist, um so mehr bedarf er der Ehrlichkeit. Aber lassen Sie sehen, Herr Baron, sagen Sie sechshundert Franken, und ich werde Ihnen einen guten Rat geben.« – »Kieb und verlaß dich auf maine Kroßmut ...« – »Ich will es wagen«, sagte Contenson; »aber ich spiele gewagtes Spiel. In Dingen der Polizei, sehen Sie, muß man unterirdisch vorgehen. Sie sagen: Los, auf! ... Sie sind reich; Sie glauben, alles weiche vor dem Geld. Das Geld ist ja auch etwas. Aber mit Geld hat man nach den zwei oder drei tüchtigen Leuten unseres Metiers immer erst die Menschen. Und es gibt Dinge, an die man nicht denkt, die sich nicht kaufen lassen! ... Den Zufall nimmt man nicht in Sold. Daher macht man die Dinge im guten Polizeidienst auch nicht so. Wollen Sie sich mit mir im Wagen zeigen? Man wird uns begegnen. Man hat den Zufall ebensosehr für sich wie gegen sich.« – »Wahr«, 131 sagte der Baron. »Wahrhaftig, ja, Herr Baron. Ein Hufeisen, das der Polizeipräfekt in der Straße auflas, führte ihn zur Entdeckung der Höllenmaschine. Nun, wenn wir heute abend im Dunkeln zu Herrn von Saint-Germain führen, so würde ihm nicht mehr daran liegen, Sie bei sich zu sehen, als Ihnen, gesehen zu werden, wenn Sie zu ihm fahren.« – »Das ist richtig«, sagte der Baron. »Ah, er ist der Stärkste der Starken, die Stütze des berühmten Corentin, des rechten Arms Fouchés, den manche für seinen natürlichen Sohn ausgeben; er soll ihn als Priester gezeugt haben; aber das sind Dummheiten: Fouché verstand es, Priester zu sein, wie er es verstanden hat, Minister zu sein. Nun, sehen Sie, diesen Mann werden Sie nicht unter zehn Tausendfrankenscheinen an die Arbeit bringen ... Überlegen Sie sich's ... Aber Ihre Angelegenheit wird erledigt, und gut erledigt. Nicht gesehen noch erkannt, wie man sagt. Ich werde den Herrn von Saint-Germain benachrichtigen müssen, und er wird Ihnen ein Stelldichein geben irgendwo, wo niemand etwas hören oder sehen kann; denn er setzt sich Gefahren aus, wenn er auf Rechnung Privater Polizeidienste leistet. Aber was wollen Sie! ... Er ist ein braver Mensch, der König der Menschen, und ein Mensch, der große Verfolgungen durchgemacht hat, und obendrein, weil er Frankreich gerettet hatte! ... Wie übrigens auch ich, wie alle, die es gerettet haben!«

»Kut; du kannst mir schraiben die Schäferstunde«, sagte der Baron, indem er über diesen vulgären Scherz lächelte. »Der Herr Baron schmiert mir nicht einmal die Pfote? ...« sagte Contenson mit zugleich demütiger und drohender Miene.

»Schan«, rief der Baron seinem Gärtner zu, »keh, laß dir von Schorsch ßwanßig Franken keben und bring se her ...« 132

»Wenn freilich der Herr Baron keine andern Angaben machen kann, als er mir gegeben hat, so zweifle ich, ob ihm der Meister von Nutzen sein kann.« – »Hab ich andre!« erwiderte der Baron mit schlauem Gesicht. »Ich habe die Ehre, dem Herrn Baron einen guten Tag zu wünschen«, sagte Contenson, indem er das Zwanzigfrankenstück nahm; »ich werde die Ehre haben, wiederzukommen und Georg zu sagen, wo der Herr Baron sich heute abend einfinden soll, denn man darf im guten Polizeidienst niemals etwas schreiben.«

›Gomisch, wieviel Keist diese Burschen haben!‹ sagte der Baron vor sich hin; ›es ist in der Bolißei kenau wie bei den Keschäften.‹

Als Contenson den Baron verließ, ging er ruhig von der Rue Saint-Lazare in die Rue Saint-Honoré und bis zum Café David; er blickte dort durch die Scheiben und bemerkte einen Greisen, der unter dem Namen Vater Canquoelle bekannt war.

Das Café David, das in der Rue de la Monnaie lag, genoß während der ersten dreißig Jahre dieses Jahrhunderts eine gewisse Berühmtheit, die freilich auf das sogenannte ›Quartier des Bourdonnais‹ beschränkt blieb. Dort versammelten sich die alten Händler, die sich zur Ruhe gesetzt hatten, und die Großkaufleute, die noch im Geschäft standen: die Camusots, die Lebas, die Pilleraults, die Popinots, und ein paar Grundbesitzer wie der kleine Vater Molineux. Man sah dort von Zeit zu Zeit auch den alten Vater Guillaume, der aus der Rue du Colombier dorthin kam. Man sprach dort unter sich von Politik, freilich vorsichtig, denn der Standpunkt des Café David war der Liberalismus. Man erzählte sich die Klatschereien des Quartiers, so stark empfinden die Menschen das Bedürfnis, sich übereinander lustig zu machen! ... Dieses Café hatte, wie übrigens alle Cafés, seinen Sonderling, und zwar in eben jenem Vater Canquoelle, der dort seit dem Jahre 1811 verkehrte und der mit den ehrlichen Leuten, die sich dort versammelten, so sehr im Einklang zu stehen schien, daß niemand sich Zwang antat, wenn man in seiner Gegenwart von Politik sprach. Bisweilen war dieser Ehrenmann, dessen Einfalt den Stoff zu vielen Scherzen unter den Stammgästen hergab, auf einen oder zwei Monate verschwunden; aber sein Ausbleiben, das man stets seinen Krankheiten oder seinem Alter zuschrieb, denn er schien schon 1811 sein sechzigstes Jahr überschritten zu haben, erstaunte niemals irgend jemanden.

»Was ist denn aus dem Vater Canquoelle geworden? ...« fragte man die Büfettdame. »Ich denke mir«, erwiderte sie, »wir werden eines schönen Tages durch die ›kleinen Anzeigen‹ von seinem Tod erfahren.«

Der Vater Canquoelle lieferte in seiner Aussprache einen beständigen Beweis seiner Herkunft; er sagte: estatue, especialle, le peuble und ture statt turc. Sein Name war der eines kleinen Landsitzes, der Les Canquoel-les hieß, ein Wort, das in einigen Provinzen ›Maikäfer‹ bedeutet; dieses Landgut lag im Departement Vaucluse, aus dem er gekommen war. Man nannte ihn schließlich nur noch Canquoelle, ohne daß der Biedermann sich darüber ärgerte; der Adel schien ihm seit 1793 tot zu sein; übrigens gehörte ihm das Lehnsgut Les Canquoelles nicht, er war der jüngere Sohn einer jüngeren Linie. Heute würde der Anzug des Vaters Canquoelle seltsam erscheinen; aber zwischen 1811 und 1820 setzte er niemanden in Erstaunen. Dieser Greis trug Schuhe mit facettierten Stahlschnallen, seidene Strümpfe mit abwechselnd weißen und blauen wagerechten Streifen, eine Hose aus glattem Seidenstoff mit ovalen Schnallen, die der Form nach denen der Schuhe glichen. Eine weiße Weste mit Stickereien, ein alter Rock aus grünlichbraunem Tuch mit Metallknöpfen und ein Hemd mit gefälteltem Jabot vervollständigten dieses Kostüm. In halber Höhe des Jabots glänzte ein goldenes Medaillon, in dem man unter Glas einen kleinen Haarkranz sah: eine jener wundervollen Gefühlskleinigkei-ten, die die Menschen beruhigen, genau wie eine Scheuche die Spatzen erschreckt. Die meisten Menschen lassen sich wie die Tiere durch ein Nichts erschrecken und beruhigen. Die Hose des Vaters Canquoelle wurde von einer Schnalle gehalten, die sie nach der Mode des letzten Jahrhunderts oberhalb des Bauches zusammenzog. Vom Gürtel hingen parallel zwei stählerne Ketten herab, die sich in mehrere kleine Ketten teilten und in allerlei Berlocken endeten. Seine weiße Krawatte wurde hinten von einer kleinen goldenen Schnalle gehalten. Sein schneeiger, gepuderter Kopf schließlich war noch 1816 mit dem städtischen Dreispitz geschmückt, den auch Herr Try, der Vorsitzende des Tribunals, trug. Diesen Hut, der dem Greisen so teuer war, hatte der Vater Canquoelle seit kurzem durch jenen unedlen runden Hut ersetzt, gegen den sich niemand zu empören wagt – der Biedermann hatte geglaubt, seiner Zeit dieses Opfer schuldig zu sein. Ein kleiner, von einem Band zusammen-gehaltener Zopf beschrieb auf dem Rücken des Rocks eine kreisförmige Spur, wo das Fett unter einer dünnen Puderschicht verschwand. Wenn man nur den beherrschenden Zug dieses Gesichts sah, die Nase, die voller Höcker war, rot und wohl würdig, in einer Schüssel voll Trüffel zu figurieren, so schloß man auf einen umgänglichen, albernen und gutmütigen Charakter, und man ließ sich von diesem ehrlichen Greisen, der wesentlich Tropf war, genau so täuschen, wie sich das ganze Café David täuschen ließ; denn niemand hatte dort je die beobachtende Stirn,

134

den sardonischen Mund und die kalten Augen dieses Greises beachtet, den die Laster eingelullt hatten, und der ruhig geworden war wie ein Vitellius; und auch der kaiserliche Bauch war sozusagen durch eine Wiedergeburt bei ihm entwickelt. 1816 betrank sich dort ein junger Handlungsreisender zwischen elf Uhr und Mitternacht mit einem pensionierten Offizier. Er war unvorsichtig genug, von einer ziemlich ernsten Verschwörung gegen die Bourbonen zu sprechen, die eben vor ihrem Ausbruch stand. Im Café sah man nur noch den Vater Canquoelle, der eingeschlafen zu sein schien, zwei schlummernde Kellner und die Büfettdame. Innerhalb von vierundzwanzig Stunden war Gaudissart verhaftet, und die Verschwörung war entdeckt. Zwei Leute fanden den Tod auf dem Schafott. Weder Gaudissart noch irgend jemand sonst faßte je Verdacht, daß der Vater Canquoelle Lunte gerochen hätte. Man entließ die Kellner, man behielt einander ein Jahr lang im Auge, und man entsetzte sich über die Polizei, die mit dem Vater Canquoelle zusammen arbeitete, obwohl er davon sprach, das Café David zu verlassen; so sehr graue ihm vor der Polizei.

Contenson betrat das Café, verlangte ein kleines Glas Branntwein und sah den Vater Canquoelle, der damit beschäftigt war, die Journale zu lesen, nicht einmal an; nur nahm er, als er sein Glas Branntwein hinuntergegossen hatte, das Goldstück des Barons und rief den Kellner, indem er dreimal kurz auf den Tisch schlug. Die Büfettdame und der Kellner prüften das Goldstück mit einer Sorgfalt, die für Contenson sehr beleidigend war.

›Ist dieses Gold das Ergebnis eines Diebstahls oder eines Mordes? ...‹ das war der Gedanke einiger starker und klarblickender Geister, die Contenson unter der Brille her ansahen, obwohl sie scheinbar ihre Blätter lasen. Contenson, der all das sah und nie über irgend etwas erstaunte, wischte sich mit einem Tuch, das nur dreimal gestopft worden war, geringschätzig den Mund ab, nahm sein Kleingeld in Empfang, schob all die Sous in seine Geldtasche, deren einst weißes Futter ebenso schwarz war wie das Tuch der Hose, und ließ dem Kellner keinen einzigen.

»Was für ein Galgenvogel!« sagte der Vater Canquoelle zu Herrn Pillerault, seinem Nachbar. »Bah!« gab Herr Camusot dem ganzen Café zur Antwort; er allein hatte nicht das geringste Erstaunen verraten; »das ist Contenson, der rechte Arm Louchards, unseres Exekutors am Handelsgericht. Die Schelme haben vielleicht einen im Quartier zu rupfen ...«

Eine Viertelstunde darauf erhob sich der Biedermann Canquoelle, nahm seinen Schirm und ging ruhig davon.

Ist es nicht nötig, hier aufzuklären, welcher furchtbare und tiefe Mensch sich unter dem Anzug des Vaters Canquoelle verbarg, genau wie der Abbé Carlos das Versteck Vautrins war? Dieser Südländer, der auf Les Canquoelles, dem einzigen Besitz seiner übrigens recht ehrenwerten Familie, geboren war, hieß Peyrade. Er gehörte in Wirklichkeit der jüngeren Linie des Hauses de la Peyrade an, einer alten, aber armen Familie der Grafschaft, die noch heute das kleine Gut La Peyrade besitzt. Er war als siebentes Kind mit sechs Franken in der Tasche zu Fuß nach Paris gekommen, und zwar im Jahre 1772, als er siebzehn Jahre alt war; ihn trieben die Fehler eines wilden Temperaments und das brutale Verlangen, es zu etwas zu bringen, das so viele Südländer in die Hauptstadt treibt, wenn sie erkannt haben, daß das väterliche Haus ihnen nie die für ihre Leidenschaften nötige Rente geben kann. Wir haben die ganze Jugend Peyrades enthüllt, wenn wir sagen, daß er 1782 der Vertraute, der Heros des Generalpolizeiamts war, wo die Herren Lenoir und d'Albert, die beiden letzten Generalleutnants, ihn sehr hoch schätzten. Die Revolution kannte keine Polizei, sie hatte sie nicht nötig. Die Spionage, wie sie damals verbreitet war, nannte sich Bürgersinn. Das Direktorium, dessen Regierung ein wenig regelmäßiger war als die des Wohlfahrtskomitees, sah sich gezwungen, von neuem eine Polizei einzurichten, und der erste Konsul vervollständigte die Schöpfung durch die Polizeipräfektur und das Ministerium der allgemeinen Polizei. Peyrade, der Mann der Traditionen, schuf gemeinsam mit einem Menschen namens Corentin, der übrigens, obwohl viel jünger, doch viel stärker war als Peyrade und Genie nur in den unterirdischen Abteilungen der Polizei bewies, das Personal. 1808 fanden die ungeheuren Dienste, die Peyrade leistete, ihren Lohn in seiner Berufung auf den hervorragenden Posten eines Generalpolizeikommissars zu Antwerpen. In Napoleons Vorstellung kam diese Polizeipräfektur einem Polizeiministerium gleich, das den Auftrag hatte, Holland zu überwachen. Als der Kaiser aus dem Feldzug von 1809 zurückkehrte, wurde Peyrade auf Grund einer Kabinettsorder in Antwerpen aufgehoben, zwischen zwei Gendarmen mit der Post nach Paris befördert und ins Untersuchungsgefängnis geworfen. Zwei Monate darauf verließ er seine Zelle, da sein Freund Corentin für ihn Bürgschaft leistete; aber er hatte doch drei Verhöre zu je sechs Stunden durchmachen müssen. Verdankte Peyrade seine Ungnade der fabelhaften Regsamkeit, mit der er Fouché in der Verteidigung der französischen Küsten unterstützt hatte, die durch den mittlerweile sogenannten Feldzug von Walcheren angegriffen worden waren, wobei der Herzog von Otranto Talente entfaltete, die den Kaiser beängstigten? Es war damals für Fouché schon wahrscheinlich; aber heute, da jedermann weiß, was damals in dem von Cambacérès berufenen Ministerrat vorging, ist es zur Gewißheit geworden. Die Minister waren alle zu Boden geschmettert von der Nachricht über das Attentat Englands, das Napoleon den Feldzug von Boulogne zurückgeben wollte, und sie sahen sich überrumpelt ohne den Meister, der auf der Insel Lobau verschanzt war, wo ganz Europa ihn für verloren hielt; und also wußten sie nicht, welchen Entschluß sie fassen sollten. Die allgemeine Meinung ging dahin, dem Kaiser einen reitenden Boten zu schicken; aber Fouché allein wagte es, den Feldzugsplan zu entwerfen, den er auch ausführte. »Handeln Sie, wie Sie wollen«, sagte Cambacérès zu ihm; »mir aber ist mein Kopf zu lieb, und ich schicke dem Kaiser einen Bericht.«

Man weiß, welchen absurden Vorwand der Kaiser ergriff, als er bei seiner Rückkehr vor versammeltem Staatsrat seinem Minister die Gnade entzog und ihn dafür bestrafte, daß er Frankreich ohne ihn gerettet hatte. Seit jenem Tage stand dem Kaiser außer der Feindschaft des Fürsten von Talleyrand auch die des Herzogs von Otranto im Wege, und sie waren die beiden einzigen großen Politiker, die aus der Revolution hervorgegangen waren und die Napoleon 1813 vielleicht hätten retten können. Um Peyrade zu beseitigen, ergriff man den vulgären Vorwand der Veruntreuung; er hatte den Schmuggel begünstigt, indem er mit dem Großhandel ein paar Gewinste teilte. Diese Behandlung war hart für einen Mann, der den Marschallstab des Generalkommissariats großen Diensten verdankte, die er geleistet hatte. Dieser inmitten der Geschäfte gealterte Mann kannte die Geheimnisse aller Regierungen, die sich seit 1775 gefolgt waren; denn in diesem Jahre war er in das Generalpolizeiamt eingetreten. Der Kaiser, der sich für stark genug hielt, sich Menschen zu seinem Gebrauch zu schaffen, achtete nicht auf die Vorstellungen, die man ihm zugunsten eines Mannes machte, der als eines der verläßlichsten, der geschicktesten und schlauesten jener unbekannten Genies galt, die die Aufgabe haben, über die Sicherheit der Staaten zu wachen. Er glaubte, Peyrade durch Contenson ersetzen zu können; aber Contenson wurde damals von Corentin aufgesogen, und zwar zu dessen Nutzen. Peyrade war um so grausamer getroffen, als er, ein Wüstling und

Schlemmer, sich den Frauen gegenüber in der Lage eines Zuckerbäckers befand, der Naschwerk liebt. Seine lasterhaften Gewohnheiten waren ihm zur Natur geworden: er konnte es nicht mehr entbehren, gut zu speisen, zu spielen, kurz jenes Leben eines prunklosen großen Herrn zu führen, dem sich alle Menschen von großen Fähigkeiten ergeben, wenn ihnen übermäßige Zerstreuungen zum Bedürfnis geworden sind. Dann hatte er bisher im großen Stil gelebt, ohne je zur Repräsentation verpflichtet zu sein, aus dem Vollen speisend, denn man rechnete nie mit ihm oder seinem Freund Corentin. Als ein zynisch geistreicher Mensch liebte er seinen Stand, er war Philosoph. Schließlich kann ein Spion, auf welcher Stufe der Leiter der Polizei er auch stehe, ebensowenig wie ein Sträfling in einen sogenannten ehrlichen oder freien Beruf zurückkehren. Spione wie Sträflinge haben, wenn sie einmal auf der Liste stehen, gleich den Kirchendienern einen unauslöschlichen Charakter. Es gibt Wesen, denen ihr sozialer Stand ihr Schicksal unweigerlich aufprägt. Zu seinem Unglück hatte Peyrade sich in ein hübsches kleines Mädchen verliebt, in ein Kind, das er selbst mit einer berühmten Schauspielerin gezeugt hatte, der er einen Dienst erwies und die ihm drei Monate lang dankbar war. Peyrade sah sich also, als er sein Kind aus Antwerpen kommen ließ, in Paris ohne Mittel, abgesehen von einer Unterstützung in Höhe von jährlich zwölfhundert Franken, die die Polizeipräfektur dem alten Schüler Lenoirs zukommen ließ. Er nahm in der Rue des Moineaux in einem vierten Stock eine kleine Wohnung von fünf Zimmern, für die er zweihundertfünfzig Franken zahlte.

140

Wenn je ein Mensch fühlen muß, wie nützlich, wie angenehm die Freundschaft ist, ist es da nicht der moralisch Aussätzige, den die Masse einen Spion, das Volk einen Spitzel und die Verwaltung einen Agenten nennt? Peyrade und Corentin also waren Freunde, wie Orest und Pylades es waren. Peyrade hatte Corentin zu dem gemacht, was er war; genau wie Vien David zu dem gemacht hat, was er wurde; aber der Schüler übertraf den Meister gar bald. Sie hatten zusammen mehr als einen Feldzug unternommen (siehe ›Eine dunkle Begebenheit‹). Peyrade, der glücklich war, weil er Corentins Begabung erraten hatte, lancierte ihn in seiner Laufbahn, indem er ihm einen Triumph bereitete. Er zwang seinen Schüler, sich einer Geliebten, die ihn verabscheute, als Angel zu bedienen, um einen Menschen zu fangen. Und Corentin war damals kaum fünfundzwanzig Jahre alt! ... Corentin war einer der Generäle geblieben, deren Konnetabel der Polizeiminister ist, und er hatte unter dem Herzog von Rovigo die hervorragende Stellung bewahrt, die er unter dem Herzog von Otranto eingenommen hatte. Nun war es damals bei der politischen Polizei genau so wie bei der Kriminalpolizei. Bei jeder ein wenig ausgedehnten Angelegenheit schloß man mit den drei, vier oder fünf tüchtigen Agenten einen Akkord. Wenn der Minister von irgendeiner Verschwörung unterrichtet oder vor irgendeinem Anschlag gewarnt wurde, einerlei, wie es geschah, so sagte er zu einem der Obersten seiner Polizei: ›Was brauchen Sie, um zu dem und dem Ergebnis zu kommen?‹ Corentin, Contenson antworteten dann nach reiflicher Erwägung: ›Zwanzig-, dreißig-, vierzigtausend Franken.‹

War dann einmal der Auftrag zum Vorrücken gegeben, so blieben alle anzuwendenden Mittel und Leute der Wahl und dem Urteil Corentins oder des gewählten Agenten überlassen. Die Kriminalpolizei arbeitete übrigens mit dem berühmten Vidocq in der Entdeckung der Verbrechen ebenso.

Die politische Polizei wählte wie die Kriminalpolizei ihre Leute hauptsächlich unter den bekannten, registrierten, eingewöhnten Agenten, wie sie gleichsam die Soldaten dieser Streitmacht bilden, die für die Regierungen so notwendig ist, was auch die Philanthropen oder die Moralisten mit ihrer kleinen Moral dagegen einwenden mögen. Aber das ungeheure Vertrauen, das den zwei oder drei Generalen von der Art Peyrades und Corentins gebührte, brachte für sie das Recht mit sich, unbekannte Personen zu verwenden, freilich stets unter der Bedingung, daß sie in ernsten Fällen dem Minister Bericht erstatten mußten. Nun waren Peyrades Erfahrung und Schlauheit für Corentin zu kostbar, und sowie der Sturm von 1810 vorüber war, verwandte er seinen alten Freund; er zog ihn stets zu Rate und sorgte reichlich für seine Bedürfnisse. Corentin fand Mittel und Wege, Peyrade etwa tausend Franken im Monat zu geben. Peyrade seinerseits leistete Corentin ungeheure Dienste. 1816 versuchte Corentin anläßlich der bonapartistischen Verschwörung, an der Gaudissart teilnehmen sollte, Peyrade in die politische Polizei wieder einzuführen; aber ein unbekannter Einfluß setzte sich ihm entgegen. Der Grund war dieser. In ihrem Wunsch, sich unentbehrlich zu machen, hatten Peyrade, Corentin und Contenson auf Anstiften des Herzogs von Otranto für Ludwig XVIII. eine Gegenpolizei organisiert, in der die Agenten ersten Ranges ihre Stellung fanden. Ludwig XVIII. starb, unterrichtet von Geheimnissen, die den bestunterrichteten Historikern Geheimnisse bleiben werden. Der Kampf der politischen Polizei des Königreichs mit der Gegenpolizei des Königs erzeugte grauenhafte Verwicklungen, deren Geheimnisse durch einige Hinrichtungen bewahrt worden sind. Es ist hier weder der Ort noch die Gelegenheit, uns in dieser Hinsicht in Einzelheiten einzulassen, denn die Szenen aus dem Pariser Leben sind nicht die Szenen aus dem politischen Leben; und es genügt, darauf aufmerksam zu machen, welches die Existenzmittel des Mannes waren, den man im Café David den Vater Canquoelle nannte, und durch welche Fäden er mit der furchtbaren und geheimnisvollen Macht der Polizei zusammenhing. Von 1817 bis 1822 hatten Corentin, Contenson, Peyrade und ihre Agenten oft genug den Auftrag, das Ministerium selbst zu überwachen. Darin liegt die Erklärung, weshalb das Ministerium es ablehnte, Peyrade und Contenson zu verwenden, auf die Corentin ohne ihr Wissen den Verdacht der Minister lenkte; denn als ihm die Wiedereinsetzung seines Freundes in sein Amt unmöglich schien, wollte er ihn wenigstens ausnutzen. Die Minister hatten hinfort auch wirklich Vertrauen zu Corentin und beauftragten ihn, Peyrade zu überwachen, was Ludwig XVIII. ein Lächeln entlockte. So wurden Corentin und Peyrade zu Herren des Terrains. Contenson, der seit langem an Peyrade hing, diente ihm immer noch. Er war auf Befehl Corentins und Peyrades in die Dienste der Exekutoren des Handelsgerichts getreten. In jener Wut nämlich, die ein mit Liebe ausgeübter Beruf einflößt, machte es diesen beiden Generalen Freude, ihre gewandtesten Soldaten überall da anzustellen, wo Auskünfte in Fülle zu erwarten waren. Übrigens erforderten Contensons Laster und seine entarteten Gewohnheiten, die ihn tiefer gestürzt hatten als seine beiden Freunde, viel Geld, und also mußte er viel Arbeit verrichten. Contenson hatte Louchard, ohne eine Indiskretion zu begehen, gesagt, er kenne den einzigen Mann, der imstande wäre, den Baron von Nucingen zufriedenzustellen. Peyrade war denn auch der einzige Agent, der ungestraft auf Rechnung eines Privatmannes Polizeidienste leisten konnte. Als Ludwig XVIII. starb, verlor Peyrade nicht nur seine ganze Bedeutung, sondern auch die Einkünfte seiner Stellung als regelmäßiger Spion Seiner Majestät. Da er sich für unentbehrlich hielt, so hatte er seine Lebensweise fortgesetzt. Die Frauen, das Wohlleben und der ›Cercle des Etrangers‹ hatten diesen Mann, der, wie alle für das Laster geschaffenen Leute, eine eiserne Konstitution besaß, vor jeder Sparsamkeit bewahrt. Von 1826 bis 1829 freilich, während welcher Zeit er nahezu sein vierundsiebzigstes Jahr erreichte, ließ er nach, wie er es ausdrückte. Von Jahr zu Jahr hatte Peyrade zusehen müssen, wie sein

Wohlsein schwand. Er er lebte das Begräbnis der Polizei, er erkannte mit Bedauern, daß die Regierung Karls X. ihre guten Traditionen verließ. In jeder neuen Sitzung beschnitt die Kammer die Bewilligungen ein wenig mehr, die für das Dasein der Polizei notwendig sind, denn man haßte dieses Regierungswerkzeug und wollte die ganze Einrichtung von vornherein demoralisieren. ›Das ist gerade, als wollte man in weißen Handschuhen kochen‹, sagte Peyrade zu Corentin.

Corentin und Peyrade hatten 1830 schon 1822 vorausgesehen. Sie kannten den heimlichen Haß, den Ludwig XVIII. seinem Nachfolger entgegenbrachte, der auch seine Nachgiebigkeit gegen die ältere Linie erklärte und ohne den seine Regierung und seine Politik ein Rätsel ohne Lösung wären.

Je mehr Peyrade alterte, um so größer war seine Liebe zu seiner natürlichen Tochter geworden. Für sie hatte er seine bürgerliche Gestalt angenommen, denn er wollte seine Lydia mit einem ehrlichen Mann verheiraten. Deshalb wollte er auch, vor allem seit den letzten drei Jahren, entweder in der Polizeipräfektur oder in der Direktion der politischen Polizei des Königreichs unterkommen; und zwar in irgendeiner Stellung, die er zeigen, die er eingestehen konnte. Er hatte schließlich selbst eine Stellung erfunden, deren Notwendigkeit sich, wie er zu Corentin sagte, früher oder später fühlbar machen würde. Es handelte sich darum, in der Polizeipräfektur ein sogenanntes ›Auskunftsbureau‹ zu schaffen, das ein Vermittler zwischen der Pariser Polizei im eigentlichen Sinne, der Kriminalpolizei und der Polizei des Königreichs werden sollte; auf diese Weise wollte er der Generaldirektion all diese zerstreuten Mächte dienstbar machen. Peyrade allein konnte in seinem Alter nach fünfundfünfzig Jahren der Verschwiegenheit das Ringglied bilden, das die drei Zweige der Polizei vereinigte, den Archivar, an den sich die Politik wie die Justiz wenden mußte, um in gewissen Fällen Aufklärung zu erhalten. Peyrade hoffte so mit Hilfe Corentins eine Gelegenheit zu finden, um der kleinen Lydia eine Mitgift und einen Gatten zu verschaffen. Corentin hatte schon mit dem Generaldirektor der Polizei des Königreichs darüber gesprochen, ohne aber Peyrade zu erwähnen; und der Generaldirektor, ein Südländer, hielt es für nötig, ein Gutachten der Präfektur einzuziehen.

In dem Augenblick, als Contenson dreimal mit seinem Goldstück auf den Tisch schlug – ein Signal, das bedeutete: ›ich habe mit euch zu sprechen‹ –, dachte der Älteste der Polizeiagenten eben über folgendes Problem nach: ›Durch welche Persönlichkeit, durch welches Interesse soll ich den gegenwärtigen Polizeipräfekten gewinnen?‹ Und dabei sah er aus wie ein Dummkopf, der seinen ›Französischen Kurier‹ studierte.

›Unser armer Fouché‹, sagte er bei sich selber, während er die Rue Saint-Honoré dahinschritt, »dieser große Mann, ist tot! Unsere Vermittler mit Ludwig XVIII. sind in Ungnade. Übrigens glaubt man, wie Corentin mir gestern sagte, nicht mehr an die Regsamkeit und Findigkeit eines Siebzigers ... Ach, weshalb habe ich mir angewöhnt, bei Véry zu speisen, köstliche Weine zu trinken ... lustige Liedchen zu singen und zu spielen, wenn ich Geld habe? Um sich eine Stellung zu sichern, genügt es nicht, daß man Geist hat, wie Corentin sagt, sondern man muß auch noch den Geist des Behaltens besitzen! Dieser teure Herr Lenoir hat mir mein Los ja vorausgesagt, als er bei Gelegenheit der Halsbandaffäre rief: ›Sie werden es nie zu etwas bringen!‹ sobald er erfuhr, daß ich nicht unter dem Bett der Dirne Oliva geblieben war.«

Wenn der ehrwürdige Vater Canquoelle – man nannte ihn auch in seinem Hause Vater Canquoelle – im vierten Stock der Rue des Moineaux geblieben war, so kann man wohl glauben, daß er in der Verteilung der Räume Eigentümlichkeiten gefunden hatte, die die Ausübung seiner furchtbaren Obliegenheiten begünstigten. Sein Haus lag an der Ecke der Rue Saint-Roche und stand auf der einen Seite frei. Da es vermittelst einer Treppe in zwei Teile geteilt war, lagen in jedem Stockwerk zwei Zimmer, die absolut abgeschlossen waren. Diese beiden Zimmer blickten in die Rue Saint-Roche. Oberhalb des vierten Stocks erstreckten sich die Mansarden, deren eine als Küche diente, während die andere von der einzigen Dienerin des Vaters Canquoelle bewohnt wurde; es war eine Flamländerin namens Katt, die Lydia gesäugt hatte. Der Vater Canquoelle hatte das eine der abgetrennten Zimmer zu seinem Schlafzimmer gemacht, das andere zum Arbeitszimmer. Eine dicke Mauer schloß dieses Arbeitszimmer nach hinten ab. Das Fenster, das auf die Rue des Moineaux ging, blickte auf eine einspringende Mauer ohne Fenster. Da nun die ganze Breite des Schlafzimmers die beiden Freunde von der Treppe trennten, so fürchteten sie keinen Blick und kein Ohr, wenn sie in diesem für ihr furchtbares Gewerbe eigens geschaffenen Zimmer von Geschäften sprachen. Aus Vorsicht hatte Peyrade in das Zimmer der Flamländerin ein Strohbett und einen mit Kuhhaargewebe unterlegten sehr dicken Teppich getan, indem er sagte, er wolle die Amme seines Kindes glücklich machen. Ferner hatte er den Kamin vermauert und bediente sich eines Ofens, dessen Rohr durch die Außenmauer auf die Rue Saint-Roche ging. Schließlich hatte er den Boden mit mehreren Teppichen bedeckt, um die Bewohner des untern Stockwerks daran zu hindern, daß sie das geringste Geräusch auffingen. Da er in allen Spionagemitteln bewandert war, so untersuchte er einmal in der Woche die hintere Mauer, die Decke und den Boden und durchforschte sie wie jemand, der lästige Insekten töten will. Die Gewißheit, daß er hier ohne Zeugen und Zuhörer war, hatte auch Corentin veranlaßt, dieses Arbeitszimmer als Beratungssaal zu wählen, wenn er nicht zu Hause beriet. Corentins Wohnung war nur dem Generalpolizeidirektor des Königreichs und Peyrade bekannt; er empfing dort diejenigen Persönlichkeiten, die das Ministerium oder die Krone in ernsten Sachen zu Vermittlern nahmen; aber kein Agent, kein Subalterner kam dorthin, und die Berufsangelegenheiten erledigte er bei Peyrade. In diesem unscheinbaren Zimmer wurden Pläne gesponnen, wurden Entschlüsse gefaßt, die wunderliche Annalen und seltsame Dramen ergeben würden, wenn die Mauern reden könnten. Dort wurden zwischen 1816 und 1826 ungeheure Interessen analysiert. Dort wurden die Keime der Ereignisse entdeckt, die so schwer auf Frankreich lasten sollten. Dort sagten sich Peyrade und Corentin, die ebenso klarblickend, aber besser unterrichtet waren als der Generalprokurator Bellart, schon 1819: ›Wenn Ludwig XVIII. den und den Schlag nicht führen, sich des und des Prinzen nicht entledigen will, so verabscheut er also seinen Bruder? Er will ihm also eine Revolution vermachen?‹

Peyrades Tür war mit einer Schiefertafel versehen, auf der er zuweilen, mit Kreide geschrieben, wunderliche Zeichen und Ziffern fand. Diese Höllenalgebra gab den Eingeweihten sehr klare Anweisungen. Lydias Wohnung lag der so kümmerlichen Peyrades gegenüber; sie bestand aus einem Vorzimmer, einem kleinen Salon, einem Schlafzimmer und einer Ankleidekammer. Lydias Tür bestand wie die zu Peyrades Schlafzimmer aus einer Eisenplatte von vier Zoll Dicke, die zwischen zwei starken Eichenplanken lag; sie war mit Schlössern und einem Angelsystem versehen, die einen Einbruch ebenso schwierig machten wie bei den Türen der Gefängnisse. Daher lebte Lydia dort auch, obwohl das Haus unten einen langen dunklen Treppenflur, einen Laden und keinen Pförtner hatte, ohne die geringste Furcht. Das Speisezimmer, der kleine Salon und das Schlafzimmer, deren Fenster alle schwebende Gärtchen hatten, waren von flämischer Sauberkeit und voller Luxus eingerichtet. Die flämische Amme hatte Lydia, die sie ihre Tochter nannte, nie verlassen. Beide gingen mit einer Regelmäßigkeit in die Kirche, die dem royalistischen Krämer unten im Hause an der Ecke der Rue des Moineaux und der Rue Neuve Saint-Roche, dessen Familie, Küche und Kommis den ersten Stock und den Zwischenstock inne hatten, eine ausgezeichnete Meinung von dem Biedermann Canquoelle gab. Im zweiten Stock wohnte der Hauseigentümer, und der dritte Stock war seit zwanzig Jahren an einen Steinmetz vermietet. Jeder der Mieter hatte einen Schlüssel zur Haustür. Die Frau des Krämers nahm Briefe und Pakete für die drei friedlichen Haushaltungen um so freundlicher an, als der Krämerladen mit einem Briefkasten versehen war. Ohne diese Einzelheiten hätten weder Fremde noch solche, denen Paris bekannt ist, die Heimlichkeit und Ruhe der Verlassenheit und Sicherheit begreifen können, die dieses Haus zu einer Ausnahme in Paris machten. Von Mitternacht an konnte 148 der Vater Canquoelle alle Anschläge schmieden, Spione und Minister, Frauen und Dirnen empfangen, ohne daß irgend jemand in der Welt davon erfuhr. Peyrade, von dem die Flamländerin zu der Köchin des Krämers gesagt hatte: ›Der würde keiner Fliege etwas zuleide tun!‹ galt für den besten der Menschen. Für seine Tochter sparte er nichts. Lydia, die Schmucke zum Musiklehrer gehabt hatte, war so musikalisch, daß sie komponieren konnte. Sie verstand, in Sepia zu tuschen und mit Wasserfarben zu malen. Peyrade speiste jeden Sonntag mit seiner Tochter. Lydia war religiös, ohne Frömmlerin zu sein; und jeden Monat beichtete sie und nahm das Abendmahl. Nichtsdestoweniger erlaubte sie sich von Zeit zu Zeit das Vergnügen, ins Theater zu gehen. Wenn das Wetter schön war, ging sie in den Tuilerien spazieren. Das waren all ihre Genüsse, denn sie führte eine völlig sitzende Lebensweise. Lydia, die ihren Vater anbetete, hatte keine Ahnung von seiner unheimlichen Begabung und seinen dunklen Beschäftigungen. Kein Verlangen hatte das reine Leben dieses so reinen Kindes getrübt. Schlank, schön wie ihre Mutter, begnadet mit einer entzückenden Stimme, im Besitz eines feinen Lärvchens, das von schönem, blondem Haar umrahmt war, so glich sie jenen eher mystischen als realen Engeln, wie sie ein paar primitive Maler in den Hintergrund ihrer Heiligen Familie setzten. Der Blick ihrer blauen Augen schien einen Strahl des Himmels über den zu gießen, dem sie die Gunst erwies, ihn anzusehen. Ihre keusche Kleidung, die keine modischen Übertreibungen duldete, atmete ein reizendes Parfüm von Bürgerlichkeit aus. Man stelle sich einen alten Satan vor, der einen Engel zur Tochter hat und sich durch diese Berührung mit dem Göttlichen erfrischt, so hat man einen Begriff von Peyrade und seiner Tochter.

Wenn irgend jemand diesen Diamanten beschmutzt hätte, so hätte der Vater, um diesen zu verschlingen, eine jener grauenhaften Fallen erfunden, in denen sich unter der Restauration die Unglücklichen fingen, die ihren Kopf aufs Schafott trugen. Tausend Taler im Jahr genügten für Lydia und Katt, die sie ihre Bonne nannte.

Als Peyrade oben in die Rue des Moineaux einbog, sah er Contenson; er ging an ihm vorbei, stieg als erster hinauf und führte seinen Agenten, als er seine Schritte auf der Treppe hörte, hinein, ehe noch die Flamländerin die Nase zur Küchentür hinausgesteckt hatte. Eine Glocke, die von einer Tür mit Guckfenster in Bewegung gesetzt wurde, und die im dritten Stockwerk hing, da, wo der Steinmetz wohnte, meldete es den Mietern des dritten und vierten Stockwerks, wenn jemand zu ihnen hinaufging. Wir brauchen nicht erst zu sagen, daß Peyrade stets um Mitternacht den Schlägel dieser Glocke umwickelte.

»Was gibt es denn so Eiliges, Philosoph?« ›Philosoph‹ war der Beiname, den Peyrade Contenson gegeben hatte, und den dieser Epiktet unter den Spitzeln auch verdiente. Dieser Name ›Contenson‹ verbarg – ach! einen der ältesten Namen des normannischen Feudaladels. »Nun, es gibt so gegen zehntausend zu verdienen.« – »Was ist es? Politik?« – »Nein, eine Kinderei! Der Baron von Nucingen, Sie wissen, dieser alte patentierte Dieb wiehert einer Frau nach, die er im Wald von Vincennes gesehen hat; und man muß sie ihm auffinden, oder er stirbt vor Liebe … Man hat gestern eine ärztliche Konsultation abgehalten, nach dem, was mir sein Kammerdiener gesagt hat … Ich habe ihm unter dem Vorwand, ich wolle ihm das Liebchen suchen, schon tausend Franken aus der Nase gezogen.« Und Contenson erzählte die Begegnung Nucingens und Esthers, indem er hinzufügte, der Baron habe einige neue Angaben zu machen.

»Geh«, erwiderte Peyrade; »wir werden diese Dulzinea finden; sag dem Baron, er solle heute abend im Wagen auf die Champs Elysées kommen, in die Avenue Gabriel, an der Ecke der Allee von Marigny.«

Peyrade setzte Contenson vor die Tür und pochte bei seiner Tochter, wie man pochen mußte, um eingelassen zu werden. Er trat freudig ein, denn der Zufall hatte ihm ein Mittel zugeworfen, endlich die Stellung, nach der er sich sehnte, zu erhalten. Er warf sich in einen guten Voltairesessel und sagte zu seiner Tochter, nachdem er sie zuvor auf die Stirn geküßt hatte: »Spiele mir etwas vor.«

Lydia spielte ihm ein Stück vor, das Beethoven für das Piano geschrieben hatte. »Das hast du hübsch gespielt, mein kleines Schäfchen«, sagte er, indem er seine Tochter zwischen die Knie zog. »Weißt du, daß wir einundzwanzig Jahr alt sind? Wir müssen heiraten, denn unser Vater ist über siebzig alt ...« – »Ich bin hier glücklich«, erwiderte sie. »Du liebst nur mich? Aber ich bin doch so häßlich und alt!« sagte Peyrade. »Aber wen soll ich denn lieben?« – »Ich speise bei dir, mein kleines Schäfchen; sag Katt Bescheid. Ich denke daran, uns anders einzurichten; ich will eine Stellung annehmen und dir einen Gatten suchen, der deiner würdig ist ... irgendeinen guten jungen Mann, der Talent hat und auf den du eines Tages stolz sein kannst ...« – »Ich habe erst einen gesehen, der mir als Gatte gefallen hätte ...« – »Du hast schon einen gesehen? ...« – »Ja, in den Tuilerien«, erwiderte Lydia; »er ging vorüber, er hatte der Gräfin von Sérizy den Arm gereicht.« – »Er heißt? ...« – »Lucien von Rubempré ... Ich saß mit Katt unter einer Linde und dachte an nichts. Neben mir saßen zwei Damen, die untereinander sagten: ›Das ist Frau von Sérizy und der schöne Lucien von Rubempré.‹ Ich sah mir das Paar an, das auch die beiden Damen ansahen. ›Ah, meine Liebe‹, sagte die andere, ›es gibt Frauen, die recht glücklich sind. Der da läßt man alles hingehen, weil sie eine geborene von Ronquerolles ist und ihr Mann die Macht hat.‹ – ›Aber, meine Liebe‹, erwiderte die erste, ›Lucien kostet sie recht viel.‹ ... Was heißt das, Papa?« – »Das sind Dummheiten, wie die Leute aus der Gesellschaft sie sagen«, gab Peyrade seiner Tochter mit gutmütiger Miene zur Antwort. »Vielleicht spielten sie auf politische Ereignisse an.« – »Nun, du hast mich gefragt, ich antworte dir. Wenn du mich verheiraten willst, so suche mir einen Gatten, der diesem jungen Mann ähnlich sieht ...« – »Kind«, erwiderte der Vater, »beim Mann ist die Schönheit nicht immer ein Zeichen der Güte. Junge Leute mit angenehmem Äußern begegnen im Anfang ihres Lebens keinerlei Schwierigkeiten, sie entfalten keinerlei Talent, sie werden durch das Entgegenkommen der Welt verdorben, und sie müssen nachher die Zinsen für ihre Stellung zahlen! ... Ich möchte dir das suchen, was die Bürger, die Reichen und die Dummköpfe ohne Unterstützung und Schutz lassen ...« – »Wer ist das, Vater?« – »Der unbekannte Mann von Talent ... Aber geh, mein liebes Kind, ich bin imstande, alle Dachkammern von Paris zu durchstöbern und dein Programm zu erfüllen, indem ich dir einen Mann zu lieben gebe, der ebenso schön ist wie der schlechte Kerl, von dem du redest, der aber zugleich eine Zukunft hat, einen jener Leute, die vorbestimmt sind für den Ruhm und das Glück ... Oh, daran hatte ich gar nicht mehr gedacht! Ich muß eine Herde von Neffen haben, und unter ihrer Zahl findet sich vielleicht einer, der deiner würdig ist! ... Ich will in die Provence schreiben oder schreiben lassen!«

Seltsam! In ebendiesem Augenblick kam ein junger Mann, der vor Hunger und Ermattung fast tot war, aus dem Departement Vaucluse, und er zog ein durch das Italienische Tor; es war ein Neffe des Vaters Canquoelle auf der Suche nach seinem Onkel. In den Träumen der Familie, der das Schicksal dieses Onkels unbekannt war, blieb Peyrade ein Text der Hoffnung: man glaubte, er sei mit Millionen aus Indien heimgekehrt! Von solchen Winterabendmärchen getrieben, hatte dieser Neffe namens Theodosius eine Entdeckungsreise unternommen, um den phantastischen Onkel zu suchen.

Als Peyrade ein paar Stunden lang sein Vaterglück gekostet hatte, schritt er mit ausgewaschenen und gefärbten Haaren – sein Puder war eine Maske –, bekleidet mit einem guten dicken, blauen Tuchrock, der bis zum Kinn hinauf zugeknöpft war, eingehüllt in einen schwarzen Mantel, die Füße in groben Stiefeln mit dicken Sohlen und versehen mit einer geheimen Karte, langsamen Schrittes die Avenue Gabriel entlang, wo ihm vor den Gärten des Elysée Bourbon, als alte Obsthändlerin verkleidet, Contenson entgegentrat.

»Herr von Saint-Germain«, sagte Contenson, indem er seinem ehemaligen Chef seinen Kriegsnamen gab, »ich habe durch Sie fünfhundert Franken verdient; aber ich habe hier Posto gefaßt, um Ihnen zu sagen, daß der verdammte Baron sie mir nicht gegeben hat, ohne zuvor ins Haus – die Präfektur – zu fahren und Auskünfte einzuholen.« – »Ich werde dich zweifellos nötig haben«, sagte Peyrade. »Sprich mit unsern Nummern sieben, zehn und einundzwanzig. Die Leute werden wir verwenden können, ohne daß man es bei der Polizei oder auf der Präfektur merkt.«

Contenson kehrte in die Nähe des Wagens zurück, in dem Herr von Nucingen auf Peyrade wartete.

»Ich bin Herr von Saint-Germain«, sagte der Südländer zu dem Baron, indem er sich bis zum Wagenschlag erhob. »Kut, staigen Se ain«, erwiderte der Baron, der Befehl gab, zum Triumphbogen hinaufzufahren. »Sie sind auf der Präfektur gewesen, Herr Baron? Das ist nicht recht ... Darf man wissen, was Sie dem Herrn Präfekten gesagt haben, und was er erwidert hat?« fragte Peyrade. »Ehe ich ainem Schelm wie Gondanzon

sechshündert Franken kab, follte ich doch wissen, ob er se hat verdient ...
Ich hab kesagt zum Bolißeibräfekten, daß ich wollte verwenden ainen
Achenten namens Beirate fier aine telikate Mission im Ausland; und ob
ich könnte haben unbekrenztes Vertrauen ßu ihm. Der Bräfekt hat mir
kesagt, Sie wären ainer der keschicktesten und ehrlichsten Leite. Das ist
alles.« – »Will mir der Herr Baron sagen, um was es sich handelt, da
man ihm meinen wahren Namen offenbart hat?«

Als der Baron in seinem scheußlichen Dialekt des polnischen Juden
ausführlich und wortreich Auskunft gegeben hatte über seine Begegnung
mit Esther, über den Schrei des Jägers, der hinter dem Wagen gestanden
hatte, und über seine vergeblichen Bemühungen, schloß er damit, daß
er erzählte, was sich am Tage zuvor bei ihm ereignet hatte; er berichtete
von dem Lächeln, das Lucien von Rubempré entschlüpft war, und von
dem Glauben Bianchons, den auch einige Dandys geteilt hätten, an einen
Verkehr zwischen der Unbekannten und diesem jungen Mann.

»Hören Sie, Herr Baron, Sie werden mir zunächst zehntausend Franken
auf die Kosten einhändigen; denn für Sie handelt es sich in dieser Angelegenheit um das Leben; und da Ihr Leben eine Geschäftsfabrik ist, so
darf man nichts versäumen, damit Sie diese Frau finden. Ah! Sie sind
erwischt!« – »Ja, ich bin erwischt ...« – »Wenn mehr nötig ist, so werde
ich es Ihnen sagen, Baron; verlassen Sie sich auf mich«, fuhr Peyrade
fort. »Ich bin kein Spion, wie Sie vielleicht glauben ... Ich war 1807
Generalpolizeikommissar in Antwerpen, und jetzt, da Ludwig XVIII. tot
ist, kann ich Ihnen auch anvertrauen, daß ich sieben Jahre hindurch
seine Gegenpolizei geleitet habe ... Man handelt also nicht mit mir. Sie
begreifen, Herr Baron, daß man keinen Voranschlag darüber machen
kann, wieviel Gewissen man zu kaufen hat, ehe man eine Angelegenheit
auch nur studiert hat. Seien Sie ohne Sorge, ich komme zum Ziel.
Glauben Sie aber nicht, daß Sie mich mit irgendeiner Summe zufriedenstellen können; ich will etwas anderes als Lohn ...« – »Wenn es kain
Gönigreich ist ...« sagte der Baron. »Es ist für Sie weniger als ein
Nichts.« – »Das ist kut!« – »Sie kennen die Kellers?« – »Kenau.« – »Franz
Keller ist der Schwiegersohn des Grafen von Gondreville, und der Graf
von Gondreville hat gestern mit seinem Schwiegersohn bei Ihnen gespeist.« – »Wer Teifel kann Ihnen kesagt haben ...?« rief der Baron.
»Schorsch wird es sein; der schwatzt immer.« Peyrade brach in ein Lachen aus. Dem Bankier kam ein seltsamer Verdacht über seinen Bedienten, als er dieses Lächeln bemerkte.

»Der Graf von Gondreville ist ganz in der Lage, mir eine Stellung in der Polizeipräfektur zu verschaffen, die ich mir wünsche und über deren Einrichtung der Präfekt innerhalb von achtundvierzig Stunden eine Denkschrift haben wird«, sagte Peyrade, indem er fortfuhr. »Bitten Sie für mich um diese Stellung; sorgen Sie dafür, daß der Graf von Gondreville sich mit der Sache befaßt, und zwar warm; so werden Sie sich für den Dienst, den ich Ihnen leisten will, erkenntlich zeigen. Ich verlange von Ihnen nur Ihr Wort; denn wenn Sie es brächen, so würden Sie den Tag verfluchen, an dem Sie geboren sind … Auf Peyrades Ehre!« – »Ich keb Ihnen main Ährenwort, daß ich will tun das Mögliche …« – »Wenn ich für Sie nur das Mögliche tun wollte, so wäre das nicht genug.« – »Kut, ich will offen handeln.« – »Offen … Das ist alles, was ich verlange«, sagte Peyrade, »und die Offenheit ist das einzige ein wenig neue Geschenk, das wir einander machen können.« – »Offen«, wiederholte der Baron. »Wo wollen Se, daß ich Se absetze?« – »Am Ende des Pont Louis Seize.« – »Szur Kammerbricke«, sagte der Baron zu dem Diener, der an den Wagenschlag trat.

›Ich werd also pesitzen die Unpegannte‹, sagte der Baron vor sich hin, als er davonfuhr.

›Was für ein wunderlicher Zufall!‹ sagte Peyrade bei sich selber, während er zu Fuß zum Palais Royal zurückkehrte, denn dort hoffte er die zehntausend Franken zu verdreifachen, um Lydia eine Mitgift geben zu können. »Da soll ich nun die kleinen Angelegenheiten des jungen Mannes untersuchen, der meine Tochter mit einem Blick bezaubert hat. Er gehört ohne Zweifel zu jenen Männern, die das ›Frauenauge‹ haben«, sagte er bei sich selber mit einem Wort aus der Geheimsprache, die er sich für seinen Gebrauch zurechtgelegt hatte und in der seine Beobachtungen wie die Corentins in Worte zusammengefaßt wurden, die zwar oft die Sprache vergewaltigten, aber ebendeshalb malerisch und energisch waren.

Als der Baron von Nucingen nach Hause kam, sah er sich selbst nicht mehr ähnlich; er setzte seine Leute und seine Frau in Erstaunen: er zeigte ihnen ein belebtes Gesicht voller Farbe; er war lustig.

»Weh unsern Aktionären!« sagte du Tillet zu Rastignac.

Man nahm eben nach der Rückkehr aus der Oper in Delphine von Nucingens kleinem Salon den Tee. »Ja«, erwiderte lächelnd der Baron, da er den Scherz seines Kollegen aufgefangen hatte, »ich habe das Pedürfnis, Keschäfte zu machen …« – »So haben Sie Ihre Unbekannte gesehen?« fragte Frau von Nucingen. »Nain«, erwiderte er; »ich hab nur Hoffnung, sie ßu finden.«

»Liebt man je so seine Frau? …« rief Frau von Nucingen aus, während sie ein wenig Eifersucht empfand, weil sie sie heuchelte. »Wenn Sie sie für sich haben«, sagte du Tillet zu dem Baron, »so werden Sie uns mit ihr zum Souper einladen; denn ich bin begierig darauf, das Geschöpf zu sehen, das Sie so jung machen konnte, wie Sie es sind.« – »Sie ist ain Maisterwerk der Nadur«, erwiderte der alte Bankier.

»Er wird sich fangen lassen wie ein Minderjähriger«, sagte Rastignac Delphine ins Ohr. »Bah, er verdient doch wohl Geld genug, um …« – »Ein wenig wieder auszugeben, nicht wahr?« sagte du Tillet, indem er die Baronin unterbrach.

Nucingen ging im Salon spazieren, als stolperte er über seine Beine. »Das ist der Augenblick, um sich Ihre neuen Schulden von ihm bezahlen zu lassen«, sagte Rastignac der Baronin ins Ohr.

In ebendiesem Augenblick verließ Carlos die Rue Taitbout voller Hoffnung. Er war dorthin gekommen, um Europa die letzten Anweisungen zu geben; denn sie sollte die Hauptrolle in der Komödie spielen, die erfunden worden war, um den Baron von Nucingen zu betrügen. Bis zum Boulevard begleitete den Spanier Lucien, den es ziemlich stark beunruhigte, als er diesen Halbteufel so vollkommen verkleidet sah, daß er selbst ihn nur hatte an der Stimme erkennen können.

»Wo zum Teufel hast du eine Frau gefunden, die schöner ist als Esther?« fragte er seinen Verführer. »Mein Kleiner, so etwas findet man nicht in Paris. Ein solcher Teint wird nicht in Frankreich erzeugt.« – »Ich will sagen, du siehst mich noch ganz starr … Die Venus Kallipyga ist nicht so schön gewachsen! Man könnte sich für sie dem Teufel verschreiben … Aber woher hast du sie?« – »Sie ist die schönste Londoner Dirne. Im Ginrausch hat sie in einem Eifersuchtsanfall ihren Liebhaber getötet. Der Liebhaber ist ein Elender, den die Londoner Polizei glücklich los ist, und man hat dieses Geschöpf, damit die Sache in Vergessenheit gerät, auf einige Zeit nach Paris geschickt … Die Schelmin ist recht gut erzogen. Sie ist die Tochter eines Ministers; sie spricht französisch, als wäre das ihre Muttersprache; sie weiß nicht und darf nie erfahren, was sie da macht. Wir haben ihr gesagt, wenn sie dir gefalle, so könne sie dir Millionen verzehren; aber du seiest eifersüchtig wie ein Tiger; und wir haben ihr das Programm nach Esthers Leben vorgeschrieben.« – »Aber wenn Nucingen sie Esther vorzöge?« – »Ah! Da haben wir dich! ...« rief Carlos. »Du fürchtest heute, es könne nicht geschehen, was dich gestern so sehr erschreckte! Sei unbesorgt. Dieses blonde und weiße Mädchen hat blaue Augen: sie ist der Gegensatz der schönen Jüdin, und nur Esthers Augen können einen so verfaulten Menschen wie Nucingen aufstören. Du konntest doch keine Scheuche verstecken, zum Teufel! Wenn diese Puppe ihre Rolle ausgespielt hat, werde ich sie unter dem Geleit einer zuverlässigen Person nach Rom oder nach Madrid schicken, wo sie Leidenschaften entfachen wird.« – »Da wir sie nur auf kurze Zeit haben«, sagte Lucien, »so kehre ich zu ihr zurück ...« – »Geh, mein Sohn, amüsiere dich ... Morgen hast du noch einen Tag. Ich erwarte jemanden, dem ich den Auftrag gegeben habe, zu erkunden, was beim Baron von Nucingen vorgeht.« – »Wen?« – »Die Geliebte seines Kammerdieners; denn schließlich muß man fortwährend wissen, was beim Feind geschieht.«

Um Mitternacht fand Paccard, Esthers Jäger, Carlos auf dem Pont des Arts, dem günstigsten Ort in Paris, wenn man sich ein paar Worte zu sagen hat, die niemand hören darf. Während sie miteinander sprachen, sah der Jäger nach der einen Seite, während sein Herr in die entgegengesetzte Richtung spähte.

»Der Baron ist heute zwischen vier und fünf Uhr auf der Polizeipräfektur gewesen«, sagte der Jäger; »und heute abend hat er sich gerühmt, daß er die Frau, die er im Wald von Vincennes gesehen hat, finden würde; man hat sie ihm versprochen ...« – »So werden wir beobachtet werden!« sagte Carlos; »aber von wem?« – »Man hat sich schon einmal Louchards bedient, des Exekutoren.« – »Das wäre Kinderei«, erwiderte Carlos. »Wir haben nur das Sicherheitskorps und die Kriminalpolizei zu fürchten; und sowie die sich nicht regt, können wir uns regen! ...« – »Noch eins ...« – »Was?« – »Die Freunde der Kette ... Ich bin gestern Lapouraille begegnet ... Er hat einen Haushalt kalt gemacht und zehntausend ›Thonen‹ zu je fünf Rädern erbeutet ... in Gold!« – »Man wird ihn verhaften«, sagte Jakob Collin; »das ist der Mord in der Rue Boucher.« – »Welches ist die Losung?« fragte Paccard mit der ehrfurchtsvollen Miene, die ein Marschall zeigen mochte, wenn er von Ludwig XVIII. die Losung entgegennahm. »Ihr werdet jeden Abend um zehn Uhr ausfahren. Ihr werdet in scharfer Fahrt in die Wälder von Vincennes, Meudon oder Ville d'Avray gehen. Wenn euch jemand beobachtet oder folgt, so laß mit dir reden, sei zugänglich, schwatzhaft, bestechlich. Sprich von der Eifersucht Rubemprés, der wahnsinnig verliebt ist in die ›gnädige

Frau‹, und der vor allem nicht will, daß man in der Gesellschaft erfährt, daß er eine solche Geliebte hat ...« – »Genügt. Muß ich bewaffnet sein?« – »Nie!« sagte Carlos lebhaft. »Eine Waffe! ... Wozu dient die? Um Unglück anzurichten! Wenn man dem stärksten Menschen mit dem Hieb, den ich dir gezeigt habe, die Beine zerbrechen kann ... wenn man sich gegen drei bewaffnete Stockmeister schlagen kann, und zwar mit der Gewißheit, zwei von ihnen zu Boden zu strecken, ehe sie noch ihr Seitengewehr gezogen haben – was fürchtet man da? Hast du nicht deinen Stock?« – »Allerdings«, sagte der Jäger.

Paccard, beibenannt ›Alte Garde‹, ›Braver Kerl‹ und ›Festheran‹, ein Mann mit eisernen Kniekehlen, stählernem Arm, italienischem Backenbart, künstlerischer Haartracht und einem Gesicht, bleich und regungslos wie das Contensons, verbarg sein Feuer im Innern, und er erfreute sich einer Tambourmajorsstatur, die jeden Argwohn verbannte. Einer, der 159 aus Poissy oder Melun entsprungen ist, hat nicht jene ernsthafte Geckerei und jenen Glauben an seine Vorzüge. Als Dschaafar des Harun al-Raschid des Bagnos bezeigte er ihm die freundschaftliche Bewunderung, die Peyrade für Corentin empfand. Dieser ungeheuer langbeinige Koloß, der keine starke Brust und nicht zuviel Fleisch auf den Knochen hatte, ging ernsten Schrittes auf seinen beiden Stelzen umher. Nie bewegte sich die Rechte, ohne daß auch das rechte Auge die äußern Umstände mit jener ruhigen Geschwindigkeit prüfte, wie sie dem Dieb und dem Spion eigen ist. Das linke Auge ahmte dem rechten nach. Dürr, beweglich, zu jeder Stunde zu allem bereit, so wäre nach Jakobs Worten Paccard ohne jenen vertrauten Feind, den man den Branntwein der Helden nennt, vollkommen gewesen, da er alle Talente, die ein Mensch, der mit der Gesellschaft im Kampf lebt, braucht, im höchsten Grade besaß; doch war es dem Meister gelungen, den Sklaven zu überreden, daß er dem Feuer nur einen Teil von sich preisgab und also nur abends trank. Wenn Paccard nach Hause kam, trank er das flüssige Gold hinunter, das ihm die dickbäuchige Steingutflasche aus Danzig eingoß.

»Man wird das Auge offen halten«, sagte Paccard, nachdem er den gegrüßt hatte, den er seinen Beichtvater nannte und indem er seinen prachtvollen Federhut aufsetzte.

Durch diese Ereignisse kam es dahin, daß sich die Leute, die, jeder in seiner Sphäre, so stark waren wie Jakob Collin, Peyrade und Corentin, auf einem und demselben Boden in einen Kampf verwickelt sahen, in dem sie ihr Genie entfalten konnten und in dem ein jeder für seine

Leidenschaft oder seine Interessen kämpfte. Es war eine jener furchtbaren Schlachten, von denen man nichts weiß, in denen aber an Talent, an Haß, an Gereiztheit, an Märschen und Gegenmärschen und Listen genau so viel Kraft aufgewandt wird, wie nötig ist, um ein Vermögen zu begründen. Menschen und Mittel, das alles war auf seiten Peyrades Geheimnis; sein Freund Corentin unterstützte ihn bei dem ganzen Feldzug, der für sie eine Kinderei war. Daher schweigt auch die Geschichte über diesen Gegenstand, wie sie über die wahren Ursachen vieler Revolutionen schweigt.

Aber dieses ist das Ergebnis: Fünf Tage nach der Unterredung des Herrn von Nucingen mit Peyrade stieg ein Mann von etwa fünfzig Jahren, mit jenem Bleiweißgesicht, das das Leben in der Gesellschaft den Diplomaten verleiht, bekleidet mit blauem Tuch, von ziemlich eleganter Haltung und annähernd der Erscheinung eines Staatsministers, aus einem prachtvollen Kabriolett, indem er seinem Bedienten die Zügel zuwarf. Er fragte den Kammerdiener, der auf einer Bank der Vorhalle gesessen hatte und ihm ehrerbietig die wundervolle Glastür aufhielt, ob der Baron von Nucingen zu sprechen wäre.

»Der Name des Herrn?« fragte der Bediente. »Sagen Sie dem Herrn Baron, ich käme aus der Avenue Gabriel«, erwiderte Corentin. »Wenn Gäste da sind, so hüten Sie sich, diesen Namen laut zu nennen; man würde Sie vor die Tür setzen.«

Eine Minute darauf kam der Kammerdiener zurück und führte Corentin durch die innern Gemächer in das Arbeitszimmer des Barons.

Corentin tauschte einen undurchdringlichen Blick gegen einen ebensolchen des Bankiers aus, und sie grüßten sich, wie es sich ziemte.

»Herr Baron«, sagte er, »ich komme im Namen Peyrades.« – »Kut«, sagte der Baron, indem er aufstand, um die Riegel vor beide Türen zu schieben. »Die Geliebte des Herrn von Rubempré wohnt in der Rue Taitbout, in der ehemaligen Wohnung des Fräuleins von Bellefeuille, der ehemaligen Geliebten des Herrn von Granville, des Generalstaatsanwalts.« – »Ah, so ticht bei mir!« rief der Baron, »wie gomisch!« – »Es wird mir nicht schwer zu glauben, daß Sie wahnsinnig in diese prachtvolle Person verliebt sind; ich habe sie mit Vergnügen gesehen«, erwiderte Corentin. »Lucien ist so eifersüchtig auf dieses Mädchen, daß er ihr verbietet, sich zu zeigen; und er wird sehr von ihr geliebt, denn in den vier Jahren, seit sie der Bellefeuille in ihrem Mobiliar und ihrem Stand gefolgt ist, haben weder die Nachbarn noch der Pförtner noch die Mieter des Hauses sie je erblicken können. Das Liebchen fährt nur nachts spazieren. Wenn sie aufbricht, sind die Vorhänge des Wagenschlags herabgelassen, und die gnädige Frau ist verschleiert. Luciens Gründe, wenn er diese Frau verbirgt, bestehen nicht nur in der Eifersucht: er soll Klotilde von Grandlieu heiraten, und er ist gegenwärtig der Günstling der Frau von Sérizy. Natürlich hängt er sowohl an seiner Prunkgeliebten wie an seiner Braut. Sie sind also Herr der Situation, denn Lucien wird sein Vergnügen seinen Interessen und seiner Eitelkeit aufopfern. Sie sind reich, es handelt sich wahrscheinlich um Ihr letztes Glück, also seien Sie freigebig. Sie werden durch die Kammerfrau ans Ziel gelangen. Geben Sie der Zofe etwa zehntausend Franken, so wird sie Sie in dem Schlafzimmer ihrer Herrin verstecken; und für Sie ist es das schon wert.«

Keine rhetorische Figur vermag die stoßweise, scharfe, apodiktische Redeweise Corentins zu malen; der Baron bemerkte sie, und er verriet Erstaunen; sein regungsloses Gesicht zeigte einen Ausdruck, den er ihm seit langem verwehrt hatte.

»Ich komme, um Sie für meinen Freund Peyrade um fünftausend Franken zu bitten; er hat einen Ihrer Scheine fallen lassen … ein kleiner Unfall«, fuhr Corentin im schönsten Befehlston fort. »Peyrade kennt sein Paris zu genau, um Anzeigekosten auf sich zu nehmen, und er hat auf Sie gezählt. Aber das ist nicht das Wichtigste«, sagte Corentin, indem 162 er sich auf eine Art verbesserte, die der Geldforderung jede Bedeutung nahm. »Wenn Sie nicht auf Ihre alten Tage Kummer haben wollen, so verschaffen Sie Peyrade die Stellung, um die er Sie gebeten hat; und Sie können sie ihm leicht verschaffen. Der Generalpolizeidirektor des Königreichs wird gestern einen Bericht über diesen Gegenstand erhalten haben. Es handelt sich nur darum, daß Gondreville mit dem Polizeipräfekten darüber spricht. Nun, sagen Sie Malin, dem Grafen von Gondreville, es handle sich darum, einen von denen zu verpflichten, die ihn der Herren von Simeuse entledigt haben, so wird er sich regen.« – »Ta, main Herr«, sagte der Baron, indem er fünf Tausendfrankenscheine nahm und Corentin hinreiche.

»Die Kammerfrau hat einen großen Jäger namens Paccard zum guten Freund. Er wohnt in der Rue de Provence bei einem Stellmacher, und er vermietet sich als Jäger an alle, die wie die Fürsten auftreten. Den Weg zu der Kammerfrau der Frau van Bogseck finden Sie durch Paccard, einen großen Piemonteser Schlingel, der den Wermut herzlich liebt.«

Offenbar war diese elegant als Postskriptum hingeworfene Auskunft die Quittung für die fünftausend Franken. Der Baron suchte zu erraten, welcher Rasse Corentin angehörte; seine Intelligenz sagte ihm, daß er in ihm eher einen Spionagedirektor vor sich hatte, als einen Spion; aber Corentin blieb für ihn das, was für einen Archäologen eine Inschrift ist, an der mindestens drei Viertel der Buchstaben fehlen.

»Wie haißt die Gammerfrau?« fragte er. »Eugenie«, erwiderte Corentin, der den Baron grüßte und hinausging.

Der Baron von Nucingen verließ in seinem Überschwang der Freude seine Geschäfte, seine Bureaus und stieg in dem glücklichen Fieber eines jungen Mannes von zwanzig Jahren, der in Gedanken ein erstes Stelldichein mit einer ersten Geliebten vorkostet, in seine Wohnung hinauf. Der Baron nahm alle Tausendfrankenscheine aus seiner Privatkasse, eine Summe, mit der er ein Dorf hätte glücklich machen können: fünfundfünfzigtausend Franken! Und er steckte sie in die Tasche seines Rockes. Denn die Verschwendung der Millionäre läßt sich nur mit ihrer Gewinngier vergleichen. Sowie es sich um eine Laune, eine Leidenschaft handelt, ist das Geld für einen Krösus nichts mehr. Es wird ihnen freilich auch schwerer, Launen zu finden, als Gold. Ein Genuß ist die größte Seltenheit ihres gesättigten Lebens, das voll ist von jenen Erregungen, wie die großen Anschläge der Spekulation sie geben, während doch diese trockenen Herzen gegen sie abgestumpft sind. Beispiel: Einer der reichsten Pariser Kapitalisten, der übrigens wegen seiner Wunderlichkeiten bekannt ist, begegnet eines Tages auf den Boulevards einer äußerst hübschen kleinen Arbeiterin. In Begleitung ihrer Mutter ging diese Grisette am Arm eines jungen Mannes von ziemlich zweifelhafter Kleidung und mit stutzerhaft wiegenden Hüften dahin. Auf den ersten Blick verliebt der Millionär sich in diese Pariserin; er folgt ihr bis in ihr Haus und tritt ein; er läßt sich ihr Leben erzählen, das gemischt ist aus Bällen bei Mabille, aus brotlosen Tagen, Theaterbesuchen und Arbeit. Er interessiert sich dafür und läßt unter einem Fünffrankenstück fünf Tausendfrankenscheine zurück: eine Großmut, die einen Schimpf in sich trägt. Am folgenden Tage kommt Braschon, ein berühmter Dekorateur, um die Befehle der Grisette entgegenzunehmen; er möbliert eine Wohnung, die sie selbst aussucht, und gibt dabei etwa zwanzigtausend Franken aus. Die Arbeiterin gibt sich phantastischen Hoffnungen hin: sie kleidet ihre Mutter anständig ein und schmeichelt sich mit dem Gedanken, ihren ehemaligen Geliebten in den Bureaus einer Versicherungsgesellschaft unterbringen zu können. Sie wartet ... einen Tag, zwei Tage; dann eine Woche ... zwei Wochen. Sie hält sich für verpflichtet, die Treue zu 164 wahren, sie stürzt sich in Schulden. Der Kapitalist, den man nach Holland gerufen hat, vergißt die Arbeiterin; er geht nicht ein einziges Mal in das Paradies, in das er sie verpflanzt hat, und aus dem sie von neuem so tief hinunterstürzt, wie man in Paris nur stürzen kann. Nucingen spielte nicht, Nucingen begönnerte keine Künste, Nucingen hatte keinerlei Launen: er mußte sich also in seine Leidenschaft für Esther mit einer Verblendung hineinstürzen, auf die Carlos Herrera gerechnet hatte.

Nach seinem Frühstück ließ der Baron Georg, seinen Kammerdiener, kommen und befahl ihm, in die Rue Taitbout zu gehen und Fräulein Eugenie, die Kammerfrau der Frau van Bogseck, zu bitten, daß sie in einer wichtigen Angelegenheit in seine Bureaus kommen möchte. »Du fiehrst sie selbst«, fügte er hinzu, »und läßt sie in main Szimmer hinaufstaigen und sagst ihr, daß ihr Klück kemacht ist.«

Georg hatte große Mühe, Europa-Eugenie dazu zu bringen, daß sie mitkam. Die gnädige Frau, sagte sie, erlaubte ihr niemals, auszugehen; sie könnte ihre Stellung verlieren usw. Daher sang Georg denn auch dem Baron, der ihm zehn Louisdor gab, sein eigenes Lob in den höchsten Tönen. »Wenn die gnädige Frau heute nacht ohne sie ausfährt«, sagte Georg zu seinem Herrn, dessen Augen wie Karfunkeln blitzten, »so wird sie gegen zehn Uhr kommen.« – »Kut; du kommst um nein, um mich anßußiehen und zu vrisieren; denn ich will so kut aussehen wie möglich ... Ich glaube, daß ich vor maine Keliepte treten werde, oder das Keld mißte nicht das Keld sein ...«

Von zwölf bis ein Uhr mittags färbte der Baron sich Haar und Bart. Um neun Uhr machte er, nachdem er vor dem Diner ein Bad genommen hatte, wie ein Bräutigam Toilette; er parfümierte und putzte sich. Frau von Nucingen machte sich, als sie von dieser Verwandlung hörte, das Vergnügen, ihren Gatten zu besuchen. 165

»Mein Gott«, sagte sie, »wie lächerlich Sie sind! ... Binden Sie doch wenigstens eine Krawatte aus schwarzem Satin um statt dieser weißen Krawatte, die Ihren Backenbart noch härter macht; außerdem ist das Empire, alter Biedermann, und Sie geben sich das Aussehen eines alten Parlamentsrats. Legen Sie doch Ihre Diamantknöpfe ab, die kosten das Stück hunderttausend Franken; die Äffin würde Sie darum bitten, und Sie könnten sie ihr nicht abschlagen; wenn Sie sie schon einer Dirne schenken wollen, stecken Sie sie lieber mir in die Ohren.«

Der arme Finanzier, dem die Richtigkeit dieser Bemerkungen einleuchtete, gehorchte seiner Frau mit sauertöpfischer Miene. »Lächerlich! Lächerlich! ... Ich hab Ihnen nie kesagt, daß Sie wären lächerlich, wenn Sie sich fain machten fier Ihren klainen Herrn von Rastignac.« – »Ich hoffe sehr, daß Sie mich niemals lächerlich gefunden haben. Bin ich die Frau dazu, solche orthographischen Fehler in meiner Toilette zu machen? Lassen Sie sehen; drehen Sie sich um! ... Knöpfen Sie den Rock bis oben zu, wie es der Herzog von Maufrigneuse macht, und lassen Sie nur die beiden obersten Knöpfe offen. Kurz, versuchen Sie, sich zu verjüngen!«

»Gnädiger Herr«, sagte Georg, »Fräulein Eugenie ist da.«

»Atiee, knädige Frau ...« rief der Bankier. Er führte seine Frau bis über die Grenze ihrer Gemächer hinaus, um sicher zu gehen, daß sie der Unterredung nicht zuhören würde.

Als er zurückkam, nahm er Europa bei der Hand und führte sie mit einer gewissen ironischen Ehrfurcht in sein Zimmer. »Nun, maine Glaine, Sie haben Klück, denn Sie stehen im Tienst der schönsten Frau des Weltalls ... Ihr Klück ist kemacht, wenn Sie wollen fier mich reden und fier maine Inderessen sorgen.« – »Das würde ich nicht um zehntausend Franken tun«, rief Europa. »Sie begreifen, Herr Baron, daß ich vor allem ein anständiges Mädchen bin ...« – »Ja, ich will kut beßahlen Ihren Anschdand. Man nennt ihn im Keschäft eine Raridät.« – »Und dann ist das nicht alles«, sagte Europa. »Wenn der gnädige Herr der gnädigen Frau nicht gefällt, und das ist möglich! so ärgert sie sich, und ich werde fortgeschickt ... Meine Stellung bringt mir jährlich tausend Franken ein.« – »Das Gapidal von tausend Franken bedrägt ßwanßigtausend; und wenn ich Ihnen die kebe, so verlieren Se nix.« – »Meiner Treu, wenn Sie es so nehmen, Dickchen«, sagte Europa, »so ändert das die Sache sehr. Wo sind sie?« – »Ta«, erwiderte der Baron, indem er die Banknoten einzeln hinzählte.

Er beachtete jeden Blitz, den jeder Schein aus Europas Augen lockte, und der die Gier verriet, auf die er wartete. »Sie bezahlen die Stellung; aber die Ehrlichkeit und das Gewissen? ...« sagte Europa, indem sie ihr verschlagenes Gesicht hob und dem Baron einen Seria-buffa-Blick zuwarf. »Das Kewissen ist nicht wert, was ist wert die Schdellung; aber sagen wir noch finftausend Franken;« und er fügte fünf weitere Tausendfrankenscheine hinzu. »Nein, zwanzigtausend Franken für das Gewissen und fünftausend für die Stellung, wenn ich sie verliere ...« – »Wie Se wollen«, sagte er. »Aber um se ßu vertienen, missen Se mich verstecken im Schlafzimmer Ihrer Herrin, nachts, wenn se ist allain ...« – »Wenn Sie mir versichern wollen, niemals zu sagen, wer Sie eingelassen hat, bin ich bereit. Aber ich warne Sie: die gnädige Frau ist stark wie ein Türke, sie liebt Herrn von Rubempré wie eine Wahnsinnige; und wenn Sie ihr auch eine Million in Banknoten geben, so würde sie doch keine Untreue begehen! ... Es ist dumm, aber sie ist nun einmal so, wenn sie liebt; sie ist schlimmer als eine anständige Frau. Wenn sie mit dem gnädigen Herrn in die Wälder fährt, so bleibt der gnädige Herr nachher selten zu Hause; sie ist heute abend mit ihm ausgefahren, ich kann Sie also in meinem Zimmer verstecken. Wenn die gnädige Frau allein zurückkommt, so werde ich Sie holen; Sie werden in den Salon gehen, ich will die Schlafzimmertür nicht verschließen, und der Rest ... wahrhaftig, der Rest ist Ihre Sache ... Bereiten Sie sich vor!«

»Ich werde dir keben die finfundzwanzigtausend Franken im Salon ... par, par.« – »Ah!« sagte Europa, »mißtrauischer sind Sie nicht? ... Entschuldigen Sie ...« – »Du wirst oft haben Kelegenheit, mich zu rupfen ... Wir werden schließen Peganntschaft.« – »Gut, seien Sie um Mitternacht in der Rue Taitbout; aber dann stecken Sie dreißigtausend Franken zu sich. Die Ehrlichkeit einer Kammerfrau ist wie die Droschken nach Mitternacht bedeutend teurer.« – »Aus Vorsicht werde ich dir keben ainen Scheck auf die Pank ...« – »Nein, nein«, sagte Europa, »Banknoten, oder es gibt nichts ...«

Um ein Uhr morgens war der Baron von Nucingen, den Europa in der Mansarde, wo sie schlief, versteckt hatte, allen Ängsten eines Mannes auf der Verfolgung galanter Abenteuer unterworfen. Er bebte, sein Blut schien ihm in den Zähnen zu kochen, und der Kopf war bereit, wie eine überheizte Dampfmaschine zu bersten. »Ich hatte moralisch fier mehr als hünderttausend Taler Kenüsse«, sagte er zu du Tillet, als er ihm dieses Abenteuer erzählte.

Er hörte die geringsten Geräusche der Straße, und um zwei Uhr vernahm er den Wagen seiner Geliebten schon vom Boulevard an. Als sich das große Tor in den Angeln drehte, pochte ihm das Herz so stark, daß es die Seide der Weste hob: er sollte also Esthers himmlisches, glühendes Gesicht wiedersehen! ... Bis ins Herz hinein spürte er das Knirschen des Wagentritts und das Schlagen der Tür. Die Erwartung des höchsten Augenblicks regte ihn mehr auf, als wenn es sich um den Verlust seines

Vermögens gehandelt hätte. »Ah!« rief er, »das haißt Leben! Szu sehr sokar; ich werde sain imstand zu nix!«

»Die gnädige Frau ist allein, kommen Sie hinunter«, sagte Europa, die sich plötzlich zeigte; »machen Sie kein Geräusch, Sie dicker Elefant!« – »Ticker Elewant!« wiederholte er lachend, indem er dahinging wie auf rotglühenden Eisenstangen. Europa führte ihn, einen Leuchter in der Hand.

»Ta, ßähl nach«, sagte der Baron, indem er Europa die Banknoten hinhielt, sowie sie im Salon waren. Europa nahm mit ernstem Gesicht die dreißig Scheine entgegen und ging hinaus, indem sie den Bankier einschloß.

Nucingen ging sofort zum Schlafzimmer, in dem er die schöne Engländerin fand, die zu ihm sagte: »Bist du es, Lucien?« – »Nain, schönes Gind ...« rief Nucingen, der seinen Satz nicht beendete.

Er blieb erstarrt stehen, als er eine Frau erblickte, die das gerade Gegenteil von Esther war: blond, wo er schwarz gesehen hatte; Schwäche, wo er Kraft bewunderte; eine liebliche britische Nacht, wo Arabiens Sonne gefunkelt hatte.

»Ah! Woher kommen Sie? ... Wer sind Sie? ... Was wollen Sie? ...« sagte die Engländerin, indem sie schellte, ohne daß die Glocken erklangen.

»Ich hab umfickelt die Klocken, aber haben Se kaine Ankst, ich kehe«, sagte er. »Ta sind treißigtausend Franken ins Wasser geworfen. Sie sind die Keliepte des Herrn von Ripembré?« – »Ein wenig, mein König«, sagte die Engländerin. »Aber wer pist du?« fragte sie, indem sie Nucingens Sprechweise nachahmte. »Ain Mensch, der schön herainkefallen ist!« sagte er jämmerlich. »Ist man herainkefallen, wenn man aine hibsche Frau hat?« fragte sie scherzend. »Erlauben Se mir, daß ich Ihnen schicke ainen Schmuck, als Antenken an den Paron von Nischinguen.« – »Kenn ich nicht«, sagte sie, indem sie lachte wie eine Wahnsinnige; »aber der Schmuck soll wohl aufgenomen sein, mein dicker Einschleicher.« – »Sie werden ihn lernen kennen! Atiee, knädige Frau. Sie sind ein Gönigsbissen; aber ich bin nur ein armer Bangier von ieber sechzig Jahren, und Sie haben mir geßaigt, wieviel Macht die Frau hat, die ich liebe; denn Ihre iebermenschliche Schönheit hat sie nicht in Verkessenheit kepracht ...« – »Ai, das ist hibsch, was Sie mir da sagen«, erwiderte die Engländerin. »Nicht so hibsch wie die, die es mir einkiebt ...« – »Sie

sprachen von treißigtausend Franken ... Wem haben Sie die kekeben?« –
»Ihrer Gammerfrau, der Halungin! ...«

Die Engländerin rief; Europa war nicht fern. »Oh!« rief Europa aus,
»ein Mann im Schlafzimmer der gnädigen Frau, und nicht der gnädige
Herr! ... Was für ein Greuel!« – »Hat er dir dreißigtausend Franken gegeben, damit du ihn einließest?« – »Nein, gnädige Frau, denn soviel sind
wir beide zusammen nicht wert ...«

Und Europa begann so energisch um Hilfe zu rufen, daß der erschreckte Bankier zur Tür eilte, von wo aus Europa ihn die Treppe hinunter-
stieß ...»Dicker Halunke!« rief sie ihm nach, »Sie denunzieren mich bei
meiner Herrin! ... Diebe! Diebe!«

Der verliebte Baron war verzweifelt, aber er konnte unverletzt seinen
Wagen erreichen, der auf dem Boulevard wartete; doch wußte er jetzt
nicht mehr, welchem Spion er sich anvertrauen sollte.

»Wollte die gnädige Frau mir etwa meine Verdienste nehmen?« sagte
Europa, als sie wie eine Furie zu der Engländerin zurückkehrte. »Ich
kenne die französischen Sitten nicht«, erwiderte die. »Aber ich brauche
dem gnädigen Herrn nur ein Wort zu sagen, so werden Sie morgen vor
die Tür gesetzt«, sagte Europa unverschämt.

»Die vertammte Gammerfrau«, sagte der Baron zu Georg, der seinen
Herrn natürlich fragte, ob er zufrieden sei, »hat mich um treißigtausend
Franken kebrellt ... Aber es ist maine eikene Schuld, maine kroße
Schuld!« – »Also hat dem gnädigen Herrn seine Toilette nichts genützt?
Teufel, ich rate dem gnädigen Herrn nicht, seine Pastillen für nichts und
wieder nichts zu nehmen ...« – »Schorsch, ich komme um vor Verßweif-
lung ... Mich friert ... Ich hab Aiß ums Herz ... Kaine Esder, main
Freind!« Georg war in allen großen Angelegenheiten der Freund seines
Herrn.

Zwei Tage nach dieser Szene, die die junge Europa viel amüsanter
spielte, als man sie erzählen kann, denn sie fügte ihre Mimik hinzu,
frühstückte Carlos mit Lucien unter vier Augen.

»Weder die Polizei, mein Kleiner, noch irgend jemand sonst darf die
Nase in unsere Angelegenheiten stecken«, sagte er leise, während er sich
eine Zigarre an der Luciens anzündete. »Das bekommt nicht gut. Ich
habe ein verwegenes, aber unfehlbares Mittel gefunden, um unsern Baron
und seine Agenten zur Ruhe zu bringen. Du wirst zu Frau von Sérizy
gehen und wirst sehr artig gegen sie sein. Du wirst ihr in der Unterhaltung sagen, daß du Herrn von Rastignac, um ihm gefällig zu sein, da er

von Frau von Nucingen seit langem genug hat, als Deckmantel dienst, um eine Geliebte zu verbergen. Herr von Nucingen sei nun sterblich in die Frau verliebt, die Rastignac versteckt – darüber wird sie lachen müssen –, und er hat es sich einfallen lassen, dir durch die Polizei nachzuspionieren, dir, der du völlig unschuldig bist an den Ausschweifungen deines Landsmannes und dessen Interessen bei den Grandlieus gefährdet werden könnten. Du wirst die Gräfin bitten, dir bei einem Gang auf die Polizeipräfektur die Stütze ihres Gatten zu verschaffen, der Staatsminister ist. Bist du einmal dort und stehst vor dem Herrn Präfekten, so beklage dich, aber wie ein Politiker, der bald in die ungeheure Staatsmaschine eintreten wird, um einer ihrer wichtigsten Kolben zu werden. Du wirst die Polizei als Staatsmann begreifen, und du wirst sie, einschließlich des Präfekten, bewundern. Die schönsten Maschinen machen Ölflecken oder spritzen. Werde nur im rechten Augenblick ärgerlich. Du grollst dem Herrn Präfekten keineswegs; aber ermahne ihn, seine Leute zu überwachen, und beklage ihn, daß er sie schelten soll. Je milder und je mehr Edelmann du bist, um so furchtbarer wird der Präfekt gegen seine Agenten sein. Dann haben wir Ruhe, und wir können Esther zurückkehren lassen; sie wird röhren wie die Damhirsche in ihrem Walde.«

Der damalige Präfekt war ein ehemaliger Richter. Ehemalige Richter ergeben viel zu junge Polizeipräfekten. Sie sind voll vom Recht, sie reiten auf der Gesetzmäßigkeit; ihre Hand ist nicht gewandt genug, wenn eine kritische Situation Entscheidungen nach eigenem Ermessen verlangt; denn oft muß das Handeln der Präfektur dem eines Feuerwehrmannes gleichen, der ein Feuer löschen soll. In Gegenwart des Vizepräsidenten des Staatsrats erkannte der Präfekt der Polizei mehr Nachteile zu, als sie hat; er beklagte die Mißbräuche und entsann sich des Besuches, den der Baron von Nucingen ihm gemacht hatte, um Auskünfte über Peyrade einzuziehen. Der Präfekt versprach, die Überschreitung der Befugnisse seiner Agenten zu ahnden, dankte Lucien dafür, daß er sich direkt an ihn gewandt hatte, und versprach ihm Schweigen; dabei machte er eine Miene, als verstände er die ganze Intrige. Schöne Worte über die individuelle Freiheit, über die Unverletzlichkeit des Hauses wurden zwischen dem Staatsminister und dem Präfekten ausgetauscht; und Herr von Sérizy bemerkte, wenn auch die großen Interessen des Königreichs zuweilen heimliche Ungesetzlichkeiten erforderten, so beginne das Verbrechen doch da, wo man diese Hilfsmittel des Staates in den Dienst privater Interessen stelle.

Als Peyrade am folgenden Morgen in sein teures Café David ging, um sich am Anblick der Bürger zu ergötzen, wie ein Künstler sich ein Vergnügen daraus macht, Blumen wachsen zu sehen, sprach ihn ein Gendarm in Zivilkleidung auf der Straße an. »Ich war auf dem Wege zu Ihnen«, sagte er ihm ins Ohr; »ich habe Befehl, Sie auf die Präfektur zu führen.« 172

Peyrade nahm einen Fiaker und stieg, ohne die geringste Bemerkung zu machen, mit dem Gendarmen ein.

Der Polizeipräfekt behandelte Peyrade, als wäre er der letzte Stockmeister des Bagnos, während er in einer Allee des kleinen Gartens der Polizeipräfektur auf und ab ging, der sich damals am Goldschmiedkai entlang zog.

»Nicht ohne Grund hat man Sie seit 1809 aus der Verwaltung entfernt ... Wissen Sie nicht, welchen Möglichkeiten Sie uns aussetzen und sich selbst aussetzen? ...«

Der Verweis schloß mit einem Blitzschlag. Der Präfekt verkündete dem armen Peyrade in aller Härte, daß man ihm nicht nur seine jährliche Unterstützung entzöge, sondern daß er selbst sogar einer besonderen Polizeiaufsicht unterstellt würde. Der Greis nahm diesen Wasserstrahl mit der ruhigsten Miene von der Welt auf. Nichts ist so regungslos und gleichgültig wie ein vom Blitz getroffener Mensch. Peyrade hatte sein ganzes Geld im Spiel verloren. Lydias Vater zählte auf seine Stellung, und er sah sich, abgesehen von den Almosen seines Freundes Corentin, ohne alle Mittel.

»Ich bin selbst Polizeipräfekt gewesen, ich gebe Ihnen vollkommen recht«, sagte der Greis ruhig zu dem Beamten, der in seiner richterlichen Majestät posierte und mit dem Oberkörper eine bezeichnende Bewegung machte. »Aber erlauben Sie mir, Sie, ohne mich etwa entschuldigen zu wollen, darauf aufmerksam zu machen, daß Sie mich nicht kennen«, fuhr Peyrade fort, indem er dem Präfekten einen feinen Blick zuwarf. »Ihre Worte sind entweder für den ehemaligen Generalpolizeikommissar in Holland zu hart oder für einen einfachen Spitzel nicht streng genug ... Nur, Herr Präfekt«, fügte Peyrade nach einer Pause hinzu, da er sah, daß der Beamte Schweigen bewahrte, »vergessen Sie nicht, was ich die Ehre haben werde, Ihnen jetzt zu sagen. Ohne daß ich mich im geringsten in ›Ihre Polizei‹ einmische oder meine Rechtfertigung versuche: Sie 173 werden Gelegenheit haben, zu erkennen, daß in dieser Angelegenheit irgend jemand betrogen wird: in diesem Augenblick ist es Ihr Diener; später werden Sie sagen: ›Der war ich!‹«

Und er grüßte den Präfekten, der nachdenklich zurückblieb, um sein Staunen zu verbergen. Er ging nach Hause, an Armen und Beinen gebrochen, von kalter Wut gegen den Baron von Nucingen erfaßt. Dieser plumpe Finanzier allein konnte ein Geheimnis verraten haben, das sich auf die Köpfe Contensons, Peyrades und Corentins beschränkte. Der Greis beschuldigte den Bankier, er wolle sich, nachdem er sein Ziel erreicht hatte, von der Zahlung entbinden. Eine einzige Unterredung hatte ihm genügt, um die Verschlagenheit des verschlagensten aller Bankiers zu erraten.

›Er akkordiert mit jedermann, selbst mit uns; aber ich werde mich rächen‹, sagte der Biedermann bei sich selber. ›Ich habe Corentin nie um etwas gebeten: ich werde ihn bitten, daß er mir hilft, mich an dieser bornierten Kasse zu rächen. Verdammter Baron, du sollst erfahren, mit was für Holz ich einheize; du sollst deine Tochter eines Morgens geschändet vorfinden ... Aber liebt er seine Tochter?‹

Am Abend nach dieser Katastrophe, die alle Hoffnungen des Greisen umstieß, war er um zehn Jahre gealtert. Als er mit Corentin sprach, mischte er unter seine Beschwerden die Tränen, die ihm die Aussicht in die traurige Zukunft entlockte, wie er sie seiner Tochter, seinem Idol, seiner Perle, seinem Gottesopfer vermachte.

»Wir werden diese Angelegenheit verfolgen«, sagte Corentin zu ihm. »Wir müssen zunächst in Erfahrung bringen, ob der Baron dein Denunziant ist. Sind wir vorsichtig gewesen, indem wir uns auf Gondreville stützten? Dieser alte Malin verdankt uns zuviel, als daß er nicht versuchen sollte, uns überzuschlucken; deshalb lasse ich auch seinen Schwiegersohn Keller überwachen; der ist in der Politik ein Tropf und ganz imstande, an einer Verschwörung teilzunehmen, die die ältere Linie zugunsten der jüngeren stürzen will ... Morgen werde ich erfahren, was bei Nucingen vorgeht, ob er seine Geliebte gesehen hat, und woher dieser Zügelzug kommt ... Verzweifle nicht. Zunächst wird der Präfekt nicht lange in seiner Stellung bleiben ... Die Zeit geht mit Revolutionen schwanger, und die Revolutionen, die sind unser trübes Wasser.«

In der Straße erscholl ein eigentümlicher Pfiff.

»Das ist Contenson«, sagte Peyrade, indem er ein Licht ins Fenster stellte, »und es gibt etwas, was mich persönlich angeht.«

Einen Augenblick darauf erschien der treue Contenson vor den beiden Polizeignomen, die er wie zwei Genies verehrte. »Was gibt es?« fragte Corentin. »Neues! Ich komme aus der Hundertdreizehn, wo ich alles verloren habe. Was sehe ich unter den Galerien? ... Georg! Diesen Burschen hat der Baron fortgeschickt, weil er ihn für einen Spitzel hält.«. »Das ist die Wirkung eines Lächelns, das mir entschlüpft ist«, sagte Peyrade. »Oh, wieviel Unheil, das durch ein Lächeln kam, habe ich erlebt!« sagte Corentin. »Nicht zu zählen, was durch einen Hieb mit der Gerte kommen kann«, sagte Peyrade mit einer Anspielung auf die Angelegenheit Simeuse (siehe ›Eine dunkle Begebenheit‹). »Aber laß sehen, Contenson, was geht vor?« – »Dies«, fuhr Contenson fort: »Ich habe Georg zum Schwatzen gebracht, indem ich ihn kleine Gläschen in unendlich vielen Farben bezahlen ließ, die ihn betrunken machten; ich meinerseits muß wie ein Brennkolben sein! Unser Baron ist, gepfropft voll Serailpastillen, in die Rue Taitbout gegangen. Dort hat er die Schöne gefunden, die Sie kennen. Aber was für ein Possen! Diese Engländerin ist nicht seine ›Unpegannte‹! ... Und er hat dreißigtausend Franken ausgegeben, um die Kammerfrau zu gewinnen ... Eine Dummheit! Das hält sich für groß, weil es kleine Dinge mit großen Kapitalien macht; drehen Sie den Satz um, und Sie finden das Problem, das der Mann von Genie löst. Der Baron ist in einem erbarmungswürdigen Zustand nach Hause gekommen. Am folgenden Tage sagt Georg, um den ehrlichen Kerl zu spielen, zu seinem Herrn: ›Weshalb bedient der gnädige Herr sich solcher Galgenstricke? Wenn der gnädige Herr sich auf mich verlassen wollte, so würde ich ihm seine Unbekannte finden, denn die Beschreibung, die der gnädige Herr mir gegeben hat, genügt mir; ich werde ganz Paris umkehren.‹ – ›Geh‹, hat der Baron erwidert, ›ich werde dich gut belohnen!‹ Georg hat mir all das erzählt, vermischt mit den lächerlichsten Einzelheiten. Aber ... man ist für den Regen geschaffen! Am folgenden Tage erhält der Baron einen anonymen Brief, in dem man ihm etwa schreibt: ›Herr von Nucingen stirbt vor Liebe zu einer Unbekannten dahin; er hat bereits ohne jeden Zweck viel Geld ausgegeben; wenn er sich heute um Mitternacht am Ende der Brücke von Neuilly einfinden und in den Wagen steigen will, hinter dem er den Jäger aus dem Wald von Vincennes sieht, und zwar, indem er sich die Augen verbinden läßt, so soll er die sehen, die er liebt. Da sein Reichtum ihm vielleicht Befürchtungen in betreff der Reinheit der Absichten derer, die so vorgehen, eingibt, so kann der Herr Baron sich von seinem treuen Georg begleiten lassen. Es wird übrigens niemand in dem Wagen sein.‹ Der Baron geht hin und zwar, ohne Georg etwas zu sagen, aber mit Georg. Beide lassen sich die Augen verbinden und den Kopf mit einem Schleier verhüllen. Der Baron erkannte den Jäger wieder. Zwei Stunden darauf macht der Wagen, der wie ein Wagen Ludwigs XVIII. gefahren war – Gott behüte seine Seele! Das war ein König, der sich auf die Polizei verstand –, mitten in einem Walde halt. Der Baron, dem man seine Binde abnimmt, sieht in einem gleichfalls haltenden Wagen seine Unbekannte, die – hast du nicht gesehen! – verschwindet. Und der Wagen fährt ihn (Fahrt Ludwigs XVIII.) zur Brücke von Neuilly zurück, wo er seinen eigenen Wagen vorfindet. Georg hatte man ein kleines Billet dieses Inhalts in die Hand gedrückt: ›Wieviel Tausendfrankenscheine gibt der Herr Baron her, wenn man ihn mit seiner Unbekannten in Verbindung bringt?‹ Georg gibt das Billet seinem Herrn; und der Baron, der nicht daran zweifelt, daß Georg mit mir oder mit Ihnen, Herr Peyrade, im Einverständnis steht, um ihn auszubeuten, setzt Georg vor die Tür. Das ist mir ein Dummkopf von einem Bankier! Georg durfte er erst fortschicken, nachdem er ›bei der Unpegannten keschlafen hat‹.«

»Georg hat die Frau gesehen?« fragte Corentin. »Ja«, sagte Contenson. »Nun«, rief Peyrade, »wie sieht sie aus?« – »Oh!« erwiderte Contenson, »er hat mir nur ein einziges Wort gesagt: eine wahre Sonne der Schönheit! ...«

»Da machen sich stärkere Schelme über uns lustig, als wir es sind!« rief Peyrade. »Die Hunde werden ihr Weib dem Baron teuer verkaufen.« – »Ja, mein Herr«, erwiderte Contenson auf Deutsch. »Deshalb habe ich auch, als ich erfuhr, daß man Sie auf der Präfektur geohrfeigt hat, Georg zum Schwätzen gebracht.« – »Ich möchte wohl wissen, wer mich betrogen hat«, sagte Peyrade, »wir würden unsere Sporen messen!« – »Müssen die Asseln spielen«, sagte Contenson. »Er hat recht«, rief Peyrade; »wir müssen in die Ritzen schlüpfen, um zu lauschen und abzuwarten ...«

»Wir werden diese Version studieren«, sagte Corentin; »für den Augenblick habe ich nichts zu tun. Halte dich vernünftig, Peyrade! Wir müssen dem Herrn Präfekten immerhin gehorchen ...« – »Herr von Nucingen ist gut zu schröpfen«, bemerkte Contenson, »er hat zuviel Tausendfrankenscheine im Blut ...« – »Und da war auch Lydias Mitgift!« sagte Peyrade Corentin ins Ohr. »Contenson, komm mit, wir wollen unsern Vater schlafen lassen ... Bis morgen!«

»Herr Corentin«, sagte Contenson auf der Schwelle der Tür, »was für ein reizendes Geldgeschäft hätte der Biedermann da gemacht! ... He? Seine Tochter verheiraten mit dem Erlös ... Haha! Man könnte ein hübsches Moralstück daraus machen, mit dem Titel: ›Die Mitgift eines jungen Mädchens‹.« – »Ah, was für Organe ihr habt, ihr! ... Was für Ohren!« sagte Corentin zu Contenson. »Es ist klar, die soziale Natur bewaffnet all ihre Gattungen mit den Eigenschaften, die für die Dienste nötig sind, wie sie sie von ihnen erwartet! Die Gesellschaft – das ist eine zweite Natur!« – »Was Sie da sagen, ist sehr philosophisch«, rief Contenson; »ein Professor würde ein System daraus machen!« – »Halte dich«, fuhr Corentin fort, indem er lächelte und mit dem Spion durch die Straßen davonging, »über alles, was in betreff der Unbekannten bei Herrn von Nucingen vorgeht, auf dem Laufenden ... So im großen ... keine Kniffe dabei ...« – »Man paßt auf, ob die Schornsteine rauchen!« sagte Contenson. »Ein Mann wie Baron von Nucingen kann nicht inkognito glücklich sein«, fuhr Corentin fort. »Übrigens dürfen wir, für die die Menschen Karten sind, uns niemals von ihnen foppen lassen!« – »Bei Gott! Das wäre, als wollte der Verurteilte sich damit amüsieren, dem Henker den Hals abzuschneiden!« rief Contenson. »Du findest immer das Wörtchen, über das man lachen muß«, erwiderte Corentin, indem er sich ein Lächeln entschlüpfen ließ, das leise Falten in seine Gipsmaske zeichnete.

Diese Angelegenheit war an sich und abgesehen von ihren Ergebnissen von Wichtigkeit. Wenn nicht der Baron Peyrade verraten hatte, wer hatte dann ein Interesse daran gehabt, den Polizeipräfekten aufzusuchen? Es handelte sich für Corentin darum, zu erfahren, ob er nicht falsche Brüder unter seinen Leuten hatte. Als er zu Bett ging, sagte er bei sich selber, was auch Peyrade sich überlegte: ›Wer ist nur zum Präfekten gegangen, um sich zu beklagen? ... Wem gehört diese Frau?‹

So kamen sich, ohne daß die einen etwas von den andern wußten, Jakob Collin, Peyrade und Corentin unbemerkt immer näher; und die arme Esther, Nucingen und Lucien mußten notwendig in den schon begonnenen Kampf, den die Eigenliebe, die alle Leute von der Polizei auszeichnet, furchtbar machen sollte, mit hineingezogen werden.

Dank der Gewandtheit Europas konnte der bedrohlichste Teil der sechzigtausend Franken Schulden, die auf Esther und Lucien lasteten, getilgt werden. Das Vertrauen der Gläubiger wurde nicht einmal erschüttert. Lucien und sein Verführer konnten einen Augenblick aufatmen.

178

Wie zwei verfolgte wilde Tiere, die am Rande irgendeines Sumpfes ein wenig Wasser schlecken, konnten sie weiter an den Abgründen hinziehen, an denen entlang der Starke den Schwachen zum Galgen oder zum Glück leitete. »Heute«, sagte Carlos zu seinem Geschöpf, »spielen wir für alles um alles; aber zum Glück sind die Karten gestichelt, und die Gegner sind sehr jung!«

Während einiger Zeit bemühte Lucien sich auf Befehl seines furchtbaren Mentors emsig um Frau von Sérizy. Wirklich durfte Lucien nicht in den Verdacht kommen, daß er ein ausgehaltenes Mädchen zur Geliebten hatte. Er fand übrigens in dem Vergnügen, geliebt zu werden, in dem Schwung des gesellschaftlichen Lebens die Scheinkraft, um sich zu betäuben. Er gehorchte Fräulein Klotilde von Grandlieu und sah sie nur noch im Bois und auf den Champs Elysées.

Am Tage, nachdem Esther im Hause des Wildhüters eingeschlossen worden war, kam das für sie rätselhafte und furchtbare Wesen, das ihr auf dem Herzen lastete, und verlangte, daß sie drei gestempelte Papiere unterschrieb, auf denen folgende Folterworte standen; auf dem ersten: ›Akzeptiert für sechzigtausend Franken‹; auf dem zweiten: ›Akzeptiert für einhundertundzwanzigtausend Franken‹; auf dem dritten: ›Akzeptiert für einhundertundzwanzigtausend Franken‹. Im ganzen waren es für dreimalhunderttausend Franken Akzepte. Wenn man schreibt: ›Gut für‹, so stellt man eine einfache Anweisung aus. Das Wort ›Akzeptiert‹ macht den Wechsel aus und unterwirft einen der Schuldhaft. Dieses Wort bedroht den, der es unvorsichtig hinschreibt, mit fünf Jahren Gefängnis, einer Strafe, die das Zuchtpolizeigericht fast niemals auferlegt und die das Kriminalgericht nur über Verbrecher verhängt. Das Gesetz über die Schuldhaft ist ein Rest der barbarischen Zeiten, der mit seiner Borniertheit das seltene Verdienst verbindet, daß er nutzlos ist, weil er die Schelme niemals trifft (siehe ›Verlorene Illusionen‹).

»Es handelt sich«, sagte der Spanier zu Esther, »darum, Lucien aus der Verlegenheit zu ziehen. Wir haben sechzigtausend Franken Schulden, und mit diesen dreihunderttausend Franken kommen wir vielleicht aus.«

Carlos datierte die Wechselbriefe um sechs Monate zurück und ließ sie auf Esther ziehen, und zwar durch einen ›von der Zuchtpolizei verkannten Menschen‹, dessen Abenteuer trotz des Aufsehens, das sie erregten, bald vergessen wurden und versanken, zugedeckt von dem Lärm der großen Julisymphonie von 1830.

Dieser junge Mann, einer der verwegensten Industrieritter, der Sohn eines Gerichtsvollziehers in Boulogne bei Paris, heißt Georg Maria Destourny. Der Vater, der sich gezwungen sah, seine Stellung unter wenig gedeihlichen Umständen zu verkaufen, ließ seinen Sohn um 1824 ohne alle Mittel zurück, nachdem er ihm jene glänzende Erziehung gegeben hatte, auf die die kleinen Bürger für ihre Kinder versessen sind. Mit dreiundzwanzig Jahren hatte der junge, glänzende Student der Rechte seinen Vater bereits verleugnet, indem er seinen Namen auf der Visitenkarte also schrieb: ›Georg d'Estourny‹. Diese Karte gab seiner Persönlichkeit einen Hauch von Aristokratie. Der elegante junge Mann war verwegen genug, sich einen Tilbury und einen Groom zu halten und die Klubs zu besuchen. Ein Wort wird alles erklären: er spielte an der Börse mit dem Gelde der ausgehaltenen Frauen, deren Vertrauter er war. Schließlich unterlag er vor dem Zuchtpolizeigericht, wo man ihn beschuldigte, sich allzu glücklicher Karten bedient zu haben. Er hatte Mitschuldige, junge Leute, die er verdorben hatte, Sklaven, die ihm schuldpflichtig waren, Gevattern seiner Eleganz und seines Kredits. Zur Flucht gezwungen, vergaß er, seine Differenzen an der Börse zu begleichen. Ganz Paris, das Paris der Luchse und der Klubs, zitterte noch vor dieser doppelten Angelegenheit.

Zur Zeit seines Glanzes hatte Georg von Estourny, ein hübscher Junge und vor allem ein guter Kerl, großmütig wie ein Räuberhauptmann ein paar Monate hindurch die Torpille begönnert. Der falsche Spanier begründete seine Spekulation auf Esthers Verkehr mit diesem berühmten Halunken, einen Verkehr, wie er den Frauen dieser Klasse eigen ist.

Georg von Estourny, dessen Ehrgeiz mit dem Erfolg immer kühner geworden war, hatte einen Mann unter seinen Schutz genommen, der aus der tiefsten Provinz gekommen war, um in Paris Geschäfte zu machen, und den die liberale Partei entschädigen wollte, weil er in dem Kampf der Presse gegen die Regierung Karls X., dessen Verfolgung sich während des Ministeriums Martignac verlangsamt hatte, mutig einige Verurteilungen auf sich nahm. Man hatte damals den Herrn Cérizet, jenen verantwortlichen Herausgeber mit dem Beinamen ›der mutige Cérizet‹, begnadigt.

Nun begründete Cérizet, den der Form halber die Spitzen der Linken begönnerten, ein Haus, das zugleich etwas von einer Geschäftsagentur, einer Bank und einem Kommissionshaus an sich hatte. Es war eine jener Stellungen, die im kaufmännischen Leben etwa jenen Dienstboten glichen, wie sie im ›Kleinen Anzeiger‹ als ›Mädchen für alles‹ annoncieren. Cérizet war sehr glücklich, sich mit Georg von Estourny liieren zu können, und der bildete ihn aus.

Esther konnte kraft der Anekdote über Ninon ganz gut als getreue Bewahrerin eines Teiles der Habe Georg von Estournys gelten. Ein Blanko-Indossament mit der Unterschrift ›Georg von Estourny‹ machte Carlos Herrera zum Herrn der Werte, die er selbst geschaffen hatte. Diese Fälschung war ganz gefahrlos, sobald nur Esther oder für sie ein anderer zahlen konnte oder zahlte. Als Carlos über das Haus Cérizet Auskünfte einzog, erkannte er in seinem Gründer eine jener dunklen Persönlichkeiten, die entschlossen sind, ihr Glück zu machen, aber … auf gesetzmäßige Weise. Cérizet, der wirkliche Vertrauensmann von Estournys, hatte große Summen in der Hand, die an der Börse in Haussespekulationen engagiert waren und die ihm erlaubten, sich Bankier zu nennen. Derlei macht man in Paris; man verachtet einen Menschen, aber sein Geld verachtet man nicht.

Carlos begab sich zu Cérizet, und zwar in der Absicht, ihn auf seine Art zu bearbeiten, denn zufällig war er Herr aller Geheimnisse dieses würdigen Partners von Estournys.

Der mutige Cérizet wohnte in einem Zwischenstock der Rue du Gros-Chenet; und Carlos, der sich geheimnisvoll melden ließ, als käme er von Georg von Estourny, überraschte den sogenannten Bankier, wie er ob dieser Meldung ganz bleich war. Der Abbé sah in einem bescheidenen Arbeitszimmer einen kleinen Mann mit spärlichem blonden Haar, und er erkannte in ihm nach der Schilderung, die Lucien ihm entworfen hatte, den Judas David Séchards.

»Können wir hier reden, ohne fürchten zu müssen, daß man uns hört?« sagte der Spanier, der sich plötzlich in einen rothaarigen Engländer mit blauer Brille verwandelt hatte und so sauber und peinlich aussah wie ein Puritaner, der in die Predigt geht. »Und weshalb?« fragte Cérizet; »wer sind Sie?« – »William Barker, ein Gläubiger des Herrn von Estourny; aber da Sie es wünschen, will ich Ihnen zeigen, wie notwendig es ist, daß Sie Ihre Türen schließen. Wir wissen, Herr Cérizet‹, welches Ihre Beziehungen zu den Petit- Clouds, den Cointets und den Séchards in Angoulême waren.«

Bei diesen Worten stürzte Cérizet zur Tür, schloß sie, eilte zu einer zweiten Tür, die in ein Schlafzimmer führte, verriegelte sie und sagte dann zu dem Unbekannten: »Leiser, mein Herr!« Und er sah den falschen

Engländer prüfend an, indem er zu ihm sagte: »Was wollen Sie von mir?«

»Mein Gott!« erwiderte William Barker, »jeder für sich in dieser Welt! Sie haben die Gelder dieses Schelms von Estourny ... Beruhigen Sie sich, ich komme nicht, um sie von Ihnen zu verlangen; aber da ich ihn drängte, hat mir der Halunke, der, unter uns, den Strick verdient, diese Werte gegeben, indem er mir sagte, es sei vielleicht Aussicht vorhanden, sie einzulösen; und da ich nicht in meinem Namen pfänden will, so sagte er mir, Sie würden mir Ihren Namen nicht versagen.«

Cérizet sah die Wechsel an und sagte: »Aber er ist nicht mehr in Frankfurt ...« – »Ich weiß«, erwiderte Barker; »aber zur Zeit des Datums dieser Tratten kann er noch dort gewesen sein ...« – »Ich will keine Verantwortung tragen ...« sagte Cérizet. »Dieses Opfer verlange ich nicht von Ihnen; Sie können beauftragt sein, Zahlung in Empfang zu nehmen. Quittieren Sie, und ich übernehme die Einziehung.« – »Ich bin erstaunt, daß von Estourny so viel Mißtrauen gegen mich zeigt«, sagte Cérizet. »In seiner Lage«, erwiderte Barker, »kann man ihm keinen Vorwurf daraus machen, wenn er seine Eier in mehrere Körbe legt.« – »Sollten Sie etwa glauben ...?« fragte der kleine Halsabschneider, indem er dem falschen Engländer die Wechselbriefe quittierte und völlig in Ordnung zurückgab. »... Ich glaube, daß Sie seine Gelder gut verwahren werden«, sagte Barker; »ich bin sogar davon überzeugt! Sie sind schon aufs grüne Tuch der Börse geworfen.« – »Ich habe ein Interesse daran ...« – »Sie zum Schein zu verlieren«, unterbrach Barker. »Herr ...!« rief Cérizet. »Halt, mein lieber Herr Cérizet«, sagte Barker kühl, indem er Cérizet unterbrach, »Sie würden mir einen Dienst leisten, wenn Sie mir die Einlösung erleichterten. Seien Sie so freundlich und schreiben Sie mir einen Brief, in dem Sie sagen, daß Sie mir diese für Rechnung von Estournys quittierten Werte übergeben, und daß der Gerichtsvollzieher den Inhaber des Briefes als Besitzer dieser drei Tratten ansehen soll.« – »Wollen Sie mir Ihre Namen nennen?« – »Keinen Namen!« erwiderte der englische Kapitalist. »Schreiben Sie: ›Der Inhaber dieses Briefes und der Werte‹. Sie sollen für diese Gefälligkeit gut bezahlt werden.« – »Und wie? ...« fragte Cérizet. »Durch ein einziges Wort. Sie bleiben in Frankreich, nicht wahr?« – »Ja.« – »Nun, Georg von Estourny wird niemals nach Frankreich zurückkehren.« – »Und weshalb nicht?« – »Mehr als fünf Personen, die ich kenne, würden ihn ermorden; und er weiß es.« – »Ich wundere mich nicht mehr, daß er Geld von mir verlangt, um eine

Ladung für Westindien zu kaufen!« rief Cérizet. »Und er hat mich zum Unglück gezwungen, alles in Staatspapieren anzulegen. Wir sind schon für Differenzen in der Schuld des Hauses du Tillet. Ich lebe von der Hand in den Mund.« – »Ziehen Sie den Kopf aus der Schlinge!« – »Ach, wenn ich das früher gewußt hätte!« rief Cérizet. »Ich habe mein Glück versäumt ...« – »Ein letztes Wort! ...« sagte Barker. »Verschwiegenheit! ... Sie sind dazu imstande; und, was vielleicht weniger ist, Treue! Wir werden uns wiedersehen, und ich werde dafür sorgen, daß Sie Ihr Glück machen.«

Nachdem er in diese Kotseele eine Hoffnung gesenkt hatte, die auf lange hinaus ihre Verschwiegenheit sichern mußte, ging Carlos, immer noch als Barker, zu einem Gerichtsvollzieher, auf den er zählen konnte, und beauftragte ihn, die entscheidenden Urteile gegen Esther zu erwirken. »Man wird zahlen«, sagte er zu dem Gerichtsvollzieher, »es ist eine Ehrensache; wir wollen nur ordnungsgemäß vorgehen.«

Barker ließ Fräulein Esther beim Handelsgericht durch einen Prozeßagenten vertreten, damit die Urteile vollstreckbar wären. Der Gerichtsvollzieher, den man gebeten hatte, höflich vorzugehen, tat die Prozeßakten in seine Mappe und ging selbst in die Rue Taitbout, um das Mobiliar zu pfänden; er wurde von Europa empfangen. Als die Schuldhaft einmal verhängt worden war, stand Esther scheinbar unter dem Druck von dreihundert und einigen tausend Franken unbestreitbarer Schulden.

Carlos stürzte sich dabei nicht in große Erfindungskosten. Dieser Schwank der falschen Schulden wird in Paris sehr oft gespielt. Es gibt dort ›Unter‹-Gobsecks, ›Unter‹-Gigonnets, die gegen eine Provision zu diesem Kalauer bereit sind, denn sie scherzen über diesen ehrlosen Streich. Es ist das eine Erpressung gegen widerspenstige Eltern oder filzige Liebhaber, die angesichts einer brennenden Notwendigkeit oder einer angeblichen Entehrung ›in den sauren Apfel beißen‹. Maxime von Trailles hatte sich dieses Mittels sehr oft bedient; entnommen ist es den Komödien des alten Repertoires. Nur hatte Herrera, der die Ehre seines Gewandes und Luciens retten wollte, seine Zuflucht zu einer gefahrlosen Fälschung genommen, die freilich oft genug vorkommt, um eben jetzt die Justiz gegen sie ins Feld zu rufen. Es gibt, so sagt man, in der Umgebung des Palais Royal eine Börse falscher Werte, wo man eine Unterschrift für drei Franken erhält.

Ehe Carlos die Frage dieser hunderttausend Taler anschnitt, die an der Tür des Schlafzimmers Posten stehen sollten, nahm er sich vor,

Herrn von Nucingen zunächst weitere hunderttausend Franken zahlen zu lassen. Die Art und Weise war diese.

Auf seinen Befehl gab Asien sich dem verliebten Baron gegenüber als alte Frau aus, die in den Angelegenheiten der schönen Unbekannten auf dem laufenden war. Bisher haben die Sittenschilderer zwar viele Wucherer auf die Szene gebracht; aber man hat die Wucherin, die heutige Kleiderhändlerin, vergessen, eine höchst merkwürdige Persönlichkeit, die die wilde Asien spielen konnte, denn sie besaß zwei Geschäfte, eins auf dem Trödelmarkt, das andere in der Rue Neuve Saint-Marc, die beide von ihr ergebenen Frauen geleitet wurden. »Du wirst dich wieder in die Haut der Frau von Saint-Estève stecken«, sagte Herrera zu ihr. Er wollte Asien in ihrem Kostüm sehen.

Die falsche Vermittlerin kam in einem Kleid aus geblümtem Damast, der von den Vorhängen irgendeines gepfändeten Boudoirs stammte, und mit einem jener altmodischen, abgenutzten, unverkäuflichen Kaschmirschals, die ihr Leben auf dem Rücken solcher Frauen beschließen. Sie trug eine Krause aus prachtvollen, aber gänzlich zerrissenen Spitzen und einen scheußlichen Hut; aber sie hatte Schuhe aus irischem Leder an den Füßen, über deren Rand ihr Fleisch den Eindruck eines Polsters aus durchbrochener schwarzer Seide machte. »Und die Schnalle meines Gürtels!« sagte sie, indem sie eine verdächtige Goldschmiedearbeit zeigte, die ihr Köchinnenbauch vordrängte. »He? Was für eine Arbeit! Und mein Umfang ... wie mich der verhäßlicht! Oh, Frau Nourrisson hat mich famos angezogen!«

»Sei zunächst honigsüß«, sagte Carlos zu ihr, »fast furchtsam, mißtrauisch wie eine Katze; und vor allem muß der Baron darüber erröten, daß 186 er die Polizei benutzt hat, ohne daß es aussehen darf, als hättest du vor den Agenten zu zittern. Kurz, gib dem Kunden in mehr oder minder klaren Worten zu verstehen, daß du jede Polizei der Welt herausforderst, in Erfahrung zu bringen, wo sich die Schöne befindet. Verbirg deine Spuren gut ... Wenn der Baron dir das Recht gegeben hat, ihn auf den Bauch zu klopfen und ihn ›Dicker Wüstling‹ zu nennen, so werde unverschämt und laß ihn wie einen Lakaien abfahren.«

Da man Nucingen gedroht hatte, er werde die Vermittlerin nicht wiedersehen, wenn er sich einfallen ließe, ihr im geringsten nachzuspionieren, besuchte er Asien, indem er zu Fuß zur Börse ging, geheimnisvoll in einem elenden Zwischenstock der Rue Neuve Saint-Marc. Wie oft verliebte Millionäre diese kotigen Gassen gestreift haben und mit welcher

Wonne, das wissen die Pflaster von Paris. Frau von Saint-Estève brachte den Baron, indem sie Hoffnung mit Verzweiflung abwechseln ließ, so weit, daß er ›um jeden Preis‹ über alles, was die Unbekannte anging, aufgeklärt werden wollte.

Währenddessen arbeitete der Gerichtsvollzieher; und er arbeitete um so besser, als er bei Esther keinerlei Widerstand fand und also innerhalb der gesetzlichen Fristen vorgehen konnte, ohne vierundzwanzig Stunden zu verlieren.

Lucien besuchte nach der Anweisung seines Ratgebers die Einsiedlerin fünf- oder sechsmal in Saint-Germain. Der wilde Anstifter all dieser Ränke hatte diese Zusammenkünfte für notwendig gehalten, damit Esther nicht verfiel; denn ihre Schönheit war jetzt zum Kapital geworden. Als sie das Haus des Wildhüters verlassen sollte, führte Carlos Lucien und die arme Kurtisane am Rande eines verlassenen Weges an eine Stelle, von der aus man Paris sah, wo aber niemand sie hören konnte. Sie setzten sich alle drei unter der aufgehenden Sonne auf den Stamm einer gefällten Pappel und vor diese Landschaft, die eine der großartigsten der Welt ist und den Lauf der Seine, Montmartre, Paris und Saint-Denis umfaßt.

»Meine Kinder«, sagte Carlos, »euer Traum ist zu Ende. Du, meine Kleine, wirst Lucien nie wiedersehen; oder wenn du ihn wiedersiehst, so mußt du ihn vor fünf Jahren nicht länger als ein paar Tage gekannt haben.« – »So ist also mein Schicksal gekommen!« sagte sie, ohne eine Träne zu vergießen. »Also! Jetzt bist du seit fünf Jahren krank«, fuhr Herrera fort. »Denke, du seiest schwindsüchtig, und stirb, ohne uns mit deinen Elegien zu langweilen. Aber du sollst sehen, daß du noch leben kannst, und sehr gut leben! ... Laß uns, Lucien, geh und pflücke Sonette«, sagte er, indem er ihm in wenigen Schritten Entfernung ein Feld zeigte.

Lucien warf einen bettelnden Blick auf Esther, einen jener Blicke, wie sie solchen schwachen, gierigen Menschen eigen sind, deren Herz voller Zärtlichkeit und deren Charakter voller Feigheit ist. Esther antwortete ihm mit einem Kopfnicken, das etwa sagen sollte: ›Ich will den Henker anhören, um zu sehen, wie ich den Kopf unters Beil legen muß; ich werde den Mut haben, ruhig zu sterben.‹ Das war so anmutig und zugleich so grauenvoll, daß der Dichter weinen mußte; Esther lief zu ihm, schloß ihn in die Arme, trank seine Tränen und sagte zu ihm: »Sei ruhig!« – eines jener Worte, die man mit den Gesten, den Augen und der Stimme des Deliriums sagt.

Carlos begann, ohne Umschweife, klar und oft mit furchtbaren, treffenden Worten, Luciens kritische Lage, seine Stellung im Hotel Grandlieu, sein schönes Leben im Falle des Triumphes und schließlich die Notwendigkeit auseinanderzusetzen, die Esther zwänge, sich dieser herrlichen Zukunft zu opfern.

188

»Was muß ich tun?« rief sie voller Fanatismus. »Mir blind gehorchen«, sagte Carlos. »Und worüber könnten Sie sich beklagen? Es wird nur an Ihnen liegen, sich ein schönes Los zu schaffen. Sie werden werden, was Tullia, Florine, Mariette und die Val-Noble, Ihre einstigen Freundinnen, sind: die Geliebte eines reichen Mannes, den Sie nicht lieben. Sind unsere Angelegenheiten einmal erledigt, so ist unser Verliebter reich genug, um auch Sie glücklich zu machen ...« – »Glücklich! ...« sagte sie, indem sie die Augen gen Himmel hob. »Sie haben vier Jahre im Paradies gelebt«, fuhr er fort, »kann man nicht mit solchen Erinnerungen leben?« – »Ich werde Ihnen gehorchen«, erwiderte sie, indem sie sich eine Träne aus dem Augenwinkel wischte. »Machen Sie sich um das übrige keine Sorge! Sie haben es gesagt, meine Liebe ist eine tödliche Krankheit.« – »Das ist nicht alles«, fuhr Carlos fort: »Sie müssen schön bleiben. Mit zweiundzwanzig und einem halben Jahr stehen Sie dank Ihrem Glück auf dem Gipfel Ihrer Schönheit. Vor allem werden Sie wieder zur Torpille. Seien Sie schelmisch, verschwenderisch, erbarmungslos gegen den Millionär, den ich Ihnen ausliefere. Hören Sie an! ... Dieser Mensch ist ein Dieb der großen Geldbeutel; er ist gegen viele Leute mitleidslos gewesen, er hat sich gemästet mit dem Vermögen der Witwe und der Waise; Sie werden deren Rache sein! ... Asien wird kommen und Sie in einem Fiaker abholen; heute abend sind Sie in Paris. Wenn Sie erraten ließen, daß Sie vier Jahre mit Lucien gelebt haben, so könnten Sie ihm ebensogut eine Pistolenkugel in den Kopf jagen. Man wird Sie fragen, was Sie getrieben haben. Sie werden antworten: ein äußerst eifersüchtiger Engländer habe Sie mit auf Reisen genommen. Sie haben ehedem Geist genug gehabt, um zu schwindeln; haben Sie von neuem diesen Geist ...«

Hat man je einen strahlenden Papierdrachen gesehen, jenen Giganten unter den Schmetterlingen der Jugend, wie er, ganz mit Gold beladen, in den Himmeln schwebte? ... Die Kinder vergessen einen Augenblick die Schnur, ein Vorübergehender schneidet sie ab: der Meteor ›schießt‹, in der Schülersprache, ›kopfüber‹ und stürzt mit erschreckender Geschwindigkeit ... So ging es Esther, als sie Carlos zuhörte.

189

190

Was alte Herren sich die Liebe kosten lassen

Seit acht Tagen feilschte Nucingen fast täglich in dem Laden der Rue Neuve Saint-Marc um die Auslieferung derer, die er liebte. Dort thronte Asien bald unter dem Namen Saint-Estève, bald unter dem ihres Geschöpfes, der Frau Nourrisson, unter dem schönsten Putz, der jenen grauenhaften Zustand erreicht hatte, in dem Kleider keine Kleider mehr, aber auch noch keine Lumpen sind. Der Rahmen stand im Einklang mit der Figur, die diese Frau sich zulegte, denn solche Läden sind eine der unheimlichsten Eigentümlichkeiten von Paris. Man sieht dort den Nachlaß, den der Tod mit seiner entfleischten Hand dorthin geworfen hat, und man hört das Röcheln einer Schwindsucht unter dem Schal, wie man die Todesqual des Elends unter einem goldbeflitterten Kleide errät. Dort stehen die furchtbaren Debatten zwischen dem Luxus und dem Hunger auf leichten Spitzen geschrieben. Man sieht die Züge einer Königin unter einem federgeschmückten Turban, dessen Stellung an das fehlende Gesicht erinnert und es fast ergänzt. Hier steht das Scheußliche im Hübschen. Die Geißel Juvenals in den Amtshänden des Taxators streut enthaarte Muffs, verdorbene Pelze bedrängter Dirnen aus. Es ist ein verwesender Hauf Blumen, in dem hier und dort gestern geschnittene Rosen glänzen, die einen Tag getragen wurden, und auf dem stets eine Alte hockt, die leibliche Schwester des Wuchers, die kahle, zahnlose Gelegenheit, bereit, auch den Inhalt zu verkaufen, weil sie so sehr daran gewöhnt ist, die Hülle zu kaufen: das Kleid ohne die Frau oder die Frau ohne das Kleid! Asien schaltete dort wie der Stockmeister im Bagno, wie ein Geier mit gerötetem Schnabel über Leichen, mitten in ihrem Element, furchtbarer noch als diese wilden Greuel, vor denen die Vorübergehenden erbeben, wenn sie zuweilen mit Erstaunen eine ihrer jüngsten, frischesten Erinnerungen in einem schmutzigen Schaufenster erkennen, hinter dem eine echte Saint-Estève Grimassen schneidet.

Von Aufregung zu Aufregung, von zehntausend zu zehntausend Franken war schließlich der Bankier so weit gekommen, daß er Frau von Saint-Estève sechzigtausend Franken bot; sie aber erwiderte mit einer Grimasse des Neins, die einen Makako zur Verzweiflung getrieben hätte. Nachdem er erkannt hatte, wie Esther ihm die Gedanken verwirrte, nachdem er unerwartete Verdienste an der Börse hatte einstreichen können, kam er eines Morgens nach einer aufgeregten Nacht endlich in der Absicht, die hunderttausend Franken, die Asien verlangte, herzugeben; aber er wollte ihr eine Fülle von Auskünften entlocken.

»Du entschließt dich also, dicker Possenreißer?« sagte Asien, indem sie ihm auf die Schulter klopfte.

Die entehrendste Vertraulichkeit ist der erste Zoll, den solche Frauen von wahnsinnigen Leidenschaften oder von dem Elend, das sich ihnen anvertraut, fordern; sie erheben sich nie zur Höhe des Klienten, sie nötigen ihn, sich Seite an Seite neben sie auf den Kothaufen zu setzen. Asien gehorchte ihrem Herrn ausgezeichnet, wie man sieht.

»Ich muß fohl«, sagte Nucingen. »Und du wirst nicht bestohlen«, erwiderte Asien. »Man hat Frauen schon verhältnismäßig teurer verkauft, als du die da bezahlen sollst! Von Marsay hat für die verstorbene Coralie sechzigtausend Franken gegeben. Die, die du willst, hat aus erster Hand hunderttausend gekostet; aber für dich, siehst du, alter Wüstling, ist es eine Anstandssache.« – »Und wo ist sie?« – »Ah! Du wirst sie sehen. Ich bin, wie du bist: bar, bar! ... Ach ja, mein Lieber, ›deine Leidenschaft‹ hat Dummheiten gemacht. Junge Mädchen ... das ist unvernünftig. Die Prinzessin ist augenblicklich eine Nachtschöne ...« – »Aine Nacht ...« – »Was! Willst du den Gimpel spielen? ... Sie hat Louchard auf den Fersen; ich habe ihr selbst fünfzigtausend Franken geliehen ...« – »Finfundßwanßig! Sag?« rief der Bankier. »Bei Gott! Fünfundzwanzig für fünfzig, das versteht sich von selbst«, erwiderte Asien. »Diese Frau, man muß gerecht sein, ist die Ehrlichkeit selbst! Sie hatte nur noch ihren Leib, und sie sagte: ›Liebe kleine Frau Saint-Estève, ich werde verfolgt, nur Sie können mich verpflichten, geben Sie mir zwanzigtausend Franken, ich gebe Ihnen eine Hypothek auf mein Herz ...‹ Oh, sie hat ein hübsches Herz! Außer mir weiß niemand, wo sie ist. Ein unvorsichtiges Wort würde mich meine zwanzigtausend Franken kosten ... Früher wohnte sie in der Rue Taitbout. Ehe sie auszog – ihr Mobiliar war gepfändet worden ... von wegen der Kosten ... Diese Lumpen von Gerichtsvollziehern! – nun also, nicht dumm, vermietete sie ihre Wohnung auf zwei Monate einer Engländerin, einem prachtvollen Weib, die diesen kleinen ... den Rubempré, zum Liebhaber hatte; der war so eifersüchtig, daß er sie nur nachts ausfahren ließ. Aber da man das Mobiliar verkaufen will, so hat sich die Engländerin aus dem Staube gemacht, um so mehr, als sie für einen Knirps wie Lucien zu teuer war.« – »Sie treiben kute Keschäfte«, sagte Nucingen. »In Naturalien«, sagte Asien. »Ich borge hübschen Frauen; das lohnt sich, denn man diskontiert zwei Werte zugleich.«

Asien amüsierte sich damit, die Rolle dieser Frauen zu ›chargieren‹; sie sind herb, aber schleicherhafter, sanfter als die Malaiin, und sie rechtfertigen ihr Gewerbe mit Reden voll schöner Motive. Asien posierte als eine Frau, die all ihre Illusionen, fünf Liebhaber und ihre Kinder verloren hat und sich trotz all ihrer Erfahrung von jedermann ›bestehlen‹ läßt. Sie zeigte von Zeit zu Zeit Pfandscheine vor, um zu beweisen, wieviel schlimme Zufälle ihr Gewerbe mit sich brachte. Sie gab sich für bedrängt, für verschuldet aus. Und schließlich war sie so naiv häßlich, daß der Baron zuletzt an die Rolle glaubte, die sie gab.

»Kut, wenn ich herkebe die hunderttausend, wo werd ich se da sehen?« 195 fragte er mit der Geste des Mannes, der zu allen Opfern bereit ist. »Mein dicker Alter, du wirst heute abend mit deinem Wagen, sagen wir, vor das Gymnase kommen, das liegt auf dem Wege«, erwiderte Asien. »Du wirst an der Ecke der Rue Sainte-Barbe halten. Ich werde dort Posten stehen; dann gehen wir zusammen zu meiner schwarzhaarigen Hypothek ... Oh, sie hat wundervolles Haar, meine Hypothek! Wenn Esther ihren Kamm herauszieht, steht sie da wie unter einem Zelt. Aber wenn du dich auch auf Zahlen verstehst, so machst du mir im übrigen den Eindruck eines Gimpels; ich rate dir, die Kleine gut zu verbergen, denn man steckt sie dir ins Gefängnis, wenn man sie findet, und zwar lebhaft, gleich am folgenden Tage ... und man sucht sie!«

»Gönnte man nicht ßurückgaufen die Wechsel?« fragte der unverbesserliche Luchs. »Die hat der Gerichtsvollzieher ... aber es geht nicht. Die Kleine hat eine Leidenschaft gehabt und ein Depot verzehrt, das man von ihr zurückverlangt. Ah, wahrhaftig, das ist ein Schelm, so ein Herz von zweiundzwanzig Jahren.« – »Kut, kut, ich werde das arranschieren«, sagte Nucingen, indem er seine Miene eines Schlaukopfes aufsetzte. »Es verschdeht sich, daß ich ihr Könner werde.« – »Ah, dickes Vieh, es ist deine Sache, ihr Liebe einzuflößen, und du hast ja die Mittel dazu, dir einen Schein von Liebe zu erkaufen, der wohl die wahre aufwiegt. Ich gebe dir die Prinzessin in die Hand; sie ist gehalten, dir zu folgen, um den Rest kümmere ich mich nicht ... Aber sie ist an Luxus gewöhnt, an die größte Rücksicht. Ah, mein Kleiner, sie ist eine anständige Frau ... Hätte ich ihr sonst zwanzigtausend Franken gegeben?« – »Kut, es ist apkemacht. Auf heite Apend!«

Der Baron begann die Hochzeitstoilette, die er schon einmal gemacht hatte, von neuem; aber diesmal verdoppelte er in der Gewißheit des Erfolgs die Zahl der Pillen. Um neun traf er die furchtbare Frau beim

Stelldichein, und er nahm sie in seinen Wagen. »Fo?« fragte der Baron.
»Wo?« sagte Asien. »Rue de la Perle, im Marais, eine Gelegenheitsadresse,
denn deine Perle liegt im Kot, aber du wirst sie waschen!«

Als sie dort ankamen, sagte die falsche Frau von Saint-Estève mit einem scheußlichen Lächeln zu Nucingen: »Wir werden ein paar Schritte
zu Fuß gehen; ich bin nicht so dumm, daß ich die wahre Adresse gegeben
hätte.« – »Du tenkst an alles«, sagte Nucingen. »Das ist mein Beruf«,
erwiderte sie.

Asien führte den Baron in die Rue Barbette, wo er in einem Logierhaus, das ein Tapezierer des Viertels hielt, in den vierten Stock geführt
wurde. Als der Millionär Esther in einem kärglich möblierten Zimmer
mit einer Stickereiarbeit beschäftigt sah, erblaßte er. Noch nach einer
Viertelstunde, während derer Asien scheinbar auf Esther einflüsterte,
konnte dieser junge Greis kaum sprechen. »Knädikes Fräulein«, sagte
er schließlich zu dem armen Mädchen, »wirden Se haben die Küte, mich
als Könner anßunehmen?« – »Ich muß wohl«, sagte Esther, aus deren
Augen zwei dicke Tränen rannen. »Wainen Se nicht. Ich will Se machen
ßur klücklichsten aller Frauen … Lassen Se sich nur von mir lieben, Sie
ferden sehen.«

»Meine Kleine, der Herr ist vernünftig«, sagte Asien; »er weiß genau,
daß er über siebzig Jahre alt ist, und er wird nachsichtig sein. Kurz, mein
schöner Engel, er ist ein Vater, den ich dir gesucht habe … Müssen ihr
das sagen«, flüsterte Asien dem unzufriedenen Bankier ins Ohr. »Man
fängt keine Schwalben, indem man mit der Pistole nach ihnen schießt.
Kommen Sie mit«, sagte sie, indem sie Nucingen ins Nebenzimmer
führte. »Sie kennen ja unsere kleinen Abmachungen, mein Engel?«

Nucingen zog eine Brieftasche aus seinem Rock und zählte die hunderttausend Franken hin, die Carlos, der in einer Kammer versteckt war,
mit lebhafter Ungeduld erwartete und die die Köchin ihm brachte.

»Das sind hunderttausend Franken, die unser Mann in Asien anlegt;
jetzt soll er uns einiges in Europa anlegen«, sagte Carlos zu seiner Vertrauten, als sie auf dem Treppenabsatz standen. Er verschwand, nachdem
er der Malaiin seine Anweisungen gegeben hatte; sie kehrte in das
Zimmer zurück, wo Esther heiße Tränen weinte. Das Kind hatte sich
wie ein zum Tode verurteilter Verbrecher einen Roman der Hoffnung
zurechtgelegt, und jetzt war die verhängnisvolle Stunde gekommen.

»Meine lieben Kinder«, sagte Asien, »wohin wollt ihr gehen? … Denn
der Baron von Nucingen …« Esther sah den berühmten Bankier an und

ließ sich eine wundervoll gespielte Geste der Überraschung entschlüpfen. »Ja, main Gind, ich bin der Paron von Nischinguen.« – »... Der Baron von Nucingen darf und kann nicht in einem solchen Hundestall bleiben. Hören Sie mich an ... Ihre ehemalige Kammerfrau Eugenie ...« – »Eischenie! Aus der Rie Daidpoud? ...« rief der Baron. »Nun ja, die gerichtliche Bewahrerin der Möbel«, erwiderte Asien, »die die Wohnung der schönen Engländerin vermietet hat.« – »Ach, ich verschdehe!« sagte der Baron. »Die ehemalige Kammerfrau der gnädigen Frau«, fuhr Asien ehrfurchtsvoll fort, indem sie auf Esther deutete, »wird Sie heute abend sehr wohl aufnehmen, und nie wird der Exekutor es sich einfallen lassen, sie in ihrer ehemaligen Wohnung zu suchen, die sie vor drei Monaten verlassen hat ...« – »Auskeßaichnet, auskeßaichnet!« rief der Baron. »Üprikens genne ich die Exegudoren; ich habe maine Worte, damit sie verschwinten.« – »Sie werden in Eugenie eine schlaue Füchsin haben«, sagte Asien, »ich selbst habe sie der gnädigen Frau gegeben ...« – »Ich genne sie«, rief der Millionär lachend; »Eischenie hat mich um treißigtausend Franken gebrellt ...«

Esther machte eine Geste des Grauens, auf die hin ein Mann von Herz ihr sein Vermögen anvertraut hätte. »Oh, durch maine eikene Schuld«, fuhr der Baron fort, »ich lief Ihnen nach ...« Und er erzählte das Quiproquo, das die Vermietung der Wohnung an eine Engländerin zur Folge gehabt hatte.

»Nun, sehen Sie, gnädige Frau?« sagte Asien; »davon hat Ihnen Eugenie in ihrer Schlauheit nichts gesagt! Aber die gnädige Frau ist sehr an dieses Mädchen gewöhnt«, sagte sie zu dem Baron, »behalten Sie sie trotzdem.«

Dann nahm Asien Nucingen beiseite und sagte zu ihm: »Geben Sie Eugenie fünfhundert Franken im Monat, das ist ein rundes Sümmchen, und Sie werden alles erfahren, was die gnädige Frau tut; geben Sie sie ihr zur Kammerfrau. Eugenie wird um so besser für Sie passen, als sie Sie bereits gerupft hat ... Nichts fesselt eine Frau mehr an einen Mann, als wenn sie ihn rupft. Aber halten Sie Eugenie am Zügel: sie tut alles für Geld; es ist ein Greuel mit diesem Mädchen! ...« – »Und du? ...« – »Ich«, sagte Asien, »ich halte mich schadlos.«

Nucingen, dieser so tiefe Mensch, hatte eine Binde vor den Augen; er ließ mit sich umgehen wie ein Kind. Der Anblick dieser aufrichtigen und anbetungswürdigen Esther, die sich die Augen trocknete und mit dem Anstand einer Jungfrau die Maschen ihrer Stickerei zog, gab dem verliebten Greis die Empfindungen zurück, die er im Wald von Vincennes gehabt hatte: er hätte den Schlüssel zu seiner Kasse hergegeben! Er fühlte sich jung, er hatte das Herz voller Anbetung und wartete nur auf Asiens Aufbruch, um sich dieser Madonna Raffaels zu Füßen werfen zu können. Dieses plötzliche Aufblühen der Kindheit im Herzen eines Luchses und Greisen gehört zu den sozialen Erscheinungen, die die Physiologie aufs leichteste erklären kann. Unter dem Gewicht der Geschäfte zusammengepreßt, erstickt von ständigen Berechnungen, von dem fortwährenden Sinnen über die Jagd nach den Millionen, so taucht die Jugend mit ihren wunderbaren Illusionen wieder empor, und sie schwingt sich in die Höhe und blüht wie eine Ursache, wie ein vergessener Keim, dessen Wirkungen, dessen prachtvolle Blüten dem Zufall gehorchen, einer Sonne, die spät erst hervorbricht und leuchtet. Der Baron war mit zwölf Jahren Kommis in dem alten Hause Aldrigger in Straßburg gewesen, und also hatte er den Fuß nie in die Welt der Empfindungen hineingesetzt. Als er nun vor seinem Idol stand, hörte er tausend Phrasen, die sich in seinem Gehirn stießen, und da er keine auf den Lippen fand, so gehorchte er einem brutalen Verlangen, in dem der Sechziger wieder durchbrach.

»Wollen Se kommen in die Rie Daidpoud?« fragte er. »Wohin Sie wollen«, erwiderte Esther, indem sie sich erhob. »Fohin Se follen!« wiederholte er in Entzückung. »Sie sind ain Engel vom Himmel, den ich liebe, als wäre ich ain glainer junger Mensch, obgleich ich kraue Haare habe ...« – »Ach, Sie können ruhig sagen, weiße! Denn sie sind von einem zu schönen Schwarz, um nur erst grau zu sein«, sagte Asien. »Keh wek, schlechtes Weib! Du hantelst mit Menschenfleisch! Du hast dein Keld, pekeifere mir diese Plume der Liebe nicht mehr!« rief der Bankier, indem er sich durch diese wilde Anrede für alle Unverschämtheiten schadlos hielt, die er hatte ertragen müssen. »Alter Schlingel! Das sollst du mir bezahlen!« sagte Asien, indem sie dem Bankier mit einer Geste drohte, die der Markthalle würdig gewesen wäre, über die er aber nur die Achseln zuckte. »Zwischen dem Mund des Bechers und dem des Zechers hat eine Natter Platz, und da sollst mich du finden!« sagte sie, er regt über Nucingens Geringschätzung.

Die Millionäre, deren Geld von der Bank von Frankreich bewacht wird, deren Häuser bewacht werden von einer ganzen Brigade von Dienern und deren Person auf der Straße den Panzer eines raschen Wagens mit englischen Pferden um sich hat, fürchten keinerlei Unglück; daher sah denn auch der Baron Asien kühl an, er war ganz der, der ihr eben hunderttausend Franken gegeben hatte. Diese Majestät tat ihre Wirkung. Asien trat den Rückzug an und brummte auf der Treppe; sie führte eine höchst revolutionäre Sprache: sie sprach vom Schafott.

»Was haben Sie ihr denn gesagt? ...« fragte die stickende Jungfrau, »denn sie ist eine gute Frau.« – »Sie hat Sie vergauft, sie hat Sie geschdohlen ...« – »Wenn wir im Elend sind«, erwiderte sie mit einer Miene, die einem Diplomaten das Herz gebrochen hätte, »wer hat da Geld und Mitleid für uns? ...« – »Arme Glaine!« sagte Nucingen, »pleiben Se kaine Minute mehr hier!«

Nucingen reichte Esther den Arm, er führte sie, so wie sie war, hinunter und setzte sie mit vielleicht mehr Achtung in seinen Wagen, als er der schönen Herzogin von Maufrigneuse bezeigt hätte. »Sie sollen aine schöne Egibasche haben, die hüpscheste von Baris«, sagte Nucingen während der Fahrt. »Das Raizendste, was der Luxus besitzt, soll Sie umkeben. Keine Gönikin soll raicher sain als Sie. Sie sollen werden keachtet wie aine Praut in Teutschland: ich will, daß Sie frei sind ... Wainen Se nicht. Hören Se ... Ich lieb Sie wahrhaftig mit rainer Liebe ... Jede Ihrer Dränen pricht mir das Herz ...« – »Liebt man eine Frau, die man kauft, wirklich? ...« fragte das arme Mädchen mit entzückender Stimme. »Schosef ist auch von sainen Priedern vergauft worden, weil er so hibsch war. Das schdeht in der Pibel. Außerdem gauft man im Orient saine rechtmäßiken Frauen.«

Als sie in der Rue Taitbout ankamen, konnte Esther den Schauplatz ihres Glücks nicht ohne schmerzliche Eindrücke wiedersehen. Sie blieb regungslos auf einem Diwan liegen, indem sie ihre Tränen eine nach der andern hemmte, ohne ein Wort von den Torheiten zu hören, die der Bankier radebrechte. Er ließ sich auf die Knie nieder; sie ließ ihn liegen, ohne ihm ein Wort zu sagen; sie entzog ihm ihre Hände nicht, wenn er sie nahm; aber gewissermaßen wußte sie nicht, welchen Geschlechts das Geschöpf war, das ihr die Füße wärmte, denn Nucingen fand sie kalt. Diese Szene brennender Tränen, die dem Baron auf den Kopf gesät wurden, und eisiger Füße, die er wärmte, dauerte von Mitternacht bis zwei Uhr morgens.

»Eischenie«, sagte endlich der Baron, indem er Europa rief, »pringen Se doch die knädige Frau daßu, daß sie ßu Pett keht ...« – »Nein!« rief Esther, indem sie sich wie ein scheuendes Pferd auf ihren Beinen erhob; »hier niemals!«

»Sehen Sie, gnädiger Herr, ich kenne die gnädige Frau, sie ist sanft und gut wie ein Lamm«, sagte Europa zu dem Bankier; »nur darf man sie nicht vor den Kopf stoßen; man muß sie immer von der guten Seite nehmen ... Sie ist hier so unglücklich gewesen! Sehen Sie her ... das Mobiliar ist recht abgenutzt! Lassen Sie sie ihrer Neigung folgen. Richten Sie ihr recht artig ein hübsches Hotel ein. Vielleicht wird sie, wenn sie ringsum nur Neues sieht, sich fremd vorkommen, und sie wird Sie vielleicht besser finden, als Sie sind, und dann wird sie von engelhafter Sanftmut sein ... Oh, die gnädige Frau hat nicht ihresgleichen! Und Sie können sich rühmen, eine ausgezeichnete Erwerbung gemacht zu haben: ein gutes Herz, artige Manieren, einen feinen Spann, eine Haut, eine Frische ... ah! ... Und Geist, daß zum Tode Verurteilte lachen müssen! ... Die gnädige Frau ist der Leidenschaft fähig ... Und wie sie sich anzuziehen versteht! ... Ja, wenn es auch teuer ist, so hat der Mann doch etwas für sein Geld. Hier sind all ihre Kleider gepfändet, sie ist also mit ihrer Toilette um drei Monate in Rückstand. Aber die gnädige Frau ist so gut, sehen Sie, daß sogar ich sie liebe, und sie ist meine Herrin! Aber seien Sie gerecht! Eine Frau wie sie und mitten unter gepfändeten Möbeln! Und für wen all das? Für einen Taugenichts, der sie gefoltert hat ... Die arme kleine Frau! Sie ist nicht mehr sie selber!«

»Esder ... Esder ...« sagte der Baron, »kehen Se ßu Pett, main Engel. Ach, wenn Sie vor mir Ankst haben, dann plaibe ich auf diesem Ganabee ...« rief der Baron, den die reinste Liebe entflammte, als er sah, daß Esther immer noch weinte. »Nun gut«, erwiderte Esther, indem sie die Hand des Barons ergriff und sie mit einem Gefühl der Dankbarkeit küßte, die diesem Luchs etwas in die Augen trieb, was einer Träne ähnlich sah, »ich werde Ihnen dafür dankbar sein ...« Und sie lief in ihr Zimmer, wo sie sich einschloß.

»Da liegt etwas Unerglärliches ...« sagte Nucingen bei sich selber; seine Pillen regten ihn auf. »Was wird man sagen bei mir?« Er stand auf und sah durch das Fenster: »Main Wagen schdeht immer noch da ... Es wird pald Tag.« Er ging im Zimmer auf und ab. »Wie wirde Frau von Nischinguen lachen, wenn sie jemals erfiehre, wie ich diese Nacht ßukepracht habe! ...« Er schmiegte sein Ohr an die Tür des Schlafzimmers, als er sich ein wenig zu albern untergebracht fand. »Esder! ...« Keine Antwort. »Kott, du Kerechter! Sie waint immer noch! ...« sagte er, als er zurücktrat, um sich wieder auf das Kanapee zu legen.

Etwa zehn Minuten nach Sonnenaufgang wurde der Baron von Nucingen, der zu einem schlechten, gewaltsamen Schlummer entschlafen war, noch dazu in unbequemer Stellung, mitten in einem jener Träume, wie man sie dann hat und deren rasche Verwirrungen zu den unlöslichen Problemen der medizinischen Physiologie gehören, von Europa jäh geweckt.

»Ach, mein Gott, gnädige Frau!« rief sie, »gnädige Frau! Soldaten! ... Gendarmen! Die Polizei! ... Man will Sie verhaften! ...«

In dem Augenblick, als Esther, nur halb in ihren Morgenrock gehüllt, die nackten Füße in Pantoffeln, die Haare in Unordnung, schön genug, um den Erzengel Raphael zur Verdammnis zu führen, ihre Tür auftat und sich zeigte, spie die Salontür eine Flut von Menschenauswurf herein, der zehnpfotig auf die Himmelstochter, die wie ein Engel auf einem flämischen Altarbild dastand, zustürzte. Ein einzelner trat vor. Contenson, der scheußliche Contenson legte die Hand auf Esthers feuchte Schulter. »Sie sind Fräulein Esther van ...?« sagte er.

Europa warf ihn mit einem Backenstreich um so leichter nieder, damit er sich sein Stück Teppich abmaß, als sie ihm zugleich jenen scharfen Hieb in die Beine versetzte, der allen, die die Kunst des Fußboxens ausüben, so bekannt ist. »Zurück!« schrie sie; »meine Herrin rührt man nicht an!«

»Sie hat mir das Bein gebrochen!« rief Contenson, indem er aufsprang; »das soll man mir bezahlen!«

Von der Masse der fünf Büttel, die eben wie Büttel gekleidet waren, die ihre scheußlichen Hüte auf den noch scheußlicheren Köpfen behielten und deren Köpfe wie aus geädertem Mahagoni zu sein schienen, während hier die Augen schielten, dort die Nasen fehlten und alle Münder sich zur Grimasse verzerrten, löste sich Louchard ab, der sauberer gekleidet war als seine Leute, aber gleichfalls den Hut auf dem Kopf behielt; sein Gesicht war zugleich süßlich und zum Lachen verzogen. »Gnädiges Fräulein, ich verhafte Sie«, sagte er zu Esther. »Was Sie angeht, meine Tochter«, sagte er zu Europa, »so würde jede Empörung bestraft werden, und jeder Widerstand ist nutzlos.«

Das Geräusch der Gewehre, deren Kolben auf die Fliesen des Eßzimmers und des Vorzimmers stießen und auf diese Weise meldeten, daß der Exekutor die Polizeiwache hinter sich hatte, bekräftigte diese Rede.

»Und weshalb wollen Sie mich verhaften?« fragte Esther unschuldig.

»Und unsere kleinen Schulden? ...« erwiderte Louchard. »Ach, freilich!«

rief Esther. »Lassen Sie mir Zeit, mich anzuziehen.« – »Unglücklicherweise, gnädiges Fräulein, muß ich mich überzeugen, daß Sie in Ihrem Zimmer kein Mittel zur Flucht haben«, sagte Louchard.

All das vollzog sich so rasch, daß der Baron noch keine Zeit gehabt hatte, sich ins Mittel zu legen. »Nun, ich hantle jetzt mit Menschenfleisch, Paron von Nischinguen! …« rief die furchtbare Asien, indem sie zwischen den Bütteln durch bis zum Diwan schlüpfte und tat, als entdeckte sie dort den Bankier. »Elände Halungin!« rief Nucingen, indem er sich in seiner ganzen Finanzmajestät aufrichtete.

Und er warf sich zwischen Esther und Louchard, der seinen Hut abnahm, als Contenson rief: »Der Herr Baron von Nucingen! …«

Auf einen Wink Louchards räumten die Büttel das Zimmer, indem sie ehrfurchtsvoll den Kopf entblößten. Contenson blieb allein zurück. »Bezahlt der Herr Baron?« fragte der Exekutor, der seinen Hut in der Hand hielt. »Ich peßahle«, erwiderte er; »aber ich muß doch wissen, um was es sich hantelt.« – »Um dreihundertundzwölftausend Franken und einige Centimes, die Kosten mitgerechnet; aber die Verhaftung ist nicht einbezogen.« – »Dreihünderttausend Franken!« rief der Baron. »Das ist ain teures Erwachen fier ainen, der die Nacht auf ainem Ganabee verpracht hat«, fügte er, Europa ins Ohr flüsternd, hinzu.

»Ist dieser Mensch wirklich der Baron von Nucingen?« fragte Europa Louchard; und sie kommentierte ihren Zweifel durch eine Geste, um die Fräulein Dupont, die letzte Soubrette des Théâtre Français, sie beneidet hätte. »Ja«, sagte Louchard. »Ja«, erwiderte Contenson. »Ich pürge fier sie«, sagte der Baron, den Europas Zweifel in seiner Ehre traf; »lassen Se mich mit ihr schbrechen ain Wort.« Esther und ihr alter Liebhaber traten in das Schlafzimmer, an dessen Schloß Louchard das Ohr zu legen für nötig fand.

»Ich liebe Sie mehr als main Leben, Esder; aber woßu Ihren Kläubikern Keld keben, das unentlich viel pesser in Ihrer Pörse wäre? Kehn Se ins Kefänknis: ich mache mich anhaischig, die hünderttausend Taler fier hünderttausend Franken auffßugaufen; dann haben Se ßweihünderttausend Franken fiersich …«

»Dieses System«, rief Louchard ihm zu, »nützt nichts. Der Gläubiger ist nicht in das gnädige Fräulein verliebt! … Sie verstehen? Und er will mehr als alles, weil er weiß, daß Sie in sie vernarrt sind.« – »Erztummkopf!« rief Nucingen Louchard zu, indem er die Tür öffnete und ihn in das Schlafzimmer einließ, »du waißt nicht, was du sagst! Ich kebe dir fier dich finf Broßent, wenn du erletigst die Sache ...« – »Unmöglich! Herr Baron.« – »Wie, Herr Baron, Sie hätten das Herz«, sagte Europa, indem sie eintrat, »meine Herrin ins Gefängnis gehen zu lassen? ... Aber wollen Sie meinen Lohn, meine Ersparnisse? Nehmen Sie sie, gnädige Frau, ich habe vierzigtausend Franken ...« – »Ach, mein armes Mädchen, ich kenne dich nicht wieder!« rief Esther, indem sie Europa in die Arme schloß. Europa brach in Tränen aus.

»Ich peßahle«, sagte der Baron jämmerlich, indem er ein Heft hervorzog, dem er einen jener kleinen bedruckten, viereckigen Zettel entnahm, wie sie die Bank den Bankiers zur Verfügung stellt und auf denen sie nur in Ziffern und Buchstaben die Summe auszufüllen haben, um auf den Inhaber lautende Anweisungen daraus zu machen.

»Das lohnt nicht der Mühe, Herr Baron«, sagte Louchard, »ich habe Befehl, meine Zahlung nur bar in Gold oder Silber entgegenzunehmen. Weil Sie es sind, will ich mich mit Banknoten begnügen.« – »Der Teifel!« rief der Baron auf deutsch, »ßeigen Se mir doch die Fechsel!« Contenson reichte drei Aktenhefte mit blauem Umschlag hin, die der Baron nahm, indem er Contenson ansah und ihm zuflüsterte: »Du hättest ainen pessern Dag kehapt, wenn du mich kewarnt hättest.« – »Ach, wußte ich, daß Sie hier sein würden, Herr Baron?« erwiderte der Spion, ohne sich darum zu kümmern, ob Louchard ihn hörte oder nicht. »Sie haben dabei verloren, daß Sie mir Ihr Vertrauen entzogen. Man rupft Sie«, fügte der tiefe Philosoph hinzu, indem er die Achseln zuckte. »Wreilich«, sagte der Baron bei sich selber. »Ach, maine Glaine«, rief er, als er die Wechsel sah, indem er sich zu Esther wandte, »Sie sind das Obwer aines Erzhalungen, aines Schwindlers!« – »Leider, ja!« sagte die arme Esther; »aber er hat mich sehr geliebt! ...« – »Wenn ich hätt kewußt ... dann hätt ich fier Sie Ainspruch erhoben.« – »Sie verlieren den Kopf, Herr Baron«, sagte Louchard, »es ist ein zweiter Indossant vorhanden.« – »Ja«, erwiderte er, »es ist ßweiter Intossant vorhanten ...« – »Will der Herr Baron ein Wort an seinen Kassier schreiben?« fragte Louchard; »ich werde Contenson zu ihm schicken und meine Leute entlassen. Die Zeit vergeht, und jedermann würde erfahren ...«

»Keh, Gondanzon!« sagte Nucingen. »Main Gassier wohnt Ecke Rie tes Madhirins und de l'Argate. Hier ist ain Prief, damit er ßu den Kellers keht, wenn wir kaine hünderttausend Taler haben; denn unser Keld ist kanz auf der Pank ... Sziehen Se sich an, main Engel«, sagte er zu Esther,

149

»denn Sie sind frai. Die alten Frauen«, rief er, indem er Asien ansah, »sind kewährlicher als die jungen ...«

»Ich gehe, um den Gläubiger zum Lachen zu bringen«, sagte Asien zu ihm, »und er wird mir so viel geben, daß ich mich heute amüsieren kann. Ohne Kroll, Herr Baron!« fügte die Saint-Estève hinzu, indem sie 207 eine scheußliche Verbeugung machte ... Louchard nahm die Papiere wieder aus den Händen des Barons entgegen und blieb mit ihm allein im Salon zurück, wohin eine halbe Stunde darauf mit Contenson auch der Kassier kam. Esther erschien eben in einer entzückenden, wenn auch improvisierten Toilette. Als Louchard die Summen gezählt hatte, wollte der Baron die Papiere nochmals prüfen, aber Esther ergriff sie mit der Geste einer Katze und trug sie in ihren Sekretär.

»Was geben Sie für das Gesindel?« fragte Contenson Nucingen. »Sie haben nicht kenommen viel Rücksicht«, sagte der Baron. »Und mein Bein! ...« rief Contenson. »Lichart, Sie werden keben hündert Franken an Gondanzon von dem Rest des Tausendfrankenschains ...«

»Das ist aine ssehr hibsche Frau!« sagte der Kassier zu dem Baron, als sie die Rue Taitbout verließen; »aber sie gömmt den Herrn Paron recht teier.« – »Pewahren Se mir Kehaimnis«, sagte der Baron, der auch Contenson und Louchard um Schweigen gebeten hatte.

Louchard ging davon, und ihm folgte Contenson; aber auf dem Boulevard hielt Asien, die auf ihn wartete, den Exekutor zurück. »Der Gerichtsvollzieher und der Gläubiger sitzen da in einem Fiaker, sie haben Durst«, sagte sie, »und da ist was zu verdienen.«

Während Louchard die Scheine hinzählte, konnte Contenson die Kunden prüfen. Er sah Herreras Augen, erkannte die Form der Stirn unter der Perücke, und die Perücke erschien ihm mit Recht verdächtig; er merkte sich die Nummer des Fiakers, obwohl er allem, was vorging, ganz gleichgültig gegenüberzustehen schien; Asien und Europa machten ihm außer ordentlich viel zu schaffen. Er sagte sich, daß der Baron das Opfer äußerst geschickter Leute sei, und zwar um so mehr, da Louchard von merkwürdiger Verschwiegenheit gewesen war, als er seine Dienste 208 erbat. Europas Beinhieb hatte Contenson übrigens nicht nur am Schienbein getroffen. ›Das ist ein Hieb, der nach Saint-Lazare) schmeckt!‹ hatte er bei sich selbst gesagt, als er wieder aufstand.

Carlos schickte den Gerichtsvollzieher fort, nachdem er ihn freigebig bezahlt hatte, und sagte, während er zahlte, zum Kutscher: »Palais Royal, Freitreppe.«

›Ah, der Schlaukopf!‹ sagte Contenson bei sich, als er die Adresse hörte, ›da gibt es etwas! …‹

Carlos kam in solcher Fahrt zum Palais Royal, daß er keine Verfolgung zu fürchten hatte. Übrigens eilte er dort auf seine Art durch die Galerien, nahm auf der Place Château d'Eau einen zweiten Fiaker und rief dem Kutscher zu: »Opernpassage, auf der Seite der Rue Pinon.«

Eine Viertelstunde darauf trat er in der Rue Taitbout ein. Als Esther ihn sah, sagte sie: »Hier sind die gefährlichen Papiere!« Carlos nahm sie, sah sie durch und ging hinaus, um sie am Küchenfeuer zu verbrennen.

»Der Streich ist gespielt!« rief er, indem er die dreihunderttausend Franken zeigte, die er, in ein Bündel gerollt, aus der Tasche seines Überrocks zog. »Das und die hunderttausend Franken, die Asien erwischt hat, damit können wir handeln.« – »Mein Gott! Mein Gott!« rief die arme Esther. »Aber, du Dummkopf!« sagte der wilde Rechner, »sei zum Schein Nucingens Geliebte, und du wirst Lucien sehen können; er ist Nucingens Freund; ich verbiete dir nicht, eine Leidenschaft für ihn zu hegen!«

Esther sah eine schwache Helle in ihrem düstern Leben; sie atmete auf.

»Europa, meine Tochter«, sagte Carlos, indem er dieses Geschöpf in einen Winkel des Boudoirs führte, wo niemand ein Wort ihrer Unterhaltung auffangen konnte, »Europa, ich bin mit dir zufrieden.«

Europa hob den Kopf und sah diesen Menschen mit einem Ausdruck an, der ihr welkes Gesicht so sehr verwandelte, daß die Zeugin dieser Szene, nämlich Asien, die an der Tür wachte, sich fragte, ob das Interesse, durch das Carlos Europa an sich fesselte, das, durch das sie sich an ihn gekettet fühlte, an Tiefe übertreffen könnte.

»Das ist nicht alles, meine Tochter. Vierhunderttausend Franken sind für mich nichts … Paccard wird dir eine Rechnung für Silbergeschirr überreichen, sie beläuft sich auf dreißigtausend Franken, und es sind Anzahlungen darauf geleistet; aber Biddin, unser Goldschmied, hat Kosten gehabt. Unser Mobiliar, das er hat pfänden lassen, wird ohne Zweifel morgen ausgeboten werden. Suche Biddin auf; er wohnt in der Rue de l'Arbre-Sec; er wird dir für zehntausend Franken Pfandscheine geben. Du verstehst: Esther hat sich Silbergeschirr machen lassen, sie hat es nicht bezahlt und hat es versetzt; wir werden sie mit einer kleinen Klage wegen Betrugs bedrohen. Summe: dreiundvierzigtausend Franken mit den Kosten. Dieses Silbergeschirr ist von schlechter Legierung, der Baron wird es erneuern, wir werden ihm da wieder ein paar Tausendfrankenscheine mausen. Ihr schuldet der Schneiderin für zwei Jahre ... wieviel?« – »Wir schulden ihr vielleicht sechstausend Franken«, erwiderte Europa. »Gut; wenn Frau Auguste bezahlt werden und sich die Kundschaft erhalten will, so wird sie für vier Jahre eine Rechnung über dreißigtausend Franken ausstellen. Der gleiche Handel mit der Modistin. Der Juwelier Samuel Frisch, der Jude in der Rue Sainte-Avoie, wird dir Pfandscheine leihen; wir müssen ihm fünfundzwanzigtausend Franken schulden, und wir werden für sechstausend Franken von unserm Schmuck im Leihhaus haben. Wir werden den Schmuck dem Juwelier zurückgeben, die Hälfte der Steine muß falsch sein; daher wird der Baron sie nicht einmal ansehen. Kurz, du wirst dafür sorgen, daß unser Gegenspieler innerhalb von acht Tagen noch einmal hundertfünfzigtausend Franken ›speit‹.« – »Die gnädige Frau wird mir ein wenig helfen müssen«, erwiderte Europa; »sprechen Sie mit ihr; denn sie steht da wie ein Klotz und zwingt mich, mehr Geist zu entfalten, als drei Autoren für ein Stück brauchen.« – »Wenn Esther sich auf die Ziererei legen sollte, so wirst du mich benachrichtigen«, sagte Carlos. »Nucingen ist ihr einen Wagen und zwei Pferde schuldig; sie wird alles selbst wählen und kaufen wollen. Ihr werdet den Pferdehändler und Wagenmacher nehmen, bei dem Paccard wohnt. Dort werden wir wundervolle Pferde finden, die natürlich sehr teuer sind; und einen Monat darauf werden sie hinken, so daß wir sie wechseln müssen.« – »Sechstausend Franken könnte man ihm mit Hilfe einer Rechnung des Parfumeurs ablocken«, sagte Europa. »Oh!« erwiderte Carlos kopfschüttelnd, »langsam! Von einer Konzession zur andern. Nucingen hat nur erst den Arm in die Maschine gesteckt: wir brauchen den Kopf. Abgesehen von all dem habe ich fünfhunderttausend Franken nötig.« – »Die werden Sie bekommen können«, sagte Europa. »Die gnädige Frau müßte sich um die sechshunderttausend von dem dicken Dummkopf erweichen lassen; dann könnte sie vierhunderttausend dafür verlangen, wenn sie ihn herzlich lieben soll.« – »Höre mich an, meine Tochter«, sagte Carlos. »An dem Tage, an dem ich die letzten hunderttausend Franken erhebe, fallen für dich zwanzigtausend Franken ab.« – »Wozu sollten mir die dienen?« fragte Europa, indem sie wie ein Wesen, dem das Dasein unmöglich scheint, die Arme sinken ließ. »Du kannst nach Valenciennes zurückkehren, ein hübsches Geschäft kaufen und eine anständige Frau werden, wenn du es willst; es gibt jeden Ge-

schmack. Paccard denkt zuweilen daran; er hat nichts auf der Schulter
und fast nichts auf dem Gewissen, ihr würdet zueinander passen«, sagte
Carlos. »Nach Valenciennes zurückkehren! ... Können Sie das denken,
gnädiger Herr?« rief Europa erschreckt aus.

Europa war als Tochter sehr armer Weber, geboren zu Valenciennes,
mit sieben Jahren in eine Spinnerei geschickt worden, und dort hatte
die moderne Industrie ihre Körperkräfte mißbraucht, genau wie das
Laster sie vor der Zeit verdorben hatte. Mit zwölf Jahren verführt, mit
dreizehn Mutter, so sah sie sich an tief entartete Wesen gefesselt. Aus
Anlaß eines Mordes hatte sie als Zeugin vor dem Geschwornengericht
erscheinen müssen. Der Schrecken, den die Rechtspflege einflößt, und
ein Rest von Ehrlichkeit besiegten die Sechzehnjährige, und der Angeklagte wurde auf Grund ihres Zeugnisses zu zwanzig Jahren Zwangsarbeit
verurteilt. Dieser Verbrecher, einer jener Rückfälligen, deren Organisation
mit furchtbarer Rache droht, hatte vor dem versammelten Gerichtshof
zu diesem Kind gesagt: ›In zehn Jahren, Prudentia, da komm ich wieder,
als wäre es heute, um dich kalt zu machen, und müßt' ich unter die
Sense!‹

Der Präsident des Gerichtshofs versuchte zwar, Prudentia Servien zu
beruhigen, indem er ihr die Stütze und das Interesse der Justiz versprach;
aber das arme Kind wurde von so tiefem Schrecken befallen, daß sie
erkrankte und fast ein Jahr lang im Spital blieb. Die Justiz ist ein Ver-
nunftwesen, das dargestellt wird von einer Anzahl von Individuen, die
sich fortwährend erneuern und deren gute Absichten und Erinnerungen
wie sie selbst außerordentlich wandelbar sind. Polizei und Gerichte
können Verbrechen niemals verhindern; sie sind dazu erfunden, sie als
vollendete Tatsachen hinzunehmen. In dieser Hinsicht wäre eine Vor-
beugungspolizei eine Wohltat für das Land; aber das Wort Polizei
schreckt heute den Gesetzgeber, der nicht mehr zwischen den Worten
›regieren‹, ›verwalten‹ und ›Gesetze geben‹ zu unterscheiden weiß. Der
Gesetzgeber neigt dazu, alles in den Staat hineinzuziehen, als könnte der
handeln. Der Sträfling müßte immerfort an sein Opfer denken und sich
rächen, wenn die Justiz weder an ihn noch an sie denken würde. Prudentia, die ihre Gefahr instinktiv, im großen und ganzen, wenn man
will, begriff, verließ Valenciennes und kam mit siebzehn Jahren nach
Paris, um sich dort zu verbergen. Sie übte dort vier Berufe aus, deren
bester der einer Statistin bei einem kleinen Theater war. Paccard begegnete ihr, und sie erzählte ihm ihr Unglück. Paccard, Jakob Collins

rechter Arm und Sklave, sprach seinem Herrn von Prudentia; und als der Meister eine Sklavin brauchte, sagte er zu ihr: ›Wenn du mir dienen willst, wie man dem Teufel dienen muß, so werde ich dich von Durut befreien.‹

Durut war der Sträfling, das Damoklesschwert, das über dem Kopf der Prudentia Servien hing. Ohne diese Einzelheiten hätten manche Kritiker wohl Europas Ergebenheit ein wenig phantastisch gefunden. Und niemand hätte den Theatercoup begriffen, den Carlos herbeiführen wollte.

»Ja, meine Tochter, du kannst nach Valenciennes zurückkehren … Da, lies!« Und er reichte ihr das Zeitungsblatt vom Tage vorher, indem er ihr mit dem Finger den folgenden Artikel zeigte: »Toulon. Gestern fand die Hinrichtung Johann Franz Duruts … Schon am frühen Morgen mußte die Garnison usw.«

Prudentia ließ die Zeitung fallen; ihre Beine gaben unter dem Gewicht ihres Körpers nach: sie fand das Leben wieder, denn wie sie sagte, hatte sie seit Duruts Drohung am Brot keinen Geschmack mehr gefunden.

»Du siehst, ich habe mein Wort gehalten. Ich habe vier Jahre gebraucht, um Duruts Kopf zu Fall zu bringen, indem ich ihn in eine Schlinge lockte … Nun also, vollende hier mein Werk, und du sollst in deiner Heimat an der Spitze eines kleinen Geschäfts stehen mit einem Vermögen von zwanzigtausend Franken und als Frau Paccards, dem ich als Pension die Tugend gestatte.«

Europa nahm die Zeitung wieder auf und las mit lebendigen Augen all die Einzelheiten, wie Zeitungen sie, ohne dessen müde zu werden, seit zwanzig Jahren über die Hinrichtung der Sträflinge bringen: sie las von dem imposanten Schauspiel, dem Geistlichen, der noch stets den Sühnenden bekehrt hat, dem alten Verbrecher, der seine ehemaligen Kollegen ermahnt, von den aufgeprotzten Geschützen und den knienden Verbrechern; und schließlich folgten die banalen Reflexionen, die nichts an er Verwaltung des Bagnos ändern, in dem achtzehntausend Verbrecher wimmeln.

»Wir müssen Asien wieder ins Haus bringen«, sagte Carlos. Asien trat vor; sie verstand nichts von der Pantomime Europas. »Um sie hier wieder zur Köchin zu machen, werdet ihr zunächst dem Baron ein Diner servieren, wie er es noch nie gegessen hat«, fuhr er fort; »dann werdet ihr ihm sagen, Asien habe ihr Geld im Spiel verloren und wieder Dienste genommen. Einen Jäger werden wir nicht brauchen: Paccard wird Kut-

213

scher; Kutscher verlassen ihren Bock nicht; und da sie dort kaum zugänglich sind, so wird ihn die Spionage dort weniger leicht fassen. Die gnädige Frau wird ihm befehlen, eine gepuderte Perücke und einen dicken, betreßten Filzdreispitz zu tragen; das wird ihn verändern; übrigens werde ich ihm Runzeln malen.«

»Werden wir Bediente bei uns haben?« fragte Asien schielend. »Wir werden ehrliche Leute nehmen«, erwiderte Carlos. »Lauter schwache Köpfe«, sagte die Mulattin. »Wenn der Baron ein Hotel mietet, so hat Paccard einen Freund, der zum Pförtner taugt«, fuhr Carlos fort. »Dann brauchen wir nur noch einen Lakaien und ein Küchenmädchen; zwei Fremde werdet ihr wohl überwachen können.«

In dem Augenblick, als Carlos hinausgehen wollte, zeigte Paccard sich. »Bleiben Sie, es sind Leute auf der Straße«, sagte der Jäger.

Dieses so einfache Wort war beängstigend. Carlos stieg in Europas Zimmer hinauf und blieb dort, bis Paccard gekommen war, um ihn mit einem Mietswagen abzuholen, der bis ins Haus hineinfuhr. Carlos zog die Vorhänge herunter und wurde in so schneller Fahrt dahingeführt, daß jede Verfolgung eitel sein mußte.

Im Faubourg Saint-Antoine ließ er sich einige Schritte von einer Fiakerhaltestelle entfernt absetzen, ging zu Fuß zu einer Droschke und fuhr zum Quai Malaquais; so entging er den Neugierigen.

»Sieh, Kleiner«, sagte er zu Lucien, indem er ihm vierhundert Tausendfrankenscheine zeigte, »da haben wir, denke ich, eine Anzahlung auf den Landsitz Rubempré. Wir wollen hunderttausend davon aufs Spiel setzen. Man hat eben die Omnibusse lanciert, die Pariser werden sich in diese Neuheit verlieben: in drei Monaten werden wir unsern Einsatz verdreifachen. Ich kenne die Geschichte: man wird prachtvolle Dividenden auf das Kapital zahlen, damit die Aktien in Gang kommen … ein wiederaufgewärmter Gedanke Nucingens. Wenn wir den Rubemprészchen Landsitz wieder zusammenstellen, werden wir nicht alles sofort bezahlen. Du wirst auf der Stelle Des Lupeaulx aufsuchen und ihn bitten, dich persönlich an einen Anwalt namens Desroches zu empfehlen, einen gerissenen Schlingel, den du in seinem Bureau besuchen wirst; du wirst ihm sagen, er möge nach Rubempré gehen und das Terrain studieren; und du wirst ihm zwanzigtausend Franken Honorar versprechen, wenn er dir dreißigtausend Franken Rente verschaffen kann, indem er rings um die Trümmer des Schlosses für achthunderttausend Franken Land aufkauft.« – »Wie du jagst! … Und jagst und jagst! …«»Ich jage immer.

Aber keine Scherze. Du wirst hunderttausend Taler in Schatzanweisungen anlegen, um keine Zinsen zu verlieren; du kannst sie Desroches übergeben, er ist ebenso ehrlich wie verschmitzt … Ist das geschehen, so eile nach Angoulême und setze bei deiner Schwester und deinem Schwager durch, daß sie dir zuliebe eine kleine Lüge auf sich nehmen. Deine Verwandten können dir ganz gut sechshunderttausend Franken gegeben haben, um deine Heirat mit Klotilde von Grandlieu zu erleichtern; das ist nicht entehrend.«

»Wir sind gerettet!« rief Lucien geblendet. »Du, ja!« erwiderte Carlos; »aber auch du bist es erst, wenn du mit Klotilde als Frau aus Saint-Thomas d'Aquin kommst …« – »Was fürchtest du?« fragte Lucien, scheinbar voller Interesse für seinen Ratgeber. »Mir sind Neugierige auf der Spur … Ich muß den Eindruck eines wirklichen Priesters machen, und das ist recht langweilig! Der Teufel wird mich nicht mehr schützen, wenn er mich mit einem Brevier unterm Arm sieht.«

In diesem Augenblick erreichte der Baron von Nucingen, der Arm in Arm mit seinem Kassier davonging, das Tor seines Hotels. »Ich firchte«, sagte er, als er nach Hause kam, »ich habe ainen ecländen Feldßug kemacht … Pah, wir werden das wieder einholen gönnen …« – »Das Unklück ist, daß der Herr Paron sich ins Kerede kepracht hat«, erwiderte der gute Deutsche, dem nur das Dekorum Sorgen machte. »Ja, maine Keliepte muß in ainer Lage sain, die mainer wirdig ist«, sagte dieser Ludwig XIV. des Bureaus.

Da der Baron gewiß war, Esther früher oder später zu besitzen, so wurde er wieder der große Finanzier, der er war. Er nahm die Leitung seiner Geschäfte so energisch wieder auf, daß sein Kassier, als er ihn am folgenden Tage um sechs Uhr in seinem Arbeitszimmer vorfand, wie er Werte durchsah, sich die Hände rieb. »Entschieten hat der Herr Paron 216 kestern nacht aine Ersparnis kemacht«, sagte er mit dem Lächeln eines Deutschen, der halb schlau, halb albern ist.

Wenn die Leute, die nach Art des Barons von Nucingen reich sind, mehr Gelegenheiten haben als andere, Geld zu verlieren, so haben sie auch mehr Gelegenheiten, welches zu gewinnen, selbst wenn sie sich ihren Torheiten überlassen. Obgleich die Finanzpolitik des berühmten Hauses Nucingen anderswo erklärt ist, so ist es doch wohl nicht unnötig, darauf aufmerksam zu machen, daß sich ein so beträchtliches Vermögen inmitten der geschäftlichen, politischen und industriellen Revolutionen unserer Zeit nicht erwerben, ausbauen, vergrößern und erhalten läßt, ohne daß ungeheure Kapitalsverluste stattfinden oder, wenn man will, ohne daß dem Vermögen der Einzelnen Steuern auferlegt werden. Es werden sehr wenig neue Werte in den Gesamtschatz der Erdkugel eingeführt. Jeder neue wucherische Aufkauf bedeutet eine neue Ungleichheit in der allgemeinen Verteilung. Was der Staat verlangt, gibt er zurück; aber was ein Haus Nucingen nimmt, das behält es. Dieser Dolchstoß entgeht den Gesetzen aus demselben Grunde, der aus Friedrich II. einen Jakob Collin, einen Mandrin gemacht hätte, wenn er, statt mit Schlachten auf die Provinzen einzuwirken, im Schmuggel oder in beweglichen Werten gearbeitet hätte. Die europäischen Staaten zu zwingen, daß sie Anleihen zu zwanzig oder zu zehn Prozent aufnehmen, diese zehn oder zwanzig Prozent mit dem Gelde des Publikums zu verdienen, die Industrien im großen zu prellen, indem man sich der Rohstoffe bemächtigt, dem Gründer eines Geschäfts einen Strick hinzureichen, um ihn überm Wasser zu halten, bis man seine scheintote Unternehmung aufgefischt hat, kurz all diese gewonnenen Schlachten der Taler bilden die hohe Politik des Geldes. Sicherlich kommen sowohl für den Bankier wie für den Eroberer Gefahren vor; aber es gibt so wenig Leute, die imstande sind, solche Kämpfe durchzuführen, daß die Schafe nichts damit zu tun haben. Diese großen Dinge spielen sich zwischen den Hirten ab. Da ferner jene, die von der Börse ausgeschlossen werden, sich des Fehlers schuldig gemacht haben, daß sie zuviel gewinnen wollten, nimmt man im allgemeinen sehr wenig Anteil an dem Unglück, das durch die Berechnungen der Nucingens verursacht wird. Wenn ein Spekulant sich eine Kugel in den Kopf schießt, wenn ein Geldmakler die Flucht ergreift, wenn ein Notar das Vermögen von hundert Familien entführt, was schlimmer ist, als wenn man einen Menschen tötet, wenn ein Bankier liquidiert – all diese Katastrophen, die man in Paris in wenigen Monaten vergißt, werden bald verschlungen von dem fast meergleichen Wogen der großen Stadt. Das ungeheure Vermögen eines Jakob Coeur, der Medicis, eines Ango von Dieppe, eines Auffredi von La Rochelle, der Fugger, der Tiepolos, der Corners wurde ehedem auf ehrliche Weise erworben vermöge der Privilegien, die der Unwissenheit in betreff der Herkunft aller kostbaren Waren entsprangen. Aber heute ist das geographische Wissen so tief in die Massen gedrungen, die Konkurrenz hat die Verdienste so scharf umgrenzt, daß jedes schnell erworbene Vermögen entweder die Wirkung eines Zufalls oder das Ergebnis eines legalen Diebstahls ist. Verführt durch schmähliche Beispiele, hat sich, vor allem seit den letzten zehn Jahren, auch der niedere Handel der perfiden Begriffe des Großhandels bemächtigt, und zwar durch heimtückische Attentate auf die Rohprodukte. Wo immer die Chemie geübt wird, trinkt man keinen reinen Wein mehr; daher erliegt die Weinindustrie. Man verkauft verfälschtes Salz, um dem Fiskus zu entgehen. Die Gerichte erschrecken vor dieser allgemeinen Unredlichkeit. Jetzt steht der französische Handel vor der ganzen Welt als verdächtig da, und England wird in gleichem Maße demoralisiert. Das Übel kommt bei uns durch das politische Gesetz. Die Verfassung hat die Regierung des Geldes proklamiert, der Erfolg wird zum letzten Richter einer atheistischen Zeit. Daher ist auch die Verderbtheit der höheren Sphären, trotz vor Gold blendender Ergebnisse und ihrer schönen Gründe, unendlich viel scheußlicher als die unvornehme und gewissermaßen persönliche Verderbtheit der unteren Kreise, aus der einige Einzelheiten dieser Szene als komisches, als, wenn man will, furchtbares Ingrediens dienen. Die Regierung, die jeder neue Gedanke erschreckt, hat die Elemente der gegenwärtigen Komik vom Theater verbannt. Die Bourgeoisie, die weniger liberal ist als Ludwig XIV., zittert davor, ihre ›Hochzeit Figaros‹ zu sehen; sie verbietet, den politischen ›Tartuffe‹ zu spielen; und sicherlich würde sie heute ›Turcaret‹ nicht spielen lassen, denn Turcaret selbst ist zum Souverän geworden. Hinfort wird die Komödie erzählt, und das Buch wird zur, wenn auch weniger rasch wirkenden, so doch sicherern Waffe der Dichter.

Während jenes Morgens, während des Hin und Hers der Audienzen, der erteilten Befehle und der wenige Minuten dauernden Besprechungen, die aus Nucingens Arbeitszimmer eine Art Vorhalle der Finanz machten, meldete ihm einer seiner Wechselmakler, daß ein Mitglied der Gesellschaft, eins der geschicktesten, eins der reichsten, nämlich Jakob Falleix, der Bruder Martin Falleix', der Nachfolger Julius Desmarets, verschwunden war. Jakob Falleix war der offizielle Wechselmakler des Hauses Nucingen. Im Einverständnis mit du Tillet und den Kellers hatte der Baron den Ruin dieses Mannes ebenso kühl heraufbeschworen, als hätte es sich darum gehandelt, zu Ostern ein Lamm zu schlachten.

»Er gonnte sich nicht halten«, sagte der Baron ruhig.

Jakob Falleix hatte dem Börsenwucher ungeheure Dienste geleistet. Während einer Krisis hatte er noch vor ein paar Monaten ›den Platz gerettet‹, indem er ein verwegenes Manöver ausführte. Aber Dankbarkeit von den Lüchsen verlangen, hieße das nicht, im Winter die Wölfe der Ukraine rühren wollen?

»Der arme Mensch!« sagte der Wechselmakler; »er war so wenig auf diese Entwicklung gefaßt, daß er seiner Geliebten in der Rue Saint-Georges noch ein kleines Haus möbliert hatte; er hat hundertfünfzigtausend Franken für Gemälde und Mobiliar ausgegeben. Er liebte Frau du Val-Noble so sehr! ... Jetzt muß die Frau all das im Stich lassen ... Alles ist noch unbezahlt.« ›Kut, kut!‹ sagte Nucingen bei sich selber, ›da haben wir aine Kelegenheit, maine Verluste der Nacht wieder ainßupringen.‹ »Er hat nichts peßahlt?« fragte er den Wechselmakler. »Oh«, versetzte der Agent, »welches wäre der ungehobelte Lieferant, der Jakob Falleix keinen Kredit gegeben hätte? Es scheint, das Haus hat einen auserlesenen Keller. Nebenbei, das Haus ist zu verkaufen, er wollte es erstehen. Der Mietsvertrag lautet auf seinen Namen. Was für eine Dummheit! Jetzt wird das Silberzeug, das Mobiliar, die Weine, der Wagen und die Pferde – alles wird zur Masse geschlagen, und was werden die Gläubiger davon haben?« – »Gommen Se morgen«, sagte Nucingen, »dann hab ich mir das alles ankesehen, und fenn man nicht Gongurs eröffnet und die Tinge kütlich bailegt, werd ich Ihnen keben den Auftrag, ainen verninftigen Brais fier das Mopiliar zu pieten; den Mietsvertrag werd ich iebernehmen ...« – »Das wird sich machen lassen«, sagte der Wechselmakler. »Gehen Sie heute morgen hin, Sie werden einen der Kompagnons bei den Lieferanten finden, die sich gern ein Vorzugsrecht schaffen möchten; aber die Val-Noble hat ihre Rechnungen, die auf den Namen Falleix lauten.«

Der Baron von Nucingen schickte auf der Stelle einen seiner Kommis zu seinem Notar. Jakob Falleix hatte ihm von diesem Hause gesprochen, das höchstens sechzigtausend Franken wert war; und er wollte sofort den Besitz antreten, um wegen der Mieten ein Pfandvorrecht zu haben.

Der Kassier – der ehrliche Mensch – kam, um zu fragen, ob sein Herr bei dem Bankrott etwas verlöre. »Im Kegenteil, main kuter Wolfkang, ich werde wieder einpringen hunderttausend Franken.« – »Und wie?« – »Ah, ich werde gaufen das glaine Haus, das der arme Teifel Walleix seit ainem Jahr fier saine Keliepte einrichtete. Ich werde begommen das Kanze, wenn ich den Kläubikern biete finfzigtausend Franken; und Gartod, mein Nodar, begommt mainen Auftrag fier das Haus, denn der Besitzer sitzt in der Glemme ... Ich hab das kewußt, aber ich hatte mainen Gopf nicht mehr. Pald soll maine köttliche Esder ain glaines Balais pewohnen ... Walleix hat es mir keßaigt: es ist funderpar, und kanz nah bei ... Das paßt mir wie ain Hantschuh.«

Der Konkurs Falleix zwang den Baron, an die Börse zu gehen; aber es war ihm unmöglich, die Rue Saint-Lazare zu verlassen, ohne daß er in der Rue Taitbout vorging; er litt schon darunter, daß er ein paar Stunden ohne Esther verbracht hatte; er hätte sie am liebsten an seiner Seite behalten. Der Gewinn, den er durch die Masse seines Wechselmaklers zu erzielen gedachte, machte ihm den Verlust der vierhunderttausend Franken, die bereits ausgegeben waren, äußerst leicht. Er war entzückt, ›sainem Engel‹ den Umzug aus der Rue Taitbout in die Rue Saint-Georges melden zu können; denn dort würde sie in einem ›glainen Balais‹ sein, und ihrem Glück würden sich keine Erinnerungen entgegenstellen; so schien ihm denn das Pflaster unter den Füßen weich, er schritt dahin wie ein junger Mensch, er war befangen im Traum eines jungen Menschen. An der Ecke der Rue des Trois-Frères sah der Baron mitten in seinem Traum und mitten auf dem Pflaster mit verstörtem Gesicht Europa auf sich zukommen.

»Wohin willst du?« fragte er. »O gnädiger Herr, ich war auf dem Wege zu Ihnen. Sie hatten ganz recht, gestern! Ich sehe jetzt ein, daß die arme gnädige Frau auf ein paar Tage hätte ins Gefängnis gehen sollen. Aber verstehen sich wohl die Frauen auf die Finanzen? ... Als die Gläubiger der gnädigen Frau erfuhren, daß sie in ihre Wohnung zurückgekehrt ist, sind sie alle wie über eine Beute über sie hergefallen ... Gestern um sieben Uhr abends, gnädiger Herr, haben sie scheußliche Zettel angeklebt, daß Sonnabend ihr Mobiliar verkauft werden soll ... Aber das ist noch nichts ... Die gnädige Frau ist eben nur Herz, und da hat sie seinerzeit diesem Ungeheuer, Sie wissen ja, einen Gefallen tun wollen!« – »Welchem Unkeheier?« – »Nun, dem, den sie liebte, diesem von Estourny; oh, er war reizend! nur spielte er.« – »Er schbielte mit kestichelten Karten ...« – »Nun, und Sie? ...« sagte Europa, »was treiben Sie an der Börse? Aber lassen Sie mich erzählen. Um also eines Tages Georg daran zu hindern, daß er sich eine Kugel vor den Kopf schoß, hat sie ihr ganzes Silberzeug und ihren Schmuck ins Leihhaus getragen, und beides war nicht bezahlt. Als nun die Leute erfuhren, daß sie einem Gläubiger etwas gegeben hat, sind sie alle gekommen, um ihr eine Szene zu machen. Man droht ihr mit der Polizei ... Ihr Engel auf der Anklagebank! – Kann einem da nicht die Perücke überm Kopf zu Berge stehen? ... Sie schwimmt in Tränen, sie spricht davon, sich ins Wasser zu werfen ... Oh, sie wird es tun!« – »Wenn ich mitgomme, dann atiee Pörse!« rief Nucingen; »und es ist unmöglich, daß ich nicht hinkehe;

ich will da etwas fier sie gewinnen ... Keh und peruhige sie: ich werde ihre Schulden peßahlen, ich werde um vier zu ihr gommen ... Aber, Eischenie, sag ihr, sie soll mich ain pißchen lieb haben ...« – »Wie, ein bißchen? Aber sehr! ... Sehen Sie, gnädiger Herr, nur die Großmut kann das Herz der Frauen gewinnen ... Sicherlich hätten Sie vielleicht hunderttausend Franken gespart, wenn Sie sie hätten ins Gefängnis gehen lassen. Aber ihr Herz hätten Sie nie gewonnen ... Wie hat sie noch gesagt? ›Eugenie, er hat sich recht groß gezeigt, recht weitherzig ... Er ist eine schöne Seele!‹« – »Das hat se kesagt, Eischenie?« rief der Baron. »Gewiß, gnädiger Herr, zu mir selbst.« – »Ta, ta sind ßehn Louis ...« – »Danke! ... Aber sie weint in eben diesem Augenblick, sie weint seit gestern, wie die heilige Magdalena einen Monat lang geweint hat ... Die, die Sie lieben, ist in Verzweiflung, und noch dazu wegen Schulden, die nicht ihre Schulden sind! Oh, die Männer! Die beuteln die Frauen ebensosehr aus, wie die Frauen die Alten ausbeuten ... wie?« – »So sind sie alle ... Sich verpürgen! ... Oh, man verpürgt sich nie! ... Sie soll nichts mehr unterschraiben. Ich peßahle; aber wenn sie noch aine Unterschrift kibt, dann ...« – »Was würden Sie dann tun?« fragte Europa, indem sie sich aufrichtete. »Kott, du Kerechter! Ich habe kaine Macht ieber sie ... Ich werde treten an die Schbitze ihrer glainen Keschäfte. Keh, keh und tröste sie, und sag ihr, daß sie in ainem Monat ain glaines Balais pewohnen soll.« – »Herr Baron, Sie haben im Herzen einer Frau Geld angelegt, das sich hoch verzinst! Sehen Sie ... ich finde Sie schon verjüngt, und ich bin nur eine Kammerfrau; aber ich habe das schon oft erlebt ... es ist das Glück ... Das Glück wirft so einen gewissen Glanz ... Wenn Sie ein paar Auslagen haben, so bedauern Sie das nicht ... Sie werden sehen, wieviel sie einbringen. Ich habe es der gnädigen Frau schon gesagt, sie wäre die letzte der letzten, sie wäre ein Mädchen von der Gasse, wenn sie Sie nicht liebte, denn Sie ziehen sie aus einer Hölle ... Hat sie erst keine Sorgen mehr, so werden Sie sie kennen lernen. Unter uns, Ihnen kann ich es sagen: in der Nacht, als sie so viel weinte ... was wollen Sie! Man will doch auch die Achtung des Mannes, der einen aushalten soll ... Sie wagte Ihnen all das nicht zu sagen ... Sie wollte durchgehen!« – »Durchkehn!« rief der Baron, den dieser Gedanke entsetzte. »Aber die Pörse! die Pörse! Keh, keh, ich gomm jetzt nicht ... Aber ich möchte sie am Fenster sehen ... Ihr Anplick wird mir Mut keben ...«

Esther lächelte Herrn von Nucingen zu, als er vor dem Hause vorüberging; und er schritt schwerfällig weiter, indem er sich sagte: ›Sie ist ain Engel!‹

Um dieses unmögliche Ergebnis herbeizuführen, war Europa auf folgendes Mittel verfallen. Gegen zweieinhalb Uhr hatte Esther sich angezogen, als erwartete sie Lucien; sie war entzückend; und als Prudence sie so sah, sagte sie mit einem Blick aufs Fenster: »Da ist der gnädige Herr!« Das arme Mädchen stürzte hin, weil sie Lucien zu erblicken meinte, und sie sah Nucingen. »Oh, wie du mich quälst!« sagte sie. »Es gab nur dieses Mittel, um den Schein zu wecken, als beachteten Sie einen armen alten Mann, der Ihre Schulden bezahlen wird«, erwiderte Europa; »denn jetzt werden sie alle bezahlt.« – »Welche Schulden?« rief dieses Geschöpf, das nur daran dachte, ihre Liebe festzuhalten, die ihr furchtbare Hände entrissen. »Die, die Herr Carlos für die gnädige Frau gemacht hat.« – »Wie? Wir haben doch schon fast vierhundertfünfzigtausend Franken!« rief Esther. »Sie haben noch für weitere hundertfünfzigtausend Franken Schulden. Aber der Baron hat all das sehr hübsch hingenommen ... Er will Sie hier fortnehmen und in ein ›glaines Balais‹ bringen ... Meiner Treu! Unglück haben Sie nicht! An Ihrer Stelle würde ich mir, da Sie diesen Menschen einmal am rechten Ende halten, sobald Sie Carlos befriedigt haben, ein Haus und Renten geben lassen. Die gnädige Frau ist ja die schönste Frau, die ich je gesehen habe, und auch die reizvollste; aber die Häßlichkeit kommt so schnell. Ich bin auch frisch und schön gewesen, und jetzt ...? Ich bin dreiundzwanzig Jahre alt, fast so alt wie die gnädige Frau, und ich sehe zehn Jahre älter aus ... Eine Krankheit genügt ... Aber wenn man ein Haus in Paris besitzt und seine Renten, so fürchtet man nicht mehr, auf der Straße zu enden ...«

Esther hörte Europa, Eugenie, Prudentia Servien nicht mehr zu. Der Wille eines Menschen, der das Genie der Verderbtheit besaß, hatte also Esther mit der gleichen Kraft in den Kot zurückgeschleudert, mit der er sie daraus hervorgezogen hatte. Wer die Liebe in ihrer Unendlichkeit kennt, weiß, daß man ihre Genüsse nicht erlebt, wenn man nicht auch ihre Tugenden anerkennt. Seit der Szene in ihrer Mansarde der Rue de Langlade hatte Esther ihr altes Leben vollständig vergessen. Sie hatte bisher sehr tugendhaft gelebt, eingemauert in ihre Leidenschaft. Daher hatte auch der kluge Verführer das Talent gezeigt, alles so einzufädeln, daß das arme Mädchen, getrieben von ihrer Ergebenheit, nur noch schon vollzogenen Halunkereien oder solchen, die im Begriff standen, vollzogen zu werden, ihre Zustimmung zu geben hatte. Diese Feinheit zeigt die Überlegenheit des Verführers und gibt zugleich einen Fingerzeig über das Verfahren, durch das er Lucien unterworfen hatte. Furchtbare Zwangslagen schaffen, die Mine legen, sie mit Pulver füllen und im kritischen Augenblick zum Komplicen sagen: ›Ein Zucken mit dem Kopf, und alles fliegt in die Luft!‹ … Früher hatte Esther, vollgesogen von der Moral, die den Kurtisanen eigen ist, all diese Späße so natürlich gefunden, daß sie ihre Rivalinnen nur danach bemaß, wieviel sie einen Menschen auszugeben zwangen. Vernichtete Vermögen sind die Rangstreifen auf dem Ärmel dieser Geschöpfe. Carlos hatte sich nicht getäuscht, wenn er auf die Erinnerungen Esthers zählte. Diese nicht nur von solchen Frauen, sondern auch von Verschwendern tausendmal angewandten Kriegslisten beunruhigten Esthers Geist nicht. Das arme Mädchen fühlte nur ihre Erniedrigung. Sie liebte Lucien, sie wurde die offizielle Mätresse des Barons von Nucingen: darin lag für sie alles. Mochte der falsche Spanier das Geld des Kaufschillings nehmen, mochte Lucien den Bau seines Glücks mit den Steinen vom Grabe Esthers errichten, mochte eine einzige Nacht der Lust den alten Bankier mehr oder minder viele Tausendfrankenscheine kosten, mochte Europa ihm durch mehr oder minder geistreiche Mittel ein paar hunderttausend Franken entlocken – von all dem kümmerte diese verliebte Dirne nichts. Der Krebs, der ihr am Herzen fraß, lag hierin: fünf Jahre lang hatte sie in ihren eigenen Augen weiß wie ein Engel dagestanden! Sie liebte, sie war glücklich, sie hatte nicht die geringste Untreue begangen. Diese schöne, reine Liebe sollte beschmutzt werden. Ihr Geist stellte nicht den Gegensatz ihres schönen, unbekannten Lebens und ihres unsauberen, künftigen Lebens fest. Es war bei ihr weder Berechnung noch Poesie; sie empfand ein unbestimmbares Gefühl von unendlicher Stärke: sie war weiß und wurde schwarz; sie war rein und wurde unrein; sie war edel und wurde unedel. Sie war aus eigenem Willen hermelinweiß gewesen, und also schien ihr die moralische Besudelung unerträglich. Deshalb war ihr auch, als der Baron ihr mit seiner Liebe drohte, der Gedanke in den Sinn gekommen, sich zum Fenster hinauszuwerfen. Lucien hatte unbedingte Liebe gefunden, solche Liebe, wie die Frauen sie einem Manne nur äußerst selten gewähren. Die Frauen, die sagen, sie liebten mit der höchsten Liebe, und die es zuweilen selber glauben, tanzen und kokettieren mit andern Männern, sie putzen sich für die Gesellschaft und suchen in ihr ihre Ernte begehrlicher Blicke; aber Esther hatte, ohne daß es ein Opfer war, die Wunder echter Liebe vollbracht. Sie hatte Lucien sechs Jahre lang geliebt, wie die Schauspielerinnen und die Kurtisanen lieben, die, hinabgestoßen in den Schlamm und die Unsauberkeit, nach dem Adel und der Hingebung wahrer Liebe dürsten und die dann ausschließlich in ihr leben. Die entschwundenen Nationen, Griechenland, Rom und der Orient, haben die Frau stets eingesperrt; die Frau, die liebt, sollte sich von selbst einsperren. Man kann sich also denken, daß Esther, als sie aus dem phantastischen Palast kam, in dem sich dieses Fest, diese Dichtung abgespielt hatte, um in das ›glaine Balais‹ eines kalten Greisen hinabzusteigen, von einer Art moralischer Krankheit befallen wurde. Von einer eisernen Hand geschoben, war sie schon bis zur halben Höhe des Körpers hineingewatet in die Ehrlosigkeit, ohne auch nur überlegen zu können; aber seit zwei Tagen dachte sie nach, und sie fühlte tödliche Kälte im Herzen. Bei den Worten: ›auf der Straße zu enden‹ stand sie jäh auf und sagte: »Auf der Straße zu enden? ... Nein, eher will ich in der Seine enden ...« – »In der Seine? ... Und Herr Lucien? ...« fragte Europa.

Dieses einzige Wort warf Esther in ihren Sessel zurück, in dem sie sitzen blieb, die Augen auf eine Rosette des Teppichs geheftet, während das Brennen des Schädels ihre Tränen verzehrte. Um vier Uhr fand Nucingen seinen Engel versunken in jenen Ozean der Reflexionen, der Entschließungen, auf dem der weibliche Geist zu schwimmen pflegt und aus dem sie mit Worten emportauchen, wie sie allen, die nicht mit ihnen zusammengesegelt sind, unverständlich bleiben.

»Klätten Se die Schdirn, maine Schöne«, sagte der Baron, indem er sich neben sie setzte. »Sie sollen gaine Schulten mehr haben. Ich werde mich verschdändigen mit Eischenie, und in ainem Monat sollen Se verlassen diese Wohnung, um in ain glaines Balais ßu ßiehen ... Ach, was fier aine raizende Hand! ... Keben Se her, daß ich se kisse.« Esther ließ ihre Hand nehmen, wie ein Hund die Pfote gibt. »Ah! Sie keben die Hant, aber nicht das Herz ... und ich liebe das Herz ...«

Das wurde mit einem solchen Tonfall der Wahrheit gesagt, daß die arme Esther mit einem Ausdruck des Mitleids, der ihn fast wahnsinnig machte, die Augen auf den Greisen hob. Liebende fühlen sich ebenso wie Märtyrer als Brüder einer und derselben Folter! Nichts in der Welt versteht sich so gut wie zwei gleiche Schmerzen. »Der arme Mensch!« sagte sie, »er liebt.«

Als der Baron diese Worte hörte, deren Sinn er mißverstand, wallte ihm das Blut in den Adern, und er atmete, Himmelsluft. In seinem Alter bezahlen Millionäre eine solche Empfindung mit soviel Gold, wie die Frauen ihnen dafür abverlangen.

»Ich lieb Sie ebensosehr, wie ich maine Tochter liebe! ...« sagte er; »und ich fiehle da«, fuhr er fort, indem er die Hand aufs Herz legte, »daß ich Sie nicht anders als klücklich sehen kann.« – »Wenn Sie nur mein Vater sein wollten, so würde ich Sie von Herzen lieben, Sie nie mehr verlassen, und Sie würden erkennen, daß ich keine schlechte Frau und weder feil noch habgierig bin, wie es in diesem Augenblick den Anschein hat ...« – »Sie haben Ihre glainen Tummheiten kemacht«, erwiderte der Baron, »wie alle hibschen Frauen, weiter nix. Reden wir nicht mehr davon. Es ist unser Beruf, fier Sie Keld zu vertienen ... Seien Sie klücklich: ich will kern fier ain paar Tage Ihr Vater sain, denn ich verschdehe, daß Sie sich an main armes Keripppe kewöhnen müssen.« – »Wahr! ...« rief sie, indem sie aufstand und Nucingen auf die Knie sprang, wobei sie ihm die Hand um den Hals legte und sich an ihm festhielt. »Wahr«, erwiderte er, indem er seinem Gesicht ein Lächeln aufzuprägen suchte.

Sie küßte ihn auf die Stirn, sie glaubte an einen unmöglichen Kompromiß: rein bleiben und Lucien sehen ... Sie umschmeichelte den Baron so zärtlich, daß die Torpille wieder herausschaute. Sie umgarnte den Greisen, der ihr versprach, vierzig Tage lang Vater zu bleiben. Diese vierzig Tage waren nötig, um das Haus in der Rue Saint-Georges zu erwerben und einzurichten.

Doch als er wieder auf der Straße war und nach Hause ging, sagte er bei sich: ›Ich pin ain Kimpel!‹ Und freilich, wenn er in Gegenwart Esthers zum Kind wurde, so schlüpfte er in ihrer Abwesenheit wieder in seine Luchshaut zurück, genau wie der Spieler wieder in Angelika verliebt ist, wenn er keinen Heller mehr hat. ›Aine halbe Million, und noch nicht ainmal ßu wissen, was fier ain Bain sie hat, das ist doch ßu tumm! Aber ßum Klück wird niemand davon erfahren‹, sagte er zwanzig Tage darauf.

Und er faßte schöne Entschlüsse, mit einer Frau zu brechen, die er so teuer gekauft hatte; aber sowie er wieder vor Esther stand, brauchte er die ganze Zeit, die er ihr zu widmen hatte, dazu, die Brutalität seiner ersten Anrede wieder gutzumachen. »Ich gann nicht«, sagte er am Ende des Monats zu ihr, »der ewige Vater sain!«

Gegen Ende des Dezember 1829, kurz bevor Esther in das kleine Hotel der Rue Saint-Georges einziehen sollte, bat der Baron du Tillet, Florine dorthin zu führen und zu sehen, ob alles mit dem Vermögen

Nucingens im Einklang sei und ob die Worte ›ain glaines Balais‹ durch die Künstler, die dieses Bauer des Vogels hatten würdig machen sollen, zur Wirklichkeit geworden wären. Alle Erfindungen, die der Luxus vor der Revolution von 1830 gemacht hatte, erhoben dieses Haus zum Typus des guten Geschmacks. Der Architekt Grindot hatte das Meisterwerk 229 seines Talents als Dekorateur geliefert. Die neu errichtete Marmortreppe, die Stuckarbeiten, die Stoffe, die sparsam angebrachten Vergoldungen, die kleinsten Einzelheiten wie die großen Wirkungen übertrafen alles, was das Jahrhundert Ludwigs XV. in dieser Art in Paris geschaffen hatte.

»Das ist mein Traum: das und die Tugend!« sagte Florine lächelnd. »Und für wen machst du diese Ausgaben?« fragte sie Nucingen. »Ist es eine Jungfrau, die sich hat vom Himmel herabfallen lassen?« – »Es ist aine Frau, die wieder hinaufschdaigt«, erwiderte der Baron. »Auch eine Art, dich als Jupiter aufzuspielen«, rief die Schauspielerin. »Und wann wird man sie sehen?« – »Oh, an dem Tage, an dem der Einweihungsschmaus gegeben wird«, rief du Tillet. »Eher nicht …« sagte der Baron. »Für den Abend wird man sich hübsch bürsten und schnüren und putzen müssen«, erwiderte Florine. »Oh, wieviel Mühe werden die Frauen ihren Schneiderinnen und Friseuren machen! … Und wann?« – »Ich bin nicht der Herr.« – »Das ist mir eine Frau! …« rief Florine. »Oh, wie gern ich sie einmal sähe!« – »Ich auch«, versetzte der Baron naiv. »Wie! Haus, Frau und Möbel, alles wird neu sein?« – »Selbst der Bankier«, sagte du Tillet, »denn mein Freund scheint mir recht jung.« – »Er muß ja auch«, sagte Florine, »seine zwanzig Jahre wiederfinden; wenigstens für einen Augenblick.«

In den ersten Tagen des Jahres 1830 sprach in Paris jedermann von Nucingens Leidenschaft und von dem wahnsinnigen Luxus seines Hauses. Der arme Baron, der sich so im Gerede und verhöhnt sah, geriet in eine Wut, die man sich leicht vorstellen kann, und er setzte sich den Willen eines Geldmannes in den Kopf, der mit der Leidenschaft seines Herzens im Einklang stand. Er wünschte nach dem Einweihungsschmaus das Gewand des edlen Vaters an den Nagel zu hängen und den Erlös so vieler Opfer einzustreichen. Da die Torpille ihn stets aus dem Felde 230 schlug, entschloß er sich, die Angelegenheit seiner Eheschließung brieflich zu behandeln, um ein schriftliches Versprechen von ihr zu erhalten. Bankiers glauben nur an Wechselbriefe. Der Luchs stand also an einem der ersten Tage dieses Jahres früh auf, schloß sich in seinem Arbeitszimmer ein und begann den folgenden Brief zu verfassen, den er in gutem

Französisch schrieb; denn so schlecht seine Aussprache war, so gut war seine Orthographie.

»Teure Esther, Blüte meiner Gedanken und einziges Glück meines Lebens! Als ich Ihnen sagte, daß ich Sie wie meine Tochter liebte, täuschte ich Sie und täuschte mich selber. Ich wollte Ihnen auf diese Weise nur die Heiligkeit meiner Empfindungen ausdrücken, die keiner von denen gleichen, wie die Männer sie sonst gefühlt haben; denn erstens bin ich ein Greis und zweitens hatte ich noch nie geliebt. Ich liebe Sie so sehr, daß ich Sie nicht weniger lieben würde, wenn Sie mich auch mein Vermögen kosten würden. Seien Sie gerecht! Die meisten Männer hätten nicht wie ich einen Engel in Ihnen gesehen; ich habe nie einen Blick auf Ihre Vergangenheit geworfen. Ich liebe Sie zugleich, wie ich meine Tochter Augusta liebe, die mein einziges Kind ist, und wie ich meine Frau lieben würde, wenn meine Frau mich hätte lieben können. Wenn das Glück die einzige Rechtfertigung eines verliebten Greisen ist, so fragen Sie sich, ob ich nicht eine lächerliche Rolle spiele. Ich habe aus Ihnen den Trost und die Freude meiner alten Tage gemacht. Sie wissen ja, daß Sie bis zu meinem Tode so glücklich sein werden, wie eine Frau es nur sein kann; und Sie wissen auch, daß Sie nach meinem Tode reich genug sein werden, um Ihr Schicksal vielen Frauen beneidenswert erscheinen zu lassen. Von allen Geschäften, die ich mache, seit ich das Glück gehabt habe, mit Ihnen zu sprechen, wird im voraus Ihr Anteil erhoben, und Sie haben Ihr Konto im Hause Nucingen. In einigen Tagen werden Sie in ein Haus einziehen, das früher oder später das Ihre sein wird, wenn es Ihnen gefällt. Lassen Sie sehen, werden Sie dort noch immer Ihren Vater empfangen, wenn Sie mich empfangen, oder werde ich endlich glücklich sein? Vergeben Sie mir, wenn ich Ihnen so offen schreibe; aber wenn ich in Ihrer Nähe bin, so habe ich keinen Mut mehr, und ich fühle dann nur zu sehr, daß Sie meine Herrin sind. Ich habe nicht die Absicht, Sie zu beleidigen, ich will Ihnen nur sagen, wie sehr ich leide und wie grausam es in meinem Alter ist, warten zu müssen, während jeder Tag mir Hoffnungen und Genüsse entführt. Das Zartgefühl meines Verhaltens ist übrigens eine Bürgschaft für die Aufrichtigkeit meiner Absichten. Habe ich je wie ein Gläubiger gehandelt? Sie sind wie eine Zitadelle, und ich bin kein junger Mann mehr. Sie antworten auf meine Beschwerden, es handle sich um Ihr Leben, und ich glaube es Ihnen, wenn ich Sie höre; aber hier verfalle ich wieder schwarzem

Kummer, Zweifeln, die uns beide entehren. Sie sind mir ebenso gut, ebenso rein wie schön erschienen; aber Sie gefallen sich darin, meine Überzeugungen zu vernichten. Urteilen Sie selbst! Sie sagen mir, Sie hätten eine Leidenschaft im Herzen, eine unerbittliche Leidenschaft, und Sie weigern sich, mir den Namen dessen anzuvertrauen, den Sie lieben ... Ist das natürlich? Sie haben aus einem ziemlich starken Menschen einen Menschen von unerhörter Schwäche gemacht ... Sehen Sie, wie weit ich gekommen bin! Ich bin nach fünf Monaten gezwungen, Sie zu fragen, welche Zukunft Sie meiner Leidenschaft bestimmen. Und ich muß auch wissen, welche Rolle ich bei der Einweihung Ihres Hauses spielen werde. Geld ist mir nichts, wenn es sich um Sie handelt; ich werde nicht so dumm sein, mir in Ihren Augen aus dem, was ich verachte, ein Verdienst zu machen; aber wenn meine Liebe grenzenlos ist, so ist mein Vermögen beschränkt, und ich lege nur um Ihretwillen Wert darauf. Nun, wenn ich Ihnen alles gäbe, was ich besitze, und dadurch als Armer Ihre Liebe gewinnen könnte, so würde ich lieber arm und von Ihnen geliebt sein, als reich und verschmäht. Sie haben mich so sehr verwandelt, meine teure Esther, daß mich niemand mehr erkennt: ich habe für ein Bild von Joseph Bridau zehntausend Franken bezahlt, weil Sie mir gesagt hatten, daß er ein verkannter Mann von Talent sei. Und allen Armen, denen ich begegne, gebe ich in Ihrem Namen fünf Franken. Nun, und was verlangt der arme Greis, der sich als Ihren Schuldner ansieht, wenn Sie ihm die Ehre erweisen, irgend etwas anzunehmen? ... Er will nur eine Hoffnung; und was für eine Hoffnung! Großer Gott! Ist es nicht vielmehr die Gewißheit, von Ihnen nie mehr zu erlangen, als was meine Leidenschaft von Ihnen nehmen wird? Aber das Feuer meines Herzens wird Ihrer grausamen Täuschung helfen. Sie sehen mich bereit, mich allen Bedingungen zu fügen, die Sie mir für mein Glück, für meine seltenen Genüsse stellen mögen; aber wenigstens sagen Sie mir, daß Sie an dem Tage, an dem Sie von Ihrem Hause Besitz ergreifen werden, das Herz und die Knechtschaft dessen annehmen wollen, der sich für den Rest seiner Tage nennt

Ihren Sklaven

Friedrich von Nucingen.«

»Ach, er langweilt mich, dieser Millionentopf!« rief Esther aus, da sie wieder zur Kurtisane geworden war. Und sie nahm Briefpapier und schrieb, so oft das Blatt es zuließ, den berühmten Satz, der zu Scribes Ruhm sprichwörtlich geworden ist: ›Nehmen Sie meinen Bären!‹

Eine Viertelstunde darauf schrieb Esther, von Gewissensbissen gepackt, folgenden Brief:

»Herr Baron!

Schenken Sie dem Brief, den Sie von mir erhalten haben, nicht die geringste Beachtung, ich hatte einen Rückfall in die tolle Art meiner Jugend; verzeihen Sie ihn einem armen Mädchen, das Sklavin sein soll. Ich habe die Niedrigkeit meines Standes nie schärfer empfunden als seit dem Tage, da ich Ihnen überliefert wurde. Sie haben gezahlt, ich schulde mich. Nichts ist heiliger als die Schulden der Unehre. Ich habe nicht das Recht, zu ›liquidieren‹, indem ich mich in die Seine werfe. Mit dieser furchtbaren Münze, die nur für die eine Seite gut ist, kann man eine Schuld immer bezahlen. Ich stehe Ihnen also zur Verfügung. Ich will in einer einzigen Nacht alle Summen zahlen, die für diesen verhängnisvollen Augenblick verpfändet sind, und ich bin überzeugt, daß eine Stunde bei mir Millionen wert ist, um so mehr, als es die einzige, die letzte sein soll. Nachher werde ich frei sein; dann kann ich aus dem Leben scheiden. Eine anständige Frau hat die Möglichkeit, sich von einem Fall wieder zu erheben; aber wir, wir fallen zu tief. Deshalb steht mein Entschluß auch so fest, daß ich Sie bitte, diesen Brief aufzuheben als Zeugnis für die Ursache des Todes derer, die sich auf einen Tag nennt

Ihre Dienerin

Esther.«

Als dieser Brief abgegangen war, kam Esther ein Bedauern an. Zehn Minuten später schrieb sie den dritten Brief, der hier folgt.

»Verzeihen Sie, lieber Baron, ich bin es noch einmal. Ich habe mich weder über Sie lustig machen noch Sie verletzen wollen; ich will Sie nur zum Nachdenken über diesen einzigen Gedankengang bringen: wenn wir in den Beziehungen eines Vaters zu seiner Tochter leben, so haben Sie einen schwachen, aber dauerhaften Genuß; wenn Sie die Erfüllung des Vertrags verlangen, so werden Sie mich beweinen. Ich will Sie nicht länger langweilen: der Tag, an dem Sie statt des Glücks den Genuß erwählen, wird für mich ohne ein Morgen sein.

Ihre Tochter

Esther.«

Bei dem ersten Brief geriet der Baron in jenen kalten Grimm, der die Millionäre töten kann; er sah sich in dem Spiegel und schellte. »Ain Fußpad! ...« rief er seinem neuen Kammerdiener zu.

Während er das Fußbad nahm, kam der zweite Brief; er las ihn und fiel bewußtlos zu Boden. Man trug den Millionär auf sein Bett. Als der Geldmann wieder zu sich kam, saß Frau von Nucingen am Fuß des Bettes.

»Dies Mädchen hat recht!« sagte sie. »Weshalb wollen Sie die Liebe kaufen? Zeigen Sie mir Ihren Brief.« Der Baron gab die verschiedenen Entwürfe her, die er gemacht hatte. Frau von Nucingen las sie lächelnd. Der dritte Brief kam.

»Das ist ein erstaunliches Mädchen!« rief die Baronin, nachdem sie auch diesen letzten Brief gelesen hatte. »Was tun, knätige Frau?« fragte der Baron. »Warten.« – »Warten?« erwiderte er; »die Nadur ist unerpittlich ...« – »Hören Sie, mein Lieber«, sagte die Baronin, »Sie haben sich endlich vortrefflich zu mir gestellt; ich werde Ihnen einen guten Rat geben.« – »Sie sind aine kute Frau!« sagte er. »Machen Se Schulden, ich peßahle sie ...« – »Was Ihnen beim Empfang der Briefe dieses Mädchens widerfahren ist, rührt eine Frau mehr als verschwendete Millionen und alle Briefe, so schön sie auch sein mögen; versuchen Sie, daß sie es auf Umwegen erfahre, dann werden Sie sie vielleicht besitzen! Und ... haben Sie keine Angst, sie wird nicht daran sterben«, sagte sie, indem sie ihren Gatten mit dem Blick maß.

Frau von Nucingen hatte keine Ahnung vom Wesen der Dirne.

›Wieviel Keist die Frau von Nischinguen hat!‹ sagte der Baron bei sich selber, als seine Frau ihn allein gelassen hatte.

Aber je mehr der Baron die Feinheit des Rats, den die Baronin ihm gegeben hatte, bewunderte, um so weniger erriet er, wie er sich seiner bedienen sollte. Er fand sich nicht nur borniert, sondern er sagte es sich auch.

Obgleich die Borniertheit des Geldmannes fast sprichwörtlich geworden ist, ist sie nur relativ. Es geht mit den Fähigkeiten unseres Geistes wie mit den Begabungen unseres Körpers. Der Tänzer trägt seine ganze Kraft in den Füßen, der Schmied die seine in den Armen; der Athlet der Markthalle übt sich darin, Lasten zu tragen, der Sänger bearbeitet seinen Kehlkopf, und der Pianist stählt sein Handgelenk. Ein Bankier gewöhnt sich daran, Geschäfte auszutüfteln und zu studieren, die Interessen in Bewegung zu bringen, wie ein Schwankdichter sich darauf dressiert, Situationen auszutüfteln und Personen in Bewegung zu bringen. Man darf sowenig vom Baron von Nucingen Geist in der Unterhaltung verlangen, wie man die Bilder des Dichters im Begriffsvermögen des Mathematikers suchen darf. Wieviel Dichter trifft man in einer Epoche, die Prosaisten wären oder geistreich im Verkehr des Lebens wie Frau Cornuel? Buffon war schwerfällig, Newton hat nie geliebt, Byron hat kaum jemanden außer sich selbst geliebt, Rousseau war finster und fast wahnsinnig, Lafontaine war zerstreut. Gleichmäßig verteilt, schafft die menschliche Kraft nur Dummköpfe und die Mittelmäßigkeit; ungleich verteilt, erzeugt sie jene Mißverhältnisse, denen man den Namen des Genies gibt und die in der sichtbaren Welt Mißgestaltungen ergeben würden. Das gleiche Gesetz regiert den Körper: vollkommene Schönheit ist fast stets begleitet von Kälte oder Dummheit. Wenn Pascal zugleich ein großer Geometer und ein großer Schriftsteller war, wenn Beaumarchais einen großen Geschäftsmann abgab und Zamet einen tiefen Hofmann, so bestätigen diese seltenen Ausnahmen das Prinzip der Spezialisierung der Intelligenzen. In der Sphäre der spekulativen Berechnungen entfaltet also der Bankier ebensoviel Geist, Geschicklichkeit, Feinheit und Begabung, wie ein geschickter Diplomat in der der nationalen Interessen. Wenn ein Bankier außerhalb seines Bureaus noch bemerkenswert wäre, so wäre er ein großer Mann. Nucingen multipliziert mit dem Fürsten von Ligne, mit Mazarin oder Diderot, das ist eine fast unmögliche Menschenformel, und doch hat sie sich Perikles, Aristoteles, Voltaire und Napoleon genannt. Das Strahlen der kaiserlichen Sonne darf dem Privatmann nicht unrecht tun; der Kaiser hatte Charme, er war gebildet und geistreich. Herr von Nucingen hatte wie die meisten Bankiers außerhalb seiner Berechnungen keinerlei Erfindungsgabe, und er glaubte nur an sichere Werte. In Dingen der Kunst war er verständig genug, sich mit dem Gold in der Hand an die verschiedenen Sachverständigen zu wenden: er nahm den besten Architekten, den besten Chirurgen, den größten Kenner der Malerei oder der Skulptur und den geschicktesten Anwalt, sobald es sich darum handelte, ein Haus zu bauen, seine Gesundheit zu überwachen oder Raritäten und ein Landgut zu erwerben. Aber da es keine vereidigten Sachverständigen für die Intrigen und keinen Kenner der Liebe gibt, so ist ein Bankier sehr übel beraten, wenn er liebt, und in der Reitbahn der Frau ist er sehr verlegen. Nucingen fand also nichts Besseres, als was er bereits getan hatte: er gab irgendeinem männlichen oder weiblichen Frontin Geld, um an seiner Stelle zu handeln oder zu denken. Frau von Saint-Estève allein konnte das Mittel ausbeuten, das die Baronin gefunden hatte. Der Baron bereute bitter, sich mit der verhaßten Kleiderhändlerin überworfen zu haben. Da er aber auf den Magnetismus seiner Kasse und auf die Beruhigungsmittel, die die Unterschrift des Finanzministeriums trugen, vertraute, so schellte er trotzdem seinem Kammerdiener und befahl ihm, sich in der Rue Neuve Saint-Marc nach jener scheußlichen Witwe zu erkundigen und sie um ihren Besuch zu bitten. In Paris finden sich die Gegensätze durch die Leidenschaften. Das Laster lötet dort beständig den Reichen an den Armen, den Großen an den Kleinen. Die Kaiserin fragt Frau Lenormand um Rat. Und der große Herr findet dort von Jahrhundert zu Jahrhundert einen Ramponeau.

Der neue Kammerdiener kam nach zwei Stunden zurück. »Herr Baron«, sagte er, »Frau von Saint-Estève ist ruiniert.« – »Ah, um so pesser!« sagte der Baron freudig; »ich habe sie!« – »Die gute Frau ist, wie es scheint, ein wenig Spielerin«, fuhr der Kammerdiener fort. »Obendrein steht sie unter der Herrschaft eines kleinen Schauspielers der Theater der Bannmeile, den sie um des Anstandes willen als ihr Patenkind ausgibt. Es scheint, sie ist eine ausgezeichnete Köchin; sie sucht eine Stellung.« ›Diese verteifelten Subalernschenies haben ßehn Arten, Keld ßu vertienen, aber ßwölf, um es ausßukeben‹, sagte der Baron bei sich selber, ohne zu ahnen, daß er sich mit Panurg begegnete.

Er schickte seinen Diener von neuem auf die Suche nach Frau von Saint-Estève, die jedoch erst am folgenden Tage kam. Da Asien ihn ausfragte, so erzählte der neue Kammerdiener diesem weiblichen Spion, welche furchtbare Wirkung die von der Geliebten des Herrn Baron geschriebenen Briefe gehabt hatten.

»Der gnädige Herr muß diese Frau sehr lieben, denn er ist fast gestorben. Ich habe ihm den Rat gegeben, nicht wieder zu ihr zu gehen, da würde er bald sehen, wie man ihm schmeichelte. Eine Frau, die den Herrn Baron, wie man sagt, schon fünfhunderttausend Franken gekostet hat, nicht zu rechnen, was er für das kleine Hotel der Rue Saint-Georges ausgegeben hat! Aber diese Frau will Geld und nichts als Geld. Als die Frau Baronin den gnädigen Herrn verließ, sagte sie lachend: ›Wenn das so weitergeht, wird mich dieses Mädchen zur Witwe machen.‹« – »Teufel!« erwiderte Asien, »töten darf man die Henne mit den goldenen Eiern nicht.« – »Der Herr Baron setzt seine Hoffnung nur noch auf Sie«, sagte der Kammerdiener. »Ah, weil ich es verstehe, die Franken in Gang zu bringen! ...« – »Nun, treten Sie ein«, sagte der Kammerdiener, indem er sich vor dieser okkulten Macht demütigte.

»Also«, sagte die falsche Saint-Estève, indem sie mit demütiger Miene bei dem Kranken eintrat, »der Baron hat also kleine Widerwärtigkeiten? Was wollen Sie? Jedermann wird in seiner Schwäche getroffen. Auch ich habe Unglück erlebt. In zwei Monaten hat sich das Glücksrad für mich sonderbar gedreht! Da suche ich jetzt eine Stellung ... Wir sind beide nicht vernünftig gewesen. Wenn der Herr Baron mich als Köchin in Fräulein Esthers Haus aufnehmen wollte, so hätte er in mir die Ergebenste der Ergebenen, und ich könnte ihm recht nützlich sein, indem ich Eugenie und die gnädige Frau überwachte.« – »Darum hantelt es sich nicht«, sagte der Baron. »Ich gann nicht so weit gommen, daß ich Herr werde; und man fiehrt mich an der Nase ...« – »Wie einen Kreisel«, unterbrach Asien ihn. »Sie haben die andern genasführt, Papa, jetzt hält Sie die Kleine fest und behandelt Sie schnöde ... Der Himmel ist gerecht!« – »Kerecht?« rief der Baron. »Ich habe dich nicht lassen gommen, um Moral ßu hören ...« – »Bah, mein Sohn, ein wenig Moral schadet nichts. Sie ist das Salz des Lebens für uns, wie es für die Frommen das Laster ist. Lassen Sie sehen, sind Sie großmütig gewesen? Haben Sie ihre Schulden bezahlt?« – »Ja«, sagte der Baron jämmerlich. »Gut. Sie haben auch ihre Sachen ausgelöst, das ist noch besser; aber geben Sie zu, es ist nicht genug; damit kann sie noch nichts anfangen, und solche Geschöpfe lieben es, zu verschwenden.« – »Ich pereite ihr aine Ieberraschung vor, in der Rie Sainte-Schorsche ... Sie waiß es«, sagte der Baron. »Aber ich will kain Kimpel sain.« – »Gut, so verlassen Sie sie ...« – »Ich firchte, sie läßt mich kehn!« rief der Baron. »Und wir wollen doch etwas für unser Geld, mein Sohn?« erwiderte Asien. »Hören Sie. Wir haben ja das Publikum um all die Millionen gerupft, mein Kleiner. Man sagt, Sie besäßen fünfundzwanzig davon.«

Der Baron konnte sich nicht enthalten, zu lächeln.

»Also, Sie müssen eine davon hergeben ...« – »Ich käbe sie schon her«, erwiderte der Baron, »aber sowie ich sie herkekeben habe, wird man aine ßwaite verlangen.« – »Ja, ich verstehe«, sagte Asien, »Sie wollen nicht b sagen, weil Sie fürchten, es könne bis zum z so weiter gehen. Esther ist aber ein anständiges Mädchen.« – »Ain sehr anschdändikes

Mädchen!« rief der Baron; »sie will sich ja erkeben, aber wie man aine Schuld peßahlt.« – »Kurz, sie will nicht Ihre Geliebte werden, sie hat den Widerwillen. Und ich begreife es. Das Kind hat immer ihren Launen gehorcht. Wenn man nur reizende junge Leute gekannt hat, kümmert man sich wenig um einen Greisen ... Schön sind Sie nicht! Sie sind dick wie Ludwig XVIII. und ein wenig Dummkopf, wie alle, die dem Glück schmeicheln, statt sich mit den Frauen abzugeben. Nun, wenn Sie auf sechshunderttausend Franken nicht sehen«, sagte Asien, »so übernehme ich es, sie für Sie ganz zu dem zu machen, was Sie nur wünschen mögen.« – »Sechshünderttausend Franken!« rief der Baron mit einem kleinen Ruck nach hinten. »Esder gostet mich schon aine Million!« – »Das Glück ist wohl sechzehnhunderttausend Franken wert, mein dicker Wüstling. Sie kennen Männer in unserer Zeit, die sicherlich mehr als eine oder zwei Millionen mit ihren Geliebten aufgegessen haben. Ich kenne sogar Frauen, die das Leben gekostet haben, und für die man seinen Kopf in einen Sack gespien hat ... Sie wissen, der Arzt, der seinen Freund vergiftete? ... Der wollte reich werden, um das Glück einer Frau zu machen.« – »Ja, ich waiß; aber wenn ich auch verliept bin, so bin ich doch kain Tummkopf; hier wenigstens nicht; denn wenn ich sie sehe, so würde ich ihr maine Brieftasche keben.«

»Hören Sie, Herr Baron«, sagte Asien, indem sie eine Semiramispose einnahm, »man hat Sie schon genug ausgespült. So wahr ich mich Saint-Estève nenne, im Geschäft, versteht sich, ich ergreife Ihre Partei.« – »Kut! ... Ich werde dich pelohnen.« – »Ich glaube es; denn ich habe Ihnen gezeigt, daß ich mich zu rächen weiß. Erfahren Sie es übrigens, Papa«, sagte sie, indem sie ihm einen furchtbaren Blick zuwarf, »ich habe ein Mittel, Ihnen Fräulein Esther wegzuschnappen, wie man eine Kerze schnäuzt. Und ich kenne meine Frau! Wenn das kleine Weib Ihnen das Glück gegeben hat, so wird sie Ihnen notwendiger sein, als sie es jetzt ist. Sie haben mich gut bezahlt; Sie haben sich das Ohr ziehen lassen, aber schließlich haben Sie geblecht! Ich meinerseits habe meine Verpflichtungen erfüllt, nicht wahr? Gut also, ich will Ihnen einen Handel vorschlagen.« – »Lassen Sie sehen.« – »Sie geben mich der gnädigen Frau zur Köchin; Sie nehmen mich auf zehn Jahre; ich erhalte tausend Franken Lohn, die letzten fünf Jahre zahlen Sie im voraus ... Ein Gottespfennig, wie? Bin ich einmal bei der gnädigen Frau, so werde ich sie zu den folgenden Konzessionen zu bringen wissen. Sie lassen ihr zum Beispiel eine entzückende Toilette kommen, von Frau Auguste, die den Geschmack und die Art der gnädigen Frau kennt; und Sie geben Befehl, daß der neue Wagen um vier Uhr vor der Tür steht. Nach der Börse steigen Sie zu ihr hinauf, und Sie machen eine kleine Spazierfahrt im Bois de Boulogne. Nun, auf diese Weise sagt die Frau, daß sie Ihre Geliebte ist, sie verpflichtet sich vor den Augen und Ohren von ganz Paris ... Hunderttausend Franken ... Sie werden mit ihr dinieren – ich verstehe solche Diners zu bereiten; Sie führen sie ins Schauspiel, in die Varietés, nehmen eine Proszeniumsloge, und ganz Paris sagt alsbald: ›Da sitzt dieser alte Halunke Nucingen mit seiner Mätresse ...‹ Es ist doch schmeichelhaft, einen solchen Glauben zu erwecken? ... All diese Vorteile – ich bin eine gute Frau – sind in den ersten hunderttausend Franken einbegriffen ... In acht Tagen werden Sie durch dieses Verfahren einen schönen Weg zurückgelegt haben.« – »Ich werde hunderttausend Franken bezahlt haben ...« – »In der zweiten Woche«, fuhr Asien fort, und es sah aus, als hätte sie diesen jämmerlichen Einwurf nicht gehört, »wird die gnädige Frau, durch diese Präliminarien getrieben, sich dazu entschließen, ihre kleine Wohnung zu verlassen und in das Hotel zu ziehen, das Sie ihr bieten. Ihre Esther hat die Welt einmal wiedergesehen, sie hat ihre alten Freunde wiedergefunden, sie wird glänzen wollen, sie wird in ihrem Palast die Honneurs machen! Das ist in Ordnung ... Wieder hunderttausend Franken ... Wahrhaftig, Sie sind in ihrem Hause, Esther ist bloßgestellt ... sie gehört Ihnen. Bleibt eine Kleinigkeit, bei der Sie die Hauptperson spielen, dicker Elefant! – Reißt er die Augen auf! Das Ungeheuer! – Nun, die nehme ich auf mich ... Vierhunderttausend Franken ... Ah, die, mein Dickchen, die brauchst du erst am folgenden Tage herzugeben ... Heißt das nicht Redlichkeit? ... Ich habe mehr Vertrauen zu dir, als du zu mir. Wenn ich die gnädige Frau dazu bringe, sich als Ihre Geliebte zu zeigen, sich bloßzustellen, alles anzunehmen, was Sie ihr bieten, und vielleicht noch heute, da werden Sie mich wohl auch für fähig halten, daß ich sie so weit bringe, den Übergang über den großen Sankt Bernhard freizugeben. Schwer genug ist es, sehen Sie! ... Da ist, um Ihre Artillerie durchzubringen, ebensoviel Zugarbeit nötig wie für den ersten Konsul in den Alpen.« – »Und weshalb? ...« – »Sie hat das Herz voll Liebe«, erwiderte Asien. »Sie hält sich für eine Königin von Saba, weil sie sich in den Opfern gebadet hat, die sie ihrem Liebhaber brachte ... eine Vorstellung, die solche Frauen sich in den Kopf setzen! Ah, mein Kleiner, Sie müssen gerecht sein, schön ist es! Diese Possenspielerin würde vor Kummer sterben, wenn sie Ihnen angehörte, und mich sollte das nicht wundernehmen; aber was mich beruhigt – ich sage Ihnen das, um Ihnen Mut zu machen –, ist daß sie einen tüchtigen Untergrund von der Dirne her besitzt.« – »Du hast«, sagte der Baron, der Asien in tiefem Schweigen und voll Bewunderung zugehört hatte, »das Schenie der Verderbtheit, wie ich das Schenie der Pank pesitze.« – »Ist es abgemacht, mein Schäfchen?« fragte Asien. »Sagen wir finfzigtausend Franken schdatt hünderttausend! ... Und ich will dir keben finfhunderttausend am Dage nach mainem Driumph.« – »Gut, ich gehe an die Arbeit«, erwiderte Asien ... »Ah, Sie können kommen!« fuhr sie ehrfurchtsvoll fort. »Der gnädige Herr wird die gnädige Frau bereits so sanft finden wie einen Katzenrücken und vielleicht sogar geneigt, ihm angenehm zu sein.« – »Keh, keh, maine Kute«, sagte der Bankier, indem er sich die Hände rieb. Und nachdem er dieser furchtbaren Mulattin zugenickt hatte, sagte er bei sich selber: ›Wie recht man hat, viel Keld ßu pesitzen.‹ 243 Und er sprang aus dem Bett, ging in seine Bureaus und nahm mit freudigem Herzen die Leitung seiner ungeheuren Geschäfte wieder auf.

Nichts konnte für Esther verhängnisvoller sein als der Entschluß, zu dem Nucingen gekommen war. Die arme Kurtisane verteidigte ihr Leben, indem sie sich gegen die Untreue wehrte. Carlos nannte diese so natürliche Verteidigung Ziererei. Nun machte Asien sich auf – nicht ohne die für einen solchen Fall vorgesehenen Sicherheitsmaßregeln –, um Carlos mitzuteilen, was für eine Unterredung sie mit dem Baron gehabt und wieviel Nutzen sie daraus gezogen hatte. Der Zorn dieses Menschen war so furchtbar wie er selbst; er fuhr auf der Stelle im Wagen mit herabgelassenen Vorhängen zu Esther und ließ den Wagen in den Torweg hineinfahren. Noch fast weiß, als er hinaufstieg, so trat dieser doppelte Fälscher vor das arme Mädchen; sie sah ihn an, sie stand aufrecht da und fiel, als brächen ihr die Beine, in einen Sessel.

»Was haben Sie?« fragte sie, an allen Gliedern zitternd. »Laß uns allein, Europa«, sagte er zu der Kammerfrau. Esther sah dieses Mädchen an, wie ein Kind seine Mutter angesehen hätte, von der ein Mörder es trennen wollte, um es töten zu können.

»Wissen Sie, wohin Sie Lucien schicken werden?« fragte Carlos, als er mit Esther allein war. »Wohin?« fragte sie mit schwacher Stimme, während sie es wagte, ihren Henker anzusehen. »Dahin, woher ich komme, mein Juwel.« Esther sah alles rot, als sie diesen Menschen anblickte. »Auf die Galeeren!« fügte er mit leiser Stimme hinzu. Esther schloß die Augen, ihre Beine streckten sich, ihre Arme fielen herab, sie wurde weiß.

Carlos schellte, Prudence erschien. »Bring sie wieder zum Bewußtsein«, sagte er kühl, »ich bin noch nicht fertig.« Er ging im Salon auf und ab, während er wartete. Prudence-Europa sah sich gezwungen, den gnädigen Herrn zu bitten, daß er Esther aufs Bett trüge; er nahm sie mit einer Leichtigkeit auf, die athletische Kraft verriet. Man mußte die schärfsten Mittel holen, die die Pharmazie besitzt, um Esther der Empfindung für ihre Leiden zurückzugeben. Eine Stunde darauf war das arme Mädchen wieder imstande, diesem leibhaftigen Alp zuzuhören; er saß am Fuß des Bettes, sein starrer Blick blendete wie zwei Strahlen geschmolzenen Bleies.

»Mein kleines Herz«, fuhr er fort, »Lucien steht zwischen einem glänzenden, ehrenvollen, glücklichen, würdigen Leben und dem Loch voll Wasser, Schlamm und Kieseln, in das er sich werfen wollte, als ich ihm begegnete. Das Haus Grandlieu verlangt von dem teuren Kinde einen Landsitz zu einer Million, ehe es ihm den Marquistitel erwirken und ihm die lange Stange namens Klotilde reichen will, mit deren Hilfe er zur Macht emporsteigen wird. Dank uns beiden hat Lucien soeben das mütterliche Schloß erwerben können, das nicht viel gekostet hat: dreißigtausend Franken; aber es ist seinem Anwalt durch glückliche Unterhandlungen gelungen, für eine Million Land daran anzugliedern, auf das wir dreihunderttausend Franken bezahlt haben. Das Schloß, die Kosten, die Provisionen für die, die wir vorgeschoben haben, um den Leuten im Lande dort die Geschichte zu verbergen, haben den Rest verschlungen. Wir haben freilich noch hunderttausend Franken in Aktien, die in ein paar Monaten zwei- bis dreihunderttausend Franken wert sein werden; aber dann bleiben immer noch vierhunderttausend Franken zu bezahlen … In drei Tagen kehrt Lucien aus Angoulême zurück; denn dorthin ist er gegangen, weil er nicht in Verdacht kommen darf, sein Vermögen gefunden zu haben, indem er Ihre Matratzen kämmte …« –

»O nein«, sagte sie, indem sie mit wundervoller Bewegung die Augen hob. »Ich frage Sie, ist dies der Augenblick, um den Baron zu erschrecken?« sagte er ruhig. »Und vorgestern haben Sie ihn fast getötet! Er ist wie eine Frau in Ohnmacht gefallen, als er Ihren zweiten Brief las. Sie haben einen famosen Stil, ich mache Ihnen mein Kompliment. Wenn der Baron gestorben wäre, was sollte da aus uns werden? Wenn Lucien Saint-Thomas d'Aquin als Schwiegersohn des Herzogs von Grandlieu verläßt und Sie wollen dann in die Seine ... nun, mein Liebchen, dann reiche ich Ihnen die Hand, um den Kopfsprung gemeinsam zu machen. Das ist auch eine Art, allem ein Ende zu machen. Aber denken Sie doch ein wenig nach! Wäre es nicht besser, am Leben zu bleiben und sich von Stunde zu Stunde zu sagen: ›Welch glänzendes Los, welche glückliche Familie!‹ Denn er wird Kinder haben ... Kinder! ... Haben Sie je an das Vergnügen gedacht, mit den Händen durch das Haar seiner Bänder zu streichen?« Esther schloß die Augen und schauderte leicht. »Nun, wenn man das Gebäude eines solchen Glückes sieht, so sagt man sich: Das ist mein Werk!«

Es entstand eine Pause, während derer diese beiden Wesen sich ansahen. »Das habe ich versucht, aus einer Verzweiflung zu machen, die sich ins Wasser stürzen wollte«, fuhr Carlos fort. »Bin ich ein Egoist? So liebt man! So gibt man sich nur Königen hin; aber ich habe Lucien zum König geweiht! Man könnte mich für den Rest meiner Tage an meine alte Kette schmieden, und mir scheint, ich würde ruhig bleiben, wenn ich mir sagte: Er tanzt, er ist bei Hofe! Meine Seele und mein Denken würden triumphieren, während mein Madensack den Stockmeistern preisgegeben wäre. Sie sind ein elendes Weibchen, Sie lieben als Weibchen! Aber die Liebe sollte für eine Kurtisane wie für alle entarteten Wesen ein Mittel sein, der Natur, die Sie mit Unfruchtbarkeit schlägt, zum 246 Trotz Mutter zu werden! Wenn man je unter der Haut des Abbés Carlos Herrera den Sträfling wiederfände, der ich früher war, wissen Sie, was ich da tun würde, um Lucien nicht zu kompromittieren?« Esther erwartete die Antwort nicht ohne Angst. »Also«, fuhr er nach einer leichten Pause fort, »ich würde wie die Neger sterben, indem ich meine Zunge hinunterwürgte. Und Sie geben ihnen mit Ihrem Geziere meine Spur an! Was hatte ich von Ihnen verlangt? ... Daß Sie auf sechs Monate, auf sechs Wochen den Rock der Torpille wieder anziehen, um eine Million zu ergattern ... Lucien wird Sie nie vergessen! Die Männer vergessen das Wesen nicht, an das sie ein Glück erinnert, dessen man sich jeden Morgen freut, weil man stets als Reicher erwacht. Lucien ist mehr wert als Sie ... Er hat erst Coralie geliebt; sie stirbt, gut; aber er hatte kein Geld, um sie beerdigen zu lassen; er machte es nicht, wie Sie es eben gemacht haben: er ist, obwohl er ein Dichter war, nicht ohnmächtig geworden; er schrieb sechs lustige Liedchen, und er erhielt dreihundert Franken dafür, mit denen er Coralies Begräbnis bezahlen konnte. Ich besitze die Lieder, ich kenne sie auswendig. Nun, dichten Sie Ihre Lieder:

seien Sie lustig, seien Sie toll! Seien Sie unwiderstehlich und ... unersättlich! Sie haben mich verstanden? Zwingen Sie mich nicht, noch einmal
zu reden ... Küssen Sie Papa. Adieu.«

Als Europa eine halbe Stunde darauf bei ihrer Herrin eintrat, fand sie
sie auf den Knien vor einem Kruzifix in der Stellung, die der religiöseste
Maler Moses vor dem Busche Horeb gegeben hat, um die tiefe und
vollkommene Andacht vor Jehova auszudrücken. Esther hatte ihre letzten
Gebete gesprochen und verzichtete auf ihr schönes Leben, auf die Ehre,
die sie sich geschaffen hatte, auf ihren Ruhm, auf ihre Tugenden und
ihre Liebe. Sie stand auf.

»O gnädige Frau, so werden Sie nie wieder aussehen!« rief Prudence
Servien, da die wunderbare Schönheit ihrer Herrin sie vor Staunen er-
starren ließ. Schnell wandte sie den Spiegel so, daß das arme Mädchen
sich sehen konnte. Die Augen hatten gerade noch einen Rest der Seele
in sich, die zum Himmel entflog. Der Teint der Jüdin glitzerte. Ihre
Wimpern, die feucht waren von Tränen, obwohl das Feuer des Gebets
sie getrocknet hatte, glichen dem Laub nach einem Sommerregen; die
Sonne der reinen Liebe ließ sie zum letztenmal auffunkeln. Die Lippen
bewahrten gleichsam noch einen Ausdruck von den letzten Anrufungen
der Engel her, denen sie ohne Zweifel die Palme des Martyriums entlie-
hen hatte, indem sie ihnen ihr fleckenloses Leben anvertraute. Kurz, sie
hatte die Majestät, in der Maria Stuart erglänzen mußte, als sie ihrer
Krone, der Erde und der Liebe Lebwohl sagte. »Ich wollte, Lucien sähe
mich so«, sagte sie, indem sie sich einen erstickten Seufzer entschlüpfen
ließ. »Und jetzt«, fuhr sie mit vibrierender Stimme fort, »wollen wir
›schwindeln‹ ...«

Europa stand, als sie dieses Wort vernahm, ganz blöde da, so wie sie
wohl dagestanden hätte, wäre ihr die Lästerung eines Engels ins Ohr
geklungen. »Nun, was hast du denn zu starren, ob ich Gewürznelken
im Munde habe statt der Zähne? Ich bin jetzt nur noch ein ehrloses und
unsauberes Geschöpf, eine Dirne, eine Gaunerin, und ich erwarte Mylord.
Laß also ein Bad heizen und bereite mir meine Toilette. Es ist zwölf
Uhr; der Baron wird wohl nach der Börse kommen; ich werde ihm
schreiben, daß ich ihn erwarte; und ich hoffe, daß Asien ihm ein aller-
liebstes Diner bereitet; ich will ihn rasend machen, diesen Menschen ...
Vorwärts! Los, los! meine Tochter ... Wir wollen lachen, das heißt wir
wollen ›arbeiten‹.«

Sie setzte sich an ihren Tisch und schrieb den folgenden Brief:

»Mein Freund, wenn die Köchin, die Sie mir geschickt haben, nicht schon in meinen Diensten gestanden hätte, so könnte ich glauben, es wäre Ihre Absicht, mich wissen zu lassen, wie oft Sie vorgestern bei Empfang meiner drei Briefe ohnmächtig geworden sind. – Was wollen Sie? Ich war an jenem Tage sehr nervös, ich ging die Erinnerungen meiner beklagenswerten Existenz noch einmal durch. – Aber ich kenne Asiens Aufrichtigkeit. Ich bereue also nicht mehr, Ihnen einigen Kummer gemacht zu haben, denn es hat mir beweisen müssen, wie teuer ich Ihnen bin. Wir sind einmal so, wir verachteten Geschöpfe; echte Liebe rührt uns mehr, als wenn wir der Anlaß wahnsinniger Ausgaben sind. Ich selbst habe immer gefürchtet, ich wäre nur der Kleiderhaken, an dem Sie Ihre Eitelkeiten aufhingen. Es langweilte mich, Ihnen nichts anderes zu sein. Ja, trotz Ihrer schönen Beteuerungen glaubte ich, Sie hielten mich für eine gekaufte Frau. Nun, jetzt werden Sie in mir also ein braves Mädchen finden, freilich unter der Bedingung, daß Sie mir immer noch ein klein wenig gehorchen. Wenn dieser Brief bei Ihnen die Verordnungen des Arztes ersetzen kann, so werden Sie es mir beweisen, indem Sie mich nach der Börse aufsuchen. Sie werden die unter den Waffen und mit Ihren Gaben geschmückt vorfinden, die sich zeit ihres Lebens Ihre Vergnügungsmaschine nennt,

Ihre

Esther.«

An der Börse war der Baron von Nucingen so lustig, so zufrieden, scheinbar so umgänglich, und er erlaubte sich so viel Scherze, daß du Tillet und die Kellers, die anwesend waren, sich nicht enthalten konnten, ihn nach dem Grunde seiner guten Laune zu befragen. »Ich werde keliept ... Wir werden bald den Einwaihungsschmaus abhalten«, sagte er zu du Tillet. »Wie teuer kommt Sie das?« fragte Franz Keller scharf zurück; »Frau Coleville soll ihn im Jahr fünfundzwanzigtausend Franken gekostet haben.« – »Nie hat mich diese Frau, die ain Engel ist, um ßwei Heller kepeten.« – »So macht man es nie«, erwiderte du Tillet. »Um niemals etwas erbitten zu brauchen, legen sie sich Tanten oder Mütter zu.«

Siebenmal sagte der Baron auf der Fahrt von der Börse bis zur Rue Taitbout zu seinem Kutscher: »Sie fahren ja nicht, prauchen Se doch die Beitsche! ...«

Er kletterte behend hinauf und fand seine Geliebte zum erstenmal so schön, wie es jene Mädchen sind, deren einzige Beschäftigung die Sorge für ihre Toilette und ihre Schönheit ist. Sie kam eben aus dem Bad, und die Blume war frisch und duftete, daß sie einem Robert von Arbrissel Begierden hätte einflößen können. Esther war in einer entzückenden Toilette. Eine Jacke aus schwarzem Rips, besetzt mit Posamenten aus rosa Seide, fiel offen über einen Rock aus grauem Satin herab; es war das Kostüm, in dem sie später die schöne Amigo in den ›Puritani‹ spielte. Eine Brustkrause aus englischen Spitzen fiel leicht auf die Schultern herab. Die Ärmel des Kleides waren von Schnüren gehalten, um die Puffen abzuteilen, die die anständigen Frauen seit einiger Zeit an Stelle der zu ungeheuerlich gewordenen Keulenärmel trugen. Esther hatte auf ihrem prachtvollen Haar eine Haube aus Mechelner Spitzen befestigt, die immer fallen zu wollen schien und doch nicht fiel; die ihr den Anschein gab, als sei sie nicht angezogen und schlecht gekämmt, obwohl man genau die weißen Striche ihres kleinen Kopfes zwischen den Furchen des Haares durchschimmern sah.

»Ist es nicht ein Greuel, die gnädige Frau so schön zu sehen hier in einem so verbrauchten Salon?« fragte Europa den Baron, als sie ihm die Tür des Salons aufhielt.

»Kut, gommen Se in die Rie Sainte-Schorsche«, sagte der Baron, indem er stehen blieb, wie ein Hund vor einem Rebhuhn halt macht. »Das Wedder ist brachtvoll, wir werden in den Champs Elysées schbaßieren-fahren, und Frau Saint-Esdèfe wird mit Eischenie Ihre kanße Doilette, Ihre Wäsche und unser Tiner in die Rie Sainte-Schorsche hinieberschaffen.« – »Ich werde alles tun, was Sie wollen«, sagte Esther, »wenn Sie mir das Vergnügen machen wollen, meine Köchin ›Asien‹ zu nennen und Eugenie ›Europa‹. So habe ich alle Frauen genannt, die mir gedient haben, von den beiden ersten an, die ich je gehabt habe. Ich liebe die Abwechslung nicht ...« – »Aßien ... Eiroba ...« wiederholte der Baron, indem er in ein Gelächter ausbrach. »Wie gomisch Sie sind ... Sie haben Ainfälle ... Ich gönnte viele Tiners essen, ehe ich aine Göchin Aßien nennte.« – »Es ist unser Beruf, daß wir komisch sind«, sagte Esther. »Sehen Sie, kann denn ein armes Mädchen nicht Asien für sich kochen und sich von Europa kleiden lassen? Während Sie doch von der ganzen Welt leben? Das ist ein Mythus! Es gibt Frauen, die die Erde aufessen würden, und ich will nur die Hälfte; nicht?«

›Was fier aine Frau diese Frau von Saint-Esdèfe ist!‹ sagte der Baron bei sich selber, indem er den Wandel in Esthers Wesen bewunderte. »Europa, ich brauche einen Hut, meine Tochter«, sagte Esther. »Ich muß einen Kapotthut aus schwarzem Satin mit rosa Futter und Spitzengarnitur haben.« – »Frau Thomas hat ihn nicht geschickt ... Auf, Baron, schnell! Die Pfote gerührt! Beginnen Sie Ihren Dienst als Lastträger, das heißt als glücklicher Mensch! Das Glück ist schwer! ... Sie haben Ihren Wagen, gehen Sie zu Frau Thomas«, sagte Europa zum Baron. »Lassen Sie durch Ihren Bedienten um den Kapotthut der Frau van Bogseck bitten ... Und vor allem«, flüsterte sie ihm ins Ohr, »bringen Sie das schönste Bukett mit, das in Paris vorhanden ist. Wir sind im Winter, sehen Sie zu, tropische Blumen zu finden.«

Der Baron ging hinunter und sagte zu seinem Bedienten: »Szu Frau Thomas.«

Der Kutscher fuhr seinen Herrn zu einer berühmten Konditorei. »Es ist aine Motistin, Tummkopf, kaine Dortenpäckerin!« sagte der Baron, der zum Palais Royal eilte, zu Frau Prévot, von der er für zehn Louisdors einen Strauß zusammenstellen ließ, während sein Bedienter zu der berühmten Modistin fuhr.

Der oberflächliche Beobachter fragt sich, wenn er in Paris spazierengeht, welches die Narren sind, die jene fabelhaften Blumen kaufen, wie sie den Laden der berühmten Blumenhändlerin schmücken, oder die Erstlinge Chevets, des Delikatessenhändlers von europäischem Ruf, des einzigen, der mit dem Rocher de Cancale eine wirkliche und wundervolle ›Revue der beiden Welten‹ bietet ... Jeden Tag erheben sich in Paris hundert und einige Leidenschaften gleich der Nucingens, und sie zeigen sich in Seltenheiten, wie sie Königinnen sich nicht zu schenken wagen, wie man sie aber auf den Knien jenen Mädchen darbringt, die zu glänzen lieben. Ohne einen solchen Hinweis würde eine ehrliche Bürgersfrau nicht begreifen, wie ein Vermögen in den Händen dieser Geschöpfe zerschmelzen kann, deren soziale Obliegenheit im System Fouriers vielleicht darin besteht, daß sie das Unglück des Geizes und der Habgier wieder gutmachen. Solche Verschwendung wirkt ohne Zweifel auf den sozialen Organismus wie der Schnitt einer Lanzette auf einen vollblütigen Körper. In zwei Monaten hatte Nucingen den Kleinhandel mit mehr als zweihunderttausend Franken bewässert.

Als der alte Liebhaber zurückkehrte, brach die Nacht herein; das Bukett war überflüssig. Im Winter legt man die Spazierfahrt auf den Champs

Elysées in die Zeit von zwei bis vier Uhr. Immerhin diente der Wagen Esther dazu, sich von der Rue Taitbout in die Rue Saint-Georges zu begeben, wo sie Besitz ergriff von dem ›glainen Balais‹. Nie, das muß man sagen, war Esther der Mittelpunkt eines solchen Kultus und einer solchen Verschwendung gewesen; sie war überrascht; aber sie hütete sich wie all jene königlichen Undankbaren, das geringste Staunen zu verraten. Wenn man in Rom Sankt Peter betritt, so zeigt man, um einen Anhalt über die Größe und Höhe der Königin aller Kathedralen zu geben, den kleinen Finger einer Statue, der ich weiß nicht welche Länge hat und doch als ein kleiner Finger in natürlicher Größe erscheint. Nun hat man gegen alle Schilderungen so viele Einwände erhoben, obwohl sie für die Geschichte unserer Sitten so notwendig sind, daß wir hier den römischen Cicerone nachahmen müssen. Als sie also in den Speisesaal traten, konnte der Baron sich nicht enthalten, Esther den Stoff der Fenstervorhänge in die Hand zu geben; sie hingen in königlicher Fülle da; das Futter war aus weißem Moiré, und der Besatz bestand aus Posamenten, die der Büste einer portugiesischen Prinzessin würdig gewesen wären. Dieser Stoff war eine Seidenarbeit, die in Kanton gekauft war und auf der chinesische Geduld die Vögel Asiens mit einer Vollkommenheit darzustellen gewußt hatte, derengleichen man nur noch auf mittelalterlichen Pergamenten oder im Meßbuch Karls V., dem Stolz der Kaiserlichen Bibliothek in Wien, wiederfindet.

»Er hat ainen Lord, der ihn hat mitkepracht aus Indien, zwaitausend Franken die Elle kekostet …« – »Sehr hübsch … reizend! … Welch Vergnügen, hier Champagner zu trinken!« sagte Esther. »Hier wird der Schaum nicht schmutzig auf dem Boden!« – »O gnädige Frau«, sagte Europa, »sehen Sie doch den Teppich! …« – »Da man den Deppich fier den Herzog von Dorlonia, mainen Freind, keßeichnet hatte und er ihn ßu teier findet, so hab ich ihn kenommen fier Sie, denn Sie sind aine Gönigin!« sagte Nucingen.

Durch einen Zufall paßte dieser Teppich, der von einem unserer genialsten Zeichner stammte, zu den Launen der chinesischen Draperie. Die Wände, die Schinner und Leo von Lora gemalt hatten, stellten wollüstige Szenen dar, die hervorgehoben wurden von Ebenholzschnitzereien; diese Schnitzereien waren für schweres Gold von Dusommerard erstanden, und einfache Goldstriche zogen sparsam das Licht auf sie. Auf alles übrige kann man jetzt schließen.

»Sie haben gut daran getan, mich herzuführen«, sagte Esther; »ich werde wohl acht Tage nötig haben, um mich an mein Haus zu gewöhnen und nicht wie eine Emporkömmlingin auszusehen ...« – »Main Haus!« wiederholte der Baron voll Freude; »so nehmen Se an?« – »Aber ja, tausendmal ja, dummes Tier«, sagte sie lächelnd. »Tier allain hädde kenügt ...« – »Dumm ist nur Liebkosung«, erwiderte sie, indem sie ihn ansah.

Der arme Luchs ergriff Esthers Hand und legte sie sich aufs Herz: er war Tier genug, um zu empfinden, aber zu dumm, ein Wort hervorzubringen. »Sehn Se, wie es bocht ... fier ein zärtliches Förtchen!« sagte er.

Und er führte seine Göttin in das Schlafzimmer. »O gnädige Frau«, sagte Eugenie, »hier kann ich nicht bleiben. Man hat zu große Lust, sich ins Bett zu legen.« – »Also«, sagte Esther, »ich will den Zauberer glücklich machen, der solche Wunder vollbringt. Auf, mein dicker Elefant, nach dem Diner gehen wir zusammen ins Schauspiel. Ich habe einen wahren Heißhunger aufs Theater.«

Es war genau fünf Jahre her, seit Esther nicht mehr in ein Theater gegangen war. Ganz Paris ging damals in die Porte Saint-Martin, um dort eins jener Stücke zu sehen, denen die Gewalt der Schauspieler den Ausdruck einer furchtbaren Realität verleiht: ›Richard Darlington‹. Wie alle naiven Naturen liebte Esther es ebensosehr, das Beben der Angst zu spüren, wie sich den Tränen der Rührung hinzugeben. »Wir wollen Frédéric Lemaître sehen«, sagte sie, »ich bete diesen Schauspieler an!« – »Es ist ein fildes Trama«, sagte Nucingen, der sich im Nu gezwungen sah, sich bloßzustellen.

Der Baron schickte seinen Diener aus, damit er eine jener Prosceniumslogen im ersten Stock belege. Wieder eine Pariser Originalität! Wenn der Erfolg, das Geschöpf auf tönernen Füßen, einen Saal füllt, so ist stets zehn Minuten, bevor der Vorhang hochgeht, noch eine Prosceniumsloge zu vergeben; die Direktoren behalten sie für sich, wenn sich keine Leidenschaft wie die Nucingens für sie findet. Diese Loge ist wie das Frühobst Chevets ein Zoll, der auf die Launen des Pariser Olymps erhoben wird.

Es ist nicht nötig, vom Tischgerät zu reden. Nucingen hatte drei Garnituren zusammengebracht: das kleine Service, das mittlere Service und das große Service. Das Nachtisch-Gerät des großen Service war, Teller wie Schüsseln, ganz aus getriebenem, vergoldetem Silber. Damit es nicht aussah, als wollte er den Tisch mit Gold- und Silberwerten zermalmen, hatte er all diesen Garnituren noch eine aus reizend zerbrechlichem Porzellan nach sächsischer Art hinzugefügt; es kostete mehr als ein Silberservice. Was das Gedeck angeht, so wetteiferten sächsisches, englisches, flandrisches und französisches Leinen mit ihren Damastblumen an Vollkommenheit.

Beim Diner war der Baron im Staunen an der Reihe, als er Asiens Küche kostete. »Ich verschdehe«, sagte er, »weshalb Sie sie Aßien nennen: es ist aine aßiatische Güche.« – »Ah, ich fange an zu glauben, daß er mich liebt«, sagte Esther zu Europa, »er hat beinahe so etwas wie einen Witz gemacht.«

Die Küche war so gewürzt, daß der Baron sich den Magen verderben mußte; er sollte früh nach Hause gehen. Daher war denn dies auch alles, was er an Genüssen von seinem ersten Zusammensein mit Esther davontrug. Im Theater sah er sich gezwungen, eine unendliche Anzahl von Gläsern voll Zuckerwasser zu trinken und Esther in den Zwischenakten allein zu lassen. Durch ein Zusammentreffen, das zu leicht vorherzusagen war, um es einen Zufall zu nennen, waren an jenem Tage auch Mariette, Tullia und Frau du Val-Noble im Theater. ›Richard Darlington‹ war einer jener wahnsinnigen und übrigens verdienten Erfolge, wie man sie nur in Paris erlebt. Alle Männer kamen, wenn sie dieses Drama sahen, auf den Gedanken, man könnte seine eheliche Frau zum Fenster hinauswerfen, und alle Frauen sahen sich gern ungerechterweise unterdrückt. Die Frauen sagten sich: ›Das ist zu stark! Wir werden nur gestoßen ... aber es geht uns oft so! ...‹

Nun konnte ein Geschöpf von Esthers Schönheit und in Esthers Kleidung nicht ungestraft im Proszenium der Porte Saint-Martin glänzen; und schon im zweiten Akt fand in der Loge der beiden Tänzerinnen eine Art Revolution statt, veranlaßt durch die Feststellung der Identität der schönen Unbekannten mit der Torpille. »Ah! Woher kommt die?« fragte Mariette Frau du Val-Noble; »ich glaubte, sie wäre ertrunken ...« – »Ist sie es? Sie scheint mir siebenunddreißigmal jünger und schöner als vor sechs Jahren.« – »Sie hat sich vielleicht wie Frau d'Espard und Frau Zayonchek in Eis konserviert«, sagte der Graf von Brambourg, der die drei Frauen ins Schauspiel geführt hatte, und zwar in eine Parterreloge. »Ist das nicht die Ratte, die Sie mir schicken wollten, damit sie meinen Onkel einbalsamierte?« fragte er, indem er sich an Tullia wandte. »Ganz recht«, versetzte die Sängerin. »Du Bruel, gehen Sie doch ins Orchester und sehen Sie zu, ob sie es wirklich ist.« – »Hält die die Nase hoch!« rief Frau du Val-Noble mit einer wundervollen Redensart aus dem Wortschatz der Dirnen. »Oh«, rief der Graf von Brambourg, »sie hat das Recht dazu, denn sie ist bei meinem Freund, dem Baron von Nucingen. Ich gehe hin …« – »Sollte das die angebliche Jungfrau von Orléans 256 sein, die Nucingen erobert hat, und mit der man uns seit drei Monaten langweilt? …« fragte Mariette.

»Guten Abend, mein lieber Baron«, sagte Philipp Bridau, als er in Nucingens Loge trat. »Sie sind also mit Fräulein Esther vermählt? … Gnädiges Fräulein, ich bin ein armer Offizier, den Sie ehedem in Issoudun aus einer Klemme ziehen sollten … Philipp Bridau …« – »Kenn ich nicht«, sagte Esther, indem sie ihr Glas in den Saal richtete. »Das knädige Fräulein«, bemerkte der Baron, »haißt nicht mehr einfach Esder: sie haißt Frau von Chamby; das ist ain glaines Kut, das ich ihr kekauft habe …« – »Wenn Sie die Dinge auch recht gut machen«, sagte der Graf, »so behaupten die Damen dort doch, Frau von Champy trage die Nase zu hoch … Wenn Sie sich meiner nicht entsinnen wollen, so werden Sie vielleicht geruhen, Mariette, Tullia, Frau du Val-Noble wiederzuerkennen«, fügte dieser Emporkömmling hinzu, dem der Herzog von Maufrigneuse die Gunst des Dauphins verschafft hatte.

»Wenn die Damen gut zu mir sind, so bin ich geneigt, mich ihnen sehr angenehm zu zeigen«, erwiderte Frau von Champy trocken. »Gut!« sagte Philipp; »sie sind ausgezeichnet, sie nennen Sie die Jungfrau von Orléans.« – »Kut, wenn diese Damen Ihnen Kesellschaft leisten wollen«, sagte Nucingen, »so werde ich Sie allain lassen, denn ich habe ßuviel kekessen. Ihr Wagen wird Sie mit Ihren Leiten abholen … Die verdammte Aßien!« – »Zum erstenmal wollten Sie mich allein lassen?« sagte Esther. »Hören Sie! Man muß an Bord zu sterben verstehen. Ich brauche meinen Mann beim Ausgang. Wenn ich beleidigt würde, so müßte ich also umsonst schreien?«

Der Egoismus des alten Millionärs mußte vor den Verpflichtungen des Liebhabers weichen. Der Baron litt und blieb. Esther hatte ihre Gründe, wenn sie ›ihren Mann‹ dabehalten wollte. Wenn sie ihre alten Bekanntschaften empfing, konnte man sie in Gesellschaft nicht so 257 ernstlich ausfragen, wie wenn sie allein war. Philipp Bridau beeilte sich, in die Loge der Tänzerinnen zurückzukehren und sie über den Stand der Dinge aufzuklären.

»Ah, sie erbt mein Haus in der Rue Saint-Georges!« sagte Frau du Val-Noble bitter zum Obersten; denn sie war, wie man sich in der Sprache dieser Frauen ausdrückt, ›zu Fuß‹. »Wahrscheinlich«, erwiderte er. »Du Tillet hat mir gesagt, er habe dort dreimal soviel ausgegeben wie Ihr armer Falleix.« – »Wir wollen sie doch besuchen«, sagte Tullia. »Meiner Treu, nein!« erwiderte Mariette, »sie ist zu hübsch; ich werde sie in ihrem Hause besuchen.« – »Ich finde mich hübsch genug, um es zu wagen«, sagte Tullia.

Der verwegene erste Besuch kam also während des Zwischenakts und knüpfte die Bekanntschaft mit Esther wieder an. Esther hielt sich in Allgemeinheiten. »Woher kommst du zurück, mein liebes Kind?« fragte die Tänzerin, die sich vor Neugier nicht mehr halten konnte. »Oh, ich habe fünf Jahre lang mit einem Engländer, der eifersüchtig ist wie ein Tiger, einem Nabob, in einem Schloß in den Alpen gelebt; ich nannte ihn immer den Knirps, denn er war nicht so groß wie der Schultheiß von Pfirt. Jetzt bin ich wieder an einen Bankier geraten, vom Regen in die Traufe. Und da ich wieder in Paris bin, habe ich solche Lust, mich zu amüsieren, daß ich mir einen wahren Karneval leisten will. Ich werde offenes Haus halten. Ach, ich muß mich von fünf Jahren der Einsamkeit erholen, und ich beginne, das Verlorene einzubringen. Fünf Jahre bei einem Engländer, das ist zuviel; nach dem Wochenblatt sind sechs Wochen genug.« – »Hat der Baron dir diese Spitze geschenkt?« – »Nein, das ist ein Rest vom Nabob … Habe ich ein Unglück, meine Liebe! Er war gelb wie das Lächeln eines Freundes vor einem Erfolg. Ich glaubte, er würde in zehn Monaten sterben. Bah, er war stark wie ein Berg. Man muß allen mißtrauen, die sich als leberkrank ausgeben … Von Leber will ich nichts mehr hören. Dieser Nabob hat mich bestohlen, er starb, ohne ein Testament gemacht zu haben, und die Familie hat mich vor die Tür gesetzt, als hätte ich die Pest. Deshalb habe ich auch dem Dicken da gesagt: Bezahle für zwei! Sie haben ganz recht, mich eine Jungfrau von Orléans zu nennen, ich habe England zugrunde gerichtet, und ich werde vielleicht verbrannt …« – »Von Liebe?« fragte Tullia. »Und bei lebendigem Leibe!« erwiderte Esther, die dieses Wort träumerisch machte.

Der Baron lachte über all diese stark gesalzenen Albernheiten, aber er verstand sie nicht immer gleich, so daß sein Lachen jenen vergessenen Raketen glich, die nach einem Feuerwerk aufsteigen.

Wir leben alle in irgendeiner Sphäre, und die Bewohner aller Sphären sind mit der gleichen Dosis von Neugier begabt. Am folgenden Tage war das Abenteuer von der Rückkehr Esthers in der Oper Kulissenneuigkeit. Mittags zwischen zwei und vier Uhr hatte das ganze Paris der Champs Elysées die Torpille wiedererkannt, und endlich wußte man, welches der Gegenstand der Leidenschaft des Barons von Nucingen war. »Wissen Sie«, fragte Blondet von Marsay im Foyer der Oper, »daß die Torpille am Morgen nach dem Tage, an dem wir sie hier als die Geliebte des kleinen Rubempré erkannt hatten, verschwunden war?«

In Paris erfährt man wie in der Provinz alles. Die Polizei der Rue de Jérusalem ist nicht so gut organisiert wie die der Gesellschaft, in der jeder den andern belauert, ohne es zu wissen. Daher hatte Carlos auch genau erraten, wie gefährlich Luciens Lage während und nach der Zeit in der Rue Taitbout gewesen war.

Es gibt keine grauenhaftere Situation als die, in der Frau du Val-Noble sich befand, und das Wort ›zu Fuß sein‹ gibt sie wunderbar wieder. Gleichgültigkeit und Verschwendungssucht hindern diese Frauen, an die Zukunft zu denken. In dieser ausnahmsweisen Welt, die viel komischer und geistvoller ist, als man glaubt, denken die Frauen, die nicht jene positive, fast unveränderliche und leicht kenntliche Schönheit besitzen, die Frauen, die man nur aus Laune lieben kann, einzig an ihr Alter und daran, sich ein Vermögen zu erwerben. Je schöner sie sind, um so weniger denken sie voraus. »Du hast also Angst, daß du häßlich wirst, da du dir ein Vermögen hinlegst?« Das ist ein Wort Florines, das sie zu Mariette sagte und das eine der Ursachen dieser Verschwendungssucht verständlich machen kann. Wenn ein Spekulant Selbstmord begeht, wenn ein Verschwender mit seinem Geldsack am Ende ist, dann stürzen solche Frauen mit erschreckender Plötzlichkeit aus schamlosem Wohlstand in tiefes Elend. Sie werfen sich dann der Kleiderhändlerin in die Arme; sie verkaufen wundervolle Juwelen zu Schleuderpreisen, und sie machen Schulden; vor allem, um den Scheinluxus aufrechtzuerhalten, der ihnen erlaubt, wiederzufinden, was sie verloren haben: eine Kasse, aus der sie schöpfen können. Dieses Hinauf und Hinab ihres Lebens erklärt es, daß die Verbindungen, die in Wirklichkeit fast immer eingefädelt werden, wie Asien Nucingen und Esther zusammengehakt hatte – das ist ein Wort aus dem Sprachschatz –, so teuer sind. Daher weiß auch jeder, der sein Paris gut kennt, ganz genau, woran er sich zu halten hat, wenn er auf den Champs Elysées, diesem beweglichen und tobenden

Basar, eine Frau im Mietswagen wiedersieht, nachdem er sie ein Jahr, einen Monat zuvor noch in einer Equipage gesehen hat, blendend vor Luxus und im schönsten Aufputz. »Wenn man beim Gefängnis stürzt, so muß man es verstehen, im Bois de Boulogne wieder aufzuspringen«, sagte Florine, als sie mit Blondet über den kleinen Vicomte von Porten-duère lachte. Ein paar geschickte Frauen setzen sich diesem Kontrast niemals aus. Sie bleiben in scheußliche Logierhäuser vergraben, wo sie ihre Vergeudung durch Entbehrungen büßen, wie sie die Reisenden ertragen, die in irgendeiner Sahara verirrt sind; aber darum kommt ihnen doch nicht die geringste Anwandlung der Sparsamkeit. Sie wagen sich auf die Maskenbälle, sie unternehmen eine Reise in die Provinz, sie zeigen sich an schönen Tagen gut gekleidet auf den Boulevards. Übrigens finden sie untereinander jene Ergebenheit, die die geächteten Klassen sich selbst bezeigen. Die Hilfe, die sie leisten soll, kostet eine glückliche Frau so wenig, und sie sagt sich im Innern: ›Sonntag bin ich auch so weit!‹ Der wirksamste Schutz aber ist der der Kleiderhändlerin. Wenn diese Wucherin Gläubigerin geworden ist, so durchstöbert und durchwühlt sie alle Greisenherzen zugunsten ihrer Hypothek in Stiefeln und Hut. Frau du Val-Noble, die außerstande gewesen war, den Zusammenbruch eines der reichsten und geschicktesten Wechselmakler vorauszusehen, wurde also in voller Unordnung überrumpelt. Sie verbrauchte das Geld Falleix' für ihre Launen und verließ sich in allen nützlichen Dingen und in ihrer Zukunft ganz auf ihn. »Wie sollte man«, sagte sie zu Mariette, »das von einem Menschen erwarten, der ein so guter Junge zu sein schien!« In fast allen Gesellschaftsklassen ist der ›gute Junge‹ ein Mensch, der nicht engherzig ist, der hier und da ein paar Taler leiht, ohne sie zurückzuverlangen, und der sich außerhalb der vulgären, obligatorischen und kuranten Moral nach den Regeln eines gewissen Zartgefühls richtet. Manche ähnlich wie Nucingen scheinbar tugendhafte und redliche Leute haben ihre Wohltäter zugrunde gerichtet; und manche Leute, die schon vor dem Zuchtpolizeigericht gestanden haben, sind von scharfsinniger Redlichkeit gegenüber der Frau. Die vollkommene Tugend, Molières Traum Alkest, ist äußerst selten; man trifft sie jedoch überall, selbst in Paris. Der ›gute Junge‹ ist das Produkt einer gewissen Anmut des Charakters, die nichts beweist. Ein Mann ist ebenso wie eine Katze schmeichlerisch, genau so wie ein Pantoffel dazu geschaffen ist, auf den Fuß zu passen. Nach dem Sinn, den das Wort ›guter Junge‹ bei ausgehaltenen Frauen hat, mußte Falleix seine Geliebte also vor seinem Fallissement warnen und ihr genug geben, damit sie leben konnte. Von Estourny, der galante Gauner, war ein guter Junge: er betrog beim Spiel, aber für seine Geliebte hatte er dreißigtausend Franken beiseitegebracht. Deshalb antworteten bei den Karnevalsoupers die Frauen seinen Anklägern: ›Das ist gleich! ... Sie mögen noch so viel reden, Georg war ein guter Junge, er hatte gute Manieren und verdiente ein besseres Los!‹ Die Dirnen machen sich über die Gesetze lustig, sie beten ein gewisses Feingefühl an; sie verstehen, sich wie Esther für ein geheimes Schönheitsideal, das ihre Religion ist, zu verkaufen. Nachdem Frau du Val-Noble mit Mühe ein paar Juwelen aus dem Schiffbruch gerettet hatte, warf die furchtbare Last dieser Anklage sie zu Boden: ›Sie hat Falleix ruiniert!‹ Sie war fast dreißig Jahre alt, und obwohl sie in der vollen Entwicklung ihrer Schönheit stand, konnte sie nichtsdestoweniger um so eher als eine alte Frau gelten, als jede Frau in solchen Krisen all ihre Rivalinnen gegen sich hat. Mariette, Florine und Tullia luden zwar ihre Freundin zum Diner ein und unterstützten sie wohl etwas; aber da sie die Ziffer ihrer Schulden nicht kannten, so wagten sie die Tiefe dieses Abgrunds auch nicht zu ergründen. Ein Zwischenraum von sechs Jahren legte im Fluten des Pariser Meeres einen zu weiten Abstand zwischen die Torpille und Frau du Val-Noble, als daß die ›Frau zu Fuß‹ sich hätte an die Frau im Wagen wenden können; aber die Val-Noble kannte Esther als zu großmütig, um nicht bisweilen zu denken, daß sie sie, nach ihrem eigenen Ausdruck, beerbt hatte, und um nicht in einer Begegnung mit ihr zusammenzutreffen, die zufällig erscheinen konnte, obwohl sie herbeigeführt war. Um diesen 262 Zufall nicht zu versäumen, ging Frau du Val-Noble, gekleidet als anständige Frau, täglich auf den Champs Elysées spazieren; am Arm hatte sie Theodor Gaillard, der sie schließlich auch heiratete und der sich in dieser Notlage sehr gut gegen seine einstige Geliebte benahm: er gab ihr Logen und ließ sie zu allen ›Partien‹ einladen. Sie schmeichelte sich mit dem Gedanken, Esther würde bei schönem Wetter einmal spazierengehen und so würden sie sich plötzlich gegenüberstehen. Esther hatte Paccard zum Kutscher, denn ihr Haus wurde nach den Befehlen Herreras von Asien, Europa und Paccard in fünf Tagen so eingerichtet, daß dies Hotel der Rue Saint-Georges zu einer uneinnehmbaren Festung wurde. Auf der andern Seite wählte auch Peyrade, den sein tiefer Haß und sein Verlangen nach Rache trieben, vor allem aber der Wunsch, seine teure Lydia zu versorgen, die Champs Elysées zum Ziel seiner Spaziergänge, sowie Contenson ihm gesagt hatte, daß Herrn von Nucingens Geliebte sich dort sehen ließe. Peyrade verkleidete sich so vollkommen als Engländer, und er sprach im Französischen so vortrefflich mit jenen Zischlauten, die die Engländer in diese Sprache einführen; er sprach ferner ein so reines Englisch und kannte die Verhältnisse dieses Landes, in das ihn die Pariser Polizei 1779 und 1786 dreimal geschickt hatte, so genau, daß er seine Rolle als Engländer bei den Gesandten und in London aufrechterhalten konnte, ohne einen Argwohn zu erwecken. Peyrade, der viel von Musson, dem berühmten Mystifikator, hatte, verstand sich mit so viel Kunst zu verkleiden, daß Contenson ihn eines Tages nicht erkannte. In Begleitung Contensons, der als Mulatte verkleidet war, prüfte Peyrade Esther und ihre Leute mit jenem Auge, das unaufmerksam scheint, aber alles sieht. Er befand sich also an dem Tage, an dem Esther Frau du Val-Noble begegnete, ganz natürlicherweise in der Seitenallee, in der die Besitzer der Wagen spazierengehen, wenn es trocken und schön ist. Peyrade, dem in Livree sein Mulatte folgte, schritt ohne Affektation und als ein echter Nabob, der nur an sich selber denkt, auf der Spur der beiden Frauen dahin, so daß er ein paar Worte ihrer Unterhaltung im Fluge auffangen mußte.

»Nun, mein liebes Kind«, sagte Esther zu Frau du Val-Noble, »suchen Sie mich auf. Nucingen ist es sich selber schuldig, daß er die Geliebte seines Wechselmaklers nicht ohne einen Heller sitzen läßt ...« – »Um so mehr, als man sagt, daß er ihn ruiniert habe«, fügte Theodor Gaillard hinzu, »und wir ganz gut Geld von ihm erpressen könnten.« – »Er speist morgen bei mir, komm, meine Gute«, sagte Esther. Dann flüsterte sie ihr ins Ohr: »Ich mache mit ihm, was ich will; er hat noch nicht so viel ...« Sie legte einen ihrer behandschuhten Nägel unter den hübschesten ihrer Zähne, jene bekannte Geste, die auf energische Weise etwa sagen will: ›Nicht das geringste!‹ »Du hast ihn in der Gewalt ...« – »Meine Liebe, bisher hat er nur erst meine Schulden bezahlt ...« – »Ist das ein Knicker!« rief Susanne du Val-Noble. »Oh«, erwiderte Esther, »ich hatte genug, um selbst einen Finanzminister abzuschrecken. Jetzt will ich vor dem ersten Mitternachtsschlag dreißigtausend Franken Rente. Oh, er ist reizend, ich kann mich nicht beklagen ... Er läßt sich nicht lumpen. In acht Tagen haben wir den Einweihungsschmaus; du sollst dabei sein ... Morgens muß er mir den Vertrag über das Haus der Rue Saint-Georges überreichen. Man kann anständigerweise ein solches Haus nicht bewohnen, ohne dreißigtausend Franken Rente für sich zu haben, damit man sie im Falle eines Unglücks wiederfinden kann. Das

Elend habe ich kennen gelernt, ich will nichts mehr davon wissen. Es gibt gewisse Bekanntschaften, von denen man auf der Stelle genug hat.« – »Früher sagtest du: ›Das Glück bin ich!‹ Wie du dich verändert hast!« rief Susanne. »Das macht die Schweizer Luft, dort wird man sparsam ... Sieh, da geh hin, meine Liebe! Nimm dir einen Schweizer, du schaffst dir vielleicht einen Ehemann! Denn sie wissen noch nicht, was für Frauen wir sind ... Auf alle Fälle liebst du, wenn du zurückkommst, die Renten in Staatsschuldscheinen, und das ist eine ehrliche und zarte Liebe! ... Adieu.« 264

Esther stieg wieder in ihren schönen Wagen, den die prachtvollsten Apfelschimmel zogen, die in Paris zu finden waren.

»Die Frau, die in den Wagen steigt«, sagte Peyrade auf englisch zu Contenson, »ist hübsch; aber die andere, die dort spaziergeht, gefällt mir noch besser; du wirst ihr folgen und in Erfahrung bringen, wer sie ist.« – »Dieser Engländer hat eben auf englisch folgendes gesagt«, sagte Theodor Gaillard, und er wiederholte Frau du Val-Noble Peyrades Rede.

Ehe Peyrade sich Englisch zu sprechen getraute, hatte er in dieser Sprache ein Wort hingeworfen, das Theodor Gaillard eine Bewegung seiner Gesichtszüge entlockte, wodurch er sich davon überzeugte, daß der Journalist Englisch verstand. Frau du Val-Noble ging alsbald sehr langsam nach Hause, indem sie zur Seite sah, ob der Mulatte ihr auch folgte; sie wohnte in einem anständigen Logierhaus der Rue Louis-le-Grand. Dieses Logierhaus gehörte einer Frau Gérard, der Frau du Val-Noble in den Tagen ihres Glanzes gefällig gewesen war und die ihrer Dankbarkeit Ausdruck gab, indem sie ihr eine annehmbare Unterkunft bot. Diese Person, eine ehrenwerte und sogar fromme Bürgersfrau voller Tugenden, nahm die Kurtisane wie ein Wesen höherer Ordnung auf; sie sah sie immer noch inmitten ihres Luxus und hielt sie für eine Königin im Unglück. Sie vertraute ihr ihre Töchter an, und – das ist natürlicher, als man denkt – die Kurtisane war ebenso vorsichtig, wenn sie sie ins Schauspiel führte, wie es eine Mutter gewesen wäre; die beiden 265 Fräulein Gérard liebten sie. Die tüchtige und würdige Wirtin glich jenen wundervollen Priestern, die in diesen vom Gesetz verstoßenen Frauen ein zu rettendes, zu liebendes Geschöpf sehen. Frau du Val-Noble achtete diese Anständigkeit, oft beneidete sie sie, wenn sie abends plauderte und ihr Unglück beklagte. »Sie sind noch schön, Sie können ein gutes Ende erleben«, sagte Frau Gérard. Frau du Val-Noble war übrigens nur verhältnismäßig gefallen. Die so verschwenderische und elegante Toilette dieser Frau war noch gut versehen, genug, um ihr gelegentlich zu erlauben – wie zum Beispiel am Tage des ›Richard Darlington‹ in der Porte Saint-Martin –, daß sie in ihrem ganzen Glanze erschien. Frau Gérard bezahlte noch bereitwillig genug die Wagen, die ›die Frau zu Fuß‹ nötig hatte, wenn sie in der Stadt dinierte oder sich ins Theater begab oder aus ihm nach Hause kam.

»Also, meine liebe Frau Gérard«, sagte sie zu dieser anständigen Familienmutter, »mein Schicksal will sich wenden, glaube ich ...« – »Nun, um so besser; aber seien Sie verständig, denken Sie an die Zukunft ... Machen Sie keine Schulden mehr. Es wird mir so schwer, all die fortzuschicken, die Sie suchen! ...« – »Oh, kümmern Sie sich nicht um diese Hunde, die ungeheure Summen an mir verdient haben. Hier, da sind zwei Billete zum Théâtre des Variétés für Ihre Töchter, eine gute Loge im zweiten Rang. Wenn heute abend jemand nach mir fragen sollte und ich bin noch nicht wieder zu Hause, so lassen Sie ihn trotzdem hinaufsteigen. Adele, meine ehemalige Zofe, wird da sein; ich werde sie Ihnen schicken.«

Frau du Val-Noble, die weder Tante noch Mutter hatte, sah sich gezwungen, ihre Zuflucht zu ihrer Kammerfrau, die auch zu Fuß war, zu nehmen, damit sie bei dem Unbekannten, dessen Eroberung ihr erlauben sollte, sich wieder zu ihrem Rang zu erheben, die Rolle einer Saint-Estève spielte. Sie ging mit Theodor Gaillard zum Diner, denn der hatte gerade für diesen Tag eine ›Partie‹, das heißt, er war von Nathan, der eine verlorene Wette bezahlte, zum Diner eingeladen worden: es war eine jener Orgien, von denen man bei der Einladung sagt: Es werden Frauen da sein.

Peyrade hatte sich nicht ohne zwingende Gründe entschlossen, sich persönlich auf das Feld dieser Intrige zu begeben. Seine Neugier war übrigens, ebenso wie die Corentins, so lebhaft geweckt, daß er sich auch ohne Gründe gern in dieses Drama eingemischt hätte. In diesem Augenblick hatte die Politik Karls X. die letzte Phase ihrer Entwicklung durchgemacht. Der König hatte das Steuer der Geschäfte selbstgewählten Ministern anvertraut und bereitete die Eroberung Algeriens vor, um den dadurch erworbenen Ruhm als Paß für das zu benutzen, was man einen Staatsstreich genannt hat. Im Innern konspirierte niemand mehr; Karl X. glaubte keinen Gegner mehr zu haben. Wie auf dem Meere gibt es auch in der Politik eine trügerische Windstille. Corentin war also einer absoluten Beschäftigungslosigkeit verfallen. In einer solchen Lage schießt der echte Jäger, um seine Hand in Übung zu erhalten, statt der Kramtsvögel Amseln. Domitian tötete Fliegen, wenn er keine Christen hatte. Als Zeuge der Verhaftung Esthers hatte Contenson mit dem vortrefflichen Sinn des Spions diesen Vorgang sehr richtig beurteilt. Wie man gesehen hat, hatte der Schelm sich nicht die Mühe gemacht, dem Baron von Nucingen seine Meinung zu verschleiern. »Zu wessen Nutzen brandschatzt man die Leidenschaft des Bankiers?« das war die erste Frage, die die beiden Freunde sich stellten. Als Contenson in Asien eine Dramatis Persona erkannt hatte, hoffte er durch sie bis zum Verfasser durchzudringen; aber sie schlüpfte ihm eine Zeitlang durch die Finger, indem sie sich wie ein Aal im Pariser Schlamm verbarg; und als er sie in Esthers Köchin wiederfand, schien ihm die Mitarbeit dieser Mulattin unerklärlich. Zum erstenmal stießen also die beiden Künstler der Spionage auf einen unentzifferbaren Text, wenn sie auch eine dunkle Geschichte argwöhnten. Nach drei einander folgenden und verwegenen Stürmen auf das Haus der Rue Taitbout fand Contenson noch immer das hartnäckigste Schweigen. Solange Esther dort wohnte, schien der Portier von tiefer Angst beherrscht zu sein. Vielleicht hatte Asien der ganzen Familie im Fall der Indiskretion vergiftete Fleischklößchen versprochen. Am Tage, nachdem Esther ihre Wohnung verlassen hatte, fand Contenson diesen Pförtner ein wenig vernünftiger; er bedauerte den Fortzug dieser kleinen Dame, die ihn, wie er sagte, mit den Resten ihrer Tafel ernährte. Contenson, der sich als Handelsagent verkleidet hatte, feilschte um die Wohnung, und er hörte die Beschwerden des Portiers an, indem er sich über ihn lustig machte und alles, was er sagte, durch ein ›Ist es möglich?‹ in Zweifel zog. »Ja, gnädiger Herr, diese kleine Dame wohnte fünf Jahre hier, ohne je auszugehen, denn ihr Liebhaber war eifersüchtig, obwohl sie sich niemals etwas zuschulden kommen ließ, und er wandte die größte Vorsicht an, wenn er kam und eintrat oder ging. Übrigens war es ein sehr schöner junger Mann.« Lucien befand sich gerade zu Marsac bei seiner Schwester, Frau Séchard; aber sowie er zurückgekehrt war, schickte Contenson den Portier auf den Quai Malaquais, um Herrn von Rubempré zu fragen, ob er bereit sei, die Möbel der von Fräulein Esther van Bogseck verlassenen Wohnung zu verkaufen. Der Portier erkannte in Lucien den geheimnisvollen Liebhaber der jungen Witwe, und mehr wollte Contenson nicht wissen. Man kann sich vorstellen, von welchem tiefen, wenn auch verhaltenen

Staunen Lucien und Carlos erfaßt waren; es schien, als hielten sie den Portier für verrückt; sie suchten ihn davon zu überzeugen.

In vierundzwanzig Stunden hatte Carlos eine Gegenpolizei organisiert, die Contenson bei seiner Spionage auf frischer Tat ertappte. Contenson hatte schon zweimal, als Austräger der Markthalle verkleidet, Vorräte ins Haus gebracht, die Asien morgens gekauft hatte; und zweimal war er auf diese Weise in das Haus der Rue Saint-Georges eingedrungen. Auch Corentin regte sich; aber die Realität der Persönlichkeit Carlos Herreras gebot ihm halt, denn er erfuhr auf der Stelle, daß dieser Abbé, der geheime Gesandte Ferdinands VII., gegen Ende des Jahres 1823 nach Paris gekommen war. Nichtsdestoweniger mußte Corentin untersuchen, welche Gründe diesen Spanier dazu trieben, Lucien von Rubempré zu begönnern. Corentin hatte bald erkannt, daß Lucien Esther fünf Jahre lang zur Geliebten gehabt hatte; also hatte die Unterschiebung der Engländerin im Interesse des Dandy stattgefunden. Nun hatte Lucien keinerlei Subsistenzmittel, man verweigerte ihm Fräulein von Grandlieu als Frau, und er hatte soeben den Landsitz der Rubemprés für eine Million erstanden. Corentin brachte geschickt den Generalpolizeidirektor ins Spiel, dem der Polizeipräfekt mitteilte, daß die Leute, die sich in dieser Sache über Peyrade beklagt hatten, keine geringeren gewesen seien als der Graf von Sérizy und Lucien von Rubempré.

»Wir haben sie!« hatten Peyrade und Corentin ausgerufen. Der Plan der beiden Freunde war im Nu entworfen. »Dieses Mädchen hat Beziehungen gehabt, sie hat Freundinnen. Es ist unmöglich, daß nicht unter diesen Freundinnen eine im Unglück ist; einer von uns muß die Rolle eines reichen Ausländers spielen, der sie unterhält; wir werden sie zusammenbringen. Sie sind einander für das Tricktrack der Liebhaber stets vonnöten, und dann stehen wir im Herzen der Festung.«

Es war ganz natürlich, daß Peyrade daran dachte, die Rolle des Engländers zu übernehmen. Das Leben der Ausschweifung, das er führen mußte, bis das Komplott, dem er zum Opfer gefallen war, entdeckt wurde, lächelte ihm, während Corentin sich wenig daraus machte, denn seine Arbeiten hatten ihn gealtert und er war kränklich. Als Mulatte entging Contenson Herreras Gegenpolizei auf der Stelle. Drei Tage vor der Begegnung Peyrades mit Frau du Val-Noble auf den Champs Elysées war der letzte der Agenten der Herren von Sartine und Lenoir, mit einem vollständig ordnungsmäßigen Paß versehen, in der Rue de la Paix im Hotel Mirabeau abgestiegen; er kam über Le Havre aus den Kolonien, und zwar in einer so kotbespritzten Kalesche, als käme sie wirklich aus Le Havre, obwohl sie nur den Weg von Saint-Denis nach Paris gemacht hatte.

Carlos Herrera seinerseits ließ auf der spanischen Gesandtschaft seinen Paß visieren und rüstete auf dem Quai Malaquais alles für eine Reise nach Madrid. Der Grund war dieser. In wenigen Tagen sollte Esther Besitzerin des kleinen Hotels in der Rue Saint-Georges sein; sie sollte auch Staatspapiere über dreißigtausend Franken Rente erhalten; Europa und Asien waren listig genug, um sie zu veranlassen, daß sie sie verkaufte und Lucien heimlich den Erlös übergab. Lucien, den die Freigebigkeit seiner Schwester angeblich reich gemacht hatte, sollte auf diese Weise den Rest des Preises der Ländereien von Rubempré erhalten. Niemand konnte daran etwas auszusetzen finden. Nur Esther konnte indiskret sein; aber sie wäre eher gestorben, als daß sie sich hätte eine Bewegung der Wimpern entschlüpfen lassen. Klotilde hatte eben ein rosa Tuch um ihren Schwanenhals gelegt, und also war im Hotel Grandlieu das Spiel gewonnen. Die Aktien der Omnibusse gaben bereits drei Kapitalien statt eines. Wenn Carlos auf ein paar Tage verschwand, so leitete er jeden Argwohn irre. Menschliche Voraussicht hatte alles vorausgesehen, ein Fehler war nicht möglich. Der falsche Spanier sollte am Tage, nachdem Peyrade auf den Champs Elysées Frau du Val-Noble getroffen hatte, aufbrechen. In ebendieser Nacht aber kam gegen zwei Uhr morgens im Fiaker Asien auf den Quai Malaquais, und sie fand den Heizer dieser Dampfmaschine in seinem Zimmer rauchend vor; er ging gerade den Abriß des Ganzen durch, den wir mit wenigen Worten wiedergegeben haben, wie etwa ein Autor eine Seite seines Buches durchfeilt, um Fehler zu finden, die er verbessern könnte. Ein solcher Mensch wollte nicht zweimal eine Vergeßlichkeit begehen, wie er sie in betreff des Portiers der Rue Taitbout begangen hatte.

»Paccard«, sagte Asien ihrem Herrn ins Ohr, »hat gestern um zweieinhalb Uhr auf den Champs Elysées Contenson erkannt; er war als Mulatte verkleidet und diente einem Engländer als Diener, der seit drei Tagen auf den Champs Elysées spazierengeht, um Esther zu beobachten. Paccard hat den Hundsfott an den Augen erkannt, genau wie ich, als er Austräger der Markthalle war. Paccard hat die Kleine so nach Hause gefahren, daß er unsern Schlingel nicht aus den Augen verlor. Er wohnt im Hotel Mirabeau; aber er hat mit dem Engländer solche Zeichen der Verständigung getauscht, behauptet Paccard, daß der Engländer unmöglich ein Engländer sein kann.«

»Uns sitzt eine Bremse auf dem Rücken«, sagte Carlos. »Ich reise erst übermorgen. Dieser Contenson ist sicher der, der uns den Portier der Rue Taitbout hierher nachgeschickt hat; wir müssen in Erfahrung bringen, ob der falsche Engländer unser Feind ist.«

Mittags bediente der Mulatte des Herrn Samuel Johnson voll Ernst seinen Herrn, der aus Berechnung stets zu gut frühstückte. Peyrade wollte als ein Engländer von der Gattung der Trinker gelten; er ging stets nur angetrunken aus. Er trug Gamaschen aus schwarzem Tuch, die ihm bis zu den Knien heraufreichten und die ausgestopft waren, um seine Beine dicker erscheinen zu lassen; seine Hose war mit ungeheuer dickem Barchent gefüttert; er trug eine Weste, die bis unter das Kinn zugeknöpft war; seine blaue Krawatte umgab seinen Hals bis zu den Wangen herauf; eine kurze rote Perücke verbarg seine halbe Stirn; er hatte sich um ungefähr drei Zoll erhöht, und also hätte ihn der älteste Stammgast des Café David nicht erkennen können. Nach seinem vierschrötigen schwarzen Rock, der weit und sauber war wie der eines Engländers, mußten die Vorübergehenden ihn für einen englischen Millionär halten. Contenson hatte die kühle Unverschämtheit eines Kammerdieners an den Tag gelegt, der das Vertrauen eines Nabobs besitzt; er war stumm, verschlagen, geringschätzig, wenig mitteilsam und erlaubte sich ausländische Gesten und wilde Rufe. Peyrade trank gerade seine zweite Flasche aus, als ein Kellner des Hotels ohne Umstände einen Mann ins Zimmer führte, in dem sowohl Peyrade wie Contenson einen Gendarmen in Zivil erkannten.

»Herr Peyrade«, sagte der Gendarm, indem er sich an den Nabob wandte und ihm ins Ohr flüsterte, »ich habe Befehl, Sie auf die Präfektur zu führen.« Peyrade stand auf, ohne die geringste Bemerkung zu machen, und suchte seinen Hut. »Sie werden vor der Tür einen Fiaker finden«, sagte der Gendarm auf der Treppe zu ihm. »Der Präfekt wollte Sie verhaften lassen, aber er hat sich damit begnügt, Ihnen den Polizeibeamten zu schicken, den Sie im Wagen finden werden, um Erklärungen über Ihr Verhalten entgegenzunehmen.«

»Muß ich bei Ihnen bleiben?« fragte der Gendarm den Polizeibeamten, als Peyrade in den Wagen gestiegen war. »Nein«, erwiderte der Polizeibeamte. »Sagen Sie dem Kutscher leise, er möge auf die Präfektur fahren.«

Peyrade und Carlos saßen in demselben Wagen beisammen. Carlos hielt einen Dolch bereit. Der Fiaker hatte einen Kutscher, auf den man sich verlassen konnte, und der Carlos hätte aussteigen lassen, ohne es zu bemerken oder sich darüber zu wundern, wenn er, an einer Haltestelle 272 angelangt, eine Leiche in seinem Wagen gefunden hätte. Wegen eines Spions erregt man niemals Aufsehen. Die Justiz läßt solche Morde fast immer straflos, so schwer ist es, in diesen Dingen klar zu sehen. Peyrade warf seinen Spionsblick auf den Beamten, den der Polizeipräfekt ihm schickte; Carlos zeigte ihm befriedigende Züge: einen enthaarten, hinten von Falten gefurchten Schädel, gepuderte Haare, und dann auf zarten, rotumränderten Augen, die Pflege verlangten, eine sehr leichte, sehr bureaukratische Brille mit doppelten grünen Gläsern. Diese Augen zeigten Spuren unreiner Krankheiten. Ein Perkalhemd mit starrem, ge-fälteltem Jabot, eine Weste aus abgenutztem schwarzem Satin, die Hose eines Mannes der Justiz, Strümpfe aus schwarzer Florettseide, Schuhe, die mit Bändern zugeknotet waren, einen langen schwarzen Rock, Handschuhe zu zwei Franken – sie waren schwarz und seit zehn Tagen getragen – und eine goldene Uhrkette. Es war weder mehr noch minder als der Subalternbeamte, den man einen Polizeioffizier nennt.

»Mein lieber Herr Peyrade, ich bedaure, daß ein Mann wie Sie Gegen-stand einer Überwachung ist, und daß Sie es sich angelegen sein lassen, sie zu rechtfertigen. Ihre Verkleidung ist nicht nach dem Geschmack des Herrn Präfekten. Wenn Sie unserer Wachsamkeit so zu entgehen meinen, so sind Sie im Irrtum. Sie sind ohne Zweifel von Beaumont-sur-Oise aus England gekommen?« – »Von Beaumont-sur-Oise? ...« er-widerte Peyrade. »Oder von Saint-Denis?« fuhr der falsche Beamte fort.

Peyrade wurde verwirrt. Diese neue Frage verlangte eine Antwort. Jede Antwort aber war gefährlich. Eine Bestätigung wurde zum Hohn; ein Leugnen vernichtete Peyrade, wenn der andere die Wahrheit kannte. ›Er ist schlau‹, dachte er. Er versuchte, den Polizeibeamten lächelnd an- 273 zusehen, und gab ihm sein Lächeln statt aller Antwort. Das Lächeln wurde ohne Einspruch hingenommen.

»Zu welchem Zweck haben Sie sich verkleidet, haben Sie im Hotel Mirabeau Wohnung genommen und Contenson zum Mulatten gemacht?« fragte der Beamte. »Der Herr Präfekt wird mit mir machen, was er will; aber ich schulde nur meinen Vorgesetzten Rechenschaft über meine Handlungen«, sagte Peyrade voll Würde. »Wenn Sie mir zu verstehen geben wollen, daß Sie auf Rechnung der politischen Polizei des Königreichs handeln«, sagte der falsche Beamte trocken, »so wechseln wir die Richtung und fahren in die Rue de Grenelle statt in die Rue de Jérusalem. Ich habe die bestimmtesten Befehle über Sie. Aber nehmen Sie sich in acht! Man will Ihnen nicht so gar übel, und Sie könnten sich in einem Augenblick Ihr Spiel verderben. Ich persönlich habe gar nichts gegen Sie ... Aber vorwärts! ... Sagen Sie mir die Wahrheit.«

»Die Wahrheit ist die«, sagte Peyrade, indem er einen feinen Blick auf die roten Augen seines Zerberus warf. Das Gesicht des angeblichen Beamten blieb stumm und regungslos; er tat, was seines Amtes war, jede Wahrheit schien ihm gleichgültig zu sein, er machte den Eindruck, als beschuldigte er den Präfekten einer Laune. Präfekten haben einmal Grillen. »Ich habe mich wie ein Wahnsinniger in eine Frau verliebt, in die Geliebte jenes Wechselmaklers, der zu seinem Vergnügen und zum Mißvergnügen seiner Gläubiger auf Reisen gegangen ist, jenes Falleix.« – »In Frau du Val-Noble«, sagte der Beamte. »Ja«, erwiderte Peyrade. »Um sie einen Monat lang aushalten zu können, was mich kaum mehr als tausend Taler kosten wird, habe ich mich als Nabob verkleidet und Contenson zum Bedienten genommen. Das ist so wahr, daß Sie mich im Fiaker lassen können; ich werde Sie erwarten, auf die Ehre eines ehemaligen Generalpolizeikommissars; steigen Sie ins Hotel hinauf und fragen Sie Contenson. Contenson wird Ihnen nicht nur bestätigen, was ich die Ehre hatte, Ihnen zu sagen, sondern Sie werden auch die Kammerfrau der Frau du Val-Noble sehen, die uns heute die Einwilligung in meine Vorschläge oder die Bedingungen ihrer Herrin bringen soll. Ein alter Affe kennt sich aus in Grimassen: ich habe tausend Franken im Monat und einen Wagen geboten; das macht fünfzehnhundert Franken; fünfhundert Franken für Geschenke und ebensoviel für Gesellschaften, Diners und Theater; Sie sehen, ich irre mich nicht um einen Centime, wenn ich sage: tausend Taler. Ein Mann in meinem Alter kann wohl tausend Taler an seine letzte Laune wenden.«

»Ah, Papa Peyrade, Sie lieben die Frauen immer noch genug, um ... Aber Sie foppen mich; ich bin sechzig Jahre alt, und ich kann sie sehr gut entbehren ... Wenn freilich die Dinge liegen, wie Sie sagen, so verstehe ich, daß Sie sich in einen Ausländer verwandeln mußten, um sich diese Laune zu erlauben.« – »Sie begreifen, daß Peyrade oder der Vater Canquoelle aus der Rue des Moineaux ...« – »Gewiß; weder der eine noch der andere hätte Frau du Val-Noble gepaßt«, unterbrach Carlos ihn, entzückt, die Adresse des Vaters Canquoelle erfahren zu haben.

»Vor der Revolution hatte ich einmal eine Frau zur Geliebten, die der Vollstrecker der Urteile, den man damals den Henker nannte, ausgehalten hatte. Eines Tages sticht sie sich im Theater mit einer Nadel, und wie man das damals so sagte, ruft sie: ›Ach, Henker!‹ – ›Ist das eine Reminiszenz?‹ fragte ihr Nachbar sie ... Nun, mein lieber Peyrade, sie hat den Mann wegen dieses Witzes verlassen. Ich begreife, daß Sie sich nicht einem ähnlichen Schimpf aussetzen wollen ... Frau du Val-Noble ist eine Frau für anständige Leute, ich habe sie eines Tages in der Oper gesehen und recht schön gefunden ... Lassen Sie den Kutscher umkehren nach der Rue de la Paix, mein lieber Peyrade, ich werde mit Ihnen hinaufgehen und mir die Sache selbst ansehen. Ein mündlicher Bericht wird dem Herrn Präfekten ohne Zweifel genügen.« 275

Carlos zog aus seiner Seitentasche eine Tabatiere aus schwarzer Pappe, die innen mit vergoldetem Silber belegt war, und bot Peyrade mit wundervoll gutmütiger Geste Tabak an. Peyrade sagte bei sich selber: ›Und das sind ihre Agenten! Mein Gott, wenn Herr Lenoir oder Herr von Sartine in die Welt zurückkehrten, was würden die sagen!‹

»Es ist das ohne Zweifel ein Teil der Wahrheit, aber es ist nicht alles, mein lieber Freund«, sagte der falsche Polizeibeamte, indem er seine Prise durch die Nase aufsog. »Sie haben sich in die Herzensangelegenheiten des Barons von Nucingen eingemischt, und Sie wollen ihn ohne Zweifel in irgendeine Laufschlinge verwickeln; mit der Pistole haben Sie ihn gefehlt, jetzt wollen Sie mit grobem Geschütz nach ihm zielen. Frau du Val-Noble ist eine Freundin der Frau von Champy ...« ›Ah, zum Teufel, spießen wir uns nicht auf!‹ sagte Peyrade bei sich selber. ›Er ist stärker, als ich glaubte. Er führt mich an der Nase herum: er spricht davon, mich loszulassen, und er bringt mich immer noch zum Schwätzen.‹ »Nun?« sagte Carlos mit der Miene amtlicher Autorität. »Freilich habe ich das Unrecht begangen, für Herrn von Nucingen eine Frau zu suchen, in die er verliebt war, als sollte er den Kopf verlieren. Das ist die Ursache, weshalb ich in Ungnade gefallen bin; denn es scheint, ich habe, ohne es zu wissen, an sehr ernste Interessen gerührt.« Der Subalternbeamte blieb ungerührt. »Aber nach zweiundfünfzigjährigem Dienst kenne ich die Polizei genau genug«, fuhr Peyrade fort, »um mich seit dem Verweis, den der Herr Präfekt mir erteilt hat – und er hatte sicherlich recht –, still zu verhalten ...« – »Sie würden also auf Ihre Laune 276 verzichten, wenn der Herr Präfekt Sie darum bäte? Das wäre, denke ich, der beste Beweis der Aufrichtigkeit dessen, was Sie mir sagen, den Sie geben könnten.« ›Wie der jagt! Wie der jagt!‹ sagte Peyrade bei sich selber. ›Ah, potztausend, die heutigen Agenten sind denen des Herrn Lenoir gewachsen!‹ »Darauf verzichten?« erwiderte Peyrade laut. »Ich werde die Befehle des Herrn Präfekten erwarten ... Aber wenn Sie mit hinaufkommen wollen, hier sind wir beim Hotel.« – »Woher nehmen Sie denn das Geld?« fragte Carlos mit scharfsinniger Miene unvermittelt. »Ich habe einen Freund ...« sagte Peyrade. »Das sagen Sie nur einem Untersuchungsrichter«, erwiderte Carlos. – Diese verwegene Szene war bei Carlos das Ergebnis einer jener Berechnungen, deren Einfachheit nur dem Kopf eines Menschen seines Schlages entspringen konnte. Er hatte Lucien morgens früh zu der Gräfin von Sérizy geschickt. Lucien bat den Privatsekretär des Grafen, zum Präfekten zu gehen und im Namen des Grafen um Auskunft über den Agenten zu bitten, den der Baron von Nucingen benutzt hatte. Der Sekretär war mit einer Notiz über Peyrade zurückgekehrt, die er nach dem Bericht in den Akten abgeschrieben hatte:

»In der Polizei seit 1778; zwei Jahre vorher aus Avignon nach Paris gekommen.

Ohne Vermögen und ohne Moral; Mitwisser von Staatsgeheimnissen.

Wohnhaft Rue des Moineaux, unter dem Namen Canquoelle, dem Namen des kleinen Gutes, auf dem seine Familie lebt, im Departement Vaucluse; die Familie übrigens ehrenwert.

Wurde kürzlich gesucht von einem seiner Großneffen namens Theodosius de la Peyrade. (Siehe Bericht eines Agenten, Nr. 37 der Akten.)«

»Das muß der Engländer sein, dem Contenson als Mulatte dient«, hatte Carlos ausgerufen, als Lucien ihm die Auskünfte brachte, die, abgesehen von jener Notiz, mündlich erteilt worden waren.

In drei Stunden hatte dieser Mensch, der die Regsamkeit eines kommandierenden Generals entfaltete, durch Paccard einen unschuldigen Komplicen gefunden, der die Rolle eines Gendarms in Zivil zu spielen vermochte; und er selbst hatte sich als Polizeibeamter verkleidet. Dreimal hatte er im Wagen gezögert, Peyrade zu töten; aber er hatte es sich untersagt, je selbst einen Mord zu begehen, und er nahm sich vor, Peyrade gelegentlich zu beseitigen, indem er ihn ein paar entlassenen Sträflingen als Millionär empfahl.

Peyrade und sein Mentor hörten die Stimme Contensons, der mit der Jungfer der Frau du Val-Noble sprach. Peyrade gab Carlos einen Wink, im ersten Zimmer zu bleiben; es war, als wollte er ihm damit sagen: ›Sie sollen selbst urteilen, ob ich aufrichtig bin.‹

»Die gnädige Frau ist mit allem einverstanden«, sagte Adele. »Die gnädige Frau ist augenblicklich bei einer ihrer Freundinnen, bei Frau von Champy, die noch auf ein Jahr eine vollständig möblierte Wohnung in der Rue Taitbout besitzt und sie ihr ohne Zweifel geben wird. Die gnädige Frau wird Herrn Johnson dort besser empfangen können, denn die Möbel sind noch sehr hübsch, und der Herr wird sie der gnädigen Frau kaufen können, wenn er sich mit Frau von Champy verständigt.« – »Gut, mein Kind. Wenn man das nicht Rupfen nennt, so nennt man es doch Federziehen«, sagte der Mulatte zu der verblüfften Zofe; »aber wir werden teilen ...« – »Ei, das ist mir ein Farbiger!« rief Fräulein Adele. »Wenn Ihr Nabob ein Nabob ist, so kann er der gnädigen Frau doch wohl Möbel schenken. Der Mietvertrag läuft im April 1830 ab; Ihr Nabob 278 kann ihn erneuern, wenn er sich dort wohl fühlt.« – »Ich sährr ßufrrieden!« erwiderte Peyrade, indem er eintrat und die Zofe auf die Schulter klopfte.

Und er gab Carlos einen Wink der Verständigung, den jener durch eine zustimmende Geste beantwortete, da er ganz wohl begriff, daß der Nabob in seiner Rolle bleiben mußte. Aber die Szene verwandelte sich plötzlich durch das Auftreten einer Persönlichkeit, über die weder Carlos noch der Polizeipräfekt etwas vermochten. Corentin trat ein. Er hatte die Tür offen gefunden und wollte im Vorbeigehen sehen, wie sein alter Peyrade seine Nabobsrolle spielte. »Der Präfekt langweilt mich immer noch!« sagte Peyrade Corentin ins Ohr, »er hat mich als Nabob gefunden.« – »Wir werden den Präfekten zu Fall bringen«, gab Corentin seinem Freunde flüsternd zurück.

Und nachdem er kühl gegrüßt hatte, begann er den Beamten heimtückisch zu beobachten.

»Bleiben Sie hier, bis ich wiederkomme; ich gehe auf die Präfektur«, sagte Carlos. »Wenn Sie mich nicht mehr sehen, so können Sie sich Ihre Laune erlauben.«

Nachdem er Peyrade diese Worte ins Ohr geflüstert hatte, um seine Rolle in den Augen der Jungfer nicht zu zerstören, ging Carlos davon, da ihm wenig daran gelegen war, unter dem Blick des neu Hinzugekommenen zu bleiben; denn er erkannte in ihm eine jener blonden, blauäugigen Naturen, die in ihrer Kaltblütigkeit furchtbar sind.

»Das ist der Beamte, den mir der Präfekt geschickt hat«, sagte Peyrade zu Corentin. »Das?« erwiderte Corentin. »Du hast dich hineinlegen lassen. Dieser Mensch hat drei Spiele Karten in den Schuhen, das sieht man an der Haltung des Fußes unterm Leder; und übrigens braucht ein Polizeibeamter sich nicht zu verkleiden!«

Corentin sprang eiligst die Treppe hinunter, um seinen Verdacht aufzuklären; Carlos stieg eben in den Wagen. »He, Herr Abbé? ...« rief Corentin. Carlos wandte den Kopf, sah Corentin und stieg ein. Aber Corentin hatte noch Zeit, ihm durch den Wagenschlag hineinzurufen: »Das wollte ich nur wissen ... Quai Malaquais!« rief Corentin dem Kutscher zu, indem er in seinen Ton und seinen Blick einen Höllenhohn hineinlegte.

›Also‹, sagte Jakob Collin bei sich selber, ›ich bin gar, sie haben mich; jetzt müssen wir sie durch Geschwindigkeit überflügeln und vor allem erfahren, was sie von uns wollen.‹

Corentin hatte den Abbé Carlos Herrera fünf- oder sechsmal gesehen, und der Blick dieses Menschen war nicht zu vergessen. Corentin hatte zuerst die breiten Schultern erkannt, dann die Geschwülste des Gesichts und den Betrug der drei Zoll, um die er sich durch eine Einlage in den Schuhen vergrößert hatte.

»Ah, mein Alter, man hat dich zum besten gehabt!« sagte Corentin, als er sah, daß nur noch Peyrade und Contenson im Schlafzimmer waren. »Wer?« rief Peyrade, dessen Ton ein metallisches Schwirren annahm; »ich verwende meine letzten Tage dazu, ihn auf ein Rost zu bringen und darauf herumzudrehen.« – »Es war der Abbé Carlos Herrera, wahrscheinlich der Corentin Spaniens. Alles wird klar. Der Spanier ist ein ausgefeimter Wüstling, der diesem jungen Manne zu Vermögen verhelfen wollte, indem er mit dem Bett eines hübschen Mädchens Geld münzte ... Du mußt selber wissen, ob du mit einem Diplomaten Lanzen brechen willst, der mir verteufelt gerieben scheint.« – »Oh!« rief Contenson, »der hat am Tage der Verhaftung Esthers die dreihunderttausend Franken in Empfang genommen; er saß im Fiaker! Ich entsinne mich dieser Augen, dieser Stirn, dieser Pockennarben.« – »Ah, was für eine Mitgift hätte meine arme Lydia bekommen!« rief Peyrade. »Du kannst Nabob bleiben«, sagte Corentin. »Um ein Auge auf Esther zu haben, muß man sie mit der Val-Noble zusammenbringen, sie war die Geliebte Lucien von Rubemprés.« – »Nucingen haben sie schon mehr als fünfhunderttausend Franken ›geklemmt‹!« sagte Contenson. »Sie brauchen noch einmal soviel«, erwiderte Corentin, »die Ländereien von Rubempré kosten eine Million. Papa«, sagte er, indem er Peyrade auf die Schulter klopfte, »du kannst für Lydias Heirat mehr als hunderttausend Franken haben.« – »Sag das nicht, Corentin. Wenn dein Plan fehlschlüge, ich weiß nicht, wozu ich da imstande wäre …« – »Du wirst sie vielleicht schon übermorgen haben! Der Abbé, mein Lieber, ist schlau; wir müssen ihm die Klaue küssen, er ist ein Oberteufel; aber ich habe ihn, er ist ein Mann von Geist, er wird kapitulieren. Gib acht, daß du dumm bist wie ein Nabob, und fürchte nichts mehr.«

Den Abend dieses Tages, an dem sich die wirklichen Gegner auf ebenem Boden gegenüber gestanden hatten, sollte Lucien im Hotel Grandlieu verbringen. Es war zahlreiche Gesellschaft dort. Angesichts ihres ganzen Salons hielt die Herzogin Lucien eine Weile im Gespräch fest; sie war reizend gegen ihn.

»Sie haben eine kleine Reise gemacht?« fragte sie. »Ja, Frau Herzogin. Meine Schwester hat in dem Wunsch, meine Heirat zu erleichtern, große Opfer gebracht, und ich habe Rubempré zurückkaufen, es wieder zusammenbringen können. Freilich habe ich in meinem Pariser Anwalt einen gewandten Menschen gefunden; er hat mich vor den Überforderungen bewahrt, die die Inhaber der Ländereien gestellt hätten, wenn ihnen der Name des Käufers bekannt geworden wäre.« – »Ist ein Schloß vorhanden?« fragte Klotilde mit zu deutlichem Lächeln. »Es ist etwas vorhanden, was wie ein Schloß aussieht; aber das Klügste wird sein, es nur als Material zu benutzen, um ein modernes Haus zu bauen.«

Klotildes Augen warfen Flammen des Glücks durch ihr zufriedenes Lächeln. »Sie werden heute abend einen Robber mit meinem Vater spielen«, sagte sie ganz leise zu ihm. »In vierzehn Tagen, hoffe ich, werden Sie zum Diner geladen werden.«

»Nun, lieber Herr«, sagte der Herzog von Grandlieu, »Sie haben, wie man sagt, Rubempré gekauft? Ich mache Ihnen mein Kompliment. Das ist die rechte Antwort für alle, die Sie als verschuldet ausgaben. Wir, wir können es uns so gut wie Frankreich oder England leisten, eine öffentliche Schuld zu haben; aber sehen Sie, Leute ohne Vermögen, Handeltreibende können sich solche Dinge nicht erlauben.« – »O, Herr Herzog, ich bin noch fünfhunderttausend Franken für meinen Besitz schuldig.« – »Nun, Sie müssen ein Mädchen heiraten, das Ihnen die einbringt; aber Sie werden wohl für sich in unserm Viertel, wo man den Mädchen wenig Mitgift gibt, schwerlich eine Partie mit solchem Vermögen finden.« – »Aber sie haben an ihrem Namen genug«, erwiderte Lucien. »Wir sind nur drei zum Whist: Maufrigneuse, d'Espard und ich, wollen Sie der Vierte sein?« fragte der Herzog Lucien, indem er ihm den Spieltisch zeigte.

Klotilde trat herzu, um ihrem Vater beim Spiel zuzusehen. »Sie wünscht, daß ich das für mich nehme«, sagte der Herzog, indem er seiner Tochter die Hände streichelte und Lucien, der ernst blieb, von der Seite ansah.

Lucien, Herrn d'Espards Partner, verlor zwanzig Louisdor. »Meine liebe Mutter«, sagte Klotilde zur Herzogin, »er hat Geist genug bewiesen, zu verlieren.«

Nachdem Lucien noch einige Liebesworte mit Fräulein von Grandlieu gewechselt hatte, ging er gegen elf Uhr nach Hause; und als er sich ins Bett legte, dachte er an den vollständigen Triumph, den er in einem Monat erringen mußte; denn er zweifelte nicht mehr daran, daß man ihn als Klotildes Zukünftigen anerkennen und daß er vor den Fasten des Jahres 1830 verheiratet sein würde.

Als Lucien am folgenden Morgen nach dem Frühstück in Gesellschaft des sehr besorgt gewordenen Carlos Herrera einige Zigaretten rauchte, meldete man ihnen Herrn von Saint-Estève – was für ein Epigramm! –, der den Abbé Carlos Herrera oder Herrn Lucien von Rubempré zu sprechen wünschte.

»Hat man unten gesagt, ich sei verreist?« rief der Abbé. »Ja, gnädiger Herr«, erwiderte der Groom. »Nun, empfange diesen Menschen«, sagte er zu Lucien; »aber sprich kein kompromittierendes Wort, laß dir keine erstaunte Geste entschlüpfen; es ist der Feind.« – »Du wirst mich hören«, sagte Lucien.

Carlos verbarg sich in einem anstoßenden Zimmer, und durch die Türspalte sah er Corentin eintreten, den er nur an der Stimme erkannte, in solchem Grade besaß dieser unbekannte große Mann die Gabe der Verwandlung. In diesem Augenblick glich Corentin einem alten Abteilungschef im Finanzministerium.

»Ich habe nicht die Ehre, Ihnen bekannt zu sein«, sagte Corentin, »aber …« – »Entschuldigen Sie mich, wenn ich Sie unterbreche«, sagte Lucien, »aber …« – »Aber es handelt sich um Ihre Heirat mit Fräulein Klotilde von Grandlieu, die nicht stattfinden wird«, sagte Corentin jetzt lebhaft.

Lucien setzte sich und erwiderte nichts.

»Sie sind in der Hand eines Menschen, der die Macht, den Willen und die Gelegenheit hat, dem Herzog von Grandlieu zu beweisen, daß die Ländereien von Rubempré mit dem Gelde bezahlt werden, das Ihnen ein Dummkopf für Ihre Geliebte Fräulein Esther bezahlt hat«, sagte Corentin, indem er fortfuhr. »Man wird leicht die Protokolle der Urteile finden, kraft deren Fräulein Esther verfolgt wurde, und man hat Mittel, um von Estourny zum Reden zu bringen. Die äußerst geschickten Manöver, die man gegen den Baron von Nucingen angewandt hat, werden ans Licht gezogen werden … In diesem Augenblick läßt sich noch alles regeln. Geben Sie die Summe von hunderttausend Franken her, und Sie haben Frieden … Mich geht das Ganze nichts an; ich bin nur der Beauftragte derer, die sich zu dieser Erpressung hergeben, weiter nichts.« 283

Corentin hätte eine Stunde weiterreden können; Lucien rauchte mit vollkommen gleichgültiger Miene seine Zigarette. »Herr«, erwiderte er, »ich will nicht wissen, wer Sie sind; denn Leute, die derartige Aufträge übernehmen, haben überhaupt keinen Namen, wenigstens nicht für mich. Ich habe Sie ruhig ausreden lassen: ich bin zu Hause. Sie scheinen mir nicht jeden Verstandes bar; hören Sie genau zu, in welchem Dilemma ich mich befinde.«

Es entstand eine Pause, während derer Lucien den Katzenaugen, die Corentin auf ihn heftete, einen eisbedeckten Blick entgegenhielt.

»Entweder stützen Sie sich auf völlig falsche Tatsachen, und ich darf sie in keiner Weise beachten«, fuhr Lucien fort; »oder Sie haben recht, und dann lasse ich Ihnen, wenn ich die hunderttausend Franken hergebe, die Möglichkeit offen, mir genau so oft hunderttausend Franken abzufordern, wie Ihr Auftraggeber einen Saint-Estève findet, den er mir schicken kann … Um aber Ihrer ehrenwerten Unterhandlung auf einen Schlag ein Ende zu machen, so erfahren Sie, daß ich, Lucien von Rubempré, niemanden fürchte. Ich habe mit den Machenschaften, von denen Sie reden, nicht das geringste zu tun. Wenn das Haus Grandlieu Schwierigkeiten macht, so gibt es andere sehr adlige junge Mädchen, die zu verheiraten sind; schließlich ist es mir auch nicht zuwider, Junggeselle zu bleiben, zumal wenn ich, wie Sie glauben, mit solchem Nutzen Menschenhandel treibe.« – »Wenn der Herr Abbé Carlos Herrera …« – »Herr«, sagte Lucien, indem er Corentin unterbrach, »der Abbé Carlos Herrera ist augenblicklich auf dem Wege nach Spanien. Er hat nichts mit meiner Heirat zu tun, und meine Interessen gehen ihn nichts an. Dieser Staatsmann ist freilich so freundlich gewesen, mir seit langem 284 mit seinem Rate zur Seite zu stehen, aber er hat Seiner Majestät dem König von Spanien Rechenschaft abzulegen; wenn Sie mit ihm zu plaudern haben, so rate ich Ihnen, sich nach Madrid auf den Weg zu machen.« – »Herr«, sagte Corentin scharf, »Sie werden nie der Gatte des Fräulein Klotilde von Grandlieu werden.« – »Um so schlimmer für sie«, erwiderte Lucien, indem er Corentin ungeduldig zur Tür drängte. »Haben Sie das wohl überlegt?« fragte Corentin kühl. »Herr, ich erkenne Ihnen weder das Recht zu, sich in meine Angelegenheiten einzumischen, noch mir eine Zigarette zu verderben«, sagte Lucien, indem er seine erloschene Zigarette fortwarf. »Adieu«, sagte Corentin, »wir werden uns nicht wiedersehen ... Aber es wird in Ihrem Leben sicherlich ein Augenblick kommen, in dem Sie die Hälfte Ihres Vermögens dafür geben würden, wenn Ihnen jetzt der Gedanke gekommen wäre, mich noch auf der Treppe zurückzurufen.«

Als Antwort auf diese Drohung machte Carlos die Geste des Kopfabschneidens. »Jetzt an die Arbeit!« rief er, indem er Lucien ansah, der nach dieser furchtbaren Unterredung ganz bleifarben geworden war.

Wenn es unter der ziemlich beschränkten Anzahl von Lesern, die sich mit der moralischen und philosophischen Seite eines Buches befassen, auch nur einen einzigen gäbe, der imstande wäre, an die Befriedigung des Barons von Nucingen zu glauben, so würde dieser eine beweisen, wie schwer es ist, das Herz einer Dirne irgendwelchen physiologischen Grundsätzen zu unterwerfen. Esther hatte beschlossen, den armen Millionär teuer bezahlen zu lassen, was dieser Millionär ›den Dag saines Driumphes‹ nannte. Daher war denn auch das ›glaine Balais‹ in den ersten Februartagen des Jahres 1830 immer noch nicht eingeweiht. »Aber«, sagte Esther vertraulich zu ihren Freundinnen, die es dem Baron wiederholten, »im Karneval eröffne ich mein Lokal, und ich will meinen Mann glücklich machen wie einen Hahn aus Gips.« Dieses Wort wurde in der Gesellschaft der Dirnen sprichwörtlich.

Der Baron überließ sich also vielen Klagen. Er machte sich lächerlich wie ein Ehemann; er begann, vor seinen Freunden zu jammern, und seine Unzufriedenheit wurde stadtkundig. Esther spielte derweilen ihre Rolle einer Pompadour des Fürsten der Spekulation gewissenhaft weiter. Sie hatte schon zwei oder drei kleine Abendgesellschaften gegeben, und zwar einzig, um Lucien bei sich zu sehen. Lousteau, Rastignac, du Tillet, Bixiou, Nathan, der Graf von Brambourg, die Blüte der Lebewelt, wurden zu Stammgästen des Hauses. Zu Schauspielerinnen in dem Stück, das sie spielte, nahm Esther Tullia, Florentine, Fanny Beaupré, Florine, zwei Schauspielerinnen und zwei Tänzerinnen und schließlich Frau du Val-Noble an. Nichts ist trauriger als das Haus einer Kurtisane, wenn es das Salz der Rivalität, das Spiel der Toiletten und den Wechsel der Gesichter entbehren muß. In sechs Wochen wurde Esther zur geistreichsten, amüsantesten, schönsten und elegantesten Frau unter den weiblichen Parias, die die Klasse der ausgehaltenen Frauen bilden. Auf ihrem eigentlichen Piedestal kostete sie alle Genüsse der Eitelkeit aus, wie sie gewöhnliche Frauen verführen, aber als ein Wesen, das ein heimlicher Gedanke über seine Kaste erhob. In ihrem Herzen bewahrte sie ein Bild von sich selber, das sie zugleich erröten ließ, und dessen sie sich rühmte; stets war in ihrem Bewußtsein die Stunde ihres Entsagens gegenwärtig; daher führte sie ein Doppelleben, so daß sie sich selbst bemitleiden konnte. Ihre Sarkasmen schmeckten nach der innern Stimmung, in der sie die tiefe Verachtung festhielt, die der in der Kurtisane enthaltene Engel der Liebe jener gemeinen und verhaßten Rolle entgegenbrachte, wie sie der Körper vor den Augen der Seele spielte. Sie war zugleich Zuschauer und Schauspieler, Richter und Angeklagter, und so machte sie die wundervolle Dichtung arabischer Märchen zur Wahrheit, die fast immer ein erhabenes Wesen in einer entarteten Hülle zeigen und deren Typus sich unter dem Namen Nebukadnezar im Buch der Bücher, in der Bibel, findet. Nachdem sie sich bis zum Tage nach der Untreue das Leben zugesprochen hatte, konnte sie sich als Opfer wohl ein wenig über den Henker lustig machen. Übrigens nahm die Aufklärung über die im Geheimen schmählichen Mittel, denen der Baron sein ungeheures Vermögen verdankte, Esther jedes Bedenken; sie gefiel sich darin, die Rolle der Göttin Ate, der Rache, zu spielen, wie Carlos sagte. Daher war sie abwechselnd reizend und abscheulich gegen den Millionär, der nur noch für sie lebte. Wenn der Baron einen Grad des Leidens erreichte, der ihm den Wunsch eingab, Esther zu verlassen, so führte sie ihn durch eine zärtliche Szene zu sich zurück.

Herrera, der sehr offenkundig nach Spanien abgereist war, ging nur bis Tours. Er hatte seinen Wagen bis Bordeaux weitergeschickt, indem er einen Diener darin ließ, der die Rolle des Herrn zu spielen und ihn in Bordeaux in einem Hotel zu erwarten hatte. Dann war er im Kostüm eines Handlungsreisenden umgekehrt, hatte sich heimlich bei Esther einlogiert und leitete von dort durch Asien, durch Europa und Paccard sorgfältig all seine Machenschaften, indem er alles, besonders aber Peyrade, überwachte.

Etwa zwei Wochen vor dem für ihr Fest gewählten Tage – es sollte am Abend nach dem ersten Opernball stattfinden – saß die Kurtisane, die ihre Scherze furchtbar zu machen begannen, bei den Italienern tief in ihrer Loge des Parterres, die der Baron, als er sich gezwungen sah, ihr eine Loge zu mieten, gewählt hatte, um seine Geliebte dort zu verstecken und sich nicht wenige Schritte von Frau von Nucingen öffentlich mit ihr zu zeigen. Esther hatte sich ihre Loge so ausgesucht, daß sie die der Frau von Sérizy beobachten konnte; denn Lucien begleitete die Gräfin fast immer. Die arme Kurtisane fand ihr Glück darin, Lucien Dienstags, Donnerstags und Sonnabends an Frau von Sérizys Seite sehen zu können. An diesem Tage nun sah Esther Lucien gegen halb zehn Uhr mit sorgenvoller Stirne, blassem und fast fassungslosem Gesicht in die Loge der Gräfin eintreten. Diese Zeichen innerer Verzweiflung waren nur Esther sichtbar. Eine Frau, die einen Mann liebt, kennt sein Gesicht, wie ein Seemann das offene Meer kennt.

»Mein Gott, was kann er nur haben? … Was ist geschehen? Sollte er jenen Höllenengel sprechen müssen, der für ihn ein Schutzengel ist und der in einer Mansarde zwischen der Europas und der Asiens verborgen lebt?«

Mit so grausamen Gedanken beschäftigt, hörte Esther die Musik kaum noch. Man kann sich also leicht denken, daß sie dem Baron überhaupt nicht lauschte. Er hielt eine Hand seines Engels zwischen seinen beiden und sprach in seinem Jargon des polnischen Juden auf sie ein, dessen merkwürdige Silben dem, der sie liest, nicht weniger unangenehm sein werden, als sie dem waren, der sie anhörte.

»Esder«, sagte er, indem er ihre Hand losließ und mit leicht ungehaltener Bewegung zurückstieß, »Sie hören nicht ßu!« – »Baron, sehen Sie, Sie radebrechen in der Liebe wie in Ihrer Sprache.« – »Der Teifel!« – »Ich sitze hier nicht in meinem Boudoir, ich sitze in der Italienischen Oper. Wenn Sie nicht eine jener von Huret oder Fichet hergestellten Kassen wären, die durch ein Zauberkunststück der Natur in einen Menschen verwandelt worden ist, würden Sie in der Loge einer Frau, die die Musik liebt, nicht solchen Lärm machen. Ich glaube wohl, daß ich Ihnen nicht zuhöre! Sie rascheln da in meinem Kleid wie ein Maikäfer in einer Tüte, und ich muß vor Mitleid lachen. Sie sagen mir: ›Sie sind hibsch, Sie sind ßum Anpeißen.‹ Alter Geck! Wenn ich nun antwortete:

›Sie mißfallen mir heute weniger als gestern, lassen Sie uns nach Hause gehen?‹ Nun, an der Art, wie Sie mich anseufzen – denn ich höre Ihnen nicht zu, aber ich fühle Sie –, erkenne ich, daß Sie ungeheuer viel gegessen haben; Ihre Verdauung beginnt. Lernen Sie von mir – ich komme Sie ja teuer genug zu stehen, damit ich Ihnen für Ihr Geld von Zeit zu Zeit einen guten Rat geben kann! –, lernen Sie dies, mein Lieber: wenn man wie Sie eine schwierige Verdauung hat, darf man nicht so teilnahmlos und zu ungebührlichen Stunden zu seiner Geliebten sagen: Sie sind hübsch! ›Ein alter Soldat‹, sagt Blondet, ›ist an dieser Geckerei in den Armen der Religion gestorben.‹ Es ist zehn Uhr; um neun haben Sie mit Ihrer Taube, dem Grafen von Brambourg, bei du Tillet gespeist: Sie haben Millionen und Trüffeln zu verdauen; kommen Sie morgen um zehn Uhr wieder vor.«

»Wie krausam Sie sind!« rief der Baron, obwohl er die Richtigkeit dieses medizinischen Einwandes erkannte. »Grausam? ...« sagte Esther, ohne den Blick von Lucien abzuwenden. »Haben Sie nicht Bianchon, Desplein und den alten Haudry konsultiert? ... Seit Sie die Morgenröte Ihres Glücks erspähen, wirken Sie auf mich, wissen Sie, wie?« – »Wie?« – »Wie ein dicker Biedermann, der in Flanell gewickelt ist und jede Stunde von seinem Sessel zum Fenster geht, um nachzusehen, ob das Thermometer auch auf Seidenwurmhitze steht, denn diese Temperatur hat der Arzt ihm verordnet.« – »Sie sind aine Undankbare!« rief der Baron voll Verzweiflung, weil er eine Musik hörte, wie verliebte Greise sie in der Italienischen Oper oft genug zu hören bekommen.

»Eine Undankbare!« sagte Esther. »Und was haben Sie mir bis jetzt gegeben? ... Sehr viel Mißvergnügen. Lassen Sie sehen, Papa, kann ich auf Sie stolz sein? Sie! Sie sind stolz auf mich; ich trage Ihre Tressen und Ihre Livree recht hübsch. Sie haben meine Schulden bezahlt ... gewiß. Aber Sie haben genug Millionen gemaust – aha! ziehen Sie keinen Mund, Sie haben es mir selber zugegeben –, um es nicht so genau zu nehmen. Das ist Ihr schönster Ruhmestitel ... Dirne und Dieb, nichts versteht sich besser zusammen. Sie haben einen prachtvollen Käfig gebaut, und zwar für einen Papageien, der Ihnen gefällt ... Fragen Sie doch einen brasilianischen Ara, ob er dem, der ihn in einen goldenen Käfig gesteckt hat, Dank schuldig ist ... Sehen Sie mich nicht so an, dann sehen Sie aus wie ein Bonze ... Sie zeigen Ihren rot und weißen Ara ganz Paris. Sie sagen: ›Gibt es in Paris einen zweiten, der einen solchen Papagei besitzt? Und wie er plappert! Wie gut er seine Worte anbringt! Du Tillet

kommt, und er sagt: Guten Tag, kleiner Halunke ...‹ Aber Sie sind
glücklich wie ein Holländer, der eine einzige Tulpe besitzt, wie ein ehemaliger Nabob, der von England in Asien pensioniert wurde und dem
ein Handlungsreisender die erste Schnupftabaksdose verkauft hat, die
290 drei Ouvertüren spielt. Sie wollen mein Herz? Nun, hören Sie, ich will
Ihnen sagen, wie Sie es sich gewinnen können.« – »Saken Sie, saken Sie!
Ich will alles fier Sie tun ... Ich lasse mich kern von Ihnen beschwin-
deln!« – »Seien Sie jung, seien Sie schön, seien Sie wie Lucien von Rubempré, der da bei Ihrer Frau sitzt; dann erhalten Sie gratis, was Sie mit
all Ihren Millionen niemals erkaufen können! ...« – »Ich verlasse Sie,
denn Sie sind heite apend wirklich abscheilich! ...« sagte der Luchs,
dessen Gesicht sich in die Länge zog.

»Schön, guten Abend«, erwiderte Esther. »Empfehlen Sie Schorsch,
das Kopfkissen Ihres Bettes recht hoch zu legen und die Beine ganz
niedrig, Sie sehen heute abend sehr nach einem Schlaganfall aus ... Lieber, Sie können nicht sagen, daß ich mich nicht für Ihre Gesundheit
interessiere.«

Der Baron stand da und hielt den Knopf der Tür in der Hand.
»Hierher, Nucingen!« sagte Esther, indem sie ihn mit einer hochmütigen
Geste zurückrief. Er neigte sich in hündischem Gehorsam zu ihr nieder.
»Wollen Sie, daß ich nett zu Ihnen bin und Ihnen heute abend bei mir
Zuckerwasser gebe, indem ich Sie hätschle, dickes Ungeheuer? ...« – »Sie
prechen mir das Herz ...« – »Ich preche Ihnen das Herz«, erwiderte sie,
indem sie sich über die Aussprache des Barons lustig machte. »Lassen
Sie sehen, holen Sie mir Lucien, damit ich ihn zu unserm Schmaus einladen kann und sicher bin, daß er nicht fortbleibt. Wenn Ihnen diese
kleine Unterhandlung gelingt, so will ich dir so lange sagen, daß ich
dich liebe, mein dicker Friedrich, bis du es glaubst ...« – »Sie sind eine
Zauperin«, sagte der Baron, indem er Esthers Handschuh küßte. »Ich
wäre pereit, aine Schdunde lang Belaidikungen anßuhören, wenn immer
ßum Schluß aine Liepgosung gäme ...« – »Vorwärts! Wenn man mir
291 nicht gehorcht, so ...« sagte sie, indem sie dem Baron mit dem Finger
drohte, wie man es bei Kindern tut. Der Baron ruckte mit dem Kopf
wie ein Vogel, der in einer Falle gefangen ist und den Jäger anfleht.

›Mein Gott! Was hat Lucien nur?‹ fragte sie sich, als sie allein war
und ihre Tränen nicht mehr zurückhielt, so daß sie rannen; ›so traurig
ist er noch nie gewesen!‹

Lucien war an ebendiesem Abend folgendes begegnet. Um neun Uhr war er wie jeden Abend in seinem Coupé ausgefahren, um sich ins Hotel Grandlieu zu begeben. Da er sein Sattelpferd und das Pferd für sein Kabriolett für den Morgen behielt, so hatte er sich für seine Winterabende ein Coupé genommen, und zwar hatte er sich bei dem ersten Wagenvermieter eins der prachtvollsten mit prachtvollen Pferden ausgesucht. Alles lächelte ihm seit einem Monat: er hatte dreimal im Hotel Grandlieu gespeist; der Herzog war reizend gegen ihn; seine Aktien an dem Omnibusunternehmen, die er zu dreihunderttausend Franken verkauft hatte, erlaubten ihm, wieder ein Drittel des Preises seiner Ländereien zu bezahlen. Klotilde von Grandlieu, die entzückend Toilette machte, hatte zehn Schminktöpfe auf dem Gesicht, wenn er in den Salon trat, und sie gab ihre Leidenschaft für ihn laut zu. Ein paar recht hochgestellte Leute sprachen von der Heirat Luciens und des Fräulein von Grandlieu wie von etwas Wahrscheinlichem. Der Herzog von Chaulieu, der ehemalige Gesandte in Spanien und der augenblickliche Minister der auswärtigen Angelegenheiten, hatte der Herzogin von Grandlieu versprochen, den König für Lucien um den Marquistitel zu bitten. Lucien war also, nachdem er bei Frau von Sérizy gespeist hatte, auch an diesem Abend in den Faubourg Saint-Germain gefahren, um in der Rue de la Chaussée-d'Antin seinen täglichen Besuch zu machen. Als er ankam, klopfte sein Kutscher am Tor; es tat sich auf, und er fuhr an der Freitreppe vor. Als 292 Lucien aus dem Wagen stieg, sah er drei Equipagen im Hof. Einer der Lakaien, der die Tür des Säulenganges öffnete und schloß, trat, als er Herrn von Rubempré sah, auf die Freitreppe hinaus und stellte sich wie ein Soldat, der seinen Posten wieder einnimmt, vor die Tür.

»Seine Herrlichkeit ist nicht zu Hause!« sagte er. »Die Frau Herzogin empfängt«, bemerkte Lucien. »Die Frau Herzogin ist ausgegangen«, erwiderte der Lakai ernst. »Fräulein Klotilde …« – »Ich glaube nicht, daß Fräulein Klotilde den Herrn in Abwesenheit der Frau Herzogin empfängt …« – »Aber es ist Besuch da«, erwiderte Lucien, wie vom Blitz getroffen. »Ich weiß nicht«, gab der Lakai zurück, indem er versuchte, sich zugleich dumm und ehrfurchtsvoll zu stellen.

Für alle, die die Etikette als das furchtbarste Gesetz der Gesellschaft anerkennen, gibt es nichts Schrecklicheres als sie. Lucien erriet den Sinn dieser für ihn vernichtenden Szene gar leicht: der Herzog und die Herzogin wollten ihn nicht empfangen; er fühlte, wie sein Rückenmark in den Ringen seiner Wirbelsäule gefror, und in Perlen trat ihm der kalte

Schweiß auf die Stirn. Dieses Gespräch fand in Gegenwart seines eigenen Kammerdieners statt, der den Griff des Wagenschlags in der Hand hielt und ihn zu schließen zögerte. Lucien gab ihm einen Wink, daß er aufbrechen wollte; aber als er wieder einstieg, hörte er das Geräusch, das entsteht, wenn Leute eine Treppe herunterkommen, und der Lakai trat vor, um nacheinander aufzurufen: »Die Leute des Herrn Herzogs von Chaulieu! ... Die Leute der Frau Vicomtesse von Grandlieu!« Lucien sagte zu seinem Bedienten nur ein einziges Wort: »Schnell zu den Italienern! ...« Doch trotz seiner Geschwindigkeit konnte der unglückliche Dandy dem Herzog von Chaulieu und seinem Sohn, dem Herzog von Rhétoré, nicht mehr ausweichen; er war gezwungen, einen Gruß mit ihnen zu wechseln, denn sie sprachen kein Wort zu ihm. Bei Hofe vollzieht sich oft eine große Katastrophe, der Sturz eines gefürchteten Günstlings, auf der Schwelle eines Zimmers durch ein Wort des Pförtners mit dem Gipsgesicht.

›Wie soll ich meinen Ratgeber auf der Stelle von diesem Zusammenbruch benachrichtigen?‹ hatte Lucien sich gefragt, als er in die Oper der Italiener fuhr. ›Was geht vor?‹ Er verlor sich in Mutmaßungen.

Vorgegangen war dies. Vormittags um elf Uhr hatte der Herzog von Grandlieu, als er in den kleinen Salon trat, wo man frühstückte, wenn man unter sich war, zu Klotilde gesagt, nachdem er sie geküßt hatte: »Mein Kind, bis auf weiteres denke nicht mehr an den Herrn von Rubempré.« Dann hatte er die Herzogin an der Hand genommen und in eine Fensternische geführt, um ihr mit leiser Stimme ein paar Worte zu sagen, die der armen Klotilde die Farbe benahmen. Fräulein von Grandlieu beobachtete ihre Mutter, als sie dem Herzog zuhörte, und sie erkannte auf ihrem Gesicht lebhafte Überraschung. »Johann«, hatte der Herzog zu einem seiner Bedienten gesagt, »bringen Sie diesen Brief zum Herrn Herzog von Chaulieu; bitten Sie ihn, Ihnen durch ein Ja oder Nein zu antworten. – Ich lade ihn ein, heute bei uns zu speisen«, sagte er zu seiner Frau.

Das Frühstück war sehr traurig gewesen. Die Herzogin schien nachdenklich, der Herzog schien ärgerlich gegen sich selbst, und Klotilde hatte große Mühe, ihre Tränen zurückzuhalten.

»Mein Kind, dein Vater hat recht, sei gehorsam«, hatte die Mutter mit gerührter Stimme zu ihrer Tochter gesagt. »Ich kann dir nicht wie er sagen: Denke nicht mehr an Lucien! Nein, ich verstehe deinen Schmerz.« Klotilde küßte ihrer Mutter die Hand. »Aber ich sage dir dies, mein Engel: Warte, ohne einen einzigen Schritt zu unternehmen, leide schweigend, da du ihn liebst, und vertraue der Fürsorge deiner Eltern! Große Damen, mein Kind, sind groß, weil sie bei allen Gelegenheiten voll Adel ihre Pflicht zu tun verstehen.« – »Um was handelt es sich? ...« hatte Klotilde, bleich wie eine Lilie, gefragt. »Um zu ernste Dinge, als daß wir dir von ihnen sprechen könnten, mein Herz«, hatte die Herzogin erwidert; »denn wenn es nicht wahr wäre, so wären deine Gedanken besudelt, und wenn es wahr ist, darfst du nichts davon erfahren.«

Um sechs Uhr hatte der Herzog von Chaulieu den Herzog von Grandlieu, der ihn erwartete, in seinem Arbeitszimmer aufgesucht.

»Sag, Heinrich ...« Die beiden Herzoge duzten sich und nannten sich bei ihren Vornamen. Es ist das eine der Nuancen, die man erfunden hat, um die Grade der Vertraulichkeiten abzustufen, um den Ansturm der französischen Familiarität zurückzuschlagen und die Eigenliebe zu demütigen. »Sag, Heinrich, ich bin in so großer Verlegenheit, daß ich nur einen alten Freund um Rat fragen kann, der sich in der Welt auskennt, und du hast eine alte Erfahrung. Meine Tochter Klotilde liebt, wie du weißt, diesen kleinen Rubempré, den ihr zum Gatten zu versprechen man mich fast gezwungen hat. Ich bin immer gegen diese Heirat gewesen; aber schließlich hat Frau von Grandlieu sich gegen Klotildes Liebe nicht zu wehren verstanden. Als dieser Bursche seinen Besitz zurückgekauft hatte, als er ihn zu drei Vierteln bezahlt hatte, war meinerseits nichts mehr einzuwenden. Da habe ich nun gestern einen anonymen Brief erhalten – du weißt, wie wenig Wert man auf dergleichen legen kann –, in dem man behauptet, das Vermögen dieses Burschen entstamme einer unsaubern Quelle, und er lüge, wenn er uns sage, seine Schwester gebe ihm die für seine Erwerbungen nötigen Summen. Man fordert mich im Namen des Glücks meiner Tochter und des Ansehens unserer Familie auf, Auskünfte einzuziehen, und man gibt mir die Mittel an die Hand, wie ich mir Aufklärung verschaffen könne. Aber lies zunächst einmal.« – »Ich teile deine Ansicht über die anonymen Briefe, mein lieber Ferdinand«, hatte der Herzog von Chaulieu erwidert, nachdem er den Brief gelesen hatte; »aber wenn man sie auch verachtet, so muß man sie doch benutzen. Es ist mit diesen Briefen genau wie mit den Spionen. Schließe dem Burschen deine Tür und wir wollen Auskünfte einholen ... Schön, ich habe die Sache. Du hast Derville zum Anwalt, einen Mann, zu dem wir volles Vertrauen haben können; er ist im Besitz der Geheimnisse vieler Familien und kann auch dieses noch tragen. Er ist ein redlicher Mann, ein Mann von Bedeutung, ein Mann von Ehre; er ist listig und verschlagen, aber er hat nur die Schlauheit des Geschäftsmannes, und du darfst ihn nur dazu benutzen, ein Zeugnis zu erhalten, auf das du Rücksicht nehmen kannst. Wir haben im Ministerium der auswärtigen Angelegenheiten einen Mann von der politischen Polizei, der in der Kunst, Staatsgeheimnisse zu entdecken, einzig ist. Wir schicken ihn oft in allerlei Missionen aus. Benachrichtige Derville, daß er in dieser Sache einen Leutnant haben wird. Unser Spion ist ein ›Herr‹, der sich mit dem Kreuz der Ehrenlegion einstellen wird; er wird den Eindruck eines Diplomaten machen. Dieser Schlingel wird den Jäger spielen, und Derville wird der Jagd ganz einfach beiwohnen. Dein Anwalt wird dir sagen, ob der Berg eine Maus gebiert, oder ob du mit diesem kleinen Rubempré brechen mußt. In acht Tagen weißt du, woran du dich zu halten hast.«

»Der junge Mann ist noch nicht Marquis genug, um Anstoß daran zu nehmen, wenn er mich acht Tage lang nicht zu Hause findet«, hatte der Herzog von Grandlieu gesagt. »Vor allem dann nicht, wenn du ihm deine Tochter gibst«, erwiderte der ehemalige Gesandte. »Wenn der anonyme Brief recht hat, was macht dir das aus? Du schickst Klotilde mit meiner Schwiegertochter Magdalene auf Reisen, sie möchte nach Italien ...« – »Du hilfst mir aus der Not, und ich weiß noch nicht, ob ich dir danken soll ...« – »Warten wir den Ausgang ab.« – »Ah!« rief der Herzog von Grandlieu, »wie heißt dieser Herr? Ich muß ihn Derville melden ... Schicke ihn mir morgen gegen vier Uhr her, Derville wird da sein, ich mache die beiden bekannt.« – »Der wahre Name«, sagte der ehemalige Gesandte, »ist, glaube ich, Corentin ... ein Name, den du noch nicht gehört haben wirst, aber wenn der Mensch zu dir kommt, behängt er sich mit seinem Amtsnamen. Er läßt sich Herr von Saint-Soundso nennen ... Saint-Yves, Sainte-Valère, eins oder das andere. Du kannst dich auf ihn verlassen, Ludwig XVIII. verließ sich völlig auf ihn.«

Nach dieser Unterredung erhielt der Haushofmeister Befehl, Herrn von Rubempré die Tür zu schließen, wie es geschehen war.

Lucien ging im Foyer der Italienischen Oper wie ein Trunkener auf und ab. Er sah sich im Munde von ganz Paris. Er hatte im Herzog von Rhétoré einen jener unerbittlichen Feinde, denen man zulächeln muß, ohne sich an ihnen rächen zu können, denn ihre Ausfälle wahren die Grenzen des Anstandes. Der Herzog von Rhétoré kannte die Szene, die sich soeben auf der Freitreppe des Hotels Grandlieu abgespielt hatte.

Lucien, der die Notwendigkeit fühlte, seinen geheimen Ratgeber auf der Stelle von diesem plötzlichen Unheil zu benachrichtigen, fürchtete, sich zu kompromittieren, wenn er sich zu Esther begab, bei der er vielleicht Gesellschaft antreffen würde. Er vergaß, daß Esther da war, so verwirrten sich seine Gedanken; und mitten in dieser ganzen Ratlosigkeit mußte er auch noch mit Rastignac plaudern, der von der Neuigkeit noch nichts wußte und ihn zu seiner bevorstehenden Hochzeit beglückwünschte. In diesem Augenblick zeigte Nucingen sich lächelnd und sagte zu Lucien: »Follen Sie mir das Verknüken machen, ßu Frau von Chamby ßu gommen; sie will Sie selbst einladen ßu dem Einwaihungsschmaus ...« – »Gern, Baron«, erwiderte Lucien, dem der Finanzmann wie ein Rettungsengel erschien.

»Lassen Sie uns allein«, sagte Esther zu Herrn von Nucingen, als sie ihn mit Lucien eintreten sah; »suchen Sie Frau du Val-Noble auf, die ich mit ihrem Nabob in einer Loge im Dritten sehe ... Es wachsen viele Nabobs in Indien«, fügte sie hinzu, indem sie Lucien mit einem Blick der Verständigung ansah. »Und der da«, sagte Lucien lächelnd, »sieht dem Ihren furchtbar ähnlich.« – »Und«, sagte Esther, indem sie Lucien durch ein neues Zeichen der Verständigung antwortete, während sie zu dem Baron sprach, »führen Sie sie mir mit ihrem Nabob her, er hat große Lust, Ihre Bekanntschaft zu machen; man sagt, er sei ungeheuer reich. Die arme Frau hat mir schon ich weiß nicht wieviel Elegien gesungen, sie beklagt sich, daß der Nabob nicht in Gang kommt; und wenn Sie ihn seines Ballastes beraubten, würde er vielleicht behender werden.« – »So halten Sie uns fier Diebe?« sagte der Baron, indem er hinausging.

»Was hast du, mein Lucien? ...« flüsterte Esther ihrem Freund ins Ohr, indem sie es mit den Lippen berührte, sowie die Tür der Loge sich geschlossen hatte. »Ich bin verloren! Man hat mir eben die Tür des Hotels Grandlieu verboten, und zwar unter dem Vorwand, es sei niemand zu Hause. Der Herzog und die Herzogin waren beide da, und im Hof stampften fünf Equipagen.« – »Wie, die Heirat zerschlüge sich?« sagte Esther mit bewegter Stimme, denn sie sah das Paradies. »Ich weiß noch nicht, was sich wider mich anspinnt ...« – »Mein Lucien«, erwiderte sie mit wundervoll schmeichelnder Stimme, »weshalb dich bekümmern? Du wirst später eine noch schönere Ehe schließen ... Ich werde dir zwei Landsitze verdienen ...« – »Gib heute abend ein Souper, damit ich Carlos heimlich sprechen kann; vor allem aber lade den falschen Engländer und die Val-Noble ein. Dieser Nabob hat mein Unglück verschuldet. Er ist unser Feind, wir haben ihn, und wir …« Aber Lucien unterbrach sich mit einer Geste der Verzweiflung. »Nun, was gibt es?« fragte das arme Mädchen, die das Gefühl hatte, als stecke sie in einem Kohlenbecken. »Oh, Frau von Sérizy sieht mich!« rief Lucien aus; »und um das Unglück voll zu machen, ist auch der Herzog von Rhétoré noch bei ihr, einer der Zeugen meines Mißgeschicks.«

Wirklich spielte in diesem Augenblick der Herzog von Rhétoré mit dem Schmerz der Gräfin von Sérizy.

»Sie erlauben, daß Lucien sich in der Loge der Fräulein Esther zeigt?« sagte der junge Herzog, indem er sowohl die Loge wie Lucien zeigte. »Da Sie sich für ihn interessieren, sollten Sie ihm sagen, daß man das nicht tut. Man kann bei ihr soupieren, man kann sogar … Aber ich wundere mich wirklich nicht mehr darüber, daß die Grandlieus diesem Burschen gegenüber abkühlen: ich habe eben gesehen, wie er an der Tür, auf der Freitreppe, abgewiesen wurde …« – »Diese Mädchen sind sehr gefährlich!« sagte Frau von Sérizy, indem sie ihr Glas auf Esthers Loge richtete. »Ja«, sagte der Herzog, »ebensosehr durch das, was sie können, wie durch das, was sie wollen …« – »Sie werden ihn ruinieren!« sagte Frau von Sérizy; »denn sie sind, wie man mir gesagt hat, ebenso kostspielig, wenn man sie bezahlt, wie wenn man sie nicht bezahlt.« – »Nicht für ihn! …« erwiderte der junge Herzog, indem er den Erstaunten spielte. »Statt ihn Geld zu kosten, würden sie ihm im Notfall welches geben; sie laufen ihm alle nach.« Die Gräfin zeigte um den Mund herum ein kleines nervöses Zucken, das man nicht unter die Kategorie ihres Lächelns rechnen konnte.

»Gut«, sagte Esther, »komm um Mitternacht zum Souper. Bringe Blondet und Rastignac mit. Wir müssen doch mindestens zwei amüsante Leute haben, und mehr als neun wollen wir nicht sein.« – »Wir müßten ein Mittel finden, Europa durch den Baron holen zu lassen; unter dem Vorwand vielleicht, daß du Asien benachrichtigen mußt; dann kannst du ihr sagen, was mir widerfahren ist, damit Carlos Bescheid weiß, ehe er den Nabob in den Händen hat.« – »Das soll geschehen«, sagte Esther.

So sollte Peyrade sich wahrscheinlich, ohne es zu wissen, mit seinem Gegner unter einem Dach zusammenfinden. Der Tiger kam in die Höhle des Löwen, und zwar eines Löwen, der von seinen Wachen begleitet war.

Als Lucien wieder in die Loge der Frau von Sérizy trat, tat sie, statt ihm den Kopf zuzuwenden, statt ihm zuzulächeln und ihr Kleid zu raffen, damit er neben ihr Platz fände, als achtete sie nicht im geringsten auf den, der da eintrat, und fuhr fort, in den Saal hinabzusehen; aber Lucien merkte am Zittern des Glases, daß die Gräfin von einer jener furchtbaren Aufregungen befallen war, durch die unerlaubtes Glück gesühnt wird. Er trat trotzdem vorn in die Loge hinab an ihre Seite und setzte sich in die andere Ecke, indem er zwischen sich und der Gräfin einen schmalen Raum leer ließ; er lehnte sich auf den Logenrand, stützte den rechten Ellbogen auf und legte das Kinn in die behandschuhte Hand; dann wandte er sich ihr in Dreiviertelswendung zu und erwartete ein Wort. Als der Akt halb zu Ende war, hatte die Gräfin noch nichts gesagt und 300 ihn noch nicht einmal angesehen. »Ich weiß nicht«, sagte sie endlich, »weshalb Sie hier sind; Ihr Platz ist in der Loge der Fräulein Esther …« – »Ich gehe dorthin«, sagte Lucien und ging hinaus, ohne die Gräfin anzusehen.

»Ah, meine Liebe«, sagte Frau du Val-Noble, als sie mit Peyrade, den der Baron von Nucingen nicht erkannte, in Esthers Loge eintrat, »ich bin entzückt, dir Herrn Samuel Johnson vorstellen zu können; er ist ein großer Bewunderer der Talente des Herrn von Nucingen.« – »Wirklich?« fragte Esther, indem sie Peyrade zulächelte. »O yes, sährr«, sagte Peyrade. »Nun, Baron, da haben wir ein Französisch, das dem Ihren etwa so gleicht, wie das der unteren Bretagne dem Burgunds gleicht. Es wird recht amüsant sein, Sie über Geldgeschäfte reden zu hören … Wissen Sie, was ich von Ihnen verlange, Herr Nabob, damit Sie mit meinem Baron Bekanntschaft schließen können?« sagte sie lächelnd. »Oh, ich danke ßu Ihnen, Sie werrden mich stellen vor Sir Baronet.« – »Ja«, erwiderte sie; »Sie müssen mir das Vergnügen machen, bei mir zu soupieren … Es gibt kein stärkeres Bindemittel der Männer als das Wachs der Champagnerflaschen; es besiegelt alle Geschäfte, besonders die, bei denen man hineingelegt wird. Kommen Sie heute abend, Sie werden gute Burschen treffen! – Und was dich angeht, mein kleiner Friedrich«, sagte sie dem Baron ins Ohr, »so haben Sie Ihren Wagen, fahren Sie in die Rue Saint-Georges und holen Sie mir Europa; ich muß ihr wegen des Soupers einige Worte sagen … Ich habe Lucien eingeladen, er wird zwei Leute von Geist mitbringen. – Wir werden den Engländer zum besten haben«, flüsterte sie Frau du Val-Noble ins Ohr. Peyrade und der Baron ließen die beiden Frauen allein.

»Ah, meine Liebe, wenn du diesen dicken Schlingel je zum besten haben kannst, so hast du Geist«, sagte die Val-Noble. »Wenn es unmöglich wäre, müßtest du ihn mir auf acht Tage borgen«, erwiderte Esther lachend. »Nein, du würdest ihn keinen halben Tag lang behalten«, sagte Frau du Val-Noble; »ich esse ein zu hartes Brot, meine Zähne zerbrechen daran. Ich übernehme es zeit meines Lebens nicht wieder, einen Engländer glücklich zu machen ... Es sind lauter kalte Egoisten, Schweine im Anzug ...« – »Wie, keine Aufmerksamkeiten?« fragte Esther lächelnd. »Im Gegenteil, meine Liebe, dieses Ungeheuer hat mich noch nicht einmal geduzt.« – »In keiner Lage?« fragte Esther. »Der Elende nennt mich immer ›gnädige Frau‹, und er bewahrt selbst in dem Augenblick, in dem alle Männer mehr oder minder nett sind, die größte Kaltblütigkeit. Die Liebe, meiner Treu, das ist für ihn dasselbe, wie wenn er sich rasiert. Er wischt sein Rasiermesser ab, steckt es ins Etui, besieht sich im Spiegel und scheint sich zu sagen: Ich habe mich nicht geschnitten. Dann behandelt er mich mit einer Achtung, die jede Frau wahnsinnig machen könnte. Dieser elende Lord Suppentopf amüsiert sich damit, den armen Theodor halbe Tage lang versteckt in meiner Toilette stehen zu lassen! Kurz, er legt es darauf an, mich in allem zu ärgern. Und geizig ... Wie Gobseck und Gigonnet zusammengenommen. Er führt mich zu einem Diner und bezahlt nicht einmal den Wagen, der mich nach Hause bringt, wenn ich mir den meinen nicht gerade bestellt habe.« – »Und«, fragte Esther, »was gibt er dir für diesen Dienst?« – »O, meine Liebe, nichts. Fünfhundert Franken im Monat, und er bezahlt mir den Wagen. Aber was für einen! Einen Wagen, wie man ihn Krämern vermietet, wenn sie an ihrem Hochzeitstag zur Bürgermeisterei, in die Kirche und die ›Blaue Uhr‹ fahren ... Er verfolgt mich wie eine Bremse mit seiner Achtung. Wenn ich versuche, einen Nervenanfall zu bekommen oder schlecht gelaunt zu sein, so ärgert er sich nicht einmal und sagt: ›Ich wollen, daß Milady haben Ihren kleinen Willen. Nichss ist abscheulicherr – no Gentlemen – als wenn man ssagt ßu einerr schönen Frrau: Sie sind ein Baumwollballen, eine Waarre! Sie haben es ßu tun mit eine Mitglied von Temperence-Society und Antislavery ...‹ Und der Schlingel bleibt blaß, trocken und kühl, indem er mir so zu verstehen gibt, daß er für mich genau so viel Achtung hegt, wie er für einen Neger hegen würde, und daß ihm das nicht aus dem Herzen kommt, sondern seinen Ansichten als Abolitionist entspringt.« – »Gemeiner kann man unmöglich sein«, sagte Esther; »aber ich würde ihn ruinieren, diesen

Chinesen!« – »Ihn ruinieren?« wandte Frau du Val-Noble ein, »da müßte er mich lieben! ... Aber du selbst würdest keine zwei Heller von ihm verlangen wollen. Er würde dich ernst anhören und dir mit seiner britannischen Förmlichkeit, im Vergleich zu der man Ohrfeigen liebenswürdig finden kann, erwidern: er bezahle dich schon teuer genug, da die Liebe in sseinem arrmen Dasein eine sso gerringe Rrolle spiele!« – »Wenn man bedenkt, daß man in unserm Stand solchen Männern begegnen kann! ...« rief Esther aus. »Ah, meine Liebe, du hast Glück gehabt! ... Pflege deinen Nucingen gut.« – »Aber dein Nabob hat sicher irgendeine Absicht!« – »Das hat mir Adele schon gesagt«, erwiderte Frau du Val-Noble. »Dieser Mensch, meine Liebe, wird es sich in den Kopf gesetzt haben, sich den Haß einer Frau zuzuziehen, damit sie ihn in der und der Zeit verabschiedet«, sagte Esther. »Oder er will mit Nucingen Geschäfte machen, und er hat mich genommen, weil er wußte, daß wir befreundet sind; das glaubt Adele«, fuhr Frau du Val-Noble fort. »Deshalb stelle ich ihn dir heute abend vor. Ah, wenn ich Gewisses über seine Pläne wüßte, da würde ich mich hübsch mit dir und Nucingen verständigen.« – »Läßt du dich nie hinreißen?« fragte Esther, »sagst du ihm nicht von Zeit zu Zeit die Wahrheit?« – »Versuch es nur, dann bist du schlau. Ei, trotz deines Witzes würde er dich mit seinem eisigen Lächeln umbringen. Er würde dir antworten: Ich bin Antislavery, und Sie ssind frrei ... Du könntest ihm die komischsten Dinge sagen, er würde dich ansehen und erwidern: Very good! Dann würdest du merken, daß du in seinen Augen nicht mehr bist als ein Hanswurst.« – »Und Zorn?« – »Dasselbe! Es wäre für ihn nur ein Schauspiel. Man könnte ihn links unter der Brust operieren, man würde ihm nicht das geringste zuleide tun; seine Eingeweide müssen aus Weißblech sein. Das habe ich ihm schon gesagt. Er gab mir ganz einfach zur Antwort: Ich bin sehrr ßufrrieden mit dieserr Verranllagung ... Und immer höflich. Meine Liebe, er trägt Handschuhe auf der Seele ... Ich will dieses Martyrium noch ein paar Tage ertragen, um meine Neugier zu befriedigen. Sonst hätte ich Mylord schon von Philipp ohrfeigen lassen; er hat im Säbel nicht seinesgleichen. Es bleibt nur das ...« – »Ich wollte es dir gerade sagen!« rief Esther: »aber du solltest dich vorher vergewissern, ob er boxen kann, denn solche alten Engländer, meine Liebe, haben einen Vorrat von Bosheit im Leibe! ...« – »Der da hat keinen Doppelgänger! ... Nein, wenn du sähest, wie er mich um meine Befehle bittet und fragt, um welche Stunde er sich einstellen darf, um mich zu überraschen –

wohl verstanden! –, wobei er seine angeblichen Gentlemansmanieren entfaltet, so würdest du sagen: Die Frau wird angebetet; und keine Frau würde das nicht sagen ...« – »Und man beneidet uns, meine Liebe!« sagte Esther. »Ach ja ...« rief Frau du Val-Noble aus. »Sieh, wir haben alle in unserm Leben mehr oder minder erfahren, wie wenig man sich aus uns macht; aber, meine Liebe, nie bin ich so grausam, so tief, so völlig von der Brutalität verachtet worden, wie ich von der Achtung dieses dicken Schlauchs voll Portwein verachtet werde. Wenn er betrunken ist, geht er davon, ›um nicht unangenehm ßu werrden‹, sagt er zu Adele, und um nicht zugleich zwei Mächten zu gehorchen: der Frau und dem Wein. Er mißbraucht meinen Fiaker; er fährt öfter darin als ich ... Oh, wenn wir ihn heute abend unter den Tisch bringen könnten! Aber er trinkt zehn Flaschen und ist erst angeheitert; er hat ein trübes Auge und sieht doch klar.« – »Das ist wie bei den Leuten, deren Fenster von außen schmutzig sind«, sagte Esther, »aber von drinnen sehen sie, was draußen vorgeht ... Ich kenne diese Eigentümlichkeit des Mannes: du Tillet besitzt sie im höchsten Grade.« – »Sieh zu, daß du Tillet kommt, und wenn Nucingen und er ihn in einen ihrer Anschläge verwickeln könnten, so wäre ich wenigstens gerächt! ... Sie müßten ihn an den Bettelstab bringen! Ach, meine Liebe, daß ich einem Heuchler von Protestanten in die Hände fallen mußte! Und das nach diesem armen Falleix, der so komisch war, ein so guter Junge und ein solcher Spötter! ... Was haben wir gelacht! ... Man behauptet, die Wechselmakler seien alle dumm ... Nun, der hat nur einmal keinen Geist gezeigt ...« – »Als er dich ohne einen Heller zurückließ? Da hast du die Unannehmlichkeiten des Vergnügens kennen lernen können.«

Europa steckte, von Herrn von Nucingen geholt, ihren Schlangenkopf durch die Tür, und nachdem sie ein paar Sätze angehört hatte, die ihre Herrin ihr ins Ohr flüsterte, verschwand sie wieder.

Um halb zwölf abends hielten fünf Equipagen vor der Tür der berühmten Kurtisane in der Rue Saint-Georges; es waren die Luciens, der mit Rastignac, Blondet und Bixiou kam, die du Tillets, die des Barons von Nucingen, die des Nabobs und die Florines, die du Tillet geholt hatte. Der dreifache Verschluß der Fenster wurde von den Falten der prachtvollen chinesischen Vorhänge verkleidet. Das Souper sollte um ein Uhr serviert werden, die Kerzen brannten, der kleine Salon und der Speisesaal entfalteten ihren Luxus. Man machte sich auf eine jener Nächte der Ausschweifung gefaßt, denen einzig diese drei Frauen und diese Männer widerstehen konnten. Man spielte zunächst, denn man hatte drei Stunden zu warten.

»Spielen Sie, Mylord?« fragte du Tillet Peyrade. »Ich haben gespielt mit O'Connell, Pitt, Fox, Canning, Lord Brougham, Lord ...« – »Sagen Sie ganz einfach, mit unendlich vielen Lords«, sagte Bixiou. »Lord Fitz-William, Lord Ellenborough, Lord Hertford, Lord ...« Bixiou sah Peyrade auf die Schuhe und bückte sich. »Was suchst du?« fragte Blondet. »Bei Gott, die Feder, auf die man drücken muß, um die Maschine zum Stillstand zu bringen«, sagte Florine. »Spielen Sie um zwanzig Franken den Point?« fragte Lucien. »Ich spiele um genau ssoviel, wie Sie wwollen verlierren ...« – »Der versteht es«, sagte Esther zu Lucien. »Sie halten ihn alle für einen Engländer!«

Du Tillet, Nucingen, Peyrade und Rastignac setzten sich um einen Whisttisch. Florine, Frau du Val-Noble, Esther, Blondet und Bixiou blieben beim Kamin, um zu plaudern. Lucien vertrieb sich die Zeit, indem er ein Prachtwerk mit Stichen durchblätterte.

»Gnädige Frau, es ist aufgetragen«, sagte Paccard in großartiger Livree.

Peyrade erhielt den Platz links von Florine und rechts von Bixiou, dem Esther empfohlen hatte, den Nabob durch Herausforderungen zu maßlosem Trinken zu reizen. Bixiou besaß die Fähigkeit, unbegrenzt weitertrinken zu können. In seinem ganzen Leben hatte Peyrade solchen Glanz noch nicht gesehen, solche Küche noch nicht gekostet und so hübsche Frauen noch nicht erblickt.

›Heute abend machen sich die tausend Taler bezahlt, die die Val-Noble mich schon gekostet hat‹, dachte er; ›übrigens habe ich ihnen eben tausend Franken abgewonnen.‹ »Das ist ein Beispiel, dem man folgen muß«, rief Frau du Val-Noble ihm zu; sie saß neben Lucien und zeigte ihm mit einer Handbewegung den Prunk des Saales. Esther hatte Lucien neben sich gesetzt, und unter dem Tisch hielt er ihren Fuß zwischen den seinen. »Hören Sie?« sagte die Val-Noble, indem sie Peyrade, der den Blinden spielte, ansah, »so müßten Sie mir ein Haus einrichten! Wenn man mit Millionen aus Indien kommt und mit einem Nucingen Geschäfte machen will, stellt man sich mit ihm auf gleichen Fuß.« – »Ich bin of Temperence-Society ...«

»Dann werden Sie hübsch trinken!« sagte Bixiou, »denn Indien ist heiß, lieber Onkel!« Bixiou spielte während des Soupers den Scherz, daß er Peyrade wie einen seiner Onkel behandelte, der aus Indien zurückgekommen wäre.

»Frau ti Fal-Nople hat mir kesagt, Sie hätten Apsichten? ...« fragte Nucingen, indem er Peyrade prüfend ansah.

»Das wollte ich hören«, sagte du Tillet zu Rastignac, »jetzt radebrechen die beiden zusammen.« – »Sie werden sehen, schließlich verständigen sie sich«, sagte Bixiou, der erriet, was du Tillet zu Rastignac gesagt hatte.

»Sir Baronet, ich haben mirr ausgedacht eine kleine Spekuleschun, oh, sährr beqwem ... sährr, sährr eintrrräglich und Nutzen brringend ...« – »Sie sollen sehen«, sagte Blondet zu du Tillet, »er wird nicht eine Minute reden, so taucht auch schon das Parlament und die englische Regierung auf.« – »Es ssein in Tscheina ... mit Opium ...« – »Ja, ich waiß«, sagte Nucingen alsbald wie der Mann, der seinen Handelsglobus kennt; »aber die englische Rekierung hat kemacht aine Aktion, um sich China ßu öffnen fier Obium, und wirde uns nicht erlaupen ...« – »Mit der Regierung ist Nucingen ihm zuvorgekommen«, sagte du Tillet zu Blondet.

»Ah, Sie haben mit Opium gehandelt?« rief Frau du Val-Noble; »jetzt verstehe ich, weshalb Sie so einschläfernd wirken; es ist Ihnen etwas davon im Herzen geblieben ...« – »Sehen Sie!« rief der Baron dem angeblichen Opiumhändler zu, indem er auf Frau du Val-Noble zeigte, »es keht Ihnen wie mir: Millionären kelingt es nie, sich die Liebe der Frauen ßu erferben.« – »Ich sein geworrden geliebt sährr und oft, Milady«, sagte Peyrade. »Immer wegen der Mäßigkeit«, sagte Bixiou, der Peyrade eben seine dritte Flasche Bordeauxwein eingetrichtert hatte und gerade eine Flasche Portwein anbrach. »Oh!« rief Peyrade, »es ist Portwuein aus Ingland.«

Blondet, du Tillet und Bixiou tauschten ein Lächeln aus. Peyrade hatte die Gabe, alles zu travestieren, selbst den Geist. Es gibt wenig Engländer, die nicht behaupten, Gold und Silber seien in England besser als irgendwo sonst. Die jungen Hähne und die Eier, die aus der Normandie auf den Londoner Markt kommen, ermächtigen die Engländer zu der Versicherung, daß die Londoner Hähnchen und Eier den Parisern, die aus demselben Lande stammen, überlegen sind (very fine!). Esther und Lucien standen sprachlos vor dieser Vollkommenheit des Kostüms, der Sprache und der Verwegenheit. Man trank und aß, während man plauderte und lachte, so viel und so gut, daß es vier Uhr morgens wurde. Bixiou glaubte einen jener Siege davongetragen zu haben, wie Brillat-Savarin sie so lustig schildert. Aber als er seinem Onkel zu trinken einschenkte und vor sich hin sagte: ›Ich habe England besiegt!‹ erwiderte

Peyrade dem wilden Spötter mit einem ›Immer zu, mein Bürschchen!‹ das nur Bixiou hörte. 308

»He, ihr andern! Der ist sowenig Engländer wie ich! ... Mein Onkel ist Gascone! ... Einen andern konnte ich auch nicht haben!« Bixiou war mit Peyrade allein, so daß niemand diese Offenbarung hörte. Peyrade fiel von seinem Stuhl zu Boden. Sofort packte Paccard ihn und trug ihn in eine Mansarde hinauf, wo er in tiefen Schlaf versank.

Um sechs Uhr abends fühlte der Nabob, wie er erwachte, weil man ihm mit einem nassen Tuch das Gesicht abwusch; er lag auf einem schlechten Gurtbett und sah sich von Angesicht zu Angesicht Asien gegenüber; sie war maskiert und trug einen schwarzen Domino. »Aha, Papa Peyrade, wir wollen abrechnen!« sagte sie. »Wo bin ich? ...« fragte er, indem er sich umsah. »Hören Sie mich an, das wird Sie ernüchtern«, erwiderte Asien. »Wenn Sie Frau du Val-Noble nicht lieben, so lieben Sie Ihre Tochter, nicht wahr?« – »Meine Tochter?« brüllte Peyrade auf. »Ja, Fräulein Lydia ...« – »Und ...?« – »Nun, die ist nicht mehr in der Rue des Moineaux, sie ist entführt.«

Peyrade entschlüpfte ein Seufzer, wie ihn die Soldaten ausstoßen, wenn sie auf dem Schlachtfeld durch eine Verwundung fallen. »Während Sie den Engländer spielten, haben wir Peyrade gespielt. Ihre kleine Lydia glaubte ihrem Vater zu folgen, sie ist in Nummer Sicher ... Oh, Sie werden sie niemals finden! Wenn Sie nicht wieder gutmachen, was Sie angerichtet haben ...« – »Was? ...« – »Man hat gestern Herrn Lucien von Rubempré an der Tür des Herzogs von Grandlieu abgewiesen. Dieses Ergebnis verdanken wir deinen Intrigen und dem Mann, den du auf uns gehetzt hast. Kein Wort. Höre zu!« sagte Asien, als sie sah, daß Peyrade den Mund auftat. »Deine Tochter«, fuhr sie fort, indem sie durch den Ton, den sie auf jedes Wort legte, den Gedanken Nachdruck 309 gab, »wirst du rein und fleckenlos erst an dem Tage wiedersehen, nachdem Herr Lucien von Rubempré Saint-Thomas d'Aquin als Gatte der Fräulein Klotilde verlassen hat. Wenn Lucien von Rubempré nicht innerhalb von zehn Tagen wieder empfangen wird, wirst zunächst du eines gewaltsamen Todes sterben, ohne daß dich irgend etwas vor dem Schlag bewahren kann, der dir droht ... Aber wenn du fühlst, daß du geliefert bist, wird man dir, ehe du stirbst, noch Zeit lassen, diesen Gedanken zu denken: ›Meine Tochter ist für den Rest ihrer Tage Prostituierte!‹ Obgleich du dumm genug gewesen bist, diese Beute in unsern Klauen zu lassen, hast du doch noch Geist genug, um über diese Mitteilung unserer Regierung nachzudenken. Belle nicht, sprich kein Wort, wechsle bei Contenson deine Kleidung und geh nach Hause, so wird Katt dir sagen, daß deine kleine Lydia auf deinen Ruf hinuntergegangen ist und nicht mehr gesehen wurde. Wenn du dich beklagst, wenn du einen einzigen Schritt unternimmst, so wird man mit dem beginnen, womit man schließen soll, wie ich dir sagte; deine Tochter ist von Marsay versprochen. Beim Vater Canquoelle darf man keine Redensarten machen oder Handschuhe anziehen, nicht wahr? ... Geh hinunter und hüte dich, noch einmal in unsere Angelegenheiten einzugreifen.«

Asien ließ Peyrade in einem erbarmungswürdigen Zustand zurück; jedes Wort war ein Keulenschlag gewesen. Der Spion hatte zwei Tränen in den Augen, und zwei weitere Tränen unten an seinen Backen hingen mit ihnen durch feuchte Spuren zusammen. »Man erwartet Herrn Johnson zum Diner«, sagte Europa, indem sie einen Augenblick darauf ihren Kopf zeigte.

Peyrade gab keine Antwort; er ging hinunter, eilte durch die Straßen bis zu einer Droschkenhaltestelle und fuhr zu Contenson, um seine Verkleidung abzulegen; er sagte seinem Helfer kein Wort, verwandelte sich wieder in den Vater Canquoelle und kam um acht Uhr vor seinem Hause an. Mit pochendem Herzen stieg er die Treppen hinauf. Als die Flamländerin ihren Herrn hörte, fragte sie ihn in so naivem Ton: »Nun, wo ist das gnädige Fräulein«, daß der alte Spion sich anlehnen mußte. Der Schlag ging über seine Kräfte. Er trat in die Wohnung seiner Tochter und wurde dort vollends ohnmächtig, als er die Zimmer leer fand und Katts Bericht anhörte; sie erzählte ihm alle Einzelheiten einer Entführung, die ebenso geschickt angelegt war, wie wenn er sie selbst erfunden hätte.

›Vorwärts‹, sagte er bei sich selber, ›ich muß mich beugen, ich werde mich später rächen. Jetzt zu Corentin ... Das ist das erstemal, daß wir Gegner finden. Corentin wird diesem hübschen Burschen seine Freiheit lassen, und wenn er sich mit Kaiserinnen verheiratete, wenn er will! ... Ah, ich verstehe, daß meine Tochter ihn auf den ersten Blick liebte ... Oh, der spanische Priester kennt sich aus! ... Mut, Papa Peyrade, laß deine Beute aus den Fängen!‹

Der arme Vater war nicht auf den grauenhaften Hieb gefaßt, der seiner wartete. Als er zu Corentin kam, sagte Bruno, der Vertrauensdiener, der Peyrade kannte: »Der Herr ist verreist.« – »Auf lange?« – »Auf zehn Tage.« – »Wohin?« – »Das weiß ich nicht.« ›O mein Gott, ich werde stumpfsinnig! Ich frage, wohin … Als ob wir es ihnen sagten!‹ dachte er.

Ein paar Stunden vor dem Augenblick, in dem Peyrade in der Mansarde der Rue Saint-Georges geweckt wurde, stellte Corentin, der von seinem Landhaus in Passy gekommen war, sich bei dem Herzog von Grandlieu ein, und zwar im Kostüm eines Kammerdieners in gutem Hause. In einem Knopfloch seines schwarzen Rockes sah man das Band der Ehrenlegion. Er hatte sich das runzlige, bleifarbene Gesicht eines Greisen mit gepudertem Haar zurecht gemacht. Seine Augen waren hinter einer Schildpattbrille verborgen. Kurz, er sah aus wie ein alter Bureauchef. Als er seinen Namen – Herr von Saint-Denis – genannt hatte, wurde er in das Arbeitszimmer des Herzogs von Grandlieu geführt, wo er Derville vorfand. Der Anwalt las den Brief, den Corentin selbst einem seiner Agenten, der mit den Schreibarbeiten beauftragten Nummer, diktiert hatte. Der Herzog nahm Corentin beiseite, um ihm auseinanderzusetzen, was Corentin bereits wußte. Herr von Saint-Denis hörte kühl und ehrfurchtsvoll zu, während er sich damit amüsierte, diesen großen Herrn zu studieren und ihn bis ins Tiefste zu durchdringen, dieses ganze Leben ans Licht zu ziehen, das damals und immer vom Whist und den Gedanken an die Größe des Hauses Grandlieu ausgefüllt wurde. Große Herren sind so naiv gegen Niedrigerstehende, daß Corentin in aller Demut nicht sehr viele Fragen zu stellen brauchte, um Unverschämtheiten aus Herrn von Grandlieu hervorsprudeln zu lassen.

»Wenn Sie mir glauben wollen«, sagte Corentin zu Derville, nachdem er dem Anwalt förmlich vorgestellt worden war, »so sollten wir noch heute abend nach Angoulême aufbrechen; die Post nach Bordeaux fährt ebenso schnell, wie die Briefpost reitet; der Aufenthalt braucht nicht länger als sechs Stunden zu dauern, um die Auskünfte zu erhalten, die der Herr Herzog wünscht. Genügt es nicht, wenn ich Euer Herrlichkeit recht verstanden habe, daß wir in Erfahrung bringen, ob die Schwester und der Schwager des Herrn von Rubempré ihm haben zwölfhunderttausend Franken geben können? …« fragte er, indem er den Herzog ansah. »Vollkommen recht verstanden«, erwiderte der Pair von Frankreich. »Wir können in vier Tagen zurück sein«, fuhr Corentin fort, indem er Derville ansah; »so brauchen wir weder der eine noch der andere unsere Geschäfte so lange im Stich zu lassen, daß sie darunter leiden könnten.« – »Das war der einzige Einwand, den ich Seiner Herrlichkeit zu machen hatte«, sagte Derville. »Es ist vier Uhr, ich eile nach Hause, um meinem ersten Schreiber ein Wort zu sagen und meinen Reisekoffer zu packen; und nach dem Essen werde ich um acht ... Aber werden wir Plätze finden?« fragte er Herrn von Saint-Denis, indem er sich selbst unterbrach. »Ich bürge dafür«, sagte Corentin; »seien Sie um acht Uhr im Hof der Messageries des Hauptbureaus. Wenn es keine Plätze mehr gibt, so werde ich welche freimachen lassen; denn nur so darf man Seine Erlaucht den Herzog von Grandlieu bedienen ...« – »Meine Herren«, sagte der Herzog mit unendlicher Huld, »ich danke Ihnen noch nicht ...«

Corentin und der Anwalt hielten dieses Wort für eine Verabschiedung, grüßten und gingen. In dem Augenblick, als Peyrade Corentins Diener ausfragte, beobachteten sich Herr von Saint-Denis und Derville gegenseitig, während das Coupé der Post nach Bordeaux, in dem sie Platz gefunden hatten, aus Paris hinausrollte. Am folgenden Morgen wurde Derville, der sich langweilte, zwischen Orléans und Tours gesprächig, und Corentin ließ sich herbei, ihn zu amüsieren, obwohl er seinen Abstand wahrte; er ließ ihn in dem Glauben, daß er der Diplomatie angehörte und durch die Empfehlung des Herzogs von Grandlieu Generalkonsul zu werden hoffte. Zwei Tage nach ihrem Aufbruch machten Corentin und Derville in Mansle halt, und zwar zum großen Staunen des Anwalts, der glaubte, sie führen nach Angoulême.

»Wir werden«, sagte Corentin zu Derville, »in dieser kleinen Stadt sichere Auskünfte über Frau Séchard erhalten.« – »So kennen Sie sie?« fragte Derville, der sich wunderte, Corentin so unterrichtet zu finden. »Ich habe den Schaffner zum Schwätzen gebracht, da ich merkte, daß er aus Angoulême ist. Er sagte mir, Frau Séchard wohne in Marsac, und Marsac liegt nur eine Stunde von Mansle entfernt. Ich dachte mir, wir würden hier eher in der Lage sein, die Wahrheit herauszufinden, als in Angoulême.«

›Obendrein‹, dachte Derville, ›bin ich, wie der Herr Herzog mir sagte, nur der Zeuge der Erkundigungen, die dieser Vertrauensmann einholen soll.‹

Die Herberge in Mansle, die sich ›Herberge zum freien Himmel‹ nannte, hatte zum Herrn einen jener fetten, dicken Menschen, die man immer bei der Rückkehr nicht mehr vorzufinden fürchtet und die noch nach zehn Jahren auf der Schwelle ihrer Türe stehen, und zwar mit derselben Fleischmasse, derselben baumwollenen Mütze, derselben Schürze, demselben Messer, denselben fettigen Haaren und demselben dreifachen Kinn; bei allen Romandichtern, angefangen vom unsterblichen

Cervantes bis herab zum unsterblichen Walter Scott, bleiben sie sich stereotyp gleich. Sind sie nicht alle voller Einbildung auf ihre Küche, haben sie nicht alle alles zum Auftragen bereit, bis sie einem schließlich ein hektisches Hühnchen und mit ranziger Butter bereitetes Gemüse vorsetzen? Alle rühmen einem ihre feinen Weine und zwingen einen, den Landwein des Ortes zu trinken. Aber Corentin hatte seit frühester Jugend gelernt, einem Gastwirt wesentlichere Dinge zu entlocken, als es zweifelhafte Speisen und apokryphe Weine sind. Daher spielte er denn auch den leicht zu befriedigenden Menschen, der sich ganz auf den geschicktesten Koch von Mansle verließ, wie er sich dem Dicken gegenüber ausdrückte.

»Es wird mir nicht schwer, der beste zu sein, ich bin der einzige«, erwiderte der Wirt. »Servieren Sie uns im Seitenzimmer«, sagte Corentin, indem er Derville mit den Augen einen Wink gab; »und vor allem scheuen Sie sich nicht, Feuer in den Kamin zu tun: es handelt sich darum, uns die Fingerspitzen aufzutauen.« – »Warm ist es nicht im Coupé«, 314 sagte Derville.

»Ist es weit von hier nach Marsac?« fragte Corentin die Frau des Wirts, die aus den obern Regionen herabkam, als sie hörte, daß die Post bei ihnen Gäste für die Nacht abgesetzt hatte. »Der Herr geht nach Marsac?« fragte die Wirtin. »Ich weiß nicht«, erwiderte er trocken und obenhin ... »Ist die Entfernung von hier bis Marsac beträchtlich?« fragte er nochmals, als er der Wirtin Zeit gelassen hatte, sein rotes Band zu erkennen. »Im Wagen ist es eine kleine halbe Stunde«, sagte die Herbergsmutter. »Glauben Sie, daß Herr und Frau Séchard dort auch im Winter anwesend sind?« – »Ohne Zweifel; sie leben das ganze Jahr dort ...« – »Es ist fünf Uhr, wir werden sie wohl um neun noch wach finden.« – »Oh, bis zehn Uhr ist jeden Abend Gesellschaft da: der Pfarrer, Herr Marron, der Arzt ...« – »Es sind wackere Leute?« fragte Derville. »Oh, die Crème!« erwiderte die Frau des Gastwirts, »rechtschaffene, redliche Leute ... und nicht ehrgeizig, nein; Herr Séchard, er ist ja wohlhabend, aber er hätte Millionen haben können nach dem, was man sagt, wenn er sich nicht hätte eine Erfindung wegnehmen lassen, die er gemacht hat, in der Papierfabrikation; jetzt haben die Gebrüder Cointet den Nutzen ...« – »Ach ja, die Gebrüder Cointet!« sagte Corentin.

»Schweig doch!« sagte der Herbergsvater. »Was geht es die Herren an, ob Herr Séchard auf ein Patent für die Papierfabrikation Anspruch hat oder nicht. Die Herren sind keine Papierhändler. – Wenn Sie die

Nacht bei mir zu verbringen gedenken – unterm freien Himmel«, sagte der Herbergsvater, indem er sich an die beiden Reisenden wandte, »so möchte ich bitten, sich einzutragen; hier ist das Buch. Wir haben einen Brigadier, der nichts zu tun hat und seine Zeit damit hinbringt, uns zu belästigen ...«

»Teufel! Teufel! Ich hielt die Séchards für sehr reich«, sagte Corentin, während Derville seinen Namen und seinen Stand als Anwalt beim erstinstanzlichen Gericht der Seine einschrieb. »Manche«, erwiderte der Wirt, »geben sie für Millionäre aus; aber wer die Zungen am Schwätzen hindern wollte, könnte auch den Fluß am Fließen hindern. Der Vater Séchard hat für zweihunderttausend Franken liegende Güter hinterlassen, wie man so sagt, und das ist schon recht hübsch für einen Mann, der als Arbeiter angefangen hat. Nun, und er hatte vielleicht noch einmal soviel Ersparnisse ... denn er hat schließlich zehn- bis zwölftausend Franken aus seinem Besitz gezogen. Nun scheint mir, er ist dumm genug gewesen, sein Geld zehn Jahre lang nicht anzulegen, und da stimmt's! Aber rechnen Sie dreihunderttausend Franken, wenn er Wucher getrieben hat, wie man argwöhnt, das ist die ganze Geschichte. Fünfhunderttausend ist von einer Million recht weit entfernt. Ich wünsche mir nur den Unterschied zum Vermögen, da wäre ich nicht mehr unter ›freiem Himmel‹.« – »Wie?« sagte Corentin, »Herr David Séchard und seine Frau haben nicht zwei oder drei Millionen Vermögen? ...« – »Aber«, rief die Frau des Wirts, »soviel sollen die Herren Cointet besitzen, die ihm seine Erfindung weggenommen haben; er hat von ihnen nicht mehr als zwanzigtausend Franken bekommen ... Woher sollen denn die ehrlichen Leute Millionen genommen haben? Sie waren recht in Not, solange ihr Vater noch lebte. Wären nicht Kolb, ihr Verwalter, und Frau Kolb gewesen, die ihnen ebenso ergeben ist wie ihr Mann, so wäre es ihnen schwer geworden, auszukommen. Was hatten sie denn mit der Verberie? ... Tausend Taler Rente! ...«

Corentin nahm Derville beiseite und sagte zu ihm: »In vino veritas! Die Wahrheit findet man in der Kneipe. Ich meinesteils sehe eine Herberge als das eigentliche Zivilstandsregister einer Gegend an; der Notar weiß nicht besser über alles Bescheid, was in einer kleinen Stadt vorgeht, als der Wirt ... Sehen Sie! Man hält uns für Bekanntschaften der Cointet, Kolb und so weiter. Ein Herbergswirt ist das lebendige Repertoir aller Abenteuer, er leistet, ohne es zu wissen, Polizeidienste. Eine Regierung braucht höchstens zweihundert Spione zu unterhalten, denn in einem

Lande wie Frankreich gibt es zehn Millionen ehrlicher Spitzel. Aber wir sind nicht verpflichtet, uns auf diesen Bericht zu verlassen, obwohl man in dieser kleinen Stadt schon etwas von den zwölfhunderttausend Franken wissen müßte, wenn sie verschwunden wären, um die Ländereien von Rubempré zu bezahlen ... Wir werden nicht lange zu bleiben brauchen ...« – »Ich hoffe es«, sagte Derville. »Der Grund ist dieser«, fuhr Corentin fort. »Ich habe das natürlichste Mittel gefunden, um die Wahrheit aus dem Munde der Gatten Séchard zu hören. Ich rechne damit, daß Sie die kleine List, derer ich mich bedienen werde, um Ihnen einen klaren und zuverlässigen Bericht über ihr Vermögen zu verschaffen, mit Ihrem Ansehen als Anwalt unterstützen werden. – Nach dem Essen werden wir aufbrechen und zu Herrn Séchard fahren«, sagte Corentin zu der Frau des Wirts; »Sie werden dafür sorgen, daß wir Betten bekommen, wir wollen jeder ein eigenes Zimmer. Unterm ›freien Himmel‹ muß doch Platz vorhanden sein.« – »Oh«, sagte die Frau, »das Schild haben wir gefunden.« – »Oh, den Kalauer gibt es in allen Provinzen«, sagte Corentin, »Sie haben da kein Monopol.« – »Es ist aufgetragen, meine Herren«, sagte der Wirt.

»Und woher zum Teufel soll dieser junge Mann sein Geld genommen haben? ... Hätte der Anonymus recht, und wäre es das Geld einer schönen Dirne?« fragte Derville Corentin, als sie sich zu Tische setzten. »Ah, das wäre der Gegenstand einer weiteren Untersuchung«, sagte Corentin. »Lucien von Rubempré lebt, wie mir der Herr Herzog von Chaulieu sagte, mit einer getauften Jüdin, die sich als eine Holländerin ausgab und Esther van Bogseck heißt.« – »Welch merkwürdiges Zusammentreffen!« sagte der Anwalt, »ich suche die Erbin eines Holländers namens Gobseck; es ist derselbe Name, nur mit vertauschten Konsonanten ...« – »Nun«, sagte Corentin, »ich werde Ihnen nach meiner Rückkehr Auskünfte über die Abstammung verschaffen.«

Eine Stunde darauf waren die beiden Beauftragten des Hauses Grandlieu nach der Verberie, dem Hause des Herrn und der Frau Séchard, unterwegs. Nie hatte Lucien so tiefe Erregungen empfunden, wie sie ihn ergriffen, als er in der Verberie sein Schicksal mit dem seines Schwagers verglich. Die beiden Pariser sollten jetzt dasselbe Schauspiel vorfinden, das vor wenigen Tagen Lucien aufgefallen war. Dort atmete alles Ruhe und Wohlstand. Zu der Stunde, um die die beiden Fremden eintreffen mußten, saß in dem Salon der Verberie eine Gesellschaft von vier Personen: der Pfarrer von Marsac, ein junger Priester von fünfundzwanzig Jahren, der auf Frau Séchards Bitte der Lehrer ihres Sohnes Lucien geworden war; der Arzt des Ortes, ein Herr Marron; der Bürgermeister der Gemeinde, und ein alter pensionierter Oberst, der auf einem kleinen Besitz der Verberie gegenüber, auf der andern Seite der Straße, Rosen baute. An jedem Winterabend kamen diese Leute, um ein unschuldiges Boston zu einem Centime den Point zu spielen, um die Zeitungen abzuholen oder die, die sie gelesen hatten, zurückzugeben. Als Herr und Frau Séchard die Verberie, ein schönes Kalktuffhaus mit Schieferdach, erstanden, bestand das ganze zugehörige Gelände aus einem Garten von zwei Morgen. Mit der Zeit hatte die schöne Frau Séchard ihren Garten, indem sie ihre Ersparnisse darauf verwandte, bis zu einem kleinen Wasserlauf ausgedehnt; sie hatte die Weinberge, die sie kaufte, geopfert und in Rasen und Büsche verwandelt. In diesem Augenblick galt die Verberie, die von einem ummauerten Park von ungefähr zwanzig Morgen umgeben war, als der bedeutendste Besitz der Gegend. Das Haus des verstorbenen Séchard diente mit seinen Ökonomiegebäuden nur noch für die Ausbeutung der etwas über zwanzig Morgen Weinland, die er außer fünf Meiereien von einem Ertrage von etwa sechstausend Franken und zehn Morgen Weideland auf der andern Seite des Wasserlaufs, dem Park der Verberie gegenüber, hinterlassen hatte; Frau Séchard zählte darauf, dieses Weideland im nächsten Jahr in den Garten mit einzubeziehen. Schon gab man im Orte der Verberie den Namen eines Schlosses, und Eva Séchard nannte man die Frau von Marsac. Lucien hatte, als er seine Eitelkeit befriedigen wollte, nur die Land- und Weinbauern nachgeahmt. Courtois, der Besitzer einer Mühle, die einige Büchsenschüsse weit von den Wiesen der Verberie malerisch gelegen war, stand, wie man sagte, mit Frau Séchard wegen dieser Mühle in Unterhandlungen. Diese wahrscheinliche Erwerbung mußte der Verberie vollends das Äußere eines erstklassigen Landguts im Bezirk geben. Frau Séchard, die viel Gutes tat, und zwar mit ebensoviel Unterscheidungsgabe wie Größe, wurde ebensosehr geachtet wie geliebt. Ihre Schönheit, die sich prachtvoll entwickelt hatte, erreichte eben damals ihren Höhepunkt. Obgleich sie schon sechsundzwanzig Jahre alt war, hatte sie die Frische ihrer Jugend bewahrt, da sie die Ruhe und den Überfluß genoß, wie das Landleben sie bietet. In ihren Gatten war sie immer noch verliebt, und sie achtete in ihm den Mann von Talent, der bescheiden genug war, um auf den Lärm des Ruhms zu verzichten; um sie zu schildern, genügt es vielleicht, wenn wir sagen, daß sie in ihrem ganzen Leben nicht ein Herzpochen zu zählen hatte, das nicht von ihren Kindern oder ihrem Gatten eingegeben war. Der Zoll, den diese Familie dem Unglück zahlte, man errät es schon, bestand in dem tiefen Kummer über Luciens Leben, in dem Eva Séchard Geheimnisse ahnte, die sie um so mehr fürchtete, als Lucien während seines letzten Besuches jede Frage seiner Schwester kurz abgebrochen hatte, indem er ihr sagte, die Ehrgeizigen seien über ihre Mittel und Wege nur sich selber Rechenschaft schuldig. In sechs Jahren hatte Lucien seine Schwester dreimal gesehen, und er hatte ihr nicht mehr als sechs Briefe geschrieben. Sein erster Besuch in der Verberie hatte zur Zeit des Todes seiner Mutter stattgefunden; der letzte hatte die Bitte um den Dienst jener für seine Politik so notwendigen Lüge zum Zweck gehabt. Diese Bitte wurde unter Herrn und Frau Séchard und Lucien zum Gegenstand einer ziemlich ernsten Szene, die im Herzen dieses ruhigen und edlen Daseins grausame Zweifel zurückließ.

Das Innere des Hauses, das ebensosehr verwandelt war wie das Äußere, war, ohne Luxus zu zeigen, behaglich. Man wird es nach einem raschen Blick auf den Salon, wo sich in diesem Augenblick die Gesellschaft befand, beurteilen können. Ein hübscher Teppich aus Aubusson, Vorhänge aus grauem Baumwollköper, besetzt mit grünseidenen Borten, Malereien nach den Wäldern von Spaa, eine Möbelgarnitur aus geschnitztem Mahagoni, bezogen mit grauem Kaschmir, auf dem grüne Posamenten saßen, und Blumentische, die trotz der Jahreszeit voller Blumen waren, ergaben ein Gesamtbild, das dem Auge angenehm war. Die grünseidenen Fenstergardinen, die Kaminverzierung und die Rahmen der Spiegel waren frei von jenem falschen Geschmack, der in der Provinz alles verdirbt; 320 und schließlich gaben die geringsten Einzelheiten in ihrer Eleganz und Sauberkeit der Seele und dem Blick Ruhe, und zwar durch jene Poesie, die eine liebende und geistvolle Frau in ihren Haushalt einführen kann und soll.

Frau Séchard, die noch wegen ihres Vaters in Trauer war, arbeitete am Kamin an einer Stickereiarbeit, wobei Frau Kolb, die Haushälterin, auf die sie sich in allen Einzelheiten der Verwaltung des Hauses verließ, ihr half. In dem Augenblick, in dem der Wagen die ersten Häuser von Marsac erreichte, vermehrte sich die gewöhnliche Gesellschaft der Verberie um Courtois, den Müller, der seine Frau verloren hatte und sich vom Geschäft zurückziehen wollte; er hoffte, seinen Besitz, auf den Eva Wert zu legen schien, und Courtois wußte warum, gut zu verkaufen.

»Da macht ein Wagen halt!« sagte Courtois, als er an der Tür das Geräusch der Räder hörte; »und nach dem Eisen kann man annehmen, daß er aus der Gegend ist ...« – »Es wird ohne Zweifel Postel mit seiner Frau sein, die uns aufsuchen«, sagte der Arzt. »Nein«, sagte Courtois, »der Wagen kommt von Mansle her.« – »Gnädige Frau«, sagte Kolb, der große und dicke Elsässer, den wir kennen (siehe ›Verlorene Illusionen‹), »hier ist ain Anwalt aus Baris, der den Herrn ßu sprechen winscht.«

»Ein Anwalt? ...« rief Séchard. »Das Wort gibt mir eine Kolik.« – »Danke«, sagte der Bürgermeister von Marsac, der Cachan hieß und zwanzig Jahre lang in Angoulême Anwalt gewesen war; er hatte ehedem den Auftrag gehabt, Séchard zu verfolgen. »Mein armer David wird sich nicht ändern, er wird immer zerstreut sein!« sagte Eva lächelnd. »Ein Pariser Anwalt?« sagte Courtois. »So haben Sie in Paris Geschäfte?« – »Nein«, sagte Eva. »Sie haben einen Bruder dort«, bemerkte Courtois. »Wenn es sich nur nicht um den Nachlaß des Vaters Séchard handelt«, sagte Cachan. »Der gute Mann hat verdächtige Geschichten gemacht! ...«

Als Corentin und Derville eintraten, baten sie, nachdem sie die Gesellschaft begrüßt und ihre Namen genannt hatten, Frau Séchard und ihren Gatten unter vier Augen sprechen zu dürfen. »Gern«, sagte Séchard; »aber handelt es sich um Geschäfte?« – »Einzig um den Nachlaß Ihres Herrn Vaters«, erwiderte Corentin. »So erlauben Sie, daß der Herr Bürgermeister, ein ehemaliger Anwalt von Angoulême, der Unterredung beiwohnt.« – »Sie sind Herr Derville? ...« sagte Cachan, indem er Corentin ansah. »Nein, das ist der Herr hier«, erwiderte Corentin, indem er auf den Anwalt zeigte, der grüßte.

»Aber«, sagte Séchard, »wir sind in der Familie, wir haben vor unsern Nachbarn kein Geheimnis, wir brauchen nicht erst in mein Arbeitszimmer zu gehen, dort ist nicht geheizt ... Unser Leben liegt vor aller Augen ...« – »Das Ihres Herrn Vaters«, sagte Corentin, »barg einige Geheimnisse, die bekanntzumachen Ihnen vielleicht nicht angenehm wäre.« – »Ist es denn etwas, wovor wir erröten müßten? ...« fragte Eva beängstigt. »O nein, es ist eine Jugendsünde«, sagte Corentin, indem er mit größter Kaltblütigkeit eine seiner tausend Mausefallen aufstellte. »Ihr Herr Vater hat Ihnen einen älteren Bruder gegeben ...« – »Oh, der alte Drucker!« rief Courtois. »Er liebte Sie nicht gerade, Herr Séchard, und das hat er Ihnen aufgespart, der Duckmäuser! ... Ah, ich verstehe jetzt, was er meinte, als er zu mir sagte: ›Sie werden schöne Geschichten erleben, wenn ich begraben bin!‹« – »Oh, beruhigen Sie sich«, sagte Corentin zu

Séchard, indem er Eva mit einem Seitenblick studierte. »Einen Bruder!«
rief der Arzt; »aber da wird ja der Nachlaß geteilt!«

Derville tat, als besähe er sich die schönen Stiche vor der Schrift, die
auf den Wandfüllungen des Salons hingen.

»Beruhigen Sie sich, gnädige Frau«, wiederholte Corentin, als er sah,
welche Überraschung auf Frau Séchards schönem Gesicht erschien, »es
handelt sich nur um ein natürliches Kind. Die Rechte eines natürlichen
Kindes sind nicht die eines ehelichen. Dieses Kind ist im tiefsten Elend;
es hat Anspruch auf eine Summe, die sich nach der Höhe der Erbschaft
richtet. Die Millionen, die Ihr Herr Vater hinterlassen hat ...«

Bei diesem Wort ›Millionen‹ erhob sich im Salon ein Schrei von
vollster Einstimmigkeit. In diesem Augenblick prüfte Derville nicht mehr
die Stiche.

»Der Vater Séchard Millionen? ...« sagte der dicke Courtois. »Wer
hat Ihnen das gesagt? Irgendein Bauer ...« – »Herr«, sagte Cachan, »Sie
gehören nicht zum Fiskus, und also kann man Ihnen sagen, wie es
steht ...« – »Seien Sie ganz ruhig«, erwiderte Corentin, »ich gebe Ihnen
mein Ehrenwort, daß ich kein Fiskalbeamter bin.« Cachan, der allen einen
Wink gegeben hatte, daß man schweigen sollte, ließ sich eine Bewegung
der Zufriedenheit entfahren. »Und wäre es auch nur eine Million«, fuhr
Corentin fort, »so wäre der Anteil des natürlichen Sohnes noch eine
schöne Summe. Wir kommen nicht, um einen Prozeß zu beginnen, wir
kommen vielmehr, um Ihnen vorzuschlagen, daß Sie uns hunderttausend
Franken geben, und dann fahren wir nach Hause ...« – »Hunderttausend
Franken!« rief Cachan, indem er Corentin unterbrach. »Aber der Vater
Séchard hat zwanzig Morgen Weinland, fünf kleine Meierhöfe, zehn
Morgen Wiesen und keinen Heller dabei hinterlassen!«

»Um nichts in der Welt«, rief David Séchard, indem er dazwischentrat,
»möchte ich eine Lüge sagen, Herr Cachan, und noch weniger in Geld-
dingen als in andern ...« Er wandte sich zu Derville und Corentin: »Mein
Vater hat uns außer den liegenden Gütern ...« Courtois und Cachan
mochten Séchard noch so sehr winken, er fuhr fort: »... Dreihunderttausend Franken hinterlassen, so daß die Hinterlassenschaft sich auf etwa
fünfmalhunderttausend Franken belauft.« – »Herr Cachan«, sagte Eva
Séchard, »welchen Anteil gibt das Gesetz dem natürlichen Sohn?« –
»Gnädige Frau«, sagte Corentin, »wir sind keine Türken, wir bitten Sie
nur, uns vor diesen Herren zu beschwören, daß Sie aus der Erbschaft

Ihres Schwiegervaters nicht mehr als hunderttausend Taler in bar erhalten haben, und wir werden uns verständigen.«

»Geben Sie zunächst Ihr Ehrenwort«, sagte der ehemalige Anwalt aus Angoulême zu Derville, »daß Sie Anwalt sind.« – »Hier ist mein Paß«, erwiderte Derville, indem er Cachan ein viermal gefaltetes Papier hinreichte; »und der Herr hier ist nicht, wie Sie glauben könnten, ein Generalinspektor des Fiskus, beruhigen Sie sich. Wir hatten nur ein schwerwiegendes Interesse daran, die Wahrheit über den Nachlaß Séchards zu erfahren, und wir kennen sie …«

Derville nahm Frau Eva bei der Hand und führte sie sehr höflich in den Hintergrund des Salons. »Gnädige Frau«, sagte er mit leiser Stimme, »wenn nicht die Ehre und die Zukunft des Hauses Grandlieu an dieser Frage interessiert wären, hätte ich mich nicht zu dieser Kriegslist hergegeben, die dieser dekorierte Herr erfunden hat; aber Sie werden ihn entschuldigen, es handelte sich darum, die Lüge aufzudecken, mit deren Hilfe Ihr Herr Bruder diese große Familie hintergangen hat. Hüten Sie sich jetzt, etwa den Glauben zu erwecken, als hätten Sie Ihrem Herrn Bruder zwölfhunderttausend Franken gegeben, um die Ländereien von Rubempré zu kaufen …« – »Zwölfmalhunderttausend Franken!« rief Frau Séchard erbleichend. »Und woher hat er sie genommen, der Unglückliche?« – »Ach«, sagte Derville, »ich fürchte, die Quelle dieses Vermögens wird recht unsauber sein.«

Eva hatte Tränen in den Augen, die ihre Nachbarn bemerkten. »Wir haben Ihnen vielleicht einen großen Dienst geleistet«, sagte Derville zu ihr, »indem wir Sie hinderten, sich an einer Lüge zu beteiligen, deren Folgen sehr gefährlich sein könnten.«

Derville verließ Frau Séchard, die bleich und mit Tränen auf den Wangen dasaß, und grüßte die Gesellschaft. »Nach Mansle!« sagte Corentin zu dem Burschen, der den Wagen fuhr.

Die Post von Bordeaux nach Paris, die nachts durchkam, hatte einen freien Platz: Derville bat Corentin, ihm zu erlauben, daß er ihn benutzte, indem er seine Geschäfte einwandte; aber im Grunde mißtraute er seinem Reisegefährten, dessen diplomatische Geschicklichkeit und Kaltblütigkeit ihm gewohnheitsmäßig zu sein schienen. Corentin mußte drei Tage in Mansle bleiben, da er keine Gelegenheit zur Reise fand; er mußte erst nach Bordeaux schreiben, um einen Platz zu belegen, und erst neun Tage nach seinem Aufbruch konnte er nach Paris zurückkehren.

Während dieser Zeit ging Peyrade jeden Tag, sei es in Passy, sei es in Paris, in Corentins Haus, um nachzusehen, ob er zurückgekehrt wäre. Am achten Tage ließ er in beiden Wohnungen einen Brief zurück, der in Chiffern geschrieben war; er setzte seinem Freund auseinander, welche Todesart ihm drohte, wie Lydia entführt worden war, und welchem grauenhaften Schicksal seine Feinde ihn aufbewahrten. Peyrade, der hier angegriffen wurde, wie bisher nur er angegriffen hatte, blieb, von Corentin im Stich gelassen, aber von Contenson unterstützt, darum nicht minder in seinem Nabobskostüm. Hatten seine unsichtbaren Feinde ihn auch entdeckt, so dachte er doch verständigerweise einige Aufklärungen erlangen zu können, wenn er auf dem Schlachtfeld blieb. Contenson hatte all seine Bekanntschaften auf Lydias Spur geschickt, er hoffte das Haus zu entdecken, in dem sie verborgen war; aber von Tag zu Tag, von Stunde zu Stunde steigerte die Unmöglichkeit, irgend etwas zu erfahren, die sich immer deutlicher zeigte, Peyrades Verzweiflung. Der alte Spion ließ sich von einer Garde umgeben, die aus den zwölf oder fünfzehn geschicktesten Agenten bestand. Man überwachte die Umgebung der Rue des Moineaux und der Rue Taitbout, wo er als Nabob bei Frau du Val-Noble lebte. Während der drei letzten Tage der verhängnisvollen Frist, die Asien ihm gewährt hatte, um Lucien auf dem alten Fuß im Hotel Grandlieu wieder Eingang zu verschaffen, verließ Contenson den Veteranen des alten Generalpolizeiamtes nicht. So heftete sich die Poesie der Angst, die die Listen feindlicher Stämme im Herzen der amerikanischen Wälder verbreiteten und die Cooper so sehr ausgenutzt hat, an die kleinsten Einzelheiten des Pariser Lebens. Die Vorübergehenden, die Läden, die Wagen, irgendeine Person, die an einem Fenster stand, all das bot den menschlichen Nummern, denen die Verteidigung des alten Peyrade, für den es sich um sein Leben handelte, anvertraut war, das ungeheure Interesse, das in Coopers Romanen ein Baumstamm, ein Biberbau, ein Fels, die Hauer eines Bisons, ein regungsloses Boot und eine Laubkrone über dem Wasser bieten.

»Wenn der Spanier fort ist, haben Sie nichts zu fürchten«, sagte Contenson zu Peyrade, indem er ihn auf die tiefe Ruhe aufmerksam machte, deren sie genossen. »Und wenn er nicht fort ist?« erwiderte Peyrade. »Er hat einen meiner Leute hinter seiner Kalesche mitgenommen; aber der Mann war in Blois gezwungen, abzusteigen, und konnte dann den Wagen nicht wieder einholen.«

Fünf Tage nach Dervilles Rückkehr empfing Lucien eines Morgens Rastignacs Besuch. »Mein Lieber«, sagte der zu ihm, »ich bin in Verzweiflung, weil man mir wegen unserer intimen Bekanntschaft eine Verhandlung anvertraut hat. Deine Heirat ist abgebrochen, ohne daß du hoffen kannst, sie je wieder anzuknüpfen. Setze keinen Fuß mehr ins Hotel Grandlieu. Um Klotilde zu heiraten, mußt du den Tod ihres Vaters abwarten, und er ist zu sehr Egoist geworden, um so bald zu sterben. Die alten Whistspieler sitzen lange an ihrem Tisch. Klotilde wird mit Magdalene von Lenoncourt nach Italien reisen. Das arme Mädchen liebt dich so sehr, mein Lieber, daß man sie hat überwachen müssen; sie wollte dich besuchen, sie hatte ihren kleinen Fluchtplan fertig ... Das ist ein Trost in deinem Unglück.«

Lucien erwiderte nichts; er sah Rastignac an. »Ist es schließlich ein Unglück? ...« fuhr sein Landsmann fort; »du wirst leicht ein anderes, ebenso vornehmes Mädchen finden, das schöner ist als Klotilde! ... Frau von Sérizy wird dich aus Rache verheiraten; sie hat die Grandlieus nie leiden können, denn sie haben sie nie empfangen wollen; sie hat eine Nichte, die kleine Clementia du Rouvre ...« – »Mein Lieber«, erwiderte Lucien endlich, »seit unserem letzten Souper stehe ich mich nicht gut mit Frau von Sérizy; sie hat mich in Esthers Loge gesehen, sie hat mir eine Szene gemacht, und ich habe mich nicht dagegen gewehrt.« – »Eine Frau von mehr als vierzig Jahren überwirft sich nicht auf lange mit einem so schönen jungen Menschen, wie du es bist«, entgegnete Rastignac. »Ich kenne diese Sonnenuntergänge ein wenig! ... Am Horizont dauert das zehn Minuten, im Herzen einer Frau zehn Jahre.« – »Ich erwarte jetzt seit acht Tagen einen Brief von ihr.« – »Geh hin.« – »Nun wird es wohl nötig sein.« – »Kommst du wenigstens zur Val-Noble? Ihr Nabob erwidert Nucingen sein Souper.« – »Ich bin eingeladen und werde kommen«, sagte Lucien mit ernster Stimme.

Am Tage nach der Bestätigung seines Unglücks, über das Asien Carlos sofort berichtete, ging Lucien mit Rastignac und Nucingen zu dem falschen Nabob.

Um Mitternacht vereinigte Esthers ehemaliger Speisesaal fast alle Persönlichkeiten dieses Dramas, dessen Interesse, versteckt unter dem Bett dieser gießbachähnlichen Existenzen, nur Esther, Lucien, Peyrade, dem Mulatten Contenson und Paccard bekannt war, welch letzterer kam, um seine Herrin zu bedienen. Asien war, ohne daß Peyrade und Contenson etwas davon wußten, von Frau du Val-Noble gebeten worden, ihrer Köchin zu Hilfe zu kommen. Als man sich zu Tische setzte, fand Peyrade, der Frau du Val-Noble fünfhundert Franken gegeben hatte, damit sie ihre Sache gut machen konnte, in seiner Serviette einen kleinen Zettel, auf dem er diese mit Bleistift geschriebenen Worte las: ›Die zehn Tage laufen in dem Augenblick ab, in dem Sie sich zu Tische setzen.‹ Peyrade reichte Contenson, der hinter ihm stand, das Papier und sagte auf englisch: »Hast du da meinen Namen hineingesteckt?«

Contenson las dieses Menetekel beim Kerzenlicht und steckte das Papier in die Tasche; aber er wußte wohl, wie schwer es ist, eine Bleistiftschrift zu identifizieren, zumal wenn der ganze Satz in Majuskeln geschrieben ist, das heißt mit sozusagen mathematischen Linien, denn die großen Buchstaben bestehen einzig aus Kurven und Geraden, in denen man die Gewohnheiten der Hand unmöglich erkennen kann, wie in der sogenannten Kursivschrift.

Es war ein Souper ohne Heiterkeit. Peyrade war sichtlich geistesabwesend. Von den jungen Lebemännern, die ein Souper zu erheitern verstanden, waren nur Lucien und Rastignac da. Lucien war traurig und nachdenklich. Rastignac hatte vor dem Souper zweitausend Franken verloren und aß und trank mit dem Gedanken, sie nach dem Souper wieder einzubringen. Die drei Frauen, denen diese Kühle auffiel, sahen sich an. Die Langweile beraubte die Speisen ihres Wohlgeschmacks. Es geht mit den Soupers wie mit den Theaterstücken und Büchern, sie haben ihre Schicksale.

Am Schluß des Soupers trug man Eis mit Früchten auf. Jedermann weiß, daß da auf dem Eis kleine, sehr feine eingemachte Früchte liegen; das Ganze wird in Gläsern serviert, ohne nach pyramidalem Aufbau zu streben. Dieses Eis hatte Frau du Val-Noble bei Tortoni bestellt, dessen berühmter Laden an der Ecke der Rue Taitbout und des Boulevards liegt. Die Köchin ließ den Mulatten rufen, um die Rechnung des Eishändlers zu bezahlen. Contenson, dem die Forderung des Burschen ungewöhnlich vorkam, eilte hinunter und fuhr ihn mit diesen Worten an: »Sind Sie denn nicht von Tortoni? ...« Und er sprang auf der Stelle wieder hinauf.

Aber Paccard hatte diese Abwesenheit bereits benutzt, um das Eis unter die Gäste zu verteilen. Kaum erreichte der Mulatte die Tür der Wohnung, so rief einer der Agenten, die die Rue des Moineaux überwachten, die Treppe hinauf: »Nummer siebenundzwanzig.« – »Was gibt es?« erwiderte Contenson, indem er mit großer Geschwindigkeit von neuem hinabeilte. »Sagen Sie dem Papa, daß seine Tochter nach Hause gekommen ist; und in was für einem Zustand, großer Gott! Er soll kommen, sie stirbt!«

In dem Augenblick, als Contenson in den Speisesaal trat, schluckte der alte Peyrade, der übrigens viel getrunken hatte, die kleine Kirsche hinunter, die oben auf seinem Eis gelegen hatte. Man brachte Frau du Val-Nobles Gesundheit aus; der Nabob füllte sein Glas mit sogenanntem Kapwein und leerte es. So sehr Contenson auch die Nachricht, die er 329 Peyrade geben sollte, verwirrte, so fiel ihm doch, als er eintrat, auf, mit welcher Spannung Paccard den Nabob ansah. Die beiden Augen des Dieners der Frau von Champy glichen zwei starren Flammen. Diese Beobachtung durfte jedoch trotz ihrer Wichtigkeit den Mulatten nicht aufhalten, und er neigte sich zu seinem Herrn hinab, als Peyrade gerade sein leeres Glas wieder auf den Tisch stellte.

»Lydia ist zu Hause«, sagte Contenson, »und zwar in recht traurigem Zustande.« Peyrade stieß den französischsten aller französischen Flüche aus, und noch dazu in so ausgesprochen südländischem Ton, daß auf den Gesichtern der Gäste das tiefste Staunen erschien. Als er seinen Fehler bemerkte, gestand Peyrade seine Verkleidung ein, indem er Contenson in gutem Französisch zurief: »Schnell einen Wagen! ... Ich räume das Feld.«

Jedermann stand vom Tische auf. »Wer sind Sie denn?« rief Lucien. »Cha!« sagte der Baron. »Bixiou hatte behauptet, Sie spielten den Engländer besser als er, und ich wollte es nicht glauben«, sagte Rastignac. »Das ist irgendein entdeckter Bankrotteur«, sagte du Tillet mit lauter Stimme; »ich hatte es doch geahnt! ...«

»Was für eine merkwürdige Stadt Paris ist! ...« sagte Frau du Val-Noble. »Ein Kaufmann, der in seinem Quartier Bankrott gemacht hat, taucht im selben Quartier ungestraft als Nabob und auf den Champs Elysées als Dandy auf! ... Oh, ich habe Unglück, das Fallissement ist mein Ungeziefer!« – »Man sagt, alle Blumen hätten ihr Ungeziefer«, sagte Esther ruhig; »meins gleicht dem der Kleopatra, der Natter.«

»Was ich bin? ...« sagte Peyrade an der Tür. »Ah, das sollen Sie erfahren! Denn wenn ich sterbe, so werde ich aus meinem Grabe kommen und Sie jede Nacht an den Beinen ziehen!« Bei diesen letzten Worten 330 sah er Esther und Lucien an; dann benutzte er das allgemeine Staunen, um mit äußerster Behendigkeit zu verschwinden, da er nach Hause laufen wollte, ohne auf den Fiaker zu warten.

Auf der Straße hielt Asien, die in einen Umhang gehüllt war, wie ihn damals die Frauen trugen, wenn sie vom Ball kamen, den Spion auf der Schwelle der Einfahrt am Arm zurück.

»Schicke nach den Sakramenten, Papa Peyrade«, sagte sie mit jener Stimme, die ihm das Unglück schon prophezeit hatte. Ein Wagen stand bereit, Asien sprang hinein und verschwand, als hätte der Wind sie entführt. Es waren fünf Wagen vorhanden; Peyrades Leute konnten nichts erfahren.

Als Corentin in sein Landhaus kam – es lag an einer der verstecktesten und lachendsten Stellen der kleinen Stadt Passy, in der Rue des Vignes, wo man ihn für einen Kaufmann hielt, den die Leidenschaft der Gärtnerei verzehrte –, fand er die Chiffern seines Freundes Peyrade. Statt sich auszuruhen, stieg er sofort wieder in den Wagen, der ihn hinausgefahren hatte, und ließ sich in die Rue des Moineaux bringen, wo er nur Katt vorfand. Er erfuhr von der Flamländerin, wie Lydia verschwunden war, und er erstaunte darüber, daß er und Peyrade einen solchen Mangel an Voraussicht gezeigt hatten. ›Sie kennen mich noch nicht‹, sagte er bei sich selber. ›Diese Leute sind zu allem imstande; ich muß erfahren, ob sie Peyrade umbringen, denn dann werde ich mich nicht mehr zeigen …‹

Je ehrloser das Leben eines Menschen ist, um so mehr hängt er an ihm; es ist dann gleichsam ein Protest, eine Rache, die unablässig wirkt. Corentin eilte hinunter und nach Hause, um sich in einen kleinen leidenden Greisen mit grünlichem Rock und Queckenperücke zu verkleiden. Dann kehrte er, getrieben von seiner Freundschaft für Peyrade, zu Fuß zurück. Er wollte seinen ergebensten und gewandtesten Nummern Befehle erteilen. Als er die Rue Saint-Honoré entlang ging, um von der Place Vendôme aus in die Rue Saint-Roche einbiegen zu können, kam er hinter ein Mädchen in Pantoffeln, das gekleidet war, wie eine Frau sich für die Nacht anzieht. Das Mädchen, das eine weiße Nachtjacke und auf dem Kopf eine Nachthaube trug, stieß von Zeit zu Zeit ein Schluchzen aus, das von unwillkürlichen Klagen unterbrochen wurde; Corentin ging um einige Schritte an ihr vorbei und erkannte Lydia.

»Ich bin der Freund Ihres Vaters, des Herrn Canquoelle«, sagte er mit seiner natürlichen Stimme. »Ah, einer, dem ich vertrauen kann! …« sagte sie. »Lassen Sie sich nicht merken, daß Sie mich kennen«, fuhr Corentin fort, »denn wir werden von grausamen Feinden verfolgt und sind gezwungen, uns zu verkleiden. Aber erzählen Sie mir, was Ihnen geschehen ist …« – »Oh«, sagte das arme Mädchen, »das sagt man und erzählt es nicht ... Ich bin entehrt und verloren, ohne daß ich mir erklären kann, wie ...« – »Woher kommen Sie?« – »Ich weiß es nicht. Ich bin in solcher Hast entsprungen; ich bin durch soviel Straßen und Umwege gelaufen, weil ich glaubte, ich würde verfolgt ... Und wenn ich einem anständigen Menschen begegnete, fragte ich ihn nach dem Weg zu den Boulevards, um in die Rue de la Paix zu kommen. Und als ich schließlich ... Wie spät ist es?« – »Halb zwölf!« sagte Corentin. »Ich bin mit Einbruch der Nacht fortgelaufen, ich bin also fünf Stunden unterwegs! ...« rief Lydia.

»Kommen Sie, Sie sollen sich ausruhen, Sie werden Ihre gute Katt finden ...« – »Oh, für mich gibt es keine Ruhe mehr! Ich will keine andere Ruhe mehr als die des Grabes! Und ich will sie in einem Kloster erwarten, wenn man mich der Aufnahme für würdig hält ...« – »Arme Kleine! Sie haben lange Widerstand geleistet?« – »Ja. Wenn Sie wüßten, unter was für verworfene Geschöpfe man mich gebracht hat ...« – »Man hat Sie ohne Zweifel eingeschläfert?« – »Ach, das ist es!« sagte die arme Lydia. »Noch ein wenig Kraft, und ich erreiche das Haus. Ich fühle, daß ich schwach werde, und meine Gedanken sind nicht sehr klar ... Eben glaubte ich, ich wäre in einem Garten ...«

Corentin nahm Lydia auf die Arme, in denen sie ohnmächtig wurde, und trug sie die Treppe hinauf. »Katt!« rief er. Katt erschien und stieß einen Freudenruf aus. »Freuen Sie sich nicht übereilt!« sagte Corentin sentenziös; »das junge Mädchen ist sehr krank.«

Als Lydia auf ihr Bett gelegt worden war, als sie beim Licht zweier Kerzen, die Katt entzündet hatte, ihr Zimmer erkannte, befiel sie das Delirium. Sie sang zu anmutigen Melodien Ritornelle und wiederholte dann gewisse scheußliche Worte, die sie gehört hatte. Ihr schönes Gesicht war mit violetten Tönen marmoriert. Sie mischte die Erinnerungen ihres so reinen Lebens unter die dieser zehn Tage der Gemeinheit. Katt weinte. Corentin ging im Zimmer auf und ab, indem er von Zeit zu Zeit stehen blieb, um Lydia anzusehen.

»Sie zahlt für ihren Vater!« sagte er. »Sollte es eine Vorsehung geben? Oh, wie recht hatte ich, als ich keine Familie haben wollte ... Ein Kind, auf Ehre, das ist, wie ich weiß nicht welcher Philosoph sagt, ein Unterpfand, das man dem Unglück gibt! ...«

»Oh«, sagte das arme Kind, indem es sich aufsetzte und seine schönen Haare herabrollen ließ, »statt hier zu liegen, Katt, sollte ich auf dem Boden der Seine im Sande liegen ...« – »Katt, statt zu weinen und Ihr

Kind anzustarren, denn davon wird sie nicht gesund, sollten Sie einen Arzt holen, den vom Stadthaus zunächst und dann die Herren Desplein und Bianchon ... Wir müssen dieses unschuldige Geschöpf retten ...« 333 Und Corentin schrieb die Adressen der beiden berühmten Doktoren auf.

In diesem Augenblick stieg ein Mensch die Treppe hinauf, dem alle Stufen vertraut waren; die Tür tat sich auf, und in Schweiß, mit violettem Gesicht, mit fast blutigen Augen, keuchend wie ein Delphin, sprang Peyrade in Lydias Zimmer und schrie: »Wo ist meine Tochter?«

Er sah eine traurige Geste Corentins; Peyrades Blick folgte der Geste. Man kann Lydias Zustand nur mit dem einer Blume vergleichen, die ein Liebhaber liebevoll gepflegt hat, die von ihrem Stengel gefallen ist, und die der eisenbeschlagene Schuh eines Bauern zertrat. Man übertrage dieses Bild in das Herz eines Vaters, und man wird begreifen, welchen Schlag Peyrade erhielt; dicke Tränen traten ihm in die Augen.

»Es weint jemand: das ist mein Vater«, sagte das Kind. Lydia konnte ihren Vater noch erkennen; sie hob sich auf und warf sich dem Greisen vor die Füße, als er eben in einen Sessel sank. »Vergib, Vater! ...« sagte sie mit einer Stimme, die Peyrade in ebendem Augenblick ins Herz drang, als er etwas wie einen Keulenschlag auf dem Schädel fühlte. »Ich sterbe ... Ach! Die Schufte! ...« Das war sein letztes Wort.

Corentin wollte seinen Freund stützen; er hörte nur seinen letzten Seufzer. ›Tod durch Gift! ...‹ sagte Corentin bei sich selber. »Ah, da kommt der Arzt«, rief er, als er das Geräusch eines Wagens hörte.

Contenson, der, seiner Mulattenfarbe entledigt, eintrat, blieb wie in Bronze verwandelt stehen, als er Lydia sagen hörte: »Du vergibst mir nicht, Vater? ... Es ist nicht meine Schuld!«

Sie merkte nicht, daß ihr Vater tot war. »Oh, was für Augen er mir macht!« sagte die arme Irre. 334

»Wir müssen sie ihm zudrücken«, sagte Contenson, indem er Peyrade aufs Bett trug. »Wir machen eine Dummheit«, sagte Corentin: »wir müssen ihn in seine Wohnung hinübertragen; seine Tochter ist halb wahnsinnig; sie würde es ganz werden, wenn sie seinen Tod bemerkte, sie würde glauben, sie hätte ihn getötet.« Als Lydia ihren Vater forttragen sah, blieb sie stumpfsinnig stehen.

»Da liegt mein einziger Freund! ...« sagte Corentin; er schien bewegt, als Peyrade in seinem Zimmer auf dem Bett ausgebreitet war. »Er hatte in seinem ganzen Leben nur einen habsüchtigen Gedanken, und der galt seiner Tochter! ... Laß dir das als Beispiel dienen, Contenson. Jeder Stand hat seine Ehre. Peyrade hat unrecht daran getan, sich in Privatdinge einzumischen; wir durften uns nur mit öffentlichen Angelegenheiten befassen. Aber was auch geschehen mag, ich schwöre«, sagte er mit einem Ton, einem Blick und einer Geste, die Contenson mit Entsetzen erfüllten, »meinen armen Peyrade zu rächen! Ich werde die Urheber seines Todes und der Schande seiner Tochter entdecken! ... Und bei meinem eigenen Egoismus, bei den wenigen Tagen, die mir noch bleiben und die ich für diese Rache aufs Spiel setze, all diese Leute da sollen ihr Leben um vier Uhr morgens in voller Gesundheit, um ihren Kopf verkürzt, auf dem Richtplatz beschließen!« – »Und ich werde Ihnen dabei helfen!« sagte Contenson bewegt.

Nichts ist an erregender Wirkung zu vergleichen mit dem Schauspiel der Leidenschaft bei einem kühlen, beherrschten, methodischen Menschen, in dem seit zwanzig Jahren niemand die geringste Gefühlsregung erlebte. Es ist die Eisenstange, die schmilzt und alles zum Schmelzen bringt, dem sie begegnet. Contenson fühlte einen Aufruhr in seinem
Innersten. »Der arme Vater Canquoelle!« sagte er mit einem Blick auf Corentin; »er hat mich oft bewirtet ... Und sehen Sie – so etwas versteht nur ein lasterhafter Mensch –, er hat mir oft zehn Franken gegeben, damit ich zum Spiel gehen konnte ...«

Nach dieser Leichenrede gingen die beiden Rächer Peyrades zu Lydia hinüber, da sie Katt und den Arzt der Bürgermeisterei auf der Treppe hörten.

»Geh zum Polizeikommissar«, sagte Corentin, »der Staatsanwalt würde hier nicht die Grundlage zu einer Verfolgung finden; aber wir werden einen Bericht bei der Präfektur einreichen, das kann vielleicht zu etwas dienen. – Herr Doktor«, sagte er zu dem Arzt des Bürgermeisteramtes, »Sie werden in diesem Zimmer einen Toten finden. Ich halte seinen Tod nicht für einen natürlichen; Sie werden die Obduktion in Gegenwart des Herrn Polizeikommissars vornehmen, der auf meine Bitte gleich kommen wird. Versuchen Sie, die Spuren des Giftes zu finden; übrigens werden Ihnen in wenigen Augenblicken die Herren Desplein und Bianchon zu Hilfe kommen, die ich berufen habe, um die Tochter meines besten Freundes zu untersuchen; sie ist in schlimmerem Zustand als ihr Vater, obgleich er tot ist ...«

»Ich brauche diese Herren nicht«, sagte der Amtsarzt, »um zu tun, was meines Amtes ist ...« ›Ah, gut!‹ dachte Corentin. »Lassen Sie uns daran keinen Anstoß nehmen, Herr Doktor«, fuhr er laut fort. »Dies ist in Kürze meine Meinung: Die, die den Vater getötet haben, haben auch die Tochter entehrt.«

Beim Licht war Lydia schließlich ihrer Ermattung erlegen: sie schlief, als der berühmte Chirurg mit dem jungen Arzt eintraf. Der Totenarzt hatte inzwischen Peyrades Leib geöffnet und suchte nach der Todesursache.

»Würden Sie«, sagte Corentin zu den beiden berühmten Ärzten, »bis man die Kranke geweckt hat, einem Ihrer Kollegen bei einer Feststellung 336 helfen, die sicherlich Interesse für Sie hat? Und Ihre Ansicht wird im Protokoll gleichfalls nicht überflüssig sein.«

»Ihr Vater ist am Schlag gestorben«, sagte der Arzt, »es sind Beweise eines furchtbaren Blutandranges zum Gehirn vorhanden ...« – »Prüfen Sie, meine Herren«, sagte Corentin, »und sehen Sie zu, ob es nicht in der Toxikologie Gifte gibt, die dieselbe Wirkung haben.« – »Der Magen«, sagte der Arzt, »war absolut voll von Speisen; aber wenn man sie nicht auf chemischem Wege findet, sehe ich keinerlei Spuren von Gift.« – »Wenn die Symptome des Blutandrangs zum Gehirn richtig festgestellt sind, so haben wir hier in Anbetracht des Alters der Person eine ausreichende Todesursache«, sagte Desplein, indem er auf die ungeheure Menge von Speisen zeigte.

»Hat er das *hier* gegessen?« fragte Bianchon. »Nein«, sagte Corentin, »er ist vom Boulevard rasch hierher geeilt und hat seine Tochter vergewaltigt vorgefunden ...« – »Das ist das wahre Gift, wenn er seine Tochter liebte«, sagte Bianchon.

»Welches wäre das Gift, das diese Wirkung haben würde?« fragte Corentin, ohne seinen Gedanken aufzugeben. »Es gibt nur eins«, sagte Desplein, nachdem er alles sorgfältig untersucht hatte. »Es ist ein Gift vom Sundaarchipel; es wird noch wenig bekannten Kräutern entnommen, zur Gattung der Strychnos gehörig, die dazu dienen, jene gefährlichen Waffen, die malaiischen Kris, zu vergiften ... Wenigstens sagt man es ...«

Der Polizeikommissar kam; Corentin teilte ihm seinen Verdacht mit und bat ihn, einen Bericht abzufassen, indem er ihm sagte, in welchem Hause und mit welchen Leuten Peyrade gespeist hatte; dann weihte er ihn in das Komplott gegen Peyrades Leben und in die Ursachen des Zustandes ein, in dem Lydia sich befand. Corentin ging in die Zimmer 337 des armen Mädchens hinüber, wo Desplein und Bianchon die Kranke untersuchten; er traf sie jedoch schon auf der Schwelle der Tür.

»Nun, meine Herren?« fragte Corentin. »Bringen Sie das Mädchen in ein Spital. Wenn sie ihre Vernunft nicht bei der Niederkunft zurückerlangt, falls sie überhaupt schwanger wird, so wird sie ihr Leben als Schwersinnige beschließen. Für die Heilung gibt es kein anderes Mittel als das Muttergefühl – wenn es erwacht ...«

Corentin gab jedem der beiden Ärzte zwanzig Franken in Gold und wandte sich dann zu dem Polizeikommissar, der ihn am Ärmel zog.

»Der Arzt behauptet, es sei ein natürlicher Tod«, sagte der Beamte, »und ich kann um so weniger einen Bericht einreichen, als es sich um den Vater Canquoelle handelt; er mischte sich in viele Angelegenheiten, und wir würden niemals wissen, an wen wir geraten ... Solche Leute sterben oft auf Befehl ...« – »Ich heiße Corentin«, sagte Corentin dem Polizeikommissar ins Ohr. Dem Kommissar entschlüpfte eine Bewegung der Überraschung. »Setzen Sie also eine Notiz auf; sie wird später sehr nützlich sein«, fuhr Corentin fort, »und schicken Sie sie nur als vertrauliche Auskunft ein. Das Verbrechen ist nicht zu erweisen, und ich weiß, daß eine Untersuchung beim ersten Schritt niedergeschlagen würde ... Aber ich werde die Schuldigen eines Tages einliefern; ich werde sie überwachen und auf frischer Tat ertappen.« Der Polizeikommissar grüßte Corentin und ging.

»Gnädiger Herr«, sagte Katt, »das Fräulein singt und tanzt nur noch; was soll ich beginnen? ...« – »Ist denn noch etwas hinzugetreten?« – »Sie hat gemerkt, daß ihr Vater gestorben war ...« – »Setzen Sie sie in einen Wagen und bringen Sie sie ganz einfach nach Charenton. Ich werde dem Generalpolizeidirektor des Königreichs einige Worte schreiben, damit sie gut untergebracht wird. Die Tochter in Charenton, der Vater im Massengrab!« sagte Corentin. »Contenson, bestelle den Armenwagen ... Jetzt wir beide, Carlos Herrera! ...« – »Carlos?« sagte Contenson, »der ist in Spanien.« – »Er ist in Paris«, sagte Corentin apodiktisch. »Da haben wir das spanische Genie aus der Zeit Philipps II., aber ich habe Fallen für jedermann, selbst für Könige.«

Fünf Tage nach dem Verschwinden des Nabobs saß Frau du Val-Noble um neun Uhr morgens am Kopfende von Esthers Bett und weinte, denn sie fühlte, daß sie auf einem Hügelhang des Elends stand. »Wenn ich wenigstens hundert Louisdor Rente hätte! Damit, meine Liebe, zieht man sich in irgendeine kleine Stadt zurück und findet einen, der einen heiratet ...« – »Ich kann sie dir verschaffen«, sagte Esther. »Und wie?« rief Frau du Val-Noble. »Oh, auf ganz natürliche Weise.

Höre mich an. Du willst dich vergiften; spiele diese Komödie gut; du läßt Asien kommen und versprichst ihr zehntausend Franken für zwei schwarze Perlen aus sehr dünnem Glas, in denen sich ein Gift befindet, das in einer Sekunde tötet; du bringst sie mir, ich gebe dir fünfzigtausend Franken dafür ...« – »Weshalb verlangst du sie nicht selbst?« fragte Frau du Val-Noble. »Asien würde sie mir nicht verkaufen.« – »Es ist nicht für dich? ...« fragte Frau du Val-Noble. »Vielleicht.« – »Du, die du inmitten der Freude, des Luxus und in einem eigenen Hause lebst! Kurz vor einem Fest, von dem man noch zehn Jahre reden wird, und das Nucingen zwanzigtausend Franken kostet! Man soll, sagt man, im Februar Erdbeeren, Spargel, Trauben und Melonen essen ... Es sollen für tausend Taler Blumen in den Zimmern sein!« – »Was sagst du? Für tausend Taler Rosen sind allein auf der Treppe!« – »Man sagt, deine Toilette koste zehntausend Franken?« – »Ja, mein Kleid ist aus Brüsseler Spitzen, und Delphine, seine Frau, ist wütend. Aber ich wollte die Verkleidung einer Braut haben.« – »Wo sind die zehntausend Franken?« fragte Frau du Val-Noble. »Es ist mein ganzes Kleingeld«, sagte Esther lächelnd. »Öffne meinen Putztisch, sie liegen in meinem Wickelpapier ...« – »Wenn man vom Sterben spricht, begeht man kaum Selbstmord«, sagte Frau du Val-Noble. »Wenn es wäre, um ...« – »Ein Verbrechen zu begehen? Geh!« sagte Esther, indem sie den Gedanken ihrer Freundin, die zögerte, aussprach. »Du kannst ruhig sein«, fuhr sie fort, »ich will niemanden töten. Ich hatte eine Freundin, eine sehr glückliche Frau, sie ist gestorben, ich werde ihr folgen ... Das ist alles.« – »Bist du dumm! ...« – »Was willst du? Wir hatten es uns versprochen.« – »Den Wechsel laß dir protestieren«, sagte die Freundin lächelnd. »Tu, was ich dir sage, und geh. Ich höre einen Wagen kommen; es ist Nucingen, ein Mensch, der vor Glück wahnsinnig werden wird! Er liebt mich ... Weshalb lieben wir nicht die, die uns lieben, denn schließlich tun sie alles, um uns zu gefallen.« – »Ah«, sagte Frau du Val-Noble, »das ist die Geschichte des Herings, der der intrigenreichste aller Fische ist.« – »Weshalb?« – »Nun, man hat es nie in Erfahrung bringen können.« – »Aber geh doch, mein Liebchen, ich muß um deine fünfzigtausend Franken bitten.« – »Also, adieu.«

Seit drei Tagen hatte Esthers Wesen gegenüber dem Baron eine vollständige Wandlung erfahren. Der Affe war zur Katze geworden und die Katze zur Frau. Esther goß Schätze der Herzlichkeit über diesen Greisen aus, sie zeigte sich reizend. Ihre Reden, die jeder Bosheit und jeder Bitterkeit bar waren und voll von zärtlichen Schmeicheleien, hatten die Überzeugung in den Geist des schwerfälligen Bankiers gepflanzt; sie nannte ihn Fritz, er hielt sich für geliebt.

»Mein armer Fritz«, sagte sie, »ich habe dich schwer geprüft, ich habe dich recht gefoltert; du bist wundervoll gewesen in deiner Geduld, du liebst mich, ich sehe es, und ich will dich belohnen. Du gefällst mir jetzt; ich weiß nicht, wie es gekommen ist, aber ich würde dich jetzt einem jungen Manne vorziehen. Vielleicht ist es die Wirkung der Erfahrung. Auf die Dauer merkt man schließlich, daß das Vergnügen das Vermögen der Seele ist, und es ist nicht schmeichelhafter, um des Vergnügens willen geliebt zu werden, als um seines Geldes willen ... Und dann sind die jungen Leute zu egoistisch, sie denken mehr an sich als an uns; während du, du nur an mich denkst. Ich bin dein ganzes Leben. Deshalb will ich auch nichts mehr von dir; ich will dir beweisen, wie uneigennützig ich bin.« – »Ich hab Ihnen noch nix kekeben«, erwiderte der entzückte Baron; »ich kedenke Ihnen morgen traißigtausend Franken Rende ßu pringen ... Das ist main Hochßaitskeschenk.« Esther küßte Nucingen so reizend, daß er auch ohne Pillen erblaßte. »Oh«, sagte sie, »glauben Sie nicht, ich wäre der dreißigtausend Franken Rente wegen so; nur weil ich dich jetzt ... liebe, mein dicker Friedrich! ...« – »O, main Kott, weshalb haben Sie mich keprieft ... ich wäre kewesen so klücklich seit drai Monaden ...« – »Sind sie zu drei oder fünf Prozent, mein Liebling?« fragte Esther, indem sie Nucingen mit der Hand in die Haare fuhr und sie nach ihrer Laune ordnete. »Szu drai ... Ich hadde Mengen davon.«

Der Baron brachte also an diesem Morgen die Staatsschuldscheine; er kam, um mit seinem lieben kleinen Mädchen zu frühstücken und ihre Befehle für den folgenden Tag, den berühmten Sonnabend, den großen Tag, entgegenzunehmen. »Ta, maine glaine Frau, maine ainßige Frau«, sagte der Bankier, dessen Gesicht vom Glück strahlte, freudig, »da haben Sie kenug, um fier den Rest Ihrer Dage die Güchenrechnung ßu peßahlen ...«

Esther nahm die Papiere ohne die geringste Erregung, faltete sie zusammen und legte sie in ihren Putztisch. »Nun sind Sie froh, Sie ungerechtes Ungeheuer«, sagte sie, indem sie Nucingen einen leichten Schlag auf die Wange versetzte, »daß ich endlich etwas von Ihnen annehme. Ich kann Ihnen nicht mehr die Wahrheit sagen, denn ich teile die Frucht dessen, was Sie Ihre Arbeit nennen ... Das ist kein Geschenk, mein armer Bursche, es ist eine Rückzahlung ... Kommen Sie, setzen Sie nicht Ihre

Börsenmiene auf. Du weißt doch, daß ich dich liebe.« – »Maine schöne Esder, main Liebesengel«, sagte der Bankier, »schbrechen Sie nicht mehr so mit mir ... Sehen Sie ... es wäre mir ekal, wenn mich auch die ganße Felt fier ainen Dieb hielte, wenn ich nur in Ihren Auken ain ehrlicher Mann bin ... Ich liebe Sie immer mehr.«

»Das ist mein Plan«, sagte Esther. »Deshalb werde ich dir auch nie wieder etwas sagen, was dir Kummer macht, mein Elefantenliebchen, denn du bist naiv geworden wie ein Kind ... Bei Gott, alter Verbrecher, du hast niemals Unschuld gekannt; die, die du mitbekommen hast, als du zur Welt kamst, mußte doch irgendwann einmal wieder an die Oberfläche steigen; aber sie war so tief versunken, daß sie erst mit über siebzig Jahren wieder hoch gekommen ist ... geführt vom Haken der Liebe ... Diese Erscheinung kommt vor bei Greisen ... Und deshalb mußte ich dich schließlich lieben, du bist jung, sehr jung ... Nur ich werde sagen können, daß ich diesen Friedrich gekannt habe ... nur ich! ... Denn du warst schon mit fünfzehn Jahren Bankier ... Auf der Schule, da mußt du deinen Kameraden eine Spielkugel geborgt haben unter der Bedingung, daß sie dir zwei dafür wiedergäben ...« Sie sprang ihm auf die Knie, als sie ihn lachen sah. »Also mach, was du willst! Mein Gott! Plündere die Menschen ... Komm, ich will dir helfen. Die Menschen lohnen die Mühe nicht, daß man sie liebt. Napoleon tötete sie wie die Fliegen. Ob nun die Franzosen dir oder dem Fiskus Steuern zahlen, was macht ihnen das aus? ... Den Fiskus liebt man nicht, und meiner Treu ... sieh, ich habe es mir genau überlegt, du hast recht ... schere die Schafe, das steht nach Béranger im Evangelium ... Umarme deine ›Esder‹ ... Ah, sag doch, du wirst dieser armen Val-Noble die Möbel der Wohnung in der Rue Taitbout schenken! Und dann wirst du ihr morgen fünfzigtausend Franken überreichen ... Das wird Eindruck machen, siehst du, mein Liebchen. Du hast Falleix getötet, man beginnt, hinter dir her zu schreien ... Solche Großmut wird ganz babylonisch aussehen ... alle Frauen werden von dir reden. Oh! Groß und edel bist in Paris nur du, und die Welt ist einmal so geschaffen, daß man Falleix vergessen wird. So ist das Geld schließlich in Achtung angelegt! ...«

»Du hast recht, main Engel, du gennst die Felt«, erwiderte er, »du sollst main Ratkeber sein.« – »Nun«, fuhr Esther fort, »du siehst, wie ich an die Angelegenheiten meines Mannes, an sein Ansehen, seine Ehre denke ... Lauf, hole mir die fünfzigtausend Franken ...« Sie wollte Herrn von Nucingen loswerden, um einen Wechselagenten kommen zu lassen und die Staatsschuldscheine noch abends an der Börse zu verkaufen. »Und weshalb kleich?« fragte er. »Wahrhaftig, mein Liebster, du mußt sie in einem kleinen Satinkasten überreichen und einen Fächer darein einwickeln. Dann sagst du zu ihr: ›Hier, gnädige Frau, ist ein Fächer, der Ihnen, so hoffe ich, Vergnügen machen wird ...‹ Man hält dich nur für einen Turcaret, du wirst Beaujon in den Schatten stellen!« – »Raizend! raizend!« rief der Baron; »ich soll also kaistraich werden! Ja, ich wiederhole Ihre Worte ...«

In dem Augenblick, als die arme Esther sich setzte, ermüdet von der Anstrengung, die es sie kostete, ihre Rolle zu spielen, trat Europa ein. »Gnädige Frau«, sagte sie, »hier ist ein Kommissionär, den Célestin, Herrn Luciens Kammerdiener, vom Quai Malaquais schickt ...« – »Laß ihn eintreten! ... Aber nein, ich gehe ins Vorzimmer.« – »Er hat einen Brief von Célestin an die gnädige Frau.«

Esther stürzte in das Vorzimmer, sah den Kommissionär an und erkannte in ihm den Kommissionär vom reinsten Wasser. »Sag ihm, er möge herunterkommen«, sagte Esther mit schwacher Stimme, als sie den Brief gelesen hatte und in einen Sessel sank. »Lucien will Selbstmord begehen ...« fügte sie hinzu, indem sie Europa ins Ohr flüsterte. »Zeig ihm übrigens den Brief.«

Carlos Herrera, der noch immer sein Kostüm als Handlungsreisender trug, kam sofort herab, und auf der Stelle fiel sein Blick auf den Kommissionär, als er im Vorzimmer einen Fremden fand. »Du hattest mir doch gesagt, es sei niemand da«, flüsterte er Europa ins Ohr. Und aus übertriebener Vorsicht ging er sofort in den Salon hinüber, nachdem er den Kommissionär prüfend angesehen hatte. Betrüg-den-Tod wußte nicht, daß seit einiger Zeit der berüchtigte Chef des Sicherheitsdienstes, der ihn im Hause Vauquer verhaftet hatte, einen Rivalen besaß, den man als seinen Nachfolger bezeichnete. Dieser Rivale war der Kommissionär.

»Sie haben recht«, sagte der falsche Kommissionär zu Contenson, der ihn auf der Straße erwartete. »Der, den Sie mir geschildert haben, ist im Hause; aber er ist kein Spanier, und ich würde meine Hand dafür ins Feuer legen, daß unter dieser Soutane ein Wild für uns steckt.« – »Er ist sowenig Priester wie er Spanier ist«, sagte Contenson. »Davon bin ich überzeugt«, sagte der Agent der Pariser Nachtbrigade. »Oh, wenn wir recht hätten! ...« rief Contenson.

Lucien war in der Tat zwei Tage fortgeblieben, und man hatte diese Abwesenheit benutzt, um die Falle zu legen; aber noch am Abend kam er, und Esthers Unruhe legte sich.

Am folgenden Tage kam um die Stunde, um die die Kurtisane aus dem Bade stieg und sich noch einmal ins Bett legte, ihre Freundin. »Ich habe die beiden Perlen!« sagte die Val-Noble. »Laß sehen!« sagte Esther, indem sie sich erhob und ihren hübschen Ellbogen in ein spitzenbesetztes Kopfkissen stützte. Frau du Val-Noble reichte ihrer Freundin zwei Kügelchen, die aussahen wie zwei schwarze Johannisbeeren. Der Baron hatte Esther zwei jener Windhunde einer berühmten Rasse geschenkt, die schließlich den Namen des großen zeitgenössischen Dichters erhielt, der ihre Mode aufgebracht hat. Die Kurtisane war sehr stolz auf diesen Besitz und hatte ihnen die Namen ihrer Vorfahren, Romeo und Julia, belassen. Es ist nicht nötig, von der Zierlichkeit, der Weiße und Anmut dieser Tiere zu reden, die für das Zimmer wie geschaffen sind und deren Sitten etwas von der englischen Zurückhaltung haben. Esther rief Romeo; Romeo kam auf seinen Pfoten, die so biegsam und so dünn, so fest und so nervig waren, daß man sie hätte für Stahlfedern halten können, herbeigelaufen und sah seine Herrin an. Esther machte, um seine Aufmerksamkeit zu erregen, eine Bewegung, als wollte sie ihm eine der beiden Perlen zuwerfen. »Sein Name bestimmt ihn einem solchen Tode!« sagte Esther, indem sie die Perle warf; Romeo zerbrach sie zwischen seinen Zähnen. Der Hund stieß keinen Schrei aus; er drehte sich um sich selbst und fiel starr zu Boden. Esther hatte kaum den Satz der Leichenrede beendet.

»Ach, mein Gott!« rief Frau du Val-Noble. »Du hast einen Wagen, nimm Romeo mit«, sagte Esther, »sein Tod würde hier einen ärgerlichen Auftritt zur Folge haben. Ich habe ihn dir geschenkt, du hast ihn verloren, erlaß eine Anzeige. Eile dich, heute abend bekommst du deine fünfzigtausend Franken.«

Das wurde so ruhig, mit so vollkommener Kurtisanenunempfindlichkeit gesagt, daß Frau du Val-Noble ausrief: »Du bist doch unsere Königin!« – »Komm früh und sei schön ...«

Um fünf Uhr abends machte Esther Brauttoilette. Sie zog ihr Spitzenkleid über einen Rock aus weißem Satin, sie legte einen weißen Gürtel und Schuhe aus weißem Satin an und schlang sich um die schönen Schultern einen Schal aus englischen Spitzen. Auf dem Kopf trug sie frische weiße Kamelien, die den Kranz einer jungen Jungfrau nachahmten; auf der Brust ein Perlenkollier, das Nucingen ihr für dreißigtausend Franken gekauft hatte. Obgleich ihre Toilette um sechs Uhr beendet war, schloß sie doch ihre Tür vor jedermann, selbst vor Nucingen. Europa wußte, daß Lucien ins Schlafzimmer geführt werden sollte. Lucien kam gegen sieben; Europa fand Mittel und Wege, ihn zur gnädigen Frau zu führen, ohne daß jemand seine Ankunft bemerkte.

Lucien sagte bei sich, als er Esther erblickte: ›Weshalb nicht mit ihr auf Rubempré leben, fern von der Welt, ohne je nach Paris zurückzukehren? ... Ich habe fünf Jahre Handgeld auf ein solches Leben, und das liebe Geschöpf würde sich niemals Lügen strafen! ... Wo finde ich ein zweites solches Meisterwerk?‹

»Mein Freund, du, aus dem ich meinen Gott gemacht habe«, sagte Esther, indem sie vor Lucien auf einem Kissen niederkniete, »segne mich!« Lucien wollte Esther aufheben, um sie zu küssen und ihr zu sagen: ›Was soll dieser Scherz, meine Liebe?‹ Und er versuchte, Esther um die Hüften zu fassen; sie aber machte sich in einer Bewegung frei, die ebensoviel Ehrfurcht wie Abscheu verriet. »Ich bin deiner nicht mehr würdig, Lucien«, sagte sie, während ihr Tränen in den Augen rollten. »Ich flehe dich an, segne mich und schwöre mir, daß du im Spital eine Stiftung von zwei Betten errichten willst ... Denn was die Gebete in der Kirche angeht, so wird Gott nur mir selbst vergeben ... Ich habe dich zu sehr geliebt, mein Freund. Sag mir nur, daß ich dich glücklich gemacht habe, und daß du bisweilen an mich denken willst ... sag es!«

Lucien bemerkte bei Esther soviel feierliche Aufrichtigkeit, daß er nachdenklich wurde. »Du willst dich töten!« sagte er endlich mit einem Ton in der Stimme, der auf tiefes Sinnen deutete. »Nein, mein Freund; aber heute, siehst du, stirbt die reine, keusche, liebende Frau, die du gehabt hast ... und ich fürchte, der Kummer werde mich töten.« – »Armes Kind, warte!« sagte Lucien; »ich habe seit zwei Tagen viele Anstrengungen gemacht, ich habe bis zu Klotilde durchdringen können ...« – »Immer Klotilde! ...« rief Esther im Ton konzentrierter Wut. »Ja«, fuhr er fort, »wir haben uns geschrieben ... Dienstag morgen reist sie ab, aber ich werde in Fontainebleau, auf ihrem Wege nach Italien, eine Unterredung mit ihr haben.« – »Ah! Was wollt ihr denn zur Frau, ihr ... Schindelbretter! ...« rief die arme Esther. »Sag doch, wenn ich sieben oder acht Millionen hätte, würdest du mich da nicht heiraten?« – »Kind! Ich wollte dir sagen, daß ich, wenn für mich alles zu Ende ist, keine andere Frau will als dich ...«

Esther senkte den Kopf, um ihre plötzliche Blässe und die Tränen, die sie sich abwischte, nicht zu zeigen. »Du liebst mich? …« sagte sie, indem sie Lucien mit tiefem Schmerz ansah. »Nun, das ist mein Segen. Stelle dich nicht bloß, geh durch die Geheimtür und tu, als kämst du aus dem Vorzimmer in den Salon. Küsse mich auf die Stirn«, sagte sie. Sie nahm Lucien, drückte ihn rasend an die Brust und sagte noch einmal: »Geh! … Geh! … Oder ich bleibe am Leben!«

Als die Todgeweihte im Salon erschien, erhob sich ein Ruf der Bewunderung. Esthers Augen strahlten die Unendlichkeit zurück, in der die Seele sich verlor, wenn sie sie ansah. Das bläuliche Schwarz ihres feinen Haares brachte die Kamelien zur Geltung. Kurz, alle Wirkungen, die dieses wundervolle Mädchen gesucht hatte, wurden erreicht. Sie hatte keine Rivalinnen. Sie erschien als der höchste Ausdruck des frenetischen Luxus, dessen Schöpfungen sie umgaben. Übrigens sprühte sie von Geist. Sie befehligte die Orgie mit der kühlen und ruhigen Kraft, die Habeneck im Konservatorium bei den Konzerten entfaltet, in denen die ersten Musiker Europas eine wahre Erhabenheit des Spiels erreichen, wenn sie Mozart oder Beethoven interpretieren. Aber mit Schrecken bemerkte sie, daß Nucingen wenig aß und nichts trank, während er den Herrn des Hauses spielte. Um Mitternacht war niemand mehr bei Vernunft. Man zerbrach die Gläser, damit sie niemals wieder gebraucht würden. Zwei bemalte chinesische Vorhänge waren zerrissen. Bixiou betrank sich zum zweitenmal in seinem Leben. Da niemand mehr stehen konnte und die Frauen auf den Diwans schliefen, konnten die Gäste den zuvor zwischen ihnen verabredeten Scherz nicht ausführen; sie hatten, in zwei Reihen geordnet, Leuchter in der Hand und das Buona Sera aus dem ›Barbier von Sevilla‹ singend, Esther und Nucingen ins Schlafzimmer führen wollen. Nucingen gab Esther allein die Hand. Bixiou bemerkte sie, obwohl er berauscht war; und er hatte noch die Kraft, wie Rivarol aus Anlaß der letzten Heirat des Herzogs von Richelieu zu sagen: »Man sollte den Polizeipräfekten benachrichtigen … hier geschieht ein schlimmer Streich …« Der Spötter glaubte zu spotten: er war ein Prophet.

Herr von Nucingen zeigte sich erst Montag Mittag wieder zu Hause. Um ein Uhr kam sein Wechselmakler und sagte ihm, daß Fräulein Esther van Bogseck die Staatsschuldscheine über dreißigtausend Franken Rente schon am Freitag wieder verkauft und den Erlös erhoben hatte. »Aber, Herr Baron«, sagte er, »der erste Schreiber des Anwalts Derville kam in dem Augenblick zu mir, als ich von dieser Schiebung sprach; und als er die wirklichen Namen der Fräulein Esther gesehen hatte, sagte er mir, sie erbe ein Vermögen von sieben Millionen.« – »Pah!« – »Ja, sie soll die einzige Erbin des alten Diskontwucherers Gobseck sein ... Derville will die Sachlage untersuchen. Wenn die Mutter Ihrer Geliebten die schöne Holländerin ist, so erbt sie ...« – »Das waiß ich«, sagte der Bankier, »sie hat mir ihr Leben erßählt ... Ich werde Terfille ain Wort schraiben ...«

Der Baron setzte sich an seinen Schreibtisch, schrieb Derville einen Brief und schickte ihn durch einen seiner Bedienten zu ihm. Dann ging er gegen drei Uhr, nach der Börse, zu Esther.

»Die gnädige Frau hat verboten, sie zu wecken, unter welchem Vorwand es auch sei; sie ist zu Bett gegangen und schläft ...« – »Ah, Teifel!« rief der Baron von Nucingen. »Eiroba, sie wirde nicht ärkerlich sain, wenn sie erfährt, daß sie sehr raich wird. Sie erpt sieben Millionen. Der alde Kobseck ist tot und hinderläßt sieben Millionen, und daine Herrin ist ainßige Erbin, denn ihre Mudder war die Nichte Kobsecks, der ibrikens ain Testament kemacht hat. Ich gonnte nicht wissen, daß ain Millionär wie er Esder im Eländ ließ ...« – »Ah, schön, dann ist deine Regierung zu Ende, alter Gaukler!« sagte Europa, indem sie den Baron mit einer Frechheit ansah, die einer Molièreschen Zofe würdig gewesen wäre.

»Hei, du alter elsässischer Rabe! ... Sie liebt dich ungefähr, wie man die Pest liebt! ... Heiliger Gott! Millionen! ... Aber da kann sie ihren Geliebten heiraten! Oh, wird sie sich freuen!«

Und Prudentia Servien ließ den Baron wie vom Blitz getroffen stehen, um ihrer Herrin diesen Schicksalswandel als erste zu melden. Der Greis, der trunken war von übermenschlicher Wollust, und der an das Glück glaubte, hatte in seiner Liebe eine Douche kalten Wassers erhalten, als sie gerade den höchsten Grad der Glut erreichte. »Sie hat mich ketaischt! ...« rief er mit Tränen in den Augen. »Sie hat mich ketaischt! ... O Esder! ... O main Leben! ... Ich Tummgopf! Fachsen chemals solche Plumen fier Kreise? ... Alles gann ich gaufen, nur die Jukend nicht! ... Kott, du Kerechter! Was soll ich tun? Was soll aus mir ferden? Sie hat recht, die krausame Eiroba! Esder ist fier mich ferloren, wenn sie raich ist ... Soll ich mich aufhänken? Was ist das Leben ohne die köttliche Wlamme der Lust, die ich kekostet habe! ... Kott, du Kerechter! ...« Und der Luchs riß sich die falschen Haare aus, die er seit drei Monaten unter sein Grau gemischt hatte.

Ein gellender Schrei, den Europa ausstieß, jagte Nucingen ein Zittern bis in die Eingeweide. Der arme Bankier stand auf und schritt vorwärts auf Beinen, die trunken waren von dem Becher der Enttäuschung, den er geleert hatte, denn nichts berauscht so sehr wie der Wein des Unglücks. An der Tür des Schlafzimmers sah er Esther starr auf dem Bett liegen; sie war blau vom Gift und tot! Er trat bis ans Bett und fiel in die Knie. »Du hast recht, sie hadde es kesagt! ... Sie ist an mir kestorben ...«

Paccard, Asien, das ganze Haus lief herbei. Es war ein Schauspiel, eine Überraschung, keine Verzweiflung. Der Baron wurde wieder zum Bankier, ihm kam ein Argwohn, und er beging die Unvorsichtigkeit zu fragen, wo die siebenhundertfünfzigtausend Franken der Rente wären. Paccard, Asien und Europa sahen sich auf eine so merkwürdige Art und Weise an, daß Herr von Nucingen sofort hinausging, denn er glaubte an einen Diebstahl und einen Mord. Europa, die unterm Kopfkissen ihrer Herrin ein verschnürtes Paket erblickte, dessen Weichheit die Banknoten verriet, begann sie ›aufzubahren‹, wie sie sagte.

»Lauf und sag dem gnädigen Herrn Bescheid, Asien! ... Sterben zu müssen, ehe sie erfuhr, daß sie sieben Millionen besaß! Und Gobseck der Onkel der verstorbenen gnädigen Frau! ...« rief sie. Europas Manöver fand Verständnis bei Paccard. Sowie Asien den Rücken gewendet hatte, entsiegelte Europa das Paket, auf das die arme Kurtisane diese Worte geschrieben hatte: ›Herrn Lucien von Rubempré zuzustellen!‹ Siebenhundertfünfzig Tausendfrankenscheine glänzten vor den Augen Prudentia Serviens, und sie rief: »Könnte man nicht für den Rest seiner Tage glücklich und ehrlich sein! ...« Paccard erhob keinen Einwand; seine Diebsnatur war stärker als seine Anhänglichkeit an Betrüg-den-Tod. »Durut ist tot«, erwiderte er, indem er die Scheine nahm; »meine Schulter steht noch vor der Schrift, laß uns zusammen fliehen, wir teilen die Summe, um nicht alle Eier in einen Korb zu legen, und wir heiraten.« – »Aber wo sollen wir uns verstecken?« fragte Prudentia. »In Paris«, erwiderte Paccard. Prudentia und Paccard flogen mit der Geschwindigkeit ehrlicher Leute, die sich in Diebe verwandelt hatten, die Treppe hinunter.

»Liebes Kind«, sagte Betrüg-den-Tod zu der Malaiin, sowie sie ihm die ersten Worte gesagt hatte, »suche einen Brief von Esther, während ich in aller Form ein Testament aufsetze; du wirst Testament und Brief zu Girard bringen; aber er soll sich beeilen, wir müssen das Testament unter Esthers Kopfkissen schieben, ehe man hier die Siegel anlegt.« Und er entwarf das folgende Testament:

»Da ich in meinem Leben niemals einen andern Menschen geliebt habe als Herrn Lucien Chardon von Rubempré und da ich entschlossen bin, lieber meinem Leben ein Ende zu machen, als ins Laster und in die Gemeinheit zurückzusinken, aus der seine Barmherzigkeit mich hervorgezogen hat, so schenke und vermache ich besagtem Lucien Chardon von Rubempré alles, was ich am Tage meines Todes besitze, unter der Bedingung, daß er in der Pfarrei Saint-Roche eine ewige Messe stifte für die Ruhe derer, die ihm alles gab, selbst ihren letzten Gedanken.

Esther Gobseck.«

›Das ist ganz ihr Stil‹, sagte Betrüg-den-Tod bei sich selber.

Um sieben Uhr abends schob Asien das abgeschriebene und versiegelte Testament unter Esthers Kopfkissen. »Jakob«, sagte sie, indem sie eilends wieder hinaufsprang, »in dem Augenblick, als ich das Zimmer verließ, kam die Polizei ...« – »Du meinst, der Friedensrichter?« – »Nein, Junge; der Friedensrichter auch, aber er hat Gendarmen bei sich. Der Staatsanwalt und der Untersuchungsrichter sind auch dabei; die Türen werden bewacht.« – »Dieser Tod hat schnell Aufsehen erregt!« sagte Collin. »Halt! Europa und Paccard sind nicht wieder zum Vorschein gekommen; ich fürchte, sie werden die siebenhundertfünfzigtausend Franken gestohlen haben«, sagte Asien. »Ach, die Hunde! ...« sagte Betrüg-den-Tod. »Mit ihrem Mausen richten sie uns zugrunde! ...«

Die menschliche Justiz, die Pariser Justiz, das heißt die mißtrauischste, gewandteste, unterrichtetste Justiz der Welt – sie ist sogar zu geistreich, denn sie deutet mit jedem Augenblick am Gesetz – legte endlich die Hand auf die Führer dieser grauenhaften Intrige. Der Baron von Nucingen glaubte, als er die Wirkungen des Giftes bemerkte und seine siebenhundertfünfzigtausend Franken nicht sah, daß eine jener verhaßten Persönlichkeiten, die ihm sehr mißfielen, Europa oder Paccard, des Verbrechens schuldig wäre. Im ersten Augenblick seiner Wut lief er auf die Polizeipräfektur. Es war ein Glockenschlag, der Corentins sämtliche Nummern zusammenrief. Die Präfektur, die Staatsanwaltschaft, der Polizeikommissar, der Friedensrichter, der Untersuchungsrichter – alles war auf den Beinen. Um neun Uhr abends wohnten drei Ärzte einer Obduktion der armen Esther bei, und die Nachforschungen begannen.

Betrüg-den-Tod, den Asien warnte, rief: »Man weiß nicht, daß ich hier bin; ich kann die Luft genießen!« Er schwang sich durch das Fledermausfenster seiner Mansarde und erhob sich mit einer Behendigkeit ohnegleichen auf dem Dach, wo er die Umgebung mit der Kaltblütigkeit eines Dachdeckers zu prüfen begann. »Gut!« sagte er, als er fünf Häuser weiter, in der Rue de Provence, einen Garten bemerkte.

»Du bist geliefert, Betrüg-den-Tod!« rief plötzlich Contenson, indem er hinter einem Schornstein hervortrat. »Du wirst Herrn Camusot erklären müssen, was für eine Messe du auf den Dächern lesen wolltest, Herr Abbé; vor allem aber, weshalb du dich in Sicherheit brachtest ...« – »Ich habe Feinde in Spanien«, sagte Carlos Herrera. »Wir wollen hin nach Spanien, aber durch deine Mansarde«, erwiderte Contenson.

Der falsche Spanier tat, als gäbe er nach; aber nachdem er sich auf den Fensterrahmen gestützt hatte, packte er Contenson und schleuderte ihn mit solcher Gewalt vorwärts, daß der Spion mitten in die Gosse der Rue Saint-Georges stürzte. Contenson starb auf dem Felde der Ehre. Jakob Collin kehrte ruhig in seine Mansarde zurück und legte sich ins Bett.

»Gib mir etwas, was mich schwerkrank macht, ohne mich zu töten«, sagte er zu Asien, »denn ich muß in Agonie liegen, um den ›Neugierigen‹ nicht antworten zu müssen. Fürchte nichts; ich bin Priester und werde Priester bleiben. Ich habe mich eben des einen von denen, die mich demaskieren konnten, auf die natürlichste Weise entledigt.«

Am Tage zuvor war Lucien um sieben Uhr abends in seinem Postwagen aufgebrochen, versehen mit einem Paß, den er sich morgens besorgt hatte; er blieb die Nacht in der letzten Herberge auf der Seite von Nemours. Am folgenden Morgen ging er gegen sechs Uhr allein davon, und zwar in den Wald, in dem er bis Bouron marschierte. ›Da ist es‹, sagte er bei sich selber, indem er sich auf einen der Felsen setzte, von denen aus man die schöne Landschaft von Bouron er blickt, dem verhängnisvollen Ort, wo Napoleon am zweiten Tage vor seiner Abdankung eine Riesenanstrengung unternahm.

Mit Tagesanbruch hörte er das Geräusch eines Postwagens und sah eine Briska vorüberfahren, in der sich die Leute der jungen Herzogin von Lenoncourt-Chaulieu und die Zofe Klotildes von Grandlieu befanden.

›Da sind sie‹, sagte Lucien vor sich hin; ›also diese Komödie gut gespielt, und ich werde dem Herzog zum Trotz sein Schwiegersohn.‹

Eine Stunde darauf ließ die Berline, in der die beiden Frauen saßen, das leicht kenntliche Rollen eines eleganten Reisewagens vernehmen. Die beiden Damen hatten befohlen, daß man beim Abstieg nach Bouron halt machte, und der Kammerdiener, der hinten saß, brachte den Wagen zum Stehen. In diesem Augenblick trat Lucien vor. »Klotilde!« rief er, indem er ans Fenster klopfte.

»Nein«, sagte die junge Herzogin zu ihrer Freundin, »er wird nicht in den Wagen steigen, und wir werden nicht mit ihm allein bleiben, meine Liebe. Ich willige in eine letzte Unterredung: aber sie wird auf der Straße stattfinden, und wir werden zu Fuß gehen, während Baptist uns folgt ... Es ist ein schöner Tag, wir sind warm angezogen und brauchen die Kälte nicht zu fürchten; der Wagen wird hinter uns herfahren ...« Und die beiden Frauen stiegen aus. »Baptist«, sagte die junge Herzogin, »der Postillon wird langsam fahren; wir wollen ein wenig zu Fuß gehen, und Sie werden uns begleiten.«

Magdalene von Mortsauf nahm Klotilde am Arm und ließ Lucien mit ihr reden. So gingen sie zusammen bis zu dem kleinen Dorf Grez. Es war acht Uhr, und dort verabschiedete Klotilde Lucien.

»Also, mein Freund«, sagte sie, indem sie die lange Unterhaltung mit Adel schloß, »ich werde mich nie verheiraten, es sei denn mit Ihnen. Ich will lieber an Sie glauben als an die Menschen, an meinen Vater und meine Mutter ... Ein stärkeres Zeichen der Anhänglichkeit ist niemals gegeben worden, nicht wahr? ... Jetzt versuchen Sie, die falschen Anklagen, die auf Ihnen lasten, zu zerstreuen ...«

In diesem Augenblick hörte man den Galopp mehrerer Pferde, und zum großen Staunen der Damen umringte die Gendarmerie die kleine Gruppe.

»Was wollen Sie?« fragte Lucien mit der Anmaßung des Dandys. »Sie sind Herr von Rubempré?« fragte der Staatsanwalt von Fontainebleau. »Ja.« – »Sie werden heute im Gefängnis übernachten«, fuhr er fort; »ich habe einen Verhaftsbefehl gegen Sie.« – »Wer sind diese Damen?« fragte der Brigadier. »Ach ja ... Verzeihung, meine Damen, Ihre Pässe? Denn Herr Lucien hat nach meinen Instruktionen Verkehr mit Frauen, die für ihn imstande wären ...« – »Sie halten die Herzogin von Lenoncourt-Chaulieu für eine Dirne!« sagte Magdalene, indem sie dem Staatsanwalt einen Blick zuwarf. »Schön genug sind Sie dafür ...« erwiderte der Beamte listig. »Baptist, zeigen Sie unsere Pässe«, erwiderte die junge Herzogin lächelnd.

»Und welchen Verbrechens klagt man den Herrn an?« fragte Klotilde, als die Herzogin sie drängte, wieder in den Wagen zu steigen. »Der Mitschuld bei einem Diebstahl und einem Mord«, erwiderte der Gendarmeriebrigadier.

Baptist trug Fräulein von Grandlieu, die in eine tiefe Ohnmacht gefallen war, in den Wagen.

Um Mitternacht kam Lucien in der ›Force‹, dem Gefängnis in der Rue Payenne und der Rue des Ballets, wo man ihn in strengen Einzelgewahrsam nahm, an. Der Abbé Carlos Herrera befand sich bereits seit seiner Verhaftung dort. 356

II. Teil

Der Weg des Bösen

Am folgenden Tage kamen um sechs Uhr zwei Wagen, die das Volk in seiner drastischen Redeweise ›Salatkutschen‹ nennt, in schneller Fahrt aus der ›Force‹, um die Richtung nach der ›Conciergerie‹ beim Justizpalast einzuschlagen.

Es gibt wenig Spaziergänger, die diesem rollenden Gefängnis noch nicht begegnet wären; aber obwohl die meisten Bücher einzig für die Pariser geschrieben werden, werden Fremde sich zweifellos freuen, hier eine Schilderung dieses furchtbaren Apparats unserer Kriminalpolizei zu finden. Wer weiß? Vielleicht wird die russische, deutsche oder österreichische Polizei, vielleicht werden die Behörden der Länder, die noch keine Salatkutsche kennen, sie sich zunutze machen; und in mehreren fremden Ländern wird die Nachahmung der Transportweise sicherlich eine Wohltat für die Gefangenen bedeuten.

Dieser häßliche Wagen mit dem gelben Wagenkasten, der auf zwei Rädern ruht und innen mit Blech verkleidet ist, zerfällt in zwei Abteilungen. Vorn befindet sich eine mit Leder überzogene Bank, die mit einem Spritzleder bedeckt ist. Das ist der offene Teil der Salatkutsche; er ist bestimmt für einen Gerichtsdiener und einen Gendarmen. Ein starkes, netzartiges Eisengitter trennt dieses Kabriolett, denn das ist es gewissermaßen, in der ganzen Höhe und Breite des Wagens von der zweiten Abteilung, in der sich wie in den Omnibussen zu beiden Seiten des Wagenkastens je eine Holzbank hinzieht; auf diese beiden Bänke setzen sich die Gefangenen; sie kommen mit Hilfe eines Trittes durch einen fensterlosen Wagenschlag am hintern Ende hinein. Der Beiname, ›Salatkutsche‹ kommt daher, daß ursprünglich der Wagen auf allen Seiten nur aus einem Gitterwerk bestand, so daß man die Gefangenen deutlich sehen konnte, wenn sie wie Salatköpfe im Korb durcheinandergeschüttelt wurden. Der größeren Sicherheit halber folgt, um jedem Zufall vorzubeugen, diesem Wagen ein berittener Gendarm; vor allem, wenn Leute darin zum Richtplatz geführt werden, die zum Tode verurteilt worden sind. Ein Ausbruch ist also unmöglich. Da der Wagen innen mit Blech ausgelegt ist, läßt er sich mit keinem Werkzeug durchbohren, zumal die

Gefangenen im Augenblick ihrer Verhaftung oder ihrer Eintragung in die Gefangenenliste höchstens noch Uhrfedern besitzen können, die wohl geeignet sind, Gitterstangen zu durchsägen, aber glatten Flächen gegenüber machtlos bleiben. So ist denn auch die durch die erfinderische Pariser Polizei vervollkommnete Salatkutsche schließlich zum Vorbild für den Zellenwagen geworden, der die Sträflinge ins Bagno bringt und der an die Stelle des grauenhaften Karrens getreten ist, jener Schmach vergangener Zivilisationen, den freilich auch eine Manon Lescaut geziert hatte.

Man befördert in der Salatkutsche die Angeklagten zunächst aus den verschiedenen Untersuchungsgefängnissen der Hauptstadt in den Justizpalast, damit sie dort vom Untersuchungsrichter verhört werden. In der Gefängnissprache nennt man das ›zur Untersuchung gehen‹. Später führt man die Angeklagten aus denselben Gefängnissen noch einmal zur Aburteilung in den Palast, doch nur, wenn es sich um eine Anklage vor dem Zuchtpolizeigericht handelt; sobald es sich, wie man im Gericht sagt, um einen ›Schwerverbrecher‹ dreht, überführt man sie aus den Untersuchungsgefängnissen in die Conciergerie, das Gerichtsgebäude des Seine-Departements. Schließlich werden in der Salatkutsche auch die zum Tode Verurteilten von Bicêtre zum Sankt-Jakobs-Tor gebracht; dort finden seit der Julirevolution die Hinrichtungen statt. Dank den Bemühungen der Philanthropisten machen diese Unglücklichen nicht mehr die Folter der früheren Überführung von der Conciergerie zum Richtplatz durch, die auf einem Karren vor sich ging, wie ihn die Holzhändler benutzen. Dieser Karren wird heute nur noch zum Rücktransport vom Schafott benutzt. Ohne eine solche Erklärung würde man ein Wort nicht mehr verstehen, das ein berühmter Verurteilter zu seinem Mitschuldigen sagte, als er in die Salatkutsche stieg: ›Jetzt ist es nur noch Sache der Pferde!‹ Es ist nicht möglich, bequemer zur Hinrichtung zu kommen, als man heute in Paris hinfährt.

In diesem Augenblick dienten die beiden Salatkutschen, die so früh hatten heraus müssen, ausnahmsweise dazu, zwei Angeklagte aus dem Untersuchungsgefängnis der Force in die Conciergerie zu überführen; und jeder dieser Angeklagten hatte eine Salatkutsche für sich.

Neun Zehntel der Leser, ja auch noch neun Zehntel des letzten Zehntels der Leser kennen sicherlich die beträchtlichen Unterschiede nicht, die zwischen folgenden Worten liegen: verdächtig, beschuldigt, angeklagt, gefangen; Gewahrsam, Untersuchungsgefängnis und Strafgefängnis; daher werden denn auch alle wahrscheinlich unter Staunen hören, daß es sich da um unser ganzes Strafgesetz handelt, dessen kurze und verständliche Erklärung ihnen gleich gegeben werden soll, und zwar ebensosehr um sie zu unterrichten, wie um die Entwicklung dieser Geschichte klarzumachen. Wenn man übrigens erfährt, daß die erste Salatkutsche Jakob Collin enthielt, die zweite aber Lucien, der in wenigen Stunden vom First sozialer Größe bis zum Kerker hinabgestiegen war, so wird die Neugier zur Genüge geweckt sein. Die Haltung der beiden Genossen war charakteristisch. Lucien von Rubempré versteckte sich, um den Blicken zu entgehen, die die Vorübergehenden auf das Gitter des unheimlichen und verhängnisvollen Wagens warfen, während er seine Fahrt durch die Rue Saint-Antoine nahm, um durch die Rue du Martroi und die Arcade Saint-Jean, die man damals passieren mußte, wenn man den Rathausplatz durchqueren wollte, die Kais zu erreichen. Heute bildet jene Arkade die Einfahrt zum Hotel des Seinepräfekten im ungeheuren Stadtpalast. Der verwegene Verbrecher dagegen schmiegte das Gesicht an das Gitter des Wagens, und zwar genau zwischen dem Gerichtsdiener und dem Gendarmen, die ihrer Salatkutsche sicher waren und miteinander plauderten.

Die Julitage des Jahres 1830 und ihr furchtbarer Sturm haben die früheren Ereignisse mit ihrem Lärm so sehr zugedeckt, das politische Interesse nahm Frankreich während der sechs letzten Monate dieses Jahres so sehr in Anspruch, daß sich heute niemand mehr oder kaum noch jemand jener privaten, gerichtlichen oder finanziellen Katastrophen entsinnt, so seltsam sie auch waren, wie sie die jährliche Zeche der Pariser Neugier bilden und wie sie auch in den ersten sechs Monaten dieses Jahres nicht fehlten. Es ist also nötig, eigens darauf aufmerksam zu machen, wie sehr Paris momentan in Aufregung geriet, als sich die Nachricht von der Verhaftung eines spanischen Priesters, der bei einer Kurtisane gefunden worden sei, und von der des eleganten Lucien von Rubempré, des Verlobten der Fräulein von Grandlieu, verbreitete, den man in dem kleinen Dorf Grez auf der Straße nach Italien verhaftet habe; beide seien sie eines Mordes angeklagt, dessen Erträgnis sich auf sieben Millionen belaufe! Der Skandal dieses Prozesses schwächte ein paar Tage lang das fabelhafte Interesse ab, das die letzten Wahlen unter Karl X. weckten.

Zunächst war dieser Kriminalprozeß zum Teil die Folge einer Klage des Barons von Nucingen. Dann erregte Luciens Verhaftung in dem

Augenblick, als er Privatsekretär des ersten Ministers werden sollte, Aufsehen in der höchsten Pariser Gesellschaft. In jedem Pariser Salon entsann sich mehr als ein junger Mann, daß er Lucien beneidet hatte, als er von der schönen Herzogin von Maufrigneuse ausgezeichnet wurde, und alle Frauen wußten, daß er eben jetzt Frau von Sérizy interessierte, die Frau eines der ersten Männer des Staates. Schließlich genoß die Schönheit des Opfers in den verschiedenen Gesellschaften, aus denen Paris besteht, einer merkwürdigen Berühmtheit: in der großen Gesellschaft, in der Finanzwelt, in der Gesellschaft der Kurtisanen, in der Gesellschaft der jungen Leute und bei den Literaten. Seit zwei Tagen sprach also ganz Paris von diesen beiden Verhaftungen. Der Untersuchungsrichter, Herr Camusot, dem die Angelegenheit zugefallen war, sah in ihr eine Möglichkeit der Beförderung, und um mit jeder nur erdenklichen Beschleunigung vorgehen zu können, hatte er angeordnet, daß die beiden Angeklagten von der Force in die Conciergerie überführt werden sollten, sowie Lucien von Rubempré aus Fontainebleau angekommen wäre. Da der Abbé Carlos nur zwölf Stunden, Lucien nur eine halbe Nacht in der Force zugebracht hatte, so ist es nicht nötig, dieses Gefängnis zu schildern, das man seither völlig umgemodelt hat; und was die Einzelheiten der Aufnahme angeht, so wären sie nur eine Wiederholung dessen, was sich in der Conciergerie abspielen sollte.

Aber bevor wir uns auf das furchtbare Drama der Untersuchung in diesem Strafprozeß einlassen, ist es, wie gesagt, unentbehrlich, den normalen Gang eines derartigen Prozesses zu schildern. Zunächst wird man seine verschiedenen Entwicklungsstufen in Frankreich wie im Ausland dann leichter verstehen, und ferner werden alle, die die Ordnung des Strafprozesses, wie sie die Gesetzgeber unter Napoleon festgestellt haben, nicht kennen, sie zu würdigen wissen. Es ist das um so wichtiger, als dieses schöne und große Werk in diesem Augenblick durch das sogenannte Besserungssystem mit der Vernichtung bedroht wird.

Ein Verbrechen wird begangen. Wenn die Verbrecher auf frischer Tat ertappt werden, so werden die ›Beschuldigten‹ in den nächsten Polizeigewahrsam geführt und in jener Zelle untergebracht, die das Volk die ›Geige‹ nennt, vermutlich, weil man dort Musik macht: man schreit und weint. Von dort aus werden die Beschuldigten dem Polizeikommissar vorgeführt, der mit der Untersuchung beginnt und sie freilassen kann, wenn ein Irrtum vorliegt; schließlich werden die Beschuldigten in das Präfekturgefängnis gebracht, wo die Polizei sie dem Staatsanwalt und dem Untersuchungsrichter zur Verfügung stellt; und diese beiden kommen, je nach der Schwere des Falles mehr oder minder schnell benachrichtigt, und verhören die Leute, die sich in vorläufiger Haft befinden. Je nach Art der Mutmaßungen erläßt dann der Untersuchungsrichter einen Haftbefehl und läßt die Beschuldigten im Untersuchungsgefängnis unterbringen. Paris hat drei Untersuchungsgefängnisse: Sainte-Pélagie, die Force und die Madelonnettes.

Man beachte den Ausdruck ›die Beschuldigten‹. Unser Kodex hat im Strafrecht drei wesentliche Unterscheidungen geschaffen: die Beschuldigung, die Untersuchungshaft, die Anklage. Solange der Haftbefehl nicht unterschrieben ist, sind die vermutlichen Urheber eines Verbrechens oder eines schweren Vergehens ›Beschuldigte‹; unter der Last des Haftbefehls werden sie zu Untersuchungsgefangenen; Untersuchungsgefangene bleiben sie, solange die Untersuchung dauert. Wenn die Untersuchung abgeschlossen ist, werden sie, sobald das Gericht beschlossen hat, die Hauptverhandlung gegen den Untersuchungsgefangenen zu eröffnen, zu Angeklagten, genauer: nachdem das Gericht zweiter Instanz auf Antrag des Staatsanwalts bestätigt hat, daß genügende Verdachtsmomente vorliegen, um ihn vor ein Schwurgericht zu stellen. So machen die eines Verbrechens Verdächtigten drei verschiedene Zustände durch, sie gehen durch drei Siebe, ehe sie vor der sogenannten Landesjustiz erscheinen. Im ersten Zustand steht den Unschuldigen noch eine Fülle von Hilfsmitteln rechtlich zur Verfügung: das Publikum, die Wache und die Polizei. Im zweiten Zustand stehen sie vor einem Beamten, sie werden den Zeugen gegenübergestellt und in Paris von einer Gerichtskammer, in der Provinz von einem ganzen Gericht unter Anklage gestellt. Im dritten Zustand erscheinen sie vor zwölf Räten, und im Falle eines Rechtsirrtums oder eines Formfehlers kann der Angeklagte nach alledem noch beim Kassationshof die Rückverweisung vor das Schwurgericht beantragen. Die Jury weiß nicht, wieviel Volks-, Verwaltungs- und Gerichtsautoritäten sie ins Gesicht schlägt, wenn sie einen Angeklagten freispricht. Daher scheint es wenigstens uns in Paris – von den andern Gerichtssprengeln reden wir hier nicht – fast unmöglich, daß ein Unschuldiger sich je auf die Anklagebank vor dem Schwurgericht setzen sollte.

Der Strafgefangene ist der Verurteilte. Unser Strafrecht hat Untersuchungsgefängnisse, Gerichtsgefängnisse und Strafgefängnisse geschaffen; es sind das gerichtliche Unterscheidungen, die denen eines Untersuchungsgefangenen, eines Angeklagten und eines Verurteilten entsprechen.

Das Haftgefängnis vollstreckt eine leichte Strafe zur Sühne eines geringen Vergehens; aber das Strafgefängnis vollstreckt eine Leibesstrafe, die unter Umständen entehrend ist. Wer also heute das Besserungssystem einführen will, stößt ein wundervolles Strafrecht um, in dem die Strafen in überlegener Weise abgestuft sind; und er wird dahin kommen, daß er kleine Vergehen fast ebenso schwer bestraft wie große Verbrechen. Man wird übrigens in den ›Erzählungen aus der Napoleonischen Sphäre‹ (siehe ›Eine dunkle Begebenheit‹) die merkwürdigen Unterschiede vergleichen können, die zwischen dem Strafkodex vom Brumaire des Jahres IV und dem des Napoleonischen Kodex herrschen, der jenen ersetzte.

In der Mehrzahl der großen Prozesse werden die Beschuldigten wie in diesem sofort zu Untersuchungsgefangenen. Der Richter erläßt auf der Stelle den Haftbefehl. In der Tat werden in der größeren Zahl der Fälle die Beschuldigten entweder flüchtig, oder sie werden auf der Stelle überrascht. Daher waren denn auch, wie man gesehen hat, die Polizei, die hier nur ein Werkzeug der Vollstreckung ist, und die Justiz mit der Geschwindigkeit des Blitzes in Esthers Wohnung erschienen. Selbst wenn keine Motive der Rache vorgelegen hätten, wie Corentin sie der Kriminalpolizei ins Ohr geflüstert hatte, so war doch noch die Anzeige des Barons von Nucingen über einen Diebstahl von siebenhundertfünfzigtausend Franken vorhanden.

In dem Augenblick, als der erste Wagen, der Jakob Collin enthielt, die Arcade Saint-Jean, eine enge und düstere Durchfahrt, erreichte, zwang den Postillon ein Hindernis, unter der Arkade halt zu machen. Die Augen des Untersuchungsgefangenen blitzten wie zwei Karfunkel durch das Gitter, obwohl er es noch am Abend zuvor dem Direktor der Force durch die Maske eines Sterbenden hatte als notwendig erscheinen lassen, einen Arzt zu rufen. Die Augen waren in dieser Minute frei, denn weder der Gendarm noch der Gerichtsdiener wandten sich, um nach ›ihrem Kunden‹ zu sehen; und diese flammenden Augen redeten eine so deutliche Sprache, daß ein geschickter Untersuchungsrichter, wie zum Beispiel Herr Popinot, in dem Kirchenschänder den Sträfling erkannt haben würde. Wirklich achtete Jakob Collin, seit die Salatkutsche das Tor der Force hinter sich hatte, auf alles am Wege. Trotz der schnellen Fahrt überflog er mit gierigem, umfassendem Blick die Häuser vom höchsten Stockwerk an bis zum Erdgeschoß. Er sah alle Vorübergehenden und analysierte sie. Gott durchschaut seine Schöpfung in ihren Mitteln und ihrem Ziel nicht genauer, als dieser Mensch die geringsten Nuancen in der Masse der Dinge und der Menschen unterschied. Mit einer Hoffnung bewaffnet, wie der letzte der Horatier mit seinem Schwert bewaffnet war, so wartete er auf Hilfe. Jedem anderen außer diesem Macchiavelli des Bagnos wäre die Verwirklichung dieser Hoffnung als so etwas Unmögliches erschienen, daß er mechanisch alles mit sich hätte machen lassen, wie es die Schuldigen tun. Keiner von ihnen denkt in der Lage, in die die Pariser Polizei und Justiz den Untersuchungsgefangenen bringen, an Widerstand, am wenigsten jene, die wie Lucien und Jakob Collin in strengem Einzelgewahrsam gehalten werden. Man kann sich die plötzliche Vereinsamung eines Untersuchungsgefangenen nicht vorstellen: die Gendarmen, die ihn verhaften, der Kommissar, der ihn verhört, jene, die ihn ins Gefängnis bringen, die Wächter, die ihn ins ›Loch‹ führen – man nennt es buchstäblich so –, jene, die ihn am Arm fassen, um ihn in die Salatkutsche zu heben, kurz all diese Wesen, die ihn vom Augenblick seiner Verhaftung an umgeben, sind stumm oder merken sich seine Worte, um sie der Polizei oder den Richtern zu wiederholen. Diese absolute Scheidewand, die auf so einfache Weise zwischen die ganze Welt und den Untersuchungsgefangenen geschoben wird, hat einen vollständigen Umsturz seiner Fähigkeiten, eine ungeheure Bedrücktheit des Geistes zur Folge, und zwar vor allem dann, wenn es ein Mensch ist, der durch sein Vorleben noch nicht mit den Schritten, die die Justiz unternimmt, vertraut ist. Der Zweikampf zwischen dem Schuldigen und dem Richter ist um so furchtbarer, als die Justiz das Schweigen der Mauern und die unbestechliche Gleichgültigkeit ihrer Agenten zu Helfern hat.

Jakob Collin oder Carlos Herrera – es ist nötig, ihm je nach den Umständen den einen oder den andern Namen zu geben – aber kannte das Wesen der Polizei, des Kerkers und der Justiz schon von langer Hand her. Daher hatte denn auch dieser Koloß der List und Verderbtheit alle Kräfte seines Geistes und alle Hilfsmittel seiner Mimik aufgeboten, um täuschend die Überraschung, die Einfalt eines Unschuldigen zu spielen, während er den Beamten zugleich die Komödie seines Todeskampfes gab. Wie man gesehen hat, hatte ihm Asien, jene gelehrte Locusta, ein Gift gegeben, das genau abgestimmt war, um den Schein einer tödlichen Krankheit zu erwecken. Die Wirksamkeit des Herrn Camusot, die des Polizeikommissars und die forschende Regsamkeit des Staatsanwalts waren also durch die Wirksamkeit, die Regsamkeit eines Schlaganfalls lahmgelegt worden.

»Er hat sich vergiftet!« hatte Herr Camusot ausgerufen, entsetzt über die Leiden des angeblichen Priesters, als man ihn unter grauenhaften Krämpfen aus der Mansarde herabgetragen hatte. Vier Agenten hatten den Abbé Carlos nur mit vieler Mühe über die Treppe in Esthers Schlafzimmer schaffen können, in dem sich die Richter und die Gendarmen versammelt hatten. »Das war das Beste, was er tun konnte, wenn er schuldig ist«, hatte der Staatsanwalt erwidert. »Halten Sie ihn tatsächlich für krank? ...« hatte der Polizeikommissar gefragt.

Die Polizei zweifelt stets an allem. Diese drei Beamten hatten, wie man sich denken kann, flüsternd gesprochen; aber Jakob Collin hatte aus ihren Gesichtszügen erraten, um was sich ihre Mitteilungen drehten; und er hatte das ausgenutzt, um das summarische Verhör, das man im Augenblick einer Verhaftung immer vornimmt, unmöglich oder gänzlich bedeutungslos zu machen; er hatte Phrasen gestammelt, in denen sich das Spanische und das Französische in einer Weise verbanden, daß sie Unsinn ergaben.

In der Force hatte diese Komödie zunächst einen um so vollständigeren Erfolg davongetragen, als der ›Chef der Sicherheit‹ (Abkürzung für: Chef der Sicherheitspolizeibrigade), Bibi-Lupin, der Jakob Collin ehedem in der bürgerlichen Pension der Frau Vauquer verhaftet hatte, mit einer Mission in der Provinz beauftragt war, während ihn ein Agent vertrat, den man Bibi-Lupin zum Nachfolger bestimmt hatte und dem der Sträfling unbekannt war.

Bibi-Lupin, selbst ein Sträfling und ein Genosse Jakob Collins im Bagno, war sein persönlicher Feind. Diese Feindschaft entsprang Streitigkeiten, in denen Jakob Collin stets die Oberhand behalten hatte, und der von Betrüg-den-Tod über seine Gefährten ausgeübten Gewalt. Schließlich war Jakob Collin in Paris zehn Jahre hindurch die Vorsehung der freigelassenen Sträflinge, ihr Führer, ihr Ratgeber und ihr Schatzmeister und daher Bibi-Lupins Gegner gewesen.

Obwohl er also in Einzelhaft genommen wurde, zählte er auf die verständnisvolle und absolute Ergebenheit Asiens, seines rechten Arms, und vielleicht auch Paccards, seines linken Arms; denn er schmeichelte sich mit dem Gedanken, diesen sorgsamen Leutnant seinen Befehlen wieder gehorsam zu finden, sobald er nur die gestohlenen siebenhundertfünfzigtausend Franken in Sicherheit gebracht hatte. Das war der Grund der übermenschlichen Aufmerksamkeit, mit der er alles auf seinem Wege beachtete. Seltsam! Diese Hoffnung sollte sich vollkommen erfüllen.

Die beiden gewaltigen Mauern der Arcade Saint-Jean waren bis zu einer Höhe von sechs Fuß mit einer dauernden Schmutzschicht überkleidet, die aus den Spritzern der Gosse stammte; – die Fußgänger hatten damals, um sich vor dem unablässigen Hin und Her der Wagen und dem Spritzen der Karren zu schützen, nichts als die von den Radnaben seit langem angestoßenen Prellsteine. Mehr als einmal hatte dort die Karre eines Fuhrmanns unaufmerksame Leute zermalmt. So sah es lange Zeit in vielen Quartieren von Paris aus. Eine Einzelheit wird die Enge der Arkade vor Augen führen und erklären, wie leicht es war, sie zu sperren. Es brauchte nur ein Fiaker vom Richtplatz aus einbiegen zu wollen, während eine Gemüsehändlerin ihren kleinen Handwagen voller Äpfel durch die Rue du Martroi schob, so veranlaßte schon ein dritter Wagen, der hinzukam, eine Stauung. Die Fußgänger brachten sich erschreckt in Sicherheit, indem sie einen Prellstein suchten, der sie vor den alten Radnaben sichern konnte, denn diese Radnaben waren damals so maßlos lang, daß es eines Gesetzes bedurfte, um sie kürzer zu machen.

Als also die Salatkutsche ankam, war die Arkade von einer jener Gemüsehändlerinnen versperrt, deren Typus um so merkwürdiger ist, als es von ihm noch heute, trotz der wachsenden Zahl der Obstläden, einige Exemplare in Paris gibt. Sie glich so sehr der Straßenhändlerin, daß selbst ein Schutzmann, wenn diese Einrichtung damals schon getroffen gewesen wäre, sie trotz ihrer unheimlichen Physiognomie, die das Verbrechen verriet, hätte umherziehen lassen, ohne nach ihrem Gewerbeschein zu fragen. Der Kopf, der mit einem scheußlichen, zerfetzten baumwollenen Taschentuch bedeckt war, starrte von rebellischen Strähnen, deren Haare den Borsten des Wildschweins glichen. Der rote, faltige Hals erweckte Grauen, und das Brusttuch verdeckte eine von der Sonne, dem Staub und dem Schmutz gebräunte Haut nicht völlig. Das Kleid war wie ein Teppich. Die Schuhe schnitten Grimassen, daß man glauben konnte, sie machten sich über das Gesicht lustig, das ebenso große Löcher aufwies wie das Kleid. Und ein Brustlatz! ... Ein Pflaster wäre weniger schmutzig gewesen. Auf zehn Schritte mußte dieser wandelnde, übelriechende Lumpen den Geruchssinn empfindlicher Leute beleidigen. Die Hände hatten hundert Ernten hinter sich! Entweder kam diese Frau von einem Hexensabbat her oder aus einem Bettlergefängnis. Und was für Blicke erst! Was für eine verwegene Intelligenz, welches verhaltene Leben, als sich die magnetischen Strahlen ihrer Augen und derer Jakob Collins begegneten, um einen Gedanken auszutauschen.

»Platz da, altes Lausspital!« rief der Postillon mit heiserer Stimme. »Willst mich wohl gleich zermalmen, du Henkershusar!« erwiderte sie; »deine Ware ist nicht soviel wert wie meine!« Und indem die Händlerin versuchte, sich zwischen zwei Prellsteine zu drücken, damit der Wagen passieren konnte, versperrte sie den Weg genau so lange, wie sie brauchte, um ihren Plan auszuführen. ›O Asien! …‹ sagte Jakob Collin bei sich selber, denn er erkannte seine Helferin auf der Stelle; ›dann geht alles gut.‹

Der Postillon tauschte immer noch Liebenswürdigkeiten mit Asien aus, und die Wagen sammelten sich in der Rue du Martroi.

»Ahe! … Pecaire fermati. Souni là. Vedrem! …« rief die Alte in jenem wilden Tonfall, wie er den Straßenhändlerinnen eigen ist; sie entstellen ihre Worte so sehr, daß sie zu Onomatopöien werden, wie nur Pariser sie verstehen.

15

Im Wirrwarr der Straße und unter dem Geschrei aller Kutscher, die mittlerweile warteten, achtete niemand auf diesen wilden Ruf, der von der Händlerin auszugehen schien. Aber die Laute, die Jakob Collin deutlich hörte, warfen ihm in einem verabredeten Dialekt, der aus korrumpiertem Italienisch und Provenzalisch bestand, diesen furchtbaren Satz ins Ohr: »Dein armer Kleiner ist gefangen; aber ich bin da, um über euch zu wachen. Du wirst mich wiedersehen …«

Mitten in der unendlichen Freude, die ihm sein Triumph über die Justiz einflößte, denn er hoffte jetzt, mit der Außenwelt in Verbindung bleiben zu können, traf Jakob Collin ein Rückschlag, der jeden anderen als ihn getötet hätte. ›Lucien verhaftet! …‹ sagte er bei sich selber. Und er wäre fast ohnmächtig geworden. Diese Nachricht war für ihn furchtbarer als eine Abweisung der eingelegten Revision, wenn er zum Tode verurteilt gewesen wäre.

Jetzt, wo die beiden Salatkutschen über die Kais rollen, erfordert das Interesse dieser Geschichte ein paar Worte über die Conciergerie, die die Zeit ausfüllen werden, bis sie sie erreichen.

Die Conciergerie, ein historischer Name, ein furchtbares Wort, doch als Ding noch furchtbarer, ist eng verknüpft mit den französischen Revolutionen und vor allem mit denen von Paris. Sie hat die meisten der großen Verbrecher beherbergt. Wenn sie von allen Pariser Baudenkmälern das interessanteste ist, so ist sie auch das unbekannteste – wenigstens für die, die den oberen Klassen der Gesellschaft angehören; aber trotz des gewaltigen Interesses dieser historischen Abschweifung soll sie ebenso rasch vor sich gehen, wie die Salatkutschen fahren.

Wo wäre der Pariser, der Fremde oder der Provinziale, wenn sie auch nur zwei Tage in Paris gewesen sind, der nicht die schwarzen Gemäuer gesehen hätte, die von den drei starken Türmen mit den Spitzdächern flankiert werden, von denen zwei paarweise dicht nebeneinander stehen: jenen düstern und geheimnisvollen Schmuck des Quai des Lunettes? Dieser Kai beginnt am Fuß des Pont au Change und erstreckt sich bis zum Pont Neuf. Ein viereckiger Turm, genannt der Uhrturm, von dem herab das Signal der Bartholomäusnacht gegeben wurde, ein Turm, der fast ebenso hoch ist wie der von Saint-Jacques-la-Boucherie, markiert den Justizpalast und bildet die Ecke dieses Kais. Diese vier Türme, diese Mauern sind mit jenem schwärzlichen Leichentuch überkleidet, wie es in Paris alle nach Norden gerichteten Fassaden annehmen. Etwa in der Mitte des Kais beginnen mit einer engen Arkade die geheimen Bauten, deren Lage die Errichtung des Pont Neuf unter Heinrich IV. bestimmte. Die Place Royale war nur eine Wiederholung der Place Dauphine. Es ist dasselbe Architektursystem, Ziegelstein mit Rahmen aus verzahnten Quadern. Diese Arkade und die Rue de Harlay bezeichnen im Westen die Grenzen des Palastes. Ehemals hing die Polizeipräfektur, das Hotel der ersten Parlamentspräsidenten, mit dem Palast zusammen. Die Oberrechnungskammer und das Obersteuergericht ergänzten dort die höchste Rechtsprechung, die des Souveräns. Man sieht, daß vor der Revolution der Justizpalast jene Abgeschlossenheit hatte, die man heute herzustellen sucht.

Dieses Viereck, diese Insel von Häusern und Monumenten, auf der sich die Sainte-Chapelle befindet, das herrlichste Juwel im Schmuckkästchen des heiligen Ludwig, dieser Raum ist das Heiligtum von Paris; er ist der geweihte Platz, seine Bundeslade. Und zunächst war dieser Raum für sich allein die ganze Stadt, denn das Gebiet der Place Dauphine war eine Wiese, die zum Krongut gehörte; dort befand sich ein Walzwerk, wo Geld geprägt wurde. Daher der Name der Rue de la Monnaie für die Straße, die zum Pont Neuf führt. Daher auch der Name des einen der drei runden Türme, des zweiten, der die Tour d'Argent heißt; und dieser Name scheint zu beweisen, daß man zuerst in ihm das Geld geprägt hat. Das berühmte Walzwerk, das man auf den alten Plänen von Paris sieht, wäre demnach wahrscheinlich später erbaut, als man nicht mehr im Palast selber prägte, und vermutlich verdankte es sein Entstehen einer Vervollkommnung in der Kunst der Münze. Der erste Turm, der sich fast an die Tour d'Argent anlehnt, heißt die Tour de Montgomery. Der dritte, der kleinste, aber am besten erhaltene von den dreien, denn er hat auch seine Zinnen bewahrt, heißt die Tour Bonbec. Die Sainte-Chapelle und diese vier Türme – einschließlich des Uhrturmes – umschreiben ausgezeichnet den Umriß, den Perimeter, wie ein Katasterbeamter sagen würde, des Palastes von der Zeit der Merowinger an bis zum ersten Hause von Valois; aber für uns stellt dieser Palast infolge seiner Umwandlungen des genauern die Epoche des heiligen Ludwig dar.

Karl V. überließ den Palast als erster dem Parlament, einer damals neu geschaffenen Einrichtung, und zog selbst unter dem Schutz der Bastille in das berühmte Hôtel Saint-Pol, an das man später den Palais des Tournelles anbaute. Dann kehrte unter den letzten Valois die königliche Familie ins Louvre zurück, das ihre erste Bastille gewesen war. Die erste Wohnung der französischen Könige, der Palast des heiligen Ludwig, der kurzweg den Namen ›des Palastes‹ bewahrt hat, um ›den‹ Palast an sich zu bezeichnen, ist jetzt ganz und gar begraben unter dem Justizpalast; er bildet seine Keller, denn er war wie die Kathedrale in die Seine gebaut worden, und zwar so sorgfältig, daß der Fluß selbst bei Hochwasser kaum ihre ersten Stufen bedeckte. Etwa zwanzig Fuß unter dem Quai de l'Horloge liegen jetzt diese tausendjährigen Bauten. Die Wagen rollen auf dem Niveau der Kapitäle jener starken Säulen der drei Türme, deren Höhe ehemals mit der Eleganz des Palastes in Einklang gestanden haben muß, als sie noch malerisch über dem Wasser standen; denn noch heute nehmen diese Türme es an Höhe mit den höchsten Monumenten von Paris auf. Wenn man diese ungeheure Stadt von der Höhe der Laterne des Pantheon herab betrachtet, so ist der Palast mit der Sainte-Chapelle noch immer das, was unter so viel Monumenten den monumentalsten Eindruck macht. Dieser Palast unserer Könige, auf den man tritt, wenn man den ungeheuren Vorsaal des Gerichts durchschreitet, war ein Wunder der Architektur; er ist es für die verständnisvollen Augen des Dichters, der ihn studiert, wenn er die Conciergerie untersucht, noch heute. Ach! Die Conciergerie ist eingedrungen in den Palast der Könige. Es blutet einem das Herz, wenn man sieht, wie man Zellen, Nischen, Gänge, Wohnungen, Säle ohne Licht und Luft in diese große Komposition hineingeschnitten hat, in der das Byzantinische, das Romanische und das Gotische, diese drei Gesichter der alten Kunst, durch die Archi-

18

tektur des zwölften Jahrhunderts vereinigt wurden. Dieser Palast ist für die erste Epoche der Geschichte der französischen Baukunst, was das Schloß von Blois für die Geschichte ihrer zweiten Epoche ist. Wie man zu Blois in einem Hof das Schloß der Grafen von Blois, das Ludwigs XII., das Franz' I. und das Gastons bewundern kann, so findet man innerhalb desselben Umkreises in der Conciergerie den Charakter der ersten Geschlechter und in der Sainte-Chapelle die Architektur des heiligen Ludwig. Ihr Stadträte, wenn ihr Millionen hergebt, so stellt den Architekten einen oder zwei Dichter zur Seite, wenn anders ihr die Wiege von Paris, die Wiege der Könige retten wollt, während ihr euch überlegt, wie ihr Paris und eurem höchsten Gerichtshof einen Frankreichs würdigen Palast zu geben vermögt! Es ist das eine Frage, die ein paar Jahre lang überlegt sein will, ehe man irgend etwas beginnt. Noch ein oder zwei Gefängnisbauten gleich dem der Roquette, und der Palast des heiligen Ludwig ist gerettet.

An vielen Wunden leidet heute dieses riesenhafte Monument, das gleich einem jener vorsintflutlichen Tiere im Gips von Montmartre unter dem Palast und dem Kai vergraben liegt; aber die größte Wunde ist die, daß es als Conciergerie dienen muß! Man versteht dieses Wort. In den ersten Zeiten der Monarchie wurden die großen Schuldigen – denn die Bauern und Bürger unterstanden städtischer oder ritterschaftlicher Rechtsprechung –, wurden die Inhaber der großen oder kleinen Lehen dem König zugeführt und in der Conciergerie in Haft gehalten. Da man nur wenig solcher großen Schuldigen verhaftete, so genügte die Conciergerie für die Rechtsprechung des Königs. Es ist schwer, die Baustelle der ersten Conciergerie genau zu erkunden. Da jedoch die Küchen des heiligen Ludwig noch vorhanden sind und heute das ausmachen, was man die ›Souricière‹ nennt, so ist anzunehmen, daß die ursprüngliche Conciergerie da lag, wo sich vor 1825 die Conciergerie des Parlaments befand, nämlich unter der Arkade rechts von der großen Außentreppe, die zum zweitinstanzlichen Gericht hinaufführt. Dort kamen bis 1825 die Verurteilten heraus, wenn sie zum Tode gingen. Dort kamen alle großen Verbrecher, alle Opfer der Politik heraus, die Marschallin von Ancre wie die Königin von Frankreich, Semblançay wie Malesherbes, Damien wie Danton, Desrues wie Castaing. Das Zimmer Fouquiertinvilles war wie das Zimmer des heutigen Staatsanwalts so gelegen, daß der öffentliche Ankläger die Leute, die das Revolutionsgericht verurteilt hatte, auf ihren

Karren vorbeiziehen sehen konnte. Dieser Mensch, der zum Schwert geworden war, konnte so einen letzten Blick auf seine Opfer werfen.

Seit 1825 hat unter dem Ministerium des Herrn von Peyronnet im Palast ein großer Wandel stattgefunden. Das alte Portal der Conciergerie, hinter dem die Zeremonien der Aufnahme und der letzten Toilette vor sich gingen, wurde geschlossen und dorthin verlegt, wo es sich heute befindet: zwischen den Uhrturm und die Tour de Montgomery, auf einen inneren Hof, den eine Arkade markiert. Links befindet sich die Souricière, rechts das Portal. Die Salatkutschen fahren in diesen ziemlich unregelmäßigen Hof hinein; sie können sich dort aufhalten, können wenden und sich im Fall einer Meuterei dort versammeln, geschützt gegen jeden Anschlag durch das starke Gitter des Arkadentores; ehemals hatten sie nicht die mindeste Möglichkeit, sich in dem engen Raum, der die große Außentreppe vom rechten Flügel des Palastes trennt, zu bewegen. Heute nimmt die Conciergerie, die kaum für die Angeklagten ausreicht – man müßte dort für dreihundert Menschen, Männer und Frauen, Platz haben –, nur noch bei seltenen Gelegenheiten Untersuchungsgefangene oder Strafgefangene auf; eine solche Ausnahme führte Jakob Collin und Lucien dorthin. Ausnahmsweise dulden die Behörden dort Schuldige aus der höchsten Gesellschaft, die schon genügend durch einen Spruch des Geschworengerichts entehrt sind und über alle Grenzen hinaus bestraft wären, wenn sie ihre Strafe zu Melun oder zu Poissy abzubüßen hätten. Ouvrard zog den Aufenthalt in der Conciergerie dem in Sainte-Pélagie vor. Gegenwärtig verbüßen der Notar Lehon und der Fürst von Bergues ihre Gefangenschaft dort, und zwar vermöge einer willkürlichen, aber sehr menschlichen Nachsicht.

Im allgemeinen werden die Untersuchungsgefangenen, sei es, wenn sie, nach dem Fachausdruck, zur Untersuchung gehen, sei es, wenn sie vor dem Zuchtpolizeigericht erscheinen sollen, von den Salatkutschen direkt in die Souricière eingeliefert. Die Souricière, die dem Portal gegenüber liegt, setzte sich aus einer gewissen Menge von Zellen zusammen, die in die Küchen des heiligen Ludwig eingebaut sind; dort warten die Gefangenen, die man aus ihren Gefängnissen geholt hat, auf die Stunde, in der das Gericht zusammentritt oder in der ihr Untersuchungsrichter eintrifft. Die Souricière wird im Norden vom Kai begrenzt, im Osten vom Wachtgebäude der Munizipalgarde, im Westen vom Hof der Conciergerie und im Süden von einem ungeheuren gewölbten Saal – sicherlich dem ehemaligen Festsaal –, der noch keine Bestimmung hat. Oberhalb der Souricière erstreckt sich ein inneres Wachtlokal, das durch ein Fenster den Blick über den Hof der Conciergerie beherrscht; es ist das Lokal der Departementsgendarmerie, und die Treppe mündet dahinein. Wenn die Stunde der Aburteilung kommt, so rufen hier die Gerichtsdiener die Untersuchungsgefangenen auf; die Gendarmen steigen in gleicher Zahl mit den Untersuchungsgefangenen hinab, jeder Gendarm nimmt einen von ihnen unterm Arm; und so gepaart steigen sie die Treppe hinauf, durchschreiten das Wachtlokal und kommen durch lange Gänge in einen Raum neben dem Saal, in dem die berühmte sechste Kammer des Gerichts tagt, der die Rechtsprechung des Zuchtpolizeigerichts obliegt. Es ist der Weg, den auch die Angeklagten entlang gehen, wenn sie sich aus der Conciergerie zum Schwurgericht begeben oder aus ihm zurückkehren.

Im großen Vorsaal bemerkt man zwischen der Tür der ersten Kammer des erstinstanzlichen Gerichts und der Freitreppe, die zur sechsten führt, auf der Stelle, wenn man auch zum erstenmal hindurchgeht, einen türlosen Durchgang ohne jeden architektonischen Schmuck: ein wahrhaft unedles viereckiges Loch. Von da aus kommen die Richter und die Advokaten in jene Gänge, in das Wachtlokal und steigen dann in die Souricière und zum Portal der Conciergerie hinab. All die Zimmer der Untersuchungsrichter liegen in verschiedenen Stockwerken in diesem Teil des Palastes. Man erreicht ihn über scheußliche Treppen hinweg: ein Labyrinth, in dem sich alle, denen der Palast nicht bekannt ist, fast immer verirren. Die Fenster dieser Zimmer blicken zum Teil auf den Kai, zum Teil auf den Hof der Conciergerie. 1830 blickten auch einige Zimmer der Untersuchungsrichter auf die Rue de la Barillerie.

Wenn nun im Hof der Conciergerie eine Salatkutsche sich nach links wendet, so bringt sie Untersuchungsgefangene in die Souricière; wendet sie sich nach rechts, so liefert sie Angeklagte in die Conciergerie ein. Nach dieser Seite hin also wurde der Wagen gelenkt, in dem Jakob Collin sich befand, denn man sollte ihn am Portal abliefern. Nichts ist grauenhafter. Verbrecher wie Besucher sehen zwei schmiedeeiserne Gitter, die durch einen Zwischenraum von etwa sechs Fuß voneinander getrennt sind, und die sich stets nur nacheinander öffnen; dort wird auf alles so peinlich geachtet, daß selbst die Leute, denen eine Besuchserlaubnis erteilt worden ist, erst diesen Raum zwischen den Gittern durchschreiten müssen, ehe sich der Schlüssel im Schloß umdreht. Selbst die Untersuchungsrichter, ja die Staatsanwälte kommen nicht herein, ohne sich legitimiert zu haben. Und da spreche man noch von der Möglichkeit eines Verkehrs oder eines Ausbruchs! ... Der Direktor der Conciergerie wird ein Lächeln auf den Lippen tragen, vor dem der verwegenste Romandichter in seinen Unternehmungen wider die Wahrscheinlichkeit den Zweifel fallen läßt. Man kennt in den Annalen der Conciergerie nur den Ausbruch La Valettes; aber die Gewißheit allerhöchster Nachsicht, die heute erwiesen ist, hat, wenn nicht die Aufopferung der Gattin, so doch die Gefahr eines Mißerfolgs verhindert. Wer an Ort und Stelle über das Wesen der Hindernisse urteilt, wird, und sei er ein noch so großer Freund des Wunderbaren, anerkennen, daß diese Hindernisse zu allen Zeiten unüberwindlich waren, wie sie es noch heute sind. Keine Worte können die Kraft der Mauern und Gewölbe malen, man muß sie sehen. Obgleich das Pflaster des Hofes schon niedriger liegt als das des Kais, so muß man doch, wenn man das Portal passiert, noch mehrere Stufen hinabsteigen, um in einen ungeheuren gewölbten Saal zu gelangen, dessen gewaltige Mauern mit prachtvollen Säulen geschmückt und von der Tour de Montgomery, die heute einen Teil der Wohnung des Direktors der Conciergerie ausmacht, und der Tour d'Argent flankiert sind, die heute den Wächtern, Pförtnern oder Schließern, wie man sie nun nennen will, als Schlafgebäude dient. Die Zahl jener Angestellten ist nicht so hoch, wie man sich wohl denkt; es sind ihrer zwanzig; ihr Schlafraum und ihr Bettzeug unterscheidet sich nicht von dem der ›Pistole‹. Dieser Name kommt ohne Zweifel daher, daß die Gefangenen ehemals für diese Unterkunft wöchentlich eine Pistole zahlten; die Nacktheit der Räume erinnert an die kalten Mansarden, wie alle großen Leute ohne Vermögen sie in Paris zunächst bewohnen. Links von diesem ungeheuren Eingangssaal liegt die Kanzlei der Conciergerie, eine Art Bureau, das durch Glasscheiben abgetrennt ist; dort sitzen der Direktor und sein Kanzlist; dort befinden sich die Aufnahmeregister. Da wird der Untersuchungsgefangene oder der Angeklagte eingetragen, beschrieben und durchsucht; da wird die Frage der Unterbringung entschieden, deren Lösung vom Geldbeutel des Gastes abhängt. Gegenüber vom Portal dieses Saales sieht man eine Glastür; sie führt in einen Sprechraum, in dem Verwandte und Advokaten durch ein Fenster mit doppeltem Holzgitter mit den Angeklagten sprechen können. Dieses Sprechzimmer erhält sein Licht von dem Gefängnishof her, dem inneren Spaziergang, auf dem die Angeklagten zu bestimmten Stunden Luft schöpfen und sich Bewegung machen.

Der große Saal, der durch das zweifelhafte Licht dieser beiden Türen erhellt wird, denn das einzige Fenster, das auf den Anfahrtshof führt, wird vollständig von der Kanzlei in Anspruch genommen, die es umrahmt, zeigt den Blicken eine Beleuchtung und eine Atmosphäre, die vollkommen mit den von der Einbildungskraft vorgefaßten Bildern im Einklang steht. Das Ganze wirkt um so erschreckender, als man parallel mit den Türmen, der Tour d'Argent und der Tour de Montgomery, jene geheimnisvollen, gewölbten, furchtbaren, lichtlosen Krypten erkennt, die das Sprechzimmer umgeben und zu den Kerkern der Königin, der Frau Elisabeth und den sogenannten Geheimzellen führen. Dieses Labyrinth von Quadern ist, nachdem es die Feste des Königreichs gesehen hat, zum Kellergeschoß des Gerichtspalastes geworden. Von 1825 bis 1832 nahm man in diesem ungeheuren Saal zwischen einem großen Ofen, der ihn heizt, und dem ersten Gitter die Zeremonie der Toilette vor. Noch jetzt schreitet man nicht ohne Zittern über diese Fliesen, die die Erschütterung und das Geständnis so vieler letzter Blicke aufgefangen haben.

Um seinen scheußlichen Wagen zu verlassen, bedurfte der Sterbende der Hilfe zweier Gendarmen, die ihn jeder unter je einem Arm packten, ihn stützten und wie ohnmächtig in die Kanzlei trugen. Der Sterbende hob, als er so dahingeschleppt wurde, die Blicke in einer Weise zum Himmel, daß er dem vom Kreuze genommenen Heiland glich. Sicherlich zeigt Jesus auf keinem Gemälde ein leichenhafteres, entstellteres Gesicht, als dieser falsche Spanier es tat; er schien bereit, den Atem aufzugeben. Als er in der Kanzlei saß, wiederholte er mit versagender Stimme die Worte, die er seit seiner Verhaftung an jeden richtete: »Ich berufe mich auf Seine Exzellenz den spanischen Gesandten ...« – »Das«, erwiderte der Direktor, »können Sie dem Herrn Untersuchungsrichter sagen ...« – »Ah, Jesus!« rief Jakob Collin stöhnend. »Kann ich nicht ein Brevier bekommen? ... Wird man mir immer noch einen Arzt verweigern? ... Ich habe keine zwei Stunden mehr zu leben.«

Da Carlos Herrera in strengen Einzelgewahrsam gebracht werden sollte, so war es unnötig, ihn zu fragen, ob er auf die Wohltat der Pistole Anspruch machte, das heißt auf das Recht, eins jener Zimmer zu bewohnen, in denen man den einzigen Luxus genießt, den die Justiz erlaubt. Diese Zimmer liegen am Ende des Gefängnishofes, von dem später die Rede sein wird. Der Gerichtsdiener und der Kanzlist erfüllten gemeinsam und phlegmatisch die Formalitäten der Aufnahme.

»Herr Direktor«, sagte Jakob Collin in geradebrechtem Französisch, »ich liege im Sterben, Sie sehen es. Sagen Sie diesem Herrn Richter, wenn Sie es können, sagen Sie es vor allem so bald wie möglich, daß ich als eine Gunst erflehe, was ein Verbrecher am meisten fürchten müßte, nämlich vor ihm erscheinen zu dürfen, sowie er eintrifft; denn meine Leiden sind wirklich unerträglich; und sowie ich ihn sehe, muß jeder Irrtum sich aufklären …« 26

Es ist eine allgemeine Regel, daß alle Verbrecher von Irrtum reden. Man gehe ins Bagno und befrage die Verurteilten, sie sind fast stets das Opfer eines Justizirrtums. Daher entlockt denn auch dieses Wort allen, die mit Untersuchungsgefangenen, Angeklagten und Verurteilten in Berührung kommen, ein unmerkliches Lächeln.

»Ich kann mit dem Untersuchungsrichter über Ihr Begehren sprechen«, erwiderte der Direktor. »Ich werde Sie segnen! …« erwiderte der falsche Spanier, indem er die Augen gen Himmel hob.

Sowie Carlos Herrera aufgenommen war, ergriff ihn an jedem Arm ein Munizipalgardist; ein Aufseher, dem der Direktor die Einzelzelle bezeichnete, in der der Untersuchungsgefangene unterzubringen war, begleitete sie, und so wurde er durch das unterirdische Labyrinth der Conciergerie in eine, was gewisse Philanthropen auch sagen mögen, sehr trockene Zelle geführt, die jedoch keine Möglichkeit eines Verkehrs offen ließ.

Als er verschwunden war, sahen sich der Direktor des Gefängnisses, sein Kanzlist, der Gerichtsdiener und die Gendarmen an, als wollten sie einander nach ihrer Meinung fragen; und auf allen Gesichtern malte sich der Zweifel; aber beim Anblick des zweiten Untersuchungsgefangenen verfielen die Zuschauer von neuem in ihre gewohnte Ungewißheit, die unter einer gleichgültigen Miene verborgen wird. Wenn nicht außerordentliche Umstände vorliegen, so sind die Beamten der Conciergerie wenig neugierig, denn die Verbrecher sind für sie das, was für die Friseure die Kunden sind. Daher gehen denn auch all die Förmlichkeiten, vor denen die Einbildungskraft sich entsetzt, einfacher vonstatten als bei einem Bankier die Geldgeschäfte, und oft wird die Höflichkeit besser gewahrt. Lucien zeigte die Maske des niedergeschlagenen Schuldigen, denn er ließ alles mit sich geschehen, er hielt mechanisch still. Seit 27 Fontainebleau dachte der Dichter über seinen Zusammenbruch nach, und er sagte sich, daß die Stunde der Sühne geschlagen hatte. Er war blaß und abgezehrt und hatte keine Ahnung von dem, was seit seiner

Abreise bei Esther vorgefallen war; er wußte, daß er der vertraute Gefährte eines ausgebrochenen Sträflings war: und diese Lage genügte, ihm Katastrophen vorzuspiegeln, die schlimmer waren als der Tod. Wenn sein Gedanke einen Plan erzeugte, so war es der des Selbstmordes. Er wollte um jeden Preis der Schmach entgehen, die er wie die Bilder eines schmerzvollen Traumes vor sich sah.

Jakob Collin wurde als der gefährlichere der beiden Untersuchungsgefangenen in eine Zelle gebracht, die ganz aus Quadern gebaut war und ihr Licht aus einem jener kleinen inneren Höfe bezog, wie man sie im Umkreis des Palastes findet; sie lag in dem Flügel, in dem der Staatsanwalt sein Zimmer hat. Dieser kleine Hof dient für die Abteilung der Frauen als Spaziergang. Lucien wurde auf demselben Wege in eine Zelle geführt, die den Pistolen benachbart war, denn nach den vom Untersuchungsrichter gegebenen Befehlen nahm der Direktor ein wenig Rücksicht auf ihn.

Im allgemeinen machen sich Leute, die niemals mit den Gerichten zu tun haben werden, die schwärzesten Vorstellungen über die Einzelhaft. Die Vorstellung von der Kriminalgerichtsbarkeit ist immer noch nicht frei von den alten Begriffen der ehemaligen Folter, der Ungesundheit der Gefängnisse, der kalten Steinmauern, aus denen Tränen sickern, der Grobheit der Schließer und der schlechten Ernährung, jener obligatorischen Zutaten des Dramas; aber es ist nicht unnötig, hier einmal zu sagen, daß diese Übertreibungen nur auf dem Theater vorhanden sind; Richter und Anwälte und alle, die die Gefängnisse aus Neugier besuchen oder sie studieren, lächeln darüber. Lange war es furchtbar. Es ist sicher, daß unter dem alten Obergericht, in den Jahrhunderten Ludwigs XIII. und Ludwigs XIV., die Angeklagten wirr durcheinander in eine Art Zwischenstock über dem alten Portal geworfen wurden. Die Gefängnisse waren auch eins der Verbrechen der Revolution von 1789, und es genügt, den Kerker der Königin und den der Frau Elisabeth zu sehen, um einen tiefen Abscheu vor den ehemaligen Formen der Gerichtsbarkeit zu empfinden. Aber heute hat die Philanthropie, wenn sie der Gesellschaft auch unberechenbaren Schaden angetan hat, doch den Einzelwesen einigen Nutzen gebracht. Wir verdanken unsern Strafkodex Napoleon; und er wird in höherem Grade als der Zivilkodex, der in einigen Punkten dringend der Reform bedürftig ist, eins der größten Monumente dieser so kurzen Regierung bleiben. Dieses neue Strafrecht schüttete einen ganzen Abgrund voll Leiden zu. Daher kann man auch, abgesehen von den grauenhaften moralischen Foltern, denen die Angehörigen der oberen Klassen ausgesetzt sind, wenn sie sich in den Händen der Gerichtsbarkeit sehen, behaupten, daß die Handhabung dieser Macht von einer Milde und einer Einfachheit ist, die nur um so größer erscheinen, als sie unerwartet sind. Der Beschuldigte und der Untersuchungsgefangene wohnen sicherlich nicht wie zu Hause; aber alles Notwendige findet man in den Pariser Gefängnissen. Übrigens nimmt die Schwere der Empfindungen, denen man sich überläßt, den Nebendingen des Lebens ihre gewöhnliche Bedeutung. Nie leidet der Körper. Der Geist ist in einem so erregten Zustand, daß jedes Unbehagen, jede Brutalität – wenn man sie in dem Milieu, in dem man sich befindet, antrifft – leicht zu ertragen wäre. Man muß zugeben, daß der Unschuldige, zumal in Paris, schnell in Freiheit gesetzt wird.

Lucien fand also, als er seine Zelle betrat, das genaue Abbild des ersten Zimmers vor, das er im Hotel Cluny in Paris bewohnt hatte. Ein Bett, ähnlich dem der armseligeren Logierhäuser des Quartier latin, Stühle mit geflochtenem Strohsitz, ein Tisch und ein paar Geräte bildeten die Einrichtung einer jener Kammern, in denen man oft zwei Angeklagte vereinigt, wenn sie sich ruhig benehmen und ihre Verbrechen, Fälschungen oder Bankrotte, nicht weiter beunruhigen. Diese Ähnlichkeit zwischen seinem unschuldsvollen Ausgangspunkt und dem Ziel, der letzten Stufe der Schmach und Erniedrigung, drängte sich einem letzten Aufblitzen seiner poetischen Ader so stark ins Bewußtsein, daß der Unglückliche in Tränen ausbrach. Er weinte vier Stunden lang, scheinbar empfindungslos wie eine Steinfigur, in Wirklichkeit aber leidend unter all seinen gestürzten Hoffnungen, getroffen in all seinen zermalmten sozialen Eitelkeiten, in seinem vernichteten Stolz, in all den verschiedenen Ichs, die der Ehrgeizige, der Liebhaber, der Glückliche, der Dandy, der Pariser, der Dichter, der Lüstling und der Bevorrechtigte darstellten. Alles war bei diesem Ikarussturz in ihm zerbrochen.

Carlos Herrera seinerseits schweifte, sowie er allein war, in seiner Zelle umher wie der weiße Bär des Jardin des Plantes in seinem Käfig. Er untersuchte sorgfältig die Tür und überzeugte sich, daß, abgesehen von dem Guckloch, keine Öffnung darin angebracht war. Er prüfte alle Mauern, sah sich die Fensterblende an, durch deren Schlund ein schwaches Licht herabfiel, und sagte bei sich selber: ›Ich bin in Sicherheit!‹

Er setzte sich in einen Winkel, wo ihn das Auge eines Aufsehers von dem vergitterten Guckloch aus nicht sehen konnte. Dann nahm er die Perücke ab und löste schnell ein Papier, das auf ihrem Boden saß. Die Seite dieses Papiers, die auf dem Kopf gelegen hatte, war so fettig, daß es die innere Oberfläche der Perücke zu sein schien. Wenn Bibi-Lupin auf den Gedanken gekommen wäre, diese Perücke abzunehmen, um die Identität des Spaniers mit Jakob Collin festzustellen, so hätte er dieses Papier nicht beargwöhnt, so sehr schien es zur Arbeit des Perückenmachers zu gehören. Die andere Seite des Papiers war noch weiß und sauber genug, um ein paar Zeilen aufzunehmen. Die schwierige und vorsichtige Arbeit des Loslösens war schon in der Force begonnen worden; zwei Stunden hätten dazu nicht genügt, er hatte bereits den vorigen Tag zur Hälfte darauf verwandt. Der Gefangene schnitt zunächst von diesem kostbaren Papier einen Streifen von etwa acht bis zehn Millimeter Breite ab und teilte ihn in mehrere Stücke; dann legte er seinen Papiervorrat, nachdem er die Schicht von Gummiarabikum, mit deren Hilfe er die Klebkraft wieder herstellen konnte, befeuchtet hatte, in sein sonderbares Magazin zurück. In einer Strähne seines Haares suchte er einen jener Bleistifte, die so fein sind wie eine Nadel und deren neuerliche Erfindung man der Schweiz verdankte; er war dort mit Leim befestigt; er brach sich ein Stück ab, das lang genug war, um damit zu schreiben, und klein genug, um es im Ohr zu verbergen. Nachdem Jakob Collin diese Vorbereitungen mit der Geschwindigkeit und Sicherheit aller alten Sträflinge – sie sind behend wie die Affen – getroffen hatte, setzte er sich auf den Rand seines Bettes und begann, sich seine Anweisungen für Asien zu überlegen; denn er war überzeugt, daß er sie auf seinem Wege treffen würde, so sehr zählte er auf das Genie dieser Frau.

›In meinem vorläufigen Verhör‹, sagte er bei sich selber, ›habe ich den Spanier gespielt, der schlecht Französisch spricht, sich auf seinen Gesandten beruft, diplomatische Vorrechte geltend macht und nicht versteht, was man ihn fragt; all das wohl unterbrochen von Schwächeanfällen, Pausen und Seufzern, kurz von allen Schnurren eines Sterbenden. Bleiben wir auf diesem Gebiet! Meine Papiere sind in Ordnung. Asien und ich, wir werden doch wohl Herrn Camusot aufessen! Er ist nicht allzu stark. Denken wir also an Lucien; es handelt sich darum, ihm Mut zu machen; wir müssen auf jeden Fall zu diesem Kind durchdringen und ihm einen Feldzugsplan vorschreiben; sonst liefert er sich und mich aus und verdirbt alles! … Vor seinem Verhör muß man ihm das eingetrichtert haben. Dann brauche ich Zeugen, die mir meinen Priesterstand bestätigen!‹

Das war die moralische und physische Verfassung der beiden Gefangenen, deren Schicksal in diesem Augenblick von Herrn Camusot abhing, dem Untersuchungsrichter der ersten Instanz im Seinedepartement; er war während der Zeit, die der Strafkodex ihm zuwies, der unumschränkte Richter über die kleinsten Einzelheiten in ihrem Dasein; denn er allein konnte erlauben, daß der Geistliche und der Arzt der Conciergerie, oder wer es auch war, mit ihnen in Verbindung trat.

Keine menschliche Macht, weder der König noch der Justizminister noch der Ministerpräsident, kann in die Befugnisse eines Untersuchungsrichters eingreifen; nichts kann ihn aufhalten, nichts ihm Vorschriften machen. Er ist ein Souverän, der einzig seinem Gewissen und dem Gesetz untersteht. In diesem Augenblick, in dem Philosophen, Philanthropen und Publizisten unablässig damit beschäftigt sind, alle sozialen Gewalten zu brechen, ist auch die Macht, die unsere Gesetze den Untersuchungsrichtern geben, zum Gegenstand von Angriffen geworden, die um so furchtbarer sind, als diese Macht sie fast rechtfertigt, weil sie, sagen wir es, ungeheuer ist. Nichtsdestoweniger muß für jeden verständigen Menschen diese Macht unangefochten bleiben; man kann in gewissen Fällen die Ausübung durch weitgehende Vorsicht mildern; aber die Gesellschaft, die schon durch die Verständnislosigkeit und Schwäche der Jury – einer erhabenen und höchsten Einrichtung, in der die Ämter nur ausgewählten Notabilitäten übertragen werden dürften – so stark erschüttert worden ist, würde vom Verderben bedroht sein, wenn man diese Säule bräche, die unser ganzes Strafrecht stützt. Die Untersuchungshaft ist eine jener furchtbaren, notwendigen Einrichtungen, deren soziale Gefahr durch eben ihre Heilkraft aufgewogen wird. Übrigens ist ein Mißtrauen gegen die Rechtsprechung der Beginn der sozialen Auflösung. Man vernichte die Einrichtung, man baue sie auf anderer Grundlage wieder auf; man verlange wie vor der Revolution von den Richtern ungeheure Vermögensgarantien; aber, man glaube mir, macht nicht aus der Rechtsprechung ein Abbild der Gesellschaft, um ihrer zu spotten! Heute hat der Richter, der bezahlt wird wie ein anderer Beamter, der meistens arm ist, seine ehemalige Würde vertauscht mit einem Amtsstolz, der all denen unerträglich scheint, die man ihm gleichgestellt hat; denn der Amtsstolz ist eine Würde, die keine Stützpunkte hat. Darin liegt der Fehler der gegenwärtigen Einrichtung. Wenn Frankreich in zehn

Sprengel eingeteilt wäre, so könnte man den Richterstand heben, indem man von den Richtern ein großes Vermögen verlangt; bei sechsundzwanzig Sprengeln ist das nicht möglich. Die einzige Verbesserung, die man in der Ausübung der dem Untersuchungsrichter anvertrauten Macht verlangen kann, ist die Ehrenrettung des Untersuchungsgefängnisses. Die Untersuchungshaft dürfte keinerlei Wandel in die Gewohnheiten der Individuen bringen. Die Untersuchungsgefängnisse müßten in Paris so erbaut, möbliert und angelegt werden, daß sie die Vorstellungen des Publikums von der Lage der Untersuchungsgefangenen von Grund aus wandelten. Das Gesetz ist gut und notwendig; aber seine Handhabung ist schlecht, und die Leute beurteilen die Gesetze nach der Art, wie sie gehandhabt werden. Die öffentliche Meinung Frankreichs verurteilt in einem unerklärlichen Widerspruch die Untersuchungsgefangenen und rehabilitiert die Angeklagten. Vielleicht ist das das Ergebnis des wesentlich tadelsüchtigen Geistes des Franzosen. Diese Inkonsequenz des Pariser Publikums war eins der Motive, die zur Katastrophe dieses Dramas führten; sie war sogar, wie man sehen wird, eins der mächtigsten. Um die furchtbaren Szenen, die sich im Zimmer eines Untersuchungsrichters abspielen, zu verstehen, um die gegenseitige Lage der beiden kriegführenden Parteien, der Untersuchungsgefangenen und der Justiz, ganz zu erkennen – denn ihr Kampf dreht sich um das Geheimnis, das jene gegen die Neugier des Richters verteidigen, den man in der Gefängnissprache so treffend ›den Neugierigen‹ nennt –, darf man nie vergessen, daß die Untersuchungsgefangenen nichts von all dem ahnen, was die sieben oder acht Publikums sagen, die das Publikum ausmachen, nichts von all dem, was die Richter und die Polizei von den Einzelheiten des Verbrechens wissen, noch von dem Wenigen, was die Zeitungen darüber veröffentlichen. Daher bedeutet es, wenn man einem Gefangenen eine Nachricht zukommen läßt, wie Jakob Collin sie soeben durch Asien über Luciens Verhaftung erhalten hatte, etwa soviel, wie wenn man einem Ertrinkenden einen Strick zuwirft. Man wird daher sehen, wie ein Anschlag mißglückt, der den Sträfling ohne diese Mitteilung sicherlich zugrunde gerichtet hätte. Nachdem diese Voraussetzungen einmal festgestellt sind, werden die wenigst leicht zu rührenden Leute vor dem erschrecken, was diese drei Ursachen der Angst zur Folge haben: Abschließung, Schweigen und Gewissensbisse.

Herr Camusot, der Schwiegersohn eines der Diener des königlichen Kabinetts, der schon zu bekannt ist, als daß es nötig wäre, seine Verbindungen und seine Stellung zu beleuchten, befand sich in diesem Augenblick in betreff der Untersuchung, die ihm anvertraut worden war, in einer Ratlosigkeit, die der Carlos Herreras fast gleich war. Noch eben Präsident eines Gerichtshofes im Sprengel, war er dieser Stellung entrissen und zum Richter in Paris ernannt worden, zu einer der umworbensten Stellungen im ganzen Richterstand, und zwar vermöge der Empfehlung der berühmten Herzogin von Maufrigneuse, deren Gatte als Prügelknabe des Dauphins und Oberst eines der Kavallerieregimenter der königlichen Garde beim König ebenso hoch in der Gunst stand, wie sie bei der ›gnädigen Frau‹. Durch einen winzigen Dienst, der aber für die Herzogin von höchster Bedeutung war und den er ihr zur Zeit der Anklage wegen Fälschung, die damals ein Bankier in Alençon gegen den jungen Grafen von Esgrignon erhob, geleistet hatte (siehe in den ›Kleineren Erzählungen‹ – ›Das Antiquitätenkabinett‹), war er aus einem einfachen Provinzrichter zum Präsidenten geworden und aus einem Präsidenten zum Untersuchungsrichter in Paris. Während der achtzehn Monate, die er jetzt im wichtigsten Gericht des Königreichs saß, hatte er sich schon auf die Empfehlung der Herzogin von Maufrigneuse hin in den Gesichtskreis einer nicht weniger mächtigen Dame, der Marquise d'Espard, vorwagen können; doch ohne Erfolg. Lucien konnte, wie wir zu Beginn dieser Szene gesagt haben, um sich an Frau d'Espard, die ihren Gatten entmündigen lassen wollte, zu rächen, dem Oberstaatsanwalt und dem Grafen von Sérizy über den wahren Sachverhalt die Augen öffnen. Als diese beiden mächtigen Männer sich den Freunden des Marquis d'Espard anschlossen, war die Frau nur vermöge der Milde ihres Gatten einem Tadel von seiten des Gerichts entgangen. Als nun die Marquise d'Espard am Tage zuvor von Luciens Verhaftung hörte, hatte sie ihren Schwager, den Chevalier d'Espard, zu Frau Camusot geschickt. Frau Camusot hatte sich auf der Stelle zu der berühmten Marquise begeben. Vor dem Diner kam sie wieder nach Hause und nahm in ihrem Schlafzimmer ihren Mann beiseite.

»Wenn du diesen kleinen Gecken Lucien von Rubempré vors Schwurgericht bringen kannst und man seine Verurteilung durchsetzt, so wirst du königlicher Rat am Gericht der zweiten Instanz ...« – »Wieso?« – »Frau d'Espard möchte es erleben, daß der Kopf dieses armen jungen Menschen fällt. Es lief mir kalt über den Rücken, als ich den Haß einer hübschen Frau reden hörte.« – »Mische dich nicht in die Angelegenheiten des Justizpalastes«, erwiderte Camusot seiner Frau.

»Ich, mich hineinmischen!« entgegnete sie. »Uns hätte ein Dritter hören können, und er hätte nicht gewußt, um was es sich handelte. Die Marquise und ich, wir waren alle beide ebenso entzückend heuchlerisch, wie du es in diesem Augenblick gegen mich bist. Sie wollte mir für deine guten Dienste in ihrer Sache danken und sagte, trotz des Mißerfolges sei sie dafür erkenntlich. Sie sprach mir von der furchtbaren Vollmacht, die das Gesetz euch gebe. Es ist furchtbar, einen Menschen aufs Schafott schicken zu müssen; aber den! ... Das wäre nur Gerechtigkeit! ... usw. Sie beklagte, daß es mit einem so schönen jungen Menschen, den ihre Cousine, Frau du Châtelet, nach Paris geführt habe, eine so schlimme Wendung genommen hätte. ›Dahin‹, sagte sie, ›führen schlechte Frauen wie diese Coralie und diese Esther junge Leute, die verderbt genug sind, den unsaubern Gewinn mit ihnen zu teilen!‹ Kurz, schöne Tiraden über die Barmherzigkeit und die Religion! Frau du Châtelet habe ihr gesagt, Lucien verdiene tausendmal den Tod, denn er habe seine Schwester und seine Mutter fast getötet ... Sie sprach von einer Vakanz am Gericht der zweiten Instanz, sie kenne den Justizminister. ›Ihr Gatte, gnädige Frau, hat eine schöne Gelegenheit, sich auszuzeichnen!‹ sagte sie zum Schluß ... Nun, also.« – »Wir zeichnen uns tagtäglich aus, indem wir unsere Pflicht tun«, sagte Camusot. »Du wirst es weit bringen, wenn du überall Richter bist, selbst deiner Frau gegenüber«, rief Frau Camusot. »Sieh, ich hatte dich für einen Tropf gehalten; heute bewundere ich dich ...« Der Richter hatte jenes Lächeln auf den Lippen, das nur Richter kennen und das ebenso seinen besonderen Charakter hat wie das der Tänzerinnen.

»Gnädige Frau, darf ich eintreten?« fragte die Kammerfrau. »Was wollen Sie?« fragte die Herrin. »Gnädige Frau, die erste Zofe der Frau Herzogin von Maufrigneuse war hier, während die gnädige Frau fort waren, und sie bittet die gnädige Frau im Namen ihrer Herrin, alles stehen und liegen zu lassen und ins Hotel Cadignan zu kommen.« – »Man soll mit dem Diner warten«, sagte die Frau des Richters, da sie sich überlegte, daß der Kutscher des Fiakers, der sie nach Hause gefahren hatte, noch auf seine Bezahlung wartete.

Sie setzte ihren Hut wieder auf, stieg wieder in den Wagen und war in zwanzig Minuten im Hotel Cadignan. Frau Camusot, die durch die kleine Pforte eingeführt wurde, blieb zehn Minuten lang allein in einem Boudoir, das neben dem Schlafzimmer der Herzogin lag; die Herzogin erschien strahlend, denn sie wollte nach Saint-Cloud aufbrechen, wohin eine Einladung des Hofes sie rief.

»Meine Kleine, unter uns, zwei Worte genügen.« – »Ja, Frau Herzogin.« – »Lucien von Rubempré ist verhaftet; Ihr Gatte hat die Untersuchung. Ich bürge für die Unschuld des armen Kindes; er muß innerhalb von vierundzwanzig Stunden frei sein. Das ist nicht alles. Es will jemand 37 Lucien heimlich in seinem Gefängnis sehen; Ihr Gatte kann, wenn er will, zugegen sein, wenn er sich nicht bemerklich macht ... Ich bin denen, die mir dienen, treu, das wissen Sie. Der König erhofft viel vom Mut seiner Richter, denn er wird sich bald in ernsten Verhältnissen befinden; ich werde Ihren Gatten ins Licht rücken; ich werde ihn als einen Mann empfehlen, der dem König ergeben bleibt, und müßte er seinen Kopf aufs Spiel setzen. Unser Camusot wird zunächst königlicher Rat, dann erster Präsident, einerlei, wo ... Adieu ... man erwartet mich, Sie entschuldigen mich, nicht wahr? Sie verpflichten nicht nur den Generalstaatsanwalt, der sich in dieser Angelegenheit nicht aussprechen kann: Sie retten auch einer Frau, die dahinsiecht, das Leben, der Frau von Sérizy. Also wird es Ihnen nicht an Stützen fehlen ... Also Sie sehen, wie sehr ich Ihnen vertraue, ich brauche Ihnen nicht erst zu empfehlen, daß Sie ... Sie wissen ja!« Sie legte einen Finger auf die Lippen und verschwand.

›Und ich habe ihr nicht einmal sagen können, daß die Marquise d'Espard Lucien auf dem Schafott sehen will! ...‹ dachte die Frau des Richters, als sie zu ihrem Wagen zurückkehrte.

Sie kam in einer solchen Angst nach Hause, daß der Richter, als er sie erblickte, fragte: »Amelie, was hast du?« – »Wir stehen zwischen zwei Feuern!«

Sie berichtete ihrem Gatten von ihrer Unterredung mit der Herzogin, doch flüsterte sie ihm alles ins Ohr, so sehr fürchtete sie, das Zimmermädchen möchte an der Tür lauschen.

»Welche von beiden ist die Mächtigere?« sagte sie zum Schluß. »Die Marquise hat dich bei ihrem dummen Antrag auf Entmündigung ihres Gatten fast kompromittiert, während wir der Herzogin alles verdanken. Die eine hat mir unbestimmte Versprechungen gemacht, während die 38 andere sagte: Sie werden erst königlicher Rat, dann erster Präsident! ... Gott bewahre mich davor, daß ich dir einen Rat geben sollte! Ich werde mich nicht in die Angelegenheiten des Palastes mischen; aber ich muß dir getreulich berichten, was man am Hofe sagt und was sich dort vorbereitet ...« – »Du weißt nicht, Amelie, was mir der Polizeipräfekt heute morgen geschickt hat, und noch dazu durch wen! Durch einen der wichtigsten Männer der politischen Polizei des Königreichs, durch den Bibi-Lupin der Politik, der mir sagte, daß der Staat geheime Interessen an diesem Prozeß habe. Laß uns essen und in die Varietés gehen … Wir wollen heute abend in der Stille des Arbeitszimmers über all das reden, denn ich werde deine Klugheit brauchen; die des Richters genügt vielleicht nicht …«

Neun Zehntel der Richter werden leugnen, daß die Frau in solchen Lagen Einfluß auf den Gatten haben kann; aber wenn es eine der größten sozialen Ausnahmen ist, so kann man doch beobachten, daß sie vorkommt, wenn auch nur gelegentlich. Der Richter gleicht darin dem Priester, vor allem in Paris, wo man die Elite des Richterstandes findet; er redet selten von den Angelegenheiten des Palastes, wenn es sich nicht um bereits erledigte Dinge handelt. Die Frauen tun nicht nur so, als wüßten sie niemals etwas, sie haben auch alle genug Schicklichkeitsgefühl, um zu erraten, daß sie ihrem Gatten schaden würden, wenn sie es sich merken ließen, daß sie über irgendein Geheimnis unterrichtet sind. Nichtsdestoweniger haben bei den großen Gelegenheiten, wo es sich je nach dieser oder jener Entscheidung um ihre Beförderung handelt, viele Frauen wie Amelie bei der Überlegung des Richters mitgeholfen. Schließlich hängen diese Ausnahmen, die um so leichter zu leugnen sind, als sie immer unbekannt bleiben, völlig von der Art ab, wie der Kampf der zwei Charaktere im Schoße des Haushalts verlaufen ist. Nun beherrschte Frau Camusot ihren Gatten vollständig. Als alles im Hause schlief, setzten der Richter und seine Frau sich an den Schreibtisch, auf dem der Richter die Akten des Prozesses bereits geordnet hatte.

»Das sind die Notizen, die der Polizeipräfekt mir hat zustellen lassen; übrigens auf meine Bitte«, sagte Camusot.

»*Der Abbé Carlos Herrera.*

Dieses Individuum ist sicherlich ein gewisser Jakob Collin, genannt Betrüg-den-Tod, dessen letzte Verhaftung bis ins Jahr 1819 zurückgeht; sie wurde vorgenommen im Hause einer Frau Vauquer, die in der Rue Neuve Sainte-Geneviève eine bürgerliche Pension besaß, in der er unter dem Namen Vautrin wohnte.«

Am Rande las man in der Handschrift des Polizeipräfekten:

»Bibi-Lupin, dem Chef der Sicherheit, ist telegraphisch Befehl erteilt worden, auf der Stelle zurückzukehren, um eine Konfrontation vorzunehmen; denn er kennt Jakob Collin persönlich, da er ihn 1819 unter Mitwirkung eines Fräulein Michonneau verhaftet hat.« –

»Die Pensionäre, die im Hause Vauquer wohnten, leben noch und können geladen werden, um die Identität festzustellen.

Der angebliche Carlos Herrera ist der intime Freund und Ratgeber des Herrn Lucien von Rubempré, dem er drei Jahre hindurch beträchtliche Summen geliefert hat, die offenbar aus Diebstählen stammten.

Diese Solidarität wird, wenn man die Identität des angeblichen Spaniers mit Jakob Collin feststellen kann, über den Herrn Lucien von Rubempré das Urteil fällen.

Der plötzliche Tod des Agenten Peyrade ist die Folge einer Vergiftung, die Jakob Collin, Rubernpré oder ihre Helfershelfer ausgeführt haben. ⁴⁰ Das Motiv dieses Mordes liegt darin, daß der Agent diesen beiden geschickten Verbrechern seit langem auf der Spur war.«

Am Rande zeigte der Richter auf diesen Satz, den der Polizeipräfekt selbst geschrieben hatte:

»Dies auf Grund meines persönlichen Wissens; und ich habe die Beweise dafür, daß der Herr Lucien von Rubempré mit Seiner Herrlichkeit dem Grafen von Sérizy und dem Herrn Generalstaatsanwalt ein unwürdiges Spiel getrieben hat.«

»Was sagst du dazu, Amelie?« – »Es ist beängstigend! ...« erwiderte die Frau des Richters. »Lies doch weiter!«

»Die Verwandlung Jakob Collins in den spanischen Priester ist das Ergebnis irgendeines Verbrechens, das geschickter begangen ist als das, vermöge dessen Cogniard sich zum Grafen von Sankt Helena machte.«

»Lucien von Rubempré.

Lucien Chardon, Sohn eines Apothekers in Angoulême, verdankt, da seine Mutter eine geborene von Rubempré war, einer Ordonnanz des Königs das Recht, den Namen ›von Rubempré‹ zu führen. Diese Ordonnanz ist erlassen worden auf die Bitte der Frau Herzogin von Maufrigneuse und des Herrn Grafen von Sérizy.

182. ist dieser junge Mann ohne alle Existenzmittel nach Paris gekommen, und zwar im Gefolge der Frau Gräfin Sixtus du Châtelet, damals Frau von Bargeton, einer Cousine der Frau d'Espard.

Im Undank gegen Frau von Bargeton hat er in ehelicher Gemeinschaft mit einer Fräulein Coralie, einer verstorbenen Schauspielerin des Gym-

nase, gelebt, die um seinetwillen Herrn Camusot, einen Seidenhändler
der Rue des Bourdonnais, verlassen hatte.

Als er bald darauf ins Elend geriet, weil die Zuschüsse, die diese
Schauspielerin ihm gab, nicht ausreichten, stellte er seinen ehrenwerten
Schwager, einen Drucker zu Angoulême, aufs schwerste bloß, indem er
falsche Wechsel ausgab, für deren Zahlung David Séchard während eines
kurzen Aufenthalts besagten Luciens in Angoulême verhaftet wurde.

Diese Angelegenheit führte zur Flucht Rubemprés, der plötzlich mit
dem Abbé Carlos Herrera wieder in Paris auftauchte.

Ohne irgendwelche bekannte Existenzmittel hat der Herr Lucien von
Rubempré während der drei ersten Jahre seines zweiten Aufenthalts in
Paris etwa dreihunderttausend Franken ausgegeben, die er nur von dem
angeblichen Abbé Carlos Herrera erhalten haben kann; aber auf Grund
welchen Anspruchs?

Er hat außerdem in letzter Zeit mehr als eine Million auf den Ankauf
der Güter von Rubempré verwandt, um eine Bedingung zu erfüllen, die
man ihm für seine Heirat mit Fräulein Klotilde von Grandlieu gestellt
hatte. Der Abbruch dieser Verlobung ist die Folge davon, daß die Familie
von Grandlieu, der der Herr von Rubempré gesagt hatte, er habe diese
Summen von seinem Schwager und seiner Schwester erhalten, bei den
ehrenwerten Ehegatten Séchard Erkundigungen einziehen ließ, und zwar
durch den Anwalt Derville; sie wußten jedoch nicht nur nichts von jenen
Erwerbungen, sondern hielten Lucien sogar noch für außerordentlich
verschuldet.

Übrigens besteht die Erbschaft, die den Ehegatten Séchard zugefallen
ist, in Immobilien; und das bare Geld belief sich nach ihrer Erklärung
nur auf zweihunderttausend Franken.

Lucien lebte insgeheim mit Esther Gobseck zusammen; es ist also
sicher, daß all die verschwenderischen Aufwendungen des Barons von
Nucingen, des Gönners dieser jungen Dame, besagtem Lucien zugeflossen
sind.

Lucien und sein Genosse, der Sträfling, haben sich vor der Welt länger
halten können als Cogniard, weil sie ihre Mittel aus der Prostitution
besagter Esther bezogen, die ehemals unter Polizeiaufsicht stand.« –

Trotz der Wiederholungen, die diese Notizen in den Bericht über das
Drama bringen, war es nötig, sie wörtlich anzuführen, um klarzumachen,
welche Rolle die Polizei in Paris spielt. Die Polizei hat, wie man es übri-

gens schon aus der über Peyrade eingeforderten Notiz ersehen konnte, fast stets zuverlässige Akten über alle Familien und Einzelwesen, deren Leben verdächtig und deren Handlungsweise tadelnswert ist. Sie ist stets genau über alle Abweichungen vom geraden Wege unterrichtet. Dieses allgemeine Notizbuch, diese Bilanz der Gewissen wird ebenso sorgfältig geführt, wie die Bank von Frankreich ihre Bilanz über die Vermögensstände führt. Genau wie die Bank jede kleine Zahlungsverzögerung notiert, wie sie jeden Kredit abwägt, jeden Kapitalisten einschätzt und seine Transaktionen mit ihrem Blick verfolgt, so macht es die Polizei mit der Ehrlichkeit der Bürger. Dabei hat wie im Palast die Unschuld nichts zu fürchten; jene Wirksamkeit erstreckt sich nur auf die Fehltritte. Wie hoch eine Familie auch gestellt sein mag, so könnte sie sich doch nicht gegen diese soziale Vorsehung sichern. Dabei ist ihre Diskretion ebenso groß wie ihre Macht und ihre Ausdehnung. Die ungeheure Menge von Protokollen der Polizeikommissare, von Berichten, Notizen, Akten, dieser Ozean von Auskünften schläft regungslos, tief und ruhig wie das Meer. Wenn ein Krankheitssymptom ausbricht, wenn sich ein Vergehen oder ein Verbrechen erhebt, so wendet sich die Rechtsprechung an die Polizei; und gibt es Akten über die Beschuldigten, so nimmt der Richter alsbald Kenntnis von ihnen. Diese Akten, in denen das Vorleben analysiert wird, 43 sind nur Auskünfte, die innerhalb der Mauern des Palastes ersterben; die Rechtsprechung kann von ihnen keinen gesetzmäßigen Gebrauch machen; sie läßt sich aufklären und bedient sich ihrer, weiter nichts. Diese Blätter zeigen gewissermaßen die Rückseite der Stickerei des Verbrechens, seine ersten und fast immer unbekannten Ursachen. Keine Jury würde daran glauben, das ganze Land würde sich in Empörung erheben, wenn man sich in der mündlichen Verhandlung vor dem Schwurgericht darauf berufen wollte. Kurz, sie enthalten die Wahrheit, die wie immer und überall in ihrem Brunnen zu bleiben verurteilt ist. Es gibt in Paris keinen Richter, der nicht nach zwölfjähriger Praxis wüßte, daß das Schwurgericht und das Zuchtpolizeigericht die Hälfte all jener Gemeinheiten verbergen, die gleichsam das Bett sind, auf dem das Verbrechen seit langem gebrütet hat; keinen Richter, der nicht zugestände, daß die Rechtsprechung nur die Hälfte der begangenen Attentate bestraft. Wenn das Publikum wissen könnte, wie weit die Verschwiegenheit der Polizeibeamten, die doch immerhin ein Gedächtnis haben, geht, es würde diese wackern Leute ebensosehr verehren wie die Cheverus. Man hält die Polizei für verschlagen, für macchiavellistisch: sie ist von höchster Güte; nur lauscht sie auf die Leidenschaften in ihren Paroxismen, sie nimmt Denunziationen entgegen und hebt alle ihre Notizen auf. Furchtbar ist sie nur auf der einen Seite. Was sie für die Justiz tut, das tut sie auch für die Politik. Aber in der Politik ist sie ebenso grausam, ebenso parteiisch wie die ehemalige Inquisition.

»Lassen wir das«, sagte der Richter, indem er die Notizen wieder in das Aktenheft legte, »das ist ein Geheimnis zwischen der Polizei und der Rechtsprechung; der Richter wird schon sehen, wieviel das wert ist; aber Herr und Frau Camusot haben davon niemals etwas erfahren.« – »Mußt du mir das erst noch wiederholen?« fragte Frau Camusot. »Lucien ist schuldig«, fuhr der Richter fort, »aber wessen?« – »Ein Mann, der von der Herzogin von Maufrigneuse, von der Gräfin von Sérizy, von Klotilde von Grandlieu geliebt wird, ist nicht schuldig«, erwiderte Amelie; »der andere muß alles getan haben.« – »Aber Lucien ist mitschuldig!« rief Camusot. »Willst du mir glauben?« sagte Amelie. »Gib den Priester der Diplomatie zurück, deren schönste Zierde er ist; mache diesen kleinen Elenden unschuldig und suche andere Schuldige ...« – »Wie du vorgehst! ...« erwiderte der Richter lächelnd. »Die Frauen laufen quer durch die Gesetze ans Ziel wie die Vögel, die in der Luft nichts aufhält.« – »Aber«, fuhr Amelie fort, »sei er nun Diplomat oder Sträfling, der Abbé Carlos wird dir schon jemanden bezeichnen, durch den du dich aus der Verlegenheit ziehen kannst.« – »Ich bin nur die Mütze, du bist der Kopf«, sagte Camusot zu seiner Frau. »Nun also, die Beratung ist geschlossen, komm und umarme deine Melie, es ist ein Uhr ...«

Und Frau Camusot ging zu Bett, indem sie ihren Gatten zurückließ, damit er für die Verhöre, die er am folgenden Tage mit den beiden Untersuchungsgefangenen vornehmen sollte, seine Papiere und seine Gedanken ordnen konnte.

Während also die beiden Salatkutschen Jakob Collin und Lucien in die Conciergerie brachten, durchquerte der Untersuchungsrichter nach seinem Frühstück Paris zu Fuß, wie es der Einfachheit der Sitten entsprach, die sich die Pariser Richter zu eigen gemacht haben, um sich in sein Arbeitszimmer zu begeben, wo bereits alle Akten des Prozesses eingetroffen waren. Und zwar auf folgende Weise.

Alle Untersuchungsrichter haben einen Kanzlisten, eine Art vereidigten Gerichtssekretärs, deren Geschlecht sich ohne Belohnungen und Ermutigungen fortpflanzt und ausgezeichnete Leute hervorbringt, die von Natur unverbrüchliches Schweigen bewahren. Im Palast ist seit der

Gründung des Parlaments bis auf den heutigen Tag kein Beispiel einer von den Kanzlisten der Untersuchungsrichter begangenen Indiskretion bekannt geworden. Gentil hat die von Luise von Savoyen Semblançay erteilte Quittung verkauft, ein Schreiber des Kriegsministeriums hat Czernitschef den Plan des russischen Feldzugs verkauft; all diese Verräter waren mehr oder minder reich. Hingegen genügen die Aussicht auf eine Stellung im Palast, in einer Kanzlei und das Amtsgewissen, um den Kanzlisten eines Untersuchungsrichters zum glücklichen Rivalen des Grabes zu machen; denn seit die Chemie ihre Fortschritte gemacht hat, ist selbst das Grab indiskret geworden. Dieser Beamte ist die Feder des Richters. Viele Leute werden es verstehen, wenn man die Achse einer Maschine bleibt, aber sie werden sich fragen, wie man deren Schrauben-mutter sein mag; aber die Schraubenmutter ist glücklich; vielleicht hat sie Angst vor der Maschine? Camusots Kanzlist, ein Mensch von zwei-undzwanzig Jahren namens Coquart, war frühmorgens gekommen, um alle Akten und die Notizen des Richters zu holen, und er hatte in seinem Arbeitszimmer schon alles vorbereitet, als der Richter noch die Kais entlang schlenderte, sich die Kuriositäten in den Läden ansah und sich selber fragte:

›Was soll man mit einem so schlauen Burschen wie Jakob Collin an-fangen, vorausgesetzt, daß er es ist? Der Chef der Sicherheit wird ihn wiedererkennen; ich muß tun, als täte ich, was meines Amtes ist, und wäre es nur um der Polizei willen! Ich sehe so viel Unmöglichkeiten, daß es das beste wäre, die Marquise und die Herzogin aufzuklären, indem ich ihnen die Polizeiakten zeigte; dabei würde ich noch meinen Vater rächen, dem Lucien Coralie genommen hat ... Wenn ich so schwarze Verbrecher bloßstelle, wird meine Geschicklichkeit bekannt, und Lucien wird bald von seinen Freunden verleugnet werden. Nun, das Verhör wird darüber entscheiden.‹

Er trat, angelockt von einer Boulle-Uhr, in einen Kuriositätenladen. ›Mein Gewissen nicht belügen und den beiden großen Damen einen Dienst erweisen, das ist ein Meisterwerk der Gewandtheit‹, dachte er. »Ah, Sie auch da, Herr Oberstaatsanwalt«, sagte Camusot mit lauter Stimme, »Sie suchen Medaillen?« – »Das ist eine Liebhaberei fast aller Juristen«, erwiderte lachend der Graf von Granville, »der Rückseiten wegen.« Und nachdem er ein paar Minuten den Laden betrachtet hatte, als beende er seine Prüfung, führte er Camusot am Kai entlang, ohne daß Camusot an mehr als einen Zufall glauben konnte.

»Sie werden heute morgen Herrn von Rubempré verhören«, sagte der Oberstaatsanwalt. »Der arme junge Mann! Ich hatte ihn gern ...« – »Es liegt vieles gegen ihn vor«, sagte Camusot. »Ja, ich habe die Polizeiakten gesehen; aber sie stammen zum Teil von einem Agenten, der nichts mit der Präfektur zu tun hat, von dem berüchtigten Corentin, einem Menschen, der mehr Unschuldigen den Hals abgeschnitten hat, als Sie Schuldige aufs Schafott schicken werden, und ... Aber dieser Schlingel ist Ihnen nicht erreichbar. Ohne das Gewissen eines Richters, wie Sie es sind, beeinflussen zu wollen, kann ich mich doch nicht enthalten, Sie darauf aufmerksam zu machen, daß, wenn Sie die Überzeugung gewinnen können, Lucien habe von dem Testament dieses Mädchens nichts gewußt, daraus folgen würde, daß er an ihrem Tode kein Interesse hatte, denn sie gab ihm fabelhaft viel Geld ...« – »Wir haben die Gewißheit, daß er während der Vergiftung dieser Esther abwesend war«, sagte Camusot. »Er lauerte in Fontainebleau auf den Wagen des Fräuleins von Grandlieu und der Herzogin von Lenoncourt.« – »Oh«, bemerkte der Oberstaatsanwalt, »er hoffte immer noch so sicher auf seine Heirat mit Fräulein von Grandlieu – ich habe es von der Herzogin von Grandlieu selber –, daß man unmöglich annehmen kann, ein so geistreicher Bursche werde alles durch ein unnötiges Verbrechen aufs Spiel setzen.« – »Ja«, sagte Camusot, »vor allem, wenn diese Esther ihm alles gab, was sie verdiente ...« – »Derville und Nucingen sagen, sie sei gestorben, ohne etwas von der Erbschaft zu wissen, die ihr seit langem zugefallen war«, fügte der Oberstaatsanwalt hinzu. »Aber woran glauben denn Sie?« fragte Camusot. »Denn irgend etwas liegt doch vor.« – »An ein von den Dienstboten begangenes Verbrechen«, erwiderte der Oberstaatsanwalt. »Unglücklicherweise«, bemerkte Camusot, »entspricht es ganz dem Lebenswandel Jakob Collins – denn der spanische Priester ist sicherlich der entsprungene Sträfling –, die siebenhundertfünfzigtausend Franken, die den Erlös der von Nucingen geschenkten dreiprozentigen Rente darstellen, zu stehlen ...« – »Sie werden alles abwägen, mein lieber Camusot; seien Sie vorsichtig. Der Abbé Carlos Herrera hängt mit der Diplomatie zusammen ... aber ein Gesandter, der ein Verbrechen beginge, würde natürlich in seiner Amtseigenschaft keinen Schutz finden. Ist er der Abbé Carlos Herrera oder nicht? Das ist die wichtigste Frage ...« Und Herr von Granville grüßte wie ein Mensch, der keine Antwort wünscht.

›Der will also Lucien auch retten?‹ dachte Camusot, als er über den Quai des Lunettes ging, während der Oberstaatsanwalt durch die Cour de Harlay in den Palast eintrat.

Als Camusot den Hof der Conciergerie erreichte, sprach er bei dem Direktor dieses Gefängnisses vor und führte ihn in die Mitte des Pflasters, wo kein Ohr sie hören konnte.

»Mein lieber Herr, tun Sie mir den Gefallen und gehen Sie in die Force, um sich bei Ihrem Kollegen zu erkundigen, ob er etwa in der angenehmen Lage ist, augenblicklich ein paar Sträflinge dort zu haben, die zwischen 1810 und 1815 im Bagno von Toulon waren. Wir werden sie auf einige Tage aus der Force hierherbringen lassen, und Sie werden mir sagen, ob der angebliche spanische Priester von ihnen als Jakob Collin, genannt Betrüg-den-Tod, erkannt wird.« – »Schön, Herr Camusot; aber Bibi-Lupin ist eingetroffen …« – »Ah, schon!« rief der Richter aus. »Er war in Melun. Man hat ihm gesagt, es handle sich um Betrüg-den-Tod, er lächelte vor Vergnügen, und er erwartet Ihre Befehle …« – »Schicken Sie ihn mir.«

Der Direktor der Conciergerie konnte jetzt dem Untersuchungsrichter Jakob Collins Bitte vortragen, indem er seinen beklagenswerten Zustand schilderte. »Ich hatte die Absicht, ihn zuerst zu verhören«, versetzte der Richter; »freilich nicht wegen seines Gesundheitszustandes. Ich habe heute morgen einen Brief des Direktors der Force erhalten: nun hat dieser Bursche, der angeblich seit vierundzwanzig Stunden im Todeskampf liegt, so gut geschlafen, daß man in seine Zelle eindringen konnte, ohne daß er den Arzt hörte, den der Direktor der Force hatte holen lassen; was beweist, daß sein Gewissen ebenso gut ist wie sein Befinden. Ich werde an diese Krankheit nur glauben, um das Spiel meines Burschen zu studieren«, sagte Herr Camusot lächelnd. »Man lernt jeden Tag bei den Untersuchungsgefangenen und den Angeklagten«, bemerkte der Direktor der Conciergerie.

Die Polizeipräfektur hängt mit der Conciergerie zusammen, und die Richter können, ebenso wie auch der Gefängnisdirektor, vermöge der Kenntnis jener unterirdischen Gänge mit größter Schnelligkeit dorthin kommen. So erklärt sich die wunderbare Leichtigkeit, mit der der öffentliche Ankläger und die Vorsitzenden des Schwurgerichts während der Sitzung gewisse Auskünfte erhalten können. Und als Herr Camusot die Treppe erstiegen hatte, die zu seinem Zimmer führte, fand er oben also Bibi-Lupin schon vor; er war durch den Vorsaal herbeigeeilt.

»Welch ein Eifer!« sagte der Richter lächelnd. »Ah, falls er es ist«, erwiderte der Chef des Sicherheitsdienstes, »so werden Sie auf dem Gefängnishof einen furchtbaren Tanz erleben, wenn Retourpferde (in der Bagnosprache: ehemalige Sträflinge) vorhanden sind.« – »Und weshalb?« – »Betrüg-den-Tod ist mit der Sparkasse durchgebrannt, und ich weiß, daß sie geschworen haben, ihn zu vertilgen.« ›Sie‹ waren die Sträflinge, deren Schatz Betrüg-den-Tod seit zwanzig Jahren anvertraut worden war; wie man weiß, hatte Lucien ihn verzehrt. »Könnten Sie noch Zeugen seiner letzten Verhaftung ausfindig machen?« – »Geben Sie mir zwei Zeugenladungen, und ich bringe sie Ihnen noch heute.« – »Coquart«, sagte der Richter, während er sich die Handschuhe auszog und Stock und Hut in einen Winkel trug, »füllen Sie nach den Angaben des Herrn Agenten zwei Ladungen aus.«

Er blickte in den Spiegel des Kamins, auf dessen Sims statt der Uhr eine Waschschüssel und eine Wasserkanne standen. Ferner auf der einen Seite eine Flasche voll Wasser mit einem Glas, auf der andern eine Lampe. Der Richter schellte. Nach einigen Minuten kam der Gerichtsdiener.

»Habe ich schon Leute da?« fragte er den Gerichtsdiener, der die Zeugen in Empfang zu nehmen, ihre Ladungen zu prüfen und die Reihenfolge ihres Eintreffens festzustellen hatte. »Ja, Herr Camusot.« – »Nehmen Sie die Namen auf und bringen Sie mir die Liste.«

Die Untersuchungsrichter, die mit ihrer Zeit geizen müssen, sind bisweilen gezwungen, mehrere Untersuchungen zugleich zu führen. Deshalb müssen die Zeugen oft so lange in dem Zimmer warten, in dem sich die Gerichtsdiener aufhalten und in dem die Glocken der Untersuchungsrichter widerhallen.

»Nachher«, sagte Camusot zu seinem Gerichtsdiener, »werden Sie mir den Abbé Carlos Herrera holen.« – »Ah, er spielt den Spanier, den Priester, hat man mir gesagt. Bah, das macht er Collet nach, Herr Camusot«, rief der Chef des Sicherheitsdienstes. »Es ist alles schon dagewesen«, erwiderte Camusot.

Und der Richter unterschrieb zwei jener furchtbaren Ladungen, die jedermann besorgt machen, selbst die unschuldigsten Zeugen, wenn die Gerichtsbarkeit sie so unter Androhung schwerer Strafen im Fall des Ungehorsams zum Erscheinen auffordert.

In diesem Augenblick war Jakob Collin bereits seit etwa einer halben Stunde mit seiner gründlichen Überlegung fertig, und er stand unter

Waffen. Nichts kann das Bild von dieser Gestalt aus dem Volk, das sich im Kampf mit den Gesetzen befindet, besser abrunden als die wenigen Zeilen, die er auf seine fettigen Papiere geschrieben hatte.

Der Inhalt des ersten war der folgende; denn geschrieben war er in der zwischen Asien und ihm vereinbarten Sprache:

»Geh zur Herzogin von Maufrigneuse oder zu Frau von Sérizy; die eine oder die andere muß Lucien vor seinem Verhör sprechen und ihm einliegendes Papier zu lesen geben. Schließlich mußt Du Europa und Paccard finden; diese beiden Diebe müssen meiner Befehle harren und bereit sein, die Rolle zu spielen, die ich ihnen vorschreiben werde.«

»Laufe zu Rastignac, sag ihm von seiten dessen, dem er auf dem Opernball begegnet ist, er müsse kommen und bezeugen, daß der Abbé Carlos Herrera in nichts dem Jakob Collin gleicht, der bei der Vauquer verhaftet wurde.«

»Das gleiche beim Doktor Bianchon durchsetzen.«

»Die beiden ›Lucien-Weiber‹ in diesem Sinne arbeiten lassen.«

Auf dem einliegenden Papier stand in gutem Französisch:

»Lucien, gib über mich nichts zu. Ich muß für Dich der Abbé Carlos Herrera sein. Das ist nicht nur Deine Rechtfertigung, sondern noch ein wenig Haltung, und Du hast auch sieben Millionen, außer der geretteten Ehre.«

Diese beiden Papiere klebte er auf der Schriftseite so zusammen, daß man glauben mußte, es sei ein Stück desselben Blattes; dann wurden sie mit einer jenen eigenen Kunst zusammengerollt, die im Bagno von den Mitteln und Wegen zur Freiheit geträumt haben. Das Ganze nahm die Form und die Konsistenz einer dicken Fettkugel an, ähnlich jenen Wachskugeln, die sparsame Frauen an die Nähnadeln setzen, wenn das Öhr zerbrochen ist.

›Wenn ich als erster zur Untersuchung gehe, so sind wir gerettet; wenn es aber der Kleine ist, so ist alles verloren‹, sagte er während des Wartens.

Dieser Augenblick war so grausam, daß dem starken Menschen weißer Schweiß auf die Stirn trat. In dieser Weise erriet dieser fabelhafte Mann in seiner Sphäre des Verbrechens die Wahrheit, wie Molière es in der Sphäre der dramatischen Dichtung, Cuvier bei den Geheimnissen der Schöpfung tat. Das Genie ist bei allen Dingen Intuition. Unterhalb dieses Phänomens entspringen bemerkenswerte Werke dem Talent. Darin besteht der Unterschied zwischen den Leuten ersten Ranges und denen zweiten Ranges. Das Verbrechen kennt gleichfalls seine genialen Menschen. Jakob Collin fand sich, als er gefangen war, mit der ehrgeizigen Frau Camusot und mit Frau von Sérizy zusammen, deren Liebe unter dem Schlag der furchtbaren Katastrophe, die Lucien in den Abgrund riß, von neuem erwacht war. Das war der höchste Ansturm der menschlichen Intelligenz gegen den stählernen Panzer der Gerichtsbarkeit.

Als Jakob Collin das schwere Eisen der Schlösser und Riegel an seiner Tür kreischen hörte, nahm er die Maske des Sterbenden wieder vor. Ihm half dabei die berauschende Empfindung der Freude, die das Geräusch der Schuhe des Aufsehers auf dem Gang in ihm weckte. Er wußte nicht, durch welche Mittel Asien ihren Weg zu ihm finden würde; aber er rechnete damit, sie jetzt zu treffen, vor allem, seit er in der Arcade Saint-Jean ihr Versprechen erhalten hatte.

Asien war nach dieser glücklichen Begegnung auf den Richtplatz zurückgekehrt. Vor 1830 war jener ganze Teil des Kais zwischen dem Pont d'Arcole und dem Pont Louis-Philippe noch so, wie die Natur ihn geschaffen hatte, nur den gepflasterten Fahrweg ausgenommen, der übrigens geneigt angelegt war. Daher konnte man auch bei Überschwemmungen im Boot an den Häusern entlang und in die abfallenden Straßen hineinfahren, die zum Fluß hinunterführten. Auf diesem Kai waren selbst die Erdgeschosse um einige Stufen erhöht. Wenn das Wasser den Fuß der Häuser bespülte, fuhren die Wagen durch die furchtbare Rue de la Mortellerie, die heute ganz und gar niedergelegt worden ist, um das Rathaus zu vergrößern. Es war also für die falsche Obsthändlerin ein leichtes, den kleinen Wagen rasch bis unten ans Ufer zu schieben und dort zu verbergen, bis die wirkliche Händlerin, die übrigens den Erlös ihres Pauschalverkaufs in einer jener furchtbaren Schenken der Rue de la Mortellerie vertrank, wiederkam, um ihn sich dort zu holen, wo die Käuferin ihn zurückzulassen versprochen hatte. Eben vollendete man die Verbreiterung des Quai Pelletier; der Eingang zum Bauplatz wurde von einem Invaliden bewacht, und der seiner Obhut anvertraute Karren lief keinerlei Gefahr.

Asien nahm alsbald auf dem Rathausplatz einen Fiaker und sagte zu dem Kutscher: »Zum Trödelmarkt, und Karriere; es gibt was zu verdienen!«

Eine Frau in Asiens Kleidung konnte sich, ohne die geringste Neugier zu wecken, in der ungeheuren Halle verlieren, in der sich alle Lumpen von Paris aufschichten, in der tausend Hausierer wimmeln und in der zweihundert Trödlerinnen schwätzen. Die beiden Untersuchungsgefangenen waren kaum aufgenommen worden, so ließ sie sich schon in einem kleinen und feuchten Zwischenstock über einem jener grauenhaften Läden, in denen man alle von Schneiderinnen und Schneidern gestohlenen Stoffreste verkauft, umkleiden; dieser Laden gehörte einem alten Mädchen, das ›die Romette‹ hieß, ein Name, der sich von ihrem Vornamen Jeromette herleitete. Die Romette war für die Kleiderhändlerinnen, was diese in der Not für die sogenannten anständigen Frauen sind: eine Wucherin für hundert Prozent.

»Mein Kind«, sagte Asien, »es handelt sich darum, mich herauszustaffieren. Ich muß mindestens eine Baronin des Faubourg Saint-Germain sein. Und vor allen Dingen schneller!« fuhr sie fort; »ich stehe mit den Füßen in siedendem Öl. Du weißt, welche Kleider mir passen. Her mit dem Schminktopf; suche mir ›feine‹ Spitzen und gib mir die auffallendsten Kinkerlitzchen. Schick die Kleine nach einem Fiaker; er soll an der Hintertür warten.« – »Jawohl, gnädige Frau«, erwiderte das alte Mädchen mit der Unterwürfigkeit und dem Eifer einer Dienerin, die vor ihrer Herrin steht. Wenn diese Szene einen Zeugen gehabt hätte, er hätte leicht gesehen, daß die Frau, die sich unter dem Namen Asiens verbarg, hier zu Hause war.

»Man bietet mir Diamanten an …« sagte die Romette, während sie Asien frisierte. »Sind sie gestohlen?« – »Ich glaube.« – »Nun, wieviel du auch dabei verdienen kannst, liebes Kind, du mußt es dir versagen. Wir haben eine Weile die Neugierigen zu fürchten.«

Man versteht jetzt, wie Asien schon eine Viertelstunde, bevor der Richter eintraf, eine Ladung in der Hand, im Vorsaal des Justizpalastes sein konnte, wo sie sich durch die Gänge und über die Treppen leiten ließ, die zu den Untersuchungsrichtern führen, und nach Herrn Camusot fragte.

Asien sah sich selber nicht mehr ähnlich. Nachdem sie das Gesicht der alten Händlerin wie eine Schauspielerin abgewaschen, Rot und Weiß aufgelegt hatte, hatte sie auch den Kopf noch in eine wundervolle blonde Perücke gesteckt. Gekleidet wie eine Dame des Faubourg Saint-Germain, die ihren verlorenen Hund sucht, so schien sie vierzig Jahre alt zu sein, denn sie verbarg ihr Gesicht unter einem wundervollen Schleier aus schwarzen Spitzen. Ein scharf geschnürtes Korsett stützte ihre Köchinnenfigur. Sie trug sehr gute Handschuhe und einen etwas starken

Rückenwulst; und sie strömte den Geruch von Puder ›à la maréchale‹ aus. Während sie mit einer Tasche spielte, die einen goldenen Bügel aufwies, teilte sie ihre Aufmerksamkeit zwischen den Mauern des Palastes, die sie offenbar zum erstenmal durchirrte, und der Leine eines hübschen ›Kingsdogs‹. Eine solche Witwe mußte den Scharen im schwarzen Amtskleid in der Vorhalle bald auffallen.

Außer den unbeschäftigten Advokaten, die diesen Saal mit ihrem Amtskleid fegen und ihre großen Kollegen bei ihren Vornamen nennen – wie die großen Herren es unter sich tun –, um anzudeuten, daß sie zur Aristokratie des Standes gehören, sieht man oft geduldige junge Leute, die sich in den Dienst der Anwälte stellen und hier um einer Sache willen stehen und warten, die als letzte angesetzt worden ist, aber vielleicht schon früher verhandelt wird; wenn nämlich die Advokaten in den früher angesetzten Sachen auf sich warten lassen. Es würde ein merkwürdiges Bild ergeben, wenn man die Unterschiede zwischen den verschiedenen schwarzen Amtskleidern malen wollte, die, immer zu dritt, bisweilen zu viert, in diesem ungeheuren Saal spazierengehen und durch ihre Unterhaltungen das ungeheure Summen hervorrufen, das beständig in diesem Saal hallt; aber es wird erst in der Studie Platz finden, die die Advokaten von Paris schildern soll. Asien hatte auf die Müßiggänger des Palastes gezählt; sie lachte sich wegen einiger Scherze, die sie hörte, ins Fäustchen, und schließlich gelang es ihr, die Aufmerksamkeit Massols auf sich zu lenken, eines jungen pflichtgemäß anwesenden Anwalts, den die ›Gerichtszeitung‹ mehr in Anspruch nahm als seine Klienten und der einer so gut parfümierten und so reich gekleideten Frau lachend seine Dienste zur Verfügung stellte.

Asien nahm eine Fistelstimme an, um diesem liebenswürdigen Herrn auseinanderzusetzen, daß sie der Ladung eines Richters namens Camusot folgte. »Ah, in der Sache Rubempré.« Der Prozeß hatte schon seinen Namen. »Oh, es handelt sich nicht um mich – um meine Kammerfrau, ein Mädchen mit dem Beinamen Europa, das ich vierundzwanzig Stunden gehabt habe und das die Flucht ergriff, als sie sah, daß mir mein Pförtner dieses gestempelte Papier brachte.«

Und wie alle alten Frauen, deren Leben mit Schwätzereien am Kamin verstreicht, machte sie, von Massol gedrängt, Parenthesen und berichtete, wie unglücklich sie mit ihrem ersten Gatten, einem der drei Direktoren der Assignatenkasse, gewesen sei. Sie konsultierte den jungen Advokaten darüber, ob sie mit ihrem Schwiegersohn, dem Grafen von Gross-Narp, der ihre Tochter so unglücklich mache, einen Prozeß beginnen sollte, und ob das Gesetz ihn ermächtige, über ihr Vermögen zu verfügen. Massol konnte trotz seiner Bemühungen nicht herausbekommen, ob die Ladung der Herrin oder der Kammerfrau galt. Im ersten Augenblick hatte er sich damit begnügt, einen Blick auf dieses Aktenstück zu werfen, dessen Formular so wohlbekannt ist; denn um der Zeitersparnis willen ist es vorgedruckt, und die Kanzlisten der Untersuchungsrichter haben nur noch die Lücken auszufüllen, die für die Namen und die Wohnungen der Zeugen, für die Stunde der Ladung usw. ausgespart sind. Asien ließ sich den Palast erklären, den sie genauer kannte als der Advokat selbst. Und schließlich fragte sie ihn, um welche Zeit dieser Herr Camusot käme.

»Nun, im allgemeinen beginnen die Untersuchungsrichter ihre Verhöre gegen zehn Uhr.« – »Es ist Viertel vor zehn«, sagte sie, indem sie auf eine hübsche kleine Uhr blickte, ein wahres Meisterwerk der Goldschmiedekunst, bei dessen Anblick Massol dachte: ›Wo zum Teufel der Reichtum sich doch einnistet!‹

In diesem Augenblick war Asien bis zu jenem dunkeln Saal gelangt, der auf den Hof der Conciergerie blickt und in dem sich die Gerichtsdiener aufhalten. Als sie durchs Fenster hin das Portal erblickte, rief sie aus: »Was für große Mauern sind das da?« – »Das ist die Conciergerie.« – »Ah, die Conciergerie, in der unsere arme Königin … Oh, ich möchte so gern ihren Kerker sehen! …« – »Das ist nicht möglich, Frau Baronin«, erwiderte der Advokat, an dessen Arm die falsche Witwe ging; »da muß man eine Erlaubnis haben, die sehr schwer zu erlangen ist.« – »Man hat mir gesagt«, fuhr sie fort, »Ludwig XVIII. habe selbst die lateinische Inschrift verfaßt, die sich im Kerker Marie Antoinettes befindet.« – »Jawohl, Frau Baronin.« – »Ich wollte, ich könnte Lateinisch, um die Worte dieser Inschrift zu studieren!« erwiderte sie. »Glauben Sie, daß Herr Camusot mir die Erlaubnis geben kann?« – »Das geht ihn nichts an; aber er kann Sie begleiten …« – »Und seine Verhöre?« fragte sie. »Oh«, versetzte Massol, »die Untersuchungsgefangenen können warten.« – »Ach ja, sie sind dann Untersuchungsgefangene, natürlich!« rief Asien naiv. »Aber ich kenne Herrn von Granville, Ihren Oberstaatsanwalt …«

Dieser Ausruf hatte eine magische Wirkung auf die Gerichtsdiener und den Advokaten. »Ah, Sie kennen den Herrn Oberstaatsanwalt?« sagte Massol, dem der Gedanke kam, sich den Namen und die Adresse der Klientin, die der Zufall ihm verschaffte, zu notieren. »Ich sehe ihn oft bei Herrn von Sérizy, seinem Freund. Frau von Sérizy ist durch die Ronquerolles mit mir verwandt ...«

»Aber wenn die gnädige Frau in die Conciergerie hinuntergehen will«, sagte ein Gerichtsdiener, »so könnte sie ...« – »Ja«, sagte Massol.

Und die Gerichtsdiener ließen den Advokaten und die Baronin hinuntergehen; und bald befanden sie sich in dem kleinen Wachtlokal, in das die Treppe aus der Souricière einmündet, einem Lokal, das Asien genau kannte und das, wie man gesehen hat, zwischen der Souricière und der sechsten Kammer gleichsam einen Beobachtungsposten bildet, an dem jedermann vorbeischreiten muß.

»Fragen Sie doch diese Herren, ob Herr Camusot nicht schon gekommen ist«, sagte sie, als sie die Gendarmen erblickte, die Karten spielten. »Ja, gnädige Frau, er ist eben aus der Souricière heraufgekommen.« – »Aus der Souricière!« sagte sie. »Was ist das? ... Oh, bin ich dumm, daß ich nicht gleich zum Grafen von Granville gegangen bin ... Aber ich habe keine Zeit mehr ... Führen Sie mich zu Herrn Camusot, damit ich ihn spreche, ehe er beschäftigt ist.« – »Oh, gnädige Frau, Sie haben immer noch Zeit, mit Herrn Camusot zu sprechen«, sagte Massol. »Wenn Sie ihm Ihre Karte hineinreichen lassen, wird er Ihnen die Unannehmlichkeit ersparen, mit den Zeugen antichambrieren zu müssen ... Man nimmt hier im Palast Rücksicht auf Frauen wie Sie ... Sie haben doch Ihre Karte?«

In diesem Augenblick standen Asien und ihr Advokat genau vor dem Fenster des Wachtlokales, durch das die Gendarmen die Bewegung des Tores der Conciergerie sehen können. Die Gendarmen, die großgezogen werden in der Achtung vor den Verteidigern der Witwe und der Waise und außerdem die Vorrechte des Amtskleides kennen, duldeten einige Augenblicke die Anwesenheit einer Baronin im Geleit eines Advokaten. Asien ließ sich von dem jungen Anwalt die grauenhaften Dinge erzählen, die ein junger Anwalt über das Portal zu sagen hat. Sie wollte nicht glauben, daß man hinter den Gittern, die man ihr bezeichnete, den zum Tode Verurteilten das Haar schnitte; aber der Brigadier bestätigte es ihr. »Wie gern ich das einmal sähe!« sagte sie.

Sie blieb da schwätzend mit dem Brigadier und ihrem Advokaten stehen, bis sie Jakob Collin erblickte; zwei Gendarmen stützten ihn, und Herrn Camusots Gerichtsdiener ging vor ihm her, als er aus dem Portal kam.

»Ah, da ist der Anstaltsgeistliche, der sicherlich einen Unglücklichen vorbereiten soll ...« – »Nein, nein, Frau Baronin«, erwiderte der Gendarm, »das ist ein Untersuchungsgefangener, der zum Verhör geht.« – »Und wessen ist er angeklagt?« – »Er ist in diese Vergiftungsaffäre verwickelt ...« – »Oh, ich möchte ihn so gern sehen! ...« – »Sie können nicht hier bleiben«, sagte der Brigadier, »denn er ist in Einzelgewahrsam, und er wird durch unser Wachtlokal kommen. Hier, gnädige Frau, diese Tür führt auf die Treppe ...« – »Danke, Herr Offizier«, sagte die Baronin, indem sie auf die Tür zuging, um sich dann in die Treppe zu stürzen, wo sie laut ausrief: »Aber wo bin ich?«

Diese hallende Stimme drang bis zum Ohr Jakob Collins und sie sollte ihn darauf vorbereiten, daß er Asien sehen würde. Der Brigadier lief der Frau Baronin nach, faßte sie mitten um den Körper und trug sie wie eine Feder in eine Schar von fünf Gendarmen, die wie ein Mann aufgesprungen waren; denn in diesem Wachtlokal ist man mißtrauisch gegen alles. Es war Willkür, aber notwendige Willkür. Der Advokat sogar hatte voll Schreck zwei Rufe ausgestoßen: »Gnädige Frau! Gnädige Frau!« so sehr fürchtete er, sich zu kompromittieren.

Der fast ohnmächtige Abbé Carlos Herrera machte im Wachtlokal auf einem Stuhle halt. »Der Arme!« sagte die Baronin. »Ist das ein Schuldiger?«

Diese Worte, die dem jungen Advokaten fast ins Ohr geflüstert wurden, verstand ein jeder, denn es herrschte in diesem scheußlichen Wachtlokal eine Totenstille. Ein paar bevorrechtigte Personen erhalten bisweilen die Erlaubnis, sich die berühmten Verbrecher anzusehen, während sie durch dieses Wachtlokal oder durch die Gänge gehen, so daß der Gerichtsdiener und die Gendarmen, die beauftragt waren, den Abbé Carlos Herrera zu führen, nicht darauf achteten. Übrigens lag zwischen beiden, dank der Aufopferung des Brigadiers, der die Baronin gepackt hatte, um jeden Verkehr zwischen dem in Einzelgewahrsam befindlichen Untersuchungsgefangenen und Fremden zu hindern, ein Zwischenraum, der in hohem Grade beruhigen konnte.

»Weiter«, sagte Jakob Collin, indem er eine Anstrengung machte, um aufzustehen.

In diesem Augenblick fiel ihm die kleine Kugel aus dem Ärmel; und die Baronin, der ihr Schleier erlaubte, den Blick frei zu gebrauchen, merkte sich die Stelle, wo sie halt machte. Die Kugel war feucht und fettig und war also nicht weitergerollt; denn diese Kleinigkeiten, die scheinbar so gleichgültig waren, hatte Jakob Collin mit unfehlbarer Sicherheit vorausberechnet. Als der Angeklagte auf den obern Teil der Treppe geführt wurde, ließ Asien auf sehr natürliche Weise ihre Tasche fallen und hob sie schnell wieder auf; aber als sie sich bückte, hatte sie die Kugel auch sofort ergriffen; ihre Farbe hatte sie unsichtbar gemacht, denn sie glich vollkommen der des Staubes und des Schmutzes.

»Ach«, sagte sie, »das hat mir im Herzen weh getan ... Er liegt im Sterben!« – »Oder er scheint es zu tun«, erwiderte der Brigadier. »Herr Anwalt«, sagte Asien zu dem Advokaten, »führen Sie mich schnell zu Herrn Camusot; ich komme in dieser Sache ... Und vielleicht wird er froh sein, wenn er mich sehen kann, ehe er diesen armen Abbé verhört ...«

Der Advokat und die Baronin verließen das Wachtlokal mit den ölichten und schwarzen Wänden; aber als sie oben auf der Treppe ankamen, stieß Asien einen Schrei aus: »Und mein Hund? ... Oh, mein armer Hund!« Und wie eine Wahnsinnige stürzte sie in die Vorhalle, indem sie von jedermann ihren Hund verlangte. Sie erreichte die Händlergalerie und stürzte sich mit dem Ruf: »Da ist er! ...« in eine Treppe. Diese Treppe war die, die in die Cour de Harlay führt; von dort aus warf sie sich, als sie ihre Komödie ausgespielt hatte, in einen der Fiaker, die auf dem Quai des Orfévres halten, und verschwand mit der gegen Europa, deren wahren Namen Justiz und Polizei noch nicht kannten, erlassenen Ladung. »Rue Neuve Saint-Marc«, rief sie dem Kutscher zu.

Asien konnte auf die unverbrüchliche Verschwiegenheit einer Kleiderhändlerin zählen, die Frau Nourrisson hieß und unter dem Namen Frau von Saint-Estève bekannt war; sie lieh ihr nicht nur ihre Individualität, sondern auch ihren Laden, in dem Nucingen um Esthers Auslieferung gehandelt hatte. Asien war dort wie zu Hause, denn sie hatte ein Zimmer in der Wohnung der Frau Nourrisson inne. Sie bezahlte den Fiaker und stieg in ihr Zimmer hinauf, nachdem sie Frau Nourrisson auf eine Weise gegrüßt hatte, die ihr zu verstehen gab, daß sie nicht die Zeit hätte, auch nur zwei Worte zu wechseln.

Sowie sie vor jeder Spionage sicher war, begann Asien die Papiere mit der Sorgfalt auseinanderzufalten, die die Gelehrten aufwenden, wenn sie Palimpseste entrollen. Als sie diese Anweisungen gelesen hatte, hielt sie es für nötig, die für Lucien bestimmten Zeilen auf Briefpapier umzuschreiben; dann stieg sie zu Frau Nourrisson hinunter, die sie zum Plaudern brachte, während ein kleines Ladenmädchen auf den ›Boulevard des Italiens‹ lief, um einen Fiaker zu holen. Auf diese Weise erhielt Asien die Adressen der Herzogin von Maufrigneuse und der Frau von Sérizy, die Frau Nourrisson vermöge ihrer Beziehungen zu den Kammerfrauen kannte.

Diese verschiedenen Gänge, die sorgfältige Erledigung dieser Aufgaben nahmen mehr als zwei Stunden in Anspruch. Die Frau Herzogin von Maufrigneuse, die oben im Faubourg Saint-Honoré wohnte, ließ Frau von Saint-Estève eine Stunde lang warten, obgleich ihr die Kammerfrau, nachdem sie angeklopft hatte, durch die Tür des Boudoirs Frau von Saint-Estèves Karte reichte, auf die Asien geschrieben hatte: ›Kommt wegen eines eiligen Schrittes, der Lucien betrifft.‹

Auf den ersten Blick, den Asien auf das Gesicht der Herzogin warf, begriff sie, wie ungelegen ihr Besuch kam; sie entschuldigte sich daher auch, wenn sie im Hinblick auf die Gefahr, in der Lucien schwebe, die ›Ruhe‹ der Frau Herzogin gestört hätte. 62

»Wer sind Sie?« fragte die Herzogin ohne jede Höflichkeitsformel, indem sie Asien mit den Blicken maß; denn Asien konnte wohl im Vorsaal des Gerichts von Massol für eine Baronin gehalten werden, aber auf den Teppichen des kleinen Salons im Hotel Cadignan wirkte sie wie ein Fleck von Wagenschmiere auf einem weißen Satinkleid.

»Ich bin eine Kleiderhändlerin, Frau Herzogin; denn in solchen Lagen wendet man sich an die Frauen, deren Beruf auf unverbrüchlicher Verschwiegenheit beruht. Ich habe niemals jemanden verraten, und Gott weiß, wieviel große Damen mir auf einen Monat ihre Diamanten anvertraut haben, indem sie einen Schmuck aus falschen verlangten, der dem ihren völlig gleich war.« – »Sie haben noch einen andern Namen?« fragte die Herzogin, indem sie über eine Erinnerung lächelte, die ihr bei dieser Antwort aufstieg. »Ja, Frau Herzogin, ich bin bei den großen Gelegenheiten Frau von Saint-Estève; aber in meinem Gewerbe nenne ich mich Frau Nourrisson.« – »Schön, schön«, erwiderte die Herzogin lebhaft in verändertem Ton. »Ich kann«, sagte Asien fortfahrend, »große Dienste leisten, denn wir kennen ebenso genau die Geheimnisse der Ehemänner wie die der Frauen. Ich habe viele Geschäfte mit Herrn von Marsay gemacht, den die Frau Herzogin …« – »Genug! genug!« rief die Herzogin; »reden wir von Lucien.« – »Wenn die Frau Herzogin ihn retten will, müßte sie den Mut haben, keine Zeit mit dem Ankleiden zu verlieren; übrigens könnte die Frau Herzogin nicht schöner sein, als sie es in diesem Augenblick ist. Sie sind zum Anbeißen hübsch, auf das Ehrenwort

einer alten Frau! Und schließlich, lassen Sie nicht anspannen, gnädige
Frau, steigen Sie mit mir in den Fiaker. Kommen Sie zu Frau von Sérizy,
wenn Sie schlimmeres Unheil vermeiden wollen, als es der Tod dieses
Engels wäre ...« – »Gehen Sie, ich folge Ihnen«, sagte die Herzogin nach
einem Augenblick des Zögerns. »Wir beide werden Leontine Mut machen ...«

Trotz der wahrhaft höllischen Regsamkeit dieser Dorine des Bagnos
schlug es zwei Uhr, als sie mit der Herzogin von Maufrigneuse bei Frau
von Sérizy eintrat, die in der Rue de la Chaussée d'Antin wohnte. Aber
dank der Herzogin wurde kein Augenblick mehr verloren. Sie wurden
beide alsbald zu der Gräfin geführt, die sie mitten in einem von den
seltensten Blumen durchdufteten Garten in einer winzigen Sennhütte
auf einem Diwan liegend vorfanden.

»Das ist gut«, sagte Asien, indem sie sich umblickte, »hier kann uns
niemand hören.«

»Ach, meine Liebe, ich sterbe! Sag, Diana, was hast du angefangen? ...«
rief die Gräfin, indem sie wie ein Reh aufsprang, die Herzogin an den
Schultern faßte und in Tränen ausbrach. »Komm, Leontine, es gibt Augenblicke, in denen die Frauen nicht weinen dürfen, sondern handeln
müssen«, sagte die Herzogin, indem sie die Gräfin zwang, sich mit ihr
wieder auf den Diwan zu setzen.

Asien studierte diese Gräfin mit jenem Blick, der sittenlosen Alten
eigen ist und den sie mit der Geschwindigkeit, mit der das Ritzmesser
der Chirurgen eine Wunde untersucht, über die Seele einer Frau
schweifen lassen. Jakob Collins Genossin erkannte die Spuren des bei
den Frauen der großen Welt seltensten Gefühls: eines wahren Schmerzes – jenes Schmerzes, der unauslöschliche Furchen ins Herz und Antlitz
zeichnet. In der Kleidung nicht die geringste Koketterie. Die Gräfin
zählte jetzt fünfundvierzig Lenze, und ihr ganz zerknittertes Hauskleid
aus bedrucktem Musselin zeigte die Büste ohne jede Aufmachung, ja
ohne Korsett! ... Die von einem schwarzen Ring umgebenen Augen und
die marmorierten Wangen zeugten von bitteren Tränen. Um das Kleid
kein Gürtel. Die Stickereien des Unterrocks und des Hemdes waren
gleichfalls zerknittert. Die Haare, die unter ihrer Spitzenhaube aufgenommen waren, hatten die Pflege des Kammes seit vierundzwanzig Stunden
vergessen und zeigten eine kurze, magere Flechte und all die gelockten
Strähnen in ihrer Armut. Leontine hatte vergessen, ihre falschen Zöpfe
anzulegen.

»Sie lieben zum erstenmal in Ihrem Leben …« sagte Asien sentenziös zu ihr.

Da bemerkte Leontine Asien und machte eine Bewegung des Schreckens. »Wer ist das, meine liebe Diana?« fragte sie die Herzogin von Maufrigneuse. »Wen sollte ich dir wohl zuführen außer einer Frau, die Lucien ergeben ist und die uns dienen will?«

Asien hatte die Wahrheit erraten. Frau von Sérizy, die als eine der leichtfertigsten Frauen der Gesellschaft galt, hatte zehn Jahre lang am Marquis von Aiglemont gehangen. Seit der Marquis in die Kolonien gegangen war, hatte sie sich wahnsinnig in Lucien verliebt, und sie hatte ihn der Herzogin von Maufrigneuse entrissen, ohne Luciens Liebe zu Esther zu kennen, von der übrigens ganz Paris nichts wußte. In der großen Welt verdirbt ein eingestandener Liebhaber den Ruf einer Frau mehr als zehn heimliche Abenteuer; und erst zwei Liebhaber nacheinander! Da jedoch niemand mit Frau von Sérizy abrechnete, so kann auch der Historiker sich nicht dafür verbürgen, daß ihre Tugend nur zwei zerstoßene Stellen hatte. Sie war eine mittelgroße Blonde, die sich konserviert hatte, wie sich eben Blonde konservieren; das heißt, sie schien kaum dreißig Jahre alt zu sein; sie war schmächtig, ohne mager zu sein, weiß und aschblond; die Füße, die Hände, der Körper waren von aristokratischer Feinheit; sie war geistreich, wie eben eine Ronquerolles es ist, und also ebenso boshaft gegen die Frauen wie gut zu den Männern. Sie war durch ihr großes Vermögen, durch die hohe Stellung ihres Gatten und durch die ihres Bruders, des Marquis von Ronquerolles, vor dem Katzenjammer bewahrt geblieben, der sicherlich jede andere Frau verbittert hätte. Sie hatte ein großes Verdienst: sie war in ihrer Verderbtheit offen: sie gab zu, daß sie die Sitten der Regentschaft anbetete. Nun war diese Frau, mit zweiundvierzig Jahren, der die Männer bisher nur angenehme Spielzeuge gewesen waren, denen sie, seltsam! viel gewährt hatte, ohne in der Liebe etwas anderes zu sehen als ein Opfer, das man bringen mußte, um sie zu beherrschen, bei Luciens Anblick von einer Liebe ergriffen worden, die der des Barons von Nucingen zu Esther glich. Sie hatte jetzt, wie Asien es ihr gesagt hatte, zum erstenmal in ihrem Leben geliebt! Diese Verschiebungen der Jugend sind bei den Pariserinnen und großen Damen häufiger, als man glaubt, und sie sind schuld an dem unerklärlichen Fall mancher tugendhaften Frau, die gerade den Hafen der Vierzig erreicht. Die Herzogin von Maufrigneuse war die einzige Vertraute dieser furchtbaren und unbedingten Leidenschaft, deren Glück

65

von den kindlichen Empfindungen der ersten Liebe an bis zu den riesenhaften Narrheiten der Wollust Leontine rasend und unersättlich machten.
Die wahre Liebe ist, wie man weiß, unerbittlich. Der Entdeckung einer
Esther war einer jener cholerischen Brüche gefolgt, bei denen die Frauen
in der Raserei bis zum Mord gehen können; dann war die Periode der
Feigheiten gefolgt, denen sich die aufrichtige Liebe mit soviel Wonnen
hingibt. Seit einem Monat hätte die Gräfin zehn Jahre ihres Lebens
darum gegeben, wenn sie Lucien auf acht Tage hätte wiedersehen können.
Schließlich war sie gerade soweit gekommen, daß sie die Nebenbuhler-
schaft Esthers dulden wollte, als in ebendiese überströmende Zärtlichkeit
gleich einer Posaune des jüngsten Gerichts die Nachricht von der Verhaftung des Geliebten hineinklang. Die Gräfin war dem Tode nahe; der
Gatte selbst hatte an ihrem Bette gewacht, da er die Offenbarungen des
Deliriums fürchtete; und seit vierundzwanzig Stunden lebte sie mit einem
Dolch im Herzen. Sie sagte im Fieber zu ihrem Gatten: »Befreie Lucien,
und ich will nur noch für dich leben!«

»Es gilt hier nicht die Augen zu verdrehen, wie eine tote Ziege«, sagt
die Frau Herzogin«, rief die furchtbare Asien, indem sie die Gräfin am
Arm schüttelte. »Wenn Sie ihn retten wollen, ist keine Minute zu verlieren. Er ist unschuldig, ich schwöre es bei dem Gebein meiner Mutter!« –
»O ja, nicht wahr?« rief die Gräfin, indem sie die scheußliche Gevatterin
voll Güte ansah. »Aber«, fuhr Asien fort, »wenn Herr Camusot ihn
schlecht verhört, so kann er in zwei Sätzen einen Schuldigen aus ihm
machen; und wenn es in Ihrer Macht steht, sich die Conciergerie öffnen
zu lassen und mit ihm zu reden, so brechen Sie sofort auf und geben
Sie ihm dieses Papier ... Dann ist er morgen frei, dafür verbürge ich
mich ... Ziehen Sie ihn da heraus, denn Sie haben ihn hineingestürzt.« –
»Ich?« – »Ja, Sie! ... Die großen Damen haben nie einen Heller, selbst
wenn sie Millionärinnen sind. Als ich mir noch den Luxus leistete,
meine Bürschchen zu haben, hatten sie die Taschen immer voll Gold!
Mich amüsierte ihr Vergnügen. Es ist so hübsch, zugleich Mutter und
Geliebte zu sein! Sie aber lassen die Leute, die Sie lieben, vor Hunger
verenden, ohne sie nach ihren Verhältnissen zu fragen. Esther machte
keine langen Redensarten; sie gab ihm um den Preis der Verderbnis ihres
Leibes und ihrer Seele die Million, die man von ihrem Lucien verlangte;
und das hat ihn in die Lage gebracht, in der er sich befindet ...« – »Das
arme Mädchen! Das hat sie getan? Ich liebe sie! ...« sagte Leontine. »Ach,
jetzt ...« sagte Asien mit eisiger Ironie. »Sie war schön, aber jetzt, mein

Engel, bist du schöner als sie … Und Luciens Heirat mit Klotilde ist so vollständig abgebrochen, daß nichts sie wieder zusammenstücken könnte«, sagte die Herzogin ganz leise zu Leontine.

Dieser Gedanke und diese Aussichten hatten eine solche Wirkung auf die Gräfin, daß sie nicht mehr litt; sie strich sich mit der Hand über die Stirn, sie war wieder jung. »Los, meine Kleine, hoch das Bein, und rasch! …« sagte Asien, die diese Verwandlung sah und die Triebfeder erriet.

»Aber«, sagte Frau von Maufrigneuse, »wenn wir Herrn Camusot vor allem daran hindern müssen, Lucien zu verhören, so können wir das tun, indem wir ihm zwei Worte schreiben, die wir durch deinen Kammerdiener in den Palast schicken werden, Leontine.« – »Laß uns ins Haus gehen«, sagte Frau von Sérizy.

Während Luciens Gönnerinnen den Befehlen gehorchten, die Jakob Collin vorgeschrieben hatte, ging im Palast folgendes vor.

Die Gendarmen trugen den Sterbenden auf einen Stuhl, der in Herrn Camusots Zimmer dem Fenster gegenüber stand. Der Richter saß in seinem Sessel vor dem Schreibtisch. Coquart saß, die Feder in der Hand, ein paar Schritte von ihm entfernt an einem kleinen Tisch.

Die Lage des Zimmers eines Untersuchungsrichters ist nicht gleichgültig, und wenn sie nicht absichtlich gewählt wurde, so muß man zugeben, daß der Zufall die Gerechtigkeit wie eine Schwester behandelt hat. Diese Richter gleichen den Malern: sie brauchen das gleichmäßige und reine Licht, das von Norden kommt; denn das Gesicht ihrer Verbrecher ist ein Gemälde, das sie beständig studieren müssen. Deshalb stellen auch fast alle Untersuchungsrichter ihren Schreibtisch so, wie der Camusots stand; das heißt, sie selber wenden dem Licht den Rücken und haben also das Gesicht derer, die sie verhören, in voller Beleuchtung vor sich. Nicht einer von ihnen vergißt nach sechs Monaten der Übung, wenn er keine Brille trägt, solange ein Verhör dauert, eine gleichgültige, zerstreute Miene anzunehmen. Einem plötzlichen Wandel im Gesicht, der auf diese Weise beobachtet und durch eine unerwartete Frage veranlaßt wurde, verdankte man die Entdeckung des von Castaing begangenen Verbrechens, die in einem Augenblick eintrat, als der Richter nach langer Überlegung mit dem Oberstaatsanwalt diesen Verbrecher wegen Mangels an Beweisen der Gesellschaft zurückgeben wollte. Diese kleine Einzelheit kann den wenigst verständnisvollen Leuten zeigen, wie lebhaft, interessant, merkwürdig, dramatisch und furchtbar der Kampf einer Kriminaluntersuchung ist; es ist ein zeugenloser Kampf, dessen Verlauf jedoch stets aufgeschrieben wird. Gott weiß, was von der eisigst glühenden Szene auf dem Papier noch übrigbleibt; einer Szene, in der die Blicke, der Tonfall, ein Beben im Gesicht, die leichteste Farbentönung, die eine Empfindung hinzufügt – in der alles schon einmal verderblich war, genau wie unter den Wilden, die einander beobachten, um eine Blöße zu entdecken und sich zu töten. Ein Protokoll ist nur noch die Asche eines Brandes.

»Welches sind Ihre wahren Namen?« fragte Camusot Jakob Collin.

»Don Carlos Herrera, Stiftsherr des königlichen Kapitels von Toledo, geheimer Gesandter Seiner Majestät Ferdinands VII.«

Wir müssen hier anmerken, daß Jakob Collin das Französische sprach wie eine spanische Kuh; er radebrechte in einer Weise, daß seine Antworten fast unverständlich wurden, und er ließ sich immer bitten, sie zu wiederholen. Die Germanismen des Herrn von Nucingen haben diesen Roman schon zu bunt durchwirkt, als daß wir noch weitere schwer lesliche Dialektzeilen hineinflechten könnten, die der Geschwindigkeit der Entwicklung schaden könnten.

»Sie haben Papiere, die die Eigenschaften belegen, von denen Sie reden?« fragte der Richter. »Ja, einen Paß und einen Brief Seiner Katholischen Majestät, der mir Vollmacht für meine Mission erteilt ... Schließlich können Sie auf der Stelle zwei Worte in die spanische Gesandtschaft schicken, die ich vor Ihren Augen schreiben werde, und man wird meine Auslieferung verlangen. Wenn Sie ferner noch weitere Beweise brauchen, so werde ich an Seine Eminenz den Großalmosenpfleger von Frankreich schreiben, und er würde alsbald seinen Privatsekretär hierherschicken.« – »Geben Sie sich immer noch für einen Sterbenden aus?« fragte Camusot. »Wenn Sie die Leiden, über die Sie sich seit Ihrer Verhaftung beklagen, wirklich durchgemacht haben, so sollten Sie tot sein«, fügte der Richter ironisch hinzu. »Sie machen dem Mut eines Unschuldigen und der Kraft seines Temperaments den Prozeß«, erwiderte der Gefangene sanft.

»Coquart, schellen Sie! Lassen Sie den Arzt der Conciergerie mit einem Krankenwärter kommen ... Wir werden uns genötigt sehen, Ihnen den Rock auszuziehen und zur Feststellung der Male auf Ihrer Schulter zu schreiten«, fuhr Camusot fort. »Ich bin in Ihrer Hand.«

Der Gefangene fragte, ob sein Richter die Güte haben wollte, ihm zu erklären, was für ein Mal das wäre und warum man es auf seiner

Schulter suchte. Der Richter hatte diese Frage erwartet. »Sie stehen im Verdacht, Jakob Collin zu sein, ein entsprungener Sträfling, dessen Verwegenheit vor nichts zurückweicht, selbst nicht vor der Kirchenschändung! ...« sagte der Richter lebhaft, indem er mit seinem Blick in die Augen des Gefangenen hinuntertauchte. 70

Jakob Collin erzitterte nicht, er errötete nicht; er blieb ruhig und zeigte eine naiv neugierige Miene, während er Camusot ansah. »Ich, ein Sträfling? ... Der Orden, dem ich angehöre, und Gott mögen Ihnen einen derartigen Fehlgriff verzeihen! Sagen Sie mir, was ich tun muß, um zu verhindern, daß Sie bei einer so schweren Beschimpfung des Völkerrechts, der Kirche und des Königs, meines Herrn, verharren.«

Der Richter erklärte dem Gefangenen, ohne ihm eine Antwort zu geben, daß, wenn er das Brandmal erhalten habe, das die Gesetze damals für die zur Zwangsarbeit Verurteilten vorschrieben, die Buchstaben durch Schläge auf die Schulter alsbald wieder sichtbar zu machen seien. »Ach, Herr Richter«, sagte Jakob Collin, »es wäre ein rechtes Unglück, wenn meine Aufopferung für die Sache des Königs mir verhängnisvoll werden sollte.« – »Erklären Sie sich«, sagte der Richter, »dazu sind Sie hier.« – »Nun, Herr Richter, ich muß viele Narben auf dem Rücken haben, denn ich bin als Verräter des Landes, während ich meinem König treu war, von den Konstitutionellen füsiliert worden; und sie ließen mich für tot liegen.« – »Sie sind füsiliert worden, und Sie leben! ...« sagte Camusot. »Ich stand in einem gewissen Einverständnis mit den Soldaten, denen fromme Leute Geld gegeben hatten; da haben sie mich in solcher Entfernung aufgestellt, daß ich nur fast schon matte Kugeln erhielt; die Soldaten haben auf den Rücken gezielt. Das ist eine Tatsache, die Seine Exzellenz der Gesandte Ihnen wird bezeugen können ...« ›Dieser Teufelsmensch hat auf alles eine Antwort! Um so besser übrigens!‹ dachte Camusot, der nur deshalb so streng schien, weil er der Gerichtsbarkeit und der Polizei genugtun wollte. »Wie kommt es, daß ein Mann Ihres Standes«, sagte er dann, indem er sich an den Sträfling wandte, »sich 71 bei der Geliebten des Barons von Nucingen befand; und bei was für einer Geliebten, einer ehemaligen Dirne!« – »Der Grund, weshalb man mich im Hause einer Kurtisane fand, ist dieser«, erwiderte Jakob Collin. »Aber ehe ich Ihnen sage, was mich dorthin führte, muß ich Sie darauf aufmerksam machen, daß ich in dem Augenblick, als ich die erste Stufe der Treppe betrat, von dem plötzlichen Anfall meiner Krankheit überfallen wurde; ich hatte also keine Zeit mehr, mit dem Mädchen zu sprechen.

Ich hatte Kenntnis davon erhalten, daß Fräulein Esther mit der Absicht umging, in den Tod zu gehen; und da es sich um die Interessen des jungen Lucien von Rubempré handelte, für den ich eine besondere Liebe hege, deren Motive heilig sind, wollte ich versuchen, das arme Geschöpf von dem Wege abzubringen, auf den die Verzweiflung es führte: ich wollte ihr sagen, daß Luciens letzte Schritte bei Fräulein Klotilde gescheitert seien; und durch die Nachricht, daß sie sieben Millionen erbte, hoffte ich, ihr den Mut zum Leben zurückzugeben. Ich bin überzeugt, Herr Richter, daß ich das Opfer der mir anvertrauten Geheimnisse war. Nach der Art, wie ich zusammenbrach, denke ich mir, daß man mich noch am Morgen vergiftet hatte; aber die Kraft meiner Konstitution hat mich gerettet. Ich weiß, daß mich seit langem ein Agent der politischen Polizei verfolgt und mich in irgendeine schlimme Angelegenheit zu verwickeln sucht ... Wenn Sie zur Zeit meiner Verhaftung auf meine Bitte hätten einen Arzt kommen lassen, so hätten Sie den Beweis für das erhalten, was ich Ihnen in diesem Augenblick über meinen Gesundheitszustand sage. Glauben Sie mir, Leute, die höher stehen als wir, haben ein heftiges Interesse daran, mich mit irgendeinem Verbrecher zu verwechseln, um sich meiner mit Recht entledigen zu können. Man gewinnt nicht immer dabei, wenn man den Königen dient, sie haben ihre Kleinheiten; die Kirche allein ist vollkommen.«

Es ist unmöglich, das Spiel der Gesichtszüge Jakob Collins wiederzugeben; er brauchte mit Absicht zehn Minuten zu dieser Tirade, die er Satz für Satz aussprach; alles war so wahrscheinlich, besonders die Anspielung auf Corentin, daß der Richter schwankend wurde. »Können Sie mir die Gründe Ihrer Liebe zu Herrn Lucien von Rubempré anvertrauen?« – »Erraten Sie sie nicht? Ich bin sechzig Jahre alt, Herr Richter ... Ich flehe Sie an, schreiben Sie dies nicht nieder ... Es ist ... Ist es unbedingt notwendig? ...« – »Es liegt in Ihrem Interesse und vor allem im Interesse Lucien von Rubemprés, daß Sie alles sagen«, erwiderte der Richter. »Nun ... o mein Gott! ... Er ist mein Sohn!« fügte er mit Anstrengung hinzu. Und er wurde ohnmächtig.

»Schreiben Sie das nicht auf, Coquart«, sagte Camusot ganz leise. Coquart stand auf und holte eine kleine Flasche Vierräuberessig. ›Wenn er Jakob Collin ist, so ist er ein großer Komödiant! ...‹ dachte Camusot. Coquart gab dem alten Sträfling den Essig zu riechen, während der Richter ihn mit der Helläugigkeit des Luchses und des Richters überwachte. »Man wird ihm die Perücke abnehmen lassen müssen«, sagte Camusot, während er wartete, daß Jakob Collin wieder zu sich käme.

Der alte Sträfling hörte diesen Satz und erbebte vor Angst, denn er wußte, welchen scheußlichen Ausdruck seine Züge dann annahmen. »Wenn Sie selbst nicht die Kraft haben, die Perücke abzunehmen – ja, Coquart, nehmen Sie sie ab«, sagte der Richter zu seinem Kanzlisten.

Jakob Collin streckte dem Kanzlisten in wundervoller Ergebenheit den Kopf hin; jetzt aber bot sein Kopf, dieser Zierde beraubt, einen grauenhaften Anblick dar; er zeigte seinen wirklichen Charakter. Dieses Schauspiel stürzte Camusot in eine große Ungewißheit. Während er auf den Arzt und den Krankenpfleger wartete, begann er all die Papiere und Gegenstände, die in Luciens Wohnung beschlagnahmt worden waren, zu ordnen und zu studieren. Nachdem die Justiz in der Rue Saint-Georges, bei Fräulein Esther, ihre Arbeit verrichtet hatte, war sie auf den Quai Malaquais gegangen, um ihre Nachforschungen auch dort vorzunehmen.

»Sie legen Hand an die Briefe der Frau Gräfin von Sérizy«, sagte Carlos Herrera; »aber ich weiß nicht, weshalb Sie fast alle Papiere Luciens haben?« fügte er mit einem Lächeln hinzu, dessen Ironie den Richter niederschmetterte. Camusot, der dieses Lächeln auffing, begriff in vollem Umfang, was dieses ›fast‹ bedeutete.

»Lucien von Rubempré steht im Verdacht, Ihr Mitschuldiger zu sein, und er ist verhaftet«, erwiderte er, denn er wollte sehen, welche Wirkung diese Nachricht auf seinen Untersuchungsgefangenen haben würde. »Da haben Sie ein großes Unglück angerichtet, denn er ist ebenso unschuldig wie ich«, versetzte der falsche Spanier, ohne die geringste Bewegung zu verraten. »Wir werden ja sehen; vorläufig handelt es sich noch um Ihre Identität«, bemerkte Camusot, den die Ruhe des Gefangenen überraschte. »Wenn Sie wirklich Don Carlos Herrera sind, so würde diese Tatsache die Lage Lucien Chardons auf der Stelle ändern.« – »Ja, es war Frau Chardon, geborene von Rubempré!« sagte Carlos murmelnd. »Ach, das ist einer der schlimmsten Fehler meines Lebens!« Er hob die Augen gen Himmel; und nach der Art, wie er die Lippen bewegte, schien er ein glühendes Gebet zu sprechen.

»Aber wenn Sie Jakob Collin sind, wenn er wissentlich der Genosse eines entsprungenen Sträflings, eines Kirchenschänders war, so werden all die Verbrechen, die die Justiz argwöhnt, mehr als wahrscheinlich.«

Carlos Herrera hörte diesen Satz, den der Richter geschickt hinwarf, an, als wäre er aus Bronze; und bei den Worten ›wissentlich‹ und ›entsprungenen Sträflings‹ hob er statt aller Antwort in einer Geste edlen Schmerzes die Hände. »Herr Abbé«, fuhr der Richter in äußerster Höflichkeit fort, »Sie werden uns alles verzeihen, was wir im Interesse der Justiz und der Wahrheit zu tun genötigt werden, wenn Sie Don Carlos Herrera sind ...«

Jakob Collin erriet gleich an dem Ton des Richters die Falle, als jener die Worte ›Herr Abbé‹ aussprach: die Züge dieses Menschen blieben die gleichen; Camusot erwartete eine Bewegung der Freude, die ein erstes Zeichen dafür gewesen wäre, welche unsägliche Genugtuung der Sträfling und Verbrecher empfand, weil er seinen Richter täuschen konnte; aber der Heros des Bagno stand unter den Waffen der macchiavellistischsten Verstellung.

»Ich bin Diplomat und gehöre einem Orden an, in dem man sehr strenge Gelübde ablegt; ich verstehe alles und bin daran gewöhnt, zu leiden. Ich wäre schon frei, wenn Sie bei mir das Versteck gefunden hätten, in dem meine Papiere liegen; denn ich sehe, Sie haben nur Blätter ohne jede Bedeutung beschlagnahmt ...«

Das war für Camusot ein Gnadenstoß: Jakob Collin hatte bereits durch seine Ruhe und seine Einfachheit jeden Argwohn wieder ausgeglichen, den der Anblick seines Kopfes geweckt hatte. »Wo sind diese Papiere?« – »Ich werde Ihnen das Versteck angeben, wenn Sie Ihren Boten von einem Sekretär der spanischen Gesandtschaft begleiten lassen wollen; der wird sie in Empfang nehmen, und ihm werden Sie dafür haften, denn es handelt sich um meinen Staat, um diplomatische Akten und um Geheimnisse, die den verstorbenen König Ludwig XVIII. bloßstellen. Ach, Herr Richter, es wäre besser ... Nun, Sie sind Richter! ... Übrigens wird der Gesandte, auf den ich mich in all dem berufe, entscheiden.«

In diesem Augenblick traten der Arzt und der Krankenwärter ein, nachdem der Gerichtsdiener sie gemeldet hatte. »Guten Tag, Herr Lebrun«, sagte Camusot; »ich habe Sie holen lassen, um festzustellen, in welchem Gesundheitszustand sich dieser Untersuchungsgefangene hier befindet. Er sagt, er sei vergiftet worden; er behauptet, seit vorgestern im Sterben zu liegen; sehen Sie zu, ob es gefährlich ist, ihn auszukleiden und zur Feststellung des Brandmals zu schreiten ...«

Der Doktor Lebrun ergriff Jakob Collins Hand, fühlte ihm den Puls, ließ ihn die Zunge herausstrecken und sah ihn sehr aufmerksam an. Diese Untersuchung dauerte zehn Minuten.

»Der Untersuchungsgefangene«, sagte der Doktor, »hat schwer gelitten, aber er erfreut sich in diesem Augenblick großer Kraft ...« – »Diese trügerische Kraft, Herr Doktor, ist die Folge der nervösen Erregung, in die mich meine seltsame Lage versetzt«, erwiderte Jakob Collin mit der Würde eines Bischofs. »Das ist möglich«, sagte Herr Lebrun.

Auf einen Wink des Richters wurde der Gefangene entkleidet; man ließ ihm seine Hose, aber alles andere zog man ihm aus, selbst das Hemd; und nun konnte man einen behaarten Rumpf von zyklopischer Kraft bewundern. Es war der neapolitanische Herkules Farnese ohne seine riesenhafte Übertreibung. »Wozu bestimmt die Natur so gebaute Menschen! ...« sagte der Arzt zu Camusot.

Der Gerichtsdiener kehrte mit jenem Ebenholzschlägel zurück, der seit unvordenklichen Zeiten das Wahrzeichen des Amtes ist und den man den Pedellenstab nennt; er schlug ein paarmal damit auf die Stelle, wo der Henker die schändenden Buchstaben aufgedrückt hatte. Siebzehn 76 Löcher wurden sichtbar, alle launisch verteilt; aber trotz der Sorgfalt, mit der man den Rücken untersuchte, erkannte man nirgends die Form eines Buchstabens. Nur machte der Gerichtsdiener darauf aufmerksam, daß der Querstrich des T von zwei Löchern markiert wurde, deren Abstand so lang war, wie dieser Strich zwischen den beiden Kommas, die ihn an den Enden abschließen, sein müßte, während ein weiteres Loch das untere Ende des Hauptstrichs angab. »Das ist doch recht unbestimmt«, sagte Camusot, als er sah, wie sich auf dem Gesicht des Arztes der Conciergerie der Zweifel malte. Carlos verlangte, daß man den gleichen Versuch auf der andern Schulter und mitten auf dem Rücken wiederholte. Es wurden etwa fünfzehn weitere Narben sichtbar, die der Doktor auf Verlangen des Spaniers ansah; und er erklärte, der Rücken sei so tief von Wunden durchfurcht worden, daß das Mal selbst dann nicht wieder sichtbar werden könnte, wenn der Henker es aufgedrückt hätte.

In diesem Augenblick trat ein Bureaudiener der Polizeipräfektur ein, überreichte Herrn Camusot ein Schriftstück und bat um Antwort. Als der Richter es gelesen hatte, trat er zu Coquart und sprach mit ihm, doch flüsterte er ihm seine Worte so leise ins Ohr, daß niemand etwas hören konnte. Nur Jakob Collin erriet an einem Blick Camusots, daß soeben der Polizeipräfekt eine Auskunft über ihn übermittelt hatte. ›Ich habe immer noch Peyrades Freund auf den Fersen‹, dachte Jakob Collin; ›wenn ich ihn kennte, würde ich mich seiner wie Contensons entledigen. Wenn ich nur Asien noch einmal sehen könnte! ... ‹

Als der Richter das von Coquart geschriebene Papier unterzeichnet hatte, tat er es in ein Kuvert und reichte es dem Boten des Kommissionsbureaus. Das Kommissionsbureau ist ein der Justiz unentbehrliches Hilfsmittel. Es wird geleitet von einem Polizeikommissar, der ad hoc ernannt wird, und setzt sich zusammen aus Polizeibeamten, die mit Hilfe der Polizeikommissare der einzelnen Quartiere die Haussuchungen und selbst Verhaftungen in den Häusern derer vornehmen, die in Verdacht stehen, an Verbrechen oder Vergehungen mitschuldig zu sein. Diese Kommissionäre der Gerichtsgewalt ersparen den Richtern, die mit einer Untersuchung betraut sind, kostbare Zeit.

Auf einen Wink des Richters wurde der Untersuchungsgefangene von Herrn Lebrun und dem Krankenwärter wieder angezogen; dann zogen die beiden sich mit dem Gerichtsdiener zurück. Camusot setzte sich an seinen Schreibtisch und begann mit seiner Feder zu spielen. »Sie haben eine Tante«, sagte er dann unvermittelt zu Jakob Collin. »Eine Tante!« erwiderte Carlos Herrera erstaunt; »aber, Herr Richter, ich habe keine Verwandten; ich bin ein nicht anerkanntes Kind des verstorbenen Herzogs von Ossuna.« Und bei sich selber sagte er: ›Sie brennen!‹ Eine Anspielung auf das Versteckspiel, das übrigens ein kindliches Bild des furchtbaren Kampfes zwischen der Justiz und dem Verbrecher ist.

»Bah!« sagte Camusot, »geben Sie's zu, Sie haben Ihre Tante noch, Fräulein Jacqueline Collin, die Sie unter dem wunderlichen Namen Asien bei der Fräulein Esther untergebracht haben.« Jakob Collin zuckte gleichgültig mit den Schultern, wie es vollkommen der neugierigen Miene entsprach, mit der er die Worte des Richters entgegennahm, während ihn der mit heimtückischer Aufmerksamkeit ansah. »Nehmen Sie sich in acht«, fuhr Camusot fort. »Hören Sie mir genau zu.« – »Ich höre, Herr Richter.« – »Ihre Tante hat einen Handel auf dem Trödelmarkt; er wird geführt von einem Fräulein Paccard, der Schwester eines Verurteilten, übrigens einem sehr ehrenwerten Mädchen, mit dem Beinamen ›die Romette‹. Die Justiz ist Ihrer Tante auf der Spur, und in wenigen Stunden werden wir entscheidende Beweise in Händen haben. Diese Frau ist Ihnen sehr ergeben ...« – »Fahren Sie fort, Herr Richter«, sagte Jakob Collin ruhig, und zwar als Antwort auf eine Pause, die Camusot machte, »ich höre Ihnen zu.« – »Ihre Tante, die um etwa fünf Jahre älter ist als Sie, ist die Geliebte Marats, unseligen Angedenkens, gewesen. Aus dieser blutigen Quelle stammt der Kern des Vermögens, das sie besitzt ... Sie ist nach den Auskünften, die ich erhalte, eine sehr gewandte Hehlerin, denn man hat noch keine Beweise gegen sie. Nach dem Tode Marats soll sie, wie man mir mitteilt, ich halte den Bericht hier in Händen, einem im Jahre XII wegen Falschmünzerei zum Tode verurteilten Chemiker angehört haben. Sie ist als Zeugin im Prozeß vernommen worden. Während dieses intimen Verkehrs soll sie sich Kenntnisse in der Toxikologie erworben haben. Vom Jahre XII bis 1806 ist sie Kleiderhändlerin gewesen. In den Jahren 1812 und 1816 hat sie zwei Jahre Gefängnis verbüßt, weil sie Minderjährige verkuppelt hatte ... Sie selbst waren wegen Fälschung schon damals vorbestraft, Sie hatten das Bankhaus verlassen, in dem Ihre Tante Ihnen dank der Erziehung, die Sie genossen haben, und dank der Beziehungen, die sie zu Leuten hatte, deren Verderbtheit sie ihre Opfer lieferte, eine Stellung als Kommis verschafft hatte ... All das, Gefangener, würde wenig zur Größe der Herzoge von Ossuna stimmen ... Bleiben Sie bei Ihrem Leugnen?«

Während Jakob Collin Herrn Camusot anhörte, dachte er an seine glückliche Kindheit im Kloster der Oratorianer, das er verlassen hatte; diese Gedanken gaben ihm den wahrhaft erstaunten Ausdruck. Trotz der Gewandtheit seiner fragenden Redeweise entlockte Camusot diesen ruhigen Zügen nicht die geringste Bewegung.

»Wenn Sie die Erklärung, die ich Ihnen gleich zu Anfang gab, getreu niedergeschrieben haben, so können Sie sie wieder durchlesen«, erwiderte Jakob Collin; »ich kann mir nicht widersprechen ... Ich habe bei der Kurtisane nicht verkehrt; wie sollte ich wissen, wen sie zur Köchin hatte? Ich bin den Personen, von denen Sie mir reden, völlig fremd.« – »Wir werden trotz Ihres Leugnens zu Gegenüberstellungen schreiten, die Ihre Zuversicht erschüttern dürften.« – »Ein schon einmal füsilierter Mann ist an alles gewöhnt«, erwiderte Jakob Collin sanft.

Camusot wandte sich wieder den beschlagnahmten Papieren zu, während er auf die Rückkehr des Chefs des Sicherheitsdienstes wartete; der hatte sich sehr beeilt, den es war halb zwölf, gegen halb elf hatte das Verhör begonnen, und jetzt kam der Gerichtsdiener, um dem Richter mit leiser Stimme zu melden, daß Bibi-Lupin eingetroffen sei. »Er soll eintreten!« erwiderte Herr Camusot.

Beim Eintritt blieb Bibi-Lupin, von dem man ein ›Er ist es!‹ erwartete, überrascht stehen. Er erkannte den Kopf seines ›Kunden‹ nicht in diesem pockennarbigen Gesicht. Das Zögern machte tiefen Eindruck auf den Richter. »Es ist sein Wuchs, seine Korpulenz«, sagte der Agent. »Ah, du bist es, Jakob Collin«, fuhr er fort, indem er die Augen, den Schnitt der Stirn und die Ohren prüfte. »Es gibt Dinge, die man nicht verwandeln kann ... Er ist es, Herr Camusot ... Jakob trägt auf dem linken Arm die Narbe eines Messerstichs; lassen Sie ihm seinen Rock abnehmen, dann werden Sie sehen ...«

Von neuem wurde Jakob Collin gezwungen, seinem Rock auszuziehen; Bibi-Lupin streifte ihm den Ärmel des Hemdes hoch und zeigte die genannte Narbe. »Das ist eine Kugel«, erwiderte Don Carlos Herrera; »hier sind viele Narben.« – »Ah, das ist auch seine Stimme!« rief Bibi-Lupin. »Ihre Gewißheit«, sagte der Richter, »gilt nur als einfache Auskunft, nicht als Beweis.« – »Ich weiß«, erwiderte Bibi-Lupin demütig; »aber ich werde Zeugen für Sie finden. Die eine der Pensionärinnen des Hauses Vauquer ist schon da ...« sagte er mit einem Blick auf Collin.

Das ruhige Gesicht, das Collin bewahrte, zuckte nicht. »Lassen Sie diese Person eintreten«, sagte Herr Camusot apodiktisch; trotz seiner scheinbaren Gleichgültigkeit blickte seine Unzufriedenheit durch.

Diese Regung fiel Jakob Collin, der wenig mit der Sympathie seines Untersuchungsrichters rechnete, auf. Er versank in eine Apathie, die die Folge des angestrengten Nachdenkens war, dem er sich auf der Suche nach ihrem Grunde überließ. Der Gerichtsdiener führte Frau Poiret herein, deren unerwarteter Anblick bei dem Sträfling ein leichtes Zittern zur Folge hatte; aber dieses Erbeben wurde von dem Richter, der seine Entscheidung gefällt zu haben schien, nicht bemerkt.

»Wie heißen Sie?« fragte der Richter, indem er zur Erfüllung der Formalitäten schritt, die allen Aussagen und Verhören vorhergehen.

Frau Poiret, eine kleine weiße Greisin, runzlig wie eine Kalbsmilch, bekleidet mit einem Kleid aus grober blauer Seide, erklärte, sie heiße Christine Michelina Michonneau, Gattin des Herrn Poiret; sie sei einundfünfzig Jahre alt, in Paris geboren, wohne Rue des Poules, Ecke Rue des Postes, und treibe als Gewerbe das einer Zimmervermieterin. »Sie haben«, sagte der Richter, »1818 und 1819 in einem bürgerlichen Kosthaus gewohnt, das von einer Frau Vauquer gehalten wurde?« – »Ja, Herr Richter, da habe ich die Bekanntschaft des Herrn Poiret, eines pensionierten Beamten, gemacht, der später mein Mann wurde; seit einem

Jahr muß ich ihn im Bett hüten ... Der Arme! Er ist so krank. Deshalb kann ich auch nicht lange von zu Hause fortbleiben.« – »Damals lebte in dieser Pension ein gewisser Vautrin?« fragte der Richter. »Oh, Herr Richter, das ist eine ganze Geschichte! Das war ein furchtbarer Galeeren- 81 sträfling ...« – »Sie haben bei seiner Verhaftung mitgewirkt.« – »Das ist nicht wahr ...« – »Sie stehen vor dem Richter, nehmen Sie sich in acht! ...« sagte Herr Camusot streng. Frau Poiret bewahrte Schweigen. »Suchen Sie Ihre Erinnerungen zusammen«, fuhr Camusot fort. »Entsinnen Sie sich dieses Menschen? ... Würden Sie ihn wiedererkennen?« – »Ich glaube.« – »Ist es der Mann da?« fragte der Richter.

Frau Poiret setzte ihre Brille auf und sah den Abbé Carlos Herrera an. »Es sind seine Schultern, sein Wuchs; aber ... nein ... doch ... Herr Richter«, erwiderte sie; »wenn ich seine Brust nackt sehen könnte, würde ich ihn auf der Stelle wiedererkennen.« (Siehe ›Vater Goriot‹.)

Der Richter und der Kanzlist konnten sich trotz des Ernstes ihrer Obliegenheiten eines Lachens nicht erwehren; Jakob Collin teilte ihre Heiterkeit, doch mit Mäßigung. Der Untersuchungsgefangene hatte den Rock, den Bibi-Lupin ihm ausgezogen hatte, noch nicht wieder angelegt, und auf einen Wink des Richters öffnete er gefällig sein Hemd. »Es ist seine Behaarung ... Aber sie ist grau geworden, Herr Vautrin!« rief Frau Poiret aus.

»Was haben Sie darauf zu erwidern?« fragte der Richter den Untersuchungsgefangenen. »Das ist eine Wahnsinnige!« – »Ach, mein Gott, wenn ich noch einen Zweifel hätte, denn dasselbe Gesicht hat er nicht mehr, so würde diese Stimme genügen ... Er ist es, der mich bedroht hat ... Ah, das ist sein Blick!«

»Der Agent der Kriminalpolizei und diese Frau«, fuhr der Richter fort, indem er sich an Jakob Collin wandte, »haben sich nicht verständigen können, um die gleichen Dinge über Sie zu sagen, denn weder der eine noch die andere hatten Sie vorher gesehen; wie erklären Sie sich das?« – »Die Rechtsprechung hat wohl noch größere Irrtümer begangen, als der es ist, zu dem das Zeugnis dieser Frau, die einen Menschen an 82 der Behaarung seiner Brust wiedererkennt, und der Verdacht eines Polizeiagenten führen würden«, erwiderte Jakob Collin. »Man findet bei mir Ähnlichkeiten mit einem großen Verbrecher, das ist schon recht unbestimmt. Was die Erinnerung angeht, die zwischen der Frau und meinem Doppelgänger Beziehungen beweisen würde, über die sie nicht errötet ... so haben Sie selbst darüber gelacht. Wollen Sie, Herr Richter, im Interesse der Wahrheit, die ich für meine Rechnung lebhafter festzustellen wünsche, als Sie es für Rechnung der Justiz wünschen können ... wollen Sie diese Frau ... Foi ...« – »Poiret.« – »Poiret – verzeihen Sie ... ich bin Spanier – fragen, ob sie sich entsinnt, welche anderen Leute in dieser ... Wie nennen Sie das Haus?« – »Ein bürgerliches Kosthaus«, sagte Frau Poiret. »Ich weiß nicht, was das ist«, erwiderte Jakob Collin. »Das ist ein Haus, in dem man auf sein Frühstück und sein Mittagbrot abonniert.«

»Sie haben recht«, rief Camusot aus, indem er mit dem Kopf eine Jakob Collin günstige Bewegung machte; so sehr beeinflußte ihn der offenbare gute Wille, mit dem er ihm die Mittel angab, wie man zu einem Ergebnis kommen könnte. »Versuchen Sie, sich der Abonnenten zu entsinnen, die sich zur Zeit der Verhaftung Jakob Collins in der Pension befanden.« – »Da wohnten Herr von Rastignac, der Doktor Bianchon, Vater Goriot, Fräulein Taillefer ...« – »Schön«, sagte der Richter, der Jakob Collin unablässig beobachtete; doch dessen Gesicht blieb unerschüttert. »Nun also, dieser Vater Goriot ...« – »Der ist tot«, sagte Frau Poiret.

»Herr Richter«, sagte Jakob Collin, »ich bin bei Lucien mehrmals einem Herrn von Rastignac begegnet, der, wie ich glaube, mit Frau von Nucingen befreundet ist; und wenn von ihm die Rede sein sollte, so hat er mich niemals für den Sträfling gehalten, mit dem man mich zu verwechseln sucht ...« – »Herr von Rastignac und Doktor Bianchon nehmen beide eine solche soziale Stellung ein, daß ihr Zeugnis, wenn es Ihnen günstig ist, genügen würde, damit man Sie freiläßt. – Coquart, stellen Sie die Ladungen aus.«

In wenigen Minuten waren die Formalitäten der Aussage der Frau Poiret erledigt; Coquart las ihr das Protokoll der Szene, die sich eben abgespielt hatte, vor, und sie unterschrieb es; aber der Untersuchungsgefangene verweigerte die Unterschrift, indem er sich darauf berief, daß ihm die Formen der französischen Rechtsprechung unbekannt seien.

»Das dürfte wohl für heute genug sein«, sagte Herr Camusot; »Sie werden das Bedürfnis fühlen, einige Nahrung zu sich zu nehmen; ich werde Sie in die Conciergerie zurückführen lassen.« – »Ach, ich leide zu sehr, um zu essen«, erwiderte Jakob Collin.

Camusot wollte es so einrichten, daß der Augenblick der Rückkehr Jakob Collins zusammenfiel mit der Stunde des Spaziergangs der Angeklagten im Gefängnishof; aber er wollte zuvor eine Antwort des Direktors der Conciergerie auf den Befehl erwarten, den er ihm morgens gegeben hatte; er schellte also, um seinen Gerichtsdiener hinunterzuschicken. Der Gerichtsdiener kam und sagte, die Pförtnerin des Hauses auf dem Quai Malaquais habe ihm wichtige Akten zu übergeben, die sich auf Herrn Lucien von Rubempré bezögen. Dieser Zwischenfall nahm eine solche Bedeutung an, daß Camusot seine Absicht darüber vergaß. »Sie soll eintreten«, sagte er.

»Verzeihung, Entschuldigung, Herr Richter«, sagte die Pförtnerin, indem sie abwechselnd den Richter und den Abbé Carlos Herrera grüßte. »Wir waren in solcher Aufregung, mein Mann und ich, durch die Justiz, zweimal ist sie gekommen, daß wir in unserer Kommode einen Brief vergessen haben, der an Herrn Lucien gerichtet ist; und wir haben noch zehn Sous dafür bezahlt, obgleich er aus Paris ist; denn er ist sehr schwer. Wollen Sie mir das Porto ersetzen? Gott weiß, wann wir unsere Mieter wiedersehen!« – »Dieser Brief ist Ihnen von dem Briefträger eingehändigt worden?« fragte Camusot, nachdem er das Kuvert sehr aufmerksam betrachtet hatte. »Ja, Herr Richter.« – »Coquart, Sie werden diese Erklärung zu Protokoll nehmen. – Hier, gute Frau. Geben Sie Ihren Namen, Ihren Stand usw. an.« Camusot vereidigte die Pförtnerin; dann diktierte er das Protokoll.

Während er diese Förmlichkeiten erfüllte, untersuchte er den Poststempel, der die Aufgabe- und die Ausgabestunden trug, sowie das Datum angab. Nun war dieser Brief, der bei Lucien am Tage nach Esthers Tode abgegeben wurde, ohne jeden Zweifel am Tage der Katastrophe geschrieben und auf die Post gegeben worden.

Man wird sich also vorstellen können, wie verblüfft Herr Camusot war, als er diesen Brief las, der geschrieben und unterzeichnet war von dem Wesen, das die Justiz für das Opfer eines Verbrechens hielt.

»Montag, den 13. Mai 1830.
(Am letzten Tage meines Lebens, zehn Uhr morgens.)
Mein Lucien, ich habe keine Stunde mehr zu leben. Um elf Uhr werde ich tot sein, und ich werde ohne jeden Schmerz sterben. Ich habe fünfzigtausend Franken für eine hübsche kleine schwarze Johannisbeere bezahlt, die ein mit Blitzesgeschwindigkeit tötendes Gift enthält. Du kannst

Dir also sagen, mein Liebchen: ›Meine kleine Esther hat nicht gelitten …‹
Ja, ich werde nur leiden, während ich Dir diese Seiten schreibe.

Dieses Ungeheuer, das mich so teuer bezahlte, obwohl er wußte, daß
der Tag, an dem ich mich als ihm gehörig ansehen würde, kein Morgen
für mich haben sollte, dieser Nucingen ist fort; er war berauscht wie ein
Bär, den man betrunken gemacht hat. Zum ersten- und letztenmal in
meinem Leben habe ich meinen ehemaligen Beruf als Freudenmädchen
mit dem Leben der Liebe vergleichen, die Zärtlichkeit, die im Unendlichen aufblüht, über das Grauen der Pflicht decken können, die sich so
sehr vernichten möchte, daß auch für einen Kuß kein Raum mehr bleibt.
Es bedurfte dieses Ekels, damit ich den Tod anbetungswürdig fand …
Ich habe ein Bad genommen; ich wollte, ich hätte den Beichtvater des
Klosters, in dem ich die Taufe empfing, kommen lassen, beichten und
mir die Seele reinwaschen können. Aber es ist an der Prostitution ohnehin genug; das hieße ein Sakrament profanieren, und ich fühle zudem,
daß ich schon in den Wassern einer aufrichtigen Reue gebadet bin. Gott
wird mit mir beginnen, was er will.

Lassen wir all dies Gewinsel, ich will für Dich bis zum letzten Augenblick Deine Esther sein, Dich nicht mehr mit meinem Tod, mit der
Zukunft, mit dem lieben Gott langweilen, der auch nicht mehr lieb wäre,
wenn er mich in der andern Welt folterte, nachdem ich in dieser schon
soviel Schmerzen habe schlingen müssen.

Ich habe Dein entzückendes Bild vor mir, das Frau von Mirbel gemacht hat. Dieses Stück Elfenbein hat mich über Deine Abwesenheit
hinweggetröstet; ich sehe es berauscht an, während ich Dir meine letzten
Gedanken schreibe und Dir meine letzten Herzschläge schildere. Ich
werde Dir das Bild in diesen Brief einlegen, denn ich will nicht, daß
man es raube oder verkaufe. Der bloße Gedanke daran, daß das, was
meine Freude ausgemacht hat, in der Auslage eines Händlers mit Bildern
von Damen oder Offizieren des Kaiserreichs oder chinesischen Kuriositäten durcheinandergerät, jagt mir einen Schüttelfrost über den Körper.
Mein Liebling, vernichte dieses Bild, gib es niemandem … es sei denn,
daß dieses Geschenk Dir das Herz jener wandelnden und kleidertragen-
den Latte, jener Klotilde von Grandlieu, zurückerobert, die Dir Beulen
stoßen wird des Nachts, so spitze Knochen hat sie … Ja, darein willige
ich, da wäre ich Dir noch wie zu Lebzeiten zu etwas nütze. Ach, um Dir
Vergnügen zu machen, oder wenn Du auch nur darüber gelacht hättest,
wäre ich vor einem Kohlenbecken niedergekniet, einen Apfel im Munde,

um ihn Dir zu rösten! Mein Tod wird Dir also noch nützlich sein ...
Ich hätte Dein Haus gestört ... Oh, diese Klotilde! Ich verstehe sie nicht!
Sie kann Deine Frau sein, Deinen Namen tragen, braucht Dich weder
Tag noch Nacht zu verlassen, darf Dir gehören und macht Umstände!
Dazu muß man aus dem Faubourg Saint-Germain sein! Und keine zehn
Pfund Fleisch auf den Knochen haben ...

Armer Lucien! Teurer gescheiterter Ehrgeiziger, ich denke an Deine
Zukunft! Sieh, Du wirst mehr als einmal Deinen armen treuen Hund
herbeisehnen, das gute Mädchen, das für Dich stahl, das sich hätte vors
Schwurgericht schleppen lassen, um Dein Glück zu sichern; deren einzige
Beschäftigung es war, an Deine Genüsse zu denken, Dir neue zu erfinden;
der die Liebe zu Dir im Haar, in den Füßen, in den Ohren stak; kurz
Deine ›ballerina‹, deren sämtliche Blicke ebensoviel Segenssprüche waren;
die sechs Jahre hindurch nur an Dich gedacht hat, die so sehr Dein Eigentum war, daß ich stets nur einen Ausfluß Deiner Seele bildete, wie
das Licht ein Ausfluß der Sonne ist. Aber schließlich, da mir Geld und
Ehre fehlen, so kann ich, ach, Deine Frau nicht werden ... Immerhin
habe ich für Deine Zukunft gesorgt, indem ich Dir alles gab, was ich
besitze ... Komm, sowie Du diesen Brief erhalten hast, und nimm, was
unter meinem Kopfkissen liegt, denn ich mißtraue den Leuten im Hause ...

Siehst Du, ich will schön sein als Tote, ich werde mich legen und auf
dem Bett ausstrecken; ich werde posieren! Dann werde ich die Johannisbeere gegen den Gaumenvorhang drücken, und so werde ich weder
durch Krämpfe noch durch eine lächerliche Haltung entstellt werden.

Ich weiß, daß Frau von Sérizy sich um meinetwillen mit Dir überworfen hat; aber siehst Du, Maus, wenn sie erfährt, daß ich tot bin, so wird
sie Dir vergeben, Du wirst ihr den Hof machen, und sie wird Dich gut
verheiraten, wenn die Grandlieus bei ihrer Weigerung bleiben.

Mein Liebling, ich will nicht, daß Du lange Klagen erhebst, wenn Du
von meinem Tode erfährst. Zunächst muß ich Dir sagen, daß die elfte
Stunde am Montag des 13. Mai nur der Abschluß einer langen Krankheit
ist, die begann, als Ihr mich auf der Terrasse von Saint-Germain in
meine alte Laufbahn zurückstießet ... Man leidet seelisch, wie man kör-
perlich leidet. Nur kann die Seele das Leiden nicht so dumm über sich
ergehen lassen wie der Körper; der Körper stützt die Seele nicht, wie die
Seele den Körper stützt, und die Seele hat die Möglichkeit, sich in der
Gedankenreihe Heilung zu suchen, aus der heraus die Näherinnen ihre

Zuflucht zum Kohlenbecken nehmen. Du hast mir vorgestern ein ganzes Leben gegeben, als Du sagtest, wenn Klotilde Dich nochmals zurückstieße, würdest Du mich heiraten. Das wäre für uns beide ein großes Unglück geworden, ich wäre sozusagen nur um so mehr tot; denn es gibt Tode, die mehr oder minder bitter sind. Nie hätte die Gesellschaft uns aufgenommen.

Jetzt denke ich schon seit zwei Monaten über sehr viele Dinge nach! Ein armes Mädchen steckt im Schmutz, wie ich es tat, ehe ich ins Kloster eintrat; die Männer finden sie schön; sie machen sie ihren Genüssen dienstbar, indem sie sich jeder Rücksicht entbinden; sie schicken sie zu Fuß davon, nachdem sie sie im Wagen geholt hatten; wenn sie ihr nicht ins Gesicht speien, so liegt das daran, daß ihre Schönheit sie vor dieser Beschimpfung schützt; aber moralisch tun sie Schlimmeres. Nun, dieses Mädchen erbe fünf bis sechs Millionen, so werden Prinzen sie aufsuchen, man wird sie achtungsvoll grüßen, wenn sie im Wagen vorüberfährt; sie wird unter den ältesten Wappenschildern Frankreichs und Navarras wählen können. Diese Gesellschaft, die auf uns schimpfen würde, wenn sie zwei schöne Wesen im Glück vereint sähe, hat Frau von Staël beständig gegrüßt, trotz aller laufenden Romane, weil sie zweihunderttausend Franken Rente hatte. Die Gesellschaft, die sich vor dem Reichtum und dem Ruhm beugt, will sich nicht vor dem Glück noch vor der Tugend beugen, denn ich hätte auch Gutes getan ... Oh, wieviel Tränen hätte ich getrocknet! Ebensoviel, wie ich vergossen habe! Ja, ich hätte nur für Dich und die Wohltätigkeit leben wollen.

Das sind die Gedanken, die mir den Tod anbetungswürdig machen. Also stimme keine Klagen an, mein Liebster! Sag Dir oft: ›Zwei gute Mädchen, zwei schöne Geschöpfe haben gelebt; beide sind für mich gestorben, ohne mir zu grollen, und sie beteten mich an!‹ Errichte in Deinem Herzen Coralie und Esther einen Gedenkstein und geh Deines Weges! Entsinnst Du Dich des Tages, an dem Du mir eine verschrumpfte Alte in melonengrünem Überwurf und flohbraunem Mantel mit schwarzen Fettflecken zeigtest, die die Geliebte eines Dichters vor der Revolution gewesen war; die Sonne wärmte sie kaum, obgleich sie sich wie eine Statistin in die Tuilerien gestellt hatte, während sie sich um einen grauenhaften Mops Sorge machte, um den letzten der Möpse? Du weißt, sie hatte Lakaien, Equipagen und ein Hotel gehabt! Ich sagte Dir damals: ›Es ist besser, man stirbt mit dreißig Jahren!‹ Nun, an jenem Tage fandest Du mich nachdenklich; Du machtest Narrheiten, um mich zu zerstreuen; und zwischen zwei Küssen sagte ich Dir noch: ›Jeden Tag verlassen die Frauen das Theater vor dem Schluß! …‹ Nun also, ich habe den letzten Akt nicht mehr sehen wollen, das ist alles …

Du wirst mich geschwätzig finden, aber es ist mein letztes Geplapper. Ich schreibe Dir, wie ich mit Dir sprach, und ich will lustig sprechen mit Dir. Die Schneiderinnen, die sich beklagen, habe ich immer verabscheut; Du weißt, ich habe schon einmal gut zu sterben verstanden, als ich zurückkehrte von jenem verhängnisvollen Opernball, wo man Dir sagte, ich sei eine Dirne gewesen!

O nein, mein Liebling, verschenke dieses Bild niemals! Wenn Du wüßtest, mit welchen Fluten der Liebe ich mich eben in Deine Augen versenkt habe, indem ich sie während einer Pause, die ich machte, berauscht ansah, so würdest Du glauben, wenn Du die Liebe wieder abnähmst, die ich auf dieses Elfenbein zu kristallisieren versucht habe, daß da die Seele Deines Liebchens liegt.

Eine Tote, die um ein Almosen bettelt, das ist doch Komik! … Doch man muß es verstehen, sich in seinem Grabe ruhig zu halten.

Du weißt nicht, wie heroisch mein Tod den Dummköpfen erscheinen würde, wenn sie wüßten, daß Nucingen mir heute nacht zwei Millionen geboten hat, wenn ich ihn lieben wollte, wie ich Dich liebe. Er wird sich hübsch gefoppt vorkommen, wenn er erfährt, daß ich ihm Wort gehalten habe, indem ich an ihm starb. Ich habe alles versucht, um auch fernerhin die Luft atmen zu können, die Du atmest. Ich habe diesem dicken Dieb gesagt: ›Wollen Sie geliebt werden, wie Sie es wünschen? Ich will mich sogar verpflichten, Lucien nie wiederzusehen …‹ – ›Was muß ich tun?‹ fragte er. ›Geben Sie mir zwei Millionen für ihn!‹ Nein, wenn Du seine Grimasse gesehen hättest! … Ach, ich hätte darüber gelacht, wenn es für mich nicht so tragisch gewesen wäre. ›Ersparen Sie sich eine Abweisung‹, sagte ich. ›Ich sehe, Ihnen liegt mehr an Ihren zwei Millionen, als an mir. Eine Frau ist immer froh, wenn sie weiß, was sie wert ist‹, fügte ich hinzu, indem ich ihm den Rücken wandte.

Dieser alte Halunke weiß in ein paar Stunden, daß ich nicht scherzte.

Wer wird Dir wie ich den Scheitel ins Haar ziehen? Bah, ich will an nichts aus dem Leben mehr denken, ich habe nur noch fünf Minuten; die schenke ich Gott; sei nicht eifersüchtig auf ihn, mein lieber Engel, ich will ihm von Dir reden, Dein Glück als Preis für meinen Tod und meine Strafen in der andern Welt erbitten. Es langweilt mich, daß ich in die Hölle soll; ich hätte gern die Engel gesehen, um zu erfahren, ob sie Dir gleichen ...

Adieu, mein Liebling, adieu! Ich segne Dich mit meinem ganzen Unglück. Bis ins Grab hinein bleibe ich

Deine Esther.

Es schlägt elf Uhr. Ich habe mein letztes Gebet verrichtet, ich will mich jetzt legen, um zu sterben. Noch einmal, adieu! Ich wollte, die Wärme meiner Hand ließe hier meine Seele zurück, wie ich einen letzten Kuß darauf drücke; und ich will Dich noch einmal mein reizendes Kätzchen nennen, obwohl Du die Ursache des Todes bist Deiner

Esther.«

Eine Regung der Eifersucht krampfte dem Richter das Herz zusammen, als er die Lektüre des einzigen Selbstmörderbriefes beendet hatte, den er je mit dieser Lustigkeit geschrieben fand, wenn es auch eine fieberische Lustigkeit und das letzte Ringen einer blinden Zärtlichkeit war. ›Was hat er nur so Besonderes, daß er so geliebt wird?‹ dachte er und wiederholte damit nur, was alle Männer sagen, denen die Gabe, den Frauen zu gefallen, fehlt. »Wenn es Ihnen möglich ist, zu beweisen, daß Sie nicht nur nicht Jakob Collin sind, ein entsprungener Sträfling, sondern auch, daß Sie wirklich Don Carlos Herrera, der Stiftsherr von Toledo, der geheime Gesandte Seiner Majestät Ferdinands VII. sind«, sagte der Richter zu Jakob Collin, »so werden Sie in Freiheit gesetzt, denn die Unparteilichkeit, die mein Amt verlangt, verpflichtet mich, Ihnen zu sagen, daß ich in diesem Augenblick von dem Fräulein Esther Gobseck einen Brief erhalte, in dem sie die Absicht ausspricht, Selbstmord zu begehen, und über ihre Dienstboten einen Argwohn durchblicken läßt, der sie als die Urheber der Entwendung der siebenhundertfünfzigtausend Franken zu bezeichnen scheint.«

Während des Sprechens verglich Herr Camusot die Schrift des Briefes mit der des Testamentes, und ihm wurde klar, daß der Brief von derselben Person geschrieben war wie das Testament. »Herr Richter, Sie haben zu voreilig an einen Mord geglaubt, glauben Sie nicht jetzt zu voreilig an einen Diebstahl!« – »Ah! ...« sagte Camusot, indem er einen Richterblick auf den Untersuchungsgefangenen warf. »Glauben Sie nicht, ich stellte mich bloß, wenn ich Ihnen sage, daß diese Summe sich wiederfinden kann«, fuhr Jakob Collin fort, indem er dem Richter zu verstehen gab, daß er seinen Argwohn begriffen habe. »Dieses arme Mädchen wurde von ihren Leuten herzlich geliebt; und wenn ich frei wäre, würde ich es übernehmen, das Geld zu suchen, das jetzt Lucien gehört, dem Wesen, das ich von allen in der Welt am meisten liebe ... Würden Sie die Güte haben, mich diesen Brief lesen zu lassen? Ich werde schnell damit fertig sein ... Er ist der Beweis für die Unschuld meines armen Kindes ... Sie können nicht furchten, daß ich ihn vernichte ... noch auch, daß ich darüber rede: ich befinde mich in Einzelhaft.« – »In Einzelhaft! ...« rief der Richter. »Darin sollen Sie nicht bleiben. Ich selbst bitte Sie, Ihre Personalien so schnell wie möglich aufzuklären; nehmen Sie Ihre Zuflucht zum Gesandten, wenn Sie wollen ...« Und er reichte Jakob Collin den Brief hin.

Camusot war glücklich, daß er aus der Verlegenheit kam, daß er den Oberstaatsanwalt und die Damen von Maufrigneuse und von Sérizy befriedigen konnte. Nichtsdestoweniger sah er sich das Gesicht seines Untersuchungsgefangenen kühl und neugierig an, während jener den Brief der Kurtisane las; und trotz der Aufrichtigkeit der Empfindungen, die sich darauf malten, sagte er sich: ›Und doch ist es eine Bagnophysiognomie!‹

»Das nenne ich Liebe! ...« sagte Jakob Collin, indem er den Brief zurückgab. Und er ließ Camusot ein von Tränen überströmtes Gesicht sehen.

»Wenn Sie ihn kennten!« fuhr er fort. »Er ist eine so junge, so frische Seele, eine so wundervolle Schönheit, ein Kind, ein Dichter ... Unwiderstehlich empfindet man das Bedürfnis, sich ihm zu opfern, seine geringsten Wünsche zu befriedigen. Dieser gute Lucien ist so entzückend, wenn er schmeichelt! ...«

»Nun«, sagte der Richter mit einer letzten Anstrengung, die Wahrheit zu entdecken, »Sie können nicht Jakob Collin sein ...« – »Nein«, sagte der Sträfling. Und Jakob Collin wurde mehr als je zu Don Carlos Herrera. In dem Wunsch, sein Werk zu krönen, trat er auf den Richter zu, führte ihn in die Fensternische und gab sich das Ansehen eines Kirchenfürsten, während er einen vertraulichen Ton anschlug.

»Ich liebe dieses Kind so sehr, Herr Richter, daß, wenn ich der Verbrecher sein müßte, für den Sie mich halten, um diesem Idol meines Herzens eine Unannehmlichkeit zu ersparen, ich mich selbst anklagen würde«, sagte er mit leiser Stimme. »Ich würde das arme Mädchen nachahmen, das sich zu seinem Vorteil ermordet hat. Deshalb, Herr

Richter, flehe ich Sie an, mir eine Gunst zu gewähren, und zwar die, daß Sie Lucien auf der Stelle in Freiheit setzen.« – »Dem widersetzt sich meine Pflicht«, erwiderte Camusot gutmütig; »aber wenn man mit dem Himmel einen Vergleich schließen kann, so weiß die Justiz Rücksichten zu nehmen, und wenn Sie mir gute Gründe anführen können … Reden Sie, dies wird nicht niedergeschrieben.«

»Nun«, fuhr Jakob Collin fort, da die Gutmütigkeit Camusots ihn täuschte, »ich weiß, was dieses arme Kind in diesem Augenblick leidet; er ist imstande, etwas gegen sein Leben zu unternehmen, wenn er sich im Gefängnis sieht …« – »Oh, was das angeht …« sagte Camusot mit einem Ruck des Oberkörpers. »Sie wissen nicht, wen Sie verpflichten, wenn Sie mich verpflichten«, fügte Jakob Collin hinzu, denn er wollte andere Saiten anschlagen. »Sie leisten einem Orden einen Dienst, der mächtiger ist als die Gräfinnen von Sérizy und die Herzoginnen von Maufrigneuse, die Ihnen nicht verzeihen werden, daß Sie ihre Briefe in Ihrem Zimmer hatten …« sagte er, indem er auf zwei parfümierte Bündel zeigte. »Mein Orden hat ein Gedächtnis …« – »Genug«, sagte Camusot, »genug! Suchen Sie andere Gründe, die Sie mir angeben können. Ich bin ebensosehr für den Angeschuldigten da wie für die Wahrnehmung der öffentlichen Interessen.« – »Nun, glauben Sie mir, ich kenne Lucien, er hat die Seele einer Frau, eines Dichters und Südländers, eine Seele ohne Halt und Willen«, fuhr Jakob Collin fort, denn er glaubte endlich erraten zu haben, daß der Richter auf seiner Seite stand. »Sie sind von der Unschuld dieses jungen Mannes überzeugt; quälen Sie ihn nicht, verhören Sie ihn nicht; übergeben Sie ihm diesen Brief, sagen Sie ihm, daß er Esthers Erbe ist, und setzen Sie ihn in Freiheit … Wenn Sie anders handeln, werden Sie einst darüber in Verzweiflung geraten; wenn Sie ihn dagegen ganz einfach freilassen, so werde ich Ihnen – behalten Sie mich in Einzelhaft – morgen, heute abend alles erklären, was Ihnen in dieser Angelegenheit noch geheimnisvoll erscheinen könnte, sowie auch die Gründe der erbitterten Verfolgung, die sich gegen mich richtet; aber ich setze dabei mein Leben aufs Spiel, man will mir seit fünf Jahren an den Kopf … Ist Lucien frei, reich und mit Klotilde von Grandlieu vermählt, so ist meine Aufgabe auf Erden erfüllt, und ich werde meine Haut nicht mehr verteidigen … Mein Verfolger ist ein Spion Ihres letzten Königs.« – »Ah, Corentin!« – »Ah, er heißt Corentin? … Ich danke Ihnen … Nun, Herr Richter, wollen Sie mir versprechen, um was ich Sie bitte?« – »Ein Richter kann und darf nichts versprechen. – Coquart, beauftragen Sie den Gerichtsdiener und die Gendarmen, den Gefangenen in die Conciergerie zurückzuführen ... Ich werde Befehl erteilen, daß Sie heute abend in die Pistole kommen«, fügte er sanft hinzu, indem er dem Gefangenen leicht mit dem Kopf zunickte.

Da Camusot die Bitte auffiel, die Jakob Collin soeben an ihn gerichtet hatte, und da er sich zugleich entsann, mit welcher Beharrlichkeit er verlangt hatte, als erster verhört zu werden, indem er sich auf seinen Krankheitszustand berief, so kehrte sein ganzes Mißtrauen zurück. Während er auf seinen unbestimmten Argwohn lauschte, sah er, wie der angeblich Sterbende gleich einem Herkules davonging, ohne all die gut gespielten Grimassen, die sein Auftreten begleitet hatten. »Herr Abbé?« Jakob Collin wandte sich um. »Mein Kanzlist wird Ihnen das Protokoll Ihres Verhörs trotz Ihrer Weigerung, es zu unterschreiben, vorlesen.«

Der Gefangene erfreute sich einer ausgezeichneten Gesundheit; die Bewegung, mit der er sich neben den Kanzlisten setzte, war für den Richter ein letzter Lichtstrahl. »Sie sind schnell genesen?« sagte Camusot. ›Ich bin gefaßt‹, dachte Jakob Collin. Dann antwortete er mit lauter Stimme: »Die Freude, Herr Richter, ist das einzige Allheilmittel, das es gibt ... Dieser Brief, der Beweis einer Unschuld, an der ich nicht zweifelte ... das ist die große Arznei.«

Der Richter folgte seinem Gefangenen, als ihn der Gerichtsdiener und die Gendarmen umringten, mit einem nachdenklichen Blick. Dann machte er die Bewegung eines Erwachenden und warf Esthers Brief auf den Tisch seines Kanzlisten. »Coquart, kopieren Sie diesen Brief.«

Wenn es schon in der Natur des Menschen liegt, allem zu mißtrauen, was zu tun man ihn bittet, sobald es gegen seine Interessen oder gegen seine Pflicht geht, oft sogar auch, wenn es ihm gleichgültig ist, so ist diese Empfindung für den Untersuchungsrichter Gesetz. Je mehr Wolken der Untersuchungsgefangene, dessen Personalien noch nicht feststanden, am Horizont ahnen ließ, falls Lucien verhört würde, um so notwendiger erschien Camusot dieses Verhör. Wäre diese Formalität auch nach dem Gesetz und dem Brauch nicht unentbehrlich gewesen, so wurde sie durch die Frage nach der Identität des Abbé Carlos erforderlich. In allen Laufbahnen gibt es ein Berufsgewissen. Wäre Camusot nicht neugierig gewesen, so hätte er Lucien aus Rücksicht auf seine Richterehre doch verhört, wie er eben Jakob Collin verhört hatte, nämlich unter Entfaltung der Listen, die sich selbst der rechtschaffenste Richter erlaubt. Der Dienst, den er leisten konnte, seine Beförderung, all das kam bei Camusot erst nach dem Wunsch, die Wahrheit zu erfahren, sie zu erraten, um sie dann vielleicht zu verschweigen. Er trommelte gegen die Fensterscheiben, indem er sich dem strömenden Lauf seiner Vermutungen überließ, denn in solchen Augenblicken gleicht das Denken einem Fluß, der tausend Gegenden durcheilt. Als Liebhaber der Wahrheit gleichen die Richter den eifersüchtigen Frauen; sie geben sich tausend Vermutungen hin und durchwühlen sie mit dem Dolch des Argwohns, wie etwa der antike Opferpriester den Opfern die Eingeweide herausnahm; dann machen sie halt, nicht bei der Wahrheit, sondern beim Wahrscheinlichen, und schließlich dämmert ihnen die Wahrheit auf. Eine Frau verhört einen geliebten Mann, wie ein Richter den Verbrecher verhört. In solcher Stimmung genügt ein Blitz, ein Wort, eine Biegung der Stimme, ein Zögern, um die Tatsache, den Verrat, das verborgene Verbrechen anzudeuten.

»Die Art, wie er mir seine Liebe zu seinem Sohn schilderte – wenn es sein Sohn ist –, könnte mir den Glauben eingeben, er habe sich ins Haus dieser Dirne begeben, um über das Geld zu wachen; und ohne zu ahnen, daß das Kopfkissen der Toten ein Testament verbarg, hat er ›zur Vorsicht‹ die siebenhundertfünfzigtausend Franken für seinen Sohn gestohlen ... Deshalb versprach er, die Summe wieder herbeizuschaffen. Herr von Rubempré ist es sich selbst, ist es der Rechtsprechung schuldig, den Zivilstand seines Vaters aufzuklären ... Und mir das Wohlwollen seines Ordens. – seines Ordens! – zu versprechen, wenn ich Lucien nicht verhöre! ...« Bei diesem Gedanken machte er halt.

Wie man soeben gesehen hat, leitet ein Untersuchungsrichter das Verhör ganz nach Belieben. Es steht ihm frei, gewandt zu sein oder nicht. Ein Verhör ist nichts und alles. Darin liegt die Begünstigung. Camusot schellte, der Gerichtsdiener war zurückgekommen. Er gab den Befehl, Herrn Lucien von Rubempré zu holen, doch schärfte er zugleich ein, ihn während der Überführung mit niemandem sprechen zu lassen, wer es auch sei. Es war gerade zwei Uhr nachmittags.

»Hier liegt ein Geheimnis verborgen«, sagte der Richter bei sich selber, »und dieses Geheimnis muß recht wichtig sein. Der Gedankengang meiner Amphibie, die weder Priester noch Weltmann, weder Sträfling noch Spanier ist, die aber aus dem Munde ihres Schützlings irgendein furchtbares Wort nicht herauslassen will, läuft so: ›Der Dichter ist schwach, er ist eine Frau; er ist nicht wie ich, denn ich bin der Herkules der Diplomatie; und Sie würden ihm unser Geheimnis leicht entreißen!‹ Nun, wir werden von dem Unschuldigen alles erfahren.«

Und er begann, mit seinem Elfenbeinmesser gegen den Tischrand zu klopfen, während sein Kanzlist Esthers Brief kopierte. Wieviel Wunderlichkeiten es im Gebrauch unserer Verstandeskräfte gibt! Camusot nahm alle nur möglichen Verbrechen an, und nur an dem einzigen, das der Untersuchungsgefangene begangen hatte, lief er vorbei: an der Testamentsfälschung zugunsten Luciens. Alle, deren Neid gegen die Stellung der Richter anrennt, mögen doch an dieses Leben denken, das in beständigem Argwohn verstreicht, an die Folter, der solche Leute ihren Geist unterwerfen, denn die Zivilprozesse sind nicht minder verwickelt als die Kriminalprozesse; dann werden sie sich vielleicht sagen, daß der Priester und der Richter einen Panzer tragen, der gleich schwer ist, gleichermaßen innen mit Spitzen versehen. Übrigens hat jeder Beruf sein Büßerhemd und sein Kopfzerbrechen.

Gegen zwei Uhr sah Herr Camusot Lucien von Rubempré eintreten; er war bleich und niedergeschlagen, die Augen rot und geschwollen, kurz in einem Zustand des Zusammenbruchs, der ihm erlaubte, die Natur mit der Kunst zu vergleichen, den wahren Sterbenden mit dem Sterbenden des Theaters. Diese Überführung aus der Conciergerie bis zum Zimmer des Richters, zwischen zwei Gendarmen, denen ein Gerichtsdiener voraufschritt, hatte bei Lucien die Verzweiflung auf die Spitze getrieben. Es liegt im Geist eines Dichters, daß er die Marter dem Urteil vorzieht. Als Herr Camusot diese Natur sah, der jener moralische Mut, wie er den Richter auszeichnet und wie der andere Gefangene ihn in so hohem Grade besaß, völlig fehlte, kam ihn ein Mitleid an ob seines leichten Sieges, und diese Geringschätzung erlaubte ihm, entscheidende Schläge zu führen, weil sie ihm jene furchtbare Freiheit des Geistes gab, die den Schützen auszeichnet, wenn er nur auf Puppen zielt.

»Beruhigen Sie sich, Herr von Rubempré; Sie stehen vor einem Richter, der sich beeilt, das Unrecht wieder gutzumachen, das die Justiz durch eine Untersuchungshaft wider ihren Willen begeht, wenn sie grundlos ist. Ich halte Sie für unschuldig, Sie werden sofort in Freiheit gesetzt werden. Hier ist der Beweis für Ihre Unschuld: ein Brief, den Ihre Pförtnerin in Ihrer Abwesenheit angenommen hatte und den sie mir eben brachte. In der Aufregung, die die gerichtliche Haussuchung und die Nachricht von Ihrer Verhaftung zu Fontainebleau zur Folge hatten, hatte diese Frau den Brief vergessen; er ist von Fräulein Esther Gobseck ... Lesen Sie!«

Lucien nahm den Brief, las ihn und brach in Tränen aus. Er schluchzte, ohne ein Wort formulieren zu können. Nach einer Viertelstunde, während derer Lucien seine Kraft mit Mühe sammeln mußte, reichte der Kanzlist ihm die Abschrift des Briefes und bat ihn, ein ›Abschrift wörtlich gleich der Urschrift; jederzeit auf Verlangen vorzuzeigen, solange die Untersuchung des Prozesses dauern wird‹ zu unterschreiben, indem er ihm anbot, die beiden Schriftstücke zunächst zu vergleichen; aber Lucien verließ sich natürlich in betreff der Richtigkeit auf Coquarts Wort.

»Herr von Rubempré«, sagte der Richter mit einem Ton voller Gutmütigkeit, »immerhin ist es schwer, Sie in Freiheit zu setzen, ohne daß ich zuvor unsere Formalitäten erfüllt und Ihnen einige Fragen gestellt habe ... Ich bitte Sie, gewissermaßen als Zeuge zu antworten. Einen Mann wie Sie, glaube ich, brauche ich nicht erst darauf aufmerksam zu machen, daß der Eid, die ganze Wahrheit zu sagen, hier nicht nur einen Appell an Ihr Gewissen bedeutet, sondern auch eine Notwendigkeit für die Klärung Ihrer Stellung, die für einige Augenblicke zweideutig ist. Die Wahrheit vermag nichts wider Sie, wie sie auch laute; aber die Lüge würde Sie vors Schwurgericht bringen, und ich wäre gezwungen, Sie in die Conciergerie zurückführen zu lassen. Wenn Sie mir meine Fragen offen beantworten, so werden Sie heute abend in Ihrem Hause schlafen, und Sie sind rehabilitiert, wenn die Zeitungen diese Nachricht veröffentlichen: ›Herr von Rubempré, der gestern in Fontainebleau verhaftet wurde, ist auf der Stelle nach einem sehr kurzen Verhör wieder entlassen worden.‹«

Diese Rede machte lebhaften Eindruck auf Lucien, und als der Richter die Bereitschaft seines Gefangenen sah, fügte er hinzu:

»Ich wiederhole es Ihnen, Sie stehen im Verdacht, bei der Vergiftung des Fräulein Esther beteiligt zu sein: wir haben den Beweis für ihren Selbstmord, und alles ist in Ordnung; aber man hat die Summe von siebenhundertfünfzigtausend Franken entwendet, die zum Nachlaß gehört, und Sie sind der Erbe: da liegt unglücklicherweise ein Verbrechen vor. Dieses Verbrechen liegt vor der Eröffnung des Testaments. Nun hat die Justiz Gründe zu der Annahme, daß eine Persönlichkeit, die Sie liebt, und zwar ebensosehr, wie dieses Fräulein Esther Sie liebte, sich dieses Verbrechen zu Ihrem Nutzen erlaubt hat ... Unterbrechen Sie mich nicht«, sagte Camusot, indem er Lucien, der reden wollte, durch eine Geste Schweigen auferlegte, »ich verhöre Sie noch nicht. Ich will Ihnen nur begreiflich machen, wie sehr Ihre Ehre an dieser Frage interessiert ist. Lassen Sie den falschen, den elenden Ehrenpunkt fallen, der Mitschuldige untereinander verbindet, und sagen Sie die ganze Wahrheit.«

Man wird bereits bemerkt haben, wie ungleich die Waffen in diesem Kampf zwischen den Gefangenen und den Untersuchungsrichtern verteilt sind. Sicherlich hat ein geschickt gehandhabtes Leugnen das Absolute seiner Form für sich, und es genügt für die Verteidigung des Verbrechers; aber es ist gewissermaßen ein Rüstzeug, das zermalmt, wenn der Dolch des Verhörs eine Lücke darin findet. Sowie das Leugnen gewissen klärlichen Tatsachen gegenüber versagt, ist der Untersuchungsgefangene dem Richter vollständig ausgeliefert. Man nehme jetzt einen Halbschuldigen an, wie Lucien es war; vor einem ersten Schiffbruch seiner Tugend gerettet, könnte er sich bessern und seinem Lande nützlich werden: der wird in den Fallen der Untersuchung umkommen. Der Richter redigiert ein sehr trockenes Protokoll, eine getreue Analyse der Fragen und Antworten; aber von seinen heimtückisch väterlichen Reden, von seinen verfänglichen Ermahnungen – gleich dieser hier – bleibt dabei nichts übrig. Die Richter der höheren Rechtsprechung und die Geschwornen sehen nur die Resultate, ohne die Wege, die zu ihnen führten, zu kennen. Daher wäre nach einigen trefflichen Köpfen auch die Jury ausgezeichnet für die Untersuchung geeignet, wie sie sie ja in England führt. Frankreich hat dieses System während einer gewissen Zeit gleichfalls gehabt. Unter dem Kodex vom Brumaire des Jahres IV nannte man diese Jury im Gegensatz zur Urteilsjury die Anklagejury. Was den eigentlichen Prozeß angeht, so müßte der, wenn man auf die Anklagejury zurückgriffe, an die zweitinstanzlichen Gerichte fallen, bei denen keine Geschwornen mitzuwirken hätten.

»Also«, sagte Camusot nach einer Pause, »wie heißen Sie? – Achtung, Herr Coquart«, fügte er für den Kanzlisten hinzu. »Lucien Chardon von Rubempré.« – »Sie sind geboren?« – »Zu Angoulême.« Und Lucien gab Tag, Monat und Jahr an. »Geerbt haben Sie nichts?« – »Nein.« – »Trotzdem haben Sie während eines ersten Aufenthalts in Paris im Vergleich zu Ihrem geringen Vermögen sehr beträchtliche Ausgaben gemacht.« – »Ja; aber zu jener Zeit hatte ich in Fräulein Coralie eine äußerst ergebene Freundin, die ich zu verlieren das Unglück hatte. Der

Schmerz über diesen Tod trieb mich in meine Heimat zurück.« – »Schön«, sagte Camusot, »ich lobe Ihre Offenheit, wir werden sie zu würdigen wissen.« Lucien nahm, wie man sieht, einen Anlauf zu einer Generalbeichte.

»Sie haben seit Ihrer Rückkehr aus Angoulême in Paris noch beträchtlichere Aufwendungen gemacht«, fuhr Camusot fort, »Sie haben gelebt wie ein Mann, der etwa sechzigtausend Franken Rente hat.« – »Ja.« – »Wer lieferte Ihnen dieses Geld?« – »Mein Gönner, der Abbé Carlos Herrera.« – »Wo haben Sie den kennen gelernt?« – »Ich bin ihm auf der Landstraße begegnet, und zwar in einem Augenblick, als ich mich meines Lebens durch einen Selbstmord entledigen wollte ...« – »Sie haben in Ihrem Hause niemals von ihm gehört? Etwa von Ihrer Mutter?« – »Nie.« – »Ihre Mutter hat Ihnen nie gesagt, daß sie dem Spanier einmal begegnet ist?« – »Nie.« – »Können Sie sich entsinnen, in welchem Jahr und welchem Monat Sie die Bekanntschaft der Fräulein Esther machten?« – »Es war Ende 1823, in einem kleinen Theater des Boulevards.« – »Sie hat Sie zunächst Geld gekostet?« – »Ja.« – »Sie haben letzthin im Wunsch, Fräulein von Grandlieu zu ehelichen, die Reste des Schlosses Rubempré gekauft; Sie haben noch für eine Million Ländereien hinzuerworben, Sie haben der Familie Grandlieu gesagt, Ihre Schwester und Ihr Schwager hätten eine beträchtliche Erbschaft gemacht, und Sie verdankten ihrer Freigebigkeit diese Summen? Haben Sie der Familie Grandlieu das gesagt?« – »Ja.« – »Den Grund des Abbruches der Beziehungen kennen Sie nicht?« – »Nein.« – »Nun, die Familie von Grandlieu hat einen der angesehensten Anwälte von Paris zu Ihrem Schwager geschickt, um Auskünfte einzuholen. Zu Angoulême hat der Anwalt durch das Geständnis eben Ihrer Schwester und Ihres Schwagers erfahren, daß sie Ihnen nicht nur sehr wenig geliehen haben, sondern daß auch die Erbschaft lediglich aus freilich bedeutenden Immobilien bestanden habe; die Summe der Kapitalien belief sich auf kaum zweihunderttausend Franken ... Sie werden es nicht merkwürdig finden, daß eine Familie wie die der Grandlieus sich vor einem Vermögen scheut, dessen Ursprung sich nicht feststellen läßt ... Dahin hat eine Lüge Sie geführt ...«

Lucien erstarrte vor dieser Offenbarung, und die geringe Geisteskraft, die er noch besaß, verließ ihn.

»Die Polizei und die Justiz erfahren alles, was sie erfahren wollen«, sagte Camusot, »bedenken Sie das wohl. Jetzt«, fuhr er fort, da ihm einfiel, daß Jakob Collin sich die Eigenschaft als Vater beigelegt hatte,

»wissen Sie, wer dieser angebliche Carlos Herrera ist?« – »Ja, aber ich habe es zu spät erfahren.« – »Wieso zu spät? Erklären Sie sich.« – »Er ist kein Priester, er ist kein Spanier, er ist ...« – »Ein entsprungener Sträfling?« fragte der Richter lebhaft. »Ja«, erwiderte Lucien. »Als mir das verhängnisvolle Geheimnis enthüllt wurde, war ich in seiner Schuld; ich hatte geglaubt, ich schlösse mich einem ehrenwerten Geistlichen an ...« – »Jakob Collin ...« sagte der Richter, der einen Satz beginnen wollte. »Ja, Jakob Collin«, wiederholte Lucien, »das ist sein Name.« – »Gut. Jakob Collin«, fuhr Herr Camusot fort, »ist eben von jemandem erkannt worden, und wenn er seine Identität noch leugnet, so geschieht es, glaube ich, in Ihrem Interesse. Aber ich fragte Sie nur, ob Sie wüßten, wer dieser Mensch ist, um einen weiteren Betrug Jakob Collins aufzudecken.«

Lucien fühlte, als er diese beängstigende Bemerkung hörte, sofort etwas wie ein rotglühendes Eisen in seinen Eingeweiden.

»Sie wissen wohl nicht«, sagte der Richter fortfahrend, »daß er sich, um die außerordentliche Liebe, die er für Sie hegt, zu erklären, als Ihren Vater ausgibt?« – »Er mein Vater! ... Oh! Das hat er gesagt?« – »Haben Sie einen Verdacht, woher die Summen kamen, die er Ihnen einhändigte? Denn wenn man dem Brief, den Sie in der Hand halten, glauben kann, so hätte Ihnen das Fräulein Esther, das arme Mädchen, später dieselben Dienste geleistet wie das Fräulein Coralie; aber Sie haben, wie Sie selber sagen, ein paar Jahre hin durchgelebt, und zwar sehr großartig gelebt, ohne etwas von ihr zu erhalten.« – »Ich muß Sie bitten, mir zu sagen«, rief Lucien, »woher Sträflinge Geld nehmen! ... Ein Jakob Collin mein Vater! ... O meine arme Mutter! ...« Und er brach in Tränen aus.

»Kanzlist, lesen Sie dem Untersuchungsgefangenen die Stelle aus dem Verhör des angeblichen Carlos Herrera vor, an der er sich den Vater Lucien von Rubemprés nennt.« Der Dichter hörte in einem Schweigen und einer Haltung zu, die zu sehen schmerzlich war.

»Ich bin verloren!« rief er aus. »Man verliert sich nicht auf dem Wege der Ehre und Wahrheit«, sagte der Richter. »Aber Sie werden Jakob Collin vor das Schwurgericht bringen?« fragte Lucien. »Sicherlich«, sagte Camusot, der Lucien noch weiter zum Reden bringen wollte. »Vollenden Sie Ihren Gedanken.«

Aber trotz der Bemühungen und Ermahnungen des Richters antwortete Lucien nicht mehr. Die Überlegung war zu spät gekommen, wie sie bei allen Männern zu spät kommt, die Sklaven ihrer Empfindungen sind.

Darin liegt der Unterschied zwischen dem Dichter und dem Mann der Tat: der eine überläßt sich dem Gefühl, um es in lebhaften Bildern darzustellen, und er urteilt erst nachher; der andere fühlt und urteilt zugleich. Lucien blieb finster und blaß; er sah sich auf dem Boden des Abgrundes, in den der Untersuchungsrichter ihn gestürzt hatte, da er, der Dichter, sich hatte von seiner Gutmütigkeit fangen lassen. Er hatte nicht nur seinen Wohltäter, sondern auch seinen Mitschuldigen verraten, der ihre Stellung seinerseits mit dem Mut eines Löwen und mit lückenlosem Geschick verteidigt hatte. Da, wo Jakob Collin durch seine Verwegenheit alles gerettet hatte, hatte Lucien, der Mann von Geist, durch seine Verständnislosigkeit und seinen Mangel an Überlegung alles zugrunde gerichtet. Diese gemeine Lüge, die ihn entrüstete, diente dazu, eine noch gemeinere Wahrheit zu verhüllen. Verwirrt durch den Scharfblick des Richters, entsetzt ob seiner grausamen Gewandtheit, ob der Geschwindigkeit der Hiebe, die er gegen ihn geführt hatte, indem er sich der Fehltritte seines ans Licht gezogenen Lebens wie einer Sonde bediente, mit der er sein Gewissen durchforschte, so glich Lucien dem Tier, das der Hauklotz des Schlachthauses gefehlt hat. Als er in dieses Zimmer eintrat, war er frei und unschuldig gewesen; jetzt sah er sich auf Grund seiner eigenen Geständnisse als Verbrecher. Zuletzt machte der Richter ihn – ein letzter ernsthafter Scherz – noch ruhig und kühl darauf aufmerksam, daß seine Enthüllungen das Ergebnis eines Irrtums waren. Camusot dachte an die Vaterschaft, die Jakob Collin sich zugeschrieben hatte, während Lucien, ganz beherrscht von der Angst, sein Bündnis mit einem entsprungenen Sträfling bekannt werden zu sehen, die berühmte Unachtsamkeit der Mörder des Ibykus nachgeahmt hatte.

Es ist einer der Ruhmestitel Royer-Collards, daß er den beständigen Triumph der natürlichen Empfindungen über die aufgezwungenen Empfindungen verkündet, daß er die Sache der Eidespriorität vertreten hat, indem er behauptete, daß zum Beispiel das Gesetz der Gastfreundschaft bis zu einem Grade bindend sei, der den Gerichtseid aufhebe. Er hat diese Theorie der ganzen Welt und der französischen Kanzel gegenüber bekannt; er hat mutig die Verschwörer gerühmt, er hat gezeigt, daß es menschlich ist, eher den Gesetzen der Freundschaft zu gehorchen als den tyrannischen Satzungen, die für die oder die Gelegenheit aus dem sozialen Arsenal hervorgeholt werden. Kurz, das natürliche Recht kennt Gesetze, die niemals verkündet worden und die doch wirksamer sind und besser bekannt als die, welche die Gesellschaft erfunden hat.

Lucien hatte, und zwar zu seinem Schaden, das Gesetz der Solidarität verkannt, das ihn verpflichtete, zu schweigen und Jakob Collin sich verteidigen zu lassen; mehr noch, er hatte ihn belastet! In seinem eigenen Interesse mußte dieser Mensch für ihn immer Carlos Herrera bleiben.

Herr Camusot genoß seinen Triumph, er hatte zwei Schuldige gefangen: er hatte einen der Lieblinge der Mode mit der Hand der Justiz zu Boden geschlagen und den unauffindbaren Jakob Collin gefunden. Man mußte ihn als einen der geschicktesten Untersuchungsrichter anerkennen. Daher ließ er seinen Gefangenen denn auch in Ruhe; aber er studierte dieses bestürzte Schweigen; er sah, wie die Schweißtropfen auf diesem fassungslosen Gesicht anwuchsen und schließlich niederfielen, untermischt mit zwei Tränenströmen.

»Weshalb weinen, Herr von Rubempré? Sie sind, wie ich schon sagte, der Erbe des Fräulein Esther, die weder Seitenerben noch direkte Erben hat, und ihr Nachlaß beläuft sich auf nahezu acht Millionen, wenn man die vermißten siebenhundertfünfzigtausend Franken wiederfindet.«

106

Das war für den Schuldigen der letzte Schlag. Zehn Minuten lang Haltung, wie Jakob Collin in seinen Zeilen sagte, und Lucien hatte das Ziel all seiner Wünsche erreicht! Er setzte sich mit Jakob Collin auseinander, trennte sich von ihm, wurde reich und heiratete Fräulein von Grandlieu. Nichts spricht beredter als diese Szene für die Macht, die die Untersuchungsrichter durch die Isolierung und Trennung der Angeschuldigten in Händen haben, und für den Wert einer Mitteilung, wie es die Asiens an Jakob Collin war.

»Ach, Herr Richter«, erwiderte Lucien mit der Bitterkeit und der Ironie des Mannes, der sich aus seinem Unglück ein Piedestal macht, »wie recht hat man, wenn man in Ihrer Sprache sagt: ein Verhör ›durchmachen‹! … Zwischen der körperlichen Folter von ehedem und der moralischen Folter von heute würde ich für mein Teil niemals schwanken; ich würde die Leiden vorziehen, die früher der Henker vollstreckte … Was wollen Sie noch von mir?« fuhr er voll Stolz fort. »Hier«, sagte der Richter, der heimtückisch dünkelhaft wurde, um den Hochmut des Dichters abzuwehren, »habe nur ich das Recht, Fragen zu stellen.« – »Ich hatte das Recht, keine Antwort zu geben«, sagte der arme Lucien murmelnd, denn ihm war der Verstand in seiner ganzen Klarheit zurückgekehrt.

»Kanzlist, lesen Sie dem Untersuchungsgefangenen sein Verhör vor ...«
›Ich werde wieder zum Untersuchungsgefangenen!‹ sagte Lucien bei sich selber.

Während der Schreiber las, faßte Lucien einen Entschluß, der ihn zwang, Herrn Camusot zu schmeicheln. Als das Murmeln der Stimme Coquarts verstummte, durchlief den Dichter das Zittern dessen, der bei einem Geräusch schläft, an das seine Sinne sich gewöhnt haben, und den die Stille weckt.

»Sie haben das Protokoll Ihres Verhörs zu unterschreiben«, sagte der Richter. »Und setzen Sie mich in Freiheit?« fragte Lucien, der jetzt seinerseits ironisch wurde. »Noch nicht«, sagte Camusot; »aber morgen nach Ihrer Gegenüberstellung mit Jakob Collin werden Sie ohne Zweifel frei sein. Die Justiz muß jetzt untersuchen, ob Sie an den Verbrechen, die dieses Individuum seit seinem Ausbruch im Jahre 1820 begangen hat, mitschuldig sind oder nicht. Freilich sind Sie nicht mehr im strengen Gewahrsam. Ich werde dem Direktor schreiben, er möge Sie im besten Zimmer der Pistole unterbringen.« – »Werde ich dort Schreibmaterialien finden?« – »Man wird Ihnen dort geben, was Sie verlangen; ich werde den Befehl durch den Gerichtsdiener übermitteln, der Sie führen wird.«

Lucien unterschrieb mechanisch das Protokoll und setzte seine Initialen unter die Randbemerkungen, indem er mit der Sanftmut des ergebenen Opfers den Anweisungen Coquarts gehorchte. Eine kleine Einzelheit wird mehr über seinen Zustand sagen, als es die genaueste Schilderung zu tun vermöchte. Die Aussicht auf seine Gegenüberstellung mit Jakob Collin hatte die Schweißtropfen auf seinem Gesicht getrocknet, und seine brennenden Augen glänzten in unerträglichem Glanz. Kurz, er wurde in einem blitzschnellen Augenblick, was Jakob Collin war: ein Mensch aus Bronze.

Bei Leuten, deren Charakter dem Luciens gleicht und die Jakob Collin so gut analysiert hatte, sind diese plötzlichen Übergänge aus einem Zustand vollständiger Demoralisation in einen gewissermaßen metallischen Zustand – so sehr spannen sich die menschlichen Kräfte an – die hervorstechendsten Erscheinungen ihres Geisteslebens. Der Wille kehrt zurück wie das versiegte Wasser einer Quelle; er strömt in den Apparat hinein, den das Spiel seiner unbekannten Wesensmaterie vorbereitet hat; und dann wird der Leichnam zum Menschen, und der Mensch stürzt sich voll Kraft in letzte Kämpfe.

Lucien legte Esthers Brief mit dem Bild, das sie ihm geschickt hatte, aufs Herz. Dann grüßte er Herrn Camusot geringschätzig und schritt zwischen zwei Gendarmen festen Schrittes durch die Korridore.

»Das ist ein tiefer Halunke!« sagte der Richter zu seinem Kanzlisten, um sich für die zermalmende Verachtung zu rächen, die der Dichter ihm gezeigt hatte. »Er glaubte sich zu retten, indem er seinen Mitschuldigen auslieferte.« – »Von den beiden«, sagte Coquart schüchtern, »ist der Sträfling der Stärkere ...«

»Ich schenke Ihnen für heute Ihre Freiheit, Coquart«, sagte der Richter. »Das ist wohl genug. Schicken Sie die Leute, die da warten, fort und lassen Sie sie morgen wiederkommen. Ah, gehen Sie gleich einmal zum Herrn Oberstaatsanwalt, um zu sehen, ob er noch in seinem Zimmer ist; wenn er dort ist, bitten Sie ihn um einen Augenblick Gehör für mich. Oh, er wird noch da sein«, fuhr er fort, indem er auf eine scheußliche grüngestrichene und mit vergoldeten Leisten versehene Holzuhr blickte. »Es ist Viertel nach drei.«

Diese Verhöre, die sich so schnell lesen, müssen in Fragen und Antworten vollständig niedergeschrieben werden und nehmen deshalb eine ungeheure Zeit in Anspruch. Das ist einer der Gründe der Langsamkeit aller Kriminaluntersuchungen und der Dauer der Untersuchungshaft. Für die Kleinen bedeutet das den Ruin; für die Reichen die Schmach; denn für sie macht eine sofortige Freilassung das Unheil einer Verhaftung wieder gut, soweit es sich wieder gutmachen läßt. So hatten denn die beiden Szenen, die soeben getreulich wiedergegeben worden sind, die ganze Zeit in Anspruch genommen, die Asien gebraucht hatte, um die Befehle des Gebieters zu entziffern, um eine Herzogin aus ihrem Boudoir hervorzulocken und Frau von Sérizy Mut zu verleihen.

Camusot, der aus seiner Geschicklichkeit Nutzen zu ziehen gedachte, nahm die beiden Protokolle, las sie noch einmal durch und beschloß, sie dem Oberstaatsanwalt zu zeigen und ihn um seine Meinung zu befragen. Während der Überlegung, der er sich hingab, kehrte sein Gerichtsdiener zurück, um ihm zu sagen, daß der Kammerdiener der Frau Gräfin von Sérizy ihn durchaus sprechen wollte. Auf einen Wink Camusots trat ein Diener, der gekleidet war wie ein Herr, ein, sah abwechselnd auf den Gerichtsdiener und den Richter und sagte: »Ich habe doch die Ehre, mit Herrn Camusot ...?« – »Ja«, erwiderten Richter wie Gerichtsdiener.

Camusot nahm einen Brief, den der Bedienstete ihm reichte, und las, was folgt:

»Im Interesse vieler Dinge, die Sie kennen, mein lieber Camusot, dürfen Sie Herrn von Rubempré nicht verhören; wir bringen Ihnen die Beweise für seine Unschuld, damit er sofort freigelassen werde.

D. von Maufrigneuse. L. von Sérizy.

P.S. Verbrennen Sie diesen Brief.«

Camusot begriff, daß er einen ungeheuren Fehler begangen hatte, indem er Lucien Fallen stellte; und zunächst gehorchte er einmal den beiden großen Damen: er entzündete eine Kerze und verbrannte den Brief, den die Herzogin geschrieben hatte. Der Kammerdiener grüßte ehrfurchtsvoll. »Frau von Sérizy wird also kommen?« fragte Camusot. »Man spannte an«, versetzte der Kammerdiener.

In diesem Augenblick meldete Coquart Herrn Camusot, daß der Oberstaatsanwalt ihn erwartete.

Unter der Last des Fehlers, den er zugunsten der Gerechtigkeit wider seinen eigenen Vorteil begangen hatte, wollte sich der Richter, bei dem sieben Jahre der Übung jene Schlauheit entwickelt hatten, mit der jeder bewehrt ist, der sich während des Studiums mit Grisetten gemessen hat, Waffen gegen den Groll der beiden großen Damen verschaffen. Die Kerze, an der er den Brief verbrannt hatte, war noch nicht verlöscht, und also bediente er sich ihrer, um die dreißig Billete der Herzogin von Maufrigneuse an Lucien und die ziemlich umfangreiche Korrespondenz der Frau von Sérizy zu versiegeln. Dann begab er sich zu dem Oberstaatsanwalt.

Der Justizpalast ist ein wirrer Haufe übereinandergetürmter Bauten, von denen die einen voll Größe sind, die andern aber ärmlich; durch den Mangel an Einheit schaden sie sich gegenseitig. Der Vorsaal ist der größte aller bekannten Säle; aber seine Kahlheit stößt ab und befremdet die Augen. Diese ungeheure Kathedrale der Rechtsverdrehung erdrückt das zweitinstanzliche Gericht. Schließlich führt die Händlergalerie zu zwei Kloaken. In dieser Galerie bemerkt man eine Doppeltreppe, die ein wenig größer ist als die des Zuchtpolizeigerichts; unten führt sie zu einer großen doppelflügligen Tür. Die Treppe geht zum Schwurgericht, und die untere Tür öffnet sich in einen zweiten Schwurgerichtssaal. Es gibt

Jahre, in denen die im Departement der Seine begangenen Verbrechen zwei Tagungen erforderlich machen. Dort unten befinden sich auch die Räume des Oberstaatsanwalts, die Anwaltskammer, die Bibliothek der Anwälte, die Zimmer der Staatsanwälte und der stellvertretenden Oberstaatsanwälte. All diese Räume – denn man muß sie doch unter einem Gattungsnamen zusammenfassen – stehen durch kleine Wendeltreppen und durch düstere Gänge miteinander in Verbindung, wie sie für die Architektur und die Stadt Paris und Frankreich eine Schmach sind. In seinen Innenräumen übertrifft der erste unserer höchsten Gerichtshöfe die Gefängnisse im Scheußlichsten, was sie haben. Der Sittenschilderer würde vor der Notwendigkeit zurückweichen, den elenden Gang von einem Meter Breite, wo sich die Zeugen für das erste Schwurgericht aufhalten, zu schildern. Was den Ofen angeht, der dazu dient, den Sitzungssaal zu heizen, so würde er einem Café des Boulevard Montparnasse Unehre machen.

Das Zimmer des Oberstaatsanwalts ist in einen achteckigen Pavillon eingebaut, der den Bau der Händlergalerie flankiert und der im Verhältnis zum Alter des Palastes erst kürzlich vom Gebiet des Gefängnishofes in der Frauenabteilung abgetrennt wurde. Dieser ganze Teil des Palastes wird beschattet von den hohen und prachtvollen Bauten der Sainte-Chapelle. Daher ist es dort düster und still.

Herr von Granville, ein würdiger Nachfolger der großen Richter des alten Parlaments, hatte den Palast nicht verlassen wollen, ohne daß in Luciens Angelegenheit eine Lösung eingetreten war. Er erwartete Nachricht von Camusot, und die Botschaft des Richters tauchte ihn in jene unwillkürliche Träumerei, die die Erwartung selbst bei den festesten Geistern zur Folge hat. Er saß in der Fensternische seines Zimmers, stand auf und begann hin und her zu gehen, denn er hatte Camusot morgens, als er sich ihm in den Weg gestellt hatte, wenig verständnisvoll gefunden; er spürte eine unbestimmte Unruhe, er litt. Der Grund war dieser. Die Würde seines Amtes erlaubte ihm nicht, die absolute Unabhängigkeit des untergebenen Richters zu verletzen, und es handelte sich in diesem Prozeß um die Ehre und das Ansehen seines besten Freundes, eines seiner wärmsten Fürsprecher, des Grafen von Sérizy, eines Staatsministers, des Vizepräsidenten des Staatsrates, des künftigen Kanzlers von Frankreich, falls der edle Greis, der dieses erhabene Amt zurzeit ausfüllte, sterben sollte. Herr von Sérizy hatte das Unglück, seine Frau trotz allem anzubeten; er deckte sie stets mit seiner Person. Nun erriet der Oberstaatsanwalt sehr wohl, welches furchtbare Aufsehen in der Gesellschaft und bei Hofe die Schuld eines Mannes machen mußte, dessen Name so oft boshaft mit dem der Gräfin zusammen genannt worden war.

›Ach!‹ sagte er bei sich selber, indem er die Arme kreuzte, ›ehemals hatte die Macht die Möglichkeit, eine höhere Instanz eingreifen zu lassen ... Unsere Gleichheitsmanie‹ – er wagte nicht zu sagen ›Gesetzlichkeitsmanie‹, wie es kürzlich in der Kammer ein Dichter mutig zugegeben hat – ›wird diese Zeit töten ...‹

Dieser würdige Richter kannte die fortreißende Kraft und das Unglück ungesetzlicher Verbindungen. Esther und Lucien hatten, wie man weiß, die Wohnung genommen, in der der Graf von Granville heimlich mit Fräulein von Bellefeuille ein eheliches Leben geführt hatte und aus der sie eines Tages, entführt von einem Elenden, entflohen war.

In dem Augenblick, als der Oberstaatsanwalt sich sagte: ›Camusot wird uns irgendeine Dummheit angerichtet haben!‹ pochte der Untersuchungsrichter zweimal an die Tür des Zimmers. »Nun, mein lieber Camusot, wie steht es mit der Angelegenheit, von der ich Ihnen heute morgen sprach?« – »Schlecht, Herr Graf; lesen Sie und urteilen Sie selber ...«

Er reichte die beiden Protokolle Herrn von Granville hin, der seinen Kneifer nahm und in die Fensternische trat, um zu lesen. Er überflog die Blätter nur. »Sie haben Ihre Pflicht getan«, sagte der Oberstaatsanwalt mit bewegter Stimme. »Es ist entschieden, die Gerichtsbarkeit wird ihren Lauf nehmen ... Sie haben zuviel Geschick bewiesen, als daß man sich je eines solchen Untersuchungsrichters berauben könnte ...«

Hätte Herr von Granville zu Camusot gesagt: ›Sie werden Ihr Leben lang Untersuchungsrichter bleiben!‹ so hätte er nicht deutlicher gesprochen als in jenem Kompliment. Camusot wurde es im Innersten kalt.

»Die Frau Herzogin von Maufrigneuse, der ich viel verdanke, hatte mich gebeten ...« – »Ah, die Herzogin von Maufrigneuse, das ist die Freundin der Frau von Sérizy«, sagte Granville, indem er den Richter unterbrach; »freilich ... Sie sind, wie ich sehe, vor keiner Beeinflussung gewichen. Sie haben wohl daran getan, Herr Camusot, Sie werden ein großer Richter werden ...«

In diesem Augenblick öffnete der Graf von Bauvan, ohne anzuklopfen, und sagte zum Grafen von Granville: »Mein Lieber, ich bringe dir eine hübsche Frau, die nicht wußte, wohin sie sich wenden sollte; sie war dabei, sich in unserm Labyrinth zu verirren.« Und der Graf Octavius hielt die Gräfin von Sérizy an der Hand, die seit einer Viertelstunde im Palast umirrte. »Sie hier, gnädige Frau?« rief der Oberstaatsanwalt, indem er ihr seinen eigenen Sessel hinrückte, »und in welchem Augenblick! ... Das ist Herr Camusot, gnädige Frau«, fügte er hinzu, indem er auf den Richter zeigte. »Bauvan«, fuhr er fort, indem er sich an den berühmten Ministerialredner der Restauration wandte, »erwarte mich beim ersten Präsidenten, er ist noch da. Ich stoße dort zu dir.« Der Graf Octavius von Bauvan begriff, daß er nicht nur überflüssig war, sondern daß auch der Oberstaatsanwalt einen Grund haben wollte, sein Zimmer zu verlassen.

Frau von Sérizy hatte nicht den Fehler begangen, in ihrem prachtvollen Coupé mit dem blauen Wappen, dem betreßten Kutscher und den beiden Dienern in weißseidener Hose und gleichen Strümpfen in den Palast zu kommen. Im Augenblick des Aufbruchs hatte Asien den beiden großen Damen begreiflich gemacht, wie notwendig es sei, daß sie den Fiaker nehme, in dem sie mit der Herzogin gekommen war; schließlich hatte sie der Geliebten Luciens auch jene Toilette aufgezwungen, die für die Frauen ist, was ehemals der mauerfarbene Mantel für die Männer war. Die Gräfin trug einen braunen Überrock, einen alten schwarzen Schal und einen Samthut, dessen abgerissene Blumen durch einen sehr dichten schwarzen Schleier ersetzt waren.

»Sie haben unsern Brief erhalten? ...« fragte sie Camusot, dessen stumpfsinnige Miene sie für einen Beweis bewundernder Achtung hielt. »Leider zu spät, Frau Gräfin«, erwiderte der Richter, der Takt und Geist nur in seinem Zimmer den Untersuchungsgefangenen gegenüber besaß. »Wieso zu spät? ...« Sie sah Herrn von Granville an und sah die Bestürzung auf seinem Gesicht. »Es kann nicht, es darf nicht zu spät sein«, fügte sie im Ton der Despotin hinzu.

Die Frauen, die hübschen Frauen in der Stellung der Frau von Sérizy sind die verzogenen Kinder der französischen Zivilisation. Wenn die Frauen der andern Länder wüßten, was in Paris eine elegante und reiche Frau mit einem Titel bedeutet, so würden sie alle nur daran denken, herzukommen und diese herrliche Königswürde zu genießen. Die Frauen, die sich einzig den Fesseln der Schicklichkeit fügen, jener Sammlung kleiner Gesetze, die wir in der menschlichen Komödie schon oft genug den weiblichen Kodex genannt haben, lachen über die von den Männern geschaffenen Gesetze. Sie sagen alles, sie weichen vor keinem Fehltritt zurück, vor keiner Dummheit; denn sie haben es alle wundervoll begriffen, daß sie für nichts im Leben verantwortlich sind außer für ihre weibliche Ehre und für ihre Kinder. Lachend sagen sie die größten Ungeheuerlichkeiten. Bei jeder Gelegenheit wiederholen sie jenes Wort, das in den ersten Tagen ihrer Ehe die hübsche Frau von Bauvan zu ihrem Gatten gesagt hatte, als sie ihn im Palast aufsuchte: ›Sprich schnell das Urteil und komm!‹

»Gnädige Frau«, sagte der Oberstaatsanwalt, »Herr Lucien von Rubempré ist weder eines Diebstahls noch einer Vergiftung schuldig; aber Herr Camusot hat ihn zum Geständnis eines weit größeren Verbrechens getrieben ...« – »Welches?« fragte sie. »Er hat zugegeben«, sagte Herr von Granville ihr ins Ohr, »daß er der Freund, der Schüler eines entsprungenen Sträflings war. Der Abbé Carlos Herrera, jener Spanier, der seit etwa sieben Jahren mit ihm zusammenlebte, soll unser berühmter Jakob Collin sein ...«

Frau von Sérizy erhielt ebensoviel Schläge mit einer Eisenstange wie dieser Richter Worte sprach; aber dieser berühmte Name war der Gnadenstoß. »Und die Moral von all dem?« sagte sie mit einer Stimme, die nur noch ein Hauch war. »Ist«, erwiderte Herr von Granville, indem er den Satz der Gräfin flüsternd fortsetzte, »daß der Verbrecher vors Schwurgericht gestellt wird; und wenn Lucien dort nicht an seiner Seite steht, weil er wissentlich aus den Verbrechen dieses Menschen Nutzen gezogen hat, so wird er als schwer kompromittierter Zeuge erscheinen müssen.« – »Ah, niemals! ...« rief sie laut mit unglaublicher Festigkeit. »Was mich angeht, so würde ich nicht schwanken zwischen dem Tode und der Aussicht, einen Mann, den die Welt als meinen besten Freund angesehen hat, gerichtlicherseits zum Kameraden eines Sträflings stempeln zu lassen ... Der König liebt meinen Gatten ...« – »Gnädige Frau«,
sagte der Oberstaatsanwalt lächelnd mit lauter Stimme, »der König hat nicht die geringste Macht über den kleinsten Untersuchungsrichter seines Reiches oder über die Verhandlungen eines Schwurgerichts. Darin liegt die Größe unserer neuen Einrichtungen. Ich selber habe eben Herrn Camusot zu seiner Geschicklichkeit beglückwünscht ...« – »Zu seinem Ungeschick«, verbesserte die Gräfin lebhaft; denn Luciens Verkehr mit einem Banditen machte ihr weit weniger Sorge als seine Verbindung mit Esther. »Wenn Sie die Verhöre läsen, denen Herr Camusot die beiden Untersuchungsgefangenen unterworfen hat, so würden Sie sehen, daß alles von ihm abhängt ...«

Nach diesem Satz, dem einzigen, den der Oberstaatsanwalt sich erlauben konnte, und nach einem Blick von weiblicher oder, wenn man will, richterlicher Feinheit ging er zur Tür seines Zimmers; auf der Schwelle fügte er, indem er sich umwandte, hinzu: »Verzeihen Sie, gnädige Frau, ich habe Bauvan ein paar Worte zu sagen.« Das hieß für die Gräfin in der Sprache der Gesellschaft: ›Ich darf bei dem, was zwischen Ihnen und Camusot vorgehen wird, nicht Zeuge sein.‹

»Was für Verhöre sind denn das?« fragte Leontine Camusot sanft; er stand wie ein Armersünder vor der Frau eines der größten Staatsmänner. »Gnädige Frau«, erwiderte Camusot, »ein Kanzlist schreibt die Fragen des Richters und die Antworten des Gefangenen auf; das Protokoll wird von dem Kanzlisten, dem Richter und dem Untersuchungsgefangenen unterschrieben. Diese Protokolle bilden die Grundlage für das Verfahren, sie entscheiden darüber, ob die Anklage erhoben wird und die Angeklagten vor das Schwurgericht gestellt werden.« – »Also«, fuhr sie fort, »wenn man nun diese Verhöre unterschlüge?« – »Ach, gnädige Frau, das wäre ein Verbrechen, wie es kein Richter begehen kann; ein soziales Verbrechen!« – »Es ist ein noch größeres Verbrechen gegen mich, daß Sie sie geschrieben haben; aber in diesem Augenblick bilden sie den einzigen Beweis für Luciens Schuld. Lassen Sie sehen, lesen Sie mir sein Verhör vor, damit ich sehe, ob noch ein Mittel bleibt, uns alle zu retten: es handelt sich nicht nur um mich, denn ich würde kalten Blutes in den Tod gehen, es handelt sich auch um das Glück des Herrn von Sérizy.« – »Gnädige Frau«, sagte Camusot, »glauben Sie nicht, daß ich vergessen hätte, welche Rücksicht ich Ihnen schuldig bin. Wenn zum Beispiel Herr Popinot mit dieser Untersuchung betraut worden wäre, so wären Sie noch unglücklicher gewesen, als Sie es bei mir sind; denn er hätte nicht den Oberstaatsanwalt um Rat gefragt; man würde nichts erfahren. Sehen Sie, gnädige Frau, man hat bei Lucien alles beschlagnahmt, selbst Ihre Briefe …« – »O meine Briefe!« – »Hier sind sie, versiegelt«, sagte der Richter.

Die Gräfin schellte in ihrer Aufregung, als wäre sie zu Hause, und der Bureaudiener des Oberstaatsanwalts trat ein. »Licht«, sagte sie.

Der Diener entzündete eine Kerze und stellte sie auf den Kamin, während die Gräfin ihre Briefe besah, zählte, zerriß und in den Kamin warf. Dann entzündete die Gräfin diesen Papierhaufen, indem sie den letzten Brief zusammendrehte und als Fidibus benutzte. Camusot sah wie ein Tropf zu, während die Papiere aufflammten; er hielt seine beiden

Protokolle in der Hand. Die Gräfin, die einzig damit beschäftigt schien, die Beweise ihrer Zärtlichkeit zu vernichten, beobachtete den Richter aus den Augenwinkeln heraus. Sie wartete ihren Augenblick ab; sie berechnete seine Bewegungen und ergriff dann mit Katzenbehendigkeit die beiden Protokolle und warf sie ins Feuer. Aber Camusot riß sie zurück, die Gräfin stürzte sich auf den Richter und ergriff die brennenden Papiere von neuem. Es folgte ein Kampf, während dessen Camusot rief: »Gnädige Frau! Gnädige Frau! Sie begehen ein ... Gnädige Frau!«

Ein Mann stürzte ins Zimmer hinein, und die Gräfin konnte einen Schrei nicht unterdrücken, als sie den Grafen von Sérizy erkannte, dem die Herren von Granville und von Bauvan folgten. Nichtsdestoweniger ließ Leontine, die Lucien um jeden Preis retten wollte, die furchtbaren gestempelten Papiere, die sie mit der Kraft einer Zange festhielt, nicht los, obgleich die Flamme bereits auf ihrer zarten Haut Brandflecke hervorgerufen hatte. Schließlich schien Camusot, dem die Finger gleichfalls schon verbrannt waren, sich dieser Situation zu schämen und gab die Papiere preis; es war nur noch das Wenige von ihnen übrig, was die Hände der beiden Kämpfenden bedeckt hatten; dahin war die Flamme noch nicht gedrungen. Diese Szene hatte sich in kürzerer Zeit abgespielt, als man den Bericht darüber lesen kann.

»Um was konnte es sich zwischen Ihnen und Frau von Sérizy handeln?« fragte der Staatsminister Camusot.

Ehe der Richter antwortete, hielt die Gräfin die Papiere an die Kerze und warf sie auf die Fragmente ihrer Briefe, die das Feuer noch nicht völlig verzehrt hatte. »Ich könnte«, sagte Camusot, »Klage führen gegen die Frau Gräfin.« – »Ah, was hat sie getan?« fragte der Oberstaatsanwalt, indem er abwechselnd die Gräfin und den Richter ansah. »Ich habe die Protokolle verbrannt«, erwiderte lachend die elegante Frau, die über ihren Streich so glücklich war, daß sie ihre Brandwunden noch nicht spürte. »Wenn das ein Verbrechen ist, nun, so kann der Herr ja seine scheußliche Kritzelei von neuem beginnen.« – »Freilich«, erwiderte Camusot mit einem Versuch, seine Würde wiederzufinden.

»Nun, da steht ja alles zum besten«, sagte der Oberstaatsanwalt. »Aber, teure Gräfin, Sie dürfen sich nicht oft den Richtern gegenüber solche Freiheiten erlauben, denn die könnten sonst vergessen, wer Sie sind.« – »Herr Camusot hat tapfer einer Frau widerstanden, der sonst nichts widersteht: die Ehre seines Amtskleides ist gerettet!« sagte lachend der Graf von Bauvan. »Ah, Herr Camusot hat Widerstand geleistet? ...«

fragte lachend der Oberstaatsanwalt; »er ist tapfer; ich würde es nicht wagen, der Gräfin Widerstand zu leisten.«

Im Augenblick wurde dieses ernste Attentat zum Scherz einer hübschen Frau, über den Camusot selber lachen mußte.

Der Oberstaatsanwalt aber bemerkte jetzt einen Mann, der nicht lachte. Mit Recht erschreckt über die Haltung und den Ausdruck des Grafen von Sérizy, nahm Herr von Granville ihn beiseite. »Lieber Freund«, sagte er ihm ins Ohr, »dein Schmerz bestimmt mich, mich zum ersten- und letztenmal in meinem Leben mit meiner Pflicht abzufinden.«

Er schellte; sein Bureaudiener trat ein. »Bitten Sie Herrn von Chargebœuf, zu mir zu kommen.« Herr von Chargebœuf, ein junger Advokat, war der Sekretär des Oberstaatsanwalts.

»Mein lieber Herr«, fuhr der Oberstaatsanwalt fort, indem er Camusot in die Fensternische zog, »gehen Sie in Ihr Zimmer und stellen Sie mit einem Kanzlisten das Verhör des Abbé Carlos Herrera wieder her; denn da er es nicht unterschrieben hat, so kann man es ohne Schwierigkeit neu schreiben. Morgen werden Sie diesen spanischen Diplomaten mit den Herren Rastignac und Bianchon konfrontieren; sie werden in ihm unsern Jakob Collin nicht wiedererkennen. Wenn er seiner Freilassung sicher ist, wird dieser Mensch die Protokolle unterschreiben. Was Lucien von Rubempré angeht, so lassen Sie ihn noch heute abend in Freiheit setzen, denn er wird schon nichts von dem Verhör sagen, dessen Protokoll unterschlagen wurde, zumal ich ihm eine Ermahnung zuteil werden lasse. Die Gerichtszeitung wird morgen die sofortige Entlassung dieses jungen Mannes melden. Nun lassen Sie uns sehen, ob die Rechtsprechung unter diesen Maßnahmen leidet. Wenn der Spanier der Sträfling ist, so haben wir tausend Mittel, ihn von neuem zu fassen und ihm den Prozeß zu machen, denn wir werden uns auf diplomatischem Wege über seinen Lebenswandel in Spanien aufklären; Corentin, der Chef der Gegenpolizei, wird ihn überwachen; auch wir werden ihn übrigens nicht aus den Augen verlieren; behandeln Sie ihn also gut: keinen strengen Gewahrsam mehr. Können wir den Grafen und die Gräfin von Sérizy und Lucien töten, und das wegen eines noch obendrein hypothetischen Diebstahls von siebenhundertfünfzigtausend Franken, der zu Luciens Schaden begangen sein muß? Ist es nicht besser, er verliert diese Summe, als daß er seinen Ruf verliert? ... Zumal er in seinem Sturz einen Staatsminister, dessen Frau und die Herzogin von Maufrigneuse mitreißt? ... Dieser junge

Mann ist eine Orange mit einem Fleck, machen Sie sie nicht ganz faul ...
Das ist die Sache einer halben Stunde. Gehen Sie, wir werden auf Sie
warten. Es ist halb vier, Sie werden noch Richter vorfinden; melden Sie
uns, ob Sie ein Ablehnungsurteil in aller Form durchsetzen können ...
Sonst muß Lucien bis morgen früh warten.«

Camusot grüßte und ging hinaus; aber Frau von Sérizy, die jetzt ihre
Brandwunden scharf spürte, gab ihm seinen Gruß nicht zurück. Herr
von Sérizy, der plötzlich aus dem Zimmer geeilt war, während der
Oberstaatsanwalt mit dem Richter sprach, kehrte mit einem kleinen
Gefäß voll reinem Wachs zurück und verband seiner Frau die Hände,
indem er ihr ins Ohr flüsterte: »Leontine, wie konnten Sie hierher
kommen, ohne mich zu benachrichtigen?« »Lieber Freund«, erwiderte
sie flüsternd, »vergeben Sie mir! Ich scheine wahnsinnig zu sein, aber
es handelte sich ebensosehr um Sie wie um mich.« – »Lieben Sie diesen
jungen Mann, wenn das Schicksal es so will, aber zeigen Sie Ihre Leidenschaft nicht jedermann«, sagte der arme Gatte.

»Nun, liebe Gräfin«, sagte Herr von Granville, nachdem er eine Weile
mit dem Grafen Octavius geplaudert hatte, »ich hoffe, Sie werden Herrn
von Rubempré heute abend zum Diner mitnehmen können.« Dieses
halbe Versprechen übte eine solche Wirkung auf Frau von Sérizy, daß
sie in Tränen ausbrach. »Ich glaubte keine Tränen mehr zu haben«,
sagte sie lächelnd. »Könnten Sie Herrn von Rubempré nicht herkommen
lassen?« fügte sie hinzu. »Ich will versuchen, Gerichtsdiener zu finden,
um ihn Ihnen zuzuführen, damit er nicht von Gendarmen begleitet
wird«, erwiderte Herr von Granville. »Sie sind gut wie Gott!« sagte sie
zu Herrn von Granville mit überströmender Empfindung, die ihre
Stimme zu einer göttlichen Musik machte. ›Immer‹, sagte der Graf Octavius bei sich selber, ›sind gerade solche Frauen entzückend und unwiderstehlich! ...‹ Und ihn überkam, als er an seine Frau dachte, ein Anfall
von Melancholie.

Herr von Granville wurde, als er hinausging, von dem jungen von
Chargebœuf angehalten; er sprach mit ihm und gab ihm seine Anweisungen über das, um was er Massol, einen der Redakteure der Gerichtszeitung, bitten sollte.

Während sich hübsche Frauen, Minister und Richter verschworen,
um Lucien zu retten, ging in der Conciergerie mit ihm folgendes vor.
Als er durchs Portal kam, hatte der Dichter in der Kanzlei gesagt, daß
Herr Camusot ihm zu schreiben erlaubte, und er bat um Feder, Tinte

und Papier; ein Aufseher erhielt, nachdem Camusots Gerichtsdiener
dem Direktor ein Wort ins Ohr geflüstert hatte, sofort Befehl, ihm alles
zu bringen. Während der kurzen Zeit, die der Aufseher brauchte, um,
was er erwartete, zu suchen und zu Lucien hinaufzubringen, versank
dieser arme junge Mann, dem der Gedanke an seine Gegenüberstellung
mit Jakob Collin unerträglich war, in eine jener verhängnisvollen Betrachtungen, in denen der Gedanke an den Selbstmord, dem er schon einmal
verfallen war, ohne ihn ausführen zu können, zur Manie wird. Nach einigen großen Psychiatern ist der Selbstmord bei gewissen Organisationen
der Abschluß einer Geisteszerrüttung. Nun hatte Lucien seit seiner
Verhaftung eine fixe Idee gehabt. Esthers Brief, den er mehrmals
durchlas, steigerte noch die Intensität seines Verlangens nach dem Tode,
da sie ihm die Katastrophe ins Gedächtnis rief, in der Romeo Julia
folgte. Er schrieb folgendermaßen:

»Dies ist mein Testament.
In der Conciergerie, den 15. Mai 1830.
Ich, der Unterzeichnete, schenke und vermache den Kindern meiner
Schwester, Eva Chardon, der Gattin David Séchards, die Gesamtheit der
beweglichen und unbeweglichen Habe, die mir am Tage meines Todes
gehören wird, abzüglich der Zahlungen und Legate, die ich meinen Testamentsvollstrecker zu leisten bitte.

Ich flehe Herrn von Sérizy an, das Amt der Vollstreckung meines
Testaments zu übernehmen.

Es soll gezahlt werden: 1. an den Herrn Abbé Carlos Herrera die
Summe von dreihunderttausend Franken; 2. an den Herrn Baron von
Nucingen die Summe von vierzehnhunderttausend Franken, die um
siebenhundertfünfzigtausend Franken zu kürzen ist, wenn die bei Fräulein
Esther entwendete Summe sich wiederfindet.

Ich schenke und vermache als Erbe des Fräulein Esther Gobseck die
Summe von siebenhundertsechzigtausend Franken den Pariser Spitälern,
und zwar zur Gründung eines Asyles, das eigens für solche öffentlichen
Dirnen bestimmt sein soll, die ihre Laufbahn des Lasters und Verderbens
verlassen möchten.

Außerdem hinterlasse ich den Spitälern die Summe, die nötig ist für
den Ankauf einer fünfprozentigen Staatsschuldenrente von dreißigtausend
Franken. Die jährlichen Zinsen sollen jedes halbe Jahr dazu verwandt
werden, um Schuldgefangene in Freiheit zu setzen, deren Schuld sich

auf höchstens zweitausend Franken beläuft. Die Spitalverwaltung wird die Auswahl unter den ehrenwertesten der Schuldgefangenen treffen.

Ich bitte Herrn von Sérizy, die Summe von vierzigtausend Franken für ein Monument zu verwenden, das auf dem östlichen Friedhof für Fräulein Esther zu errichten ist; ich wünsche neben ihr begraben zu werden. Dieses Grab soll die Form der antiken Gräber enthalten; es soll viereckig sein; auf dem Deckel sollen in weißem Marmor unsere beiden Gestalten ruhen, den Kopf auf Kissen, die Hände zum Himmel gehoben. Das Grab soll keine Inschrift tragen.

Ich bitte den Herrn Grafen von Sérizy, Herrn Eugen von Rastignac als Andenken das goldene Toilettegerät zu überreichen, das sich bei mir befindet.

Schließlich bitte ich meinen Testamentsvollstrecker, in gleichem Sinne zu erlauben, daß ich ihm meine Bibliothek zum Geschenk mache.

Lucien Chardon von Rubempré.«

Dieses Testament wurde eingehüllt in einen Brief an den Grafen von Granville, den Oberstaatsanwalt am Pariser zweitinstanzlichen Gericht, der so lautete:

»Herr Graf!

Ich vertraue Ihnen mein Testament an. Wenn Sie diesen Brief entfalten, werde ich nicht mehr sein. In dem Wunsch, mir die Freiheit zurückzugewinnen, habe ich auf die verfänglichen Fragen des Herrn Camusot so feige Antworten gegeben, daß ich, trotz meiner Unschuld, in einen schmählichen Prozeß verwickelt werden kann. Selbst wenn ich annehme, daß ich ohne Makel freigesprochen würde, so wäre mir das Leben bei der Strenge der Gesellschaft doch unerträglich.

Ich bitte Sie, einliegenden Brief, uneröffnet, dem Abbé Carlos Herrera zu übergeben; und lassen Sie bitte Herrn Camusot den förmlichen Widerruf, zukommen, den ich beilege.

Ich glaube nicht, daß man das Siegel eines Briefes zu erbrechen wagt, der an Sie gerichtet ist. In dieser Zuversicht sage ich Ihnen Lebewohl, indem ich Ihnen zum letztenmal meine Achtung ausspreche und Sie bitte, zu glauben, daß ich Ihnen durch diesen Brief ein Zeichen meines Dankes für all die Güte gebe, mit der Sie Ihren verstorbenen Diener überhäuft hatten.

Lucien von R.«

An den Abbé Carlos Herrera.

»Mein lieber Abbé! Ich habe von Ihnen nur Wohltaten empfangen, und ich habe Sie verraten. Dieser unfreiwillige Undank tötet mich, und wenn Sie diese Zeilen lesen, werde ich nicht mehr am Leben sein. Sie werden mich nicht mehr retten können.

Sie hatten mir vollauf das Recht gegeben, wenn ich meinen Vorteil dabei fände, Sie zugrunde zu richten, indem ich Sie zu Boden warf wie einen Zigarrenrest; aber ich habe es dumm angefangen. Um sich aus der Verlegenheit zu ziehen, hat sich der Sohn Ihres Geistes, verlockt durch eine geschickte Frage des Untersuchungsrichters, auf die Seite derer gestellt, die Sie um jeden Preis ermorden wollen, indem sie den Glauben an eine Identität zwischen Ihnen und einem französischen Verbrecher wecken, deren Unmöglichkeit ich kenne. Das erledigt alles. 125

Zwischen einem Mann von Ihrer Gewalt und mir, aus dem Sie einen Größeren machen wollten, als ich sein konnte, können im Augenblick einer letzten Trennung keine Albernheiten ausgetauscht werden. Sie wollten mich mächtig und glorreich machen, Sie haben mich in den Abgrund des Selbstmords gestürzt; weiter nichts. Seit langem schon hörte ich die Riesenflügel des Schwindels auf mich niederrauschen.

Es gibt den Nachwuchs Kains und den Abels, wie Sie bisweilen sagten. Kain ist im großen Drama der Menschheit die Opposition. Sie stammen in jener Linie von Adam ab, in der der Teufel das Feuer, dessen erster Funke auf Eva gesprungen war, weiter angefacht hat. Unter den Dämonen dieses Geschlechts finden sich von Zeit zu Zeit furchtbare Wesen von ungeheurer Konstitution, die alle menschlichen Kräfte in sich zusammen-fassen und jenen fieberischen Tieren der Wüste gleichen, deren Leben der unermeßlichen Räume bedarf, die sie dort finden. Solche Menschen sind in der Gesellschaft so gefährlich, wie es Löwen in der offenen Normandie wären: sie brauchen ihren Fraß; sie verschlingen gewöhnliche Menschen und grasen das Geld der Tröpfe auf; ihr Spiel ist so gefährlich, daß sie den demütigen Hund, den sie zu ihrem Gefährten, zu ihrem Idol machten, schließlich töten. Wenn Gott es will, so werden diese ge-heimnisvollen Wesen zu einem Moses, Attila, Karl dem Großen, Moham-med oder Napoleon; aber wenn er diese riesenhaften Werkzeuge auf dem Grunde des Ozeans einer Generation verrosten läßt, so bleibt nur 126 ein Pugatscheff, Fouché, Louval oder Abbé Carlos Herrera von ihnen übrig. Sie sind mit einer ungeheuren Macht über zarte Seelen begabt; sie locken sie an und zermalmen sie. Das ist in seiner Art groß, es ist schön. Es ist die Giftpflanze mit den reichen Farben, die die Kinder in den Wäldern berückt. Es ist die Poesie des Bösen. Menschen wie Sie müßten in Höhlen wohnen und sie nie verlassen. Du hast mich dieses Riesenleben leben lassen, und ich habe meinen Anteil am Dasein gehabt. So kann ich denn den Kopf aus dem gordischen Knoten Deiner Politik zurückziehen, um ihn in die Schlinge meiner Krawatte zu stecken.

Um meinen Fehler wieder gutzumachen, übergebe ich dem Oberstaatsanwalt einen Widerruf meiner Aussagen. Sie werden sehen, wie Sie aus diesem Aktenstück Nutzen ziehen können.

Auf Grund eines formgemäßen Testaments, Herr Abbé, wird man Ihnen die Ihrem Orden gehörigen Summen zurückgeben, über die Sie infolge der väterlichen Zärtlichkeit, die Sie mir entgegenbrachten, sehr unklugerweise zu meinen Gunsten verfügt haben.

Leben Sie also wohl, leben Sie wohl, grandioses Standbild des Bösen und der Verderbnis; leben Sie wohl, der Sie auf dem guten Wege mehr geworden wären als Ximenez, mehr als Richelieu! Sie haben Ihr Versprechen gehalten: ich bin wieder das, was ich am Ufer der Charente war; doch verdanke ich Ihnen inzwischen den Zauber eines Traumes; aber unglücklicherweise ist es nicht mehr der Fluß meiner Heimat, in dem ich die kleinen Sünden meiner Jugend ertränken wollte: es ist die Seine, und mein Loch ist eine Zelle der Conciergerie.

Sehnen Sie sich nicht nach mir zurück: meine Verachtung für Sie war meiner Bewunderung gleich.

Lucien.«

127 »*Erklärung.*

Ich, der Unterzeichnete, erkläre, daß ich alles zurücknehme, was in dem Protokoll des Verhörs steht, dem mich heute Herr Camusot unterworfen hat.

Der Abbé Carlos Herrera nannte sich für gewöhnlich meinen geistigen Vater, und ich muß mich getäuscht haben, weil dieses Wort von dem Richter, zweifellos irrtümlicherweise, in einem andern Sinn verstanden wurde.

Ich weiß, daß zu einem politischen Zweck, um nämlich. Geheimnisse zu vernichten, die die Kabinette von Spanien und die der Tuilerien angehen, niedere Agenten der Diplomatie den Abbé Carlos Herrera für einen Sträfling namens Jakob Collin auszugeben versuchen; aber der Abbé Carlos Herrera hat mir in dieser Hinsicht niemals andere Mitteilungen gemacht als die über seine Bemühungen, sich die Beweise für den Tod oder das Dasein Jakob Collins zu verschaffen.

In der Conciergerie, am 15. Mai 1830.

Lucien von Rubempré.«

Das Fieber des Selbstmordes verlieh Lucien eine große Gedankenklarheit und jene Regsamkeit der Hand, die die Dichter kennen, wenn das Fieber des Schaffens sie packt. Die Bewegung war bei ihm so groß, daß er diese vier Aktenstücke in einer halben Stunde geschrieben hatte; er machte ein Paket daraus, schloß es mit Siegeln, drückte mit der Kraft, die das Delirium verleiht, das Wappen des Siegelrings, den er am Finger trug, hinein und legte es sehr sichtbar mitten auf den Boden. Sicherlich konnte man kaum mehr Würde bewahren in einer so falschen Situation, in die Lucien durch soviel Gemeinheit geraten war: er rettete sein Gedächtnis vor jedem Schimpf, und er machte das seinem Genossen angetane Unrecht wieder gut, soweit der Geist des Dandy die Wirkung des Vertrauens eines Dichters aufheben konnte.

Wenn Lucien in einer der Zellen des strengen Gewahrsams gewesen wäre, so hätte ihm dort die Unmöglichkeit, seinen Plan auszuführen, halt geboten; denn diese Kästen aus Quadern haben als Mobiliar nichts als eine Art Feldbett und einen Kübel für die dringendsten Bedürfnisse. Dort findet sich kein Nagel, kein Stuhl, nicht einmal ein Schemel. Das Feldbett ist so fest an den Boden geschraubt, daß es unmöglich ist, es ohne eine Arbeit von der Stelle zu bringen, die dem Aufseher auffallen müßte, denn das vergitterte Guckloch steht stets offen. Schließlich wird der Untersuchungsgefangene, wenn er zu Besorgnissen Anlaß gibt, auch noch von einem Gendarmen oder Agenten überwacht. In den Zimmern der Pistole also und in dem, in das man Lucien gebracht hatte, weil der Richter einem jungen Manne, der der höchsten Pariser Gesellschaft angehörte, Rücksicht erweisen wollte, können das bewegliche Bett, der Tisch und der Stuhl zur Ausführung eines Selbstmordes dienen, ohne ihn freilich darum leicht zu machen. Lucien trug eine lange blauseidene Krawatte; und schon, als er vom Verhör zurückkam, dachte er an die Art, wie Pichegru sich mehr oder minder freiwillig getötet hatte. Um sich jedoch aufzuhängen, galt es, einen Stützpunkt zu finden, der zwischen dem Körper und dem Boden einen Raum freiließ, groß genug, um zu verhindern, daß die Füße einen Ruhepunkt fänden. Nun hatte das Fenster seiner Zelle keinen Drehriegel, und die außen eingemauerten

Eisengitter waren von Lucien um die ganze Dicke der Mauern getrennt, so daß er auch in ihnen keinen festen Punkt finden konnte.

Folgendes also ist der Plan, den Lucien rasch seine Erfindungsgabe eingab, um seinen Selbstmord zu vollziehen. Wenn die Blende vor der Fensteröffnung Lucien den Ausblick in den Gefängnishof nahm, so hinderte ebendiese Blende auch die Aufseher, zu sehen, was in seiner Zelle vorging. Nun waren zwar im untern Teil des Fensters die Scheiben ersetzt durch zwei starke Bretter, aber der obere Teil hatte auf jeder Seite zwei kleine Scheiben, die von den umrahmenden Querleisten getrennt und gehalten wurden. Wenn Lucien auf den Tisch stieg, so konnte er den verglasten Teil seines Fensters erreichen, zwei Gläser auslösen oder zerbrechen und fand dann in der ersten Querleiste einen festen Stützpunkt. Er wollte seine Krawatte darum schlingen, eine Drehung um sich selbst aus führen, damit sie sich ihm um den Hals legte, und den Tisch mit einem Fußtritt von sich stoßen.

Er stellte also den Tisch geräuschlos unter das Fenster, legte Rock und Weste ab, stieg ohne Zögern auf den Tisch und durchbrach die Scheiben über und unter der ersten Querleiste. Als er auf dem Tisch stand, konnte er den Blick in den Gefängnishof werfen: ein magisches Schauspiel, das er zum erstenmal genoß. Der Direktor der Conciergerie, der von Herrn Camusot den Befehl erhalten hatte, Lucien mit der größten Rücksicht zu behandeln, hatte ihn durch die inneren Gänge der Conciergerie führen lassen, deren Eingang in dem dunkeln Untergeschoß der Tour d'Argent gegenüberliegt; so vermied er es, der Masse der Angeklagten, die auf dem Gefängnishof spazierengehen, einen eleganten jungen Mann zu zeigen. Man kann sich, denken, ob der Anblick dieses Spaziergangs derart ist, daß er eine Dichterseele stark ergreift.

Der Gefängnishof der Conciergerie wird nach dem Kai zu von der Tour d'Argent und der Tour Bonbec begrenzt; der Zwischenraum zwischen ihnen also zeigt von außen genau die Breite des Hofes. Die Galerie, die den Namen des heiligen Ludwig trägt und die von der Händlergalerie zum Kassationshof und zur Tour Bonbec führt, in der sich, wie man sagt, noch heute das Zimmer des heiligen Ludwig befindet, kann den Wißbegierigen das Längenmaß des Hofes angeben, denn sie stimmt in dieser Dimension genau mit ihm überein. Die Geheimzellen und die Pistole liegen also unter der Händlergalerie. Daher wurde die Königin Marie Antoinette, deren Kerker unter den gegenwärtigen Geheimzellen lag, zum Revolutionsgericht, das seine Sitzungen in dem feierlichen Saal des Kassationshofes abhielt, über eine furchtbare Treppe geführt, die in die Dicke der Mauern unter der Händlergalerie eingebrochen worden war und heute vermauert ist. Die eine der Seiten des Gefängnishofes, die, deren erster Stock von der Galerie des heiligen Ludwig ausgefüllt wird, zeigt den Blicken eine Reihe gotischer Säulen, zwischen denen die Baumeister, ich weiß nicht welcher Epoche, zwei Stockwerke von Zellen angebracht haben, um möglichst viel Angeklagte unterzubringen; sie haben die Kapitäle, die Bögen und die Schäfte dieser prachtvollen Galerie mit Gips, Gittern und Verkittungen verdorben. Unter dem sogenannten Zimmer des heiligen Ludwig dreht sich in der Tour Bonbec eine Wendeltreppe, die zu diesen Zellen führt; diese Prostitution der größten Erinnerungen Frankreichs ist von scheußlicher Wirkung.

Von der Höhe herab, in der Lucien sich befand, schweifte sein Blick schräg auf diese Galerie und die Einzelheiten der Bauten, die die Tour d'Argent mit der Tour Bonbec verbinden; er sah die spitzen Dächer der beiden Türme. Er stand ganz starr; sein Selbstmord wurde durch seine Bewunderung verzögert. Heute sind die Erscheinungen der Halluzination so vollständig von der Heilkunde anerkannt, daß sich jene Spiegelung unserer Sinne, jene seltsame Fähigkeit unseres Geistes nicht mehr leugnen läßt. Der Mensch befindet sich unter dem Druck einer Empfindung, die einen solchen Grad erreicht, daß sie kraft ihrer Intensität zu einer Monomanie wird, oft in dem Zustand, in den ihn das Opium, das Haschisch, die salpetrige Säure versetzen. Dann erscheinen Gespenster und Phantome; dann nehmen die Träume körperliche Gestalt an, untergegangene Dinge leben in ihrem früheren Zustand wieder auf; was im Gehirn nur ein Gedanke war, wird ein beseeltes oder lebendes Wesen. Die Wissenschaft glaubt heute, daß das Gehirn sich unter dem Druck der Leidenschaften in ihrem Überschwang mit Blut vollsaugt und daß dieser Blutandrang die beängstigenden Spiele des Traumes im wachen Zustand hervorruft; so sehr wehrt man sich dagegen, das Denken als eine lebendige und zeugende Kraft anzusehen (siehe ›Louis Lambert‹ in den ›Philosophischen Erzählungen‹). Lucien sah den Palast in seiner ganzen ursprünglichen Schönheit. Der Säulengang war schlank, jung und frisch. Der Wohnsitz des heiligen Ludwig stand wieder so da, wie er gewesen war; Lucien bewunderte seine babylonischen Verhältnisse und seine orientalischen Launen. Er nahm diese erhabene Vision als ein poetisches Lebewohl der zivilisierten Schöpfung hin. Während er seine Maßregeln traf, um zu sterben, fragte er sich, wie dieses Wunder in Paris unbekannt

131

existieren konnte. Es waren zwei Luciens vorhanden: ein Dichter Lucien, der sich im Mittelalter erging, unter den Arkaden und den Türmchen des heiligen Ludwig, und ein Lucien, der sich zum Selbstmord rüstete.

In dem Augenblick, als Herr von Granville seinem jungen Sekretär seine Anweisungen gegeben hatte, stellte sich der Direktor der Conciergerie ein, und der Ausdruck seines Gesichts war derart, daß den Oberstaatsanwalt die Ahnung von einem Unglück überkam.

»Sind Sie Herrn Camusot begegnet?« fragte er ihn. »Nein, Herr Graf«, erwiderte der Direktor. »Sein Kanzlist Coquart hat mir befohlen, für den Abbé Carlos Herrera den strengen Gewahrsam aufzuheben und Herrn von Rubempré zu entlassen; aber es ist zu spät.« – »Mein Gott! Was ist geschehen?« – »Hier, Herr Graf«, sagte der Direktor, »ist ein Briefpaket für Sie, das Ihnen die Katastrophe erklären wird. Der Aufseher des Gefängnishofes hatte das Geräusch zerbrechender Scheiben gehört, und der Nachbar des Herrn Lucien in der Pistole stieß ein gellendes Geschrei aus, denn er hörte das Todesröcheln des armen jungen Mannes. Der Aufseher kam ganz blaß zurück, ein solches Schauspiel hatte sich seinen Augen dargeboten; er sah den Gefangenen an seiner Krawatte am Fenster erhängt.«

Obgleich der Direktor mit gedämpfter Stimme sprach, bewies der furchtbare Schrei, den Frau von Sérizy ausstieß, daß unsere Organe unter entscheidenden Verhältnissen von unberechenbarer Feinheit sind. Die Gräfin hörte oder erriet. Aber ehe Herr von Granville sich noch umgewandt hatte, war sie, ohne daß weder Herr von Sérizy noch Herr von Bauvan sich so schnellen Bewegungen widersetzen konnten, wie ein Pfeil zur Tür hinaus und flog in die Händlergalerie, wo sie bis zu der Treppe lief, die in die Rue de la Barillerie hinabführt.

Ein Advokat legte an der Tür eines jener Läden, die so lange diese Galerie füllten, und in denen man Schuhe verkaufte und Amtskleider und Barette verlieh, seinen Überwurf ab. Die Gräfin fragte nach dem Weg zur Conciergerie. »Gehen Sie hinunter und wenden Sie sich nach links; der Eingang liegt auf dem Quai de l'Horloge, erstes Tor.« – »Diese Frau ist wahnsinnig!« sagte die Händlerin; »man sollte ihr folgen.«

Niemand hätte Leontine folgen können; sie flog. Ein Arzt könnte erklären, woher die Frauen der Gesellschaft, deren Kraft ungeübt ist, in den Krisen des Lebens solche Schwungkraft nehmen. Die Gräfin stürzte sich mit solcher Geschwindigkeit durch die Arkade auf das Portal, daß der Gendarm, der Posten stand, sie nicht einmal eindringen sah. Sie warf sich wie eine Feder, die von einem wütenden Wind gejagt wird, wider das Gitter und rüttelte mit solcher Raserei an den Eisenstangen, daß sie die eine, die sie gepackt hielt, zerbrach. Sie bohrte sich die beiden Bruchstücke in die Brust, so daß das Blut hervorsprang, und brach zusammen, während sie mit einer Stimme, vor der die Aufseher erstarrten: »Öffnet! öffnet!« schrie.

Der Schließer eilte herbei. »Öffnen Sie! Mich schickt der Oberstaatsanwalt, um den Toten zu retten! ...«

Während die Gräfin den Umweg über die Rue de la Barillerie und den Quai de l'Horloge machte, waren Herr von Granville und Herr von Sérizy, da sie die Absicht der Gräfin errieten, durch das Innere des Palastes zur Conciergerie hinabgeeilt; aber trotz ihrer Eile trafen sie erst in dem Augenblick ein, in dem sie am ersten Gitter ohnmächtig zusammenbrach und von den Gendarmen, die aus ihrem Wachtlokal herbeigeeilt waren, aufgehoben wurde. Beim Anblick des Direktors der Conciergerie öffnete man das Portal und trug die Gräfin in die Kanzlei; sie aber richtete sich auf den Füßen empor und fiel mit gefalteten Händen auf die Knie.

»Ihn sehen! ... Ihn sehen! ... O meine Herren, ich werde nichts Arges tun! Aber wenn Sie nicht wollen, daß ich hier sterbe, so lassen Sie mich Lucien sehen, lebend oder tot. – Ah, du bist da, mein Freund. Wähle zwischen meinem Tod und ...« Sie brach zusammen. »Du bist gut«, fuhr sie fort, »ich will dich lieben! ...«

»Wir müssen sie forttragen!« sagte Herr von Bauvan. »Nein, wir wollen in die Zelle gehen, in der Lucien ist«, erwiderte Herr von Granville, da er in den irren Augen des Herrn von Sérizy seine Absichten las. Und er ergriff die Gräfin, hob sie empor und faßte sie unterm einen Arm, während Herr von Bauvan sie unterm andern faßte. »Herr Direktor«, sagte Herr von Sérizy, »Todesschweigen über all das.« – »Seien Sie unbesorgt«, versetzte der Direktor. »Sie haben das rechte Mittel gewählt. Diese Dame ...« – »Es ist meine Frau ...« – »Ah, Verzeihung, Herr Graf. Nun, sie wird sicherlich ohnmächtig werden, wenn sie den jungen Mann sieht, und während ihrer Ohnmacht kann man sie in einen Wagen tragen.« – »Das war mein Gedanke«, sagte der Graf. »Schicken Sie einen Ihrer Beamten zu meinen Leuten in der Cour de Harlay, damit sie am Portal vorfahren; es ist nur mein Wagen da ...«

»Wir können ihn retten«, sagte die Gräfin, indem sie mit einem Mut und einer Kraft ausschritt, die ihre Hüter überraschten. »Es gibt Mittel, ihn ins Leben zurückzurufen ...« Und sie zog die beiden Richter mit sich fort, indem sie dem Aufseher zurief: »Gehen Sie doch schneller! ... Eine Sekunde entscheidet über das Leben dreier Menschen!«

Als die Tür zur Zelle offen war und die Gräfin Lucien hängen sah, als hätte man seine Kleider an einen Kleiderhalter gehängt, machte sie zunächst einen Sprung auf ihn zu, als wollte sie ihn umarmen und ergreifen; aber gleich darauf stürzte sie mit dem Gesicht auf den Boden der Zelle, wobei sie Schreie ausstieß, die eine Art Röcheln erstickte. Fünf Minuten darauf wurde sie von dem Wagen des Grafen in sein Hotel entführt; sie lag auf einem Wagensitz ausgestreckt, und vor ihr kniete ihr Gatte. Der Graf von Bauvan war zu einem Arzt geeilt, der der Gräfin die erste Hilfe bringen sollte.

Der Direktor der Conciergerie untersuchte das äußere Gitter des Portales und sagte zu seinem Kanzlisten: »Man hat nichts gespart! Die Eisenstangen sind geschmiedet, sie sind einer Probe unterworfen worden; man hat schweres Geld dafür bezahlt; und in dieser Stange war eine Bruchstelle! ...«

Der Oberstaatsanwalt sah sich, als er wieder in sein Zimmer trat, gezwungen, seinem Sekretär andere Anweisungen zu geben. Zum Glück war Massol noch nicht da gewesen.

Wenige Augenblicke nach Herrn von Granvilles Aufbruch – er beeilte sich, zu Herrn von Sérizy zu kommen – suchte Massol seinen Kollegen im Sitzungssaal der Staatsanwaltschaft.

»Mein Lieber«, sagte der junge Sekretär, »wenn Sie mir einen Gefallen tun wollen, so werden Sie, was ich Ihnen diktieren werde, in der morgigen Nummer Ihrer Zeitung bringen; die Überschrift des Artikels werden Sie selbst machen. Schreiben Sie.« Und er diktierte:

»Man hat erkannt, daß das Fräulein Esther Gobseck freiwillig in den Tod gegangen ist.«

»Das sicher nachweisbare Alibi des Herrn Lucien von Rubempré und seine Unschuld lassen seine Verhaftung um so bedauerlicher erscheinen, als der junge Mann in dem Augenblick, in dem der Untersuchungsrichter Befehl gab, ihn zu entlassen, plötzlich verstorben ist.«

»Ich brauche Ihnen nicht erst zu sagen«, sagte der Sekretär zu Massol, »daß Sie über den kleinen Dienst, den man von Ihnen verlangt, die größte Verschwiegenheit bewahren müssen.« – »Da Sie mir die Ehre antun, Vertrauen zu mir zu haben«, erwiderte Massol, »so werde ich mir die Freiheit nehmen, Ihnen eine Bemerkung zu machen. Diese Notiz wird schimpfliche Kommentare über die Gerichtsbarkeit zur Folge haben ...« – »Die Gerichtsbarkeit ist stark genug, um sie zu ertragen«, versetzte der junge Attaché der Staatsanwaltschaft mit dem Stolz eines künftigen Richters aus der Schule des Herrn von Granville. »Erlauben Sie, mein lieber Herr Kollege, mit zwei Sätzen kann man diesem Unglück vorbeugen.« Und der Advokat schrieb:

»Die Formen der Rechtsprechung haben mit diesem schlimmen Ausgang nicht das geringste zu tun. Die Leichenschau, die man auf der Stelle vornahm, ergab, daß der Tod infolge des Aufbruchs einer im letzten Stadium stehenden Pulsadergeschwulst eingetreten ist. Hätte Herrn Lucien von Rubempré seine Verhaftung erschüttert, so wäre der Tod weit früher eingetreten. Nun glauben wir behaupten zu können, daß dieser bedauernswerte junge Mann, statt sich wegen seiner Verhaftung zu bekümmern, vielmehr darüber lachte und zu denen, die ihn von Fontainebleau nach Paris brachten, sagte, sowie er vor den Richter träte, würde seine Unschuld ans Licht kommen.«

»Rettet man damit nicht alles? ...« fragte der Advokat und Journalist. »Sie haben recht.« – »Der Oberstaatsanwalt wird Ihnen morgen dafür Dank wissen«, fuhr Massol mit leisem Sticheln fort.

Vielleicht scheint jetzt weder der großen Zahl noch auch den wenigen Auserwählten diese Studie mit Esthers und Luciens Tod völlig abgeschlossen; vielleicht interessieren Jakob Collin, Europa und Paccard trotz ihres ehrlosen Daseins genug, damit man wissen möchte, welches ihr Ende war. Dieser letzte Akt des Dramas kann übrigens das Sittengemälde, das diese Studie einschließt, vervollständigen, und er gibt die Lösung in allerlei noch ungelösten Verwicklungen, in die sich Luciens Leben so merkwürdig verschlungen hatte, indem er ein paar der unedlen Gestalten des Bagnos unter die der höchsten Persönlichkeiten mischt.

So werden, wie man sieht, die größten Ereignisse des Lebens in mehr oder minder wahren Zeitungsnotizen gespiegelt. Ebenso geht es mit vielen weit erhabeneren Dingen, als diese es waren.

Vautrins letzte Verkörperung

»Was gibt es, Magdalene?« fragte Frau Camusot, als sie ihr Zimmermädchen mit jener Miene eintreten sah, wie Dienstboten sie in kritischen Augenblicken anzunehmen verstehen. »Gnädige Frau«, erwiderte Magdalene, »der gnädige Herr kommt eben aus dem Palast; aber er macht ein so bestürztes Gesicht und er ist in einem solchen Zustand, daß die gnädige Frau vielleicht gut daran tun würde, ihn in seinem Arbeitszimmer aufzusuchen.« – »Hat er etwas gesagt?« fragte Frau Camusot. »Nein, gnädige Frau; aber ein solches Gesicht haben wir beim gnädigen Herrn noch nie gesehen; man könnte meinen, daß eine Krankheit ausbrechen will; er ist gelb, er scheint ganz außer Fassung zu sein, er …«

Frau Camusot stürzte, ohne das Ende des Satzes abzuwarten, zum Zimmer hinaus und eilte zu ihrem Gatten. Sie sah den Untersuchungsrichter mit von sich gestreckten Beinen in einem Sessel sitzen, den Kopf gegen die Rückenlehne gestützt; seine Hände hingen schlaff herab, sein Gesicht war bleich, die Augen stumpf, und es machte ganz den Eindruck, als wollte er in Ohnmacht fallen.

»Was hast du, mein Freund?« sagte die junge Frau entsetzt. »Ach, meine arme Amelie, es ist das verhängnisvollste Ereignis eingetreten … Ich zittere noch. Stelle dir vor, daß der Oberstaatsanwalt … nein, daß Frau von Sérizy … daß … Ich weiß nicht, wo ich anfangen soll …« – »Fange mit dem Ende an! …« sagte Frau Camusot. »Nun also, in dem Augenblick, als Herr Popinot im Beratungszimmer der Ersten Kammer die letzte nötige Unterschrift unter das Urteil gesetzt hatte, das die Erhebung der Anklage auf Grund meines Berichts ablehnte und Lucien von Rubempré in Freiheit setzte … Kurz, alles war zu Ende, der Kanzlist trug das Konzept schon fort, ich glaubte, ich wäre diese Angelegenheit los! Da tritt der Gerichtspräsident ein, liest das Urteil durch und sagt mit kühl spöttischer Miene zu mir: ›Sie entlassen einen Toten; ich höre soeben von Herrn von Bonald, daß dieser junge Mann vor seinen natürlichen Richter getreten ist. Er ist einem Herzschlag erlegen …‹ Ich atmete auf, denn ich glaubte noch an einen Unfall. ›Wenn ich recht verstehe, Herr Präsident‹, sagte Herr Popinot, ›so wird es sich um den Herzschlag Pichegrus handeln …‹ – ›Meine Herren‹, versetzte der Präsident mit ernster Miene, ›merken Sie sich, für die Außenwelt ist der junge Lucien von Rubempré infolge des Bruchs einer Pulsadergeschwulst gestorben.‹

Wir sahen uns alle an. ›Es sind in diese Angelegenheit‹, sagte der Präsident, ›große Persönlichkeiten verwickelt. Gott gebe in Ihrem Interesse, Herr Camusot, obgleich Sie nichts getan haben als Ihre Pflicht, daß Frau von Sérizy nach dem Schlag, den sie erhalten hat, nicht wahnsinnig bleibt! Man trägt sie eben fast tot davon. Ich bin unserm Oberstaatsanwalt in einem Zustand der Verzweiflung begegnet, der mir weh getan hat … Sie sind auf den unrechten Weg geraten, mein lieber Camusot!‹ fügte er hinzu, indem er mir ins Ohr flüsterte. Nein, meine liebe Freundin, als ich hinauskam, konnte ich kaum gehen. Mir zitterten die Beine so sehr, daß ich mich nicht in die Straße wagte, und ich bin wieder in mein Zimmer gegangen, um mich auszuruhen. Coquart, der die Akten dieser unseligen Untersuchung ordnete, sagte mir, eine schöne Dame habe die Conciergerie gestürmt, sie habe Lucien, in den sie rasend verliebt sei, das Leben retten wollen, und sei ohnmächtig geworden, als sie ihn am. Fenster der Pistole an seiner Krawatte erhängt sah. Der Gedanke, daß die Art, wie ich diesen unglücklichen jungen Mann, der übrigens – unter uns – vollkommen unschuldig war, verhört habe, ihn zum Selbstmord treiben konnte, verfolgt mich, seit ich den Palast verlassen habe, und ich bin noch immer einer Ohnmacht nahe …« – »Nun, du wirst dich wohl gar für einen Mörder halten, weil sich ein Untersuchungsgefangener in seiner Zelle aufhängt, als du ihn freilassen willst? …« rief Frau Camusot. »Aber ein Untersuchungsrichter ist dann wie ein General, dem ein Pferd unterm Leib erschossen wird! … Das ist alles!« – »Solche Vergleiche, meine Liebe, taugen bestenfalls für Scherze, und der Scherz ist hier nicht am Platze. In diesem Falle holt sich der Tote den Lebenden. Lucien nimmt unsere Hoffnungen mit in den Sarg.« – »Wirklich?« fragte Frau Camusot mit beißender Ironie. »Ja, meine Laufbahn ist zu Ende. Ich werde mein Leben lang einfacher Richter am Seinetribunal bleiben. Herr von Granville war schon vor diesem verhängnisvollen Ausgang sehr unzufrieden mit der Wendung, die die Untersuchung nahm; daß er aber mit unserm Präsidenten gesprochen hat, beweist mir, daß ich, solange Herr von Granville Oberstaatsanwalt bleibt, niemals avancieren werde.«

Avancieren! Das ist das furchtbare Wort, das der Gedanke, der heutzutage den Richter zum Beamten macht.

Ehemals war der Richter von vornherein, was er werden konnte. Die drei oder vier Kammerpräsidentschaftsmützen genügten in jedem Parlament dem Ehrgeiz. Das Amt eines Rates genügte einem von Brosses wie einem Molé, zu Dijon wie zu Paris. Dieses Amt, das schon an sich ein

Vermögen war, verlangte, um mit Würde getragen zu werden, wiederum ein großes Vermögen. In Paris konnten außerhalb des Parlaments die Leute im Amtskleid nur nach drei höheren Stellungen streben: nach dem der Generalkontrolle, dem Portefeuille oder dem Kanzlertalar. Unterhalb der Parlamente, in der niedrigen Sphäre, war schon ein Präsidialstellvertreter als Persönlichkeit groß genug, um glücklich zu sein, wenn er sein Leben lang auf seinem Sitz verblieb. Man vergleiche die Stellung eines Rates am zweitinstanzlichen Gericht in Paris im Jahre 1829, wo er statt allen Vermögens nur sein Gehalt hat, mit der Stellung eines Rates am Parlament von 1729. Der Unterschied ist groß! Heute, wo das Geld zur allgemeinen sozialen Bürgschaft geworden ist, entbindet man die Richter von der Bedingung, daß sie wie ehedem ein großes Vermögen besitzen; daher muß man es erleben, daß sie zugleich Deputierte, Pairs von Frankreich sind und Amt auf Amt türmen: sie sind Richter und Gesetzgeber in einer Person und borgen sich ihr Ansehen von andern Ämtern als denen, die ihnen ihren ganzen Glanz verleihen sollten.

Kurz, die Richter sinnen darauf, sich auszuzeichnen, um dann zu avancieren, wie man im Heer und in der Verwaltung avanciert.

Wenn dieser Gedanke die Unabhängigkeit des Richters nicht untergräbt, so ist er doch zu bekannt und zu natürlich, als daß nicht durch ihn der Richterstand in der öffentlichen Meinung sein Ansehen verlöre. Das vom Staat bezahlte Gehalt macht aus dem Priester und dem Richter einfache Beamte. Die zu ersteigenden Stufen entwickeln den Ehrgeiz; der Ehrgeiz erzeugt Willfährigkeit gegen die Macht; ferner stellt die moderne Gleichheitssucht den Gerichtsuntertanen und den Richter auf das gleiche Niveau der sozialen Stufenleiter. So sind die beiden Säulen jeder sozialen Ordnung, die Religion und die Justiz, im neunzehnten Jahrhundert geschwächt worden, und man behauptet, man schreite in allem fort!

»Und weshalb solltest du nicht avancieren?« fragte Amelie Camusot. Sie sah ihren Gatten mit spöttischer Miene an, denn sie fühlte, daß es nötig war, dem Mann, der der Träger ihres Ehrgeizes war und auf dem sie spielte wie auf einem Instrument, seine Energie zurückzugeben. »Weshalb verzweifeln?« fuhr sie fort, und zwar mit einer Geste, die ihre Gleichgültigkeit in betreff des Todes des Untersuchungsgefangenen trefflich malte. »Dieser Selbstmord wird die beiden Feindinnen Luciens, Frau d'Espard und ihre Cousine, die Gräfin du Châtelet, glücklich machen. Frau d'Espard steht sich vortrefflich mit dem Justizminister, und durch sie kannst du bei Seiner Gnaden eine Audienz erhalten; dann wirst du ihm das Geheimnis dieser Angelegenheit verraten; wenn aber der Justizminister für dich ist, was hast du da von deinem Präsidenten und dem Oberstaatsanwalt zu fürchten?« – »Aber Herr und Frau von Sérizy!« rief der arme Richter aus. »Ich wiederhole dir, Frau von Sérizy ist wahnsinnig! Und wahnsinnig durch meine Schuld, wie man behauptet!« – »Nun, wenn sie wahnsinnig ist, du Richter ohne Urteilskraft«, rief Frau Camusot lachend, »so kann sie dir nicht mehr schaden! Laß sehen, erzähle mir alle Einzelheiten des Tages.« – »Mein Gott«, erwiderte Camusot, »in dem Augenblick, als ich diesen unglücklichen jungen Mann in die Beichte genommen und er erklärt hatte, daß dieser angebliche spanische Priester wirklich Jakob Collin ist, schickten mir die Herzogin von Maufrigneuse und Frau von Sérizy durch einen Kammerdiener ein Billet, in dem sie mich baten, ihn nicht zu verhören. Alles war geschehen …« – »Aber hast du denn den Kopf verloren?« sagte Amelie. »Denn da du deines Kanzlisten sicher bist, konntest du Lucien doch zurückholen lassen, ihn geschickt beruhigen und dein Protokoll verbessern!« – »Du bist wie Frau von Sérizy, du machst dich lustig über die Gerichte!« sagte Camusot, der nicht imstande war, über seinen Beruf zu lachen. »Frau von Sérizy hat mir meine Protokolle weggenommen und ins Feuer geworfen!« – »Das nenne ich eine Frau! Bravo!« rief Frau Camusot. »Frau von Sérizy sagte mir, sie würde eher den Palast in die Luft sprengen, als zugeben, daß ein junger Mann, der ihre Gunst und die der Herzogin von Maufrigneuse besessen habe, sich neben einem Sträfling auf die Bänke des Schwurgerichts setzen müßte! …« – »Aber Camusot«, sagte Amelie, die ein überlegenes Lächeln nicht unterdrücken konnte, »deine Stellung ist wundervoll …« – »Ach ja, wundervoll!« – »Du hast deine Pflicht getan …« – »Unglücklicherweise; und dem jesuitischen Rat des Herrn von Granville zum Trotz, der mir auf dem Quai Malaquais begegnete …« – »Heute morgen?« – »Heute morgen!« – »Wann?« – »Um neun Uhr.« – »O Camusot!« sagte Amelie, indem sie die gefalteten Hände rang, »und ich höre nicht auf, dir immer zu wiederholen, daß du auf alles achtgeben mußt … Mein Gott, das ist kein Mensch, das ist eine Steinkarre, die ich ziehe! Aber Camusot, dein Oberstaatsanwalt erwartete dich auf deinem Wege, er wird dir doch einen Rat gegeben haben!« – »Aber ja …« – »Und du hast ihn nicht verstanden! Wenn du taub bist, wirst du dein Leben lang Untersuchungsrichter bleiben, aber ohne Un-

145

tersuchungen. Zeige doch wenigstens so viel Geist, mir jetzt zuzuhören!«
sagte sie, indem sie ihren Gatten, der reden wollte, zum Schweigen
brachte. »Du meinst, diese Angelegenheit sei zu Ende?« fragte Amelie.
Camusot sah seine Frau mit jener Miene an, die die Bauern vor einem
Marktschreier aufsetzen. »Wenn die Herzogin von Maufrigneuse und
die Gräfin von Sérizy kompromittiert sind, mußt du sie alle beide zu
Gönnerinnen haben«, fuhr Amelie fort. »Laß sehen! Frau d'Espard wird
dir beim Justizminister eine Audienz verschaffen; du verrätst ihm das
Geheimnis, das hier verborgen liegt, und er wird den König damit
amüsieren; denn alle Fürsten sehen gern einmal die Rückseite des sozialen
Gewebes, um die wirklichen Ursachen der Ereignisse kennen zu lernen,
die das Publikum mit offenem Munde vorüberziehen sieht. Dann sind
weder der Oberstaatsanwalt noch Herr von Sérizy länger zu fürchten ...« – »Welcher Schatz von einer Frau du bist!« rief der Richter, indem er wieder Mut faßte. »Schließlich habe ich Jakob Collin aufgestöbert;
er soll mir vor dem Schwurgericht Rechenschaft ablegen, ich werde seine
Verbrechen enthüllen. Ein solcher Prozeß ist ein Sieg in der Laufbahn
eines Untersuchungsrichters ...« – »Camusot«, erwiderte Amelie, als sie
sah, wie ihr Mann sich von der moralischen und physischen Niedergeschlagenheit erholte, in die ihn Lucien von Rubemprés Selbstmord geworfen hatte, »der Präsident hat dir eben gesagt, du wärst auf den
falschen Weg geraten! ... Du verläufst dich schon wieder, mein Freund!«
Der Untersuchungsrichter blieb stehen und sah seine Frau verblüfft an.
»Der König und der Justizminister sind vielleicht sehr froh, wenn sie
jenes Geheimnis erfahren; und doch ärgern sie sich vielleicht zugleich
darüber, wenn sie es erleben müssen, daß die Fürsprecher der liberalen
Anschauungen so bedeutende Persönlichkeiten wie die Sérizys, die
Maufrigneuses und die Grandlieus, kurz alle, die direkt oder indirekt in
diesen Prozeß verwickelt sind, vor die Schranken der öffentlichen Meinung und des Schwurgerichts schleppen.« – »Sie sind alle hineingelegt! ...
Ich habe sie fest!« rief Camusot. Und der Richter stand auf und ging
durch sein Zimmer, wie Sganarelle auf dem Theater umhergeht, wenn
er aus einer Falle zu entschlüpfen sucht. »Höre, Amelie!« fuhr er fort,
indem er sich vor seiner Frau aufstellte, »mir fällt ein Umstand ein, der
scheinbar winzig, aber in meiner Lage von ungeheurem Interesse ist.
Stelle dir vor, meine liebe Freundin, daß dieser Jakob Collin ein Koloß
an List, Verstellung und Verschlagenheit ist ... ein Mensch von einer
Tiefe ... oh, er ist ... wie soll ich sagen? ... der Cromwell des Bagnos!

Einem solchen Verbrecher bin ich noch nicht begegnet, er hat mich fast übertölpelt. Aber bei einer Kriminaluntersuchung hilft ein Fädchen, das vorüberstreicht, einem Knäuel auf die Spur, mit dem man sich durch 147 das Labyrinth der düstersten Gewissen oder der dunkelsten Tatsachen hindurchfindet. Als Jakob Collin sah, daß ich in den Briefen blätterte, die in Lucien von Rubemprés Wohnung beschlagnahmt worden sind, warf der Schlingel einen Blick darauf, als wolle er wissen, ob sich nicht noch ein weiteres Bündel dabei befindet, und er ließ sich eine sichtliche Regung der Befriedigung entschlüpfen. Dieser Blick des Diebes, der einen Schatz abschätzt, diese Geste des Gefangenen, der sich sagt: ›Ich habe meine Waffen!‹ machten mir eine Welt von Dingen verständlich. Nur ihr Frauen könnt wie wir Richter und wie die Untersuchungsgefangenen ganze Szenen in einen Blick legen, der Betrügereien enthüllt, kompliziert wie Sicherheitsschlösser. Man sagt sich dann, weißt du, in einer Sekunde ganze Bände des Argwohns! Es ist furchtbar; in einem Augenzwinkern liegen Leben und Tod. Der Bursche hat noch andere Briefe in den Händen! sagte ich mir. Dann lenkten mich die tausend andern Einzelheiten der Angelegenheit ab. Ich habe diesen Zwischenfall vernachlässigt, denn ich glaubte, ich würde meinen Gefangenen zu konfrontieren haben und könne diesen Punkt der Untersuchung später aufklären. Aber sehen wir es als sicher an, daß Jakob Collin nach Art dieser Elenden die kompromittierendsten Briefe der Korrespondenz des schönen jungen Mannes an einem sichern Ort versteckt hat.« – »Und du zitterst? Camusot, du wirst Präsident der zweitinstanzlichen Kammer, und schneller, als ich glaubte! ...« rief Frau Camusot, deren Gesicht strahlte. »Laß sehen, du mußt dich so verhalten, daß du alle zufriedenstellst, denn die Angelegenheit wird so ernst, daß sie uns ruhig ›gestohlen‹ werden könnte! ... Hat man nicht das Verfahren im Entmündigungsprozeß der Frau d'Espard gegen ihren Gatten Popinot aus den Händen genommen, um es dir anzuvertrauen?« sagte sie, um auf eine erstaunte Geste zu antworten, 148 die Camusot machte. »Nun, kann nicht der Oberstaatsanwalt, der ein so lebhaftes Interesse an der Ehre des Herrn und der Frau von Sérizy nimmt, die ganze Angelegenheit von der zweitinstanzlichen Kammer übernehmen lassen, um einen ihm ergebenen königlichen Rat zu ernennen, damit er eine neue Voruntersuchung einleitet?« – »Ah, meine Liebe, wo hast du deinen Strafprozeß studiert?« rief Camusot. »Du weißt alles, du bist mein Meister ...« – »Wie, du glaubst, Herr von Granville werde nicht morgen früh vor dem drohenden Plädoyer eines liberalen Advokaten erschrecken, den dieser Jakob Collin wohl wird zu finden wissen? Denn man wird ihm Geld dafür bieten, ihn verteidigen zu dürfen! ... Diese Damen wissen ebensogut, um nicht zu sagen besser als du, in welcher Gefahr sie schweben; sie werden es dem Oberstaatsanwalt sagen; und schon sieht er diese Familien dicht an die Bank der Angeklagten gezerrt, da dieser Sträfling mit Lucien von Rubempré, dem Verlobten des Fräulein von Grandlieu, dem Liebhaber Esthers, dem ehemaligen Liebhaber der Herzogin von Maufrigneuse, dem Angebeteten der Frau von Sérizy, im Bunde lebte. Du mußt also in einer Weise vorgehen, daß du dir das Wohlwollen deines Oberstaatsanwalts, den Dank des Herrn von Sérizy und den der Marquise d'Espard und der Gräfin du Châtelet gewinnst, daß du die Empfehlung der Frau von Maufrigneuse verstärkst durch die des Hauses Grandlieu und daß dein Präsident dir Komplimente macht. Ich übernehme die Damen d'Espard, von Maufrigneuse und von Grandlieu. Du mußt morgen früh zum Oberstaatsanwalt gehen. Herr von Granville ist ein Mann, der nicht mit seiner Frau zusammen lebt; er hat einige zehn Jahre hindurch ein Fräulein von Bellefeuille zur Geliebten gehabt, die ihm uneheliche Kinder gab, nicht wahr? Nun also,

149   dieser Richter ist kein Heiliger, er ist ein Mensch, wie alle andern auch; man kann ihn verführen, er gibt schon irgendwo eine Handhabe; man muß seine Schwäche entdecken, ihm schmeicheln; frag ihn um Rat, zeig ihm die Gefahren der Angelegenheit; kurz, versuche ihn mit dir zu kompromittieren, und du wirst ...« – »Nein, ich sollte die Spur deiner Schritte küssen!« sagte Camusot, indem er seine Frau unterbrach, sie um die Hüften faßte und ans Herz drückte. »Amelie, du rettest mich!« – »Ich habe dich von Alençon nach Nantes geschleppt und von Nantes an den Gerichtshof der Seine«, erwiderte Amelie. »Nun sei ruhig! ... Ich will, daß man mich in fünf Jahren Frau Präsidentin nennt; aber mein Liebling, denke doch immer gründlich nach, ehe du einen Entschluß fassest! Der Beruf eines Richters ist nicht der eines Feuerwehrmannes; deine Papiere stehen nie in Flammen, du hast Zeit zur Überlegung; deshalb sind Dummheiten in deiner Stellung unentschuldbar ...« – »Die Kraft meiner Stellung liegt einzig in der Identität des falschen spanischen Priesters mit Jakob Collin«, fuhr der Richter nach einer langen Pause fort. »Ist diese Identität einmal sicher festgestellt, so bleibt das, selbst wenn das Gericht zweiter Instanz den Prozeß übernehmen sollte, eine Tatsache, die kein Beamter beseitigen kann, sei er nun Richter oder Rat. Ich habe es dann wie die Kinder gemacht, die der Katze eine Schelle an

den Schwanz binden; wo auch die Voruntersuchung indem Verfahren stattfinde, überall werden Jakob Collins Ketten rasseln.« – »Bravo!« sagte Amelie. »Und der Oberstaatsanwalt wird sich lieber mit mir verständigen wollen, da ich allein dieses Damoklesschwert fortnehmen kann, das über dem Faubourg Saint-Germain hängt, als mit irgendeinem andern! ... Aber du weißt nicht, wie schwer es ist, dieses sonderbare Resultat zu erreichen ... Eben sind der Oberstaatsanwalt und ich noch in seinem Zimmer übereingekommen, Jakob Collin als das gelten zu lassen, wofür er sich ausgibt, als einen Stiftsherrn des Kapitels von Toledo, als Carlos Herrera; wir haben uns dahin geeinigt, ihn einfach als diplomatischen Gesandten anzuerkennen; zuzugeben, daß die spanische Gesandtschaft seine Freilassung verlangt. Auf Grund dieses Plans habe ich den Bericht erstattet, der Lucien von Rubempré in Freiheit setzt; ich habe die Protokolle neu aufgesetzt und meine Gefangenen weiß gewaschen wie Schnee. Morgen sollen Herr von Rastignac, Bianchon und ich weiß nicht, wer noch, mit dem angeblichen Stiftsherrn des königlichen Kapitels von Toledo konfrontiert werden; sie werden Jakob Collin, der vor zehn Jahren in einer bürgerlichen Pension, wo sie ihn unter dem Namen Vautrin gekannt haben, vor ihren Augen verhaftet wurde, nicht wiedererkennen.«

Es herrschte einen Augenblick Schweigen, währenddessen Frau Camusot überlegte. »Bist du sicher, daß dein Gefangener Jakob Collin ist?« fragte sie. »Ganz sicher«, erwiderte der Richter, »und der Oberstaatsanwalt ist es auch.« – »Nun, versuche doch, ohne deine Katzenkrallen zu zeigen, im Justizpalast einen Eklat herbeizuführen! Wenn der Mensch noch in Einzelgewahrsam ist, so suche sofort den Direktor der Conciergerie auf und richte es so ein, daß der Sträfling dort öffentlich erkannt wird. Statt es wie die Kinder zu machen, ahme vielmehr die Polizeiminister in den absolut regierten Ländern nach, die eine Verschwörung gegen den Herrscher erfinden, um sich das Verdienst zu erwerben, daß sie sie vereitelt haben; und um sich notwendig zu machen, bringe drei Familien in Gefahr, damit dir der Ruhm zufällt, sie gerettet zu haben!« – »Ah, welch ein Glück!« rief Camusot. »Mir ist der Kopf so wirr, daß ich diesen Umstand ganz vergaß. Ich habe Herrn Gault, dem Direktor der Conciergerie, durch Coquart den Befehl übermittelt, Jakob Collin in die Pistole zu überführen. Nun hat man durch Bibi-Lupin, Jakob Collins Feind, drei Verbrecher, die ihn kennen, aus der Force in die Conciergerie bringen lassen; und wenn er morgen in den Gefängnishof hinunterkommt, so macht man sich auf furchtbare Szenen gefaßt ...« – »Und weshalb?« – »Jakob Collin, meine Liebe, hat das Vermögen der Bagnos in Verwahrung; es beläuft sich auf beträchtliche Summen, und man sagt, er habe sie vergeudet, um den Luxus des verstorbenen Lucien zu bestreiten; jetzt wird man Rechenschaft von ihm verlangen. Bibi-Lupin behauptet, es werde einen Aufruhr geben, der ein Einschreiten der Aufseher nötig machen werde; dann ist das Geheimnis entdeckt. Es geht dabei um Jakob Collins Leben. Wenn ich mich früh in den Palast begebe, kann ich gleich ein Protokoll über die Identität aufnehmen.« – »Ach, wenn seine Gläubiger dich von ihm befreiten! Da würde man dich als einen höchst geschickten Menschen ansehen! Geh nicht zu Herrn von Granville; erwarte ihn mit dieser furchtbaren Waffe in seinem Sitzungszimmer! Das ist eine geladene Kanone, die auf die drei wichtigsten Familien des Hofes und der Pairschaft gerichtet ist. Sei verwegen, schlage Herrn von Granville vor, dich Jakob Collins zu entledigen, indem du ihn in die Force schaffen läßt, wo die Sträflinge sich ihrer Denunzianten zu entledigen wissen. Ich selbst werde zur Herzogin von Maufrigneuse gehen, die mich zu den Grandlieus führen muß. Vielleicht kann ich auch Herrn von Sérizy sprechen. Verlaß dich darauf, daß ich überall Alarm schlage. Schreibe mir vor allem ein vereinbartes Wort, damit ich weiß, ob der spanische Priester rechtskräftig als Jakob Collin erkannt worden ist. Richte dich so ein, daß du den Palast um zwei Uhr verlassen kannst; ich habe dir dann eine Audienz beim Justizminister erwirkt: vielleicht wird er bei der Marquise d'Espard sein.«

Camusot stand wie angewurzelt da in seiner Bewunderung, die der schlauen Amelie ein Lächeln entlockte. »Komm zu Tisch und sei lustig«, sagte sie zum Schluß. »Sieh, wir sind erst zwei Jahre in Paris, und jetzt bist du auf dem besten Wege, vor Jahresablauf königlicher Rat zu werden ... Von da, mein Liebling, bis zur Präsidentschaft einer Kammer des zweitinstanzlichen Gerichts bleibt dann nur noch ein kleiner Abstand, den ein Dienst in einer politischen Angelegenheit leicht überbrücken wird.«

Diese geheime Überlegung zeigt, bis zu welchem Grade die Handlungen und die geringsten Worte Jakob Collins, des letzten, der von den Hauptcharakteren dieser Studie noch übrig war, die Ehre der Familien angingen, in deren Schoß er seinen verstorbenen Schützling eingeführt hatte.

Luciens Tod und der Einbruch der Gräfin von Sérizy in die Conciergerie hatten im Räderwerk der Maschine eine solche Verwirrung angerichtet, daß der Direktor vergessen hatte, die Geheimhaft des angeblichen spanischen Priesters aufzuheben.

Obgleich es in den Gerichtsannalen mehr als ein Beispiel dafür gibt, so war doch der Tod eines Untersuchungsgefangenen während der Voruntersuchung selten genug, um Aufseher, Kanzlisten und Direktor aus ihrer Amtsruhe zu bringen. Sie freilich beschäftigte es weniger, daß dieser schöne junge Mann so plötzlich abgeschieden war, als daß eine Frau der Gesellschaft mit ihren zarten Händen die schmiedeeiserne Stange des ersten Gitters im Portal hatte zerbrechen können. Daher sammelten sich denn auch, sowie der Oberstaatsanwalt und der Graf Octavius von Bauvan mit der Gattin des Herrn von Sérizy in dessen Wagen davongefahren waren, Direktor, Kanzlist und Aufseher im Portal; sie ließen Herrn Lebrun, den Gefängnisarzt, hinaus, den man gerufen hatte, um den Tod Luciens festzustellen und sich mit dem Totenarzt des Stadtkreises zu verständigen, in dem dieser unglückliche junge Mann gelebt hatte.

Den ›Totenarzt‹ nennt man in Paris den Arzt, der in jeder Bürgermeisterei angestellt ist, um die Todesfälle zu kontrollieren und die Todesursachen festzustellen.

Mit jenem raschen Blick, der ihn auszeichnete, hatte Herr von Granville erkannt, daß es im Interesse der Ehre aller kompromittierten Familien nötig war, den Totenschein Luciens in der Bürgermeisterei ausstellen zu lassen, zu der der Quai Malaquais, wo der Verstorbene wohnte, gehört; man sollte ihn aus seiner Wohnung in die Kirche Saint-Germain des Prés überführen, wo der Leichendienst stattfinden mußte. Herr von Chargebœuf, der Sekretär des Herrn von Granville, hatte, als er entsandt wurde, seine Befehle in diesem Sinne erhalten. Die Überführung Luciens sollte während der Nacht vorgenommen werden. Der junge Sekretär war beauftragt, sich sofort mit der Bürgermeisterei, dem Pfarramt und dem Begräbnisunternehmer ins Einvernehmen zu setzen. So war Lucien für die Welt in seinem Hause als freier Mann gestorben; sein Leichenzug sollte von seinem Hause ausgehen und seine Freunde für die Zeremonie in seine Wohnung geladen werden.

In dem Augenblick also, in dem Camusot sich ruhigen Geistes mit seiner ehrgeizigen Hälfte zu Tisch setzte, standen der Direktor der Conciergerie und Herr Lebrun, der Gefängnisarzt, vor dem Portal und beklagten die Zerbrechlichkeit der Eisenstangen und die Kraft verliebter Frauen.

»Man ahnt nicht«, sagte der Doktor zu Herrn Gault, als er ihn verließ, »welche Nervenkraft in dem von der Leidenschaft überreizten Menschen schlummert! Die Dynamik und die Mathematik haben keine Zeichen und Gleichungen, um diese Kraft zu berechnen. Sehen Sie, gestern war ich noch Zeuge eines Experiments, vor dem ich erzitterte und das mir die furchtbare physische Kraft, die diese kleine Dame eben entfaltet hat, erklärt.« – »Das müssen Sie mir erzählen«, sagte Herr Gault, »ich habe nämlich die Schwäche, daß ich mich für den Magnetismus interessiere; ich glaube nicht daran, aber er macht mich unruhig.« – »Ein Arzt, der zugleich Magnetiseur ist, denn es gibt auch unter uns Leute, die an den Magnetismus glauben«, fuhr der Doktor Lebrun fort, »schlug mir vor, eine Erscheinung, die er mir schilderte und an der ich zweifelte, an mir selbst zu probieren. Da ich begierig war, am eigenen Leibe eine jener merkwürdigen Nervenkrisen zu erleben, mit denen man die Existenz des Magnetismus beweist, so willigte ich ein. Die Sache ist die. Ich möchte wohl wissen, was unsere Akademie der Heilkunde sagen würde, wenn man nacheinander alle Mitglieder diesem Beweis unterwürfe, der dem Unglauben keinen Ausweg mehr läßt. Mein alter Freund … Dieser Arzt«, sagte der Doktor Lebrun, indem er eine Parenthese einschaltete, »ist ein Greis, der seit Mesmer wegen seiner Ansichten von der Fakultät verfolgt wird. Er ist heute der Patriarch der Lehre vom tierischen Magnetismus. Ich bin gewissermaßen ein Sohn des guten Mannes, ich verdanke ihm meine Stellung. Der alte und ehrwürdige Bouvard also schlug mir vor, mir zu beweisen, daß die vom Magnetiseur in Wirksamkeit gebrachte Kraft zwar nicht unbegrenzt sei, denn der Mensch ist den Gesetzen der Endlichkeit unterworfen, aber daß sie wie die Naturkräfte wirke, deren absolute Ursprünge uns verborgen sind. ›Wenn du also‹, sagte er, ›dein Handgelenk dem Griff einer Somnambule überlassen willst, die dich in wachem Zustand nicht über eine gewisse abschätzbare Kraft hinaus drücken könnte, so wirst du erkennen, daß ihre Finger in dem so dummerweise somnambul genannten Zustand die Kraft haben, wie eine Blechschere in der Hand eines Schlossers zu wirken.‹ Nun, Herr Direktor, als ich dem Griff der Frau mein Handgelenk hinhielt – sie war nicht eingeschläfert, denn diesen Ausdruck verwirft Bouvard, sondern ›isoliert‹ – und als der Greis ihr befohlen hatte, mir mit aller Kraft das Handgelenk zu drücken, da bat ich in dem Augenblick, als mir das Blut aus den Fingerspitzen spritzen wollte, um Einhalt. Da! Sehen Sie sich das Armband an, das ich länger als drei Monate tragen werde.« –

»Teufel!« sagte Herr Gault, indem er den blutunterlaufenen Ring ansah, der dem einer Brandstelle glich. »Mein lieber Gault, hätte man mir das Fleisch in einen Eisenring gelegt, den ein Schlosser mit Hilfe einer Schraube verengt hätte, ich hätte dieses metallene Armband nicht so schmerzhaft gefühlt, wie die Finger dieser Frau; ihr Griff war wie aus unbiegsamem Stahl, und ich bin überzeugt, daß sie mir hätte die Knochen zerdrücken und die Hand vom Arm trennen können. Dieser Druck, der erst unmerklich begann, steigerte sich unablässig, indem immer ein neuer Druck den alten verstärkte; kurz, eine Presse hätte sich nicht besser benehmen können als diese Hand, die in ein Folterwerkzeug verwandelt war. Es scheint mir also bewiesen, daß der Mensch unter der Herrschaft der Leidenschaft, die den auf einen Punkt gesammelten und zu einer unberechenbaren Gewalt der lebendigen Kraft gesteigerten Willen bedeutet, wie es übrigens bei allen Arten der elektrischen Kraft ist, seine ganze vitale Kraft, sei es zum Angriff, sei es zum Widerstand, in das eine oder andere seiner Organe legen kann … Diese kleine Dame hatte unter dem Druck ihrer Verzweiflung ihre vitale Kraft in die Hände gejagt.«

»Es gehört verteufelt viel Kraft dazu, um eine schmiedeeiserne Stange zu zerbrechen …« sagte der Oberaufseher mit nickendem Kopfe. »Es war eine brüchige Stelle vorhanden«, bemerkte Herr Gault. »Ich«, fuhr der Arzt fort, »wage der Nervenkraft keine Grenzen mehr anzuweisen. Es ist übrigens bei den Müttern ebenso; um ihr Kind zu retten, magnetisieren sie Löwen, sie laufen auf Gesimsen, wo sich kaum Katzen halten könnten, in ein brennendes Haus, und ertragen die Qualen mancher Entbindungen. Da liegt auch das Geheimnis der Attentate, durch die manche Gefangene und Sträflinge ihre Freiheit zurückgewinnen wollen. Man kennt die Tragweite der vitalen Kräfte noch nicht, sie hängen mit den Naturkräften selbst zusammen, und wir schöpfen sie aus unbekannten Reservoiren.«

»Herr Direktor«, sagte ein Aufseher zu Herrn Gault, der den Doktor Lebrun bis zum äußern Gitter der Conciergerie begleitet hatte, ganz leise ins Ohr, »Nummer zwei der Einzelhaft meldet sich krank und verlangt nach dem Arzt; er behauptet, er liege im Sterben.« – »Wirklich?« sagte der Direktor. »Er röchelt!« erwiderte der Aufseher. »Es ist fünf Uhr«, sagte der Doktor, »ich habe noch nicht gegessen … Aber schließlich, ich bin. einmal da; lassen Sie sehen, vorwärts …« – »Nummer zwei der Einzelhaft ist eben jener spanische Priester, den man für Jakob Collin

hält«, sagte Herr Gault zu dem Arzt, »und der eine der Untersuchungsgefangenen in dem Prozeß, in den dieser arme junge Mensch verwickelt
war …« – »Ich habe ihn heute morgen schon gesehen«, sagte der Doktor.
»Herr Camusot ließ mich rufen, um den Gesundheitszustand dieses
Burschen festzustellen; es geht ihm, unter uns, ausgezeichnet, und er
würde reich werden, wenn er in Jahrmarktstruppen als Herkules posieren
wollte.« – »Er will vielleicht auch Selbstmord begehen«, sagte Herr Gault.
»Lassen Sie uns zusammen in die Geheimzelle gehen, ich muß ihn ohnehin aufsuchen, wäre es auch nur, um ihn in die Pistole zu bringen.

157   Herr Camusot hat den strengen Gewahrsam für diesen merkwürdigen
Anonymus aufgehoben …«

Jakob Collin, in der Welt der Bagnos Betrüg-den-Tod genannt, der
Mann, dem wir jetzt keinen andern Namen mehr geben dürfen als den,
der ihm zukam, befand sich seit dem Augenblick, in dem er auf Camusots Befehl in seine Einzelzelle zurückgeführt worden war, in einer
angstvollen Erregung, wie er sie während seines ganzen Lebens noch
nicht kennen gelernt hatte, obwohl es durch so viel Verbrechen, durch
drei Ausbrüche aus dem Bagno und zwei Verurteilungen vor dem
Schwurgericht ausgezeichnet war. Ist dieser Mensch, in dem das Leben,
die Kraft, der Geist und die Leidenschaften des Bagno zusammengefaßt
sind und der seinen höchsten Ausdruck bedeutet, nicht unheimlich
schön vermöge seiner des Hundes würdigen Anhänglichkeit für den,
den er zu seinem Freund erkoren hatte? Verdammungswürdig, ehrlos
und grauenhaft durch so viele Eigenschaften? Aber diese absolute Hingebung an sein Idol macht ihn so wahrhaft interessant, daß diese bereits
so umfangreiche Studie unvollständig und vorzeitig abgebrochen erscheinen müßte, wenn nicht die Entwicklung dieses Verbrecherlebens Lucien
von Rubemprés Ende begleitete. Nachdem der kleine Wachtelhund starb,
fragt man, ob sein furchtbarer Gefährte, ob der Löwe am Leben bleiben
wird!

Im wirklichen Leben und in der Gesellschaft verketten sich die Tatsachen so verhängnisvoll mit andern Tatsachen, daß sie nicht ohne einander denkbar sind. Das Wasser des Flusses bildet eine Art flüssigen Bo-
dens; es gibt keine Woge, so rebellisch sie auch sei und bis zu welcher
Höhe sie sich auch erhebe, deren gewaltige Wassermenge nicht in der
Masse der Gewässer verschwindet, die durch die Geschwindigkeit ihres
Stromes kräftiger sind als die Wirbel, die sie in der Tiefe bilden. Ebenso
158   wie man das Wasser fließen sieht und wirre Bilder darin erblickt, so

möchte man vielleicht auch den Druck ermessen können, den die soziale Macht auf diesen Wirbel namens Vautrin ausübte? Man möchte sehen, wo die rebellische Woge wieder im Strom versinkt, wie das Schicksal dieses wahrhaft teuflischen Menschen, der doch durch die Liebe mit der Menschlichkeit zusammenhängt, endet? Denn das Himmelsprinzip der Menschlichkeit geht selbst in den vergiftetsten Herzen so leicht nicht unter.

Der gemeine Sträfling hatte, indem er so die Dichtung zur Wirklichkeit machte, von der so viele Dichter geträumt haben: Moore, Lord Byron, Mathurin, Canalis – ein Dämon, der einen Engel in seinem Dienst hatte, hatte ihn in seine Hölle gelockt, um ihn mit einem Tau zu erfrischen, der aus dem Paradies geraubt war –, wenn man dieses eherne Herz recht begriffen hat, seit sieben Jahren sich selber entsagt. Seine gewaltigen Kräfte, die sich in Lucien erschöpften, spielten nur noch für Lucien; er freute sich seiner Fortschritte, seiner Liebeshändel, seines Ehrgeizes. Für ihn war Lucien seine sichtbar gewordene Seele. Betrüg-den-Tod dinierte durch einen Stellvertreter bei den Grandlieus, er schlich in die Boudoirs der großen Damen, er liebte Esther. Kurz, er sah in Lucien einen schönen, jungen, vornehmen Jakob Collin, der nach der Stellung eines Gesandten griff.

Betrüg-den-Tod hatte den deutschen Aberglauben vom Doppelgänger verwirklicht, und zwar vermöge einer Art moralischer Vaterschaft, wie sie Frauen verstehen werden, die in ihrem Leben einmal wirklich geliebt haben; sie haben gefühlt, wie ihre Seele in die des Geliebten überströmte, sie haben sein Leben gelebt, sei es nun edel oder ehrlos gewesen, glücklich oder unglücklich, ruhmlos oder glorreich; trotz der Trennung haben sie Schmerzen in ihrem Bein gespürt, wenn er es sich verwundete, sie haben gefühlt, daß er sich im Duell schlug, und um alles in einem Wort zu sagen, so brauchten sie nicht erst von einer Untreue zu hören, um ihrer gewiß zu sein.

Als Jakob Collin in seine Zelle zurückgeführt wurde, sagte er sich: ›Man verhört den Kleinen!‹ Und ihn schauderte; er, der tötete wie ein Arbeiter trinkt. ›Hat er seine Geliebten sehen können?‹ fragte er sich. ›Hat meine Tante diese verdammten Weibchen finden können? Haben sich diese Herzoginnen, diese Gräfinnen aufjagen lassen, und haben sie das Verhör verhindert? … Hat Lucien meine Anweisungen erhalten? … Und wenn das Verhängnis will, daß er verhört wird, wie wird er sich halten? … Der arme Kleine, ich habe ihn dahin gebracht! Dieser Räuber

Paccard und dieser Marder Europa sind schuld an dem ganzen Krakeel, weil sie die siebenhundertfünfzigtausend Franken gemaust haben, die Nucingen Esther gegeben hatte. Diese beiden Schelme haben uns beim letzten Schritt zum Straucheln gebracht; aber sie sollen mir den Possen teuer bezahlen! Noch ein Tag, und Lucien war reich! Er hätte seine Klotilde von Grandlieu geheiratet. Ich hätte Esther nicht mehr auf dem Hals gehabt. Lucien liebte dieses Mädchen zu sehr, während er diese Rettungsplanke, diese Klotilde, niemals geliebt hätte ... Ah, dann hätte der Kleine ganz mir gehört! Und wenn man bedenkt, daß unser Schicksal von einem Blick, von einem Erröten Luciens vor diesem Camusot abhängt, der alles sieht, dem es nicht an der Schlauheit der Richter fehlt! Denn als er mir die Briefe zeigte, haben wir einen Blick gewechselt, in dem wir uns gegenseitig sondierten, und er hat erraten, daß ich Luciens Geliebte kirre machen kann!‹

Dieser Monolog dauerte drei Stunden. Die Angst war so groß, daß sie diese Konstitution aus Eisen und Vitriol besiegte: Jakob Collin, dessen Gehirn vor Wahnsinn fast in Flammen stand, spürte so verzehrenden Durst, daß er, ohne es zu merken, alles Wasser aus dem einen der beiden Kübel austrank, die mit dem Bett das ganze Mobiliar einer Einzelhaftzelle bilden.

›Wenn er den Kopf verliert, was soll da aus ihm werden? Denn dieses teure Kind hat nicht Theodors Kraft! ...‹ fragte er sich, indem er sich auf das Feldbett legte, das dem in einer Wachtstube ähnlich war.

Ein Wort über diesen Theodor, dessen Jakob Collin sich in dieser entscheidenden Stunde entsann. Theodor Calvi, ein junger Korse, der im Alter von achtzehn Jahren wegen elffachen Mordes zu lebenslänglicher Zwangsarbeit verurteilt wurde, war von 1819 bis 1820 dank gewisser Gönnerschaften, die mit Gold erkauft worden waren, Jakob Collins Kettengenosse gewesen. Jakob Collins letzter Ausbruch, eine seiner schönsten Erfindungen – er war als Gendarm verkleidet fortgegangen und führte Theodor Calvi als Sträfling neben sich her, als würde er zum Kommissar geführt –, fand im Hafen von Rochefort statt, wo die Sträflinge häufig sterben und wo man auch diese beiden gefährlichen Persönlichkeiten sterben zu sehen hoffte. Nach ihrem gemeinsamen Ausbruch hatten die Zufälle der Flucht sie gezwungen, sich zu trennen. Theodor wurde wiederergriffen und ins Bagno zurückgeschickt. Nachdem Jakob Collin sich nach Spanien begeben und dort die Verwandlung in Carlos Herrera vollzogen hatte, wollte er seinen Korsen in Rochefort abholen, als er an den Ufern der Charente Lucien begegnete. Der Held der Banditen und korsischen Gesträuche wurde diesem neuen Idol natürlich geopfert.

Das Leben mit Lucien, einem von aller Verdammnis noch unberührten Burschen, der sich nichts vorzuwerfen hatte als kleine Vergehungen, stand zudem schön und herrlich vor ihm da wie die Sonne eines Sommertages. Im Bunde mit Theodor dagegen sah Jakob Collin keinen andern Ausgang vor sich, als nach einer unausbleiblichen Reihe von Verbrechen das Schafott.

Der Gedanke, daß die Schwäche Luciens, der in der Abgeschlossenheit der Einzelhaft den Kopf verlieren mußte, ein Unglück anrichten könnte, nahm in Jakob Collins Vorstellung ungeheure Dimensionen an; und als er die Möglichkeit einer Katastrophe sah, fühlte dieser Unglückliche, wie ihm die Augen von Tränen feucht wurden: eine Erscheinung, die sich bei ihm seit seiner Kindheit nicht ein einziges Mal eingestellt hatte. ›Ich muß ein Roßfieber haben‹, sagte er bei sich selber; ›vielleicht würde mich der Arzt, wenn ich ihn kommen lasse und ihm eine große Summe anbiete, mit Lucien in Verbindung bringen.‹

In diesem Augenblick brachte der Aufseher dem Untersuchungsgefangenen die Mittagsmahlzeit. »Das ist überflüssig, mein Bursche, ich kann nicht essen. Sagen Sie dem Herrn Direktor dieses Gefängnisses, er möchte mir den Arzt schicken; ich befinde mich so schlecht, daß ich glaube, meine letzte Stunde ist gekommen.«

Als der Aufseher die röchelnden Gutturallaute hörte, mit denen der Sträfling seine Worte begleitete, neigte er den Kopf und ging hinaus. Jakob Collin klammerte sich wütend an diese eine Hoffnung; aber als er den Doktor von dem Direktor begleitet in seine Zelle eintreten sah, hielt er seinen Versuch schon für mißlungen, und er wartete kühl das Ergebnis des Besuches ab, indem er dem Arzt seinen Puls hinhielt.

»Der Herr hat Fieber«, sagte der Doktor zu Herrn Gault; »aber es ist das Fieber, das wir bei allen Untersuchungsgefangenen wiederfinden, und das«, flüsterte er dem falschen Spanier ins Ohr, »für mich stets der Beweis irgendeines Verbrechens ist.«

In diesem Augenblick ließ der Direktor, dem der Oberstaatsanwalt Luciens Brief an Jakob Collin gegeben hatte, damit er ihn ihm übermittelte, den Doktor und den Gefangenen unter der Aufsicht des Wächters allein, um diesen Brief zu holen.

»Herr Doktor«, sagte Jakob Collin, als er nur den Aufseher an der Tür stehen sah, ohne sich die Abwesenheit des Direktors erklären zu können, »ich würde nicht auf dreißigtausend Franken sehen, wenn ich Lucien von Rubempré fünf Zeilen zukommen lassen könnte.« – »Ich will Ihnen Ihr Geld nicht stehlen«, sagte der Doktor Lebrun; »mit ihm kann sich niemand in der Welt mehr in Verbindung setzen ...« – »Niemand?« sagte Jakob Collin verblüfft, »und weshalb nicht?« – »Nun, er hat sich erhängt ...«

Nie hat ein Tiger, der seine Jungen entführt fand, die indischen Dschungeln mit einem so grauenhaften Schrei durchdrungen, wie Jakob Collin ihn ausstieß, während er, wie der Tiger auf die Pfoten, auf seine Füße sprang; er warf einen brennenden Blick, der dem Blitz im Augenblick des Einschlagens glich, auf den Arzt, um dann auf seinem Feldbett zusammenzubrechen, indem er murmelte: »O mein Sohn! ...«

»Der Arme!« rief der Arzt, den Dieser furchtbare Aufruhr der Natur erschütterte. Und wirklich folgte diesem Ausbruch eine so vollständige Schwäche, daß die Worte ›O mein Sohn!‹ nur noch ein Murmeln waren. »Wird uns der auch noch unter den Fingern verenden?« fragte der Aufseher. »Nein, es ist nicht möglich!« fuhr Jakob Collin fort, die beiden Zeugen dieses Aufflammens mit einem Auge ohne Feuer und Wärme ansehend, »Sie täuschen sich, es ist nicht *er!* Sie haben nicht recht gesehen. Man kann sich im Geheimgewahrsam nicht erhängen! Sehen Sie doch, wie könnte ich mich hier erhängen? Ganz Paris ist mir für dieses Leben verantwortlich! Gott ist es mir schuldig!«

Der Aufseher und der Arzt waren ihrerseits verblüfft, sie, die seit langem nichts mehr überraschen konnte. Herr Gault trat mit Luciens Brief in der Hand herein. Beim Anblick des Direktors schien Jakob Collin sich zu beruhigen, da er von der Gewalt jener Explosion des Schmerzes erschöpft war.

»Hier ist ein Brief, den der Herr Oberstaatsanwalt mir Ihnen zu geben befohlen hat, indem er erlaubte, daß Sie ihn unerbrochen erhalten«, bemerkte Herr Gault. »Er ist von Lucien? ...« fragte Jakob Collin. »Ja.« – »Nicht wahr, Herr Direktor, dieser junge Mann ...« – »Ist tot«, erwiderte der Direktor; »wenn der Herr Doktor auch anwesend gewesen wäre, so wäre er unglücklicherweise doch zu spät gekommen ... Dieser junge Mann ist gestorben, da ... in einer der Pistolen ...« – »Darf ich ihn mit eigenen Augen sehen?« fragte Jakob Collin schüchtern. »Würden Sie einem Vater erlauben, daß er hingeht und seinen Sohn beweint?« – »Sie können, wenn Sie wollen, sein Zimmer erhalten, denn ich habe Befehl, Sie in eins der Zimmer der Pistole zu bringen. Der strenge Gewahrsam ist für Sie aufgehoben.«

Die Augen des Gefangenen, die jeder Wärme und jedes Lebens bar waren, gingen langsam vom Direktor zum Arzt. Jakob Collin fragte sie aus, denn er glaubte an eine Falle und zögerte, seine Zelle zu verlassen. »Wenn Sie die Leiche sehen wollen«, sagte der Arzt, »so haben Sie keine Zeit zu verlieren; man wird ihn heute nacht fortbringen.« – »Wenn Sie Kinder haben, meine Herren«, sagte Jakob Collin, »so werden Sie meine Erstarrung begreifen, ich kann noch kaum wieder sehen ... Dieser Schlag ist für mich schlimmer als der Tod; aber Sie können nicht verstehen, was ich sage ... Sie sind, wenn Sie Väter sind, nur auf eine Weise Väter ... Ich bin auch noch Mutter! Ich ... ich bin wahnsinnig ... ich fühle es.« 164

Wenn man durch die Gänge geht, deren starre Türen sich nur dem Direktor öffnen, so kann man in wenigen Minuten von den Geheimzellen bis zur Pistole gelangen. Diese beiden Reihen von Behausungen sind durch einen unterirdischen Korridor getrennt, den zwei dicke Mauern bilden, die das Gewölbe stützen, auf dem die sogenannte Händlergalerie des Justizpalastes ruht. Daher war Jakob Collin, den der Aufseher unterm Arm faßte, während der Direktor vor und der Arzt hinter ihm herschritt, in wenigen Minuten in der Zelle, wo Lucien auf dem Bett lag, auf dem man ihn aufgebahrt hatte. Bei diesem Anblick brach er über der Leiche zusammen und klammerte sich verzweifelt an ihr fest; vor der leidenschaftlichen Kraft dieser Umarmung erzitterten die drei Zuschauer dieser Szene. »Da«, sagte der Doktor zu dem Direktor, »haben Sie ein Beispiel für das, was ich Ihnen sagte. Sehen Sie! ... Dieser Mensch zerknetet die Leiche, und Sie wissen nicht, was das heißt, ein Leichnam: der ist wie von Stein! ...«

»Lassen Sie mich hier! ...« sagte Jakob Collin mit erloschener Stimme, »ich kann ihn nicht mehr lange sehen, man wird ihn fortholen, um ihn ...« Er machte halt vor dem Wort ›begraben‹. »Sie werden mir erlauben, irgend etwas von meinem teuren Kinde zu behalten! ... Haben Sie die Güte«, sagte er zum Doktor Lebrun, »mir ein paar Locken von seinem Haar abzuschneiden, denn ich kann es nicht ...«

»Es ist wohl sein Sohn!« sagte der Arzt. »Meinen Sie?« fragte der Direktor mit einer vielsagenden Miene, die den Arzt in eine kurze Träumerei versenkte.

Der Direktor sagte zu dem Aufseher, er solle den Untersuchungsgefangenen in dieser Zelle lassen, und ehe man die Leiche holte, für den angeblichen Vater ein paar Locken vom Kopf des Sohnes abschneiden.

Um halb sechs kann man im Mai trotz der Eisenstangen des Gitters und der Maschen des Eisendrahtgeflechts, die die Fenster versperren, auch in der Conciergerie einen Brief noch leicht lesen. Jakob Collin entzifferte also den furchtbaren Brief, während er Luciens Hand in der seinen hielt.

Man kennt keinen Menschen, der zehn Minuten lang ein Stück Eis halten könnte, das er kräftig in die hohle Hand drückt. Die Kälte eilt mit tödlicher Geschwindigkeit bis in die Quellen des Lebens hinein. Aber die Wirkung dieser furchtbaren Kälte, die wie ein Gift arbeitet, ist kaum zu vergleichen mit der Wirkung, die die starre und eisige Hand eines Toten auf die Seele ausübt, wenn sie so gehalten, so gedrückt wird. Der Tod spricht dann zum Leben, er redet von schwarzen Geheimnissen, die viele Empfindungen töten; denn heißt nicht ›sich in der Empfindung wandeln‹: sterben?

Wenn wir den Brief Luciens mit Jakob Collin lesen, so wird dieses entscheidende Schriftstück als das erscheinen, was es für diesen Mann war: als Giftkelch.

An den Abbé Carlos Herrera.

»Mein lieber Abbé! Ich habe von Ihnen nur Wohltaten empfangen, und ich habe Sie verraten. Dieser unfreiwillige Undank tötet mich, und wenn Sie diese Zeilen lesen, werde ich nicht mehr am Leben sein. Sie werden mich nicht mehr retten können.

Sie hatten mir vollauf das Recht gegeben, wenn ich meinen Vorteil dabei fände, Sie zugrunde zu richten, indem ich Sie zu Boden warf wie einen Zigarrenrest; aber ich habe es dumm angefangen. Um sich aus der Verlegenheit zu ziehen, hat sich der Sohn Ihres Geistes, verlockt durch eine geschickte Frage des Untersuchungsrichters, auf die Seite derer gestellt, die Sie um jeden Preis ermorden wollen, indem sie den Glauben an eine Identität zwischen Ihnen und einem französischen Verbrecher wecken, deren Unmöglichkeit ich kenne. Das erledigt alles.

Zwischen einem Mann von Ihrer Gewalt und mir, aus dem Sie einen Größeren machen wollten, als ich sein konnte, können im Augenblick einer letzten Trennung keine Albernheiten ausgetauscht werden. Sie wollten mich mächtig und glorreich machen, Sie haben mich in den

Abgrund des Selbstmords gestürzt; weiter nichts. Seit langem schon hörte ich die Riesenflügel des Schwindels auf mich niederrauschen.

Es gibt den Nachwuchs Kains und den Abels, wie Sie bisweilen sagten. Kain ist im großen Drama der Menschheit die Opposition. Sie stammen in jener Linie von Adam ab, in der der Teufel das Feuer, dessen erster Funke auf Eva gesprungen war, weiter angefacht hat. Unter den Dämonen dieses Geschlechts finden sich von Zeit zu Zeit furchtbare Wesen von ungeheurer Konstitution, die alle menschlichen Kräfte in sich zusammenfassen und jenen fieberischen Tieren der Wüste gleichen, deren Leben der unermeßlichen Räume bedarf, die sie dort finden. Solche Menschen sind in der Gesellschaft so gefährlich, wie es Löwen in der offenen Normandie wären: sie brauchen ihren Fraß; sie verschlingen gewöhnliche Menschen und grasen das Geld der Tröpfe auf; ihr Spiel ist so gefährlich, daß sie den demütigen Hund, den sie zu ihrem Gefährten, zu ihrem Idol machten, schließlich töten. Wenn Gott es will, so werden diese geheimnisvollen Wesen zu einem Moses, Attila, Karl dem Großen, Mohammed oder Napoleon; aber wenn er diese riesenhaften Werkzeuge auf dem Grunde des Ozeans einer Generation verrosten läßt, so bleibt nur ein Pugatscheff, Fouché, Louval oder Abbé Carlos Herrera von ihnen übrig. Sie sind mit einer ungeheuren Macht über zarte Seelen begabt; sie locken sie an und zermalmen sie. Das ist in seiner Art groß, es ist schön. Es ist die Giftpflanze mit den reichen Farben, die die Kinder in den Wäldern berückt. Es ist die Poesie des Bösen. Menschen wie Sie müßten in Höhlen wohnen und sie nie verlassen. Du hast mich dieses Riesenleben leben lassen, und ich habe meinen Anteil am Dasein gehabt. So kann ich denn den Kopf aus dem gordischen Knoten Deiner Politik zurückziehen, um ihn in die Schlinge meiner Krawatte zu stecken.

Um meinen Fehler wieder gutzumachen, übergebe ich dem Oberstaatsanwalt einen Widerruf meiner Aussagen. Sie werden sehen, wie Sie aus diesem Aktenstück Nutzen ziehen können.

Auf Grund eines formgemäßen Testaments, Herr Abbé, wird man Ihnen die Ihrem Orden gehörigen Summen zurückgeben, über die Sie infolge der väterlichen Zärtlichkeit, die Sie mir entgegenbrachten, sehr unklugerweise zu meinen Gunsten verfügt haben.

Leben Sie also wohl, leben Sie wohl, grandioses Standbild des Bösen und der Verderbnis; leben Sie wohl, der Sie auf dem guten Wege mehr geworden wären als Ximenez, mehr als Richelieu! Sie haben Ihr Versprechen gehalten: ich bin wieder das, was ich am Ufer der Charente war;

doch verdanke ich Ihnen inzwischen den Zauber eines Traumes; aber unglücklicherweise ist es nicht mehr der Fluß meiner Heimat, in dem ich die kleinen Sünden meiner Jugend ertränken wollte: es ist die Seine, und mein Loch ist eine Zelle der Conciergerie.

Sehnen Sie sich nicht nach mir zurück: meine Verachtung für Sie war meiner Bewunderung gleich.

Lucien.«

Als man kurz vor ein Uhr morgens kam, um die Leiche abzuholen, fand man Jakob Collin vor dem Bett kniend vor; der Brief lag am Boden; ohne Zweifel hatte er ihn fallen lassen, wie der Selbstmörder die Pistole fallen läßt, die ihn getötet hat; aber Luciens Hand hielt der Unglückliche immer noch zwischen seinen gefalteten Händen, und er betete zu Gott.

Als die Träger diesen Menschen sahen, blieben sie einen Augenblick stehen, denn er glich einer jener Steinfiguren, die für die Ewigkeit auf den Gräbern des Mittelalters knien, erfunden vom Genie der Steinmetzen. Dieser falsche Priester mit den hellen Tigeraugen flößte diesen Leuten in seiner übernatürlichen, starren Reglosigkeit eine solche Achtung ein, daß sie ihm sanft sagten, er möge sich erheben.

»Weshalb? ...« fragte er schüchtern. Der verwegene Betrüg-den-Tod war schwach geworden wie ein Kind.

Der Direktor zeigte dieses Schauspiel Herrn von Chargebœuf, der, von Ehrfurcht vor einem solchen Schmerz erfaßt, zumal er an die Vaterschaft glaubte, die Jakob Collin sich zulegte, die Befehle des Herrn von Granville über den Totendienst und die Überführung Luciens auseinandersetzte; man müsse ihn unbedingt in seine Wohnung am Quai Malaquais bringen, wo die Geistlichkeit ihn erwartete, um während des Restes der Nacht bei ihm zu wachen.

»Daran erkenne ich die große Seele dieses Richters«, rief der Sträfling mit schwacher Stimme aus. »Sagen Sie ihm, er könne auf meine Dankbarkeit zählen ... Ja, ich bin imstande, ihm große Dienste zu leisten ... Vergessen Sie diesen Satz nicht, er ist für ihn von höchster Bedeutung. Ach, es gehen seltsame Wandlungen vor im Herzen eines Menschen, wenn er sieben Stunden lang um einen solchen Sohn geweint hat ... Ich soll ihn also nicht mehr sehen! ...«

Und nachdem Jakob Collin Lucien mit dem Blick einer Mutter betrachtet hatte, der man die Leiche ihres Sohnes fortnimmt, brach er in sich selber zusammen. Während er zusah, wie man Luciens Leiche forttrug, entschlüpfte ihm ein Stöhnen, das die Träger zur Eile trieb.

Der Sekretär des Oberstaatsanwalts und der Direktor des Gefängnisses hatten sich diesem Schauspiel bereits entzogen.

Was war aus dieser ehernen Natur geworden, bei der die Entscheidung an Geschwindigkeit dem Blick gleichkam, bei der Denken und Handeln wie ein einziger Blitz aufsprang, deren Nerven, abgehärtet durch drei Ausbrüche, durch drei Aufenthalte im Bagno, die metallische Härte der Nerven des Wilden erreicht hatten? Das Eisen gibt nach unter einem bestimmten Grad von Schlägen oder unter wiederholtem Druck; seine undurchdringlichen Moleküle, die der Mensch gereinigt und gleichartig gemacht hat, lockern sich; und ohne daß das Metall schmilzt, hat es doch nicht mehr die gleiche Widerstandskraft. Die Hufschmiede, die Schlosser, die Metallschneider, alle Arbeiter, die beständig dieses Metall bearbeiten, drücken seinen Zustand dann durch ein Wort ihrer Fachsprache aus: ›Das Eisen ist müde!‹ sagen sie. Nun, in einem ähnlichen Zustand wie das Eisen befindet sich auch die menschliche Seele oder, wenn man will, die dreifache Energie des Körpers, des Herzens und des Geistes, wenn sie wiederholt gewissen Stößen ausgesetzt war. Dann geht es mit den Menschen wie mit dem Eisen: ›sie sind müde‹. Die Wissenschaft, die Rechtsprechung und das Publikum suchen tausend Ursachen für die furchtbaren Katastrophen, die bei den Eisenbahnen der Bruch einer Eisenschiene im Gefolge hat; das furchtbarste Beispiel war die Katastrophe von Bellevue; aber niemand hat die wirklichen Kenner in diesen Dingen gefragt, die Schmiede, die alle dasselbe sagten: ›Das Eisen war müde.‹ Diese Gefahr läßt sich nicht voraussehen. Das weich gewordene und das widerstandskräftig gebliebene Metall zeigen denselben Anblick.

In diesem Zustand finden die Beichtväter und Untersuchungsrichter oft die großen Verbrecher. Die furchtbaren Aufregungen der Schwurgerichtsverhandlungen und der Toilette rufen fast immer, selbst bei den stärksten Naturen, diese Entrenkung des Nervenapparats hervor. Dann entschlüpfen den gewaltsam zugepreßten Mündern die Geständnisse; die härtesten Herzen brechen dann; und seltsam, es geschieht in dem Augenblick, in dem das Geständnis nichts mehr nützt; und diese letzte Schwäche entreißt dem Menschen die Maske der Unschuld, unter der er die Gerichtsbarkeit beängstigte, weil sie niemals Ruhe findet, wenn der Verurteilte stirbt, ohne sein Verbrechen einzugestehen.

Napoleon hat diese Auflösung aller menschlichen Kräfte auf dem Schlachtfeld von Waterloo kennen gelernt.

Als um acht Uhr morgens der Aufseher der Pistolen in das Zimmer trat, in dem Jakob Collin sich befand, sah er ihn bleich und ruhig, wie es ein Mensch ist, der durch einen gewaltsamen Entschluß seine Kraft wiedergefunden hat. »Dies ist die Stunde des Spaziergangs auf dem Hof«, sagte der Schließer; »Sie sind seit drei Tagen eingeschlossen gewesen; wenn Sie Luft schöpfen und sich Bewegung machen wollen, so können Sie das tun.«

Jakob Collin war ganz in seine verzehrenden Gedanken versunken; er nahm kein Interesse mehr an sich selber; er sah sich als eine Kleidung ohne Leib an, als einen Fetzen Zeug; so argwöhnte er nichts von der Falle, die Bibi-Lupin ihm stellte, noch von der Bedeutung seines Auftretens auf dem Gefängnishof. Der Unglückliche trat mechanisch hinaus und bog in den Korridor ein, der an den in die Gesimse der prachtvollen Arkaden des Palastes der französischen Könige eingelassenen Zellen hinführt. Auf diesen Arkaden ruht die sogenannte Galerie des heiligen Ludwig, durch die man heute zu den verschiedenen Räumen des Kassationshofes geht. Dieser Korridor schneidet den der Pistolen; und es ist der Anmerkung wert, daß das Zimmer, in dem Louvel, einer der berühmtesten Königsmörder, gefangengehalten wurde, genau in dem rechten Winkel liegt, den die Kreuzung der beiden Korridore bildet. Unter dem hübschen Arbeitszimmer, das die Tour Bonbec einnimmt, befindet sich eine Wendeltreppe, zu der dieser düstere Korridor führt, und über die die Gefangenen aus den Pistolen und den andern Zellen zum Gefängnishof und von ihm wieder nach oben gehen.

Alle Gefangenen, die vor das Schwurgericht kommen sollen oder vor ihm erschienen sind, die Untersuchungsgefangenen, die sich nicht mehr in strengem Gewahrsam befinden, und alle Gefangenen der Conciergerie gehen ein paar Stunden des Tages hindurch, vor allem im Sommer, morgens früh auf diesem schmalen, vollständig gepflasterten Hof spazieren. Der Gefängnishof, das Vorzimmer des Schafotts oder des Bagno, hängt, wenn er mit dem einen Ende auf diese Einrichtungen mündet, auf dem andern durch den Gendarmen, den Untersuchungsrichter und das Schwurgericht mit der Gesellschaft zusammen. So ist er denn auch eisiger anzusehen als das Schafott. Das Schafott kann zum Piedestal werden, von dem aus man in den Himmel steigt; aber der Gefängnishof ist die Vereinigung aller Infamien der Erde, und er ist ohne Ausgang.

Sei es nun der Gefängnishof der Force oder der von Poissy, seien es die von Melun oder Sainte-Pélagie: ein Gefängnishof bleibt ein Gefängnishof. Dieselben Dinge wiederholen sich bis ins kleinste hinein: bis auf die Farbe der Mauern, bis zu ihrer Höhe und dem Raum. Daher würden denn auch die Sittenstudien ihren Titel Lügen strafen, wenn hier nicht die genaueste Schilderung dieses Pariser Pandämoniums folgte.

Unter den gewaltigen Gewölben, die den Sitzungssaal des Kassationshofes tragen, steht an der vierten Arkade ein Stein, der, wie man sagt, dem heiligen Ludwig dazu diente, seine Almosen zu verteilen, und der heutigentags als ein Tisch dient, an dem man den Gefangenen ein paar genießbare Dinge verkauft. Sowie sich also den Gefangenen der Gefängnishof auftut, gruppieren sie sich alle um diesen Stein mit den Gefangenenleckereien: mit Branntwein, Rum u. dgl.

Die beiden ersten Arkaden dieser Seite des Gefängnishofes, die der prachtvollen byzantinischen Galerie gegenüberliegt: dem einzigen Überrest von der Eleganz des Palastes Ludwigs des Heiligen, werden ausgefüllt von einem Sprechzimmer, in dem sich Advokaten und Angeklagte besprechen; die Gefangenen gelangen hinein durch ein furchtbares Portal, das aus einem durch ungeheure Schranken gebildeten Doppelweg besteht und in den Raum der dritten Arkade eingebaut ist. Dieser Doppelweg gleicht jenen Gäßchen, die man augenblicklich an den Toren der Theater anlegt, wo sich zur Zeit der großen Erfolge zwischen den Eisenschranken die ›Queue‹ bildet. Dieses Sprechzimmer, das am Ende des ungeheuren Eingangssaales der Conciergerie liegt, wird auf der Seite des Hofes durch große Blendscheiben beleuchtet; und soeben ist es auch auf der Seite des Portals durch verglaste Blendfenster geöffnet worden, so daß man die Advokaten, die dort mit ihren Klienten reden, überwachen kann. Diese Neuerung ist notwendig geworden, weil hübsche Frauen auf ihre Verteidiger zu starke Verführungskünste ausübten. Man weiß nicht mehr, wo die Moral halt machen wird! ... Diese Vorsichtsmaßregeln gleichen fertig gelieferten Gewissensprüfungen, in denen die reine Phantasie verderben muß, weil sie von unbekannten Ungeheuerlichkeiten träumt. In diesem Sprechzimmer finden auch die Unterredungen der Eltern und der Freunde statt, denen die Polizei erlaubt, die Angeklagten oder Verurteilten zu sehen.

Man wird jetzt begreifen, was der Gefängnishof für die zweihundert Gefangenen der Conciergerie bedeutet: er ist ihr Garten, ein Garten ohne Bäume, ohne Erde, ohne Blumen, kurz ein Gefängnishof! Anhängsel wie das Sprechzimmer und der Stein Ludwigs des Heiligen, auf dem man die Eßwaren und die erlaubten Getränke ausstellt, bilden die einzige Verbindung mit der Außenwelt, die möglich ist.

Die Augenblicke auf dem Gefängnishof sind die einzigen, während derer der Gefangene an die Luft und in Gesellschaft kommt; in den andern Gefängnissen freilich versammeln sich die Strafgefangenen wenigstens in den Arbeitssälen; aber in der Conciergerie kann man sich keinen Beschäftigungen widmen, es sei denn, man befinde sich in der Pistole. Übrigens beschäftigt dort das Drama des Schwurgerichts alle Geister, denn man kommt nur dorthin, um sich der Voruntersuchung oder der Aburteilung zu unterwerfen. Dieser Hof bietet ein grauenhaftes Schauspiel; man kann es sich nicht vorstellen, man muß es sehen oder gesehen haben.

Zunächst bildet die Versammlung von etwa hundert Angeklagten oder Untersuchungsgefangenen, die auf einen Raum von vierzig Meter Länge und dreißig Meter Breite zusammengepfercht sind, nicht gerade die Elite der Gesellschaft. Diese Elenden, die zum größten Teil den untersten Klassen angehören, sind schlecht gekleidet; ihr Gesichtsausdruck ist gemein oder furchtbar; denn ein Verbrecher, der aus den oberen sozialen Sphären kommt, ist eine zum Glück ziemlich seltene Ausnahme. Unterschlagung, Fälschung und betrügerischer Bankrott, die einzigen Verbrechen, die ›anständige‹ Leute hierherbringen können, genießen zudem das Vorrecht der Pistole, und der Angeklagte verläßt dann niemals seine Zelle.

Diese Promenade, die eingerahmt ist von schönen schwärzlichen und furchtbaren Mauern, von einer in Zellen geteilten Säulenreihe, von einer Befestigung auf der Kaiseite und von den vergitterten Fenstern der Pistole im Norden; die überwacht wird von aufmerksamen Aufsehern und benutzt von einer Herde gemeiner Verbrecher, die sich gegenseitig mißtrauen, macht schon durch die räumlichen Anordnungen traurig; aber sie beängstigt alsbald, wenn man sich dort als Mittelpunkt all dieser Blicke voll Haß, Neugier und Verzweiflung diesen entehrten Wesen gegenübersieht. Keine Freude! Alles ist düster, Ort wie Menschen. Alles ist stumm, die Mauern wie die Gedanken. Alles ist gefährlich für die Unglücklichen; sie wagen einander nicht zu vertrauen, wenn nicht eine jener Freundschaften vorhanden ist, die düster sind wie das Bagno, ihre Zeugungsstätte. Die Polizei, die über ihnen schwebt, vergiftet die Atmosphäre für sie und verdirbt ihnen alles, selbst den Händedruck zweier schuldiger Freunde. Ein Verbrecher, der dort seinem besten Kameraden begegnet, weiß nicht, ob der nicht bereut hat, ob er nicht im Interesse seines Lebens ein Geständnis abgelegt hat. Dieser Mangel an Sicherheit, diese Furcht vor dem ›Hammel‹ zerstört die schon so lügnerische Freiheit des Gefängnishofes. Im Gefängnisjargon ist der ›Hammel‹ ein Spitzel, der unter der Last einer schlimmen Geschichte gebeugt erscheint und dessen sprichwörtliche Gewandtheit darin besteht, daß er sich für einen ›Freund‹ ausgibt. Das Wort Freund bedeutet im Jargon einen ausgedienten Dieb, einen vollendeten Dieb, der seit langem mit der Gesellschaft gebrochen hat, der sein Leben lang Dieb bleiben will und den Gesetzen der großen Gauner trotz allem treu ist.

Verbrechen und Wahnsinn haben einige Ähnlichkeit. Ob man die Gefangenen der Conciergerie auf dem Gefängnishof sieht oder die Irren im Garten eines Irrenhauses, das ist dasselbe. Die einen wie die andern meiden sich auf ihrem Spaziergang; sie werfen sich, je nach ihren augenblicklichen Gedanken, mindestens merkwürdige, oft wilde Blicke zu, niemals heitere oder ernste, denn sie kennen sich oder sie fürchten sich. Die Erwartung einer Verurteilung, die Gewissensbisse, die Ängste geben den Spaziergängern des Gefängnishofes das unruhige und verstörte Aussehen der Irren. Nur die gewerbsmäßigen Verbrecher haben eine Sicherheit, die der Ruhe eines ehrlichen Lebenswandels, der Aufrichtigkeit eines reinen Gewissens gleicht.

Da dort der Mensch der Mittelklassen die Ausnahme ist und da die Scham alle jene, die das Verbrechen dorthin schickt, in ihren Zellen festhält, so sind die Stammgäste des Gefängnishofes im allgemeinen gekleidet wie die Leute der Arbeiterklasse. Die Bluse, der Kittel und die Samtjacke herrschen vor. Diese groben oder schmutzigen Kostüme, die zu den gemeinen oder unheimlichen Gesichtszügen und den brutalen, nur von den traurigen Gedanken der Gefangenen leicht gedämpften Manieren stimmen, kurz alles, selbst die Stille des ganzen Raumes, trägt dazu bei, den seltenen Besucher, dem hohe Empfehlung das sparsam verliehene Vorrecht verschaffte, die Conciergerie studieren zu dürfen, mit Grauen und Abscheu zu erfüllen.

Ebenso wie der Anblick eines anatomischen Kabinetts, in dem ekelhafte Krankheiten in Wachs nachgebildet sind, den jungen Mann, den man hinführt, keusch macht und mit heiliger und edler Liebe erfüllt, so flößen der Anblick der Conciergerie und das Schauspiel des Gefängnishofes voll jener Gäste, die sich dem Bagno, dem Schafott oder irgendeiner entehrenden Strafe verschrieben haben, all denen, die vielleicht das göttliche Gericht nicht fürchten, obgleich ihre Stimme im Gewissen so deutlich spricht, die Furcht vor der menschlichen Gerechtigkeit ein; und sie verlassen den Bau als Menschen, die auf lange Zeit hinaus ehrlich sind.

Da die Spaziergänger, die sich im Gefängnishof befanden, als Jakob Collin hinunterkam, die Schauspieler einer im Leben Betrüg-den-Tods entscheidenden Szene sein sollten, so ist es nicht ohne Interesse, ein paar der wichtigsten Gestalten dieser furchtbaren Versammlung zu schildern.

Dort herrschen, wie überall, wo sich Menschen versammeln, zum Beispiel wie in der Schule, körperliche und moralische Kraft. Dort besteht wie im Bagno die Aristokratie im Kapitalverbrechen. Der, dessen Kopf auf dem Spiel steht, schlägt alle anderen. Der Gefängnishof ist, wie man sich denken kann, eine hohe Schule des Strafrechts; die Vorlesungen sind dort unendlich viel besser als an der Place du Panthéon. Ein immer wiederkehrender Scherz besteht darin, daß man das Drama der Schwurgerichtsverhandlung wiederholt; man ernennt einen Vorsitzenden, eine Jury, einen öffentlichen Ankläger, einen Advokaten, und man entscheidet den Prozeß. Diese grauenhafte Posse wird fast immer dann gespielt, wenn es sich um ein berühmtes Verbrechen handelt. Um diese Zeit war der große Strafprozeß, der auf der Tagesordnung des Schwurgerichts stand, der scheußliche Mord, der an Herrn und Frau Crottat, ehemaligen Gutspächtern, den Eltern des Advokaten, begangen worden war; wie sich aus diesem unglücklichen Vorfall ergab, hatten sie achthunderttausend Franken in Gold im Hause gehabt. Der eine der Urheber dieses doppelten Raubmords war der berühmte Dannepont, genannt La Pouraille, ein entlassener Sträfling, der mit Hilfe von sieben oder acht verschiedenen Namen seit fünf Jahren den eifrigsten Nachforschungen der Polizei entgangen war. Die Verkleidung dieses Verbrechers war stets so vollkommen, daß er unter dem Namen Delsouqs, eines seiner Schüler, eines berühmten Diebes, der in seinen Unternehmungen niemals den Zuständigkeitsbereich des Zuchtpolizeigerichts überschritt, zwei Jahre Gefängnis hatte absitzen können. La Pouraille war seit seiner Entlassung aus dem Bagno schon bei seinem dritten Morde angelangt. Die Gewißheit seiner Verurteilung zum Tode machte diesen Angeklagten ebensosehr wie sein vermutlicher Reichtum zum Gegenstand des Grauens und der Bewunderung der Gefangenen. Von den gestohlenen Geldern hatte man keinen Heller wiedergefunden. Man kann sich trotz der Ereignisse des Juli 1830 noch heute des Entsetzens erinnern, das dieser verwegene Streich in Paris hervorrief; in seiner Bedeutung war er dem Diebstahl der Medaillen aus der Bibliothek zu vergleichen; denn der unselige Hang unserer Zeit, alles in Ziffern umzusetzen, macht einen Mord um so auffälliger, je beträchtlicher die Summe ist, um die es sich handelt.

La Pouraille, ein dürrer und magerer Mensch mit einem Mardergesicht, war jetzt fünfundvierzig Jahre alt; er war eine der Berühmtheiten der drei Bagnos gewesen, die er seit seinem neunzehnten Jahre nacheinander bewohnt hatte, und er kannte Jakob Collin genau; man wird sehen, wieso und weshalb. Zwei weitere Sträflinge, die man vor vierundzwanzig Stunden mit La Pouraille aus der Force in die Conciergerie überführt hatte, hatten diesen unheimlichen König, den ›Freund‹, der dem Schafott versprochen war, auf der Stelle erkannt und dem ganzen Hof bekanntgegeben. Einer dieser Sträflinge, ein Entlassener namens Sélérier, genannt, ›der Auvergnat‹, ›Vater Ralleau‹ und ›der Hausierer‹, führte unter der oberen Gesellschaft der großen Gauner des Bagno den Beinamen ›Seidenfaden‹, den er der Gewandtheit verdankte, mit der er den Gefahren des Berufs entging; er war einer der ehemaligen Spießgesellen Jakob Collins. Betrüg-den-Tod hatte Seidenfaden so sehr in Verdacht, eine doppelte Rolle zu spielen, nämlich zugleich das Vertrauen der großen Gauner zu genießen und im Sold der Polizei zu stehen, daß er ihm (siehe ›Vater Goriot‹) seine Verhaftung im Jahre 1819 im Hause Vauquer zugeschrieben hatte. Sélérier, den wir Seidenfaden nennen müssen, ebenso wie Dannepont La Pouraille heißen wird, der schon dadurch schuldig war, daß er sich der Polizeiaufsicht entzogen hatte, war jetzt in eine Reihe schwerer Diebstähle verwickelt, bei denen zwar kein Tropfen Bluts vergossen worden war, die ihn aber doch auf wenigstens zwanzig Jahre wieder ins Bagno schicken mußten. Der dritte Sträfling, der Riganson hieß, bildete mit seiner Konkubine, genannt La Biffe, eine der beängstigendsten Familien in der Aristokratie des Verbrechens. Riganson, der schon seit seinen zartesten Jahren mit der Rechtsprechung auf gespanntem Fuße lebte, trug den Beinamen Le Biffon. Le Biffon war das Männchen der Biffe, denn für die Aristokratie des Verbrechens gibt es nichts, was heilig wäre. Diese Wilden achten weder das Gesetz noch die Religion, nichts, nicht einmal das Leben der Natur, deren geweihte Nomenklatur, wie man sieht, von ihnen parodiert wird.

Hier ist eine Abschweifung nötig; denn Jakob Collins Auftreten auf dem Gefängnishof, sein Erscheinen mitten unter seinen Feinden, das Bibi-Lupin und der Untersuchungsrichter so gut vorbereitet hatten, die wunderlichen Szenen, die sich daraus ergeben sollten, all das wäre hier unerzählbar und unverständlich ohne ein paar Aufklärungen über die Welt der Diebe und des Bagno, über ihre Gesetze, ihre Sitten und vor allem ihre Sprache, deren grauenhafte Poesie in diesem Teil der Erzählung unentbehrlich ist. Vor allem also ein Wort über die Sprache der Betrüger, der Gauner, der Diebe und Mörder, die man das ›Rotwelsch‹ nennt und die die Literatur in letzter Zeit mit solchem Erfolg angewandt hat, daß mehr als ein Wort dieses seltsamen Wortschatzes über die rosigen Lippen junger Frauen gekommen, unter vergoldeter Decke erklungen ist und Fürsten amüsiert hat, von denen mehr als einer sich ›beschuppt‹ nennen kann. Sagen wir es, und vielleicht wird es viele erstaunen: es gibt keine kraftvollere, farbigere Sprache als die dieser unterirdischen Welt, die sich seit dem Entstehen der großen Reiche mit Hauptstädten in den Kellern, den Pfuhlen, in der dritten Versenkung der Gesellschaften regt, um dem Theater einen lebhaften und packenden Ausdruck zu entlehnen. Ist nicht die ganze Welt ein Theater? Die dritte Versenkung ist der unterste Keller unter dem Boden der Oper; sie birgt die Maschinen, die Maschinisten, die Podeste, die Erscheinungen, die blauen Teufel, die die Hölle ausspeit, usw.

Jedes Wort dieser Sprache ist ein brutales, geistreiches oder furchtbares Bild. Im Argot schläft man nicht, man ›kullert‹. Man beachte, mit welcher Kraft dieses Verbum den Schlummer malt, der dem verfolgten, ermüdeten, mißtrauischen Tier eigen ist, das man Dieb nennt, und das, sowie es in Sicherheit ist, unter den gewaltigen Flügeln des Verdachts, der immer über ihm schwebt, in die Abgründe eines tiefen und notwendigen Schlafes versinkt, hinabrollt; eines furchtbaren Schlummers, gleich dem des wilden Tieres, das schläft und schnarcht und dessen Ohren doch doppelt vorsichtig wachen.

Alles ist wild in dieser Sprache; und welche Poesie! ›Das Loch ausspülen‹ heißt: ein Zimmer ausräumen. ›Domino spielen‹ bedeutet essen; wie essen Verfolgte?

Das Rotwelsch ist in beständiger Bewegung. Es folgt der Zivilisation auf den Fersen; es bereichert sich bei jeder Erfindung um neue Ausdrücke. Die Kartoffel, die Ludwig XVI. und Parmentier einführten, wird vom Rotwelsch sogleich mit dem Namen der ›Sauorange‹ begrüßt. Auch das hohe Alter des Rotwelsch muß man anerkennen. Es entnimmt ein Zehntel seiner Worte der Sprache des Mittelalters.

Die Prostitution und der Diebstahl sind zwei lebendige Proteste, ein weiblicher und ein männlicher, des Naturzustandes gegen den Zustand der Gesellschaft. Daher kommen denn auch die gegenwärtigen Philosophen, die Neuerer, die Humanitätsprediger, die die Kommunisten und Fourieristen im Gefolge haben, ohne daß sie es merken, schließlich zu denselben zwei Resultaten: der Prostitution und dem Diebstahl. Der Dieb zieht nicht in sophistischen Büchern Eigentum, Erbrecht und soziale Bürgschaft in Frage; er unterschlägt sie einfach. Für ihn heißt ›stehlen‹: wieder zum Seinen kommen. Er kämpft nicht gegen die Ehe, er klagt sie nicht an, er verlangt nicht in gedruckten Utopien jene gegenseitige Einwilligung, jenes enge Seelenbündnis, das zu verallgemeinern unmöglich ist; er paart sich mit einer Gewaltsamkeit, deren Kettengelenke unablässig vom Hammer der Notwendigkeit enger geschmiedet werden. Die modernen Neuerer schreiben teigige, faserige und nebelhafte Theorien oder philanthropische Romane; der Dieb aber handelt! Er ist klar wie eine Tatsache, er ist logisch wie ein Faustschlag. Und was für ein Stil!

Noch eine Anmerkung. Die Welt der Dirnen, der Diebe und Mörder, die Bagnos und die Gefängnisse, umschließen eine Bevölkerung von ungefähr sechzig- bis achtzigtausend Individuen, Männern und Frauen. Diese Welt könnte man in einem Gemälde unserer Sitten nimmermehr mißachten, sie würde fehlen in der genauen Wiedergabe unserer sozialen Zustände. Die Gerichtsbarkeit, die Gendarmerie und die Polizei umfassen eine fast gleiche Anzahl von Beamten; ist das nicht seltsam? Diese Gegnerschaft der Leute, die sich gegenseitig suchen und meiden, hat einen ungeheuren hervorragend dramatischen Zweikampf zur Folge, den wir in dieser Studie skizziert haben. Es geht mit dem Diebstahl und mit dem Gewerbe der öffentlichen Dirne wie mit dem Theater, der Polizei, der Priesterschaft und der Gendarmerie. In diesen sechs Ständen nimmt das Individuum einen unauslöschlichen Charakter an. Es kann nichts anderes mehr werden, als was es ist. Die Stigmata der Geistlichkeit sind unwandelbar, genau wie die des Militärs. Es ist in allen Ständen so, die starke Gegensätze, die Kontraste bilden in der Zivilisation. Diese ausgeprägten, wunderlichen, merkwürdigen Kennzeichen, ›sui generis‹, machen die öffentliche Dirne und den Dieb, den Mörder und den Freigelassenen so leicht kenntlich, daß sie für ihre Feinde, den Spion und den Gendarmen, das sind, was für den Jäger das Wild ist: sie haben ein bestimmtes Wesen, Manieren, einen Teint, Blicke, eine Farbe, einen Geruch, kurz unfehlbare Merkmale. Daher jene tiefe Wissenschaft der Verkleidung bei den Berühmtheiten des Bagno.

Nun noch ein Wort über die Verfassung dieser Welt, die die Abschaffung des Brandmals, die Milderung der Strafen und die bornierte Nachsicht der Jury so bedrohlich machen. In zwanzig Jahren wird deshalb Paris von einem Heer von vierzigtausend Freigelassenen eingeschlossen sein; denn das Departement der Seine ist mit seinen fünfzehnhunderttausend Einwohnern der einzige Punkt Frankreichs, wo diese Unglücklichen sich verbergen können. Paris ist für sie, was der Urwald für die wilden Tiere ist.

Die Aristokratie des Verbrechens, die für diese Gesellschaft ihr Faubourg Saint-Germain ist, hatte sich 1816 im Gefolge eines Friedens, der so viele Existenzen in Frage stellte, zu einer Verbindung zusammengeschlossen, die sich die ›Großen Spitzen‹ nannten; in ihr vereinigten sich die berühmtesten Bandenführer und einige verwegene Leute, die damals ohne alle Subsistenzmittel waren. Die Großen Spitzen, die Blüte der Aristokratie des Verbrechens, bildeten zwanzig und einige Jahre lang den Kassationshof, das Institut und die Pairskammer dieses Volkes. Die Großen Spitzen hatten jede ihr eigenes Vermögen, gemeinsame Kapitalien und eigene Sitten. Sie waren sich gegenseitig in Verlegenheiten Beistand schuldig und kannten sich. Sie waren alle über die Listen und die Verführungskünste der Polizei erhaben, sie hatten ihre besondere Verfassung und ihre Losungsworte.

Diese Herzoge und Pairs des Bagno hatten von 1815 bis 1819 außerdem die berühmte Gesellschaft der Zehntausender gebildet (siehe ›Vater Goriot‹), so benannt nach der Vereinbarung, auf Grund derer sie niemals etwas unternehmen durften, wobei weniger als zehntausend Franken zu stehlen waren. Eben jetzt, 1829 und 1830, wurden Denkschriften veröffentlicht, in denen eine der Berühmtheiten der Kriminalpolizei den damaligen Stand der Kräfte dieser Gesellschaft und die Namen ihrer Mitglieder angab. Man sah mit Schrecken ein Heer von Begabungen, sowohl von Männern wie Frauen; und dieses Heer war so furchtbar, so geschickt und so oft glücklich, daß Diebe wie Pastourel, Collonge, Chimaux, die jetzt fünfzig und sechzig Jahre alt waren, als seit ihrer Kindheit im Aufstand gegen die Gesellschaft angeführt werden mußten! ... Welches Ohnmachtszeugnis für die Gerichtsbarkeit, daß es so alte Diebe gibt!

Jakob Collin war der Kassier nicht nur der Zehntausender, sondern auch der Großen Spitzen, der Helden des Bagno. Nach dem Eingeständnis der kompetenten Autoritäten haben die Bagnos von je ihre Kapitalien gehabt. Diese eigentümliche Tatsache ist leicht erklärlich. Kein gestohlenes Gut findet man wieder, es sei denn in Ausnahmefällen. Da die Verurteilten nichts mit ins Bagno nehmen können, so sehen sie sich genötigt, ihre Zuflucht zum Vertrauen und zur Vollmacht zu nehmen, ihre Gelder auf Treu und Glauben hinzugeben, wie man sie in der Gesellschaft einem Bankhaus anvertraut.

Ursprünglich hatte Bibi-Lupin, der seit zehn Jahren Chef des Sicherheitsdienstes war, der Aristokratie der Großen Spitzen angehört. Sein Verrat war die Folge verletzter Eigenliebe: er hatte es erleben müssen, daß man ihm beständig die große Intelligenz und die ungeheure Kraft Betrüg-den-Tods vorzog. Daher die beharrliche Erbitterung dieses berühmten Chefs der Sicherheitspolizei gegen Jakob Collin. Daher kamen auch gewisse Kompromisse zwischen Bibi-Lupin und seinen alten Gefährten, mit denen sich die Behörden zu beschäftigen begannen.

In seinem Verlangen nach Rache also, dem der Untersuchungsrichter die Bahn geöffnet hatte, weil er die Identität Jakob Collins feststellen mußte, hatte der Chef des Sicherheitsdienstes seine Gehilfen sehr geschickt gewählt, indem er La Pouraille, Seidenfaden und Le Biffon gegen den falschen Spanier losließ, denn La Pouraille gehörte wie Seidenfaden zu den Zehntausendern, und Le Biffon war eine Große Spitze.

La Biffe, die furchtbare ›Gemahlin‹ Le Biffons, die sich noch heute vermöge ihrer Verkleidung als anständige Frau allen Nachforschungen der Polizei entzieht, war frei. Diese Frau, die es wunderbar versteht, die Marquise, die Baronin und Gräfin zu spielen, hat ihren Wagen und ihre Dienerschaft. Dieser Jakob Collin im Unterrock ist die einzige Frau, die sich mit jener Asien vergleichen läßt, dem rechten Arm Jakob Collins. Überhaupt steht hinter jedem der Helden des Bagno eine ergebene Frau. Die Gerichtsannalen, die geheime Chronik des Palastes, verraten es: keine Leidenschaft einer anständigen Frau, nicht einmal die einer Frommen für ihren Beichtvater, nichts übertrifft die Anhänglichkeit der Geliebten, die die Gefahren der großen Verbrecher teilt.

Die Leidenschaft ist bei diesen Leuten fast immer der erste Ursprung ihrer verwegenen Unternehmungen und ihrer Morde. Die überschwengliche Liebe, die sie ›konstitutionell‹, wie die Ärzte sagen, zur Frau treibt, nimmt alle moralischen und physischen Kräfte dieser energischen

Männer in Anspruch. Daher der Müßiggang, der die Tage verschlingt, denn die Ausschweifungen in der Liebe verlangen wiederherstellende Ruhe und Ernährung. Daher jener Haß gegen jede Arbeit, der diese Leute zwingt, zu raschen Mitteln zu greifen, um sich Geld zu verschaffen. Nichtsdestoweniger bedeutet der Zwang, zu leben und gut zu leben, wenig im Vergleich mit der Verschwendung, zu der die Dirne hinreißt, denn diese großmütigen Liebhaber wollen ihr Juwelen und Kleider schenken, und sie liebt, da sie stets lecker ist, das Wohlleben. Die Dirne wünscht sich einen Schal, der Liebhaber stiehlt ihn, und die Frau sieht darin einen Beweis der Liebe! So kommt man zum Diebstahl, der, wenn man das menschliche Herz mit der Lupe untersuchen will, beim Mann als eine fast natürliche Empfindung zu erkennen ist. Der Diebstahl führt zum Mord, und der Mord führt den Liebhaber von Stufe zu Stufe bis zum Schafott.

Die ungeordnete, rein physische Liebe dieser Leute wäre also, wenn man der medizinischen Fakultät glauben soll, der Ursprung von neun Zehnteln der Verbrechen. Übrigens findet man bei der Leichenschau der Hingerichteten stets den auffallenden handgreiflichen Beweis dafür. So ist die Anbetung ihrer Geliebten bei diesen ungeheuerlichen Liebhabern, den Schreckbildern der Gesellschaft, die Regel. Diese weibliche Hingebung, die sich getreu an der Pforte des Gefängnisses niederkauert und stets darauf sinnt, die Anschläge der Voruntersuchung zu vereiteln, diese unbestechliche Hüterin der schwärzesten Geheimnisse macht so viele Prozesse dunkel und undurchdringlich. Da liegt die Kraft und auch die Schwäche des Verbrechers. In der Sprache der Dirnen heißt ›ehrlich sein‹ sich gegen kein Gesetz dieser Anhänglichkeit vergehen, dem gefangenen Liebhaber all sein Geld geben, über sein Wohlsein wachen, ihm jede Treue bewahren und alles für ihn unternehmen. Die grausamste Beschimpfung, die ein Mädchen einem anderen an die ehrlose Stirn werfen kann, besteht darin, daß sie sie der Untreue gegen einen ›eingesperrten‹ Geliebten zeiht. In dem Falle sieht man eine Dirne als eine herzlose Frau an! ...

La Pouraille liebte, wie man sehen wird, eine Frau leidenschaftlich. Seidenfaden, ein philosophischer Egoist, der stahl, um sich zu versorgen, glich Paccard, Jakob Collins Sklaven, der mit Prudentia Servien und einem, gemeinsamen Vermögen von siebenhundertfünfzigtausend Franken entflohen war. Er hatte keinerlei Freundschaft, er verachtete die Frauen und liebte nur Seidenfaden. Was Le Biffon anging, so hatte er, wie man bereits weiß, den Beinamen von seiner Verbindung mit La Biffe erhalten. Nun hatten die drei Berühmtheiten der Aristokratie des Verbrechens von Jakob Collin Abrechnungen zu verlangen, Abrechnungen, die zu liefern ziemlich schwierig war.

Nur der Kassier wußte, wieviel Partner noch lebten und welches eines jeden Vermögen war. Die Sterblichkeit, die seinen Auftraggebern eigen- tümlich war, hatte Betrüg-den-Tod in seinen Berechnungen genau be- rücksichtigt, als er beschloß, den Schatz zu Luciens Vorteil anzugreifen. Wenn Jakob Collin sich neun Jahre lang der Aufmerksamkeit seiner Kameraden und der Polizei entzog, so konnte er fast sicher erwarten, auf Grund der Vereinbarung der Großen Spitzen zwei Drittel seiner Mandanten zu beerben. Konnte er übrigens nicht auch Zahlungen ein- wenden, die er ›gesensten‹ Spitzen geleistet hätte? Kurz, dieser Führer der Großen Spitzen unterlag keiner Kontrolle. Man verließ sich gezwun- genermaßen auf ihn, denn das Leben eines wilden Tieres, wie die Sträf- linge es führen, verlangte unter den anständigen Leuten dieser wilden Welt die höchste Vorsicht. Von den hunderttausend Talern, die er un- terschlagen hatte, brauchte Jakob Collin jetzt vielleicht nur noch etwa hunderttausend Franken zu zahlen. In diesem Augenblick hatte La Pouraille, wie man sieht, der eine der Gläubiger Jakob Collins, nur noch ein Vierteljahr zu leben. Da La Pouraille zudem im Besitz einer weit höheren Summe war, als sein Führer sie ihm schuldete, so würde er schon mit sich reden lassen.

Eins der unfehlbaren Kennzeichen, an denen die Gefängnisdirektoren und ihre Unterbeamten, die Polizei und ihre Gehilfen, ja selbst die Un- tersuchungsrichter die ›Retourgäule‹ erkennen, das heißt jene, die ›Pferdebohnen‹ gegessen haben, wie sie als Nahrung für die Sträflinge des Staates dienen, besteht darin, daß sie mit dem Gefängnis vertraut sind; die Rückfälligen kennen all seine Sitten; sie sind zu Hause, sie wundern sich über nichts.

Daher hatte denn auch Jakob Collin, vor sich selber auf der Hut, bisher sowohl in der Force wie in der Conciergerie seine Rolle als Unschuldiger und als Fremdling wundervoll gespielt. Als er aber von seinem Schmerz gefällt und von seinem doppelten Tode zermalmt war, denn in dieser verhängnisvollen Nacht war er zweimal gestorben, wurde er wieder zu Jakob Collin. Der Aufseher war verblüfft, als er diesem spanischen Priester nicht erst zu sagen brauchte, wie er auf den Gefängnishof kommen würde. Dieser vollendete Schauspieler vergaß seine Rolle; er stieg als Stammgast der Conciergerie die Wendeltreppe der Tour Bonbec hinab. ›Bibi-Lupin hat recht‹, sagte der Aufseher bei sich selber, ›das ist ein Retourgaul, es ist Jakob Collin.‹

In dem Augenblick, als Betrüg-den-Tod sich in dem Rahmen zeigte, den die Tür des Turmes um ihn legte, zerstreuten sich eben die Gefangenen, nachdem sie an dem Steintisch, der nach dem heiligen Ludwig benannt wird, ihre Erwerbungen gemacht hatten, über den Hof, der für sie stets zu eng ist: der neue Gefangene wurde also von ihnen allen zugleich bemerkt, und zwar um so schneller, als kein Blick an Schärfe dem der Gefangenen gleicht, die wie die Spinne im Mittelpunkt ihres Netzes auf ihrem Hofe stehen. Dieser Vergleich ist von mathematischer Genauigkeit, denn da das Auge auf allen Seiten von hohen und schwarzen Mauern gehemmt wird, sieht der Gefangene immer, auch wenn er nicht hinblickt, die Tür, durch die die Aufseher eintreten, und die Fenster des Sprechzimmers und der Treppe der Tour Bonbec, die einzigen Ausgänge des Hofes. In der tiefen Isolierung, in der der Gefangene sich befindet, ist für ihn alles ein Ereignis; alles beschäftigt ihn; seine Langweile, die der des Tigers im Käfig des Zoologischen Gartens zu vergleichen ist, verzehnfacht seine Wahrnehmungskraft. Es ist auch nicht überflüssig, zu bemerken, daß Jakob Collin, gekleidet wie ein Geistlicher, der sich nicht streng an das Kostüm hält, eine schwarze Hose, schwarze Strümpfe, Schuhe mit silbernen Schnallen, eine schwarze Weste und einen gewissen dunkelbraunen Rock trug, dessen Schnitt den Priester verrät, was er auch tue, zumal wenn diese Kennzeichen durch die charakteristische Haartracht ergänzt werden. Jakob Collin trug eine im höchsten Grade geistliche und wundervoll natürliche Perücke.

»Sieh da, sieh da!« sagte La Pouraille zu Le Biffon, »ein schlimmes Zeichen! Ein Schwarzwild (Priester)! Wie kommt so einer hierher?«)
»Das ist einer ihrer Schliche, ein neuer Koch (Spion)«, erwiderte Seidenfaden. »Das ist irgendein verkleideter Schnürenhändler (Gendarm), der hier sein Gewerbe treiben will.«

Der Gendarm hat im Rotwelsch verschiedene Namen; wenn er einen Dieb verfolgt, ist er ein ›Schnürenhändler‹; wenn er ihn geleitet, ist er eine ›Richtplatzschwalbe‹; wenn er ihn zum Schafott bringt, ist er ein ›Guillotinenhusar‹.

Um das Gemälde des Gefängnishofes zu vervollständigen, ist es vielleicht nötig, in ein paar Worten auch die beiden andern Spitzen zu schildern. Sélérier, genannt ›der Auvergnat‹, ›Vater Ralleau‹, ›der Hausierer‹ und ›Seidenfaden‹ – er hatte dreißig Namen und ebensoviel Pässe –, soll nur noch bei dem letzten Spitznamen benannt werden, dem einzigen, den man ihm in der Aristokratie gab. Dieser tiefgründige Philosoph, der in dem falschen Priester einen Gendarmen sah, war ein Bursche von fünf Fuß vier Zoll Höhe, dessen sämtliche Muskeln wunderlich ruckweise Bewegungen machten. Unter einem ungeheuren Kopf ließ er kleine verdeckte Augen umherzucken, die denen der Raubvögel glichen; die Wimpern waren grau, glanzlos und scharf. Auf den ersten Blick sah er einem Wolf gleich, und zwar vermöge der Breite seiner kräftig gezeichneten und vorspringenden Kiefern; aber wenn diese Ähnlichkeit auf große Grausamkeit, ja Wildheit deutete, so wurde das wieder ausgeglichen durch die Schlauheit und die Lebhaftigkeit seiner Züge, die freilich von Pockennarben durchfurcht waren. Der Rand einer jeden Narbe war sauber umrissen und gleichsam geistreich. Man las tausend Spöttereien darin. Das Leben der Verbrecher, das Hunger und Durst mit sich bringt, Nächte im Biwak der Kais und Ufer, der Brücken und Straßen, und Orgien in starkem Branntwein, mit denen man die Triumphe feiert, hatte über dieses Gesicht gleichsam eine Schicht von Firnis gelegt. Wenn Seidenfaden sich gezeigt hätte, wie er von Natur aussah, so hätte ein Polizeiagent, ein Gendarm auf dreißig Schritte sein Wild erkannt; aber er war Jakob Collin ebenbürtig in der Kunst, sich zu bemalen und zu kostümieren. In diesem Augenblick trug Seidenfaden – er war wie alle großen Schauspieler, die nur auf dem Theater in ihrer Kleidung sorgfältig sind, im Negligé – eine Art Jagdjacke, an der die Knöpfe fehlten und deren ausgerissene Knopflöcher das Weiß des Futters zeigten, schlechte grüne Pantoffeln, eine schon grau gewordene Nankinghose und auf dem Kopf eine Mütze ohne Schild, unter der die Zipfel eines ausgefaserten, von Rissen durchfurchten und gewaschenen Kopftuches hervorsahen.

Neben Seidenfaden bildete Le Biffon einen vollständigen Gegensatz. Dieser berühmte Dieb war klein von Wuchs, dick und fett und beweglich; sein Teint war fahl, sein Auge schwarz und tief in den Kopf gesenkt; er war gekleidet wie ein Koch und stand auf stark gebogenen Beinen; er erschreckte durch einen Gesichtsausdruck, in dem alle Symptome der den Raubtieren eigentümlichen Organisation vorherrschten.

Seidenfaden und Le Biffon machten La Pouraille den Hof, denn er hatte keine Hoffnung mehr. Dieser rückfällige Mörder wußte, daß er in weniger als vier Monaten abgeurteilt, verdammt und hingerichtet werden würde. Daher nannten Seidenfaden und Le Biffon, die ›Freunde‹ La Pourailles, ihn nie anders denn den ›Stiftsherrn‹, das heißt den ›Stiftsherrn der Abtei‹ (Guillotine). Man wird sich leicht denken können, weshalb Seidenfaden und Le Biffon La Pouraille schmeichelten. La Pouraille hatte zweihundertfünfzigtausend Franken vergraben, seinen Anteil an der Beute, die bei den Ehegatten Crottat (im Stil der Anklage) gemacht worden war. Welche wundervolle Erbschaft konnte er da den beiden Spitzen hinterlassen, wenn sie auch in wenigen Tagen ins Bagno zurückkehren mußten! Le Biffon und Seidenfaden sollten wegen schweren Diebstahls (das heißt eines Diebstahls unter erschwerenden Umständen) zu fünfzehn Jahren verurteilt werden, und man würde sie schwerlich mit den zehn Jahren von einer früheren Verurteilung her zusammenlegen, die sie zu unterbrechen sich die Freiheit genommen hatten. Obgleich sie also, der eine zweiundzwanzig und der andere sechsundzwanzig Jahre Zwangsarbeit vor sich hatten, hofften sie doch, ausbrechen zu können, um sich dann La Pourailles Goldhaufen zu holen. Aber der Zehntausender hütete sein Geheimnis, denn es schien ihm unnötig, es preiszugeben, solange er noch nicht verurteilt war. Da er zur Aristokratie des Bagno gehörte, so hatte er über seine Mitschuldigen nichts verraten. Sein Charakter war bekannt; Herr Popinot, der Untersuchungsrichter in dieser grauenhaften Angelegenheit, hatte nichts aus ihm herausbekommen können.

Dieses furchtbare Triumvirat stand oben auf dem Hof, das heißt unterhalb der Pistolen. Seidenfaden hatte eben die Voruntersuchung gegen einen jungen Burschen abgeschlossen, der erst bei seinem ersten Streich war; da er sicher war, zu zehn Jahren Zwangsarbeit verurteilt zu werden, so zog er über die verschiedenen Wiesen (Bagnos) Erkundigungen ein.

»Na, mein Kleiner«, sagte Seidenfaden gerade sentenziös, als Jakob Collin auftrat, »der Unterschied zwischen Brest, Toulon und Rochefort ist der …« – »Los! mein Alter«, sagte der junge Mann mit der Neugier eines Novizen.

Dieser Angeklagte, ein Sohn aus guter Familie, der einer Fälschung angeklagt war, kam aus der Pistole neben der, die Lucien innegehabt hatte. »Mein Söhnchen«, erwiderte Seidenfaden, »in Brest ist man sicher, wenn man im Kübel schöpft, beim dritten Löffel auf Pferdebohnen zu treffen; in Toulon findet man die nur bei jedem fünften Löffel; in Rochefort aber nie, wenn man nicht ein Alter ist.«

Als der tiefe Philosoph gesprochen hatte, schloß er sich wieder La Pouraille und Le Biffon an, die, da das ›Schwarzwild‹ sie sehr beunruhigte, begannen, den Hof hinabzugehen, während Jakob Collin, in seinen Schmerz versunken, ihn hinaufkam. Betrüg-den-Tod, der ganz seinen furchtbaren Gedanken gehörte, den Gedanken eines gestürzten Kaisers, dachte nicht daran, daß er der Mittelpunkt aller Blicke und der allgemeinen Aufmerksamkeit war; er schritt langsam dahin, die Augen auf das verhängnisvolle Fenster geheftet, an dem Lucien von Rubempré sich erhängt hatte. Keiner der Gefangenen wußte etwas von diesem Ereignis, denn Luciens Nachbar, der junge Fälscher, hatte aus Gründen, die man bald kennen lernen wird, nichts davon gesagt. Die drei Spitzen stellten sich so, daß sie dem Priester den Weg versperrten.

»Das ist kein Schwarzwild«, sagte La Pouraille zu Seidenfaden, »das ist ein Retourgaul. Sieh doch, wie er den Rechten schleift!«

Wir müssen hier erklären, denn nicht alle Leser werden die Laune gehabt haben, ein Bagno zu besuchen: jeder Sträfling ist dort mit einem andern an einer Kette gepaart – und zwar sind stets je ein Alter und ein Junger zusammen. Das Gewicht dieser Kette, die an einem Ring oberhalb des Knöchels festgeschmiedet wird, ist so groß, daß es nach einem Jahr dem Sträfling einen Gangfehler verleiht, den er nie mehr ablegt. Der Verurteilte ist gezwungen, wenn er diesen ›Handgriff‹ schleppen will – so nennt man im Bagno die Fesselung –, mit dem einen Bein mehr Kraft aufzuwenden als mit dem andern; und diese Anstrengung gewöhnt er sich unfehlbar an. Wenn er später seine Kette nicht mehr schleppt, geht es mit diesem Apparat wie mit den abgenommenen Beinen, in denen der Amputierte immer noch Schmerzen fühlt; der Sträfling spürt seine Kette immer, und er kann den fehlerhaften Gang nicht mehr ablegen. In der Sprache der Polizei ›zieht er den Rechten‹. Dieses Merkmal, das die Sträflinge untereinander genau so gut kennen wie die Polizeiagenten, vervollständigt das Wiedererkennen zwischen Kameraden, wenn es nicht geradezu dazu führt.

Bei Betrüg-den-Tod, der schon vor acht Jahren ausgebrochen war, hatte sich diese Bewegung stark abgeschwächt; aber infolge seiner Gedankenversunkenheit ging er in einem so langsamen und feierlichen Schritt, daß der Gangfehler, so schwach er auch war, einem geübten Auge wie dem La Pourailles auffallen mußte. Man versteht wohl auch, daß die Sträflinge, die im Bagno stets beisammen sind und nur sich selber beobachten können, ihre Züge so gründlich studiert hatten, daß sie gewisse Gewohnheiten kannten, die ihren systematischen Gegnern, den Spitzeln, den Gendarmen und Polizeikommissaren, entgingen. So verdankte denn auch der Oberstleutnant der Legion der Seine, der berühmte Coignard, seine Verhaftung einer bestimmten Zerrung der Kaumuskeln an der linken Backe, die ein Sträfling wiedererkannte, den man zu einer Parade dieses Truppenkörpers geschickt hatte; denn trotz der Gewißheit Bibi-Lupins wagte die Polizei nicht, an die Identität des Grafen Pontis von Sankt Helena und Coignards zu glauben.

»Das ist unser Dab (Meister)!« sagte Seidenfaden, als er einen jener zerstreuten Blicke Jakob Collins aufgefangen hatte, wie sie jemand um sich wirft, der an seiner ganzen Umgebung verzweifelt. »Meiner Treu, ja, das ist Betrüg-den-Tod!« sagte Le Biffon, indem er sich die Hände rieb. »Oh, das ist sein Wuchs, seine Schulterbreite; aber was hat er gemacht? Er sieht sich selber nicht mehr ähnlich.« – »Oh, ich hab's«, sagte Seidenfaden, »er hat einen Plan! Er will seine ›Tante‹ wiedersehen, die man bald hinrichten wird.«

Um eine dunkle Vorstellung von dem zu geben, was die Eingesperrten, die Stockmeister und die Aufseher eine ›Tante‹ nennen, wird es genügen, jenes wundervolle Wort anzuführen, das der Direktor eines Gefängnisses dem verstorbenen Lord Durham gegenüber aussprach, der während seines Aufenthalts in Paris alle Gefängnisse besuchte. Dieser Lord, der alle Einzelheiten der französischen Justiz kennen lernen wollte, ließ sogar den verstorbenen Sanson, den Scharfrichter, ein Gerüst errichten und verlangte, daß ein lebendiges Kalb hingerichtet würde, damit er sich über das Spiel der Maschine, die die französische Revolution berühmt gemacht hat, Rechenschaft ablegen könnte. Als der Direktor ihm das ganze Gefängnis gezeigt hatte, die Höfe, die Arbeitssäle, die Zellen usw., wies er mit dem Finger auf einen Raum, indem er eine Geste des Abscheus machte. »Dorthin führe ich Euer Gnaden nicht«, sagte er, »das ist das Quartier der Tanten …« – »Oah!« sagte Lord Durham, »was ist das?« – »Das dritte Geschlecht, Mylord.«

»Sie wollen Theodor hacken (hinrichten)!« sagte La Pouraille; »ein reizender Bursche! Was für eine Hand! Was für eine Stirn! Was für ein Verlust für die Gesellschaft!« – »Ja, Theodor Calvi futtert zum letztenmal«, sagte Le Biffon. »Ach, seine Weiber werden schön mit den Augen klimpern, denn sie hatten den kleinen Lumpen so lieb!«

»Bist du's, mein Alter?« sagte La Pouraille zu Jakob Collin. Und gemeinsam mit seinen beiden Gefolgsleuten, die sich untergefaßt hatten, versperrte er dem Ankömmling den Weg. »O Dab, bist du denn Schwarzwild geworden?« fügte La Pouraille hinzu. »Man sagt, du hast uns unsere Philipper (Goldstücke) gestibitzt?« fuhr Le Biffon mit drohender Miene fort. »Wirst du unsern Kies (Geld) rausrücken?« fragte Seidenfaden.

Diese drei Fragen kamen wie drei Pistolenschüsse.

»Scherzen Sie nicht mit einem armen Priester, den man aus Versehen hierhergeführt hat«, erwiderte Jakob Collin mechanisch, obwohl er seine drei Kameraden auf der Stelle erkannt hatte. »Das ist der Klang der Schelle, wenn es auch nicht mehr die Fratze ist«, sagte La Pouraille, indem er seine Hand auf Jakob Collins Schulter fallen ließ.

Diese Geste und der Anblick der drei Kameraden rissen den Dab gewaltsam aus seiner Niedergeschlagenheit heraus und gaben ihn der Empfindung für das wirkliche Leben zurück; denn während dieser verhängnisvollen Nacht hatte er in den unendlichen geistigen Welten der Empfindung geschwebt, in denen er einen neuen Weg suchte.

»Bringe keinen Ragout (Argwohn) auf deinen Dab!« sagte Jakob Collin leise mit hohler und drohender Stimme, die dem dumpfen Knurren eines Löwen glich. »Da lauert die Polizei; laß sie ins Garn gehen. Ich spiele Komödie für eine Spitze in letzter Not.« Das sagte er mit der Salbung eines Priesters, der Unglückliche zu bekehren sucht; und es wurde begleitet von einem Blick, mit dem Jakob Collin den ganzen Hof überflog; er sah die Aufseher unter den Arkaden und zeigte sie seinen drei Gefährten voll Hohn. »Sind keine Köche da? Steckt eure Hellen auf und putzt den Docht (schaut aus und paßt auf)! Ihr kennt mich nicht, Vorsicht, und faßt mich als Schwarzwild an, oder ich lege euch rein, euch und eure Weiber und euren Kies!« – »Hast du denn Bange vor uns?« fragte Seidenfaden. »Du willst deine Tante retten?« – »Magdalene ist geputzt für den Richtplatz«, sagte La Pouraille.

»Theodor«, erwiderte Jakob Collin, indem er ein Aufspringen und einen Schrei gewaltsam unterdrückte. Es war der letzte Folterhieb für diesen vernichteten Koloß. »Den wollen sie kalt machen«, wiederholte La Pouraille, »er ist seit zwei Monaten zum Transport geliefert.«

Jakob Collin, den eine Ohnmacht befiel und dem die Knie wie abgeschnitten waren, wurde von seinen drei Gefährten aufgefangen, und er hatte die Geistesgegenwart, seine Hände wie in Zerknirschung zu falten. La Pouraille und Le Biffon stützten den Kirchenschänder Betrüg-den-

Tod ehrfurchtsvoll, während Seidenfaden zum diensttuenden Aufseher an die Tür des Portales lief, das in das Sprechzimmer führt.

»Der hochwürdige Priester möchte sich setzen, geben Sie mir einen Stuhl für ihn.«

So versagte der Schlag, den Bibi-Lupin zu führen gedachte. Betrüg-den-Tod erlangte, genau wie Napoleon, als seine Soldaten ihn wiedererkannten, von den drei Sträflingen Unterwerfung und Achtung. Zwei Worte hatten genügt: eure Weiber und euer Kies (eure Frauen und euer Geld)! alles, was die wahren Interessen des Mannes zusammenfaßte. Diese Drohung war für die drei Sträflinge das Zeichen der höchsten Macht: der Dab hatte ihr Vermögen immer noch in der Hand. Ihr Dab war draußen immer noch allmächtig, und er hatte sie nicht, wie falsche Brüder behaupteten, verraten. Der ungeheure Ruf, in dem ihr Führer wegen seiner Gewandtheit und Geschicklichkeit stand, reizte übrigens die Neugier der drei Sträflinge; denn im Gefängnis wird die Neugier zum einzigen Treibstachel dieser welken Seelen. Die Verwegenheit der Verkleidung Jakob Collins, die er selbst noch hinter den Riegeln der Conciergerie aufrechterhielt, blendete übrigens die drei Verbrecher.

»Ich bin seit vier Tagen in Geheimhaft und wußte nicht, daß Theodor der Abtei schon so nahe ist ...« sagte Jakob Collin. »Ich kam, um einen armen Kleinen zu retten, der sich da gestern um vier Uhr aufgehängt hat; und jetzt stehe ich wieder vor einem neuen Unglück. Ich habe keine Asse mehr im Spiel! ...« – »Armer Dab!« sagte Seidenfaden. »Ach, der Bäcker (Teufel) läßt mich im Stich!« rief Jakob Collin, indem er sich seinen beiden Gefährten aus den Armen riß und sich mit furchtbarer Miene aufrichtete. »Es kommt ein Augenblick, in dem die Welt stärker ist als wir! Der Storch (Justizpalast) schluckt uns über!«

Der Direktor der Conciergerie kam selber auf den Gefängnishof, als er von der Ohnmacht des spanischen Priesters hörte, um ihn auszuspionieren; er ließ ihn in der Sonne auf einen Stuhl setzen, indem er alles mit jenem Scharfblick beobachtete, der in der Ausübung solcher Ämter mit jedem Tag wächst und den man unter scheinbarer Gleichgültigkeit verbirgt.

»Ach, mein Gott!« sagte Jakob Collin, »unter diese Leute geraten zu sein, unter den Abschaum der Gesellschaft, unter Verbrecher und Mörder! ... Aber Gott wird seinen Diener nicht im Stich lassen. Mein lieber Herr Direktor, ich werde meinen Aufenthalt durch Taten der Barmherzigkeit verewigen, deren Andenken bleiben soll! Ich werde diese Unglücklichen bekehren, sie sollen lernen, daß es eine Seele gibt, daß ihrer ein ewiges Leben wartet, und daß sie, wenn sie auf Erden alles verloren haben, noch den Himmel erobern können, der ihnen um den Preis einer echten, aufrichtigen Reue gehört.«

Zwanzig oder dreißig Gefangene, die herbeigeeilt waren und sich hinter den drei furchtbaren Sträflingen gruppiert hatten, deren wilde Blicke drei Schritt Abstand zwischen ihnen und den Neugierigen erzwangen, hörten diese mit evangelischer Salbung gesprochenen Worte. »Den da, Herr Gault«, sagte der beängstigende La Pouraille, »ja, den würden wir anhören ...«

»Man hat mir gesagt«, fuhr Jakob Collin, in dessen Nähe Herr Gault stand, fort, »es sei ein zum Tode Verurteilter in diesem Gefängnis.« – »Man liest ihm eben in diesem Augenblick die Abweisung seiner Berufung vor.« – »Ich weiß nicht, was das bedeutet«, sagte Jakob Collin naiv, indem er sich umblickte. »Gott, die Einfalt!« sagte der kleine junge Mann, der vorher Seidenfaden nach den Pferdebohnen der ›Wiesen‹ gefragt hatte. »Nun, heute oder morgen wird er gesenst!« sagte ein Gefangener. »Gesenst?« fragte Jakob Collin, dessen unschuldige und unwissende Miene die drei Spitzen mit Bewunderung erfüllte. »In ihrer Sprache«, sagte der Direktor, »bezeichnen sie damit die Vollstreckung der Todesstrafe. Wenn der Kanzlist schon die Berufung verliest, so wird der Scharfrichter ohne Zweifel auch den Befehl zur Hinrichtung erhalten. Der Unglückliche hat den Beistand der Religion unablässig zurückgewiesen ...« – »Ach, Herr Direktor, da ist eine Seele zu retten! ...« rief Jakob Collin.

Und der Kirchenschänder faltete die Hände mit der Geste eines verzweifelten Liebhabers, die dem aufmerksamen Direktor als die Äußerung einer heiligen Glut erschien. »Ach, Herr Direktor«, fuhr Betrüg-den-Tod fort, »lassen Sie mich Ihnen beweisen, was ich bin und was ich vermag, indem Sie mir erlauben, in diesem verhärteten Herzen die Reue zum Erblühen zu bringen! Gott hat mir die Gabe verliehen, gewisse Worte zu sprechen, die große Wandlungen zur Folge haben. Ich zerbreche die Herzen, ich tue sie auf ... Was fürchten Sie? Lassen Sie mich von Gendarmen begleiten, von Aufsehern, von wem Sie wollen!« – »Ich werde sehen, ob der Gefängnisgeistliche erlaubt, daß Sie an seine Stelle treten«, sagte Herr Gault.

Und der Direktor zog sich zurück, betroffen ob der vollkommen gleichgültigen, wenn auch neugierigen Haltung, in der die Sträflinge und die Gefangenen diesen Priester anblickten, dessen salbungsvolle Stimme seiner halb spanischen, halb französischen geradebrechten Rede Reiz verlieh.

»Wie kommen Sie hierher, Herr Abbé?« fragte der junge Mann, der Seidenfaden um Rat gefragt hatte. »Oh, durch einen Irrtum«, erwiderte Jakob Collin, indem er den Sohn aus guter Familie mit den Blicken maß. »Man hat mich bei einer Kurtisane gefunden, die nach ihrem Tode bestohlen worden war. Man hat erkannt, daß sie Selbstmord begangen hat; und die Diebe, es sind wahrscheinlich die Dienstboten, sind noch nicht verhaftet.« – »Und wegen dieses Diebstahls hat der junge Mensch sich erhängt? ...« – »Das arme Kind hat ohne Zweifel den Gedanken nicht ertragen können, daß er durch eine ungerechte Verhaftung entehrt worden war«, erwiderte Betrüg-den-Tod, indem er die Augen gen Himmel hob. »Ja«, sagte der junge Mann, »sie wollten ihn gerade entlassen, als er Selbstmord begangen hatte. Was für ein Zusammentreffen!« – »Nur Unschuldige nehmen es sich so zu Herzen«, sagte Jakob Collin. »Beachten Sie wohl, daß der Diebstahl zu seinem Nachteil begangen worden ist.« – »Um wieviel handelt es sich?« fragte der tiefe und schlaue Seidenfaden. »Um siebenhundertfünfzigtausend Franken«, erwiderte Jakob Collin sanft.

Die drei Sträflinge sahen sich untereinander an und zogen sich aus der Gruppe zurück, in der alle Gefangenen den angeblichen Geistlichen umringten. »Den Keller der Dirne hat er ausgespült!« flüsterte Seidenfaden Le Biffon ins Ohr. »Man wollte uns um unsere Taler bange machen!« – »Er bleibt immer der Dab der Großen Spitzen«, erwiderte La Pouraille. »Unser Kies ist nicht auseinandergeweht.« Nun suchte La Pouraille jemanden, dem er vertrauen konnte, und also hatte er ein Interesse daran, in Jakob Collin einen ehrlichen Mann zu finden. Und vor allem im Gefängnis glaubt man an das, was man hofft! »Ich wette, er legt den Storchdab (Oberstaatsanwalt) rein und rettet seine Tante!« sagte Seidenfaden. »Wenn ihm das gelingt«, sagte Le Biffon, »halte ich ihn immer noch nicht für einen Gott, aber dann hat er, wie man behauptet, mit dem Bäcker (Teufel) eine Pfeife geraucht!« – »Hast du gehört, wie er rief: Der Bäcker läßt mich im Stich?« bemerkte Seidenfaden. »Ah!« rief La Pouraille, »wenn er mir den Kopf retten wollte, was für ein Leben würde ich da mit meinem Kiestopf führen und mit meinen runden Gelben, die ich versteckt habe.« – »Tu, was er sagt«, riet Seidenfaden. »Schleifst (scherzest) du?« erwiderte La Pouraille, indem er seinen Freund ansah. »Bist du ein Gimpel! Du wirst stracks zum Transport geliefert. Also kannst du keine andere Falltür mehr heben, um auf den Stelzen zu bleiben und noch länger zu futtern, zu saufen und zu mausen«, sagte Le Biffon, »als daß du ihm den Rücken bietest!« – »Das nenn ich ein Wort«, erwiderte La Pouraille; »nicht einer von uns soll den Dab verraten, oder ich will ihn mitnehmen, dahin, wohin ich gehe …« – »Er tät's, wie er's sagt!« rief Seidenfaden.

Auch wer für diese seltsame Welt nur sehr wenig Sympathie übrig hat, wird sich Jakob Collins Geistesverfassung vorstellen können; er stand zwischen der Leiche des Idols, an der er in der Nacht fünf Stunden lang gebetet hatte, und dem demnächstigen Tode seines einstigen Kettengenossen, der bald kalten Leiche des jungen Korsen Theodor. Und wäre es nur gewesen, um diesen Unglücklichen zu sehen, so mußte er doch schon zu dem Zweck eine wenig verbreitete Geschicklichkeit entfalten; aber ihn retten, das war ein Wunder! Und er sann schon über dieses Wunder nach.

Zum bessern Verständnis dessen, was Jakob Collin versuchen wollte, ist es notwendig, hier darauf aufmerksam zu machen, daß die Mörder, die Diebe und alle, die die Bagnos bevölkern, nicht so furchtbar sind, wie man es glaubt. Mit einigen sehr seltenen Ausnahmen sind diese Leute alle feig, wahrscheinlich weil ewige Furcht ihnen das Herz bedrückt. Da all ihre Fähigkeiten unablässig auf den Diebstahl gerichtet sind und da die Ausführung eines Unternehmens den Aufwand aller Lebenskräfte, eine geistige Behendigkeit, die der Gewandtheit des Leibes gleichkommt, und eine Aufmerksamkeit, die ihren Mut vernichtet, verlangt, so werden sie außerhalb dieser gewaltsamen Anstrengungen ihres Willens aus demselben Grunde stumpfsinnig, aus dem eine Sängerin oder ein Tänzer nach einem ermüdenden Tanz oder nach einem jener furchtbaren Duette, wie moderne Komponisten sie dem Publikum auferlegen, erschöpft zusammenbrechen. Die Übeltäter sind in der Tat jeder Vernunft so bar oder von der Furcht so niedergedrückt, daß sie vollständig zu Kindern werden. Sie sind im höchsten Grade leichtgläubig, und daher fängt die einfachste List sie mit ihrem Vogelleim. Sowie ihnen ein ›Ding‹ geglückt ist, sind sie in einem solchen Zustand der Auflösung, daß sie sich sofort notwendigen Ausschweifungen überlassen, sich an Wein und Schnaps berauschen und sich ihren Weibern wie rasend in die Arme werfen, um Ruhe zu finden, indem sie all ihre Kräfte ausgeben, um ihr Verbrechen dadurch zu vergessen, daß sie ihre Vernunft vergessen. In diesem Zustand sind sie der Polizei auf Gnade und Ungnade ausgeliefert. Werden sie dann verhaftet, so sind sie blind, sie verlieren den Kopf, und es gibt keine Absurdität, die man ihnen dann nicht einreden könnte.

Ein Beispiel wird deutlich machen, wie weit die Borniertheit eines ›eingesperrten‹ Verbrechers geht. Bibi-Lupin hatte kürzlich von einem neunzehnjährigen Mörder ein Geständnis erlangt, indem er ihm vorredete, Minderjährige würden nicht hingerichtet. Als man diesen Burschen zur Vollstreckung des Urteils in die Conciergerie brachte, nachdem seine Berufung verworfen worden war, hatte ihn dieser furchtbare Polizeiagent aufgesucht. »Weißt du sicher, daß du noch nicht zwanzig Jahre alt bist?« fragte er ihn. »Ja, ich bin erst neunzehneinhalb«, sagte der Mörder in vollkommener Ruhe. »Nun«, erwiderte Bibi-Lupin, »du kannst ruhig sein, zwanzig Jahre wirst du niemals alt …« – »Und weshalb nicht?« – »Oh, du wirst in drei Tagen gesenst«, versetzte der Chef des Sicherheitsdienstes. Der Mörder, der selbst nach seiner Verurteilung noch immer daran glaubte, daß man Minderjährige nicht hinrichtete, brach zusammen wie eine Omelette soufflé.

Diese Leute, die durch den Zwang, die Zeugen zu beseitigen, so grausam werden – denn sie ermorden nur, um sich der Beweise zu entledigen, und das ist einer der Gründe, wie sie jene anführen, die die Abschaffung der Todesstrafe verlangen –, diese Kolosse der Gewandtheit und Geschicklichkeit, bei denen die Sicherheit der Hand, die Schnelligkeit des Blicks und die Sinne wie bei den Wilden geübt sind, werden nur auf dem Schauplatz ihrer Taten zu Helden des Bösen. Nicht nur beginnen, sowie das Verbrechen begangen ist, ihre Verlegenheiten, denn die Notwendigkeit, ihren Raub zu verbergen, macht sie ebenso stumpfsinnig, wie sie zuvor das Elend bedrückte; sondern sie sind auch geschwächt wie die Frau, die eben entbunden wurde. In ihren Entwürfen verraten sie eine beängstigende Energie, aber nach dem Gelingen sind sie wie die Kinder. Sie haben, mit einem Wort, das Naturell der wilden Tiere, die leicht zu töten sind, nachdem sie sich vollgefressen haben. Im Gefängnis sind diese merkwürdigen Leute nur vermöge ihrer Verstellung und ihrer Verschwiegenheit Menschen; und die gibt erst im letzten Augenblick nach, wenn man sie durch die lange Dauer der Haft gebrochen und mürbe gemacht hat.

Man wird jetzt begreifen, weshalb die drei Sträflinge ihren Führer, statt ihn zugrunde zu richten, retten wollten: sie bewunderten ihn, weil sie ihn in Verdacht hatten, sich die siebenhundertfünfzigtausend Franken, die gestohlen worden waren, angeeignet zu haben; weil sie ihn auch hinter den Riegeln der Conciergerie noch ruhig sahen, und weil sie ihn für ganz imstande hielten, sie unter seinen Schutz zu nehmen.

Als Herr Gault den falschen Spanier verlassen hatte, kehrte er durch das Sprechzimmer in seine Kanzlei zurück und suchte Bibi-Lupin auf, der während der zwanzig Minuten, seit denen Jakob Collin seine Zelle verlassen hatte, gegen eins der Fenster, die auf den Hof blicken, geschmiegt, alles durch ein Guckloch beobachtet hatte.

»Keiner von ihnen hat ihn erkannt«, sagte Herr Gault, »und Napolitas, der sie alle überwacht, hat nichts gehört. Der arme Priester hat heute nacht in seiner Not kein Wort gesprochen, aus dem man schließen könnte, daß seine Soutane Jakob Collin verbirgt.« – »Das beweist, daß er die Gefängnisse genau kennt«, erwiderte der Chef des Sicherheitsdienstes.

Napolitas, Bibi-Lupins Sekretär, war allen, die in diesem Augenblick in der Conciergerie gefangengehalten wurden, unbekannt; er spielte die Rolle des Sohnes aus guter Familie, der der Fälschung angeklagt war. 203

»Nun bittet er, den zum Tode Verurteilten in die Beichte nehmen zu dürfen«, sagte der Direktor. »Das ist unsere letzte Möglichkeit!« rief Bibi-Lupin, »daran hatte ich noch nicht gedacht. Theodor Calvi, dieser Korse, ist der Kettengenosse Jakob Collins; Jakob Collin hat ihm, wie ich gehört habe, auf der Wiese immer die schönsten ›Pflaster‹ gemacht …«

Die Sträflinge stellen sich Polsterbäusche her, die sie zwischen ihren Eisenring und das Fleisch schieben, um das Gewicht der Kette auf den Knöcheln und dem Fußhals abzuschwächen. Diese Bäusche, die aus Werg und Leinen bestehen, nennen sie im Bagno ›Pflaster‹.

»Wer wacht bei dem Verurteilten?« fragte Bibi-Lupin Herrn Gault. »Coeur-la Virole.« – »Gut, ich werde mich als Gendarm verkleiden und dabei sein; ich höre ihnen zu; ich verbürge mich für alles.« – »Fürchten Sie nicht, wenn er Jakob Collin ist, er könne Sie erkennen und erdrosseln?« fragte der Direktor der Conciergerie Bibi-Lupin. »Als Gendarm habe ich meinen Säbel«, erwiderte der Chef; »außerdem wird er, wenn er Jakob Collin ist, niemals etwas tun, was ihn zum Transport liefert; wenn er aber ein Priester ist, so bin ich in Sicherheit.« – »Es ist keine Zeit zu verlieren«, sagte jetzt Herr Gault; »es ist halb neun, Pater Sauteloup hat eben die Zurückweisung der Berufung verlesen; Herr Sanson wartet im Saal auf den Befehl der Staatsanwaltschaft.« – »Ja, es soll heute losgehen; die Witwenhusaren (die ›Witwe‹, das ist wieder ein

Name für die Guillotine, und zwar ein furchtbarer Name) sind bestellt«, sagte Bibi-Lupin. »Ich verstehe freilich, weshalb der Oberstaatsanwalt zögert; dieser Bursche hat stets seine Unschuld beteuert, und mir scheint, überzeugende Beweise haben gegen ihn nicht vorgelegen.« – »Er ist ein echter Korse«, versetzte Herr Gault, »er hat kein Wort gesagt und allem widerstanden.«

Das letzte Wort des Direktors der Conciergerie an den Chef des Sicherheitsdienstes enthielt die düstere Geschichte der zum Tode Verurteilten. Ein Mann, den die Gerichtsbarkeit aus der Zahl der Lebenden gestrichen hat, gehört der Staatsanwaltschaft. Die Staatsanwaltschaft ist souverän; sie hängt von niemandem ab, sie hat nur ihr Gewissen zu fragen. Das Gefängnis gehört der Staatsanwaltschaft, sie ist dort unumschränkter Herr. Die Poesie hat sich dieses sozialen Themas, des zum Tode Verurteilten, der so hervorragend geeignet ist, die Phantasie zu packen, bereits bemächtigt! Die Poesie war erhaben, die Prosa hat keine andern Mittel als die Wirklichkeit; aber die Wirklichkeit ist, so wie sie ist, furchtbar genug, um mit der Lyrik kämpfen zu können. Das Leben des zum Tode Verurteilten, der seine Verbrechen nicht gestanden, seine Mitschuldigen nicht verraten hat, ist grauenhaften Qualen unterworfen. Es handelt sich hier nicht um Stiefel, die die Füße brechen, noch auch um Wasser, das in den Magen eingeführt wird, noch auch um ein Recken der Glieder mit Hilfe furchtbarer Maschinen, aber um eine heimtückische und sozusagen negative Folter. Die Staatsanwaltschaft überläßt den Verurteilten völlig sich selber; sie läßt ihn allein im Schweigen und im Dunkel, aber mit einem Gefährten, einem ›Hammel‹, dem er mißtrauen muß.

Die liebenswürdige moderne Philanthropie glaubt die grauenhafte Folter der Isolierung entdeckt zu haben; sie täuscht sich. Seit der Abschaffung der Folter hatte die Staatsanwaltschaft in dem sehr natürlichen Wunsch, das schon allzu zarte Gewissen der Geschwornen zu beruhigen, erraten, welche furchtbaren Waffen die Einsamkeit der Justiz wider alle verleiht, die schuldigen Herzens sind. Die Einsamkeit ist die Leere; und die moralische Natur hat vor der Leere ein ebenso großes Grauen wie die physische Natur. Die Einsamkeit ist nur für den genialen Menschen bewohnbar, der sie mit seinen Gedanken, den Töchtern der geistigen Welt, anfüllt, oder für den Betrachter der göttlichen Werke, der sie erleuchtet findet vom Licht des Himmels, belebt vom Hauch und der Stimme Gottes. Außer diesen beiden Menschen, die dem Paradies so nahe leben, verhält sich die Einsamkeit zur Folter, wie sich das Geistige zum Körperlichen verhält. Zwischen der Einsamkeit und der Folter besteht der ganze Unterschied der Nervenkrankheit und der chirurgischen Krankheit. Sie ist das Leiden, multipliziert mit der Unendlichkeit. Der Leib rührt durch das Nervensystem an das Unendliche, wie der Geist durch den Gedanken hineindringt. Daher lassen sich denn auch in den Annalen der Pariser Staatsanwaltschaft die Verbrecher zählen, die kein Geständnis ablegen.

Dieser unheimliche Zustand, der in gewissen Fällen, zum Beispiel in der Politik, wo es sich um eine Dynastie oder um einen Staat handelt, ungeheuerliche Proportionen annimmt, wird in der menschlichen Komödie an seiner Stelle seinen Platz finden. Hier aber mag die Schilderung des Steinkastens, in dem die Pariser Staatsanwaltschaft unter der Restauration den zum Tode Verurteilten unterbrachte, genügen, um eine Vorstellung von dem Grauen der letzten Tage eines Hinzurichtenden zu geben.

Vor der Julirevolution gab es – und es gibt sie übrigens auch heute noch – die ›Kammer des zum Tode Verurteilten‹. Diese Kammer, die an die Kanzlei grenzt, wird von ihr getrennt durch eine dicke Mauer aus lauter Quadern; und auf der andern Seite wird sie flankiert von der sieben oder acht Fuß dicken Mauer, die einen Teil des ungeheuren Vorsaales trägt. Man betritt sie durch die erste Tür in dem langen düstern Gang, in den der Blick hinabtaucht, wenn man in der Mitte des großen gewölbten Portalsaales steht. Diese unheimliche Kammer bezieht ihr Licht durch einen mit furchtbaren Stäben vergitterten Kellerhals, den man kaum bemerkt, wenn man die Conciergerie betritt, denn er ist eingebaut in den schmalen Raum zwischen dem Fenster der Kanzlei neben dem Gitter des Portales und der Wohnung des Kanzlisten der Conciergerie, die der Baumeister wie einen Schrank in den Hintergrund des Einfahrtshofes geklebt hat. Diese Lage erklärt, weshalb man dieses Zimmer, das von vier dicken Mauern umrahmt wird, zur Zeit des Umbaues der Conciergerie für diesen unheimlichen Grabesdienst bestimmte. Jeder Ausbruch ist dort unmöglich. Der Gang, der zu den Geheimzellen und zur Frauenabteilung führt, mündet dem Ofen gegenüber, den stets Gendarmen und Aufseher umstehen. Der Kellerhals, der einzige Ausgang, liegt neun Fuß unterhalb der Fliesen und führt auf den ersten Hof, der an der Außentür der Conciergerie von postenstehenden Gendarmen bewacht wird. Keine menschliche Kraft vermag etwas wider die Mauern.

Übrigens trägt ein zum Tode Verurteilter stets die Zwangsjacke, ein Kleidungsstück, das, wie man weiß, den Gebrauch der Hände ausschließt; ferner ist er mit einem Fuß an sein Feldbett gekettet, und schließlich hat er zu seiner Bedienung und Bewachung einen ›Hammel‹. Der Boden dieser Kammer ist mit dicken Steinen gepflastert, und das Licht ist so schwach, daß man kaum sehen kann.

Auch der Unempfindlichste muß bis in die Knochen hinein eine Kälte spüren, wenn er dort eintritt; selbst heute noch, obgleich dieses Zimmer seit sechzehn Jahren unbenutzt geblieben ist, weil man in Paris allerlei Änderungen in die Vollstreckung der Wahrsprüche der Gerichtsbarkeit eingeführt hat. Man sehe dort den Verbrecher bedrängt von seinen Gewissensbissen, vom Schweigen und der Finsternis, zwei Quellen des Grauens, und man wird sich fragen, ob es ihn nicht wahnsinnig machen muß! Was für Konstitutionen müssen das sein, deren Kraft einem solchen Leben widersteht, zumal die Zwangsjacke auch noch Reglosigkeit und Muße erzwingt.

Theodor Calvi, dieser damals siebenundzwanzig Jahre alte Korse, widerstand jedoch, eingehüllt in den Schleier absoluter Verschwiegenheit, seit zwei Monaten der Wirkung dieses Kerkers und dem verfänglichen Schwatzen des Hammels ... Der sonderbare Prozeß, dem der Korse seine Verurteilung zum Tode verdankte, war der folgende. Obgleich er sehr merkwürdig war, wird die Analyse schnell gegeben sein.

Es ist nicht angebracht, in der Katastrophe einer schon ohnehin sehr umfangreichen Szene eine lange Abschweifung zu machen, zumal sie kein anderes Interesse bietet als jenes, das sich auf Jakob Collin bezieht, auf diese Wirbelsäule, die gewissermaßen ›Vater Goriot‹ mit den ›Verlorenen Illusionen‹ und die ›Verlorenen Illusionen‹ mit dieser Studie verbindet. Die Phantasie des Lesers wird übrigens dieses dunkle Thema weiterspinnen, das den Geschwornen des Gerichtshofes, vor dem Theodor Calvi erschienen war, eben jetzt große Sorgen machte. Daher beschäftigte sich denn auch seit acht Tagen, seit die Berufung des Angeklagten vom Kassationshof verworfen war, Herr von Granville mit dieser Angelegenheit, und von Tag zu Tag schob er den Befehl zur Hinrichtung hinaus; so viel lag ihm daran, die Geschwornen zu beruhigen, indem er eine Notiz veröffentlichte, daß der Verurteilte auf der Schwelle des Todes sein Verbrechen eingestanden hätte.

Eine arme Witwe aus Nanterre, deren Haus einsam in dieser Gemeinde stand, die, wie man weiß, mitten in der unfruchtbaren Ebene zwischen dem Mont Valérien, Saint-Germain und den Hügeln von Sartrouville und Argenteuil liegt, war ermordet und beraubt worden, nachdem sie einige Tage zuvor ihren Anteil an einer unverhofften Erbschaft erhalten hatte. Dieser Anteil belief sich auf dreitausend Franken, ein Dutzend Tischgedecke, eine Uhrkette, eine goldene Uhr und Wäsche. Statt die dreitausend Franken in Paris anzulegen, wie es ihr der Notar des verstorbenen Weinhändlers, den sie beerbte, geraten hatte, wollte die alte Frau alles bei sich behalten. Zunächst hatte sie niemals so viel Geld in Händen gehabt, und dann mißtraute sie in allen Geschäften jedermann, wie es im Landvolk die meisten Leute tun. Nach reiflichen Besprechungen mit einem Weinhändler in Nanterre, der mit ihr verwandt und auch mit dem verstorbenen Weinhändler verwandt gewesen war, hatte diese Witwe sich entschlossen, das Geld auf Leibrenten zu verleihen, ihr Haus in Nanterre zu verkaufen und als Rentnerin nach Saint-Germain zu ziehen.

Das Haus, in dem sie wohnte und das von einem ziemlich großen Garten umgeben war, den ein schlechter Lattenzaun einschloß, glich den scheußlichen Hütten, die sich die kleinen Bauern in der Umgegend von Paris bauen. Mörtel und Bausteine, die in Nanterre, dessen Mark übersät ist mit unter freiem Himmel abgebauten Steinbrüchen, wie man sie ziemlich häufig in der Umgegend von Paris zu sehen bekommt, reichlich vorhanden sind, waren in aller Eile und ohne jede architektonische Idee zusammengeschichtet. Das ist fast immer die Hütte des zivilisierten Wilden. Dieses Haus bestand aus einem Erdgeschoß und einem ersten Stock, über dem sich Mansarden erstreckten.

Der Steinbrecher, der der Gatte dieser Frau gewesen war und das Haus erbaut hatte, hatte vor alle Fenster sehr feste Eisengitter gelegt. Die Eingangstür war von auffallender Festigkeit. Der Verstorbene hatte gewußt, daß er da auf dem Lande allein wohnte, und auf was für einem Lande! Seine Kundschaft bestand aus den größten Pariser Maurermeistern; er hatte also die wichtigsten Baumaterialien seines Hauses, das fünfhundert Schritte von seinem Steinbruch entfernt lag, auf seinen Wagen mitgebracht, wenn sie leer zurückkehrten. Er wählte in Pariser Abbrüchen all das aus, was ihm zusagte, und kaufte es um sehr geringes Geld. Fenster, Gitter, Türen, Läden, Zimmerwerk, alles stammte aus erlaubten Entwendungen und den Geschenken, die ihm seine Kunden gemacht hatten: und er hatte die Geschenke gut und vorsichtig ausgewählt. Waren zwei Fensterrahmen vorhanden, so nahm er den besseren.

Das Haus, vor dem ein ziemlich umfangreicher Hof mit den Ställen lag, war nach der, Straße zu von Mauern umschlossen. Ein starkes Gitter diente als Tor. Außerdem herbergten in den Ställen Wachhunde, und ein kleiner Hund verbrachte die Nacht im Hause. Hinter dem Hause lag ein Garten von etwa einem Hektar.

Als nun die Frau des Steinbrechers kinderlose Witwe geworden war, blieb sie mit einer einzigen Dienerin im Hause wohnen. Der Erlös des verkauften Steinbruchs hatte die Schulden des Steinbrechers gedeckt, der vor zwei Jahren gestorben war. Die einzige Habe der Witwe war dieses verlassene Haus, in dem sie Hühner und Kühe aufzog, deren Eier und Milch sie in Nanterre verkaufte. Da sie keinen Stallknecht, keinen Fuhrmann und keine Steinbruchsarbeiter mehr besaß – denn diese Arbeiter hatte der Verstorbene für alle Arbeiten benutzt –, so bebaute sie ihren Garten nicht mehr, sondern schnitt nur das wenige Gras und Gemüse, das die Natur auf diesem kieseligen Boden wachsen ließ.

Der Erlös des Hauses mochte zusammen mit der Erbschaft sieben- bis achttausend Franken bringen, und die Frau sah sich schon in Saint-Germain mit den sieben- bis achthundert Franken Rente, die sie aus ihren achttausend Franken zu ziehen hoffte, ein glückliches Leben führen. Sie hatte schon mehrere Unterredungen mit dem Notar von Saint-Germain gehabt, denn sie wollte ihr Geld nicht dem Weinhändler in Nanterre geben, der sie darum anlag. So standen die Dinge, als man eines Tages weder die Witwe Pigeau noch ihre Magd mehr zu sehen bekam. Das Gitter des Hofes, die Eingangstür des Hauses, die Läden, alles war geschlossen. Nach drei Tagen nahm die Gerichtsbarkeit, der man von diesem Stand der Dinge Meldung machte, eine Untersuchung vor. Herr Popinot, der Untersuchungsrichter, kam mit dem Staatsanwalt aus Paris; ihre Feststellungen waren die folgenden:

Weder das Hofgitter noch die Eingangstür des Hauses trugen Spuren einer Erbrechung. Der Schlüssel stak von innen in der Haustür. Keine Eisenstange war angetastet worden. Die Schlösser, Läden, alle Verschlüsse waren unberührt. Die Mauern zeigten keine Spur, die einen Durchbruch der Übeltäter wahrscheinlich machte. Die tönernen Schornsteine, die keinen gangbaren Ausgang boten, hatten unmöglich als Eingang dienen können. Die Firstsparren waren unberührt und zeugten von keinerlei Gewalt. Als man in die Zimmer des ersten Stocks eindrang, fanden die Richter und Bibi-Lupins Gendarmen die Witwe Pigeau erdrosselt in ihrem Bett, die Magd lag erdrosselt in dem ihren; beide waren mit ihren

Kopftüchern getötet worden. Die dreitausend Franken waren gestohlen und ebenso die Gedecke und die Goldsachen. Die beiden Leichen waren schon in Verwesung übergegangen, ebenso die des kleinen Hundes und eines großen Hofhundes. Man untersuchte den Lattenzaun des Gartens und fand nichts zerbrochen. Im Garten zeigten die Gänge keinerlei Fußspuren. Es schien dem Untersuchungsrichter wahrscheinlich, daß der Mörder auf dem Gras gegangen war, um keinen Abdruck seines Fußes zu hinterlassen, wenn er nämlich von dort gekommen war; wie aber hatte er in das Haus eindringen können? Auf der Gartenseite hatte die Tür ein Oberlicht, das von drei unbeschädigten Eisenstangen geschützt wurde. Auch auf dieser Seite stak der Schlüssel wie in der Haustür auf der Hofseite innen im Schloß.

Als Herr Popinot, Bibi-Lupin, der einen ganzen Tag blieb, um alles zu beobachten, der Staatsanwalt selbst und der Brigadier von Nanterre diese Unmöglichkeiten einmal sicher festgestellt hatten, wurde der Mord zu einem grauenhaften Problem, in dem Polizei und Justiz unterliegen sollten.

Dieses Drama, das die Gerichtszeitung veröffentlichte, hatte im Winter 1828 bis 1829 stattgefunden. Gott weiß, welches neugierige Interesse das unheimliche Abenteuer in Paris erregte; aber Paris, das jeden Morgen neue Dramen zu verschlucken hat, vergißt alles. Nur die Polizei vergißt nichts. Drei Monate nach diesen fruchtlosen Untersuchungen wollte eine öffentliche Dirne, die den Agenten Bibi-Lupins durch ihre Ausgaben aufgefallen war und wegen ihres Verkehrs mit ein paar Dieben überwacht wurde, durch eine ihrer Freundinnen zwölf Gedecke, eine goldene Uhr und eine goldene Kette verpfänden. Die Freundin weigerte sich. Die Sache kam Bibi-Lupin zu Ohren und er entsann sich der zu Nanterre gestohlenen zwölf Gedecke mit Uhr und Kette. Alsbald wurden alle Beamten in den Leihhäusern und alle Hehler von Paris gewarnt, und Bibi-Lupin unterwarf Manon, die Blonde, einer furchtbaren Spionage.

Man erfuhr bald darauf, daß Manon, die Blonde, wahnsinnig in einen jungen Burschen verliebt sei, den man fast niemals sah, denn man sagte, er sei taub gegen alle Liebesbeweise der blonden Manon. Geheimnis über Geheimnis. Diesen jungen Mann bekam man, als er der Aufmerksamkeit der Spione empfohlen wurde, bald zu sehen; dann erkannte man in ihm einen ausgebrochenen Sträfling, den berühmten Helden der korsischen Vendetten, den schönen Theodor Calvi, genannt Magdalene.

Man hetzte einen jener doppelgesichtigen Hehler, die zugleich den Dieben und der Polizei dienen, wider Theodor, und er versprach ihm, die Gedecke und die goldene Uhr mit Kette zu kaufen. In dem Augenblick, als der Alteisenhändler der Cour Saint-Guillaume dem als Frau verkleideten Theodor das Geld hinzählte, es war halb elf Uhr abends, kam die Polizei, verhaftete Theodor und beschlagnahmte die Gegenstände.

Die Untersuchung begann auf der Stelle. Auf Grund so schwacher Indizien war es, im Stil der Staatsanwaltschaft, unmöglich, ›eine Verurteilung zum Tode durchzusetzen‹. Nie widersprach Calvi sich. Er ließ sich nicht fangen: er sagte, eine Frau vom Lande habe ihm in Argenteuil diese Gegenstände verkauft, und als er sie erstanden hatte, hätte ihn das Gerücht von dem zu Nanterre begangenen Mord darüber aufgeklärt, wie gefährlich der Besitz dieser Gedecke und dieser Uhr und Kette war; denn da sie in dem Verzeichnis des Nachlasses jenes Pariser Weinhändlers, des Onkels der Witwe Pigeau, geschildert waren, so erwiesen sie sich als die gestohlenen Gegenstände. Schließlich, sagte er, sei er durch das Elend gezwungen worden, die Dinge zu verkaufen, und er habe sich ihrer durch Vermittlung einer noch unverdächtigen Person entledigen wollen.

Aus dem entsprungenen Sträfling war nichts herauszubekommen; er verstand es, durch sein Schweigen und seine Festigkeit den Glauben zu erwecken, der Weinhändler von Nanterre habe das Verbrechen begangen, und die Frau, von der er die kompromittierenden Dinge hatte, sei die Gattin dieses Händlers. Der unglückliche Verwandte der Witwe Pigeau und seine Frau wurden verhaftet; aber nach acht Tagen der Haft und einer genauen Untersuchung wurde festgestellt, daß weder der Gatte noch die Frau zur Zeit des Verbrechens ihre Wohnung verlassen hatten. Übrigens erkannte auch Calvi in der Gattin des Weinhändlers die Frau, die ihm nach seiner Behauptung die Silber- und Goldsachen verkauft hatte, nicht wieder.

Da Calvis Konkubine, die in den Prozeß verwickelt war, überführt wurde, von dem Augenblick des Verbrechens an, bis Calvi das Silber und die Goldsachen verpfänden wollte, etwa tausend Franken ausgegeben zu haben, so schienen diese Indizien hinreichend, um den Sträfling und seine Konkubine vor das Schwurgericht zu stellen. Da dieser Mord der achtzehnte war, den Theodor begangen hatte, wurde er zum Tode verurteilt, denn er schien der Urheber dieses so geschickt begangenen

Verbrechens zu sein. Wenn er die Weinhändlerin von Nanterre nicht wiedererkannte, so wurde dafür er von der Frau und dem Gatten wiedererkannt. Die Voruntersuchung hatte durch zahlreiche Zeugenaussagen festgestellt, daß Theodor sich etwa einen Monat lang in Nanterre aufgehalten hatte; er hatte dort bei Maurern gedient; sein Gesicht war stets mit Gips bestäubt, seine Kleidung schlecht. Zu Nanterre schrieb jeder diesem Burschen, der einen Monat lang dieses ›Ding ausbaldowert‹ hatte, etwa achtzehn Jahre zu.

Die Staatsanwaltschaft glaubte an Mitschuldige. Man maß die Innenseite der Schornsteinrohre, um sie mit dem Leibesumfang der blonden Manon zu vergleichen, denn man wollte sehen, ob etwa sie durch die Schornsteine hätte eindringen können; aber kein Kind von sechs Jahren hätte durch die tönernen Rohre hinabzugleiten vermocht, die die moderne Architektur an die Stelle der weiten Rauchschächte von ehedem gesetzt hat. Wäre nicht dieses sonderbare und aufregende Geheimnis gewesen, so wäre Theodor schon vor einer Woche hingerichtet worden. Der Gefängnisgeistliche hatte, wie man gesehen hat, einen vollständigen Mißerfolg erlebt.

Diese Angelegenheit und Calvis Name waren Jakob Collins Aufmerksamkeit entgangen, weil er damals mit seinem Kampf gegen Contenson, Corentin und Peyrade beschäftigt war. Betrüg-den-Tod versuchte übrigens, die ›Freunde‹ und alles, was den Justizpalast anging, so gründlich wie nur möglich zu vergessen. Er zitterte vor einer Begegnung, die ihn mit einer Spitze zusammengeführt hätte; denn man hätte Abrechnung von dem Dab verlangt, die er unmöglich zu liefern vermochte.

Der Direktor der Conciergerie ging auf der Stelle in die Räume des Oberstaatsanwalts, und er fand dort den ersten Staatsanwalt im Gespräch mit Herrn von Granville; er hielt den Hinrichtungsbefehl in der Hand. Herr von Granville, der die ganze Nacht im Hotel Sérizy zugebracht hatte, war, obwohl von Mattigkeit und Schmerz übermannt, denn die Ärzte wagten noch nicht zu versprechen, daß die Gräfin ihre Vernunft behalten würde, wegen dieser wichtigen Hinrichtung gezwungen, seinem Bureau ein paar Stunden zu widmen. Nachdem Herr von Granville ein paar Worte mit dem Direktor gewechselt hatte, nahm er dem ersten Staatsanwalt den Hinrichtungsbefehl ab und überreichte ihn Gault.

»Die Hinrichtung soll stattfinden«, sagte er, »wenn nicht außergewöhnliche Umstände eintreten, über die Sie selber urteilen mögen. Man mag die Errichtung des Schafotts bis halb elf verzögern; Ihnen bleibt also noch eine Stunde. An einem solchen Morgen sind Stunden soviel wert wie Jahrhunderte, und in einem Jahrhundert finden viele Ereignisse Raum. Erwecken Sie nicht den Anschein eines Aufschubs. Man nehme, wenn es nötig ist, die Toilette vor; wenn nicht irgendeine Enthüllung eintritt, so überreichen Sie Sanson um halb zehn den Befehl. Er mag warten.«

In dem Augenblick, als der Direktor des Gefängnisses das Zimmer des Staatsanwalts verließ, begegnete er in dem Gewölbe des Ganges, der in die Galeere einmündet, Herrn Camusot, der auf dem Wege zur Staatsanwaltschaft war. Er hatte also ein rasches Gespräch mit dem Richter; und nachdem er ihn über alles unterrichtet hatte, was in der Conciergerie mit Jakob Collin vorging, stieg er hinab, um die Gegenüberstellung Betrüg-den-Tods mit Magdalene einzuleiten. Aber er erlaubte dem angeblichen Geistlichen nicht eher mit dem zum Tode Verurteilten zu sprechen, als bis Bibi-Lupin, der sich ausgezeichnet als Gendarm verkleidete, den ›Hammel‹, der den jungen Korsen überwachte, abgelöst hatte.

Man kann sich nicht vorstellen, mit welchem tiefen Erstaunen die drei Sträflinge sahen, daß ein Aufseher kam und Jakob Collin holte, um ihn in die Kammer des zum Tode Verurteilten zu führen; sie sprangen mit einem einzigen, gleichzeitigen Satz zu dem Stuhl, auf dem Jakob Collin saß.

»Es ist heute, nicht wahr, Herr Julian?« fragte Seidenfaden den Aufseher. »Gewiß, Charlot ist da«, erwiderte der Aufseher mit vollkommener Gleichgültigkeit.

Das Volk und alle Angehörigen der Gefängnisse nennen so den Pariser Scharfrichter. Der Spitzname stammt aus der Revolution von 1789. Der Name rief tiefe Sensation hervor. Alle Gefangenen sahen einander an.

»Es ist aus!« fuhr der Aufseher fort, »Herr Gault hat den Vollstreckungsbefehl erhalten, und das Urteil ist eben schon verlesen worden.« – »Also«, sagte La Pouraille, »hat die schöne Magdalene alle Sakramente bekommen? ...« Er schluckte einen letzten Atemzug hinunter. »Der arme kleine Theodor!« rief Le Biffon, »er ist so nett! Es ist schade, wenn einer in seinem Alter ›in den Sack spucken‹ soll ...«

Der Aufseher ging auf das Portal zu, denn er glaubte, Jakob Collin folge ihm; aber der Spanier ging langsam, und als er zehn Schritte hinter Julian zurückgeblieben war, schien es, als käme ihn eine Schwäche an, so daß er La Pouraille durch eine Geste um seinen Arm bat. »Das ist ein Mörder«, sagte Napolitas zu dem Priester, indem er auf La Pouraille deutete und seinerseits seinen Arm anbot. »Nein, für mich ist er ein Unglücklicher!« erwiderte Betrüg-den-Tod mit Geistesgegenwart und der Salbung des Erzbischofs von Cambrai. Und er entfernte sich von Napolitas, der ihm auf den ersten Blick sehr verdächtig erschienen war; dann sagte er mit leiser Stimme zu den Spitzen: »Er steht auf der untersten Stufe der Abtei; aber ich bin der Prior! Ich will euch zeigen, wie ich den Storch reinlegen kann! Ich will ihm diesen Kopf aus den Krallen reißen!« – »Wegen seiner Hose?« fragte Seidenfaden lächelnd. »Ich will diese Seele für den Himmel retten!« erwiderte Jakob Collin betrübt, als er sah, daß ein paar andere Gefangene sie umringten. Und er holte beim Portal den Aufseher ein.

»Er ist gekommen, um Magdalene zu retten«, sagte Seidenfaden, »wir haben richtig geraten. Was für ein Dab!« – »Aber wie? … Die Husaren der Guillotine sind schon da; er wird ihn nicht einmal sehen!« wandte Le Biffon ein. »Er hat den Bäcker auf seiner Seite!« rief La Pouraille. »Der und unsere Philipper stitzen!« – »Er liebt seine Freunde zu sehr! Er braucht uns! Sie wollten, daß wir ihn lieferten! Wir sind keine Tölpel! Wenn er seine Magdalene rettet, hat er meine Verschwiegenheit!« Dieses letzte Wort hatte die Wirkung, daß es die Ergebenheit der drei Sträflinge für ihren Gott noch befestigte; denn in diesem Augenblick wurde ihr berühmter Dab zu ihrer ganzen Hoffnung.

Jakob Collin fiel trotz der Gefahr, in der Magdalene schwebte, nicht aus der Rolle. Dieser Mensch, der die Conciergerie genau so gut kannte wie die drei Bagnos, verirrte sich so natürlich, daß der Aufseher jeden Augenblick sagen mußte: »Hier! … Da!« bis sie in die Kanzlei kamen. Dort sah Collin auf den ersten Blick einen großen, dicken Menschen, dessen rotes Gesicht einer gewissen Vornehmheit nicht entbehrte, am Ofen lehnen; und er erkannte Sanson.

»Der Herr ist der Geistliche«, sagte er, indem er mit der gutmütigsten Miene auf ihn zuging. Dieser Irrtum war so grauenhaft, daß alle Zuschauer erstarrten. »Nein, Herr Abbé«, sagte Sanson, »ich habe andere Obliegenheiten.«

Sanson, der Vater des letzten Scharfrichters aus diesem Hause, denn der ist kürzlich seines Amtes entsetzt worden, war der Sohn dessen, der Ludwig XVI. hingerichtet hatte. Vierhundert Jahre hatte die Familie dies Amt verwaltet, da hatte der Erbe so vieler Folterknechte versucht, die Bürde auszuschlagen. Die Sansons waren zudem schon zweihundert

Jahre lang in Rouen Henker gewesen, ehe sie mit dem ersten Amte des Königreichs bekleidet wurden, und immer vollstreckte seit dem dreizehnten Jahrhundert nach dem Vater der Sohn die Wahrsprüche der Gerichtsbarkeit. Es gibt wenig Familien, die ein Amt oder einen Adel aufzuweisen haben, der sich vom Vater auf den Sohn sechs Jahrhunderte lang vererbt hat. In dem Augenblick, in dem dieser junge Mann, der es bis zum Rittmeister gebracht hatte, eine schöne Heereslaufbahn vor sich liegen sah, verlangte sein Vater, daß er zurückkehrte, um ihm bei der Hinrichtung des Königs zu helfen. Dann machte er seinen Sohn zu seinem Gehilfen; denn 1793 standen dauernd zwei Schafotte: das eine an der Barrière du Trône, das andere auf dem Richtplatz. Dieser furchtbare Beamte, der damals sechzig Jahre alt war, zeichnete sich durch vortreffliche Haltung, durch ein sanftes und gesetztes Wesen und durch eine große Verachtung für Bibi-Lupin und seine Gefolgsleute, die Lieferanten für die Maschine, aus. Das einzige Anzeichen, das bei diesem Manne das Blut der alten Folterknechte des Mittelalters verriet, war die furchtbare Breite und Dicke der Hände. Übrigens war er ziemlich gebildet, legte großen Wert auf seine Eigenschaft als Bürger und Wähler und liebte leidenschaftlich die Gärtnerei; der große, dicke, ruhige und schweigsame Mensch mit der hohen und kahlen Stirn, der leise sprach, glich weit eher einem Mitglied der englischen Aristokratie als einem Scharfrichter. Daher mußte ein spanischer Stiftsherr wohl den Irrtum begehen, den Jakob Collin absichtlich beging.

»Das ist kein Sträfling«, sagte der Oberaufseher zu dem Direktor. ›Ich fange an, es zu glauben‹, sagte Herr Gault bei sich selber, indem er seinem Untergebenen mit dem Kopf einen Wink gab.

Jakob Collin wurde in das kellerartige Gelaß geführt, in dem der junge Theodor, angetan mit der Zwangsjacke, auf dem Rand seines scheußlichen Feldbettes saß. Betrüg-den-Tod erkannte in dem Licht, das einen Augenblick vom Gang hereinfiel, auf der Stelle in dem Gendarmen Bibi-Lupin, der, auf seinen Säbel gestützt, aufrecht dastand.

»Io sono Gaba-Morte. Parla nostro Italiano«, sagte Jakob Collin lebhaft. »Vengo ti salvar.« (Ich bin Betrüg-den-Tod; laß uns italienisch sprechen; ich komme, dich zu retten.)

Alles, was die beiden Freunde sich zu sagen hatten, mußte dem falschen Gendarmen unverständlich bleiben, und da Bibi-Lupin angeblich den Gefangenen zu bewachen hatte, konnte er seinen Posten nicht verlassen. Die Wut des Chefs des Sicherheitsdienstes läßt sich nicht beschreiben.

Theodor Calvi, ein junger Mensch von blasser und grünlicher Gesichtsfarbe, blondem Haar, hohlen und trübblauen Augen, guten Verhältnissen 219 und ungeheurer Muskelkraft, die sich unter jener lymphatischen Erscheinung barg, wie sie die Südländer bisweilen zeigen, hätte ohne die gebogenen Brauen, ohne die niedrige Stirn, die ihm etwas Unheimliches gab, ohne die wilde Grausamkeit der roten Lippen und ohne jenes Zucken der Muskeln, das jene den Korsen eigene ungewöhnliche Reizbarkeit verriet, wie sie diese Leute in einem jähen Streit so schnell zum Morde treibt, das reizendste Gesicht gehabt.

Theodor hob, von Staunen erfüllt, beim Klang dieser Stimme jäh den Kopf und glaubte an eine Halluzination; da er aber durch den zweimonatlichen Aufenthalt mit der tiefen Finsternis in diesem Quaderkasten vertraut geworden war, so seufzte er, als er den falschen Geistlichen erblickte, tief auf. Er erkannte Jakob Collin nicht mehr, denn sein Gesicht, das durch die Wirkung der Schwefelsäure ganz vernarbt war, schien ihm nicht das seines Dab zu sein. »Ich bin es, dein Jakob; ich bin als Priester hier und will dich retten. Mach nicht die Dummheit, mich zu erkennen; tu, als beichtest du.« Das wurde sehr schnell gesagt.

»Dieser junge Mensch ist ganz niedergeschlagen; er hat Angst vor dem Tode, er wird alles eingestehen«, sagte Jakob Collin zu dem Gendarmen.

»Sag mir etwas, was mir beweist, daß du er bist, denn du hast nur seine Stimme«, sagte Theodor.

»Sehen Sie, er sagt, er sei unschuldig, der arme Unglückliche!« fuhr Jakob Collin, zu dem Gendarmen gewandt, fort. Bibi-Lupin wagte nichts zu sagen, weil er erkannt zu werden fürchtete.

»Sempre-mi!« erwiderte Jakob Collin, indem er sich wieder zu Theodor wandte und ihm dieses Losungswort ins Ohr flüsterte. »Sempre-ti!« sagte der junge Mann, indem er die Losung ergänzte. »Es ist mein Dab ...« »Hast du's getan?« – »Ja.« – »Erzähle mir alles, damit ich sehe, 220 was ich anfangen muß, um dich zu retten; es ist Zeit, Charlot ist da.«

Der Korse warf sich alsbald auf die Knie, und es sah aus, als wollte er beichten. Bibi-Lupin wußte nicht, was er beginnen sollte; denn diese Unterhaltung ging so schnell, daß sie kaum die Zeit in Anspruch nahm, während derer man sie liest. Theodor erzählte schnell die schon bekannten Umstände seines Verbrechens, von denen freilich Jakob Collin nichts wußte. »Die Geschwornen haben mich ohne Beweise verurteilt«, sagte er zum Schluß. »Kind, du streitest noch, während man dir schon die Haare schneiden will! ...« – »Aber es ist doch ganz gut möglich, daß ich nur beauftragt war, die Sachen zu versetzen. So richtet man! Und noch dazu in Paris!« – »Aber wie hast du die Sache gemacht?« – »Ach so. Seit ich dich nicht mehr gesehen habe, habe ich die Bekanntschaft eines kleinen korsischen Mädchens gemacht, die mir begegnete, als ich in Pantin (Paris) ankam.« – »Männer, die dumm genug sind, die Weiber zu lieben«, rief Jakob Collin, »kommen immer dadurch um! Weiber sind Tiger in Freiheit, Tiger, die schwätzen und sich im Spiegel besehen! ... Du bist nicht klug gewesen!« – »Aber ...« – »Laß sehen, wozu hat sie gedient, dies verfluchte Weib? ...« – »Dies entzückende Ding ist hoch wie ein Holzscheit, dünn wie ein Aal und behend wie ein Affe; die ist durch den Schornstein geklettert und hat mir die Tür aufgemacht. Die Hunde, die wir mit Fleischklößen gefüttert hatten, waren tot. Ich habe die beiden Frauen kalt gemacht. Als ich das Geld hatte, hat Ginetta die Tür wieder zugeschlossen und ist oben herausgeklettert.« – »Eine so schöne Erfindung verdient das Leben!« sagte Jakob Collin, indem er die Ausführung des Verbrechens bewunderte, wie ein Ziseleur das Modell einer Statuette bewundert. »Ich habe die Dummheit begangen, so viel Talent für dreitausend Taler zu entfalten! ...« – »Nein, für eine Frau!« erwiderte Collin. »Und dabei hatte ich dir gesagt, daß sie uns um den Verstand bringen! ...« Jakob Collin warf einen von Verachtung flammenden Blick auf Theodor. »Du warst nicht da!« erwiderte der Korse, »ich war ganz verlassen.« – »Und liebst du diese Kleine?« fragte Betrüg-den-Tod, da er fühlte, daß in dieser Antwort ein Vorwurf lag. »Ach, wenn ich am Leben bleiben will, so will ich es jetzt mehr für dich als für sie.« – »Sei ruhig! Ich heiße nicht umsonst Betrüg-den-Tod! Ich verbürge mich für dich!« – »Wie! Leben? ...« rief der junge Korse, indem er seine umwickelten Arme zum feuchten Gewölbe des Kerkers hob. »Meine kleine Magdalene, mach dich bereit, auf Lebenszeit auf die Wiese zurückzukehren«, erwiderte Jakob Collin. »Darauf mußt du dich gefaßt machen, mit Rosen wird man dich nicht krönen, wie den fetten Ochsen! ... Wenn sie uns schon nach Rochefort geschickt haben, so wollen sie uns los werden! Aber ich werde dich nach Toulon schicken lassen, du brichst aus und kehrst nach Pantin zurück, wo ich dir eine nette kleine Existenz verschaffen werde ...«

Ein Seufzer, wie ihrer noch nicht viel unter diesem unbeugsamen Gewölbe erklungen waren, ein Seufzer, den das Glück der Rettung ausstieß, schlug gegen den Stein, der diesen unvergleichlich musikalischen Ton dem verblüfften Bibi-Lupin ins Ohr warf.

»Das ist die Folge der Absolution, die ich ihm wegen seiner Enthüllungen versprochen habe«, sagte Jakob Collin zu dem Chef der Sicherheitspolizei. »Diese Korsen, sehen Sie, Herr Gendarm, sind voll des Glaubens! Aber er ist unschuldig wie das Jesuskindlein, und ich werde versuchen, ihn zu retten …« – »Gott sei mit Ihnen, Herr Abbé! …« sagte Theodor auf französisch.

Betrüg-den-Tod, der mehr als je Carlos Herrera und Stiftsherr war, verließ die Kammer des Verurteilten, stürzte in den Gang und spielte, als er vor Herrn Gault trat, helles Entsetzen. »Herr Direktor, dieser junge Mann ist unschuldig, er hat mir den Schuldigen verraten! … Er wollte aus falschem Ehrgefühl sterben … Er ist ein Korse! Gehen Sie«, sagte er, »und bitten Sie den Herrn Oberstaatsanwalt um fünf Minuten Gehör für mich. Herr von Granville wird sich nicht weigern, auf der Stelle einen spanischen Priester anzuhören, der so sehr unter den Irrtümern der französischen Rechtsprechung leidet!« – »Ich gehe hin!« erwiderte Herr Gault zum großen Erstaunen aller Zuschauer dieser außerordentlichen Szene. »Aber«, sagte Jakob Collin, »lassen Sie mich inzwischen wieder auf den Hof führen, denn ich will die Bekehrung eines Verbrechers vollenden, den ich schon bis ins Herz gerührt habe … Sie haben noch ein Herz, diese Leute!«

Diese Anrede hatte eine Bewegung unter all denen zur Folge, die anwesend waren. Die Gendarmen, der Kanzlist, Sanson, die Aufseher und der Gehilfe des Scharfrichters, die auf den Befehl warteten, daß ›die Maschine errichtet werden‹ sollte, all diese Menschen, an denen die Empfindungen abgleiten, wurden von einer sehr begreiflichen Neugier erfaßt.

In diesem Augenblick hörte man den Lärm einer mit prachtvollen Pferden bespannten Equipage, die auf dem Kai vor dem Gitter der Conciergerie in bezeichnender Weise anhielt. Der Wagenschlag wurde so lebhaft geöffnet, der Tritt so schnell hinabgeschlagen, daß jedermann glaubte, es sei eine große Persönlichkeit eingetroffen. Bald darauf zeigte sich am Gitter des Portals eine Dame, die ein blaues Papier schwang; ihr folgten ein Lakai und ein Jäger. Sie war ganz in Schwarz, aber prunkvoll gekleidet, und ihr Hut war mit einem Schleier bedeckt; sie

222

223

wischte sich mit einem sehr großen gestickten Taschentuch die Tränen ab.

Jakob Collin erkannte auf der Stelle Asien oder, um dieser Frau ihren wahren Namen zurückzugeben, Jakobine Collin, seine Tante. Diese furchtbare Alte, die ihres Neffen würdig war, deren sämtliche Gedanken auf den Gefangenen konzentriert waren und die ihn mit einer Intelligenz und einem Scharfblick verteidigte, wie sie denen der Justiz mindestens gleichkamen, hatte einen Erlaubnisschein, der am Tage zuvor auf den Namen einer Kammerfrau der Herzogin von Maufrigneuse ausgestellt worden war; und zwar war er auf Empfehlung des Herrn von Sérizy zu dem Zweck erteilt worden, daß sie mit Lucien und dem Abbé Carlos Herrera sprechen dürfte, sowie er nicht mehr in strengem Gewahrsam war; der Abteilungschef, der die Gefängnisse zu verwalten hatte, hatte ihn mit einer eigenhändigen Bemerkung versehen. Das Papier verriet schon durch seine Farbe mächtige Empfehlungen, denn solche Erlaubnisscheine unterscheiden sich wie die Vorzugsbillete im Theater durch ihre Form und ihr Aussehen von anderen.

Daher öffnete denn auch der Schließer sofort das Gitter; vor allem, als er den Jäger mit dem Federbusch erblickte, dessen Kostüm in Grün und Gold glänzte wie das eines russischen Generals und auf eine aristokratische Besucherin mit einem fast königlichen Wappen deutete.

»Ah, mein teurer Abbé!« rief die falsche große Dame, die einen Tränenstrom vergoß, als sie den Geistlichen bemerkte, »wie hat man einen so heiligen Mann auch nur auf einen Augenblick hierherbringen können?«

Der Direktor nahm den Erlaubnisschein und las: ›Auf Empfehlung Seiner Exzellenz des Grafen von Sérizy.‹

»Ah, Frau von San-Esteban, Frau Marquise«, sagte Carlos Herrera, »welche schöne Hingebung!« – »Gnädige Frau, hier darf nicht so mit den Gefangenen verkehrt werden«, sagte der gute alte Gault. Und er hielt selbst dieses Faß von schwarzem Moiré und Spitzen in seinem Gange auf. »Aber auf diese Entfernung!« sagte Jakob Collin, »und in Ihrer Gegenwart!« fügte er hinzu, indem er einen Blick rings auf die Versammlung warf.

Die Tante, deren Toilette den Kanzlisten, den Direktor, die Aufseher und die Gendarmen blenden mußte, roch stark nach Moschus. Sie trug außer Spitzen im Werte von tausend Talern einen schwarzen Kaschmirschal für sechstausend Franken. Und der Jäger stelzte auf dem Hof der

Conciergerie mit der Unverschämtheit eines Lakaien umher, der weiß, daß er einer anspruchsvollen Prinzessin unentbehrlich ist. Mit dem Lakaien, der an dem bei Tage stets geöffneten Tor nach dem Kai zu stand, sprach er kein Wort.

»Was willst du, was soll ich tun?« fragte Frau von San-Esteban in dem Rotwelsch, das zwischen dem Neffen und der Tante verabredet war.

Diese Sprache kam dadurch zustande, daß man Endungen auf ar oder or, al oder i anhing, so daß die Worte des Französischen oder des Rotwelsch durch die Verlängerung entstellt wurden. Es war eine Anwendung der diplomatischen Chiffreschrift auf die Sprache.

»Bringe alle Briefe in Sicherheit, nimm die, die eine jede der beiden Damen am schwersten kompromittieren, und kehre als Diebin in die Vorhalle zurück; dort erwarte meine Befehle.« Asien oder Jakobine kniete nieder, als wollte sie seinen Segen empfangen, und der falsche Abbé segnete seine Tante mit evangelischer Zerknirschung. »Addio, Marchesa«, sagte er mit lauter Stimme. »Und«, fügte er in ihrer vereinbarten Sprache hinzu, »suche mir Paccard und Europa mit den siebenhundertfünfzigtausend Franken wieder, die sie gestohlen haben; wir brauchen sie.« – »Paccard steht dort«, entgegnete die fromme Marquise, indem sie mit Tränen in den Augen auf den Jäger zeigte.

Daß sie so seinen Wunsch verständnisvoll schon im voraus erfüllt hatte, entriß diesem Menschen, den nur seine Tante noch erstaunen konnte, nicht nur ein Lächeln, sondern auch eine Bewegung der Überraschung. Die falsche Marquise wandte sich als eine Frau, die gewohnt ist, sich im Mittelpunkt aller Blicke zu sehen, an die Zeugen dieser Szene und sagte in schlechtem Französisch: »Er ist in Verzweiflung, daß er nicht zum Begräbnis seines Sohnes gehen kann; denn dieser abscheuliche Irrtum der Justiz hat das Geheimnis des heiligen Mannes enthüllt! ... Ich werde der Totenmesse beiwohnen. Hier, Herr Direktor«, sagte sie zu Herrn Gault, indem sie ihm eine Börse voll Gold gab, »nehmen Sie das, um den armen Gefangenen eine Freude zu machen.« – »Was für ein Schick!« sagte ihr der befriedigte Neffe ins Ohr. Jakob Collin folgte dem Aufseher, der ihn in den Hof hinausführen sollte.

Bibi-Lupin war in heller Verzweiflung; schließlich aber gelang es ihm, sich einem wirklichen Gendarmen bemerklich zu machen, an den er seit Jakob Collins Verschwinden bedeutsame ›Hm! Hm!‹ richtete, und der ihn schließlich in der Kammer des Verurteilten ablöste. Immerhin aber kam dieser Feind Betrüg-den-Tods nicht mehr rechtzeitig, um noch die große Dame zu sehen, die eben in ihrer glänzenden Equipage verschwand, und deren wenn auch verstellte Stimme ihm noch die heisern Töne einer Säuferin ins Ohr schickte.

»Dreihundert Franken für die Gefangenen! …« sagte der Oberaufseher, indem er Bibi-Lupin die Börse zeigte, die Herr Gault seinem Kanzlisten gereicht hatte. »Zeigen Sie, Herr Jacomety«, sagte Bibi-Lupin.

Der Chef des Sicherheitsdienstes nahm die Börse und schüttete sich das Gold in die Hand und untersuchte es aufmerksam. »Gold ist es! …« sagte er, »und die Börse trägt ein Wappen! Ach, der Halunke, der versteht es! Der ist vollkommen! Mit jedem Augenblick legt er uns hinein! … Man sollte ihn wie einen Hund niederschießen!« – »Was gibt es denn?« fragte der Kanzlist. »Was es gibt? Daß die Frau eine Gaunerin ist! …« rief Bibi-Lupin, indem er vor Wut mit dem Fuß auf die äußeren Fliesen des Portals stampfte.

Diese Worte riefen unter den Zuschauern, die sich in einem gewissen Abstand um Herrn Sanson gruppiert hatten, lebhafte Sensation hervor. Der Scharfrichter stand immer noch aufrecht da, den Rücken gegen den dicken Ofen im Mittelpunkt dieses ungeheuren gewölbten Saales gelehnt; er erwartete den Befehl, die ›Toilette‹ des Verbrechers vorzunehmen und auf dem Richtplatz das Schafott zu errichten.

Als Jakob Collin wieder auf den Hof kam, ging er mit dem Schritt des Bewohners der ›Wiese‹ auf seine Freunde zu. »Was hast du auf dem Buckel?« fragte er La Pouraille. »Ich bin geliefert«, sagte der Mörder, den Jakob Collin in einen Winkel geführt hatte. »Jetzt brauche ich einen zuverlässigen Freund.« – »Und wozu?« La Pouraille erzählte seinem Führer im Rotwelsch all seine Verbrechen und schilderte ihm den Mord und den Raub an den Gatten Crottat. »Du hast meine Achtung«, sagte Jakob Collin. »Das ist gute Arbeit; aber du scheinst mir einen Fehler gemacht zu haben.« – »Welchen?« – »Sowie das Ding gedreht war, mußtest du einen russischen Paß bereithalten, dich als russischen Fürsten verkleiden, einen schönen wappengeschmückten Wagen kaufen, dein Gold kühn bei einem Bankier deponieren, einen Kreditbrief für Hamburg verlangen, in Begleitung eines Kammerdieners, einer Kammerfrau und deiner als Fürstin verkleideten Geliebten die Post besteigen und dich dann in Hamburg nach Mexiko einschiffen. Mit zweihundertachtzigtausend Franken in Gold kann ein Bursche von Geist machen, was er will, und gehen, wohin er will, du Tölpel!« – »Ah, du hast solche Einfälle, weil du eben der Dab bist! … Du verlierst nicht den Kopf! Aber ich …« –

»Nun, ein guter Rat in deiner Lage, das wäre Kraftbrühe für einen Toten«, fuhr Jakob Collin fort, indem er seiner Spitze einen bannenden
Blick zuwarf. »Allerdings«, sagte La Pouraille mit zweifelnder Miene.
»Aber gib deine Kraftbrühe nur her; wenn sie mich nicht mehr satt
macht, nehme ich ein Fußbad darin.« – »Jetzt hat der Storch dich mit
fünf schweren Diebstählen und drei Morden gepackt, deren letzter zwei
reiche Bürger getroffen hat … Das mögen die Geschwornen nicht, daß
man Bürger tötet … Du bist zum Transport geliefert, und du hast nicht
die geringste Hoffnung mehr! …« – »Das haben sie mir alle gesagt«, erwiderte La Pouraille wehleidig. »Meine Tante Jakobine, mit der ich
mitten in der Kanzlei eine kleine Unterredung gehabt habe und die, wie
du weißt, für die Spitzen eine wahre Mutter ist, hat mir gesagt, der
Storch wolle dich los sein; so sehr fürchtet er dich.« – »Aber«, sagte La
Pouraille mit einer Naivität, die beweist, wie sehr die Diebe von ihrem
natürlichen Recht, zu stehlen, durchdrungen sind, »ich bin jetzt reich,
was also fürchten sie?« – »Wir haben jetzt keine Zeit zum Philosophie-
ren«, fuhr Jakob Collin fort, »laß uns auf deine Lage zurückkom-
men …« – »Was willst du mit mir anfangen?« fragte La Pouraille, indem
er seinen Dab unterbrach. »Das wirst du sehen. Ein toter Hund ist auch
noch etwas wert.« – »Für die andern!« erwiderte La Pouraille. »Ich nehme
dich in mein Spiel hinein!« sagte Jakob Collin. »Das ist schon etwas! …«
erwiderte der Mörder. »Und …?« – »Ich frage dich nicht, wo dein Geld
ist, aber, was du damit beginnen willst?«

La Pouraille spähte mißtrauisch nach dem undurchdringlichen Auge
des Dab, der kühl fortfuhr: »Hast du irgendein Weib, das du liebst, ein
Kind oder eine Spitze, der du helfen willst? Ich bin in einer Stunde
draußen; dann vermag ich alles für die, denen ich wohl will.«

La Pouraille zögerte noch; er blieb unter den Waffen der Unentschie-
denheit. Da schickte Jakob Collin sein letztes Argument vor. »Dein Anteil
an unserer Kasse beträgt dreißigtausend Franken; hinterläßt du die den
Spitzen? Schenkst du sie irgend jemandem? Dein Anteil ist in Sicherheit,
ich kann ihn heute abend dem übergeben, dem du ihn vermachen willst.«
Der Mörder verriet seine Freude durch eine Bewegung. ›Ich habe ihn!‹
sagte Jakob Collin bei sich selber. »Aber keine Umschweife! Denke nach!«
fuhr er fort, indem er La Pouraille ins Ohr flüsterte. »Wir haben keine
zehn Minuten für uns, mein Alter … Der Oberstaatsanwalt wird mich
holen lassen, denn ich habe eine Besprechung mit ihm. Ich habe diesen
Menschen in meiner Gewalt, ich kann dem Storch den Hals umdrehen!

Ich bin sicher, daß ich Magdalene rette.« – »Wenn du Magdalene rettest, mein guter Dab, kannst du eigentlich auch mich …«« – »Laß uns unsern Speichel nicht verschwenden«, sagte Jakob Collin mit kurzer Stimme, »mach dein Testament.« – »Nun, ich möchte der Gonore das Geld geben«, erwiderte La Pouraille wehleidig. »Sieh da, du lebst mit der Witwe des Juden Moses, der an der Spitze der Hausierer des Südens stand?« fragte Jakob Collin.

Gleich den großen Generalen kannte Betrüg-den-Tod die Leute all seiner Truppen wundervoll genau.

»Die ist es«, sagte La Pouraille, im höchsten Grade geschmeichelt. »Hübsche Frau!« sagte Jakob Collin, der sich prachtvoll darauf verstand, diese furchtbaren Maschinen zu treiben. »Das Weib ist gut! Sie hat große Bekanntschaften und sie ist sehr ehrlich! Sie ist eine vollendete Gaunerin. Ah, du hast dir bei der Gonore Mut geholt! Es ist dumm, sich befördern zu lassen, wenn man ein solches Weib hat. Du Narr! Du mußtest einen kleinen ehrlichen Handel anfangen und leben! … Und was maust sie?« – »Sie wohnt in der Rue Sainte-Barbe; sie führt da ein Haus …«« – »Die also machst du zu deiner Erbin? So weit, mein Lieber, bringen uns diese Lumpen, wenn man dumm genug ist, sie zu lieben …«« – »Ja, aber gib ihr nichts vor meiner Pleite!«« – »Das ist heilige Pflicht«, sagte Collin in ernstem Ton. »Den Spitzen nichts?« – »Nein, die haben mich geliefert!« erwiderte La Pouraille gehässig. »Wer hat dich verkauft? Willst du, daß ich dich räche?«« fragte Jakob Collin lebhaft, indem er versuchte, die letzte Empfindung zu wecken, die diese Herzen im entscheidenden Augenblick in Schwingung versetzt. »Wer weiß, meine alte Spitze, ob ich nicht gerade dadurch, daß ich dich räche, für dich mit dem Storch Frieden schließen kann?«

Jetzt sah La Pouraille seinen Dab mit einem Gesicht an, das vor Glück ganz stumpf wurde. »Aber«, erwiderte der Dab auf diesen sprechenden Ausdruck, »in diesem Augenblick spiele ich nur für Theodor Komödie. Wenn der Possen glückt, mein Alter, so bin ich für einen meiner Freunde, und du gehörst dazu, zu vielem imstande!«« – »Wenn ich es erlebe, daß du die Zeremonie für diesen armen kleinen Theodor auch nur aufschiebst, sieh, dann will ich tun, was du verlangst.«« – »Aber das ist schon erledigt, ich bin sicher, daß ich seinen Kopf aus den Krallen des Storches rette. Um sich rauszureißen, siehst du, La Pouraille, muß man sich gegenseitig die Hand reichen … Ganz allein kann man nichts machen …«« – »Das ist wahr!«« rief der Mörder.

Sein Vertrauen war so sehr gewonnen, und sein Glaube an den Dab war so fanatisch, daß er nicht mehr zögerte. La Pouraille gab das Geheimnis seiner Mitschuldigen preis; dieses Geheimnis, das er bisher so 230 gut gehütet hatte. Das war alles, was Jakob Collin wissen wollte.

»Die Geschichte war so. Ruffard, der Agent Bibi-Lupins, war bei dem Ding zu einem Drittel beteiligt, und Godet …« – »Wollzupfer? …« rief Jakob Collin, indem er Ruffard seinen Diebesnamen gab. »Ja. Die Lumpen haben mich verkauft, weil sie ihr Versteck kannte, sie aber meins nicht.« – »Du schmierst mir die Stiefel, mein Liebling!« sagte Jakob Collin. »Was?« – »Nun sieh«, versetzte der Dab, »wieviel man dabei gewinnt, wenn man sein volles Vertrauen in mich setzt! … Jetzt gehört deine Rache schon mit in das Spiel, das ich spiele! … Ich verlange nicht, daß du mir dein Versteck sagst; das kannst du im letzten Augenblick tun; aber sag mir alles, was Ruffard und Godet angeht.« – »Du bist und bleibst immer unser Dab, ich will kein Geheimnis vor dir haben«, erwiderte La Pouraille; »mein Gold steckt im Keller der Gonore.« – »Du fürchtest nichts von deinem Weib?« – »Ah, prosit! Sie weiß nichts von meinem Gemansch!« fuhr La Pouraille fort. »Ich hab die Gonore betrunken gemacht, obgleich sie gerade die Rechte ist, um nichts zu sagen, wenn ihr Kopf auch schon unterm Fallbeil liegt. Aber so viel Gold!« – »Ja, da wird die Milch des reinsten Gewissens sauer!« versetzte Jakob Collin. »Ich hab also arbeiten können, ohne daß mich ein Gucker sah! Das ganze Geflügel schlief im Hühnerstall. Das Gold liegt drei Fuß unterm Boden hinter den Weinflaschen. Und darüber habe ich eine Schicht Kiesel und Mörtel gelegt.« – »Gut«, sagte Jakob Collin; »und die Verstecke der andern?« – »Ruffard hat seinen Raub bei der Gonore im Schlafzimmer der Armen; er hat sie dadurch in der Gewalt, denn sie kann als Hehlerin gefaßt werden und ihre Tage in Saint-Lazare beschließen.« – »Ach, der Halunke! Wie die Polizei so einen Gauner ausbildet!« sagte Jakob. »Godet hat seinen Anteil bei seiner Schwester, der Feinwäscherin, 231 untergebracht, einem ehrlichen Mädchen, das sich fünf Jahre Loch holen kann, ohne es zu ahnen. Der Kerl hat die Fußbodenbretter aufgehoben und wieder eingefügt; dann ist er durchgegangen.« – »Weißt du, was ich von dir will?« sagte jetzt Jakob Collin, indem er einen magnetisierenden Blick auf La Pouraille warf. »Na?« – »Du mußt Magdalenens Ding auf dich nehmen …« La Pouraille fuhr sonderbar zurück; aber unter dem starren Blick des Dab stand er gleich wieder in gehorsamer Haltung da. »Was, du magst schon nicht? Du mischst dich in mein Spiel ein?

Laß sehen! Vier Morde oder drei, ist das nicht ganz dasselbe?« – »Vielleicht.« – »Beim Meg (Gott) der Spitzen, du hast kein Blut in der Wurmheit (Ader). Und ich wollte dich retten! …« – »Und wie?« – »Dummkopf! Wenn man verspricht, der Familie das Geld zurückzugeben, kommst du mit lebenslänglicher Wiese davon. Ich würde keinen Heller für deinen Kopf geben, wenn man das Geld schon hätte; aber in diesem Augenblick bist du siebenhunderttausend Franken wert, Dummkopf!« – »Dab! Dab!« rief La Pouraille in höchstem Glück. »Und«, fuhr Jakob Collin fort, »nicht zu rechnen, daß wir die Morde auf Ruffard schieben … Damit ist Bibi-Lupin gesprengt … Ich habe ihn fest!«

La Pouraille stand verblüfft vor diesem Gedanken, seine Augen erweiterten sich und er wurde wie eine Statue. Er war seit drei Monaten in Haft und stand vor seinem Erscheinen vor dem Schwurgericht; seine Berater waren die Freunde in der Force, und mit ihnen hatte er nicht über seine Mitschuldigen gesprochen; er war, nachdem er seine Verbrechen durchgedacht hatte, so ohne jede Hoffnung gewesen, daß dieser Plan all den ›gefaßten‹ Intelligenzen entgangen war. Daher machte ihn denn auch diese Spur von Hoffnung fast blödsinnig.

»Haben Ruffard und Godet schon gefeiert? Haben sie schon welche von ihren Gelben an die Luft geführt?« fragte Jakob Collin. »Sie wagen's nicht«, erwiderte La Pouraille; »die Halunken warten, bis ich gesenst bin. Das hat mir mein Weib durch La Biffe sagen lassen, als die Le Biffon besuchte.« – »Nun also, in vierundzwanzig Stunden haben wir ihr Geld!« rief Jakob Collin; »dann können die Schlingel nicht mehr wie du noch etwas zurückerstatten; du bist dann weiß wie Schnee und sie rot von all dem Blut! Du wirst durch mich, dafür sorge ich, ein ehrlicher Bursche, der lediglich von ihnen mitgerissen wurde. Ich habe dein Vermögen, um dir in deinen andern Prozessen Alibis zu verschaffen, und bist du erst auf der Wiese, denn dahin kehrst du zurück, so siehst du zu, daß du ausbrechen kannst … Es ist ein scheußliches Leben, aber immer noch ein Leben!« La Pourailles Augen verrieten ein innerliches Delirium. »Alter! Mit siebenhunderttausend Franken kann man sich schon betrinken!« sagte Jakob Collin, indem er seinen Freund mit Hoffnung berauschte. »Dab! Dab!« – »Ich werde den Justizminister blenden! … Ah, Ruffard soll tanzen, da ist ein Spitzel stumpf zu machen. Bibi-Lupin ist gesotten!« – »Nun ist es abgemacht!« rief La Pouraille in wilder Freude; »befiehl, ich gehorche.« Und er drückte Jakob Collin an die Brust, indem er Freudentränen in den Augen zeigte; so sehr erschien es ihm als möglich, seinen Kopf zu retten.

»Das ist noch nicht alles«, sagte Jakob Collin; »der Storch hat eine schwere Verdauung, vor allem bei Fieberrückfällen (Enthüllungen neuer belastender Tatsachen). Jetzt handelt es sich darum, eine Frau reinzulegen.« – »Wieso? Wozu?« fragte der Mörder. »Hilf mir, du wirst schon sehen«, erwiderte Betrüg-den-Tod.

Jakob Collin enthüllte La Pouraille in Kürze das Geheimnis des zu Nanterre begangenen Verbrechens; er machte ihm klar, wie notwendig es sei, eine Frau zu finden, die sich bereit finden ließ, die Rolle der Ginette zu übernehmen. Dann ging er mit dem ganz lustig gewordenen La Pouraille zu Le Biffon.

»Ich weiß, wie sehr du La Biffe liebst ...« sagte Jakob Collin zu Le Biffon. Der Blick, den Le Biffon ihm zuwarf, war ein ganzes Gedicht des Grauens. »Was wird sie machen, während du auf der Wiese bist?« Eine Träne befeuchtete die wilden Augen Le Biffons. »Nun, wenn ich sie auf ein Jahr ins Weiberloch brächte, bis du geliefert bist, fortgehst und ausbrichst?« – »Das Wunder kannst du nicht vollbringen, sie ist unbeteiligt«, erwiderte La Biffes Liebhaber. »Ach, mein Biffon«, sagte La Pouraille, »unser Dab ist mächtiger als der Meg.« – »Welches ist deine Losung bei ihr?« fragte Jakob Collin Le Biffon mit der Sicherheit eines Meisters, dem man keine Abweisung zuteil werden lassen darf. »›Nacht in Pantin (Paris).‹ An dem Wort erkennt sie, daß man von mir kommt; und wenn du willst, daß sie dir gehorcht, so zeig ihr ein Fünffrankenstück und sprich das Wort ›Tondif‹.« – »Sie wird zugleich mit La Pourailles Lieferung verurteilt und nach einem Jahr ›Schatten‹ wegen Aufklärung begnadigt werden«, sagte Jakob Collin sentenziös, indem er La Pouraille ansah.

La Pouraille begriff den Plan seines Dab und versprach ihm durch einen einzigen Blick, Le Biffon zur Mitwirkung zu bestimmen; er mußte es durchsetzen, daß La Biffe die falsche Mitschuld an dem Verbrechen übernahm, dessen er sich bezichtigen wollte. »Adieu, meine Kinder. Ihr werdet bald erfahren, daß ich meinen Kleinen aus Charlots Händen gerettet habe«, sagte Betrüg-den-Tod. »Ja, Charlot stand mit seinen Soubretten schon in der Kanzlei, um die Toilette vorzunehmen! Seht ihr, da holt man mich zum Dab des Storches (Oberstaatsanwalt).«

Wirklich winkte eben ein Aufseher, der aus dem Portal heraustrat, diesem außerordentlichen Menschen, dem die Gefahr, in der der junge

Korse schwebte, jene wilde Kraft zurückgegeben hatte, mit der er gegen die Gesellschaft zu kämpfen verstand.

Es ist nicht überflüssig, hier zu bemerken, daß Jakob Collin in dem Augenblick, in dem man ihm Luciens Leiche nahm, einen entscheidenden Entschluß gefaßt hatte; den nämlich, eine letzte Metamorphose zu versuchen und sich, diesmal nicht mit einem Menschen, sondern mit einer Sache zu identifizieren. Er war endlich zu der großen Entscheidung gekommen, zu der Napoleon auf der Schaluppe kam, die ihn zum Bellerophon führte. Durch ein wunderliches Zusammentreffen von allerlei Umständen half diesem Genie des Bösen und der Verderbnis alles in seinem Unternehmen.

Daher ist es denn auch, selbst auf die Gefahr hin, daß die unerwartete Entwicklung dieses Verbrecherlebens ein wenig von dem Wunderbaren einbüßt, das heutzutage nur durch unzulässige Unwahrscheinlichkeiten zu erreichen ist, nötig, ehe wir mit Jakob Collin das Zimmer des Oberstaatsanwalts betreten, Frau Camusot zu den Personen zu folgen, die sie aufsuchte, während all diese Ereignisse sich in der Conciergerie abspielten. Eine der Verpflichtungen, denen der Sittenhistoriker sich niemals entziehen darf, besteht darin, die Wahrheit nie durch scheinbar dramatische Anordnung zu zerstören, vor allem dann, wenn die Wahrheit sich die Mühe macht, romantisch zu werden. Die soziale Natur bringt, vor allem in Paris, solche Zufälle mit sich, so launenhafte Verschlingungen der Verhältnisse, daß die Phantasie der Erfinder mit jedem Augenblick übertroffen wird. Die Verwegenheit der Wirklichkeit erhebt sich zu Kombinationen, die der Kunst verboten sind, so unwahrscheinlich oder indezent erscheinen sie, wenn der Schriftsteller sie nicht mildert, ausputzt und verschneidet.

Frau Camusot versuchte, sich eine einigermaßen geschmackvolle Morgentoilette zusammenzustellen: ein ziemlich schwieriges Unternehmen für die Frau eines Richters, der seit sechs Jahren beständig in der Provinz gelebt hatte. Es galt, weder bei der Marquise d'Espard noch bei der Herzogin von Maufrigneuse der Kritik eine Handhabe zu geben, wenn sie sie zwischen acht und neun Uhr morgens aufsuchte. Amelie Cäcilie Camusot hatte, obwohl sie eine geborene Thirion war – beeilen wir uns, es zu sagen –, einen halben Erfolg. Doch heißt das nicht, in Toilettedingen nur sich doppelt täuschen?

Man kann sich nicht vorstellen, wie nützlich Pariser Frauen den Ehrgeizigen auf allen Gebieten sind. Sie sind in der großen Welt genau so notwendig wie in der Welt der Diebe, wo sie, wie man gesehen hat, eine so große Rolle spielen. Man nehme also an, ein Mann sei gezwungen, wenn er nicht im Rennen zurückbleiben will, innerhalb einer gegebenen Zeit mit jener unter der Restauration sehr wichtigen Persönlichkeit zu sprechen, die man heute den Justizminister nennt. Man nehme einen Mann in der günstigsten Stellung, einen Richter, also eine Art Hausfreund. Der Richter sieht sich genötigt, entweder einen Abteilungchef, den Privatsekretär oder den, Staatssekretär aufzusuchen und ihnen zu beweisen, wie nötig es ist, sofort eine Audienz zu erhalten. Ist ein Justizminister jemals auf der Stelle sichtbar? Wenn er mitten am Tage nicht in der Kammer ist, so sitzt er im Ministerrat, oder er gibt seine Unterschriften oder auch Audienzen. Morgens schläft er und man weiß nicht wo. Abends hat er seine amtlichen und persönlichen Verpflichtungen. Wenn alle Richter unter irgendeinem Vorwand eine Audienz erlangen könnten, so würde auf den Justizminister Sturm gelaufen werden. Der besondere unmittelbare Gegenstand der Audienz muß also erst der Würdigung einer jener Mittelsmächte unterbreitet werden, die im allgemeinen den Zugang versperren; sie sind eine Tür, die erst geöffnet werden muß, wenn sie nicht schon von einem Konkurrenten in Anspruch genommen ist. Eine Frau aber sucht eine andere Frau auf; sie kann unmittelbar in deren Schlafzimmer eindringen, wenn sie die Neugier der Herrin oder der Kammerfrau zu wecken versteht, vor allem dann, wenn für die Herrin ein großes Interesse oder eine packende Notwendigkeit auf dem Spiele steht. Man nenne die weibliche Macht zum Beispiel Frau Marquise d'Espard, mit der ein Minister rechnen muß; diese Frau schreibt ein kleines parfümiertes Billet, das ihr Kammerdiener dem Kammerdiener des Ministers überbringt. Den Minister trifft das Briefchen in dem Augenblick, in dem er erwacht, und er liest es sofort. Wenn auch der Minister zu tun hat, so ist doch der Mann entzückt, daß er einer der Königinnen von Paris, einer der Großmächte des Faubourg Saint-Germain, einer der Lieblinge der Königin, der Gemahlin des Dauphins oder des Königs einen Besuch machen muß. Casimir Périer, der einzige wirkliche Premierminister, den die Julirevolution gehabt hat, ließ alles im Stich, um einen ehemaligen ersten Kammerherrn König Karls X. aufzusuchen.

Diese Theorie erklärt die Macht der Worte: »Gnädige Frau, Frau Camusot in einer sehr eiligen Sache, von der die gnädige Frau wüßte!« die die Zofe zu der Marquise d'Espard sagte, indem sie tat, als wäre sie schon erwacht. Und die Marquise rief auf der Stelle, sie solle Amelie hereinführen. Die Frau des Richters fand williges Gehör, als sie mit den Worten begann: »Frau Marquise, wir sind verloren, weil wir Sie gerächt haben ...« – »Wieso, meine schöne Kleine? ...« fragte die Marquise, indem sie Frau Camusot in dem Halbschatten der angelehnten Tür ansah. »Sie sind heute morgen göttlich mit Ihrem kleinen Hut. Wo finden Sie solche Formen? ...« – »Gnädige Frau, Sie sind sehr gütig ... Aber Sie wissen, die Art, wie Camusot Lucien von Rubempré verhörte, hat diesen jungen Mann zur Verzweiflung getrieben, und er hat sich im Gefängnis erhängt ...« – »Was wird aus Frau von Sérizy werden?« rief die Marquise, die Unwissenheit spielte, um sich alles noch einmal erzählen zu lassen. »Ach, man glaubt, sie ist wahnsinnig geworden ...« erwiderte Amelie. »Ach, wenn Sie von Seiner Gnaden die Gunst erwirken könnten, daß er meinen Mann sofort durch eine Ordonnanz aus dem Palast berufen läßt, so wird der Minister merkwürdige Geheimnisse erfahren; er wird sie sicherlich dem König erzählen ... Dann müssen Camusots Feinde schweigen.« – »Wer sind die Feinde Camusots?« entgegnete die Marquise. »Nun, der Oberstaatsanwalt, und jetzt auch Herr von Sérizy ...« – »Gut, meine Kleine«, versetzte Frau d'Espard, die den Herren von Granville und von Sérizy ihre Niederlage in ihrem schmählichen Entmündigungsprozeß gegen ihren Gatten verdankte, »ich werde Sie verteidigen. Ich vergesse weder meine Freunde noch meine Feinde.«

Sie schellte, ließ die Vorhänge aufziehen, so daß das Licht in Strömen hereinbrach, und verlangte ihr Schreibpult, das die Zofe brachte. Schnell kritzelte die Marquise ein kurzes Billet.

»Godard soll aufsitzen und diesen Brief ins Ministerium bringen; eine Antwort ist nicht nötig«, sagte sie zu ihrer Kammerfrau. Die Kammerfrau lief schnell weg, machte aber trotz des Befehls an der Tür ein paar Minuten halt.

»Es gibt also große Geheimnisse?« fragte Frau d'Espard. »Erzählen Sie mir das, liebe Kleine. Klotilde von Grandlieu ist doch nicht dahinein verwickelt?« – »Die Frau Marquise wird alles von Seiner Gnaden erfahren, denn mein Mann hat mir nichts gesagt, er hat mir nur von der Gefahr geredet, in der er schwebt. Es wäre besser für uns, wenn Frau von Sérizy stürbe, als wenn sie wahnsinnig bleibt.« – »Die arme Frau!« sagte die Marquise. »Aber war sie es nicht schon immer?«

Die Frauen der Gesellschaft zeigen durch die tausend Arten, wie sie denselben Satz aussprechen, dem aufmerksamen Beobachter die unendliche Bedeutung der Tonarten in der Musik. Die ganze Seele strömt wie in den Blick auch in den Ton; sie prägt sich im Licht wie in der Luft aus, den Elementen, in denen die Augen und die Stimmbänder wirken. Durch die Betonung der beiden Worte: ›Die arme Frau!‹ ließ die Marquise die Genugtuung des befriedigten Hasses, das Glück des Triumphes erraten. Ach, wieviel Unglück wünschte sie nicht der Gönnerin Luciens! Die Rachsucht, die den Tod des gehaßten Wesens überlebt, die nie zu sättigen ist, flößt düsteres Grauen ein. So war denn auch Frau Camusot, obwohl sie harten, gehässigen und zänkischen Charakters war, ganz verblüfft. Sie fand keine Antwort und schwieg. »Diana hat mir allerdings gesagt, daß Leontine ins Gefängnis gegangen war«, fuhr Frau d'Espard fort. »Die gute Herzogin ist in Verzweiflung wegen dieses Skandals, denn es ist eine Schwäche von ihr, daß sie Frau von Sérizy nun einmal liebt; aber das ist ja begreiflich, sie haben diesen kleinen Dummkopf Lucien fast gleichzeitig angebetet, und nichts verbindet oder veruneinigt zwei Frauen leichter, als wenn sie ihre Andacht am gleichen Altar verrichten. Gestern hat diese liebe Freundin zwei Stunden in Leontinens Schlafzimmer gesessen. Es scheint, daß die arme Gräfin furchtbare Dinge gesagt hat! Ich habe gehört, es sei ganz ekelhaft … Eine anständige Frau sollte doch nicht solchen Anfällen unterworfen sein! … Pfui, es ist eine rein physische Leidenschaft … Als die Herzogin mich aufsuchte, war sie blaß wie der Tod; sie hat viel Mut gezeigt! Es kommen ungeheuerliche Dinge in dieser Angelegenheit an den Tag …« – »Mein Mann wird dem Justizminister zu seiner Rechtfertigung alles sagen, denn man wollte Lucien retten, und er, Frau Marquise, hat seine Pflicht getan. Ein Untersuchungsrichter muß die Leute, die in strengem Gewahrsam sitzen, innerhalb einer gesetzlichen Frist verhören! … Er mußte ihm doch Fragen stellen, diesem unglücklichen Kleinen, der nicht begriff, daß man ihn nur der Form wegen verhörte, und der sofort ein Geständnis ablegte …« – »Er war so dumm wie frech!« sagte Frau d'Espard trocken.

Die Frau des Richters bewahrte Schweigen, als sie diesen Urteilsspruch hörte. »Wenn wir mit der Entmündigung d'Espards unterlegen sind, so ist es nicht Camusots Schuld, das werde ich nie vergessen!« fuhr die Marquise nach einer Pause fort. »Lucien, die Herren von Sérizy, von Bauvan und von Granville haben uns zu Fall gebracht. Mit der Zeit wird Gott sich zu uns wenden. Seien Sie ruhig, ich werde den Chevalier d'Espard zum Justizminister schicken, damit er sich beeilt, Ihren Gatten holen zu lassen, wenn das von Nutzen ist …« – »Ach, gnädige Frau …« –

»Hören Sie mich an«, sagte die Marquise; »ich verspreche Ihnen sofort die Dekoration der Ehrenlegion für morgen! Das wird ein deutliches Zeichen der Zufriedenheit mit Ihrem Verhalten in dieser Angelegenheit sein. Ja, das ist nur ein Schimpf mehr für Lucien, das wird ihn schuldig sprechen! Man hängt sich im allgemeinen nicht zum Vergnügen auf ... Nun adieu, liebe Schöne!«

Zehn Minuten darauf trat Frau Camusot in das Schlafzimmer der schönen Diana von Maufrigneuse, die erst um ein Uhr zu Bett gegangen war und um neun Uhr noch nicht schlief. So unempfindlich Herzoginnen auch sind, so können solche Frauen, deren Herz aus Stuck ist, doch keine ihrer Freundinnen dem Wahnsinn verfallen sehen, ohne daß dieses Schauspiel einen tiefen Eindruck auf sie macht. Zudem hatte die Verbindung zwischen Diana und Lucien, wiewohl sie seit achtzehn Monaten abgebrochen war, doch im Herzen der Herzogin noch genug Erinnerungen hinterlassen, daß auch ihr der unheimliche Tod dieses Kindes einen furchtbaren Schlag versetzte. Diana hatte die ganze Nacht hindurch den so reizenden, so poetischen jungen Mann, der so schön zu lieben verstand, hängen sehen, wie Leontine ihn in ihren Anfällen mit den Gesten des hitzigen Fiebers schilderte. Sie hatte von Lucien noch beredte, berauschende Briefe, die denen zu vergleichen waren, wie Mirabeau sie an Sophie geschrieben hatte, nur waren sie literarischer, sorgfältiger, denn sie waren von der gewaltigsten aller Leidenschaften diktiert worden: von der Eitelkeit! Daß er die reizendste aller Herzoginnen besaß, daß er es erlebte, wie sie für ihn Dummheiten beging, heimliche Dummheiten wohlverstanden, dieses Glück hatte Lucien den Kopf verdreht. Der Stolz des Liebhabers hatte den Dichter inspiriert. Daher hatte die Herzogin auch diese aufregenden Briefe aufbewahrt, wie gewisse Greise obszöne Stiche besitzen, nämlich wegen der hyperbolischen Lobpreisungen, die dem gespendet wurden, was an ihr am wenigsten herzoglich war. ›Und er ist in einem scheußlichen Gefängnis gestorben!‹ sagte sie sich, indem sie diese Briefe entsetzt zusammenraffte, als sie ihre Kammerfrau leise an die Tür klopfen hörte.

»Frau Camusot in einer Sache von äußerster Wichtigkeit, die die Frau Herzogin angehe«, sagte die Kammerfrau. Diana sprang voller Entsetzen auf die Füße. »Oh«, sagte sie, indem sie Amelie ansah, die sich eine passende Miene zurechtgemacht hatte, »ich errate alles! Es handelt sich um meine Briefe ... Ach, meine Briefe! Ach, meine Briefe!«

Und sie sank in einen Sessel; jetzt erst fiel ihr ein, daß sie im Überschwang ihrer Leidenschaft Lucien im selben Ton geantwortet hatte; daß sie die Poesie des Mannes gesungen hatte, wie er die Glorie der Frau besang, und in welchen Dithyramben!

»Leider ja, gnädige Frau! Ich komme, um Ihnen mehr zu retten als das Leben! Es handelt sich um Ihre Ehre … Kommen Sie zur Besinnung, ziehen Sie sich an, lassen Sie uns zur Herzogin von Grandlieu gehen; denn zu Ihrem Glück sind Sie nicht die einzige, die kompromittiert wird.« – »Aber Leontine hat gestern, wie man mir sagte, im Palast alle bei unserm armen Lucien beschlagnahmten Briefe verbrannt.« – »Nein, gnädige Frau! Hinter Lucien stand Jakob Collin!« rief die Frau des Richters. »Sie vergessen diesen furchtbaren Menschen, der sicherlich die einzige Ursache für den Tod dieses reizenden, bedauernswerten jungen Mannes ist! Nun hat dieser Macchiavelli des Bagno niemals den Kopf verloren! Herr Camusot hat die Gewißheit, daß dieses Ungeheuer die kompromittierendsten Briefe der Geliebten seines …« – »Seines Freundes in Sicherheit gebracht hat«, sagte die Herzogin schnell. »Sie haben recht, schöne Kleine, wir müssen zu den Grandlieus gehen, um zu beraten. Wir sind alle an dieser Angelegenheit interessiert, und zum Glück wird Sérizy uns die Hand reichen …«

Die höchste Gefahr übt, wie wir es bei den Szenen in der Conciergerie sehen konnten, eine ebenso furchtbare Macht auf die Seele, wie die stärksten Reagenzien sie über den Körper besitzen. Sie ist eine moralische Voltasche Säule. Vielleicht ist der Tag nicht mehr fern, an dem man die Art und Weise erkennt, wie die Empfindung sich chemisch in ein Fluidum verwandelt, das dem der Elektrizität annähernd ähnlich ist.

Es war bei dem Sträfling und der Herzogin dieselbe Erscheinung. Diese niedergeschlagene Frau, die dem Tode nahe war und nicht geschlafen hatte, diese Herzogin, die so schwer anzukleiden war, hatte plötzlich die Kraft einer umstellten Löwin und die Geistesgegenwart eines Generals im Feuer. Sie wählte selbst ihre Kleider aus und improvisierte ihre Toilette mit der Geschwindigkeit einer Grisette, die sich selbst als Kammerfrau bedient. Es war ein solches Wunder, daß die Zofe einen Augenblick regungslos auf ihren Beinen stehen blieb, so überrascht war sie, ihre Herrin im Hemd zu erblicken, wie sie, vielleicht nicht ohne Vergnügen, der Frau des Richters durch den hellen Nebel der Wäsche einen weißen Körper zeigte, der ebenso vollkommen war wie der der Venus Canovas. Er war wie ein Schmuckstück ohne sein Seidenpapier. Diana hatte sich im Nu erinnert, wo sich das Korsett für ihre galanten Abenteuer befand, jenes Korsett, das vorn gehakt wird und eiligen Frauen die Mühe und die so schlecht angewandte Zeit des Schnürens spart. Sie hatte schon die Spitzen des Hemdes zurechtgelegt und die Schönheiten ihrer Büste passend gruppiert, als die Kammerfrau den Unterrock brachte und das Werk vollendete, indem sie ein Kleid hinreichte. Während Amelie auf einen Wink der Kammerfrau der Herzogin half und das Kleid hinten zuhakte, holte die Zofe Strümpfe aus Fil d'Ecosse, Samtstiefel, einen Schal und einen Hut. Amelie und die Kammerfrau bekleideten je ein Bein.

»Sie sind die schönste Frau, die ich je gesehen habe«, sagte Amelie geschickt, indem sie Dianas feines und glattes Knie in leidenschaftlicher Bewegung küßte. »Die gnädige Frau hat nicht ihresgleichen«, sagte die Kammerfrau. »Halt, Josette, still«, erwiderte die Herzogin. »Sie haben einen Wagen?« fragte sie Frau Camusot. »Nun, meine kleine Schöne, wir werden unterwegs plaudern.«

Und die Herzogin eilte die große Treppe des Hotels Cadignan hinab und zog sich erst dabei die Handschuhe an, was man noch nie erlebt hatte. »Zum Hotel Grandlieu, und zwar rasch!« sagte sie zu einem der Bedienten, indem sie ihm winkte, hinten auf den Wagen zu steigen. Der Diener zögerte, denn dieser Wagen war ein Fiaker.

»Ach, Frau Herzogin, Sie hatten mir nicht gesagt, daß dieser junge Mann Briefe von Ihnen besaß! Sonst wäre Camusot sehr viel anders vorgegangen ...« – »Leontine beschäftigte mich so sehr, daß ich an mich selbst gar nicht gedacht habe«, sagte sie. »Die arme Frau war schon vorgestern fast wahnsinnig; und nun sagen Sie sich selbst, welche Verwirrung erst dieser verhängnisvolle Ausgang bei ihr anrichten mußte! Ach, wenn Sie wüßten, meine Kleine, was für einen Morgen wir gestern erlebt haben ... Nein, man könnte aller Liebe entsagen! Gestern wurden wir beide, Leontine und ich, von einer scheußlichen Alten, einer Kleiderhändlerin, einem Mannweib, in diese stinkende und blutige Gosse geschleppt, die man das Gericht nennt; und ich sagte ihr, als ich sie in den Palast fuhr: ›Könnte man nicht auf die Knie fallen und wie Frau von Nucingen rufen, als sie auf dem Wege nach Neapel einen jener beängstigenden Stürme des Mittelmeers erlebte: Mein Gott, rette mich diesmal; und dann nie wieder!‹ Auf jeden Fall sind dies zwei Tage, die in meinem Leben zählen werden! Sind wir borniert, daß wir überhaupt schreiben! ... Aber man liebt! Man erhält Briefe, die durch die Augen die Glut ins

Herz träufeln, und alles steht in Flammen! Und die Vorsicht fliegt fort, man antwortet ...« – »Weshalb antworten, wenn man handeln kann?« sagte Frau Camusot. »Es ist so schön, sich zugrunde zu richten! ...« rief die Herzogin stolz. »Das ist eine Wollust der Seele.« – »Schöne Frauen«, versetzte Frau Camusot bescheiden, »sind zu entschuldigen, sie haben öfter als wir Gelegenheit, zu erliegen.«

Die Herzogin lächelte. »Wir sind immer zu großmütig«, fuhr Diana von Maufrigneuse fort. »Ich werde es machen wie diese scheußliche Frau d'Espard.« – »Und wie macht sie es?« fragte die Frau des Richters neugierig. »Sie hat tausend Liebesbriefe geschrieben ...« – »So viel! ...« rief die Camusot, indem sie die Herzogin unterbrach. »Nun, meine Liebe, man fände nicht einen Satz darin, der sie kompromittierte!« – »Sie wären nicht imstande, diese Kühle, diese Bedachtsamkeit zu bewahren«, erwiderte Frau Camusot. »Sie sind eine Frau, Sie gehören zu jenen Engeln, die dem Teufel nicht widerstehen könnten ...« – »Ich habe mir geschworen, nie mehr etwas zu schreiben. Ich habe in meinem ganzen Leben nur an diesen unglücklichen Lucien geschrieben. Ich werde seine Briefe bis zu meinem Tode aufbewahren! Meine liebe Kleine, das ist Feuer! Man braucht bisweilen ...« – »Wenn man sie fände!« sagte die Camusot mit einer leisen, schamhaften Geste. »Oh, dann würde ich sagen, das seien Briefe aus einem begonnenen Roman; denn ich habe alle abgeschrieben und die Originale verbrannt!« – »O gnädige Frau, lassen Sie sie mich zum Lohne lesen ...« – »Vielleicht«, sagte die Herzogin. »Dann werden Sie sehen, daß er Leontine solche Briefe doch nicht geschrieben hat!«

Dieses letzte Wort war die Frau an sich, die Frau aller Zeiten und aller Länder.

Wie der Frosch in der Fabel Lafontaines, barst Frau Camusot in ihrer Haut vor Vergnügen, weil sie in Gesellschaft der schönen Diana von Maufrigneuse zu den Grandlieus kam. Sie wollte an diesem Morgen eine jener Verbindungen anknüpfen, wie sie für den Ehrgeiz so notwendig sind. Schon hörte sie sich ›Frau Präsidentin‹ nennen. Sie empfand den unsäglichen Genuß, über ungeheure Hindernisse zu triumphieren, deren größtes die noch nicht kundgewordene Untüchtigkeit ihres Mannes war, die sie wohl kannte. Einem mittelmäßigen Menschen zum Glück zu verhelfen, das heißt für eine Frau wie für einen König, sich das Vergnügen leisten, das so viele große Schauspieler anlockt und das darin besteht, ein schlechtes Stück hundertmal zu spielen. Es ist der Rausch des Egoismus! Kurz, es sind gewissermaßen die Saturnalien der Macht. Die Macht beweist sich selbst ihre Kraft nur durch den seltsamen Mißbrauch, daß sie irgendeine Absurdität mit den Palmen des Erfolges krönt, und zwar dem Genie zum Spott, der einzigen Kraft, die die absolute Macht nicht erreichen kann. Die Erhöhung des Pferdes Caligulas, dieser kaiserliche Schwank, hat von je viele Aufführungen erlebt und wird sie immer erleben.

In wenigen Minuten kamen Diana und Amelie aus der eleganten Unordnung, in der sich das Schlafzimmer der schönen Diana befand, zur Herzogin von Grandlieu in die Korrektheit eines großartigen und strengen Luxus.

Diese sehr fromme Portugiesin stand stets um acht Uhr auf, um in der kleinen Kirche von Sainte-Valère, die an die damals auf der Esplanade der Invaliden gelegene Kirche Saint-Thomas d'Aquin stieß, zu beten. Die heute abgebrochene Kapelle ist in die Rue de Bourgogne verlegt worden, bis der Bau der gotischen Kirche beendet ist, die der heiligen Klotilde geweiht werden soll.

Sowie Diana von Maufrigneuse der Herzogin von Grandlieu ein paar Worte ins Ohr geflüstert hatte, ging die fromme Frau zu Herrn von Grandlieu hinüber, den sie alsbald mit zurückbrachte. Der Herzog sah Frau Camusot mit einem jener schnellen Blicke an, in denen die großen Herren ein ganzes Dasein und oft auch die Seele analysieren. Amelies Toilette half dem Herzog sehr dabei, dieses bürgerliche Leben von Alençon bis Nantes und von Nantes bis Paris zu erraten. Ach, wenn die Frau des Richters diese Gabe der Herzoge hätte erraten können, so hätte sie diesen höflich ironischen Blick nicht mit Anstand zu ertragen vermocht; aber sie sah nur die Höflichkeit. Die Unwissenheit nimmt teil an den Vorrechten der Verschlagenheit.

»Das ist Frau Camusot, eine Tochter Thirions, eines der Diener des Kabinetts«, sagte die Herzogin zu ihrem Gatten. Der Herzog grüßte die Frau des Amtskleides sehr höflich und sein Gesicht verlor ein wenig von seiner Würde. Der Kammerdiener des Herzogs, dem sein Herr geschellt hatte, trat ein. »Gehen Sie in die Rue Honoré-Chevalier; nehmen Sie einen Wagen. Dort werden Sie an einer kleinen Tür Nummer 10 schellen. Sagen Sie dem Diener, der Ihnen aufmacht, ich bäte seinen Herrn, zu mir zu kommen; wenn der Herr zu Hause ist, bringen Sie ihn mit. Nennen Sie meinen Namen; der genügt, um alle Schwierigkeiten zu überwinden. Sehen Sie, daß Sie für all das nicht mehr als eine Viertelstunde brauchen.«

Kaum war der Kammerdiener des Herzogs fort, so erschien ein zweiter, der der Herzogin. »Gehen Sie zum Herzog von Chaulieu und lassen Sie ihm in meinem Namen diese Karte hineinreichen.« Der Herzog gab ihm seine Karte, die er zuvor in eigentümlicher Weise knickte. Wenn diese beiden Freunde das Bedürfnis hatten, sich in einer eiligen und geheimen Sache, die keine schriftliche Mitteilung zuließ, sofort zu sprechen, meldeten sie es sich auf diese Weise.

Man sieht, daß sich in allen Stockwerken der Gesellschaft die Bräuche gleichen und nur in der Art, dem Äußerlichen und der Nuance verschieden sind. Auch die große Gesellschaft hat ihr Rotwelsch; aber dieses Rotwelsch heißt ›der Stil‹.

»Sind Sie sicher, gnädige Frau, daß diese Briefe, die Fräulein Klotilde von Grandlieu angeblich an den jungen Mann geschrieben haben soll, wirklich existieren?« fragte der Herzog von Grandlieu. Und er warf einen Blick auf Frau Camusot, wie ein Matrose etwa ein Lot wirft. »Gesehen habe ich sie nicht, aber es steht zu fürchten«, erwiderte sie zitternd. »Meine Tochter kann nichts geschrieben haben, was man nicht zeigen darf!« rief die Herzogin.

›Die arme Herzogin!‹ dachte Diana und warf dem Herzog von Grandlieu einen Blick zu, vor dem er erzitterte. »Was glaubst du, meine liebe kleine Diana?« flüsterte der Herzog der Herzogin von Maufrigneuse ins Ohr, indem er sie in eine Fensternische zog. »Klotilde ist so wahnsinnig in Lucien verliebt, mein Lieber, daß sie ihm vor ihrer Abreise noch ein Stelldichein gab. Ohne die kleine Lenoncourt wäre sie vielleicht mit ihm in den Wald von Fontainebleau entflohen. Ich weiß, daß Lucien Klotilde Briefe schrieb, die einer Heiligen hätten den Kopf sprengen können. Wir sind drei Evastöchter, die von der Schlange der Korrespondenz umgarnt sind …«

Der Herzog und Diana kamen aus der Nische zurück und traten wieder zu der Herzogin und Amelie, die mit leiser Stimme plauderte. Amelie, die darin dem Rat der Herzogin von Maufrigneuse folgte, spielte die Fromme, um sich das Herz der stolzen Portugiesin zu gewinnen.

»Wir sind in der Gewalt eines niedrigen entsprungenen Sträflings!« sagte der Herzog mit einem gewissen Achselzucken. »Das hat man davon, wenn man Leute bei sich empfängt, deren man nicht unbedingt sicher ist! Ehe man jemanden bei sich einläßt, muß man sein Vermögen, seine Eltern und sein ganzes Vorleben genau kennen …« Dieser Satz ist die

Moral dieser ganzen Geschichte, soweit sie die Aristokratie angeht. »Es ist einmal geschehen«, sagte die Herzogin von Maufrigneuse. »Denken wir daran, Frau von Sérizy, Klotilde und mich zu retten ...« – »Wir können nur Heinrich erwarten, ich habe ihn bitten lassen; aber alles hängt von der Persönlichkeit ab, die Gentil holen soll. Gebe Gott, daß dieser Mensch in Paris ist! – Gnädige Frau«, sagte er, indem er sich an Frau Camusot wandte, »ich danke Ihnen, daß Sie an uns gedacht haben ...«

Das war Frau Camusots Abschied. Die Tochter des Türhüters hatte Geist genug, den Herzog zu verstehen; sie stand auf; aber die Herzogin von Maufrigneuse nahm Amelie mit jener anbetungswürdigen Anmut, die ihr so viel Verschwiegenheit und Freundschaft eintrug, bei der Hand und zeigte sie dem Herzog und der Herzogin in bedeutsamer Weise. »Denken Sie nur an mich, nicht daran, daß sie mit Sonnenaufgang aufgestanden ist, um uns alle zu retten, wenn ich Sie um mehr als ein Andenken für meine kleine Frau Camusot bitte. Zunächst hat sie mir schon Dienste geleistet, die man nicht vergißt; und dann ist sie mit ihrem Gatten ganz auf unserer Seite. Ich habe versprochen, für die Beförderung ihres Camusots zu sorgen, und ich bitte Sie vor allem mir zuliebe, seiner zu gedenken.« – »Sie haben diese Empfehlung nicht erst nötig«, sagte der Herzog zu Frau Camusot. »Die Grandlieus vergessen die Dienste, die man ihnen geleistet hat, niemals. Die Anhänger des Königs werden in einiger Zeit Gelegenheit haben, sich auszuzeichnen; man wird Ergebenheit von ihnen verlangen; Ihr Gatte wird in die Bresche geschickt werden ...«

Frau Camusot zog sich stolz, glücklich und geschwollen zurück, als müßte sie ersticken. Triumphierend eilte sie nach Hause; sie bewunderte sich, sie lachte über die Feindschaft des Oberstaatsanwalts. Sie sagte sich: ›Wenn wir Herrn von Granville in die Luft sprengten?‹

Es war Zeit, daß Frau Camusot sich zurückzog. Der Herzog von Chaulieu, einer der Günstlinge des Königs, begegnete der Bürgersfrau auf der Freitreppe.

»Heinrich«, rief der Herzog von Grandlieu, als sein Freund gemeldet wurde, »ich bitte dich, eile ins Schloß, versuche, den König zu sprechen, es handelt sich um folgendes.« Und er führte den Herzog in die Fensternische, in der er sich schon mit der leichtfertigen und anmutigen Diana unterhalten hatte.

Von Zeit zu Zeit warf der Herzog von Chaulieu der tollen Herzogin verstohlene Blicke zu, während sie mit der frommen Herzogin plauderte, sich eine Predigt halten ließ und dabei doch die Blicke des Herzogs von Chaulieu erwiderte.

»Liebes Kind«, sagte schließlich der Herzog von Grandlieu, als seine heimliche Unterredung beendet war, »seien Sie doch verständig! Sehen Sie«, fügte er hinzu, indem er Dianas Hände ergriff, »bewahren Sie doch die Form; kompromittieren Sie sich nicht mehr, schreiben Sie nie wieder! Briefe, meine Liebe, haben schon ebensoviel geheimes wie öffentliches Unglück verursacht ... Was verzeihlich ist bei einem jungen Mädchen wie Klotilde, das zum erstenmal liebt, ist unentschuldbar bei ...« – »Einem alten Grenadier, der das Feuer gesehen hat!« sagte die Herzogin, indem sie dem Herzog eine schmollende Grimasse zog.

Dieses Spiel der Gesichtszüge lockte, vereint mit dem Scherz, ein Lächeln auf die trostlosen Gesichter der beiden Herzoge und sogar der frommen Herzogin. »Jetzt habe ich schon vier Jahre lang keine Liebesbriefe mehr geschrieben! ... Sind wir gerettet?« fragte Diana, die ihre Angst unter Kindereien verbarg. »Noch nicht«, sagte der Herzog von Chaulieu, »denn Sie wissen nicht, wie schwer Willkürakte zu begehen sind. Das ist für einen konstitutionellen König dasselbe, wie eine Treulosigkeit für eine verheiratete Frau. Es ist ein Ehebruch.« – »Seine Lieblingssünde!« sagte der Herzog von Grandlieu. »Die verbotene Frucht!« fügte Diana lächelnd hinzu. »Oh, ich wäre so gern die Regierung, denn ich habe nichts mehr von der Frucht, ich habe sie schon ganz gegessen.« – »Aber Liebe, Liebe!« sagte die fromme Herzogin, »Sie gehen zu weit.«

Die beiden Herzoge hörten vor der Freitreppe mit dem Getöse, das im Galopp dahingejagte Pferde machen, einen Wagen halten; sie grüßten die beiden Frauen und ließen sie allein, um in das Arbeitszimmer des Herzogs von Grandlieu zu gehen, in das man eben auch den Bewohner der Rue Honoré-Chevalier einführte; es war kein anderer als der Chef der Gegenpolizei des Schlosses, der politischen Polizei, der unbekannte und doch so mächtige Corentin.

»Treten Sie ein«, sagte der Herzog von Grandlieu, »treten Sie ein, Herr von Saint-Denis.« Corentin, der erstaunt war, bei dem Herzog ein so gutes Gedächtnis zu finden, trat als Erster ein, nachdem er vor den beiden Herzogen eine tiefe Verbeugung gemacht hatte.

250

»Es handelt sich immer noch um dieselbe Persönlichkeit, mein lieber Herr«, sagte der Herzog von Grandlieu. »Aber er ist tot«, sagte Corentin. »Es bleibt ein Genosse«, bemerkte der Herzog von Chaulieu, »ein schlimmer Genosse.« – »Der Sträfling Jakob Collin!« erwiderte Corentin.

»Sprich, Ferdinand«, sagte der Herzog von Chaulieu zu dem ehemaligen Gesandten. »Der Elende ist zu fürchten«, sagte der Herzog von Grandlieu; »denn er hat sich, um sie als Lösegeld benutzen zu können, der Briefe bemächtigt, die die Damen von Sérizy und von Maufrigneuse an diesen Lucien Chardon, sein Geschöpf, geschrieben haben. Es scheint, es war das System dieses jungen Mannes, für seine Briefe leidenschaftliche Antworten zu entlocken; denn auch Fräulein von Grandlieu hat, wie man sagt, ein paar geschrieben; man fürchtet es wenigstens, und wir können nichts feststellen, denn sie ist auf Reisen ...« – »Der kleine junge Mann«, erwiderte Corentin, »war nicht imstande, sich solche Vorräte anzulegen! ... Das sind Maßnahmen, die der Abbé Carlos Herrera getroffen hat!«

Corentin stützte den Ellbogen auf die Armlehne des Sessels, in dem er saß, und legte den Kopf überlegend in die Hand. »Geld! ... Dieser Mensch hat mehr als wir«, sagte er. »Esther Gobseck hat ihm als Köder gedient, um annähernd zwei Millionen in diesem Goldstückteich namens Nucingen zu fischen ... Meine Herren, lassen Sie mir Vollmacht geben durch den, dem es zusteht, und ich befreie Sie von diesem Menschen! ...« – »Und ... von den Briefen?« fragte der Herzog von Grandlieu Corentin.

»Hören Sie, meine Herren!« erwiderte Corentin, indem er aufstand und sein Mardergesicht zeigte, das in siedender Bewegung war. Er bohrte die Hände in die Taschen seiner Strumpfhose aus schwarzem Molton. Dieser große Schauspieler des historischen Dramas unserer Zeiten hatte sich nur eine Weste und einen Rock angezogen; er hatte seine Morgenhose nicht abgelegt, so genau wußte er, wie dankbar die Großen bei gewissen Gelegenheiten für die Geschwindigkeit sind. Er ging vertraulich im Zimmer auf und ab, indem er mit lauter Stimme sprach, als wäre er allein. »Er ist ein Sträfling! Man kann ihn ohne Prozeß zu Bicêtre in Geheimhaft werfen; da ist keinerlei Verkehr möglich, und man kann ihn da verenden lassen ... Aber er kann seinen Spießgesellen, da er diesen Fall voraussah, schon seine Anweisungen gegeben haben!« – »Er ist ja aber sofort in Geheimhaft genommen worden«, sagte der Herzog von Grandlieu, »als er unvermutet bei jener Frau verhaftet wurde.« – »Gibt es für diesen Burschen überhaupt eine Geheimhaft?« erwiderte Corentin; »der ist ebenso schlau wie … wie ich!« – »Was tun?« fragten die beiden Herzoge sich durch einen Blick.

»Wir können den Schlingel auf der Stelle wieder ins Bagno schicken … nach Rochefort; da ist er in sechs Monaten tot! Oh, ohne ein Verbrechen!« sagte Corentin als Antwort auf eine Geste des Herzogs von Grandlieu. »Was wollen Sie, ein Sträfling hält gegen einen heißen Sommer nicht länger als sechs Monate stand, wenn man ihn mitten in den Miasmen der Charente zu wirklicher Arbeit zwingt. Aber das nützt nichts, wenn er in betreff der Briefe schon seine Maßnahmen getroffen hat. Wenn der Schlingel seinen Gegnern mißtraute, und das ist wahrscheinlich, so muß man herausbekommen, welches seine Maßregeln sind. Wenn der, der die Briefe in Händen hat, arm ist, ist er auch bestechlich … Es handelt sich also darum, Jakob Collin zum Schwätzen zu bringen. Was für ein Zweikampf! Dabei werde ich besiegt. Besser wäre es noch, diese Briefe durch einen andern zu erkaufen; durch einen Begnadigungsbrief! Und mir dann diesen Menschen in meine Budike zu liefern. Jakob Collin ist der einzige Mensch, der imstande ist, mein Nachfolger zu werden, seit der arme Contenson und der gute Peyrade tot sind. Jakob Collin hat mir diese beiden unvergleichlichen Spione getötet, als wollte er sich selber Platz machen. Sie sehen, meine Herren, Sie müssen mir Blankovollmacht geben. Jakob Collin ist in der Conciergerie. Ich werde Herrn von Granville in der Staatsanwaltschaft aufsuchen. Schicken Sie mir also eine Vertrauensperson, die zu mir stößt; denn ich brauche entweder einen Brief, den ich Herrn von Granville zeigen kann, da er nichts von mir weiß, einen Brief, den ich übrigens dem Ratspräsidenten zurückgeben werde, oder einen sehr imponierenden Geleitsmann … Sie haben eine halbe Stunde Zeit, denn eine halbe Stunde brauche ich, um mich anzuziehen, das heißt, um das zu werden, was ich in den Augen des Herrn Oberstaatsanwalts sein muß.« – »Herr von Saint-Denis«, sagte der Herzog von Chaulieu, »ich kenne Ihre große Gewandtheit; ich verlange nichts als ein Ja oder ein Nein. Bürgen Sie für den Erfolg?« – »Ja, mit einer Generalvollmacht, und wenn Sie mir Ihr Wort geben, mich niemals über diesen Gegenstand zu befragen. Mein Plan ist fertig.«

Diese unheimliche Antwort jagte den beiden großen Herren einen leichten Schauder durch den Körper. »Gehen Sie«, sagte der Herzog von Chaulieu. »Sie werden diese Angelegenheit zu denen schreiben, mit denen

Sie gewöhnlich beauftragt werden.« Corentin grüßte die beiden großen Herren und ging. Heinrich von Lenoncourt, für den Ferdinand von Grandlieu einen Wagen hatte anspannen lassen, begab sich sofort zum König, den er kraft seines Amtes jederzeit sehen konnte.

So sollten sich die verschiedenen miteinander verknoteten Interessen aus den oberen und unteren Schichten der Gesellschaft alle im Zimmer des Oberstaatsanwalts begegnen; die Not führte sie zusammen, und vertreten wurden sie von drei Männern: die Justiz von Herrn von Granville; die Familie von Corentin; und der furchtbare Gegner Jakob Collin stellte in seiner wilden Energie das soziale Böse dar.

Was für ein Kampf, in dem sich die Gerichtsbarkeit und die Willkür wider das Bagno und seine List verbündeten! Wider das Bagno, jenes Symbol der Verwegenheit, die Berechnung und Überlegung ausschaltet, der alle Mittel recht sind, die nicht die Heuchelei der Willkür hat und die in scheußlicher Weise den ausgehungerten Bauch, den blutigen raschen Protest des Hungers symbolisiert! Ist es nicht Angriff und Abwehr? Diebstahl und Besitz? Die furchtbare Frage des sozialen Zustandes und des Naturzustandes, zusammengedrängt auf den engsten Raum, der nur möglich ist? Kurz, es war ein furchtbares lebendes Bild jener antisozialen Kompromisse, wie sie die zu schwachen Vertreter der Macht mit wilden Meuterern schließen.

Als man dem Oberstaatsanwalt Herrn Camusot meldete, gab er einen Wink, ihn einzulassen. Herr von Granville, der diesen Besuch vorausgeahnt hatte, wollte sich mit dem Richter über die Art verständigen, wie man die Angelegenheit Luciens beenden könnte. Jetzt konnte der Abschluß nicht mehr der sein, den er am Tage zuvor, ehe der arme Dichter gestorben war, mit Camusot zusammen gefunden hatte.

»Setzen Sie sich, Herr Camusot«, sagte Herr von Granville, indem er sich in einen Sessel fallen ließ. Als der Oberstaatsanwalt sich mit dem Richter allein sah, verbarg er nicht, in welchem Zustand der Erschöpfung er sich befand. Camusot sah Herrn von Granville an und erkannte auf diesem so festen Gesicht eine fast fahle Blässe und die höchste Ermüdung: einen vollständigen Zusammenbruch, der auf vielleicht grausamere Leiden schließen ließ, als sie der zum Tode Verurteilte durchmachen mußte, nachdem der Kanzlist ihm gemeldet hatte, daß seine Berufung verworfen war. Und doch bedeutet die Verlesung dieses Beschlusses im Brauch der Gerichtsbarkeit so viel wie: ›Rüste dich, dies sind deine letzten Augenblicke.‹

»Ich werde wiederkommen, Herr Graf«, sagte Camusot, »obwohl die Angelegenheit dringend ist …« – »Bleiben Sie«, versetzte der Oberstaatsanwalt mit Würde. »Echte Richter müssen ihre Ängste hinnehmen und zu verbergen wissen. Ich habe unrecht, wenn Sie Besorgnisse an mir bemerken konnten …« Camusot machte eine Geste. »Gott gebe, Herr Camusot, daß Sie diese entscheidenden Nöte unseres Lebens nie kennen lernen! Man könnte Geringerem erliegen! Ich habe die Nacht bei einem meiner vertrautesten Freunde verbracht; ich habe nur zwei Freunde, den Grafen Octavius von Bauvan und den Grafen von Sérizy. Wir drei, Herr von Sérizy, Graf Octavius von Bauvan und ich, sind von sechs Uhr gestern abend bis sechs Uhr heute früh immer abwechselnd vom Salon an das Bett der Frau von Sérizy gegangen; und jedesmal fürchteten wir, sie tot oder für immer wahnsinnig vorzufinden! Desplein, Bianchon und Sinard haben mit zwei Krankenwärterinnen das Schlafzimmer nicht verlassen. Der Graf betet seine Frau an. Stellen Sie sich vor, was für eine Nacht ich zwischen einer vor Liebe wahnsinnigen Frau und einem vor Verzweiflung wahnsinnigen Freund verbracht habe. Ein Staatsmann verzweifelt nicht wie ein Dummkopf. Sérizy war ruhig wie auf seinem Stuhl im Ministerrat, und er wand sich in seinem Sessel, um uns ein unbesorgtes Gesicht zu zeigen, während der Schweiß dieses von so viel Arbeit gebeugte Haupt krönte. Ich habe, vom Schlummer übermannt, von fünf bis halb acht geschlafen, und um halb neun mußte ich hier sein, um Befehl zu einer Hinrichtung zu geben. Glauben Sie mir, Herr Camusot, wenn ein Mann die ganze Nacht hindurch in den Abgründen des Schmerzes geschwebt hat, wenn er Gottes Hand schwer auf den Dingen der Menschen lasten und edle Herzen gewaltsam schlagen fühlte, so wird es ihm nicht leicht, sich hier vor seinen Schreibtisch zu setzen und kühl zu sagen: ›Lassen Sie um vier Uhr einen Kopf fallen! Vernichten Sie ein Geschöpf Gottes, das voll Leben, Kraft und Gesundheit ist!‹ Und doch ist das meine Pflicht! Vom Schmerz übermannt, soll ich Befehl erteilen, daß man das Schafott errichte … Der Verurteilte weiß nicht, daß der Richter Qualen erduldet, die den seinen gleich sind. In diesem Augenblick sind wir, ich, die Gesellschaft, die sich rächt, und er, das zu sühnende Verbrechen, durch ein Blatt Papier verbunden; wir sind dieselbe Pflicht, von zwei Seiten gesehen, zwei Existenzen, die auf einen Augenblick durch das Henkerbeil des Gesetzes zusammengeschweißt sind. Wer beklagt diese tiefen Schmerzen des Richters? Wer tröstet ihn? … Es ist unser Ruhm, daß wir sie in der Tiefe unseres Herzens vergraben. Der Priester mit seinem gottgeweihten Leben und der Soldat mit seinen tausend Toden für das Land scheinen mir glücklicher als der Richter mit seinen Zweifeln, seinen Befürchtungen und seiner furchtbaren Verantwortlichkeit. Sie wissen, wen man hinrichten soll?« fuhr der Oberstaatsanwalt fort: »Einen jungen Mann von siebenundzwanzig Jahren, der schön ist wie unser Toter von gestern, blond wie er, dessen Kopf uns wider Erwarten zum Opfer gefallen ist, denn gegen ihn lagen nur die Beweise der Hehlerei vor. Dieser Bursche ist verurteilt worden, und er hat nichts gestanden! Seit siebzig Tagen wehrt er sich gegen alle Beweise, indem er seine Unschuld beteuert. Seit zwei Monaten trage ich zwei Köpfe auf den Schultern! Oh, ich würde sein Geständnis mit einem Jahr meines Lebens bezahlen, denn man muß die Geschwornen beruhigen! ... Urteilen Sie selbst, was für ein Hieb wider die Rechtsprechung es wäre, wenn man eines Tages entdeckte, daß das Verbrechen, wegen dessen er sterben soll, von einem andern begangen wurde! In Paris nimmt alles eine furchtbare Bedeutung an, die kleinsten juristischen Zwischenfälle werden zu politischen Ereignissen. Die Jury, diese Einrichtung, die die Gesetzgeber der Revolution für so stark hielten, ist ein Element des sozialen Verderbens; denn sie erfüllt ihre Mission nicht, sie schützt die Gesellschaft nicht genügend. Die Jury spielt mit ihren Funktionen. Die Geschwornen teilen sich in zwei Lager, von denen das eine die Todesstrafe nicht mehr will; es ergibt sich daraus ein völliger Umsturz der Gleichheit vor dem Gesetz. Ein so furchtbares Verbrechen wie der Vatermord erlangt in einem Departement einen Freispruch, während in einem anderen ein sozusagen gewöhnliches Verbrechen mit dem Tode bestraft wird. Was sollte daraus werden, wenn man in unserm Sprengel, in Paris, einen Unschuldigen hinrichtete!« – »Es ist ein entsprungener Sträfling«, bemerkte Herr Camusot schüchtern. »Er würde in den Händen der Opposition und der Presse zu einem Osterlamm werden!« rief Herr von Granville, »und die Opposition hätte leichtes Spiel, wenn sie ihn reinwaschen wollte; denn es handelt sich um einen Korsen, der ein Fanatiker der Ideen seines Landes ist; seine Morde sind die Wirkungen der Vendetta! Auf dieser Insel tötet man seinen Feind, und man hält sich für einen sehr ehrenwerten Menschen und wird auch dafür gehalten. Ach, echte Richter sind sehr unglücklich! Sehen Sie, sie müßten wie ehedem die Priester von aller Gesellschaft abgeschlossen leben. Die Welt müßte sie nur zu bestimmten Stunden ernst, alt und ehrwürdig aus ihren Zellen hervortreten sehen; und dann müßten sie

Recht sprechen, wie in den alten Gesellschaften die Hohenpriester, die die Rechtsgewalt und die Priestergewalt in sich vereinigten! Man müßte uns nur auf unsern Sitzen sehen ... Heute sieht man uns, wie wir gleich anderen leiden und uns amüsieren! Man sieht uns in den Salons, in der Familie, als Bürger, als Leute mit Leidenschaften, und es kann sein, daß wir grotesk wirken statt furchtbar ...«

Dieser qualvolle Schrei, der durch Pausen und Ausrufe unterbrochen und von Gesten begleitet wurde, die ihm eine auf dem Papier schwer wiederzugebende Beredsamkeit verliehen, jagte Camusot einen Schauder durch den Körper. »Auch ich, Herr Graf«, sagte er, »habe gestern die Lehrjahre in den Leiden unseres Standes angetreten! ... Ich wäre fast gestorben an dem Tode dieses jungen Mannes; er hatte meine Parteilichkeit nicht verstanden, der Unglückliche hat sich selber aufgespießt ...« – »Ach, Sie durften ihn nicht verhören!« rief Herr von Granville; »es ist so leicht, durch eine Unterlassung Dienste zu erweisen ...« – »Und das 258 Gesetz?« fragte Camusot; »er war seit zwei Tagen verhaftet! ...« – »Das Unglück ist geschehen«, erwiderte der Oberstaatsanwalt. »Ich habe nach Kräften wieder gutgemacht, was nicht wieder gutzumachen ist. Mein Wagen und meine Leute begleiten den Leichenzug dieses armen schwachen Dichters. Sérizy hat es gemacht wie ich; ja noch mehr, er nimmt das Amt an, das dieser unglückliche junge Mann ihm übertragen hat; er wird sein Testamentsvollstrecker sein. Er hat für dieses Versprechen von seiner Frau einen Blick erhalten, in dem der Verstand aufblitzte. Und der Graf Octavius schließlich wohnt dem Begräbnis persönlich bei.« – »Nun, Herr Graf«, sagte Camusot, »vollenden wir unser Werk. Es bleibt noch ein recht gefährlicher Untersuchungsgefangener übrig. Sie wissen so gut wie ich, daß es Jakob Collin ist. Der Elende wird als das erkannt werden, was er ist ...« – »Dann sind wir verloren!« rief Herr von Granville. »Er ist in diesem Augenblick bei Ihrem zum Tode Verurteilten, der ehemals im Bagno für ihn das war, was Lucien ihm in Paris gewesen ist ... sein Schützling! Bibi-Lupin hat sich als Gendarm verkleidet, um der Unterredung beizuwohnen.« – »Um was kümmert sich die Kriminalpolizei?« sagte der Oberstaatsanwalt; »sie darf nur auf meinen Befehl hin arbeiten.« – »Die ganze Conciergerie wird erfahren, daß wir Jakob Collin haben ... Nun, ich komme, um Ihnen zu sagen, daß dieser große und verwegene Verbrecher die gefährlichsten Briefe der Frau von Sérizy, der Herzogin von Maufrigneuse und des Fräulein Klotilde von Grandlieu besitzen muß.« – »Sind Sie dessen sicher?« fragte Herr von

Granville, indem er auf seinem Gesicht eine schmerzliche Überraschung sehen ließ. »Urteilen Sie selbst, Herr Graf, ob ich recht habe, wenn ich dieses Unglück fürchte. Als ich das Bündel Briefe entfaltete, das man bei diesem unglücklichen jungen Mann beschlagnahmt hat, warf Jakob Collin einen scharfen Blick darauf, und ihm entschlüpfte ein befriedigtes Lächeln, über dessen Bedeutung sich ein Untersuchungsrichter nicht täuschen kann. Ein so tiefgründiger Halunke wie Jakob Collin hütet sich wohl, solche Waffen fahren zu lassen. Was sagen Sie dazu, wenn diese Briefe in den Händen eines Verteidigers sind, den der Schlingel sich natürlich unter den Feinden der Regierung und der Aristokratie aussuchen wird! Meine Frau, für die die Herzogin von Maufrigneuse eine Schwäche hat, ist zu ihr gegangen, um sie zu warnen, und in diesem Augenblick werden sie bei den Grandlieus sein, um zu beraten ...« – »Der Prozeß dieses Menschen ist ganz unmöglich!« rief der Oberstaatsanwalt, indem er aufstand und mit großen Schritten durch sein Zimmer ging. »Er wird die Briefe in Sicherheit gebracht haben ...« – »Ich weiß, wo«, sagte Camusot.

Durch dieses einzige Wort tilgte der Untersuchungsrichter die ganze Voreingenommenheit des Oberstaatsanwalts gegen ihn. »Lassen Sie sehen! ...« sagte Herr von Granville, indem er sich wieder setzte. »Als ich von Hause in den Palast kam, habe ich mir diese trostlose Angelegenheit gründlich überlegt. Jakob Collin hat eine Tante, eine wirkliche, keine künstliche Tante; eine Frau, über die die politische Polizei der Präfektur eine Notiz geschickt hat. Er ist der Schüler und Abgott dieser Frau, der Schwester seines Vaters; sie heißt Jakobine Collin. Dieses Weib hat einen Kleiderhandel, und mit Hilfe der Beziehungen, die sie sich durch dieses Gewerbe verschafft hat, dringt sie in viele Familiengeheimnisse ein. Wenn Jakob Collin diese Papiere, die ihm zur Rettung werden können, irgend jemandem anvertraut hat, so hat er sie der Obhut dieses Geschöpfes übergeben; lassen Sie uns dieses Weib verhaften ...«

Der Oberstaatsanwalt warf einen feinen Blick auf Camusot, einen Blick, der etwa sagen sollte: ›Dieser Mensch ist nicht so dumm, wie ich gestern glaubte; nur ist er noch jung, er weiß mit den Zügeln der Justiz noch nicht umzugehen.‹

»Aber«, fuhr Camusot fort, »damit es gelingt, müssen wir alle Maßregeln, die wir gestern getroffen haben, abändern, und ich komme, um Sie um Ihren Rat, um Ihre Befehle zu bitten ...«

Der Oberstaatsanwalt nahm sein Papiermesser und schlug leise damit auf den Tischrand: eine Geste, wie sie allen Denkern vertraut ist, wenn sie sich völlig der Überlegung hingeben. »Drei große Familien in Gefahr!« rief er aus. »Hier darf man keinen einzigen Schnitzer machen! Sie haben recht, wir müssen Fouchés Grundsatz befolgen: ›Verhaften wir!‹ Wir müssen Jakob Collin auf der Stelle wieder in Geheimhaft bringen.« – »So geben wir zu, daß er der Sträfling ist! Damit beflecken wir das Andenken Luciens …« – »Was für eine furchtbare Angelegenheit!« sagte Herr von Granville; »alles ist gefährlich!«

In diesem Augenblick trat der Direktor der Conciergerie ein; nicht freilich, ohne zuvor anzuklopfen, aber ein Zimmer wie das des Oberstaatsanwalts wird so genau bewacht, daß nur solche, die mit dieser Behörde vertraut sind, an die Tür klopfen können.

»Herr Graf«, sagte Herr Gault, »der Untersuchungsgefangene, der den Namen Carlos Herrera führt, wünscht Sie zu sprechen.« – »Hat er mit irgend jemandem Verkehr gehabt?« fragte der Oberstaatsanwalt. »Mit den Gefangenen, denn er ist seit ungefähr halb acht auf dem Hof. Er hat den zum Tode Verurteilten gesehen, der ihm gegenüber ›geredet‹ zu haben scheint.«

Herr von Granville erkannte auf ein Wort des Herrn Camusot, das ihm wie ein Lichtstrahl ein plötzliches Licht brachte, wieviel Nutzen 261 man für die Herausgabe der Briefe aus einem Geständnis der Freundschaft Jakob Collins mit Theodor Calvi ziehen konnte. Er war glücklich, daß er einen Grund hatte, die Hinrichtung zu verschieben, und rief Herrn Gault durch eine Geste zu sich zurück. »Es ist meine Absicht«, sagte er, »die Hinrichtung auf morgen zu verschieben; aber in der Conciergerie darf man von dieser Verzögerung nichts merken. Absolutes Schweigen! Der Scharfrichter soll tun, als ginge er, um die Zurüstungen zu überwachen. Schicken Sie uns diesen spanischen Priester unter guter Bewachung hierher; die spanische Gesandtschaft verlangt seine Auslieferung. Die Gendarmen mögen Ihren Herrn Carlos über Ihre Privattreppe führen, damit er niemanden sehen kann. Warnen Sie die Leute, damit sie ihn zu zweit festhalten, jeder an einem Arm, und daß sie ihn erst an der Tür meines Zimmers loslassen. Sind Sie sicher, Herr Gault, daß dieser gefährliche Ausländer nur mit den Gefangenen hat reden können?« – »Nein; in dem Augenblick, als er aus der Kammer des zum Tode Verurteilten kam, erschien eine Dame, um ihn zu sprechen.«

Die beiden Richter tauschten einen Blick aus, und was für einen Blick!

»Was für eine Dame?« fragte Camusot. »Eins seiner Beichtkinder ... eine Marquise«, erwiderte Herr Gault. »Immer schlimmer!« rief Herr von Granville, indem er Camusot ansah. »Die Gendarmen und Aufseher haben Kopfschmerzen bekommen durch sie«, sagte Herr Gault bestürzt. »In Ihrem Amt ist nichts bedeutungslos«, sagte der Oberstaatsanwalt streng. »Die Conciergerie ist nicht umsonst so vermauert, wie sie es ist. Wie ist diese Dame hereingekommen?« – »Mit einem ordnungsmäßigen Erlaubnisschein, Herr Graf«, erwiderte der Direktor. »Diese vollkommen gutgekleidete Dame kam in einer Equipage, begleitet von einem Jäger und einem Lakaien, um ihren Beichtvater zu sehen, ehe sie zur Beerdigung des unglücklichen jungen Mannes ging, den Sie haben fortholen lassen.« – »Bringen Sie mir den Erlaubnisschein der Präfektur«, sagte Herr von Granville. »Er ist auf Empfehlung Seiner Exzellenz des Grafen von Sérizy erteilt worden.« – »Wie sah diese Frau aus?« fragte der Oberstaatsanwalt. »Sie schien uns eine vornehme Dame zu sein.« – »Haben Sie ihr Gesicht gesehen?« – »Sie trug einen schwarzen Schleier.« – »Was hat sie gesprochen?« – »Nun, eine Fromme mit einem Gebetbuch ... was sollte die wohl sagen? ... Sie bat um den Segen des Abbés, sie kniete nieder ...« – »Haben sie sich lange unterhalten?« fragte der Richter. »Keine fünf Minuten; aber verstanden haben wir alle nicht, was sie sagten, sie haben wahrscheinlich spanisch gesprochen.« – »Sagen Sie uns alles, Herr Direktor«, fuhr der Oberstaatsanwalt fort. »Ich wiederhole Ihnen, die geringste Einzelheit ist für uns von entscheidender Bedeutung. Möge Ihnen dies als Warnung dienen!« – »Sie weinte, Herr Graf.« – »Weinte sie wirklich?« – »Das konnten wir nicht sehen, sie bedeckte ihr Gesicht mit dem Taschentuch. Sie hat dreihundert Franken in Gold für die Gefangenen zurückgelassen.« – »Dann ist sie es nicht!« rief Camusot. »Bibi-Lupin«, fuhr Herr Gault fort, »rief aus: ›Das ist eine Gaunerin!‹« – »Er kennt sich darin aus«, sagte Herr von Granville. »Erlassen Sie Ihren Haftbefehl«, fügte er mit einem Blick auf Camusot hinzu, »und schnell bei ihr die Siegel angelegt! ... Aber vor allem, wie hat sie sich die Empfehlung des Herrn von Sérizy verschaffen können? ... Bringen Sie mir den Erlaubnisschein der Präfektur ... Eilen Sie, Herr Gault! Und schicken Sie mir gleich den Abbé. Solange wir ihn da haben, kann die Gefahr nicht größer werden. Und in einer zweistündigen Unterredung macht man schon einige Fortschritte in der Kenntnis einer Menschenseele.« – »Vor allem ein Oberstaatsanwalt wie Sie«, sagte Camusot fein. »Wir sind zu zweit«, erwiderte der Oberstaatsanwalt höflich. Und er sank in seine

Überlegung zurück. »Man müßte in allen Sprechzimmern der Gefängnisse ein Aufseheramt einrichten, das mit einem guten Gehalt den geschicktesten und ergebensten Polizeiagenten verliehen würde«, sagte er nach einer langen Pause. »Da müßte Bibi-Lupin sein Leben beschließen. Dann hätten wir ein Auge und ein Ohr an einer Stelle, die eine geschicktere Überwachung verlangt, als jetzt vorhanden ist. Herr Gault hat nichts Entscheidendes sagen können.« – »Er ist so in Anspruch genommen«, sagte Camusot; »aber zwischen den Geheimzellen und uns liegt eine Lücke. Um von der Conciergerie zu uns zu kommen, geht man durch Gänge, Höfe und über Treppen. Die Aufmerksamkeit unserer Gendarmen ebbt, während der Gefangene immer nur an seine Sache denkt. Es hat schon einmal, wie man mir sagte, eine Dame auf seinem Weg gestanden, als Jakob Collin aus seiner Zelle zum Verhör kam. Diese Frau ist bis zu dem Gendarmenposten vorgedrungen, oben über der kleinen Treppe von der Souricière her; die Gerichtsdiener haben es mir gesagt, und ich habe die Gendarmen deswegen ausgescholten.« – »Oh, der Palast müßte ganz und gar neu gebaut werden«, sagte Herr von Granville; »aber das ist eine Ausgabe von zwanzig bis dreißig Millionen! ... Verlangen Sie doch von der Kammer dreißig Millionen für die Bequemlichkeit der Richter!«

Man hörte die Schritte mehrerer Personen und das Geräusch von Waffen. Es mußte Jakob Collin sein. Der Oberstaatsanwalt legte sich eine Maske der Würde über das Gesicht, unter der der Mensch verschwand. Camusot ahmte darin den Leiter der Staatsanwaltschaft nach. In der Tat öffnete der Bureaudiener die Tür, und Jakob Collin trat ruhig und ohne jedes Staunen ein.

»Sie haben mich sprechen wollen«, sagte der Oberstaatsanwalt, »ich höre Sie.« – »Herr Graf, ich bin Jakob Collin, ich ergebe mich!« Camusot erzitterte, der Oberstaatsanwalt blieb ruhig. »Sie werden sich denken können, daß ich meine Gründe habe, so zu handeln«, fuhr Jakob Collin fort, indem er einen spöttischen Blick über die beiden Richter gleiten ließ. »Ich muß Ihnen ungeheure Verlegenheiten bereiten; denn wenn ich spanischer Priester bleibe, lassen Sie mich von der Gendarmerie bis zur Grenze bei Bayonne begleiten, und da befreien die spanischen Bajonette Sie von mir!« Die beiden Richter verharrten reglos und stumm. »Herr Graf«, fuhr der Sträfling fort, »die Gründe, die mich treiben, so zu handeln, sind noch ernsterer Natur, obgleich sie verteufelt persönlich

sind; aber ich kann sie nur Ihnen sagen ... Sollten Sie Furcht haben?« –
»Furcht! Wovor, vor wem?« sagte der Graf von Granville.

Haltung, Ausdruck, Kopfneigung, Geste und Blick machten in diesem
Augenblick aus dem großen Oberstaatsanwalt ein lebendes Bild des
Richterstandes, der die schönsten Beispiele bürgerlichen Mutes zeigen
muß. In diesem so flüchtigen Augenblick stand er auf der Höhe der alten
Richter des einstigen Parlaments zu Zeiten der Bürgerkriege, als die
Präsidenten dem Tode gegenüber den Statuen gleich, die man ihnen
errichtet hat, wie aus Marmor dastanden.

»Nun, Furcht, mit einem entsprungenen Sträfling allein zu bleiben.« –
»Verlassen Sie uns, Herr Camusot«, sagte der Oberstaatsanwalt schnell.
»Ich wollte Ihnen vorschlagen, mir Hände und Füße fesseln zu lassen«,
fuhr Jakob Collin kühl fort, indem er den beiden Richtern einen
furchtbaren Blick zuwarf. Er machte eine Pause und sagte dann ernst:
»Herr Graf, Sie hatten erst nur meine Achtung, aber Sie haben in diesem
Augenblick kleine Bewunderung.« – »So, halten Sie sich für so furchtbar?«
fragte der Oberstaatsanwalt mit einer Miene voller Geringschätzung.
»Mich für furchtbar halten?« erwiderte der Verbrecher; »wozu? Ich bin
es, und ich weiß es.«

Jakob Collin nahm einen Stuhl und setzte sich mit der ganzen Unbe-
fangenheit eines Mannes, der weiß, daß er seinem Gegner in einer Unterredung, bei der eine Macht mit der andern verhandelt, gewachsen ist.

In diesem Augenblick kam Herr Camusot, der schon auf der Schwelle
stand, ins Zimmer zurück; er ging zu Herrn von Granville und überreichte ihm zwei gefaltete Papiere. »Sehen Sie«, sagte der Richter zu dem
Oberstaatsanwalt, indem er ihm das eine der Papiere zeigte. »Rufen Sie
Herrn Gault zurück«, rief der Graf, sowie er den Namen der Kammerfrau
der Herzogin von Maufrigneuse gelesen hatte; denn sie war ihm bekannt.

Der Direktor der Conciergerie trat ein. »Schildern Sie uns«, sagte ihm
der Oberstaatsanwalt ins Ohr, »die Frau, die den Untersuchungsgefangenen gesprochen hat.« – »Klein, stark, dick, untersetzt«, erwiderte Herr
Gault. »Die Person, für die der Erlaubnisschein gegeben wurde, ist groß
und schlank«, sagte Herr von Granville. »Und welches Alter?« – »Sechzig
Jahre.«

»Es handelt sich um mich, meine Herren?« fragte Jakob Collin. »Lassen
Sie sehen«, fuhr er gutmütig fort, »suchen Sie nicht. Diese Person ist
meine Tante, eine wahrhaftige Tante, eine Frau, eine Alte. Ich kann Ihnen
viele Verlegenheiten ersparen ... Sie werden meine Tante nur dann fin-

den, wenn ich es will ... Wenn wir so schwätzen, werden wir kaum vorwärts kommen.« – »Der Herr Abbé spricht nicht mehr wie ein Spanier Französisch«, sagte Herr Gault, »er radebrecht nicht mehr.« – »Weil die Dinge schon verwickelt genug sind, mein lieber Herr Gault!« erwiderte Jakob Collin mit einem bittern Lächeln, indem er den Direktor bei seinem Namen nannte.

In diesem Augenblick stürzte Herr Gault auf den Oberstaatsanwalt zu und sagte ihm ins Ohr: »Nehmen Sie sich in acht, Herr Graf, dieser Mensch ist rasend.«

Herr von Granville sah Jakob Collin langsam an und fand ihn ruhig; aber er erkannte alsbald die Wahrheit dessen, was der Direktor sagte. Diese trügerische Haltung verbarg die kalte und furchtbare Erregung der Nerven des Wilden. In Jakob Collins Augen brütete ein vulkanischer Ausbruch; seine Fäuste waren geballt. Es war wirklich der Tiger, der sich zusammenkrümmt, um auf eine Beute zu springen. »Lassen Sie uns allein«, sagte der Oberstaatsanwalt mit ernster Miene zu dem Direktor der Conciergerie und dem Richter.

»Sie haben gut daran getan, Luciens Mörder fortzuschicken! ...« sagte Jakob Collin, ohne sich darum zu kümmern, ob Herr Camusot ihn hören konnte oder nicht, »ich konnte nicht mehr, ich wollte ihn erwürgen ...«

Herrn von Granville schauderte es. Nie hatte er so viel Blut in den Augen eines Menschen gesehen, nie so viel Blässe in den Wangen, so viel Schweiß auf einer Stirn, noch eine solche Muskelspannung. »Wozu hätte Ihnen dieser Mord genützt?« fragte der Oberstaatsanwalt den Verbrecher ruhig. »Sie rächen die Gesellschaft jeden Tag oder glauben sie zu rächen, Herr Graf, und Sie fragen mich nach dem Grunde einer Rache! Haben Sie denn nie in Ihren Adern gefühlt, wie da die Rachsucht ihre Wogen schlug? Wissen Sie denn nicht, daß dieser Dummkopf von Richter ihn uns getötet hat? Denn Sie haben ihn geliebt, meinen Lucien, und er liebte Sie! Ich kenne Sie auswendig, Herr Graf. Das liebe Kind erzählte mir alles, wenn er abends nach Hause kam; ich brachte ihn zu Bett, wie eine Bonne ihren Balg zu Bett bringt, ich ließ ihn alles berichten ... Er vertraute mir alles an, bis hinab zu seinen geringsten Empfindungen ... Ach, nie hat eine gute Mutter ihren einzigen Sohn so geliebt, wie ich diesen Engel liebte. Wenn Sie wüßten! Das Gute wuchs in diesem Herzen auf, wie die Blumen sich auf den Wiesen erheben. Er war schwach, das war sein einziger Fehler, schwach wie die Saite der Leier, die so stark ist, wenn sie sich spannt ... Das sind die schönsten Naturen, ihre Schwäche ist ganz einfach Zärtlichkeit, Bewunderung, die Fähigkeit, in der Sonne der Kunst, der Liebe, des Schönen, das Gott unter tausend Formen für den Menschen erschuf, emporzublühen! ... Kurz, Lucien war eine mißratene Frau. Ach, was habe ich dem blöden Tier, das eben hinausgegangen ist, nicht alles gesagt! ... Ach, Herr Graf, ich habe in meiner Sphäre als Untersuchungsgefangener vor dem Richter getan, was Gott getan hätte, um seinen Sohn zu retten, wenn er ihn vor Pilatus begleitet hätte! ...«

Ein Tränenstrom brach aus den klaren und gelben Augen des Sträflings hervor, die noch eben wie die eines durch sechs Monate des Schnees in der Ukraine ausgehungerten Wolfes geflackert hatten.

»Dieser Tölpel wollte auf nichts hören, und er hat das Kind zugrunde gerichtet! ... Herr Graf, ich habe die Leiche des Kleinen mit meinen Tränen gewaschen und zu dem gefleht, den ich nicht kenne und der über uns allen ist! Ich, der ich nicht an Gott glaube! – Wenn ich kein Materialist wäre, wäre ich nicht ich! – Ich habe Ihnen da in einem Wort alles gesagt. Sie wissen nicht, kein Mensch weiß, was der Schmerz ist; ich allein, ich kenne ihn. Das Feuer des Schmerzes hat meine Tränen so sehr vertrocknet, daß ich heute nacht nicht habe weinen können. Ich weine jetzt, weil ich fühle, daß Sie mich verstehen. Ich habe Sie da eben als ›Gerechtigkeit‹ gesehen ... Ach, Herr Graf, Gott – ich fange an, an ihn zu glauben – bewahre Sie davor, zu werden, was ich bin ... Dieser verfluchte Richter hat mir meine Seele genommen. Herr Graf, Herr Graf! Man begräbt in diesem Augenblick mein Leben, meine Schönheit, meine Tugend, mein Gewissen, meine ganze Kraft! Stellen Sie sich einen Hund vor, dem ein Chemiker sein Blut entzieht ... Dann haben Sie mich, ich bin dieser Hund ... Deshalb bin ich zu Ihnen gekommen, um Ihnen zu sagen: ›Ich bin Jakob Collin, ich ergebe mich!‹ ... Ich hatte mich dazu heute morgen entschlossen, als man kam, mir diesen Leichnam fortzureißen, den ich wie ein Wahnsinniger, wie eine Mutter küßte, wie die Jungfrau Jesus im Grab geküßt haben muß ... Ich wollte mich bedingungslos dem Dienst der Gerichtsbarkeit ergeben ... Jetzt muß ich Bedingungen stellen, Sie werden sehen, weshalb ...« – »Sprechen Sie zu Herrn von Granville oder zum Oberstaatsanwalt?« fragte der Richter.

Diese beiden Männer, das Verbrechen und die Gerechtigkeit, sahen sich an. Der Sträfling hatte den Staatsanwalt bis ins Innerste gerührt, und diesen faßte ein göttliches Mitleid mit dem Unglücklichen; er erriet sein Leben und seine Empfindungen. Schließlich glaubte der Staatsanwalt – ein Staatsanwalt bleibt immer Staatsanwalt –, dem das Leben Jakob Collins seit seinem Ausbruch unbekannt war, er könne sich zum Meister dieses Verbrechers machen, der schließlich nur einer Fälschung schuldig war. Und er wollte es dieser Natur gegenüber, die wie die Bronze aus verschiedenen Metallen zusammengesetzt war, aus Gutem und Bösem, mit Großmut versuchen. Und Herr von Granville, der dreiundfünfzig Jahre alt geworden war, ohne daß er je hatte Liebe einflößen können, bewunderte wie alle Männer, die nie geliebt worden sind, die zarten Naturen. Vielleicht war diese Verzweiflung, das Los vieler Männer, denen die Frauen nur ihre Achtung oder Freundschaft gewähren, das geheime Band in der tiefen Vertraulichkeit der Herren von Bauvan, von Granville 269 und von Sérizy; denn das gleiche Unglück stimmt genau wie ein gegenseitiges Glück die Seelen auf die gleiche Oktave.

»Sie haben eine Zukunft!« sagte der Oberstaatsanwalt, indem er einen Inquisitorblick auf den zu Boden geworfenen Verbrecher fallen ließ. Der machte eine Geste, durch die er die tiefste Gleichgültigkeit gegen sich selber verriet. »Lucien hat ein Testament hinterlassen, durch das er Ihnen dreihunderttausend Franken vermacht …« – »Der Arme! Der arme Kleine, der arme Kleine!« rief Jakob Collin; »immer zu ehrlich! Ich verkörperte alle schlimmen Empfindungen, er das Gute, das Edle, das Schöne, das Erhabene! So schöne Seelen kann man nicht verwandeln! Er hatte nur mein Geld von mir angenommen, Herr Graf!«

Diese tiefe, völlige Aufgabe der Persönlichkeit, die der Richter nicht wieder beleben konnte, bewies die furchtbaren Worte des Menschen so gut, daß Herr von Granville auf die Seite des Verbrechers trat. Es blieb noch der Oberstaatsanwalt übrig. »Wenn Sie nichts mehr interessiert«, fragte Herr von Granville, »was wollten Sie mir dann sagen?« – »Ist es nicht schon viel, daß ich mich ergebe? Sie ›brannten‹, aber Sie hatten mich noch nicht; ich würde Ihnen außerdem zuviel zu schaffen machen! …« ›Was für ein Gegner!‹ dachte der Oberstaatsanwalt. »Herr Oberstaatsanwalt, Sie wollen einem Unschuldigen den Kopf abschlagen lassen, und ich habe den Schuldigen gefunden«, fuhr Jakob Collin ernst fort, indem er sich die Tränen trocknete. »Ich bin nicht um deretwillen hier, sondern um Ihretwillen. Ich wollte Ihnen einen Gewissensbiß ersparen, denn ich liebe alle, die Lucien irgendwelches Interesse entgegenbrachten, genau wie ich alle mit meinem Haß verfolgen werde, die ihn am Leben gehindert haben … Was macht mir das aus, mir, ein Sträfling?« fuhr er nach einer leichten Pause fort. »Ein Sträfling ist in meinen Augen 270 kaum das, was für Sie eine Ameise ist. Ich bin wie die italienischen Räuber, die stolzen Kerle! Wenn ihnen der Reisende nur etwas mehr einbringt als den Preis des Schusses, strecken sie ihn zu Boden! Ich habe nur an Sie gedacht. Ich habe diesen jungen Menschen in die Beichte genommen; er konnte sich nur mir anvertrauen, er ist mein Kettengenosse! Theodor ist von Natur gut; er glaubte einer Geliebten einen Dienst zu leisten, wenn er es übernahm, gestohlene Dinge zu verkaufen oder zu verpfänden; aber in der Angelegenheit von Nanterre ist er als Verbrecher so wenig beteiligt wie Sie. Er ist Korse; es liegt in ihren Sitten, daß sie sich rächen, daß sie sich gegenseitig wie die Fliegen töten. In Italien und Spanien hat man nicht die Achtung vor dem Menschenleben, und das ist ganz in Ordnung. Man glaubt dort, daß wir eine Seele besitzen, ein Irgendetwas, ein Bild von uns, das uns überlebt, das ewig leben soll. Erzählen Sie doch unsern Analytikern von diesem Hirngespinst! Gerade die atheistischen und philosophischen Länder lassen das Menschenleben den, der es zerstört, teuer bezahlen, und sie haben recht, weil sie nur an die Materie, an die Gegenwart glauben! Wenn Calvi Ihnen die Frau angegeben hätte, von der die gestohlenen Gegenstände stammen, so hätten Sie zwar nicht den eigentlichen Schuldigen, denn der ist in Ihren Krallen, wohl aber eine Mitschuldige gefunden, die der arme Theodor nicht zugrunde richten will, denn es ist eine Frau … Was wollen Sie! Jeder Stand hat seine Ehre, das Bagno und die Halunken haben auch die ihre! Jetzt kenne ich den Mörder dieser beiden Frauen und die Urheber dieses verwegenen, merkwürdigen, unheimlichen Unternehmens; man hat es mir in allen Einzelheiten erzählt. Schieben Sie die Hinrichtung Calvis auf, so werden Sie alles erfahren; aber geben Sie mir Ihr Ehrenwort, ihn wieder ins Bagno zu schicken, indem Sie seine Strafe umwandeln lassen in … Unter meinen Schmerzen kann man sich nicht die Mühe machen, zu lügen, das wissen Sie. Was ich Ihnen sage, ist die Wahrheit …« – »Ihnen gegenüber, Jakob Collin, glaube ich, obwohl es die Rechtsprechung erniedrigen heißt, da sie solche Kompromisse niemals gutheißen könnte, von der Strenge meiner Obliegenheiten abweichen zu können, indem ich mich auf den beziehe, dem es dem Rechte nach zusteht.« – »Gewähren Sie mir dieses Leben?« – »Das wird möglich sein …« – »Herr Graf, ich flehe Sie an, mir Ihr Wort zu geben, das soll mir genügen.« Herr von Granville machte eine Geste verletzten Stolzes. »Ich habe die Ehre dreier großer Familien in der Hand, und Sie haben nur das Leben dreier Sträflinge«, fuhr Jakob Collin fort; »ich bin stärker als Sie.« –

»Man kann Sie wieder in strengen Gewahrsam werfen; was wollen Sie da machen? ...« fragte der Oberstaatsanwalt. »Oh, spielen wir denn?« sagte Jakob Collin. »Ich sprach frei von der Leber weg! Ich sprach zu Herrn von Granville; aber wenn der Oberstaatsanwalt da ist, so nehme ich meine Karten wieder auf und lasse Sie nicht mehr hineinsehen ... Und dabei wollte ich Ihnen, wenn Sie mir Ihr Wort gäben, die Briefe ausliefern, die Fräulein Klotilde von Grandlieu an Lucien geschrieben hat!«

Das wurde in einem Ton, mit einer Kaltblütigkeit und einem Blick gesagt, die Herrn von Granville einen Gegner offenbaren, bei dem der geringste Fehler gefährlich war. »Ist das alles, was Sie verlangen?« fragte der Oberstaatsanwalt. »Ich will Ihnen für mich reden«, sagte Jakob Collin. »Die Ehre der Familie Grandlieu zahlt für die Umwandlung der Strafe Theodors: das nenne ich viel geben und wenig dafür erhalten. Was ist ein Sträfling, der auf Lebenszeit verurteilt ist? ... Wenn er ausbricht, können Sie sich seiner so leicht entledigen! Es ist ein Wechsel 272 auf die Guillotine. Nur müssen Sie mir, da man ihn in wenig liebenswürdiger Absicht nach Rochefort geschickt hatte, versprechen, daß Sie ihn nach Toulon überweisen, indem Sie Befehl erteilen, daß er dort gut behandelt wird. Jetzt ich selber; ich will mehr. Ich habe die Briefe der Frau von Sérizy und der Herzogin von Maufrigneuse, und was für Briefe! ... Sehen Sie, Herr Graf, die öffentlichen Dirnen streben, wenn sie schreiben, nach Stil und schönen Empfindungen; nun, die großen Damen, die den ganzen Tag im Stil und in großen Empfindungen schweben, schreiben so, wie die Dirnen handeln. Die Philosophen mögen die Gründe dieses Stellungswechsels suchen; mir liegt nichts daran, sie zu finden. Die Frau ist ein minderwertiges Wesen, sie gehorcht zu sehr ihren Organen. Für mich ist die Frau nur schön, wenn sie einem Manne gleicht. So haben denn auch diese kleinen Herzoginnen, die mit dem Kopf männlich sind, Meisterwerke geschrieben ... Oh, das ist von einem bis zum andern Ende herrlich wie Pirons berühmte Ode ...« – »Wirklich?« – »Wollen Sie sie sehen? ...« fragte Jakob Collin lächelnd. Der Richter schämte sich. »Ich kann Ihnen eine Probe zu lesen geben ... Aber keine Possen! Wir spielen offenes Spiel? Sie werden mir die Briefe zurückgeben, und Sie werden verbieten, daß man spioniert, und daß man die Person, die sie bringt, verfolgt oder ansieht.« – »Wird das lange dauern?« fragte der Oberstaatsanwalt. »Nein, es ist halb zehn ...« sagte Jakob Collin, indem er auf die Stutzuhr sah; »nun, in vier Minuten haben wir je einen Brief dieser beiden Damen; und wenn Sie sie gelesen haben, werden Sie die Guillotine widerrufen! Wenn all das nicht wäre, wie es ist, so würden Sie mich nicht so ruhig sehen. Die Damen sind übrigens gewarnt ...«

Herr von Granville machte eine überraschte Geste. »Sie werden in diesem Augenblick in heller Bewegung sein, sie werden den Justizminister ins Feld schicken, sie werden, wer weiß, wohl gar bis zum König gehen! ... Lassen Sie sehen, geben Sie mir Ihr Ehrenwort, nicht zu beachten, wer kommen wird, und die Person eine Stunde lang nicht zu verfolgen noch verfolgen zu lassen?« – »Ich verspreche es Ihnen.« – »Gut, Sie werden nicht einen entsprungenen Sträfling betrügen wollen. Sie sind aus dem Holz, aus dem die Turennes geschnitzt waren, und Sie halten den Dieben Ihr Wort ... Nun, im Vorsaal steht in diesem Augenblick eine Bettlerin in Lumpen, ein altes Weib, mitten im Saal. Sie wird mit einem der kleinen Advokaten über irgendeinen Prozeß um eine Grenzmauer reden; schicken Sie Ihren Bureaudiener zu ihr und lassen Sie ihr sagen: ›Dabor ti mandana.‹ Dann wird sie kommen ... Aber seien Sie nicht unnötig grausam ... Entweder nehmen Sie meine Vorschläge an, oder Sie wollen sich nicht mit einem Sträfling kompromittieren ... Ich bin nur ein Fälscher, beachten Sie das wohl! ... Nun, lassen Sie Calvi nicht in den furchtbaren Qualen der Toilette ...« – »Die Hinrichtung ist bereits widerrufen ... Ich will nicht«, sagte Herr von Granville zu Jakob Collin, »daß die Justiz unter Ihnen bleibe!«

Jakob Collin blickte den Oberstaatsanwalt mit einem gewissen Staunen an und sah, wie er die Schnur seiner Schelle zog. »Wollen Sie nicht entschlüpfen? Geben Sie mir Ihr Wort, ich begnüge mich damit. Suchen Sie diese Frau selbst auf ...« Der Gerichtsdiener trat ein. »Felix, schicken Sie die Gendarmen fort ...« sagte Herr von Granville.

Jakob Collin war besiegt. In diesem Zweikampf mit dem Staatsanwalt wollte er der Größere, der Stärkere, der Großmütigere sein, und der Richter zermalmte ihn. Nichtsdestoweniger aber fühlte der Sträfling sich überlegen, weil er die Justiz nasführte, weil er sie überredete, daß der Schuldige unschuldig sei, und weil er ihr siegreich einen Kopf streitig machte: aber diese Überlegenheit mußte stumm bleiben, geheim, verborgen, während der ›Storch‹ ihn majestätisch in vollem Licht überwältigte.

In dem Augenblick, als Jakob Collin das Zimmer Herrn von Granvilles verlassen hatte, stellte sich der Generalsekretär des Vorsitzes im Ministerrat, ein Deputierter, der Graf des Lupeaulx ein, begleitet von einem kleinen leidenden Greisen. Diese Persönlichkeit, die sich in einen flohfarbenen wattierten Mantel hüllte, als herrschte der Winter noch, zeigte gepudertes Haar und ein kaltes, blasses Gesicht; sie ging wie ein Gichtbrüchiger unsicher auf den Füßen einher, die durch kalblederne Schuhe dick gemacht waren, und stützte sich, barhaupt, den Hut in der Hand, das Knopfloch geschmückt mit einer Schnalle, an der sieben Kreuze hingen, auf einen Stock mit goldenem Knauf.

»Was gibt es, mein lieber des Lupeaulx?« fragte der Oberstaatsanwalt. »Der Fürst schickt mich«, erwiderte leise der Graf. »Sie haben Generalvollmacht, um die Briefe der Damen von Sérizy und von Maufrigneuse und die des Fräulein Klotilde von Grandlieu loszukaufen. Sie können sich mit diesem Herrn verständigen ...« – »Wer ist das?« fragte der Oberstaatsanwalt flüsternd. »Ich habe keine Geheimnisse vor Ihnen, mein lieber Oberstaatsanwalt, es ist der berühmte Corentin. Seine Majestät läßt Ihnen sagen, Sie möchten ihm selbst alle Einzelheiten dieser Angelegenheit mitteilen, sowie auch die Bedingungen für einen Erfolg.« – »Leisten Sie mir den einen Dienst«, erwiderte der Oberstaatsanwalt, »und gehen Sie zu dem Fürsten, um ihm zu sagen, daß alles bereits beendet ist; ich habe diesen Herrn nicht erst nötig gehabt«, fügte er hinzu, indem er auf Corentin deutete. »Ich werde mir die Befehle Seiner Majestät in betreff des Abschlusses dieser Angelegenheit holen; sie geht den Justizminister an, denn es sind zwei Begnadigungen zu gewähren.« – »Sie haben klug gehandelt, daß Sie schon vorgingen«, sagte des Lupeaulx, indem er dem Oberstaatsanwalt die Hand drückte. »Der König will am Vorabend eines großen Unternehmens nicht zusehen, wie die Pairie und die großen Familien an den Pranger gestellt und besudelt werden ... Es ist nicht mehr ein gewöhnlicher Strafprozeß, es ist eine Staatsangelegenheit ...« – »Aber sagen Sie dem Fürsten, als Sie gekommen wären, sei alles schon erledigt gewesen!« – »Wirklich?« – »Ich glaube es.« – »Dann werden Sie Justizminister, wenn der gegenwärtige Justizminister Kanzler wird, mein Lieber ...« – »Ich habe keinen Ehrgeiz«, erwiderte der Oberstaatsanwalt. Des Lupeaulx wandte sich lachend zum Gehen. »Bitten Sie den Fürsten, mir vom König gegen halb drei Uhr zehn Minuten Audienz zu erwirken«, fügte Herr von Granville hinzu, indem er den Grafen des Lupeaulx hinausgeleitete. »Und Sie sind nicht ehrgeizig!« sagte des Lupeaulx, indem er Herrn von Granville einen feinen Blick zuwarf. »Was! Sie haben zwei Kinder, Sie wollen doch mindestens Pair von Frankreich werden ...«

»Wenn der Herr Oberstaatsanwalt die Briefe hat, so wird meine Vermittlung überflüssig«, bemerkte Corentin, als er sich mit Herrn von Granville allein sah und der ihn mit sehr begreiflicher Neugier musterte. »Ein Mann wie Sie ist in einer so heiklen Angelegenheit niemals überflüssig«, erwiderte der Oberstaatsanwalt, als er sah, daß Corentin alles begriffen oder gehört hatte. Corentin dankte durch eine fast gönnerhafte Kopfneigung. »Kennen Sie die Persönlichkeit, um die es sich handelt?« – »Ja, Herr Graf, es ist Jakob Collin, der Führer der Gesellschaft der Zehntausend, der Bankier der drei Bagnos, ein Sträfling, der sich seit fünf Jahren unter der Soutane des Abbé Carlos Herrera zu verstecken verstanden hat. Wie er vom König von Spanien hat mit einer Mission an den verstorbenen König betraut werden können, darüber die Wahrheit herauszubekommen, zerbrechen wir uns alle vergeblich den Kopf. Ich erwarte eine Antwort aus Madrid, wohin ich einen meiner Leute mit den Notizen entsandt habe. Dieser Sträfling ist im Besitz der Geheimnisse zweier Könige …« – »Er ist ein Mann von starkem Geist! Wir können nur eins von zwei Dingen tun: ihn an uns fesseln oder uns seiner entledigen«, sagte der Oberstaatsanwalt. »Da haben wir denselben Gedanken gehabt, und das ist eine große Ehre für mich«, erwiderte Corentin. »Ich bin genötigt, für so viel Leute so viel Einfälle zu haben, daß ich schließlich einmal mit einem Mann von Geist zusammentreffen muß.«

Das wurde so trocken und in so eisigem Ton gesagt, daß der Oberstaatsanwalt Schweigen bewahrte und ein paar eilige Sachen zu erledigen begann.

Man kann sich nicht vorstellen, von welchem Staunen Fräulein Jakobine Collin erfaßt wurde, als Jakob Collin im Vorsaal erschien. Sie stand wie angewurzelt auf den Beinen, die Hände auf die Hüften gestützt, denn sie war als Obsthändlerin verkleidet. So sehr sie auch an die Kraftstreiche ihres Neffen gewöhnt war, so übertraf doch dieser alles.

»Nun, wenn du mich noch lange anstaunst wie ein naturgeschichtliches Kabinett«, sagte Jakob Collin, indem er seine Tante beim Arm nahm und aus dem Vorsaal führte, »wird man uns für zwei Kuriositäten halten und uns vielleicht verhaften; damit wäre Zeit verloren.«

Und er stieg die Treppe zur Händlergalerie hinab, die in die Rue de la Barillerie führt. »Wo ist Paccard?« – »Er erwartet mich bei der Roten und geht auf dem Blumenkai spazieren.« – »Und Prudentia?« – »Die ist zu Hause als mein Patenkind.« – »Laß uns dorthin …« – »Sieh dich um, ob wir verfolgt werden …«

Die ›Rote‹, eine Kurzwarenhändlerin des Blumenkais, war die Witwe eines berühmten Mörders, eines Zehntausenders. 1819 hatte Jakob Collin diesem Mädchen im Namen ihres Liebhabers nach dessen Hinrichtung getreulich zwanzig und einige tausend Franken eingehändigt. Betrüg-den-Tod allein wußte um den vertrauten Verkehr dieses jungen Mädchens, das damals Modistin war, mit seiner ›Spitze‹.

›Ich bin der Dab deines Mannes‹, hatte damals der Bewohner des Hauses Vauquer zu der Modistin gesagt, die er in den Jardin des Plantes bestellt hatte. ›Er wird dir von mir gesprochen haben, meine Kleine. Wer mich verrät, stirbt innerhalb desselben Jahres; wer mir treu ist, hat von mir nie etwas zu fürchten. Ich bin ein Freund, der eher stirbt, als daß er ein Wort sagt, wodurch die, die er liebt, kompromittiert werden können. Gehöre mir, wie eine Seele dem Teufel gehört, und du wirst deinen Nutzen davon haben. Ich habe deinem armen August, der dich reich machen wollte und der sich um deinetwillen hat sensen lassen, versprochen, daß du glücklich sein sollst. Weine nicht; höre mich an! Außer mir weiß niemand in der Welt, daß du die Geliebte eines Sträflings warst, eines Mörders, den man Sonnabend kalt gemacht hat; ich werde nie ein Wort davon sagen. Du bist zweiundzwanzig Jahre alt, du bist hübsch und hast sechsundzwanzigtausend Franken Vermögen; vergiß August, verheirate dich und werde eine anständige Frau, wenn du es kannst. Für diese Ruhe verlange ich von dir, daß mir dienst, mir und denen, die ich dir schicke, und zwar ohne zu zögern. Ich werde nie etwas von dir fordern, was dich oder deine Kinder oder deinen Mann, wenn du einen findest, oder deine Familie kompromittieren könnte. Ich brauche in meinem Gewerbe oft einen sichern Ort, um mich zu besprechen oder mich zu verstecken. Ich brauche eine verschwiegene Frau, die einen Brief überbringt oder einen Auftrag übernimmt. Du sollst einer meiner Briefkästen sein, eine meiner Portierlogen, eine meiner Abgesandten, nicht mehr, nicht minder. Du bist ganz blond. August und ich, wir nannten dich die Rote; den Namen sollst du behalten. Meine Tante, die Händlerin vom Trödelmarkt, mit der ich dich bekanntmachen werde, soll die einzige Person in der Welt sein, der du zu gehorchen hast. Sag ihr alles, was dir widerfährt; sie wird dich verheiraten, sie wird dir sehr nützlich sein.‹

So wurde einer jener Teufelspakte nach Art dessen, der ihm Prudentia Servien so lange Untertan gemacht hatte, abgeschlossen, und wie sie dieser Mensch abzuschließen niemals versäumte; denn wie der Teufel frönte er der Leidenschaft der Rekrutierung.

Jakob Collin hatte die Rote um 1821 mit dem ersten Kommis eines Großeisenhändlers verheiratet. Dieser erste Kommis, der das Haus seines Brotherrn erstanden hatte, war eben jetzt als Vater zweier Kinder und als Adjunkt der Bürgermeisterei seines Quartiers auf dem Weg zum Wohlstand. Nie hatte die Rote, seit sie Frau Prélard geworden war, im geringsten Grund gehabt, sich über Jakob Collin oder seine Tante zu beklagen; aber sooft man einen Dienst von ihr verlangte, zitterte Frau Prélard an allen Gliedern. Daher wurde sie auch blaß und fahl, als sie diese beiden furchtbaren Persönlichkeiten in ihren Laden eintreten sah.

»Wir haben Ihnen von Geschäften zu reden«, sagte Jakob Collin. »Mein Mann ist da«, erwiderte sie. »Nun, wir haben Sie im Augenblick nicht allzu nötig; ich störe die Leute niemals unnötigerweise.« – »Lassen Sie einen Fiaker holen, meine Kleine«, sagte Jakobine Collin, »und sagen Sie meiner Patin, sie soll herunterkommen; ich hoffe, ihr eine Stelle als Zofe bei einer großen Dame verschaffen zu können, und der Haushofmeister des Hauses will sie mitnehmen.«

Paccard, der einem Gendarmen in Zivil glich, plauderte eben mit Herrn Prélard über eine bedeutende Lieferung von Eisendraht für eine Brücke.

Ein Kommis ging, um einen Fiaker zu holen, und ein paar Minuten darauf saßen Europa oder, um ihr den Namen, unter dem sie Esther gedient hatte, zu nehmen, Prudentia Servien, Paccard, Jakob Collin und seine Tante zur großen Freude der Roten zusammen in einem Fiaker, dessen Kutscher Betrüg-den-Tod Befehl gab, zur Barrière d'Ivry zu fahren.

Prudentia Servien und Paccard, die vor dem Dab zitterten, glichen schuldbeladenen Seelen vor dem Angesicht Gottes. »Wo sind die siebenhundertfünfzigtausend Franken?« fragte der Dab, indem er einen jener starren und klaren Blicke auf sie richtete, die das Blut dieser verdammten Seelen, wenn sie schuldig waren, so sehr trübten, daß sie ebensoviel Nadeln wie Haare im Kopf zu haben meinten. »Die siebenhundertdreißigtausend Franken«, erwiderte Jakobine Collin ihrem Neffen, »sind in Sicherheit: ich habe sie heute morgen der Romette übergeben …« – »Wenn ihr sie nicht Jakobine ausgehändigt hättet«, sagte Betrüg-den-Tod, »wäret ihr geradenwegs dahin marschiert …« sagte er, indem er auf den Richtplatz zeigte, vor dem der Wagen eben vorüberfuhr.

Prudentia Servien machte nach der Sitte ihres Landes das Zeichen des Kreuzes, als hätte sie den Blitz fallen sehen. »Ich vergebe euch«, erwiderte der Dab, »unter der Bedingung, daß ihr keine solchen Fehler mehr macht und daß ihr für mich in Zukunft seid, was mir diese beiden Finger meiner rechten Hand sind;« dies sagte er, indem er den Zeige- und den Mittelfinger hob; »denn der Daumen, das ist das gute Weib da.« Und er schlug seine Tante auf die Schulter. »Hört mich an«, fuhr er fort; »du, Paccard, hast in Zukunft nichts mehr zu fürchten, und du kannst in Pantin nach Belieben deiner Nase folgen! Ich erlaube dir, Prudentia zu heiraten.« Paccard ergriff Jakob Collins Hand und küßte sie ehrfurchtsvoll. »Was habe ich zu tun?« fragte er. »Nichts, du sollst Renten und Weiber haben, dein eigenes nicht zu zählen, denn du bist sehr ›Regentschaft‹, mein Alter! ... Das kommt davon, wenn man als Mann zu schön ist!«

Paccard errötete, als er dieses spöttische Lob seines Sultans hörte. »Du, Prudentia«, fuhr Jakob fort, »brauchst eine Laufbahn, einen Stand, eine Zukunft, und mußt in meinen Diensten bleiben. Höre mir genau zu. Es gibt in der Rue Sainte-Barbe ein sehr gutes Haus, das jener Frau von Saint-Estève gehört, der meine Tante bisweilen den Namen entlehnt ... Es ist ein gutes Haus mit guter Kundschaft, das jährlich fünfzehn- bis zwanzigtausend Franken einbringt. Die Saint-Estève läßt dieses Haus von der ...« – »Der Gonore verwalten«, sagte Jakobine. »Dem Weib des armen La Pouraille«, sagte Paccard. »Da habe ich mich mit Europa versteckt, als die arme Frau van Bogseck, unsere Herrin, starb ...« – »Schwätzt man, wenn ich rede?« sagte Jakob Collin. Im Fiaker trat tiefstes Schweigen ein, und Prudentia und Paccard wagten sich nicht mehr anzusehen. »Das Haus also wird von der Gonore verwaltet«, fuhr Jakob Collin fort. »Wenn du dich da mit Prudentia versteckt hast, Paccard, so sehe ich, daß du Geist genug besitzt, um die Polizei hineinzulegen, daß du aber doch noch nicht schlau genug bist, der ›Darbonne‹ etwas weiszumachen«, sagte er, indem er seiner Tante das Kinn streichelte. »Jetzt errate ich, wie sie dich hat finden können ... Das trifft sich gut. Ihr kehrt zu der Gonore zurück. Ich fahre fort. Jakobine wird mit Frau Nourrisson über die Erwerbung ihres Ladens in der Rue Sainte-Barbe unterhandeln, und du kannst da reich werden, wenn du dich zu benehmen weißt, meine Kleine!« sagte er, indem er Prudentia ansah. »In deinem Alter Hurenwirtin, das ist etwas für eine königliche Prinzessin«, fügte er mit beißender Stimme hinzu.

Prudentia sprang Betrüg-den-Tod an den Hals und umarmte ihn; aber mit einem kurzen Stoß, der seine außerordentliche Kraft verriet, warf der Dab sie so jäh zurück, daß das Mädchen, wäre nicht Paccard gewesen, mit dem Kopf in die Wagenscheibe gefallen wäre und sie zerbrochen hätte. »Die Pfoten weg! Solche Manieren mag ich nicht!« sagte der Dab trocken; »das nenne ich, es mir gegenüber an Achtung fehlen lassen.« – »Er hat recht, meine Kleine«, sagte Paccard. »Siehst du, das ist dasselbe, wie wenn der Dab dir hunderttausend Franken schenkte. Soviel ist der Laden wert. Er liegt auf dem Boulevard, dem Gymnase gegenüber. Da gehen alle Leute vorüber, wenn sie aus dem Theater kommen ...« – »Ich werde noch mehr tun, ich werde auch das Haus kaufen«, sagte Betrüg-den-Tod. »Dann sind wir in sechs Jahren Millionäre!« rief Paccard.

Da Betrüg-den-Tod der Unterbrechungen müde war, versetzte er Paccard einen Fußtritt gegen das Schienbein, der es ihm fast zerbrochen hätte; aber Paccard hatte Nerven aus Kautschuk und Knochen aus Eisen. »Genug, Dab! Wir schweigen!« sagte er. »Glaubt ihr, ich rede hier Albernheiten?« erwiderte Betrüg-den-Tod, der jetzt merkte, daß Paccard ein paar Gläschen zuviel getrunken hatte. »Hört zu! Im Keller des Hauses liegen zweihundertfünfzigtausend Franken in Gold ...« Wiederum herrschte im Fiaker tiefstes Schweigen. »Dieses Gold liegt unter einer sehr harten Vermauerung, und ihr habt nur drei Nächte, um zu ihm zu gelangen. Jakobine wird euch helfen ... Hunderttausend Franken werden dazu benutzt, den Laden zu bezahlen, fünfzigtausend für den Ankauf des Hauses, und den Rest laßt ihr liegen.« – »Wo?« fragte Paccard. »Im Keller?« fragte Prudentia. »Ruhe!« sagte Jakobine. »Ja, aber für die Übertragung des Besitzes braucht man die Erlaubnis der Polizei«, warf Paccard ein. »Die wird man erhalten«, sagte Betrüg-den-Tod trocken; »in was mischst du dich ein?«

Jakobine sah ihren Neffen an, und ihr fiel auf, wie sehr dieses Gesicht hinter der reglosen Maske, unter der dieser so starke Mensch gewöhnlich seine Empfindungen verbarg, verändert war.

»Meine Tochter«, sagte Jakob Collin zu Prudentia Servien, »meine Tante wird dir die siebenhundertfünfzigtausend Franken zurückgeben.« – »Siebenhunder tdreißig«, sagte Paccard. »Meinetwegen siebenhundertdreißig«, fuhr Jakob Collin fort. »Du mußt unter irgendeinem Vorwand noch einmal in das Haus der Frau Lucien gehen. Du wirst durch die Dachluke steigen und übers Dach durch den Kamin in das Schlafzimmer deiner verstorbenen Herrin eindringen; da wirst du das Paket, das sie gemacht hatte, in der Matratze ihres Bettes verstecken ...« – »Und weshalb nicht durch die Tür?« fragte Prudentia Servien. »Dummkopf! Die Siegel liegen davor!« versetzte Jakob Collin. »In ein paar Tagen wird das Inventar aufgenommen, dann seid ihr an dem Diebstahl unschuldig ...« – »Es lebe der Dab!« rief Paccard. »Ach, welche Güte!«

»Kutscher, halt! ...« rief Jakob Collin mit seiner gewaltigen Stimme. Der Fiaker war eben vor der Droschkenhaltestelle des Jardin des Plantes angelangt. »Fort, meine Kinder«, sagte Jakob Collin, »und macht mir keine Dummheiten! Seid heute abend um fünf Uhr auf dem Pont des Arts, da wird meine Tante euch sagen, ob kein Gegenbefehl erlassen ist ... Man muß alles voraussehen«, flüsterte er seiner Tante leise zu. »Jakobine wird euch morgen auseinandersetzen, wie ihr es anfangen müßt, um das Gold gefahrlos aus dem Keller zu holen. Das ist eine sehr heikle Sache ...«

Prudentia und Paccard sprangen auf das Pflaster des Königs hinaus, glücklich wie zwei begnadigte Diebe. »Ach, was für ein wackerer Mann der Dab ist!« sagte Paccard. »Er wäre der König der Männer, wenn er die Frauen nicht so sehr verachtete!« – »Ei, liebenswürdig ist er!« rief Paccard; »hast du gesehen, was für einen Fußtritt er mir versetzte? Wir verdienten, ad patres geschickt zu werden, denn schließlich haben wir ihn in Verlegenheit gebracht ...« – »Wenn er uns nicht«, sagte die geistreiche und schlaue Prudentia, »in irgendein Verbrechen verwickelt, um uns auf die Wiese zu schicken ...« – »Er! Wenn er das wollte, würde er es uns sagen, da kennst du ihn nicht! ... Wie hübsch er dich versorgt! Jetzt sind wir Bürger. Was für Aussichten! Oh, wenn er einen liebt, dieser Mensch, dann hat er an Güte nicht seinesgleichen! ...«

»Mein Liebchen«, sagte Jakob Collin zu seiner Tante, »übernimm du die Gonore, du mußt sie einschläfern; sie wird in fünf Tagen verhaftet werden und man wird in ihrem Schlafzimmer hundertfünfzigtausend Franken in Gold finden, die dann noch von einem andern Anteil aus der Ermordung der alten Crottats, des Vaters und der Mutter des Notars, übrig bleiben.« – »Dann hat sie ihre fünf Jahre Weiberhaus«, sagte Jakobine. »Ungefähr«, erwiderte Jakob Collin. »Also ist das ein Grund für die Nourrisson, ihr Haus loszuschlagen; selbst kann sie es nicht führen, und man findet nicht so leicht Vertreterinnen, wie man sie will. Du kannst die Geschichte leicht in Ordnung bringen. Wir werden dort ein Auge haben ... Aber diese Angelegenheiten sind alle drei nicht so

wichtig wie die Unterhandlungen, die ich wegen unserer Briefe anknüpfen will. Trenne also deinen Rock auf und gib mir die Muster der Ware. Wo sind die drei Pakete?« – »Ei, bei der Roten.« – »Kutscher!« rief Jakob Collin, »fahren Sie wieder zum Justizpalast, und flott! – Ich habe Eile versprochen, und ich bin schon eine halbe Stunde fort, das ist zuviel! Bleib bei der Roten und gib die versiegelten Pakete dem Bureaudiener, der nach Frau von Saint-Estève fragt. Das ›von‹ ist die Parole; dann muß er dir sagen: ›Gnädige Frau, ich komme vom Herrn Oberstaatsanwalt; Sie wüßten weshalb.‹ Stell dich vor der Tür der Roten auf und gib acht, was auf dem Blumenmarkt vorgeht, damit Prélard keinen Verdacht schöpft. Sowie du die Briefe aus der Hand gegeben hast, kannst du Paccard und Prudentia arbeiten lassen.« – »Ich errate«, sagte Jakobine, »du willst Bibi-Lupin verdrängen. Der Tod dieses Burschen hat dich ganz auf den Kopf gestellt!« – »Und Theodor, dem man die Haare schneiden wollte, um ihn heute um vier zu sensen!« rief Jakob Collin. »Nun, das ist ein Gedanke! Wir enden als ehrliche Leute und Bürger mit einem schönen Besitz in einem schönen Lande, in der Touraine.« – »Was sollte aus mir werden! Lucien hat meine Seele, mein ganzes glückliches Leben mitgenommen; ich sehe noch dreißig Jahre der Langweile vor mir, und ich habe keinen Mut mehr. Statt der Dab des Bagno zu sein, werde ich der Figaro der Justiz, und ich werde Lucien rächen. Nur in der Haut der Polizei kann ich Corentin in Sicherheit vernichten. Das heißt noch einmal leben, wenn ich einen Menschen zu fressen habe. Der Stand, den man im Leben hat, ist nur ein Schein; die Realität, das ist der Gedanke!« fügte er hinzu, indem er sich vor die Stirn schlug. »Wieviel hast du jetzt in unserm Schatz?« – »Nichts«, sagte die
Tante, erschreckt durch den Ton und das Wesen ihres Neffen. »Ich habe alles für deinen Kleinen gegeben. Die Romette hatte nicht mehr als zwanzigtausend Franken für ihren Handel. Frau Nourrisson habe ich alles abgenommen; sie besaß etwa sechzigtausend Franken für sich ... Ach, wir liegen in Laken, die seit einem Jahr nicht mehr gebleicht worden sind. Der Kleine hat die Gelder der Spitzen, unsern Schatz und alles, was die Nourrisson besaß, verzehrt.« – »Das machte?« – »Fünfhundertsechzigtausend Franken ...« – »Wir haben hundertfünfzigtausend in Gold, die Paccard und Prudentia uns schuldig werden. Ich werde dir sagen, woher du weitere zweihunderttausend nehmen kannst ... Der Rest kommt aus Esthers Nachlaß. Wir müssen die Nourrisson auszahlen. Mit Theodor, Paccard, Prudentia, der Nourrisson und dir werde ich das

heilige Bataillon, das ich brauche, bald zusammenhaben ... Höre, wir sind gleich da ...« – »Hier sind die drei Briefe«, sagte Jakobine, die eben zum letztenmal die Schere an das Futter ihres Rockes gehoben hatte. »Gut«, erwiderte Jakob Collin, indem er die drei kostbaren Autographe entgegennahm; drei noch duftende Velinpapiere. »Theodor hat das Ding in Nanterre gemacht.« – »Ah, er!« – »Schweig, die Zeit ist kostbar. Er wollte einen kleinen korsischen Vogel namens Ginetta füttern ... Du wirst die Nourrisson benutzen, um sie zu finden; ich werde dir die nötigen Anweisungen durch einen Brief zukommen lassen, den Gault dir überreichen wird. Du wirst in zwei Stunden an das Portal der Conciergerie kommen. Es handelt sich darum, dieses kleine Mädchen auf eine Wäscherin loszulassen, die Schwester Godets, da soll sie sich einnisten ... Godet und Ruffard sind Mitschuldige La Pourailles bei dem Raubmord an den Crottats. Die vierhundertfünfzigtausend Franken sind unberührt; ein Drittel im Keller der Gonore, das ist La Pourailles Anteil; das zweite Drittel im Schlafzimmer der Gonore, das gehört Ruffard; das dritte Drittel ist bei der Schwester Godets. Wir werden zunächst hundertfünfzigtausend Franken von La Pourailles Anteil nehmen, dann hunderttausend von dem Godets und hunderttausend von dem Ruffards. Sowie Ruffard und Godet im Loch sind, haben sie selbst beiseite gebracht, was an ihren Anteilen fehlt. Wir werden ihnen weismachen, Godet, daß wir hunderttausend für ihn auf die Seite gebracht haben, Ruffard und La Pouraille, daß die Gonore das für sie gerettet hat! ... Prudentia und Paccard haben bei der Gonore zu arbeiten, du und Ginetta, die mir ein schlaues Ding zu sein scheint, ihr werdet das bei Godets Schwester besorgen. Zu meinem Debüt als Komiker lasse ich den Storch von dem Raub bei den Crottats vierhunderttausend Franken nebst den Schuldigen wiederfinden. Dem Anschein nach kläre ich auch den Mord in Nanterre auf. Wir haben unsern Kies wieder und sitzen im Herzen der Polizei! Wir waren das Wild, und wir werden die Jäger, das ist alles. Gib dem Kutscher drei Franken.«

286

Der Fiaker hielt vor dem Palast. Jakobine bezahlte verblüfft. Betrügden-Tod stieg die Treppe hinauf, um zum Oberstaatsanwalt zu gehen.

Ein vollständiger Wechsel im Lebenswandel bedeutet einen so gewaltsamen Umschlag, daß Jakob Collin trotz seiner Entschlossenheit die Stufen der Treppe, die von der Rue de la Barillerie zur Händlergalerie hinaufführt, wo sich im Säulenhof des Schwurgerichts der düstere Eingang zur Staatsanwaltschaft befindet, nur langsam emporstieg. Ein poli-

tischer Prozeß verursachte am Fuß der Doppeltreppe, die ins Schwurgericht führt, ein gewisses Gedränge, so daß der Sträfling, der in seine
Gedanken versunken war, dort von der Menge eine Weile aufgehalten
wurde. Links von dieser Doppeltreppe steht ein ungeheurer Pfeiler einer
Strebemauer des Palastes, und in diesem Mauermassiv bemerkt man eine
kleine Tür. Diese kleine Tür führt zu einer Wendeltreppe, die die Ver-
bindung mit der Conciergerie herstellt. Sie darf benutzt werden von dem
Oberstaatsanwalt, dem Direktor der Conciergerie, den Vorsitzenden der
Schwurgerichte, den Staatsanwälten und dem Chef der Sicherheitspolizei.
Durch eine heute vermauerte Abzweigung dieser Treppe wurde Marie
Antoinette, die Königin von Frankreich, vor das Revolutionstribunal
geführt, das, wie man weiß, im großen Saal der Prunksitzungen des
Kassationshofes tagte.

Beim Anblick dieser grauenhaften Treppe krampft sich einem das
Herz zusammen, wenn man bedenkt, daß die Tochter Maria Theresias,
die mit Gefolge, Frisur und Reifrock die große Treppe von Versailles
ausfüllte, dort durch mußte! ... Vielleicht sühnte sie das Verbrechen
ihrer Mutter, die scheußliche Teilung Polens. Offenbar denken die
Herrscher, die solche Verbrechen begehen, nicht an das Lösegeld, das
die Vorsehung dafür verlangt.

In dem Augenblick, als Jakob Collin unter das Gewölbe der Treppe
trat, um sich zum Oberstaatsanwalt zu begeben, kam Bibi-Lupin aus
dieser in der Mauer verborgenen Tür.

Der Chef der Sicherheitspolizei kam aus der Conciergerie, um
gleichfalls zu Herrn von Granville zu gehen. Man kann sich vorstellen,
wie groß Bibi-Lupins Staunen war, als er den Rock Carlos Herreras vor
sich erkannte, den er erst am Morgen so genau studiert hatte; er lief,
um an ihm vorbeizukommen; Jakob Collin drehte sich um. Die beiden
Feinde standen sich gegenüber. Beide blieben auf der Stelle stehen, und
der gleiche Blick sprang aus den so verschiedenen Augen hervor, wie
wenn in einem Duell zwei Pistolen im gleichen Augenblick losgehen.

»Diesmal habe ich dich, du Räuber!« sagte der Chef des Sicherheitsdienstes. »Aha! ...« erwiderte Jakob Collin mit ironischer Miene. Er
überlegte sich rasch, daß Herr von Granville ihn hätte verfolgen lassen;
und seltsam! es machte ihm Schmerz, diesen Mann weniger groß zu
finden, als er ihn sich vorstellte.

Bibi-Lupin sprang Jakob Collin mutig an die Kehle; der aber versetzte
ihm, das Auge auf den Gegner gerichtet, einen scharfen Stoß und

schleuderte ihn, alle Viere in der Luft, drei Schritt entfernt zu Boden. Dann ging Betrüg-den-Tod ruhig auf Bibi-Lupin zu und hielt ihm die Hand hin, um ihm beim Aufstehen zu helfen; genau wie ein englischer Boxer, der, seiner Kraft gewiß, nichts lieber wünscht, als von vorn zu beginnen ... Bibi-Lupin war viel zu gewandt, um zu schreien; er sprang auf, lief an den Eingang des Ganges und winkte einem Gendarmen, sich dort aufzustellen. Dann kehrte er mit der Geschwindigkeit des Blitzes zu seinem Feinde zurück, der ihm ruhig zusah. Jakob Collin hatte seinen Entschluß gefaßt: ›Entweder hat mir der Oberstaatsanwalt sein Wort gebrochen, oder er hat Bibi-Lupin nicht ins Vertrauen gezogen, und dann gilt es, meine Stellung aufzuklären.‹ »Willst du mich verhaften?« fragte er seinen Feind. »Sag es ohne lange Umschweife. Weiß ich nicht, daß du im Herzen des Storches stärker bist als ich? Dich könnte ich mit einem Fußtritt töten, aber mit den Gendarmen und dem Militär werde ich nicht fertig. Laß uns keinen Lärm machen; wohin willst du mich führen?« – »Zu Herrn Camusot.« – »Laß uns zu Herrn Camusot gehen«, erwiderte Jakob Collin. »Weshalb sollten wir nicht gleich zum Oberstaatsanwalt gehen? ... Das ist näher«, fügte er hinzu.

Bibi-Lupin, der wußte, daß er in den oberen Regionen der Gerichtsbarkeit in Ungnade war und beargwöhnt wurde, auf Kosten der Verbrecher und ihrer Opfer reich geworden zu sein, war keineswegs traurig darüber, daß er sich mit einem solchen Fang in der Staatsanwaltschaft zeigen konnte. »Laß uns hingehen«, sagte er, »das paßt mir gerade! Aber da du dich ergibst, so laß mich dich fesseln; ich fürchte deine Ohrfeigen!« Und er zog die Handschellen aus der Tasche. Jakob Collin hielt seine Hände hin und Bibi-Lupin legte ihm die Schellen an. »Ah, da du so gemütlich bist«, fuhr er fort, »so sag mir doch, wie du aus der Conciergerie gekommen bist?« – »Genau, wie du herauskamst, über die kleine Treppe.« – »Du hast also den Gendarmen einen neuen Streich gespielt?« – »Nein, Herr von Granville hat mich auf mein Ehrenwort freigelassen.« – »Scherzest du?« – »Du wirst ja sehen! ... Vielleicht wird man dir die Handschellen anlegen.«

In eben diesem Augenblick sagte Corentin zum Oberstaatsanwalt: »Nun, Herr Graf, es ist jetzt genau eine Stunde her, seit unser Mann ging; fürchten Sie nicht, daß er sich über Sie lustig gemacht hat? Er ist vielleicht auf dem Wege nach Spanien, wo wir ihn nicht wiederfinden werden, denn sein Spanien ist ein Märchenland.« – »Entweder verstehe ich mich nicht auf Menschen, oder er kommt zurück; all seine Interessen zwingen ihn dazu; er hat mehr von mir zu erhalten, als er mir gibt ...«

Da trat Bibi-Lupin ein. »Herr Graf«, sagte er, »ich habe Ihnen eine gute Nachricht zu bringen: Jakob Collin, der entsprungen war, ist wiederergriffen.« – »So«, rief Jakob Collin dem Oberstaatsanwalt zu, »halten Sie Ihr Wort! Fragen Sie Ihren doppelgesichtigen Agenten, wo er mich gefunden hat.« – »Wo?« fragte der Oberstaatsanwalt. »Ein paar Schritte von hier, unter dem Gewölbe«, erwiderte Bibi-Lupin. »Nehmen Sie diesem Menschen Ihre Bindfäden ab«, sagte Herr von Granville streng. »Merken Sie sich, daß Sie diesen Mann, bis man Ihnen von neuem befiehlt, ihn festzunehmen, in Ruhe zu lassen haben ... Und gehen Sie hinaus! ... Sie gewöhnen sich an, zu handeln und einzuschreiten, als wären Sie allein Rechtsprechung und Polizei.« Und der Oberstaatsanwalt wandte dem Chef der Sicherheitspolizei den Rücken; Bibi-Lupin wurde fahl, als er obendrein noch einen Blick Jakob Collins auffing, in dem er seinen Sturz las.

»Ich habe mein Zimmer nicht verlassen, ich wartete auf Sie, und Sie zweifeln nicht daran, daß ich mein Wort gehalten habe, wie Sie Ihres hielten«, sagte Herr von Granville zu Jakob Collin. »Im ersten Augenblick habe ich gezweifelt, Herr Graf, und vielleicht hätten Sie an meiner Stelle gedacht wie ich; aber die Überlegung hat mir schon gezeigt, daß ich ungerecht war. Ich bringe Ihnen mehr, als Sie mir geben, Sie hatten kein Interesse daran, mich zu täuschen ...«

Der Richter tauschte einen kurzen Blick mit Corentin. Dieser Blick, der Betrüg-den-Tod nicht entgehen konnte, da seine ganze Aufmerksamkeit auf Herrn von Granville gerichtet war, zeigte ihm den kleinen wunderlichen Alten, der in einer Ecke auf einem Sessel saß. Jakob Collin wurde sofort von jenem so lebhaften und schnellen Instinkt gewarnt, der die Anwesenheit eines Feindes verrät, und musterte diese Persönlichkeit; er sah auf den ersten Blick, daß die Augen nicht so alt waren, wie das Kostüm glauben machen wollte, und so erkannte er die Verkleidung. In einer Sekunde nahm er Revanche an Corentin für die schnelle Beobachtung, mit der der Spion ihn bei Peyrade demaskiert hatte.

»Wir sind nicht allein! ...« sagte Jakob Collin zu Herrn von Granville. »Nein«, erwiderte der Oberstaatsanwalt trocken. »Und der Herr«, fuhr der Sträfling fort, »ist eine meiner besten Bekanntschaften ... glaube ich! ...« Er tat einen Schritt und erkannte Corentin, den wirklichen, eingestandenen Urheber von Luciens Sturz. Jakob Collin, dessen Gesicht ziegelrot war, wurde für einen raschen, unmerklichen Augenblick blaß, ja fast weiß; sein ganzes Blut drang ihm zum Herzen; so glühend und wahnsinnig war sein Verlangen, sich auf dieses gefährliche Tier zu stürzen und es zu zermalmen; aber er drängte den brutalen Wunsch zurück und unterdrückte ihn vermöge der Kraft, die ihn so furchtbar machte. Er nahm einen liebenswürdigen Ausdruck, den Ton diensteifriger Höflichkeit an, an den er sich gewöhnt hatte, seit er die Rolle eines höheren Geistlichen spielte, und grüßte den kleinen Greisen. »Herr Corentin«, sagte er, »verdanke ich dem Zufall das Vergnügen, Ihnen zu begegnen, oder wäre ich glücklich genug, der Gegenstand Ihres Besuches in der Staatsanwaltschaft zu sein?«

Das Staunen des Oberstaatsanwalts erreichte seinen Höhepunkt, und er konnte sich nicht enthalten, diese beiden Leute, die sich gegenüberstanden, zu mustern. Jakob Collins Bewegungen und der Ton, in dem er seine Worte sprach, deuteten auf eine Krisis, und er war neugierig, ihre Ursachen zu durchschauen. Als Corentin sich so plötzlich und wunderbar erkannt sah, richtete er sich wie eine Schlange auf, der man auf den Schwanz getreten hat.

»Ja, ich bin es, mein lieber Abbé Carlos Herrera.« – »Kommen Sie«, sagte Betrüg-den-Tod, »um zwischen mich und den Herrn Oberstaatsanwalt zu treten? ... Sollte ich das Glück haben, der Gegenstand einer jener Unterhandlungen zu sein, in denen Ihre Talente glänzen? – Hier, Herr Graf«, sagte der Sträfling, indem er sich an den Oberstaatsanwalt wandte, »lesen Sie, damit Sie keine so kostbaren Minuten verlieren, wie die Ihren es sind; hier ist ein Muster meiner Ware ...« Und er reichte Herrn von Granville die drei Briefe, die er aus der Tasche seines Rockes hervorzog. »Während Sie von ihnen Kenntnis nehmen, werde ich, wenn Sie es erlauben, mit diesem Herrn plaudern.«

»Das ist viel Ehre für mich«, sagte Corentin, der sich eines Schauders nicht erwehren konnte. »Sie haben in unserm Kampf einen vollständigen Sieg erfochten«, sagte Jakob Collin. »Ich bin geschlagen worden«, fügte er leichthin und wie ein Spieler, der sein Geld verloren hat, hinzu; »aber auch Sie haben ein paar Leute auf dem Kampfplatz gelassen ... Es ist ein kostspieliger Sieg ...« – »Ja«, erwiderte Corentin, indem er den Scherz aufgriff; »wenn Sie Ihre Königin einbüßten, so habe ich meine beiden Türme eingebüßt ...« – »Oh, Contenson war nur ein Bauer«, versetzte Jakob Collin spöttisch. »Dafür läßt sich Ersatz finden. Sie sind, erlauben Sie mir, Ihnen diesen Lobspruch ins Gesicht zu sagen, auf Ehrenwort, ein fabelhafter Mensch!« – »Nein, nein, ich neige mich vor Ihrer Überlegenheit«, erwiderte Corentin, der den Eindruck eines professionellen Spaßmachers machte, der etwa sagt: ›Du willst aufschneiden, also schneiden wir auf!‹ »Wie! Ich verfüge über alles, und Sie, Sie sind sozusagen ganz allein! …« – »Oh! oh!« sagte Jakob Collin. »Und fast hätten Sie gesiegt«, sagte Corentin, indem er von dem Ausruf Notiz nahm. »Sie sind der außerordentlichste Mann, dem ich in meinem Leben begegnet bin, und ich habe viele Außerordentliche gesehen; denn die Leute, mit denen ich kämpfe, zeichnen sich alle durch ihre Verwegenheit und ihre kühnen Unternehmungen aus. Ich war zum Unglück sehr intim mit Seiner Durchlaucht dem verstorbenen Herzog von Otranto; ich habe für Ludwig XVIII. gearbeitet, als er herrschte; und als er noch verbannt war, für den Kaiser und das Direktorium … Sie haben die Konstitution Louvels, des schönsten Werkzeuges der Politik, das ich je gesehen habe; aber Sie haben zugleich auch die Geschmeidigkeit des Fürsten der Diplomaten. Und welche Hilfskräfte! … Ich könnte viele Köpfe unters Henkerbeil liefern, wenn ich die Köchin dieser armen kleinen Esther in meinen Diensten hätte … Wo finden Sie so schöne Geschöpfe, wie das Mädchen, auf das Herr von Nucingen im Glauben, es sei jene Jüdin, eine Zeitlang Jagd machte? … Ich weiß nicht, woher ich sie nehmen soll, wenn ich sie brauche.« – »Herr Corentin! Herr Corentin!« erwiderte Jakob Collin, »Sie überwältigen mich … Aus Ihrem Munde könnten einem solche Lobsprüche den Kopf verdrehen …« – »Sie sind verdient. Wie! Sie haben Peyrade getäuscht, er hat Sie für einen Polizeibeamten gehalten, Peyrade! … Sehen Sie, wenn Sie nicht den kleinen Dummkopf zu verteidigen gehabt hätten, hätten Sie uns durchgewalkt.« – »Ah, Herr Corentin, Sie vergessen Contenson, der sich als Mulatte verkleidete … und Peyrade als Engländer. Die Schauspieler haben alle Hilfsmittel des Theaters, aber am hellen Tage, zu jeder Stunde so vollkommen sein, das können nur Sie und die Ihren …« – »Nun, lassen Sie sehen«, sagte Corentin, »wir sind der eine wie der andere von unserm Wert und unsern Verdiensten überzeugt. Wir stehen jetzt beide recht allein da; ich bin ohne meinen alten Freund, Sie ohne Ihren jungen Schützling. Ich bin im Augenblick der Stärkere, weshalb sollten wir es nicht machen wie in der ›Spelunke von Adrets‹? Ich reiche Ihnen die Hand und sage: Umarmen wir uns, und all das sei zu Ende! Ich biete Ihnen in Gegenwart des Herrn Oberstaatsanwalts die volle und rückhaltlose Begnadigung, und Sie werden einer der Meinen, der Erste nach mir, vielleicht mein Nachfolger.« –

»Also bieten Sie mir eine Stellung? ...« erwiderte Jakob Collin. »Eine hübsche Stellung! Ich war bei der Braunen und geh zur Blonden ...« – »Sie werden in einer Sphäre wirken, in der Ihre Talente wohl gewürdigt und gut belohnt werden, und Sie sollen ganz nach Belieben handeln. Die politische Polizei, die Regierungspolizei hat auch ihre Gefahren. Ich selber bin schon, wie Sie mich hier sehen, zweimal im Gefängnis gewesen. Ich befinde mich darum nicht schlechter. Aber man reist, man ist, was man sein will ... Man wird zum Maschinisten der politischen Dramen, man wird von den großen Herren höflich behandelt ... Lassen Sie sehen, mein lieber Jakob Collin, paßt Ihnen das?« – »Haben Sie Befehle in dieser Richtung?« fragte der Sträfling. »Ich habe Vollmacht ...« sagte Corentin, der über diese Eingebung ganz glücklich war. »Sie scherzen, Sie sind ein schlauer Mensch, Sie werden wohl erlauben, daß man Ihnen mißtraut. Sie haben mehr als einen verkauft, indem Sie ihn in einen Sack einbanden, in den Sie ihn freiwillig hineinsteigen ließen ... Ich kenne Ihre schönen Siege, die Angelegenheit Montauran, die Angelegenheit Simeuse ... Ah, das sind die Schlachten bei Marengo der Spionage.« – »Nun«, sagte Corentin, »Sie achten den Herrn Oberstaatsanwalt?« – »Ja«, sagte Jakob Collin, indem er sich achtungsvoll verneigte; »ich bewundere seinen schönen Charakter, seine Festigkeit und seinen Adel, und ich würde mein Leben dafür geben, damit er glücklich wird. Daher werde ich auch zunächst einmal der Gefahr, in der Frau von Sérizy schwebt, ein Ende machen.« Dem Oberstaatsanwalt entschlüpfte eine freudige Geste. »Nun, fragen Sie ihn«, fuhr Corentin fort, »ob ich nicht Vollmacht habe, Sie Ihrem schmählichen Gewerbe zu entreißen und Sie an meine Person zu fesseln.« – »Das ist wahr«, sagte Herr von Granville, indem er den Sträfling beobachtete. »Freilich! Ich erhielte Absolution für meine Vergangenheit und das Versprechen, Ihr Nachfolger zu werden, wenn ich Ihnen Beweise meiner Geschicklichkeit gäbe?« – »Zwischen zwei Männern wie uns kann kein Mißverständnis walten«, erwiderte Corentin mit einer Miene der Seelengröße, die jedermann getäuscht hätte. »Und der Preis für dieses Geschäft ist ohne Zweifel die Auslieferung der drei Korrespondenzen?« fragte Jakob Collin. »Ich glaubte, das brauchte ich Ihnen nicht erst zu sagen ...« – »Mein lieber Herr Corentin«, sagte Betrüg-den-Tod mit einer Ironie, die jener würdig war, mit der Talma in der Rolle des Nikomedes triumphierte, »ich danke Ihnen, ich bin Ihnen dafür verpflichtet, daß ich meinen ganzen Wert kenne und weiß, wieviel Wert man darauf legt, mich meiner Waffen zu berauben ... Ich werde es niemals vergessen … Ich werde Ihnen stets und jederzeit zu Diensten stehen, und statt wie Robert Macaire zu sagen: ›Lassen Sie uns uns umarmen!‹ umarme ich meinerseits Sie.«

Er griff Corentin mit solcher Geschwindigkeit um die Hüften, daß der sich nicht gegen die Umarmung wehren konnte; er drückte ihn wie eine Puppe gegen die Brust, küßte ihn auf beide Wangen, hob ihn mit der einen Hand wie eine Feder auf, öffnete mit der andern die Tür des Zimmers und setzte ihn, von dem kräftigen Druck ganz zermalmt, hinaus. »Adieu, mein Lieber«, flüsterte er ihm leise ins Ohr. »Uns trennen drei Leichenlängen; wir haben die Schwerter gekreuzt; sie sind von gleich gutem Stahl und gleicher Länge … Wir wollen einander achten; aber ich will Ihresgleichen sein, nicht Ihr Untergebener … Mit Ihren Waffen würden Sie mir als ein für Ihren Leutnant zu gefährlicher General erscheinen. Wir wollen einen Graben zwischen uns legen. Weh Ihnen, wenn Sie auf mein Gebiet herüberkommen! … Sie nennen sich den Staat, wie sich die Lakaien die Namen ihrer Herren beilegen; ich will mich die Gerechtigkeit nennen; wir werden uns oft sehen; wir wollen uns auch ferner mit um so mehr Würde, mit um so mehr Anstand behandeln, als wir immer … wilde Kanaillen bleiben werden«, flüsterte er. »Ich habe Ihnen das Beispiel gegeben, indem ich Sie umarmte.«

Corentin stand zum erstenmal in seinem Leben als der Dumme da, und er ließ sich von seinem furchtbaren Gegner die Hand schütteln. »Wenn es so ist«, sagte er, »glaube ich, liegt es in unser beider Interesse, daß wir Freunde bleiben …« – »Wir werden stärker sein, wenn wir jeder auf seiner Seite bleiben, aber zugleich auch gefährlicher«, fügte Jakob Collin leise hinzu. »Deshalb werden Sie mir auch erlauben, morgen ein Handgeld auf unser Geschäft zu verlangen …« – »Nun«, sagte Corentin gutmütig, »Sie nehmen mir Ihre Angelegenheit aus der Hand, um sie dem Oberstaatsanwalt zu geben; Sie werden ihm Beförderung verschaffen; aber ich kann mich nicht enthalten, Ihnen zu sagen, daß Sie gut daran tun: Bibi-Lupin ist zu bekannt, er hat seine Zeit gedient; wenn Sie an seine Stelle treten, so werden Sie in dem einzigen Stand leben, der zu Ihnen paßt; ich bin entzückt, Sie darin zu sehen … auf Ehre …« – »Auf Wiedersehen in Bälde«, sagte Jakob Collin.

Als Betrüg-den-Tod sich umwandte, sah er den Oberstaatsanwalt, den Kopf in seinen Händen, am Schreibtisch sitzen.

»Wie! Sie könnten verhindern, daß die Gräfin von Sérizy wahnsinnig wird? …« fragte Herr von Granville. »In fünf Minuten«, erwiderte Jakob

Collin. »Und Sie können mir alle Briefe dieser Dame ausliefern?« – »Haben Sie die drei gelesen? ...« – »Ja«, sagte der Oberstaatsanwalt; »ich schäme mich für die, die sie geschrieben haben ...« – »Nun, wir sind allein: verbieten Sie Ihre Tür und lassen Sie uns unterhandeln«, sagte Jakob Collin. »Erlauben Sie! ... Die Justiz muß vor allem tun, was ihres Amtes ist, und Herr Camusot hat Befehl, Ihre Tante zu verhaften.« – »Er wird sie niemals finden«, sagte Jakob Collin. »Man wird auf dem Trödelmarkt bei einem Fräulein Paccard, das ihr Geschäft verwaltet, Haussuchung halten.« – »Man wird nur Lumpen, Kostüme, Diamanten und Uniformen finden. Immerhin muß man dem Eifer Herrn Camusots ein Ziel stecken.«

Herr von Granville schellte seinem Bureaudiener und befahl ihm, zu Herrn Camusot zu gehen und ihn auf ein paar Worte zu sich zu bitten.

»Nun also«, sagte er dann zu Jakob Collin, »machen wir ein Ende! Ich möchte gern Ihr Rezept für die Heilung der Gräfin kennen lernen ...« – »Herr Oberstaatsanwalt«, sagte Jakob Collin, indem er ernst wurde, »ich bin, wie Sie wissen, wegen Fälschung zu fünf Jahren Zwangsarbeit verurteilt worden. Ich liebe meine Freiheit! ... Diese Liebe hat wie jede andere Liebe ihrem Ziel genau zuwidergewirkt; denn wenn die Liebenden sich allzusehr anbeten wollen, so verzanken sie sich. Dadurch, daß ich ausgebrochen bin und immer wieder ergriffen wurde, habe ich sieben Jahre im Bagno zugebracht. Sie brauchen mich also nur wegen der Zusatzstrafen begnadigen zu lassen, die ich mir auf der Wiese zugezogen habe – Verzeihung, im Bagno. In Wirklichkeit habe ich meine Strafe abgebüßt, und bis man mir irgendeine schlimme Geschichte nachweist – und das zu tun, fordere ich die Justiz und selbst Corentin heraus –, müßte ich in meine Rechte als französischer Bürger wieder eingesetzt werden. Aus Paris verbannt und der Polizeiaufsicht unterstellt, ist das wohl ein Leben? Wohin kann ich gehen? Was kann ich anfangen? Sie kennen meine Fähigkeiten. Sie haben gesehen, wie Corentin, dieses Magazin von Listen und Verrätereien, vor mir fahl wurde und meinen Talenten Gerechtigkeit widerfahren ließ ... Dieser Mensch hat mir alles geraubt! Denn er allein hat, ich weiß nicht durch welche Mittel und aus welchen Motiven, den Bau von Luciens Glück zertrümmert ... Corentin und Camusot haben alles getan ...« – »Klagen Sie nicht an«, sagte Herr von Granville, »kommen Sie zur Sache.« – »Nun, die Sache ist die. Als ich heute nacht die eisige Hand des jungen Toten gefaßt hielt, habe ich mir selbst versprochen, auf den sinnlosen Kampf zu verzichten, den ich seit zwanzig Jahren gegen die ganze Gesellschaft führe. Sie halten mich nach dem, was ich Ihnen über meine religiösen Anschauungen gesagt habe, nicht für imstande, Kapuzinerreden zu halten ... Nun, ich habe seit zwanzig Jahren die Gesellschaft von ihrer Rückseite aus gesehen, in ihren Kellern, und ich habe erkannt, daß es im Gang der Dinge eine Macht gibt, die Sie die ›Vorsehung‹ nennen, die ich den ›Zufall‹ nannte und die meine Genossen das ›Unglück‹ nennen. Jede schlimme Handlung wird von irgendeiner Rache erreicht, so schnell sie sich ihr auch entziehe. Man mag in diesem Kampfgewebe das schönste Spiel in der Hand haben: die Vierzehn und die Quinte und die Vorhand: die Kerze fällt um und die Karten verbrennen, oder den Spieler trifft der Schlag! ... Das ist Luciens Geschichte. Dieser Junge, dieser Engel hat nicht den Schatten eines Verbrechens begangen; er hat alles mit sich geschehen lassen, er hat alles geschehen lassen! Er war auf dem Wege, Fräulein von Grandlieu zu heiraten, zum Marquis ernannt zu werden, er hatte ein Vermögen; nun, eine Dirne vergiftet sich, sie versteckt den Erlös einer Rente, und der so mühsam errichtete Bau dieses schönen Vermögens bricht im Nu zusammen. Und wer führt den ersten Schwertstreich wider uns? Ein Mann, der von heimlichen Gemeinheiten bedeckt ist, ein Ungeheuer, das in der Welt des Geldes solche Verbrechen begangen hat (siehe ›Das Haus Nucingen‹), daß jeder Taler seines Vermögens mit den Tränen einer Familie benetzt ist: ein Nucingen, der ein gesetzlicher Jakob Collin war, nur in der Welt der Taler. Nun, Sie kennen die Geschäftsabwicklungen, die Galgenstreiche dieses Menschen genau so gut wie ich. Meine Ketten werden meine Handlungen immer brandmarken, selbst die tugendhaftesten. Wenn man der Ball zwischen zwei Schlägern, dem Bagno und der Polizei, ist, so ist das ein Leben, in dem der Triumph unablässiges Mühen bedeutet, in dem mir Ruhe unmöglich scheint. Jakob Collin, Herr von Granville, wird in diesem Augenblick mit Lucien begraben, den man eben jetzt mit Weihwasser besprengt und der nach dem Père-Lachaise aufbricht. Ich aber brauche eine Stelle, wo ich nicht leben, sondern sterben kann ... Beim gegenwärtigen Stand der Dinge haben Sie, die Gerechtigkeit, sich nicht mit dem bürgerlichen und sozialen Zustand des entlassenen Sträflings befassen wollen. Wenn das Gesetz befriedigt ist, ist es die Gesellschaft noch nicht; sie bewahrt ihr Mißtrauen, und sie tut alles, um es vor sich selbst zu rechtfertigen; sie will ihm all seine Rechte zurückgeben, aber sie verbietet ihm, innerhalb eines bestimmten Kreises zu leben. Die Gesellschaft sagt zu diesem Elenden:

›Paris, den einzigen Ort, an dem du dich verbergen kannst, sollst du mitsamt seiner Bannmeile bis zu dem und dem Radius nicht bewohnen!‹ … Und ferner unterstellt sie den entlassenen Sträfling der Aufsicht der Polizei. Und Sie glauben, es sei unter diesen Verhältnissen möglich, zu leben? Um zu leben, muß man arbeiten, denn mit Renten verläßt man das Bagno nicht. Sie sorgen dafür, daß der Sträfling deutlich gekennzeichnet wird, so daß man ihn wiedererkennen und einpferchen kann; und dann glauben Sie, die Bürger werden Vertrauen zu ihm haben, während die Gesellschaft, die Justiz, die Welt, die ihn umgibt, keins hat. Sie verurteilen ihn zum Hunger oder zum Verbrechen. Er findet keine Arbeit, er wird mit Notwendigkeit dazu getrieben, sein altes Gewerbe wieder aufzunehmen, und das sendet ihn aufs Schafott. So habe auch ich, obwohl ich auf meinen Kampf mit dem Gesetz verzichten wollte, keinen Platz an der Sonne gefunden. Ein einziger behagt mir, der, auf dem ich mich zum Diener dieser Macht machen kann, die auf uns lastet; und als mir dieser Gedanke kam, zeigte sich rings um mich deutlich die Kraft, von der ich sprach. Drei große Familien sind in meiner Hand. Glauben Sie nicht, daß ich an ihnen eine Erpressung begehen will … Die Erpressung ist einer der feigsten Morde. Sie ist in meinen Augen ein Verbrechen, das einen tieferen Schurken verlangt als der Mord. Der Mörder braucht einen wilden Mut. Ich unterschreibe meine Meinungen; denn die Briefe, die meine Sicherheit bilden, die mir erlauben, so mit Ihnen zu reden, die mich in diesem Augenblick mit Ihnen auf gleichen Fuß stellen, mich, das Verbrechen, mit Ihnen, der Gerechtigkeit, diese Briefe stehen Ihnen zur Verfügung … Ihr Bureaudiener kann sie in Ihrem Namen holen, sie werden ihm ausgehändigt werden … Ich verlange nichts dafür, ich verkaufe sie nicht! Ach, Herr Oberstaatsanwalt, als ich sie auf die Seite brachte, dachte ich nicht an mich, ich dachte an die Gefahr, in der Lucien sich eines Tages befinden konnte! Wenn Sie meinem Verlangen nicht willfahren, habe ich mehr Mut, mehr Ekel vor dem Leben, als nötig ist, um mir selber eine Kugel in den Kopf zu schießen und Sie von mir zu befreien … Ich kann mit einem Paß nach Amerika gehen und in der Einsamkeit leben; ich habe alle Voraussetzungen, die den Wilden ausmachen … Das sind die Gedanken, in denen ich diese Nacht hingebracht habe. Ihr Sekretär wird Ihnen ein Wort hinterbracht haben, das ich ihn Ihnen zu sagen bat … Als ich erkannte, welche Vorsichtsmaßregeln Sie trafen, um Luciens Andenken vor jeder Schmach zu bewahren, habe ich Ihnen mein Leben geschenkt, eine armselige Gabe! Mir lag nichts mehr daran; ich sah, daß es unmöglich war ohne das Licht, das es beleuchtete, ohne das Glück, das es belebte, ohne den Gedanken, der sein Sinn war, und ohne das Gedeihen dieses jungen Dichters, der seine Sonne war; und ich wollte Ihnen diese drei Briefpakete überreichen lassen ...« Herr von Granville neigte den Kopf.

»Als ich auf den Hof hinunterkam, habe ich die Täter in dem Verbrechen zu Nanterre gefunden, und meinen Kettengenossen fand ich unter dem Fallbeil, weil er unfreiwillig teilgenommen hatte an diesem Verbrechen«, fuhr Jakob Collin fort. »Ich habe erfahren, daß Bibi-Lupin die Justiz täuscht, daß der eine seiner Agenten der Mörder der Crottats ist; war das nicht, wie Sie es ausdrücken, das Wirken der Vorsehung? ... Da sah ich die Möglichkeit, Gutes zu tun, die Fähigkeiten, mit denen ich begabt bin, die traurigen Kenntnisse, die ich erworben habe, im Dienst der Gesellschaft zu verwenden, nützlich zu sein statt schädlich, und ich wagte es, auf Ihr Verständnis, auf Ihre Güte zu zählen.«

Der Ton der Offenheit, der Naivität und der Einfalt dieses Menschen, der ohne Bitterkeit beichtete, ohne jene Philosophie des Lasters, die seine Worte bis dahin so furchtbar gemacht hatte, konnte den Glauben an eine Verwandlung erwecken. Er war nicht mehr er.

»Ich glaube so sehr an Sie, daß ich Ihnen ganz zur Verfügung stehen will«, fuhr er mit der Demut eines Büßenden fort. »Sie sehen mich zwischen drei Wegen: dem Selbstmord, Amerika und der Straße nach Jerusalem. Bibi-Lupin ist reich, er hat seine Zeit gedient; er ist ein Beamter mit doppeltem Gesicht, und wenn Sie erlauben wollten, daß ich gegen ihn wirke, so würde ich ihn innerhalb von acht Tagen auf frischer Tat ertappen. Wenn Sie mir die Stellung dieses Halunken geben, so werden Sie der Gesellschaft den größten Dienst geleistet haben. Ich brauche nichts mehr – ich werde ehrlich sein. Ich habe alle Eigenschaften, die für dieses Amt nötig sind. Ich habe mehr als Bibi-Lupin, nämlich Bildung; man hat mich die Schule durchmachen lassen, ich werde nicht so dumm sein wie er, ich kann mich benehmen, wenn ich will. Ich werde niemanden mehr für das große Heer des Lasters anwerben. Wenn man im Krieg einen feindlichen General gefangennimmt, sehen Sie, Herr Graf, dann erschießt man ihn nicht; man gibt ihm sein Schwert zurück und weist ihm eine Stadt als Gefängnis an; nun, ich bin der General des Bagno, und ich ergebe mich ... Nicht die Justiz, der Tod hat mich niedergeworfen ... Die Sphäre, in der ich handeln und leben will, ist die einzige, die mir zusagt, und ich werde in ihr die Kraft entfalten, die ich in mir fühle … Entscheiden Sie …« Und Jakob Collin blieb in unterwürfiger und bescheidener Haltung stehen. »Sie haben mir diese Briefe zur Verfügung gestellt?« fragte der Oberstaatsanwalt. »Sie können sie holen lassen, sie werden der Person, die Sie schicken wollen, ausgehändigt werden …« – »Und wie?« Jakob Collin las im Herzen des Oberstaatsanwalts und setzte dasselbe Spiel fort. »Sie haben mir versprochen, daß die Todesstrafe für Calvi in zwanzig Jahre Zwangsarbeit verwandelt wird. Oh, ich erinnere Sie nicht daran, um einen Vertrag zu schließen«, sagte er schnell, als er sah, daß der Oberstaatsanwalt eine Geste machte; »aber dieses Leben muß aus andern Gründen gerettet werden; dieser Bursche ist unschuldig …« – »Wie kann ich die Briefe bekommen?« fragte der Oberstaatsanwalt. »Ich habe das Recht und die Pflicht zu erproben, ob Sie der sind, für den Sie sich ausgeben. Ich will sie ohne Bedingungen …« – »Schicken Sie einen Vertrauensmann auf den Blumenkai; er wird auf der Schwelle zum Laden eines Eisenhändlers, des Ladens zum ›Schild des Achilles‹ …« – »Zum Haus des ›Schildes‹? …« – »Eben dort«, sagte Jakob Collin mit bitterm Lächeln, »liegt mein Schild. Ihr Bote wird dort ein altes Weib finden; sie ist, wie ich Ihnen schon sagte, als Fischweib gekleidet, das Renten hat, mit Ohrringen in den Ohren und dem Kostüm einer reichen Frau aus der Markthalle; er muß nach Frau von Saint-Estève fragen. Vergessen Sie nicht das ›von‹. Und er muß sagen: ›Ich komme vom Oberstaatsanwalt; Sie wüßten schon, weshalb.‹ Und auf der Stelle erhalten Sie drei versiegelte Pakete …« – »Es sind das alle Briefe?« fragte Herr von Granville. »Nun, Sie sind stark! Sie haben Ihre Stellung nicht gestohlen«, sagte Jakob Collin. »Ich sehe, Sie halten mich für imstande, Sie nur zu prüfen und Ihnen weißes Papier zu geben … Sie kennen mich nicht!« fügte er hinzu. »Ich vertraue mich Ihnen an, wie ein Sohn sich seinem Vater anvertraut.« – »Man wird Sie in die Conciergerie zurückführen«, sagte der Oberstaatsanwalt, »und Sie werden dort die Entscheidung abwarten, die man über Ihr Schicksal fällen wird.« Der Oberstaatsanwalt schellte, sein Bureaudiener trat ein, und er sagte zu ihm: »Bitten Sie Herrn Garnery, wenn er da ist.«

Außer den achtundvierzig Polizeikommissaren, die gleich achtundvierzig Vorsehungen im kleinen über Paris wachen, die Sicherheitspolizei nicht zu zählen, gibt es zwei Kommissare, die zugleich zur Polizei und zur Gerichtsbarkeit gehören; sie haben heikle Missionen auszuführen und in vielen Fällen den Untersuchungsrichter zu ersetzen. Das Bureau dieser beiden Beamten heißt das Delegationsbureau, denn sie werden in der Tat jedesmal regelrecht ›delegiert‹, um entweder Haussuchungen oder Verhaftungen vorzunehmen. Diese Stellungen verlangen reife Leute von erprobter Tüchtigkeit, unbedingter Moral und absoluter Verschwiegenheit, und es ist eins der Wunder, die die Vorsehung für Paris tut, daß man stets solche Naturen findet. Die Schilderung des Palastes wäre ungenau, wenn man nicht diese ›vorbeugenden‹ Ämter, um mich so auszudrücken, erwähnte, denn sie sind die mächtigsten Helfer der Justiz. Wenn die Justiz durch die Macht der Verhältnisse ihren alten Pomp, ihren alten Reichtum eingebüßt hat, so muß man anerkennen, daß sie materiell gewonnen hat. Vor allem in Paris hat sich der Mechanismus wunderbar vervollkommnet.

Herr von Granville hatte Herrn von Chargebœuf, seinen Sekretär, zu Luciens Begräbnis geschickt; es galt, ihn während dieser Mission durch einen zuverlässigen Menschen zu ersetzen, und Herr Garnery war einer der beiden Delegationskommissare.

»Herr Oberstaatsanwalt«, sagte Jakob Collin, »ich habe Ihnen bereits den Beweis gegeben, daß ich meine Ehre habe ... Sie haben mich freigelassen, und ich bin zurückgekommen ... Es ist bald elf Uhr ... Eben ist die Totenmesse für Lucien zu Ende, der Zug bricht zum Kirchhof auf ... Erlauben Sie mir, statt mich in die Conciergerie zu schicken, daß ich die Leiche dieses Kindes bis zum Père-Lachaise begleite; ich werde wiederkommen und mich im Gefängnis stellen ...« – »Gehen Sie«, sagte Herr von Granville mit einer Stimme nicht ohne Güte. »Ein letztes Wort, Herr Oberstaatsanwalt. Das Geld dieses Mädchens, der Geliebten Luciens, ist nicht gestohlen worden ... In den wenigen Augenblicken der Freiheit, die Sie mir gewährt hatten, habe ich die Leute verhören können ... Ich bin ihrer sicher, wie Sie Ihrer Delegationskommissare sicher sind. Man wird also den Erlös der von Fräulein Esther van Gobseck verkauften Rente in ihrem Zimmer finden, sobald die Siegel abgenommen werden. Die Kammerfrau hat mich darauf aufmerksam gemacht, daß die Verstorbene, wie man sagt, eine Geheimniskrämerin war und sehr mißtrauisch; sie wird die Banknoten in ihrem Bett versteckt haben. Man möge das Bett sorgfältig durchsuchen, man möge es auseinandernehmen, die Matratzen, die Unterlagen aufschneiden, und man wird das Geld finden ...« – »Sind Sie dessen sicher?« – »Ich bin der relativen Ehrlichkeit

meiner Halunken sicher, sie führen mich niemals hinters Licht ... Ich habe Macht über Leben und Tod, ich richte und verurteile und vollstrecke meine Wahrsprüche ohne all Ihre Formalitäten. Sie sehen ja die

Wirkungen meiner Macht. Ich werde Ihnen die bei Herrn und Frau Crottat geraubten Summen wiederfinden; ich ertappe Ihnen einen der Agenten Bibi-Lupins, seinen rechten Arm, und ich werde das Geheimnis des zu Nanterre begangenen Verbrechens aufklären … Das ist doch ein Aufgeld! … Wenn Sie mich jetzt in den Dienst der Justiz und der Polizei einstellen, so werden Sie sich nach einem Jahr zu meiner Enthüllung beglückwünschen, ich werde redlich das sein, was ich sein soll; und in allen Angelegenheiten, die man mir anvertrauen wird, werde ich Erfolg haben.« – »Ich kann Ihnen nur mein Wohlwollen versprechen. Was Sie von mir verlangen, hängt nicht von mir ab. Nur dem König steht das Recht zu, auf den Bericht des Justizministers hin zu begnadigen, und die Stellung, die Sie einnehmen wollen, hat der Herr Polizeipräfekt zu vergeben.«

»Herr Garnery«, sagte der Bureaudiener. Auf einen Wink des Oberstaatsanwalts trat der Delegationskommissar ein; er warf einen Kennerblick auf Jakob Collin und unterdrückte sein Staunen, als Herr von Granville zu Jakob Collin sagte: »Gehen Sie.« – »Wollen Sie mir erlauben«, erwiderte Jakob Collin, »nicht eher zu gehen, als bis Herr Garnery Ihnen gebracht hat, was meine ganze Stärke ausmacht, damit ich ein Zeichen der Zufriedenheit von Ihnen mitnehmen kann?« Diese Demut, dieser vollkommene gute Wille rührte den Oberstaatsanwalt. »Gehen Sie«, sagte er, »ich bin Ihrer sicher.«

Jakob Collin verbeugte sich tief und mit der vollen Unterwürfigkeit des Untergebenen vor seinem Vorgesetzten. Zehn Minuten darauf hatte Herr von Granville die in drei versiegelten und unberührten Paketen enthaltenen Briefe in seinem Besitz. Aber über der Bedeutung dieser Angelegenheit, über Jakob Collins Beichte hatte er das Versprechen der Heilung Frau von Sérizys vergessen.

Jakob Collin überschlich, sowie er draußen war, ein unglaubliches Gefühl des Wohlseins. Er fühlte sich frei und zu einem neuen Leben geboren; er ging rasch vom Palast bis zur Kirche Saint-Germain des Près, wo die Messe beendet war. Man sprengte das Weihwasser über die Bahre, und er kam gerade noch rechtzeitig, um der sterblichen Hülle dieses so zärtlich geliebten Kindes das christliche Lebewohl zu sagen; dann stieg er in einen Wagen und begleitete die Leiche bis zum Friedhof.

Bei allen Pariser Begräbnissen vermindert sich, mit Ausnahme ungewöhnlicher Umstände und der ziemlich seltenen Fälle, daß eine Berühmtheit auf natürliche Weise gestorben ist, die Menge, die in die Kirche gekommen ist, in dem Maße, in dem man sich dem Père-Lachaise nähert. Man hat Zeit für eine Demonstration in der Kirche, aber jeder hat seine Geschäfte und geht ihnen so bald wie möglich wieder nach. Daher waren denn auch von den zehn Trauerwagen keine vier voll. Als der Leichenzug den Père-Lachaise erreichte, bestand das Gefolge nur noch aus etwa zwölf Personen, unter denen sich Rastignac befand. »Es ist hübsch, daß Sie ihm treu sind!« sagte Jakob Collin zu seinem einstigen Bekannten. Rastignac machte eine Bewegung der Überraschung, als er Vautrin erblickte. »Seien Sie ruhig«, sagte der ehemalige Bewohner des Hauses Vauquer, »Sie haben schon dadurch, daß ich Sie hier sehe, an mir einen Sklaven. Meine Stütze ist nicht zu verachten; ich bin oder ich werde mächtiger als je. Sie haben Tau schießen lassen, Sie sind sehr geschickt gewesen; aber Sie werden mich vielleicht einmal nötig haben, ich werde Ihnen immer dienen.« – »Aber was werden Sie denn?« – »Der Lieferant des Bagno, statt sein Mieter«, sagte Jakob Collin. Rastignac machte eine Bewegung des Abscheues. »Ach, wenn man Sie beraubte! ...« Rastignac schritt lebhaft aus, um sich von Jakob Collin zu trennen. »Sie wissen nicht, in welche Lage Sie einmal kommen können.«

Man langte an der Grube an, die neben dem Grabe Esthers ausgeworfen worden war. »Zwei Geschöpfe, die sich liebten und glücklich waren!« sagte Jakob Collin; »sie sind vereinigt. Es ist noch ein Glück, daß man gemeinsam verwesen kann. Ich werde mich hier begraben lassen.«

Als man Luciens Leiche in die Grube hinabließ, fiel Jakob Collin starr in Ohnmacht zu Boden. Dieser so starke Mensch konnte das leichte Aufschlagen der Erde nicht vertragen, die die Totengräber mit Schaufeln hinabwarfen, um dann ihr Trinkgeld zu erbitten. In diesem Augenblick erschienen zwei Agenten der Sicherheitspolizei, sie erkannten Jakob Collin, ergriffen ihn und trugen ihn in einen Fiaker.

»Um was handelt es sich denn jetzt wieder? ...« fragte Jakob Collin, als er wieder zu sich kam und sich im Wagen umgeblickt hatte. Er sah sich zwischen zwei Polizeiagenten, von denen der eine eben jener Ruffard war; daher warf er ihm einen Blick zu, der die Seele des Mörders bis zum Geheimnis der Gonore durchforschte. »Es handelt sich darum, daß der Oberstaatsanwalt nach Ihnen gefragt hat«, erwiderte Ruffard, »daß man Sie überall suchte und erst auf dem Friedhof fand, wo Sie gerade einen Kopfsprung in die Grube dieses jungen Mannes machen wollten.« Jakob Collin bewahrte einen Augenblick Schweigen. »Läßt Bibi-Lupin mich suchen?« fragte er den andern Agenten. »Nein, Herr Garnery hat uns ausgeschickt.« – »Er hat Ihnen nichts gesagt?« Die beiden Agenten sahen sich an, indem sie sich durch ein ausdrucksvolles Mienenspiel berieten. »Lassen Sie sehen, wie hat er Ihnen den Befehl erteilt?« – »Er hat uns befohlen«, sagte Ruffard, »Sie auf der Stelle zu finden, indem er sagte, Sie wären in der Kirche Saint-Germain des Près; wenn aber der Leichenzug die Kirche schon verlassen hätte, wären Sie auf dem Friedhof.« – »Der Oberstaatsanwalt hat nach mir verlangt?« – »Vielleicht.« – »So ist es«, erwiderte Jakob Collin; »er braucht mich …«

Und er versank wieder in sein Schweigen, das die beiden Agenten sehr beunruhigte. Gegen halb drei trat Jakob Collin in Herrn von Granvilles Arbeitszimmer, in dem er eine neue Persönlichkeit fand, Herrn von Granvilles Vorgänger, den Grafen Octavius von Bauvan, den einen der Vorsitzenden des Kassationshofes.

»Sie haben vergessen, in welcher Gefahr Frau von Sérizy sich befindet, die Sie zu retten versprochen hatten!« – »Fragen Sie, Herr Oberstaatsanwalt«, sagte Jakob Collin, indem er die beiden Agenten hereinwinkte, »in welchem Zustand diese Schlingel mich gefunden haben.« – »Bewußtlos, Herr Oberstaatsanwalt, am Rande der Grube des jungen Mannes, den man beerdigte.« – »Retten Sie Frau von Sérizy«, sagte Herr von Bauvan, »und Sie sollen alles haben, was Sie wollen.« – »Ich will nichts«, erwiderte Jakob Collin; »ich habe mich auf Gnade und Ungnade ergeben, und der Herr Oberstaatsanwalt hat vermutlich …« – »Alle Briefe!« sagte Herr von Granville; »aber Sie haben mir versprochen, Frau von Sérizy die Vernunft zu retten. Können Sie es? Ist es nicht nur eine Prahlerei?« – »Ich hoffe es«, erwiderte Jakob Collin bescheiden. »Nun, kommen Sie mit«, sagte der Graf Octavius. »Nein, Herr Graf«, sagte Jakob Collin, »ich werde mich nicht im Wagen neben Sie setzen … Ich bin noch ein Sträfling. Wenn ich den Wunsch habe, der Justiz zu dienen, werde ich nicht damit beginnen, daß ich Sie entehre … Gehen Sie zu der Frau Gräfin, ich werde einige Zeit nach Ihnen kommen … Melden Sie ihr Luciens besten Freund, den Abbé Carlos Herrera … Das Vorgefühl meines Besuches wird notwendigerweise Eindruck auf sie machen und die Krisis begünstigen. Sie werden mir vergeben, wenn ich noch einmal die lügnerische Maske des spanischen Stiftsherrn vornehme: es geschieht, um einen so großen Dienst zu leisten!« – »Ich werde Sie dort gegen vier Uhr treffen«, sagte Herr von Granville, »denn ich soll den Justizminister zum König begleiten.«

Jakob Collin suchte seine Tante auf, die er auf dem Blumenkai traf. »Nun«, sagte sie, »du hast dich also dem Storch ausgeliefert?« – »Ja.« – »Das ist gewagt!« – »Nein, ich war dem armen Theodor das Leben schuldig, und er wird begnadigt.« – »Und du?« – »Ich, ich werde, was ich werden muß! Alle unsere Leute werden immer vor mir zittern! ... Aber wir müssen ans Werk! Geh und sage Paccard, er soll Karriere laufen, und Europa soll meine Befehle ausführen.« – »Das ist nichts; ich weiß schon, wie es mit der Gonore zu machen ist! ...« sagte die furchtbare Jakobine. »Ich habe meine Zeit nicht damit verloren, hier unter den Levkoien zu stehen!« – »Die Ginetta, das korsische Mädchen, muß bis morgen gefunden sein«, erwiderte Jakob Collin lächelnd seiner Tante. »Man müßte ihre Spur haben.« – »Die wirst du von Manon, der Blonden, bekommen«, erwiderte Jakob. »Also für heute abend!« sagte die Tante. »Du hast es eiliger als ein Hahn ... Gibt es denn zu verdienen?« – »Ich will durch meine ersten Streiche Bibi-Lupins beste übertreffen. Ich habe eine kleine Unterredung mit dem Ungeheuer gehabt, das mir Lucien getötet hat, und ich lebe nur noch, um mich an ihm zu rächen. Wir werden dank unsern beiden Stellungen die gleichen Waffen haben und den gleichen Schutz! Ich werde mehrere Jahre brauchen, um den Elenden zu fassen; aber er soll den Hieb mitten in die Brust erhalten.« – »Er wird dir desgleichen versprochen haben«, sagte die Tante, »denn er hat die Tochter Peyrades bei sich aufgenommen, du weißt doch, die Kleine, die wir Frau Nourrisson verkauft haben?« – »Der erste Punkt ist der, daß wir ihm einen Bedienten geben.« – »Das wird schwer sein, er wird sich darin auskennen!« sagte Jakobine. »Nun, der Haß erhält am Leben! Ans Werk!«

Jakob Collin nahm einen Fiaker und fuhr auf der Stelle nach dem Quai Malaquais, zu dem kleinen Zimmer, das er bewohnte, und das mit Luciens Wohnung nicht zusammenhing. Der Pförtner, der sehr erstaunt war, ihn zu sehen, wollte ihm von den Ereignissen reden, die sich vollzogen hatten. »Ich weiß alles«, erwiderte der Abbé. »Ich bin trotz meines geistlichen Standes bloßgestellt worden; aber dank der Vermittlung der spanischen Gesandtschaft bin ich in Freiheit gesetzt worden.«

Und er stieg schnell in sein Zimmer hinauf, wo er aus dem Einband eines Breviers den Brief hervorzog, den Lucien an Frau von Sérizy geschrieben hatte, als er bei Frau von Sérizy in Ungnade gefallen war, weil sie ihn in der Italienischen Oper bei Esther gesehen hatte.

In seiner Verzweiflung hatte Lucien diesen Brief nicht abgeschickt, denn er hielt sich für auf immer verloren. Aber Jakob Collin hatte dieses Meisterwerk gelesen, und da ihm alles, was Lucien schrieb, heilig war, so hatte er den Brief wegen des poetischen Ausdrucks dieser Liebe, der Eitelkeit in sein Brevier gelegt. Als Herr von Granville ihm dann von dem Zustand sprach, in dem Frau von Sérizy sich befand, hatte dieser tiefgründige Mensch sich mit Recht gesagt, daß die Verzweiflung und der Wahnsinn dieser großen Dame die Folge des Zerwürfnisses wären, das sie zwischen sich und Lucien hatte bestehen lassen. Er kannte die 311 Frauen, wie die Richter die Verbrecher kennen; er erriet die geheimsten Regungen ihres Herzens, und er sagte sich auf der Stelle, daß die Gräfin Luciens Tod zum Teil ihrer eigenen Strenge zuschrieb und sich bittere Vorwürfe machte. Offenbar hätte ein Mann, meinte sie, den sie mit Liebe überschüttete, das Leben nicht verlassen. Wenn sie erfuhr, daß sie trotz ihrer Strenge immer noch geliebt wurde, so konnte ihr das die Vernunft zurückgeben.

Wenn Jakob Collin für die Sträflinge ein großer General war, so muß man zugeben, daß er nicht minder ein großer Arzt der Seelen war. Es bedeutete zugleich eine Schmach und eine Hoffnung, als dieser Mensch in die Räume des Hotels Sérizy trat. Mehrere Personen, der Graf und die Ärzte, saßen in dem kleinen Salon, der vor dem Schlafzimmer der Gräfin lag; um aber der Ehre seines Freundes jeden Makel zu ersparen, schickte der Graf von Bauvan jedermann davon, so daß er mit seinem Freund allein blieb. Es war schon ein empfindlicher Schlag für den Vizepräsidenten des Staatsrates, für ein Mitglied des Geheimen Rates, als er diese düstere und unheimliche Persönlichkeit eintreten sah.

Jakob Collin hatte die Kleider gewechselt, er trug Hose und Rock aus schwarzem Tuch, und sein Schritt, seine Blicke, seine Gesten, alles zeigte vollendeten Anstand. Er grüßte die beiden Staatsmänner und fragte, ob er in das Schlafzimmer eintreten dürfte.

»Sie erwartet Sie voll Ungeduld«, sagte Herr von Bauvan. »Mit Ungeduld? ... Dann ist sie gerettet«, sagte der furchtbare Beschwörer.

In der Tat öffnete Jakob Collin nach einer halbstündigen Besprechung die Tür und sagte: »Kommen Sie, Herr Graf, Sie haben keinen schlimmen Ausgang mehr zu fürchten.« Die Gräfin hielt den Brief auf ihrem Herzen; sie war ruhig und schien mit sich selbst versöhnt zu sein. Bei diesem 312 Anblick entfuhr dem Grafen eine glückliche Geste.

›Das sind nun die, die über unsere Geschicke und die des Volkes entscheiden!‹ dachte Jakob Collin, der die Achseln zuckte, als die beiden Freunde eingetreten waren. ›Der unwillige Seufzer eines Weibchens kehrt ihnen die Seele um wie einen Handschuh! Durch einen Blick verlieren sie den Kopf! Ein Kleiderrock wird ein wenig höher oder niedriger gehalten, und sie laufen in Verzweiflung durch ganz Paris. Die Launen einer Frau wirken auf den ganzen Staat! Oh, wieviel Kraft gewinnt der Mann, wenn er sich, wie ich, dieser Kindertyrannei, dieser von der Leidenschaft umgestürzten Redlichkeit, diesen offenen Bosheiten, diesen Listen einer Wilden entzogen hat. Die Frau ist und bleibt mit ihrem Henkergenie und ihren Foltertalenten das Verderben des Mannes. Oberstaatsanwalt und Minister, da werden sie alle blind und verdrehen alles um der Briefe einer Herzogin oder eines kleinen Mädchens oder um der Vernunft einer Frau willen, die mit ihrem Verstand nur noch wahnsinniger sein wird, als sie es ohne ihn war.‹ Er begann hochmütig zu lächeln. ›Und‹, sagte er sich, ›sie werden meinen Enthüllungen gehorchen und mich in meiner Stellung lassen! Ich werde immer über diese Welt herrschen, die mir seit fünfundzwanzig Jahren gehorcht …‹

Jakob Collin hatte jene entscheidende Macht benutzt, die er einst über die arme Esther besessen hatte; denn er verfügte, wie man es manchmal gesehen hat, über jenes Wort, jene Blicke und jene Gesten, die die Wahnsinnigen zähmen, und er hatte Lucien geschildert als einen, der das Bild der Gräfin mit hinübergenommen hätte.

Keine Frau widersteht dem Gedanken, daß sie die einzige Geliebte war. »Sie haben keine Rivalin mehr!« das war das letzte Wort dieses kalten Spötters gewesen.

Eine volle Stunde lang blieb er dort vergessen allein im Salon. Herr von Granville kam und fand ihn stehend, düster in Träumereien versunken, wie sie jenen kommen mögen, die einen 18. Brumaire in ihrem Dasein erleben. Der Oberstaatsanwalt trat an die Schwelle des Schlafzimmers der Gräfin und ging einen Augenblick hinein. Dann kehrte er zu Jakob Collin zurück und fragte ihn: »Bleiben Sie bei Ihrer Absicht?« – »Ja, Herr Graf.« – »Nun, Sie werden an Bibi-Lupins Stelle treten, und der Verurteilte Calvi wird begnadigt.« – »Er wird nicht nach Rochefort gehen?« – »Nicht einmal nach Toulon, Sie können ihn in Ihrem Dienst verwenden; aber seine Begnadigung und Ihre Ernennung hängen davon ab, wie Sie sich während der sechs Monate führen werden, während derer Sie Bibi-Lupin beigeordnet werden.«

In acht Tagen verschaffte der Beigeordnete Bibi-Lupins der Familie Crottat vierhunderttausend Franken wieder, und er lieferte Ruffard und Godet aus.

Der Erlös der von Esther Gobseck verkauften Renten wurde im Bett der Kurtisane gefunden, und Herr von Sérizy ließ Jakob Collin die dreihunderttausend Franken anweisen, die ihm in Lucien von Rubemprés Testament vermacht worden waren.

Das von Lucien für Esther und sich verlangte Grabmonument gilt als eins der schönsten des Père-Lachaise, und der Boden gehört Jakob Collin.

Als Jakob Collin seinen Obliegenheiten etwa fünfzehn Jahre lang nachgekommen war, zog er sich gegen 1845 zurück. 314

Karl-Maria Guth (Hg.)

Erzählungen aus dem Biedermeier

HOFENBERG

Karl-Maria Guth (Hg.)

Erzählungen aus dem Biedermeier II

HOFENBERG

Karl-Maria Guth (Hg.)

Erzählungen aus dem Biedermeier III

HOFENBERG

Erzählungen aus dem Biedermeier

Biedermeier - das klingt in heutigen Ohren nach langweiligem Spießertum, nach geschmacklosen rosa Teetässchen in Wohnzimmern, die aussehen wie Puppenstuben und in denen es irgendwie nach »Omma« riecht.

Zu Recht. Aber nicht nur.

Biedermeier ist auch die Zeit einer zarten Literatur der Flucht ins Idyll, des Rückzuges ins private Glück und der Tugenden. Die Menschen im Europa nach Napoleon hatten die Nase voll von großen neuen Ideen, das aufstrebende Bürgertum forderte und entwickelte eine eigene Kunst und Kultur für sich, die unabhängig von feudaler Großmannssucht bestehen sollte.

Georg Büchner Lenz **Karl Gutzkow** Wally, die Zweiflerin **Annette von Droste-Hülshoff** Die Judenbuche **Friedrich Hebbel** Matteo **Jeremias Gotthelf** Elsi, die seltsame Magd **Georg Weerth** Fragment eines Romans **Franz Grillparzer** Der arme Spielmann **Eduard Mörike** Mozart auf der Reise nach Prag **Berthold Auerbach** Der Viereckig oder die amerikanische Kiste

ISBN 978-3-8430-1884-5, 444 Seiten, 29,80 €

Erzählungen aus dem Biedermeier II

Annette von Droste-Hülshoff Ledwina **Franz Grillparzer** Das Kloster bei Sendomir **Friedrich Hebbel** Schnock **Eduard Mörike** Der Schatz **Georg Weerth** Leben und Taten des berühmten Ritters Schnapphahnski **Jeremias Gotthelf** Das Erdbeerimareili **Berthold Auerbach** Lucifer

ISBN 978-3-8430-1885-2, 440 Seiten, 29,80 €

Erzählungen aus dem Biedermeier III

Eduard Mörike Lucie Gelmeroth **Annette von Droste-Hülshoff** Westfälische Schilderungen **Annette von Droste-Hülshoff** Bei uns zulande auf dem Lande **Berthold Auerbach** Brosi und Moni **Jeremias Gotthelf** Die schwarze Spinne **Friedrich Hebbel** Anna **Friedrich Hebbel** Die Kuh **Jeremias Gotthelf** Barthli der Korber **Berthold Auerbach** Barfüßele

ISBN 978-3-8430-1886-9, 452 Seiten, 29,80 €

Erzählungen der Frühromantik

1799 schreibt Novalis seinen Heinrich von Ofterdingen und schafft mit der blauen Blume, nach der der Jüngling sich sehnt, das Symbol einer der wirkungsmächtigsten Epochen unseres Kulturkreises. Ricarda Huch wird dazu viel später bemerken: »Die blaue Blume ist aber das, was jeder sucht, ohne es selbst zu wissen, nenne man es nun Gott, Ewigkeit oder Liebe.«

Tieck Peter Lebrecht **Günderrode** Geschichte eines Braminen **Novalis** Heinrich von Ofterdingen **Schlegel** Lucinde **Jean Paul** Des Luftschiffers Giannozzo Seebuch **Novalis** Die Lehrlinge zu Sais
ISBN 978-3-8430-1878-4, 416 Seiten, 29,80 €

Erzählungen der Hochromantik

Zwischen 1804 und 1815 ist Heidelberg das intellektuelle Zentrum einer Bewegung, die sich von dort aus in der Welt verbreitet. Individuelles Erleben von Idylle und Harmonie, die Innerlichkeit der Seele sind die zentralen Themen der Hochromantik als Gegenbewegung zur von der Antike inspirierten Klassik und der vernunftgetriebenen Aufklärung.

Chamisso Adelberts Fabel **Jean Paul** Des Feldpredigers Schmelzle Reise nach Flätz **Brentano** Aus der Chronika eines fahrenden Schülers **Motte Fouqué** Undine **Arnim** Isabella von Ägypten **Chamisso** Peter Schlemihls wundersame Geschichte **Hoffmann** Der Sandmann **Hoffmann** Der goldne Topf
ISBN 978-3-8430-1879-1, 408 Seiten, 29,80 €

Erzählungen der Spätromantik

Im nach dem Wiener Kongress neugeordneten Europa entsteht seit 1815 große Literatur der Sehnsucht und der Melancholie. Die Schattenseiten der menschlichen Seele, Leidenschaft und die Hinwendung zum Religiösen sind die Themen der Spätromantik.

Brentano Die drei Nüsse **Brentano** Geschichte vom braven Kasperl und dem schönen Annerl **Hoffmann** Das steinerne Herz **Eichendorff** Das Marmorbild **Arnim** Die Majoratsherren **Hoffmann** Das Fräulein von Scuderi **Tieck** Die Gemälde **Hauff** Phantasien im Bremer Ratskeller **Hauff** Jud Süss **Eichendorff** Viel Lärmen um Nichts **Eichendorff** Die Glücksritter
ISBN 978-3-8430-1880-7, 440 Seiten, 29,80 €

Lightning Source UK Ltd.
Milton Keynes UK
UKHW040614270519

343383UK00001B/206/P